# TITÃS DA HISTÓRIA

# SIMON SEBAG MONTEFIORE

Com John Bew, Martyn Frampton,
Dan Jones e Claudia Renton

# TITÃS DA HISTÓRIA

## Os gigantes que mudaram o nosso mundo

*Tradução*

Renato Marques

CRÍTICA

*Coordenação editorial*: Sandra Espilotro
*Preparação*: Tiago Ferro
*Revisão*: Carmen T. S. Costa e Andressa Veronesi
*Diagramação*: A2 Publicidade
*Capa*: Compañía

Dados Internacionais de Catalogação na Publicação (CIP)
Angélica Ilacqua CRB-8/7057

Montefiore, Simon Sebag
    Titãs da história: os gigantes que mudaram o nosso
mundo / Simon Sebag Montefiore ; tradução de Renato
Marques. – São Paulo: Planeta do Brasil, 2018.
    560 p.

ISBN: 978-85-422-1461-1
Tradução de: Titans of history

1. Biografias 2. História I. Título II. Marques, Renato

18-1705                                          CDD 920

2018
Todos os direitos desta edição reservados à
EDITORA PLANETA DO BRASIL LTDA.
Rua Padre João Manuel, 100 – 21º andar
Ed. Horsa II – Cerqueira César
01411-000 – São Paulo-SP
www.planetadelivros.com.br
atendimento@editoraplaneta.com.br

*Para meus filhos, Lily e Sasha.*

# SUMÁRIO

# AGRADECIMENTOS

Obrigado a David North, Mark Smith, Patrick Carpenter e Josh Ireland; aos meus colegas colaboradores Dan Jones, Claudia Renton, John Bew e Martyn Frampton, todos talentosos historiadores; à minha agente Georgina Capel, Anthony Cheetham, Slav Todorov, Richard Milbank e Mark Hawkins--Dady; ao professor F. M. Eloischari; Robert Hardman; Jonathan Foreman; e à minha editora na Orion, Holly Harley. E, sobretudo, a meus queridos filhos, Lily e Sasha, e à minha esposa, Santa.

# INTRODUÇÃO

Quando eu era criança, li um breve artigo – curto como um dos textos contidos neste livro – sobre o sinistro mundo de Josef Stálin. Fiquei suficientemente fascinado para querer ler mais sobre o assunto. Muitos anos depois, me vi trabalhando nos arquivos russos, em plena pesquisa para o meu primeiro livro sobre Stálin. Meu objetivo é que as biografias curtas aqui incluídas incentivem e inspirem os leitores a descobrir mais sobre esses indivíduos extraordinários – os homens e as mulheres que criaram o mundo em que vivemos hoje.

Mas a história não é apenas o drama dos eventos terríveis, emocionantes e eletrizantes dos tempos idos: devemos entender nosso passado para compreender nosso presente e futuro. "Quem controla o passado controla o futuro", escreveu George Orwell, autor de *1984*, e "Quem controla o presente controla o passado". Karl Marx fez piada sobre Napoleão e seu sobrinho Napoleão III afirmando que "todos os fatos e personagens de grande importância na história ocorrem, por assim dizer, duas vezes – a primeira vez como tragédia, a segunda como farsa". Marx estava equivocado quanto a isso – da mesma forma como errou em relação a muitas outras coisas: a história não se repete, mas contém muitas advertências e lições. Homens e mulheres formidáveis estudaram corretamente a história para que isso os ajudasse a direcionar o presente. Por exemplo, três dos monstros mais homicidas do século XX, Hitler, Stálin e Mao Tse-tung – todos eles aparecem neste livro – eram aficionados por história e desperdiçaram grande parte de sua juventude e de seus anos no poder lendo sobre seus próprios heróis históricos.

Na época em que ordenou o massacre dos judeus europeus no Holocausto, Hitler estava instigado pelos massacres otomanos dos armênios durante a Primeira Guerra Mundial: "Quem agora se lembra dos armênios?", refletiu o Führer. Os massacres armênios aparecem neste *Titãs da História*. Quando

Stálin ordenou o Grande Terror, olhou para o passado e relembrou as atrocidades de seu herói, Ivan, o Terrível: "Quem agora se lembra dos nobres assassinados por Ivan, o Terrível?", perguntou o líder russo a seus capangas. Ivan, o Terrível, também está neste livro. E Mao Tse-tung, ao desencadear as ondas de matança em massa na China, foi inspirado pelo Primeiro Imperador, outro personagem que pode ser encontrado nas páginas deste volume.

Este livro é uma compilação de biografias de indivíduos que, de alguma forma, mudaram o rumo dos eventos mundiais. Uma lista desse tipo nunca pode ser completa ou exatamente satisfatória: eu escolhi os nomes; portanto, a lista é totalmente subjetiva. Talvez haja nomes dos quais alguns leitores sintam falta, e outros cuja inclusão seja questionada: essa é a diversão e a frustração das listas. Você encontrará aqui nomes com os quais está familiarizado – Elvis Presley, John Kennedy, Jesus Cristo, Mozart, Tchaikovsky, Byron, Picasso e Churchill, por exemplo –, mas também muitos que talvez não conheça.

Quando iniciei este projeto, tentei dividir os personagens em bons e ruins, mocinhos e bandidos, mas percebi que isso era fútil porque muitos dos maiores – Napoleão, Cromwell, Genghis Khan, Pedro, o Grande, para citar apenas alguns – combinaram o heroico com o monstruoso. Neste livro, deixei para o leitor a incumbência de fazer esse tipo de julgamento. Certamente é a mais pura verdade, como Voltaire brincou, que "é proibido matar. Portanto, todos os assassinos são punidos – a menos que matem em grande número e ao som das trombetas". O sucesso muitas vezes justifica atos terríveis, mas no passado, antes que os direitos humanos se tornassem essenciais, os crimes eram negligenciados contanto que constituíssem parte de grandes realizações, daí a presença neste livro de figuras como Alexandre, o Grande, Tamerlão, Ramsés II e Júlio César. Como Winston Churchill ponderou: "A história é escrita pelos vencedores", e pode-se acrescentar que os tiranos mais astutos morreram em sua cama, reverenciados pela posteridade.

O gênio político e artístico até mesmo dos mais admiráveis desses personagens exige ambição, insensibilidade, egocentrismo, crueldade, inclusive a loucura, na mesma medida em que requer decência e heroísmo. "Pessoas sensatas", disse George Bernard Shaw, "adaptam-se ao mundo. Pessoas insensatas persistem em tentar adaptar o mundo a si próprias. Portanto, a mudança só é possível por meio das pessoas insensatas." A grandeza impõe a necessidade de coragem (sobretudo) e força de vontade, autocontrole, carisma, inteligência e criatividade, mas também exige características que muitas vezes associamos às pessoas menos admiráveis: imprudente e inconsequente exposição a riscos, determinação brutal, busca de fortes emoções sexuais, teatralidade descarada e espalhafatosa, obsessão próxima da fixação e algo que beira a insanidade. Em outras palavras, a lacuna que separa o bem do mal é tênue: as qualidades necessárias para a glória e a perversidade, para o heroísmo e a monstruosidade, para a filantropia esplêndida e decente e para as brutais e sanguinolentas carnificinas distópicas não são muito distantes umas das outras. Os noruegueses têm uma palavra para isso: *stormannsgalskap* – a loucura dos homens formidáveis.

Nos últimos cinquenta anos, muitos professores de história pareciam sentir prazer em tornar a história o mais entediante possível, reduzindo-a à monotonia de taxas de mortalidade, toneladas de carvão consumidas por família e outras enfadonhas estatísticas econômicas, mas o estudo pormenorizado de qualquer período mostra que a influência do caráter nos eventos é primordial, quer estejamos investigando os autocratas do mundo antigo ou os políticos democratas modernos do nosso próprio tempo. No século XXI, ninguém que olhar para a história do mundo pós-11 de setembro afirmará que o caráter do presidente dos Estados Unidos George W. Bush não foi decisivo para ordenar a catastrófica invasão do Iraque. A errática presidência de Donald J. Trump e as autocracias imperiais da Rússia ou da China demonstram que até hoje as personalidades têm a capacidade de criar, distorcer e desvirtuar suas nações e o restante do mundo. Portanto, devemos estudá-las. Plutarco, o inventor da história biográfica, afirma o seguinte em sua introdução aos retratos que escreveu de Alexandre e César: "Com efeito, não escrevemos histórias, mas vidas. Nem sempre, aliás, são as ações mais gloriosas e brilhantes as que mostram melhor as virtudes ou os vícios dos homens. Muitas vezes um pequeno detalhe, a menor palavra, um gracejo revelam e ressaltam melhor um caráter do que combates sangrentos, batalhas campais e ocupações de cidades em que morrem milhares".

Simon Sebag Montefiore

# RAMSÉS, O GRANDE

*ca.*1302-1213 a.C.

*Sua majestade massacrou todos eles; caíram diante de seu cavalo, e sua
majestade estava sozinha, ninguém com ele.*

Inscrição nas paredes do templo de Luxor

Ramsés II foi o mais magnífico dos faraós egípcios, cujo longo reinado – mais
de sessenta anos – testemunhou tanto bem-sucedidas campanhas militares
como alguns dos mais impressionantes projetos de construção do mundo antigo. Ramsés subjugou os hititas (ou heteus) e os líbios e conduziu o Egito a um
período de prosperidade criativa, mas provavelmente foi o vilão do Êxodo.

Algumas das maiores maravilhas do mundo antigo devem sua existência
a Ramsés: ele personifica o rei-herói à moda antiga, admirado por suas conquistas e obras monumentais, muitas vezes obtidas e construídas a um terrível
custo humano. Seu reinado marca o ponto mais elevado do Egito dos faraós,
o apogeu em termos de poder imperial e produção artística.

Durante o reinado do pai de Ramsés, Seti I, o Egito se envolvera em lutas
com os hititas da Anatólia (na atual Turquia) pelo controle da Palestina e da
Síria. Apesar de algum êxito inicial, quando Ramsés herdou o trono – em
1279 a.C. –, o poder hitita estendia-se até o sul de Kadesh, na Síria.

Desde os dez anos como oficial militar de alta patente, pelo menos no
título, Ramsés estava ávido para iniciar com uma vitória seu período de supremacia. No entanto, seu primeiro confronto com os hititas, na batalha de
Kadesh, em 1274 a.C., foi um fracasso estratégico. Apesar de vencer o combate, Ramsés não conseguiu consolidar sua posição e tomar a cidade de Kadesh
propriamente dita. No oitavo ou nono ano de seu reinado, ele capturou vilarejos na Galileia e Amor, e logo depois rompeu as defesas hititas, abrindo caminho para apoderar-se das cidades sírias de Katna e Tunip. Fazia no mínimo
120 anos que nenhum monarca egípcio punha os pés em Tunip.

Apesar desses êxitos bélicos, Ramsés constatou que seus avanços contra
o império hitita eram insustentáveis; por isso, em 1258 a.C., os dois lados
reuniram-se em Kadesh e concordaram em assinar o primeiro tratado de paz

registrado na história. Com típica ostentação, o Tratado de Kadesh foi inscrito não em humildes e despretensiosos papiros, mas na prata, em duas línguas, a egípcia e a hitita. O acordo ia além de simplesmente combinar o fim das hostilidades; também estabeleceu uma aliança pela qual ambos os lados concordaram em se ajudar no caso de um ataque de terceiros. Refugiados dos longos anos de conflito receberam proteção e o direito de voltar para sua terra natal.

O tratado inaugurou um período de prosperidade que durou até os últimos anos do reinado de Ramsés. Durante essa fase, o faraó entregou-se à maior de suas paixões: edificar monumentos gigantescos, muitos dos quais ainda hoje podem ser vistos em várias partes do Egito. O Ramesseum era um vasto complexo de templos construídos nos arredores de Kurna, que incorporava uma escola para escribas. Era decorado com pilares que registravam e celebravam vitórias, a exemplo da batalha de Kadesh, e exibia estátuas de Ramsés com até dezessete metros de altura e que pesavam mais de mil toneladas. Em uma escala ainda maior foram erguidos os monumentos no templo de Abu Simbel. Quatro estátuas colossais de Ramsés, cada uma com mais de vinte metros de altura, dominam a vasta fachada do templo, que também inclui frisos e representações de outros deuses e faraós egípcios e estátuas dos favoritos e familiares de Ramsés. Entre eles estava sua esposa predileta, Nefertari, que tinha seu próprio templo, menor, edificado a nordeste. A tumba de Nefertari, no Vale das Rainhas, exibe algumas das mais suntuosas expressões artísticas de todo o período do Egito Antigo.

Essas obras são apenas alguns dos vastos projetos arquitetônicos do reinado de Ramsés. Ele completou os edifícios iniciados por seu pai, terminando o salão em Karnak e o templo em Abidos, e a leste ergueu a cidade fronteiriça de Per-Atum. Ramsés inscreveu seu próprio nome e registros de todos os seus feitos em muitos dos monumentos construídos por seus antecessores. Poucas ruínas da arquitetura do Egito Antigo que sobreviveram não carregam a marca de Ramsés.

É possível que Ramsés tenha sido o faraó do livro bíblico do Êxodo, o governante que cruelmente escravizou os israelitas até que Deus enviou as dez pragas que persuadiram o soberano egípcio a libertar o Povo Escolhido: essa fuga milagrosa é celebrada na festividade da Páscoa judaica (*Pessach*). Os judeus foram guiados à liberdade por um menino israelita colocado em uma cesta de juncos, abandonado nas águas do Nilo e mais tarde encontrado pela filha do faraó e criado como um príncipe egípcio de nome Moisés. Enquanto vagavam pelo Sinai, Deus concedeu a Moisés os Dez Mandamentos. Deus prometeu aos israelitas que, se obedecessem aos seus preceitos, ganhariam a terra de Canaã. Quando Moisés perguntou a natureza desse Deus, a resposta veio: "Eu sou o que sou". Mas Moisés morreu antes de chegar à Terra Prometida. É bastante provável que os monumentos de Ramsés tenham sido construídos por trabalho escravo. Muitos semitas de fato se fixaram no Egito, e o nome de Moisés é egípcio, o que sugere que pelo menos sua origem se deu lá. Não há razão para duvidar de que Moisés, o primeiro líder carismático das religiões monoteístas, tenha recebido uma revelação divina após a fuga da escravidão. De maneira geral, a tradição de um povo semítico escapando do cativeiro é plausível, mas a datação é um desafio.

Ramsés foi idolatrado por reis egípcios posteriores, e seu reinado foi um zênite nas realizações militares, culturais e imperiais do Egito Antigo. O faraó morreu em 1213 a.C., já nonagenário.

# DAVI E SALOMÃO

### *ca.*1040-970 a.C. e *ca.*1000-928 a.C.

*Bendito seja o Senhor teu Deus, que teve agrado em ti, para te pôr no trono de Israel; porque o Senhor ama a Israel para sempre, por isso te estabeleceu rei, para fazeres juízo e justiça.*

A rainha de Sabá para Salomão, 1 Reis 10:9

Davi e Salomão foram governantes do reino israelita no século X a.C. no ápice de seu esplendor, poder e riqueza. Davi uniu as tribos israelitas e fez de Jerusalém a sua capital, enquanto seu filho Salomão foi o fundador do Templo de Jerusalém, o rei cujo mito transcendeu as informações básicas e exíguas da história bíblica para encampar habilidades extraordinárias como um sábio, poeta, amante e domador da natureza.

A principal fonte de fatos acerca de ambos, no entanto, é a Bíblia, provavelmente escrita séculos depois. Davi foi retratado pelas Escrituras primeiramente como um rei santo e ideal, mas também como um guerreiro intrépido e soberbo, um poeta e harpista, um imperfeito líder militar e aventureiro, um colaborador dos filisteus, um adúltero, até mesmo um assassino. Já enfermo e decadente, o rei Davi foi responsável pela execução de seu próprio filho rebelde. O retrato de Davi é, portanto, surpreendentemente bem desenvolvido, diversificado e humano.

Nascido em Belém, filho de Jessé, durante o reinado do rei Saul, primeiro monarca de Israel, Davi foi escolhido pelo profeta Samuel e ungido. Chamado à corte para acalmar o cada vez mais demente Saul, Davi tocou harpa e caiu nas graças reais. Quando os filisteus invadiram as terras israelitas, liderados por um guerreiro gigante chamado Golias, Davi apresentou-se como voluntário para lutar, e, apesar de ainda ser um menino, matou o campeão filisteu com um disparo de pedra de sua funda. Então um herói, Davi – cujo melhor amigo era Jônatas, filho de Saul – casou-se com Mical, a filha de Saul, mas, diante do ciúme homicida do rei, que passou a odiá-lo, foi forçado a fugir. Viveu anos como foragido, evadindo-se de um lugar a outro, implacavelmente perseguido pelo rei obstinado em matá-lo. Chegou a debandar para o lado dos filisteus, aceitando um generalato e o governo de uma cidade oferecidos pelo rei filistino. Quando os filisteus atacaram novamente as forças de Saul na batalha que culminou no monte Gilboa, Saul e Jônatas foram mortos. Davi lastimou a morte dos dois entoando seu famoso lamento poético. Ele foi ungido rei de Judá, governando a partir de Hebrom, enquanto um dos filhos de Saul (Is-Bosete) foi constituído soberano das tribos do norte de Israel, até que por fim Davi as unificou em um único reino, o reino de Israel. Davi atacou a cidade jebusita de Jerusalém, que se tornou a nova capital neutra de seu reino unido, e levou para lá a famosa Arca da Aliança. Um dia ele viu na cidade – tomando banho no terraço – a bela Bate-Seba, que era casada com um de seus generais, Urias, o Heteu. Davi a seduziu e depois mandou colocar o marido dela no front – Urias acabou perdendo a vida na guerra. Davi se casou com Bate-Seba. Comprando terras no Monte do Templo, ele planejou construir lá uma casa de Deus, um templo – mas Deus interveio: Davi era um homem de sangue real, e a construção do templo deveria esperar pela chegada de seu filho imaculado. Na velhice, o debilitado rei teve dificuldades para controlar sua alvoroçada corte, envolta em intensas disputas pela sucessão. O principal problema de Davi era seu filho favorito, Absalão, o queridinho da multidão, que se rebelou contra o pai e tentou usurpar o trono, expulsando Davi de Jerusalém. Davi reprimiu a rebelião, mas Absalão foi morto, suscitando outro comovente lamento. De acordo com o relato bíblico, Salomão, o filho sobrevivente de Davi e Bate-Seba, foi ungido e aclamado rei, e empossado enquanto seu pai ainda estava vivo, a fim de tolher as aspirações conspiratórias de um meio-irmão (Adonias).

Depois de herdar o reino, Salomão logo derrotou seus inimigos e construiu um próspero império comercial, tirando proveito da localização estratégica da Palestina – ponte de ligação entre o Mediterrâneo e o mar Vermelho, Ásia e África. Com exércitos e comerciantes, ele estabeleceu uma vasta rede de portos e rotas comerciais por via terrestre.

A Bíblia descreve um reinado de magnificência incomparável, no qual Salomão supostamente arregimentou um exército de 12 mil cavaleiros e 1.400 bigas, e para seu prazer e prestígio tinha um harém de setecentas esposas e trezentas concubinas. Tais cálculos bíblicos são sem dúvida exagerados, mas é possível que não muito desmedidos (somente em Megido, foram descobertos resquícios do que supostamente eram estrebarias para 450 cavalos). Usando o matrimônio como estratégia para fortalecer alianças, Salomão se casava com filhas e irmãs de reis. Seu casamento com a filha do faraó egípcio, por exemplo, assegurou-lhe a posse da cidade cananeia de Gezer. De acordo com o relato bíblico, Salomão recebeu a visita da rainha de Sabá, a quem deu "tudo o que ela desejava e pediu", o que levou a 3 mil anos de rumores de que isso incluía um filho. Uma vez que Sabá provavelmente era um reino próspero que abrangia a Etiópia e o Iêmen atuais, trata-se de mais um exemplo da perspicaz *realpolitik* de Salomão.

O auge bíblico das realizações de Salomão foi o templo que ele construiu para abrigar a Arca da Aliança. Descrito como um edifício de pedra e cedro, com um interior magnificamente esculpido e um exterior inteiramente revestido de ouro, foi um maravilhoso testemunho da grandeza de Deus. Após sete anos de trabalho árduo, Salomão pôde inaugurá-lo, e o templo tornou-se o local mais sagrado do mundo judaico, sua memória acarinhada ao longo de milhares de anos no coração da fé judaica: foi o primeiro templo construído no Monte do Templo de Jerusalém, que também é conhecido pelos muçulmanos como Haram al-Sharif.

Salomão deu continuidade a seus projetos de construção, e em escala colossal, e cidades e fortes foram surgindo de uma ponta à outra do império. Edificou para suas esposas palácios de tirar o fôlego, uma muralha fortificada para Jerusalém e instalações para incentivar os comerciantes estrangeiros, incluindo santuários pagãos para que eles se sentissem em casa.

Os 1.005 cânticos de Salomão e suas máximas, compilados no Livro dos Provérbios, dão testemunho da sua genialidade e sabedoria. Diante de duas mulheres que foram ter com o rei na corte, ambas alegando serem mães da mesma criança, Salomão propôs cortar o menino vivo em duas partes e dar metade a cada uma, julgando corretamente que a verdadeira mãe preferiria abrir mão da reivindicação a ver a morte de seu amado rebento.

Deus teria concedido poder a Salomão sobre todos os seres vivos e o domínio dos elementos. Tanto a Bíblia judaica, o Tanakh, quanto a sagrada escritura islâmica, o Alcorão, citam a milagrosa capacidade de Davi de falar a língua dos pássaros e das formigas, e de controlar os ventos. Segundo a tradição, Davi tinha um tapete mágico e um anel mágico, o Selo de Salomão, que lhe dava poder sobre os demônios. Nas histórias persas e árabes que, um milênio mais tarde, compuseram o *Livro das mil e uma noites*, Salomão é o mago que aprisionou os *djinn* (gênios) em garrafas e as lançou no mar.

Havia, no entanto, um preço a ser pago: Salomão padeceu de "extensão excessiva do império": impostos exorbitantes oprimiram os hebreus. Quando o rei morreu, seu reino unido fragmentou-se em dois reinos rivais, Israel e Judá – essa foi, diz a Bíblia, a punição de Deus por Salomão ter quebrado seu pacto.

As principais fontes de informação sobre Davi e Salomão são os livros bíblicos de Samuel, Reis e Crônicas. Há provas arqueológicas que Davi existiu, embora seja duvidoso se Jerusalém era de fato a gloriosa capital descrita na Bíblia e se o reino de então foi mesmo um império que se estendia da fronteira egípcia até Damasco. Hoje os arqueólogos acreditam que a cidade era pequena e que o reino estava mais para uma federação tribal. Por outro lado, vestígios do século x foram encontrados na Cidade de Davi em Jerusalém, que foi claramente uma substancial fortaleza – sabe-se disso graças a ruínas cananeias recentemente descobertas. A falta de vestígios não é em si decisiva – afinal, o reino dos macabeus, que mil anos mais tarde cobriu uma extensão territorial semelhante ao de Davi, também deixou extraordinariamente poucas ruínas. A história da corte de Davi na Bíblia se lê como um relato realista em primeira mão de um rei em declínio. E a estela de Tel Dan, descoberta em 1993-1994, prova que Davi era um personagem histórico, usando o nome "Casa de Davi" para descrever o Reino de Judá governado pelos descendentes reais de Davi.

Quanto a Salomão, não há prova arqueológica de sua existência. Ao contrário do retrato bem-acabado de seu pai, Salomão aparece como a lenda de um imperador oriental ideal. Certamente há doses de distorção da realidade e talvez de projeção no esplendor de sua corte e no brilhantismo de sua vida, e é provável que os autores bíblicos, dando forma a seu texto quatrocentos anos depois, foram descrevendo sua própria Jerusalém, seu próprio templo, suas próprias ambições e nostalgia, no retrato salomônico que elaboraram. Pouca coisa foi encontrada do Templo de Salomão em Jerusalém, mas a descrição bíblica do edifício sagrado é totalmente plausível em tamanho e estilo – típico dos templos descobertos em todo o Oriente Médio. Sua opulência em ouro e marfim também é crível – artefatos foram encontrados em outros palácios israelitas, como o de Samaria. As famosas minas salomônicas lembram as antigas minas do século x encontradas recentemente na Jordânia. O tamanho do exército de Salomão é razoável – um século mais tarde, um rei de Israel arregimentou 2 mil bigas. Quanto às cidades-fortaleza de Megido, Gezer e Hazor, as ruínas foram inicialmente atribuídas ao período de Salomão, mas agora é matéria de debate se de fato pertenceram aos reis de Israel um século depois. No entanto, uma nova análise dos estábulos sugere que talvez tenham sido mesmo de Salomão. Com relação ao templo, ele certamente existiu poucos anos após a morte de Salomão, já que inscrições egípcias confirmam que o faraó Sisaque invadiu a Judeia e foi pago com o ouro do Templo de Jerusalém. Se o esplendor e a suntuosidade de Salomão são exagerados, é provável que ele tenha realmente construído o templo.

# NABUCODONOSOR II

*ca.*630-562 a.C.

> *Então Nabucodonosor se encheu de furor [...], e ordenou que a fornalha se aquecesse sete vezes mais do que se costumava aquecer. E ordenou aos homens mais poderosos, que estavam no seu exército, que atassem a Sadraque, Mesaque e Abednego, para lançá-los na fornalha de fogo ardente.*
>
> Daniel 3:19-20

Nabucodonosor era o Leão da Babilônia e o Destruidor das Nações. Governante do grande império neobabilônico de 605 até 562 a.C., foi a personificação do rei-guerreiro. A Bíblia registra que Nabucodonosor fez as vezes de instrumento da vingança de Deus contra o povo errante da Judeia – um destino que ele parece ter abraçado com prazer e satisfação.

Nascido algum tempo depois de 630 a.C., era o filho mais velho do rei Nabopolassar (que governou entre 626 e 605 a.C.), o fundador da dinastia caldeia na Babilônia. Nabopolassar havia se livrado do jugo do império assírio no norte e chegou a saquear a grande cidade de Nínive, última capital assíria. Vangloriando-se de seus triunfos, falou de como tinha "massacrado a terra da Assíria" e "transformado a terra hostil em pilhas de escombros".

O jovem Nabucodonosor envolveu-se nas conquistas militares de seu pai desde muito cedo, e em 605 a.C. supervisionou a derrota das forças egípcias em Carquemis, vitória que ajudou a fazer dos babilônios os senhores da Síria. Nabopolassar morreu nesse mesmo ano; Nabucodonosor subiu ao trono, mas imediatamente enfrentou rebeliões em todo o seu império – revoltas que ele esmagou com notável energia e perspicácia.

Nabucodonosor deu início à expansão de seus domínios oeste afora; uma aliança matrimonial medo-babilônica a leste assegurou que ele não teria problemas naquelas plagas. Entre 604 e 601 a.C. vários Estados locais – incluindo o reino judaico de Judá – submeteram-se à sua autoridade, e Nabucodonosor declarou sua determinação de não ter "nenhum oponente do horizonte ao céu". Empolgado por seu êxito, em 601 a.C. decidiu enfrentar seus maiores rivais, enviando seus exércitos babilônios para o Egito.

Mas suas tropas foram rechaçadas, e essa derrota provocou uma série de rebeliões entre os vassalos outrora submissos e inativos de Nabucodonosor – com destaque para Judá.

Nabucodonosor retornou à sua terra natal babilônica tramando sua vingança. Depois de um breve hiato, atacou violentamente na direção oeste, apoderando-se de quase tudo que encontrava pela frente. Em 597 a.C., o reino de Judá capitulou. Nabucodonosor mandou que o rei, Joaquim (filho de Jeoiaquim), fosse deportado para a Babilônia. Por escolha de Nabucodonosor, a cidade passou a ser governada por Zedequias, tio do rei Joaquim. Em 588 a.C., Zedequias se rebelou contra Nabucodonosor. Em 587-586 a.C., Nabucodonosor marchou contra a insubordinada Jerusalém, sitiou-a durante meses e por fim a atacou, causando destruição total. Ordenou que a cidade fosse arrasada, o povo massacrado, o templo judaico demolido; o príncipe Zedequias foi forçado a testemunhar as execuções de seus filhos antes de ter os próprios olhos furados. Os judeus foram então agrilhoados e deportados para o leste, onde prantearam Sião "junto aos rios da Babilônia".

As realizações de Nabucodonosor no campo de batalha foram acompanhadas por uma intensa onda de construção doméstica. Valendo-se do trabalho escravo dos vários povos que ele havia subjugado, Nabucodonosor mandou erguer ou reformar inúmeros templos e edifícios públicos. O extravagante novo palácio real, cujas obras haviam sido iniciadas por seu pai, foi concluído. A mais famosa de suas obras, os Jardins Suspensos da Babilônia – uma das maravilhas do mundo antigo –, foi encomendada por Nabucodonosor como um presente para sua esposa.

Em suas crônicas e inscrições, Nabucodonosor enfatizou acima de tudo sua devoção ao deus da Babilônia, Marduque, o amor por seu povo e o apego sincero à promoção da justiça: foi um reformador que reconstruiu os tribunais, proibiu o suborno, processou funcionários por corrupção, e enfatizou que não toleraria ninguém que perseguisse os pobres e indefesos. Além disso, a história bíblica de sua loucura é, na verdade, um erro histórico, perpetrado intencionalmente para manchar sua reputação por obra dos escritores judeus da Bíblia, que o odiavam. Na verdade, foi o último rei da Babilônia, Nabonido (556-539 a.C.) – que abandonou a cidade para viver por dez anos na Arábia –, que supostamente teria enlouquecido antes de perder seu império para a Pérsia. Nabucodonosor morreu em 562 a.C.; seu filho e herdeiro (Evil-Merodaque) foi um fracasso, assassinado depois de dois anos no poder – e depois disso seu império mal sobreviveu mais vinte anos. O persa Ciro, o Grande, conquistou a Babilônia em 539 a.C.

Apesar de suas muitas realizações benevolentes, Nabucodonosor está indelevelmente associado à conquista desenfreada e ao tratamento brutal dispensado aos povos subjugados – o Destruidor de Nações que cumpriu a visão do profeta judeu Jeremias: "Ele partiu de onde vive com o objetivo de transformar a tua terra em desolação. As tuas cidades serão reduzidas a escombros e ficarão sem habitantes".

# SAFO

## *ca.*630/610-*ca.*570 a.C.

*Sombria Safo! Os versos imortais*
*De um peito corroído por chama imortal*
*De tão mortal amor não te salvaram?*

Lorde Byron, *A peregrinação de Childe Harold* (1819-24),
Canto 2, estrofe 39

Safo foi a primeira e mais formidável poetisa da Antiguidade. Há dois milênios e meio ela tem sido uma figura icônica, como a criadora de uma arrebatadora poesia lírica, a primeira estrela literária feminina e como a lésbica original – a palavra deriva de sua ilha natal, Lesbos.

Embora tenham sobrevivido pouco mais do que fragmentos de sua obra, Safo foi tremendamente admirada e imitada tanto por poetas gregos quanto romanos nos séculos seguintes a sua morte. Uma sensação de beleza esmaecida, combinada ao mistério de seus apaixonados e intensos relacionamentos com jovens mulheres, forma o amálgama que fez de Safo a fonte de inúmeras lendas e o tema de muitas obras de arte, de pinturas a poemas e peças de teatro, até o presente.

Muitos mitos podem ter surgido ao longo dos tempos, mas os fatos concretos da vida de Safo são tentadoramente enganosos. Ela nasceu em algum momento no final do século VII a.C., provavelmente entre 630 e 610 a.C. Sua família parece ter pertencido à classe aristocrática de Lesbos, uma grande ilha grega no mar Egeu, próxima da Turquia continental. Safo teve pelo menos dois irmãos, Lárico e Cáraxo, e a este último dedicou um poema. A família provavelmente morava em Mitilene, uma importante cidade da ilha. Dizia-se que Safo era pequena e morena, e seu amigo, o poeta Alceu, chamava-a de "cabelos violeta, sorriso puro de mel". De acordo com a tradição, ela se casou com Cercilas, um homem rico da ilha de Andros. Se isso for verdade, então o famoso poema de Safo que menciona uma jovem chamada Cleís provavelmente se refere à filha dela.

Qualquer que seja o caso, Safo teve uma vida privilegiada em meio aos círculos aristocráticos de Lesbos. Seus poemas aludem a damas da corte e a grandiosas ocasiões sociais, como festivais, desfiles e cerimônias militares. Provavelmente ela foi exilada com o restante de sua família em Siracusa, na Sicília, por volta de 600 a.C., o desterro sendo a consequência da turbulenta situação política da época. Entre as muitas lendas em torno de Safo, há o relato de que, tendo-se apaixonado por Fáon, um jovem marinheiro, e vendo-se repelida por ele, lançou-se ao mar do alto de um penhasco em Lêucade, ilha do mar Jônico.

Safo exercia enorme influência sobre as jovens que a rodeavam. Era a líder de um *thiasos*, uma comunidade feminina que se reunia sob sua tutela para aperfeiçoar o conhecimento religioso, cultivar a música e a poesia e desenvolver habilidades sociais. Na era vitoriana, Safo foi retratada como a diretora de uma escola preparatória de meninas, mas o grupo não era tão formal assim. Assemelhava-se mais a uma comunidade unida que preparava suas jovens para as exigências do casamento e a viagem para longe da ilha. Afiliar-se ao *thiasos* de Safo era uma experiência intensamente pessoal e emocional. Afrodite, a deusa grega do amor, do desejo sexual e da beleza, era sua divindade-guia. Boa parte da poesia de Safo é dedicada a Afrodite ou tem a deusa como eixo temático. A escolha de Afrodite estava claramente relacionada ao objetivo do casamento, mas havia também profundos laços homoeróticos entre os membros, refletindo os vínculos masculinos plenos de carga sexual que existiam nas sociedades das antigas Atenas e Esparta. A atmosfera não era de entrega sexual, mas o homoerotismo era sem dúvida uma parte tácita da iniciação e criação de vínculos do *thiasos*. Isso, juntamente com a vigorosa paixão que percorre os versos de Safo, fez dela um símbolo e uma heroína da homossexualidade feminina – o amor sáfico ou lesbianismo – ao longo dos tempos.

Safo criou uma obra volumosa. Ela se afastou da tradição épica e masculina de contar histórias de deuses e grandes heróis, e em vez disso desenvolveu um estilo lírico mais íntimo, no qual a exploração dos sentimentos do próprio autor era de suprema importância. Os poemas de Safo, escritos em seu dialeto eólico nativo, visavam ser cantados, geralmente por mais de uma voz, e acompanhados por um instrumento. Ela escreveu poemas eróticos para e sobre suas amigas, mas também explorou todos os aspectos do amor, tanto masculino quanto feminino, incluindo todas as emoções que acompanham o sentimento amoroso, do ódio e do ciúme à luxúria frenética e à paixão trêmula:

Por minha carne escorre um fogo sutil,
Os olhos enevoam-se, já nada vejo,
Meus ouvidos não escutam senão o bramido do vento.
Escurecem-me os olhos.

Suor transborda do meu corpo,
Tremor febril se apossa de mim,
Empalideço feito grama outonal.
Estou como que para morrer.

No século III a.C., muito depois de sua morte, a poesia de Safo foi organizada em nove livros, e ela continuou a gozar de grande fama durante todo o período Clássico. Dizia-se que era considerada a décima musa pelo filósofo Platão. Cinco séculos depois da morte de Safo, o poeta erótico romano Catulo usou o grande poema sáfico "Para mim ele se assemelha a um deus" como modelo para uma de suas próprias composições.

Muitos dos poemas de Safo perderam-se quando o mundo clássico começou a rumar para o obscurantismo da Idade das Trevas, e por vários séculos sua reputação sofreu nas mãos daqueles que julgavam sua franca expressão do erotismo feminino tão perigosa quanto ofensiva para o conceito de feminilidade. O pouco de sua obra que sobreviveu nos permite um mero vislumbre de sua genialidade.

# CIRO, O GRANDE

590/580-530 a.C.

*Eu sou Ciro, o Grande, Rei do Mundo*

Inscrição em Pasárgada

Ciro, o Grande, rei da Pérsia, foi o fundador de um poderoso império que dominou a Ásia ocidental e o leste do Mediterrâneo durante dois séculos. Era um governante inigualável: um soldado e conquistador ousado, mas também um monarca tolerante que reconhecia os direitos humanos de seus súditos, permitia a liberdade religiosa e libertou os judeus da escravidão. No mundo antigo, foi enaltecido como o modelo do rei ideal, até mesmo pelos gregos, e serviu como uma espécie de exemplo a ser seguido por Alexandre, o Grande. O reino de Ciro se estendia por um território correspondente aos atuais Israel, Armênia e Turquia, a oeste, até o Cazaquistão, o Quirguistão e as bordas do subcontinente indiano a leste.

Ciro – Kourosh – nasceu em Persis, no atual Irã. Sua mãe era filha de Astíages, rei da Média, no oeste do Irã. Tal como acontece com outros grandes heróis, a exemplo de Moisés ou Rômulo e Remo, uma lenda cerca o nascimento de Ciro (registrado pelo historiador grego Heródoto, entre outros). Astíages interpretou um sonho que teve como um sinal de que, quando crescesse, seu neto Ciro usurparia seu trono: sua filha urinava uma torrente dourada que respingava por sobre todo o seu reino. Depois o rei sonhou que uma videira estava crescendo entre as coxas de sua filha. Claramente seu neto era uma ameaça a seu governo, por isso ele ordenou que o bebê fosse assassinado. Mas o conselheiro de Astíages, Harpagus, não teve coragem para matar um recém-nascido, por isso colocou o bebê sob os cuidados de um pastor. Quando Ciro completou dez anos, seus dons precoces o levaram à corte de Astíages, onde sua identidade foi descoberta. Astíages permitiu que a criança vivesse, mas arquitetou uma vingança brutal contra Harpagus: abateu e cozinhou o filho do conselheiro e o serviu a ele em um ensopado.

Verdadeira ou não, a lenda mostra que, desde o início, Ciro foi visto como o redentor ungido de seu povo. Em 559 a.C., ele sucedeu seu pai Cambises I como chefe da dinastia aquemênida que governava a Pérsia, então restrita a uma área do sudoeste do Irã e subjugada pelos povo medo. Em 554 a.C., Ciro se aliou a Harpagus e liderou uma rebelião contra seu cruel avô Astíages. A revolta ganhou força durante os quatro anos seguintes, e quando Ciro marchou contra Astíages em 550 a.C., os soldados medos desertaram. Ciro capturou a terra deles e fez da capital da Média, Ecbátana, uma das principais cidades de seu próprio império.

Em 547 a.C., ele conquistou o reino da Lídia (na atual Turquia) depondo o abastado potentado Creso, dono de uma opulenta fortuna. Isso estendeu seu domínio por toda a Ásia Menor, incluindo as cidades gregas ao longo da costa do mar Egeu. Tendo assegurado a posse das fronteiras ocidentais do seu império, Ciro voltou suas atenções para a Babilônia.

Babilônia era a mais esplêndida das cidades antigas, mas era governada por um rei tirânico e impopular, Nabonido. Ciro foi recebido como libertador quando, em 539 a.C., escavou um canal para desviar o rio Eufrates e marchou com seu exército pela capital milenar. Com a Babilônia vieram vastos territórios, incluindo a Síria e a Palestina, que deram a Ciro o controle da maior parte do Oriente Próximo.

Em vinte anos, Ciro amealhara o maior e mais extraordinário império que o mundo já havia visto. Ele percebeu que manter a unidade de seu novo e vastíssimo domínio exigiria uma diplomacia pacífica, no lugar de opressão e violência. Então, em vez de impor aos povos recém-conquistados os costumes e leis persas, Ciro começou a criar um novo conceito de império mundial, selecionando os melhores elementos de diferentes áreas para criar um todo melhor. Distribuiu cargos administrativos a assessores medos, imitou o vestuário e a influência cultural dos elamitas e tolerou a liberdade religiosa em todos os lugares, em troca da submissão política total. Governou a partir de três sedes, três cidades principais: Ecbátana, Babilônia e a capital persa Pasárgada.

Na Babilônia ele libertou os judeus, que lá eram mantidos escravos desde a destruição babilônica de Jerusalém em 586 a.C. Ciro levou os exilados judeus de volta para casa; pagou pelo retorno e financiou a reconstrução do templo judaico. Como resultado, ele é o único gentio que alguns judeus consideram possuidor de qualidades messiânicas. Sua reputação foi reforçada pela descoberta, no século XIX, do "Cilindro de Ciro", um artefato que contém incrições com detalhes das conquistas do rei persa e sua derrubada da tirania, declarando assim sua crença na tolerância religiosa e oposição à escravidão. O documento é reconhecido pelas Nações Unidas como a primeira carta dos direitos humanos. Ciro não era nenhum liberal – reprimia com brutalidade qualquer revolta política –, mas de fato manteve o culto a diferentes deuses.

Ciro morreu em campanha em 530 a.C., lutando contra Tômiris, rainha dos massagetas, ávida para vingar-se com derramamento de sangue pela morte de seu filho, que havia sido mantido em cativeiro por Ciro. No túmulo de Ciro em Pasárgada, ainda hoje preservado, lê-se a inscrição: "Ó, homem, quem quer que sejas e quando quer que venhas, pois sei que virás, eu sou Ciro, e conquistei o império para os persas. Não tenhas rancor, pois, por este punhado de terra que cobre o meu corpo". Foi sucedido por seu filho, Cambises II, cujo breve reinado resultou na tomada do único território no Oriente Próximo que Ciro não havia acrescentado a seu império: o Egito. O império aquemênida quase desmoronou, mas foi refundado por um segundo construtor de impérios persa, apenas remotamente aparentado de Ciro: Dario, o Grande, conquistou todos os reinos de Ciro, corroborou as políticas tolerantes deste, invadiu a Ucrânia, Índia e Europa e organizou o primeiro serviço postal imperial e a primeira moeda corrente mundial: foi o Augusto do império persa. Mas decidiu subjugar a Grécia, onde, antes de sua morte em 490 a.C., veio a ser derrotado pelos gregos na batalha de Maratona. O sucessor de Dario, seu filho Xerxes, não conseguiu esmagar os gregos – mas seu legado garantiu que o império de Ciro durasse dois séculos.

# O BUDA

*ca.* 563-483 a.C.

> — *Você é um ser celestial ou um deus?*
> — *Não; não sou um ser celestial nem um deus.*
> — *Bem, então, será que você é algum tipo de mágico ou mago?*
> — *Não sou nem mágico nem mago.*
> — *Você é um homem?*
> — *Também não sou um homem.*
> — *Bem, meu amigo, então, afinal, quem você é?*
> — *Eu sou um Desperto.*

Sidarta Gautama, o Buda, indagado
na estrada após sua iluminação

Os ensinamentos de benevolência, tolerância e compaixão do Buda têm um apelo universal que se estende muito além daqueles que seguem expressamente o budismo. Sua busca pela iluminação deu origem a um movimento que é tanto um código de ética quanto uma religião, e que propicia a cada um de seus seguidores a capacidade e o desejo de viver uma vida de plenitude e realização espiritual.

De acordo com a lenda, o Buda foi concebido quando Maya, a rainha consorte do rei dos sakias, sonhou que um elefante branco com muitas presas tinha entrado em seu ventre. Nascido em um recinto fechado com cortinas em um grande parque no Nepal, o príncipe foi originalmente chamado de Sidarta Gautama (o título Buda – "o iluminado", "aquele que sabe a verdade", "aquele que despertou" – foi conferido a ele mais tarde). Seu nome próprio, que significa "aquele que realiza todos os desejos", "aquele cujo objetivo é realizado", era uma alusão às previsões sacerdotais de que ele alcançaria a grandeza como governante ou como professor de religião. Alguns estudiosos sugeriram que seu nascimento foi posterior ao que diz a tradição, por volta de 485 a.C.

Sete dias após o nascimento, a mãe de Gautama morreu. Ansioso para que seu filho seguisse o antigo caminho mundano, seu pai (Sudoana) cuidou para que Gautama tivesse uma educação requintada e uma vida "excessivamente cercada de conforto e proteção", resguardando-o de qualquer sinal de sofrimento. Ele raramente deixava seus palácios (tinha um para cada estação do ano) e, nas raras ocasiões em que o fazia, o rei tomava providências para que as ruas estivessem cheias de pessoas jovens, saudáveis e alegres. Somente aos 29 anos Sidarta teve alguns encontros fortuitos, primeiro com um homem velho, depois com um homem doente e finalmente com um cadáver, que o alertaram para a existência da idade, da enfermidade e da morte. Essa percepção inspirou um aspecto fundamental da doutrina budista – a de que a existência humana é repleta de sofrimento.

Posteriormente, ao avistar um sereno e sorridente andarilho de cabeça raspada e manto amarelo, cujo rosto irradiava paz profunda e dignidade, Gautama fez a "Grande Renúncia", abandonando o luxo principesco na esperança que uma vida religiosa austera pudesse trazer uma maior realização espiritual. Depois de olhar pela última vez sua bela esposa e o filho recém--nascido adormecidos, ele saiu do palácio na calada da noite para abraçar a vida de asceta errante.

A busca de Gautama pela iluminação espiritual levou-o a dois renomados sábios e filósofos, mas quando suas habilidades superaram a de seus tutores, ele recusou a proposta de que se tornassem seus discípulos. Em vez disso, acompanhado por cinco ascetas, Gautama se retirou para o vilarejo de Uruvela, onde passou seis anos tentando alcançar seu objetivo supremo e derradeiro, o nirvana – o fim do sofrimento. O jejum e a negação, no entanto, mostraram-se pouco recompensadores. Com braços e pernas "parecendo trepadeiras ressequidas" e "nádegas feito um casco de búfalo", Gautama formulou outro de seus princípios fundamentais: o caminho para a iluminação está em uma vida de moderação – o "Caminho do meio", a vida equilibrada e disciplinada. Os brâmanes ascetas ficaram tão escandalizados com esse conceito que abandonaram Gautama. Meditando em total solidão, Sidarta, então com 35 anos, encontrou uma enorme figueira, e durante 49 dias permaneceu sentado de pernas cruzadas sob a árvore Bodhi, transcendendo todos os estágios da mente até atingir a iluminação. Enquanto passava as vigílias da noite, ele lutou contra o demônio e triunfou, viu todas as suas próprias vidas passadas e todas as vidas passadas e futuras de todo o mundo, e com sua alma purificada emergiu como o Buda: "Minha mente foi emancipada [...] a escuridão foi dissipada, a luz surgiu".

O Buda prontamente converteu os cinco ascetas e passou o resto da vida ensinando o caminho para a iluminação. Ele treinou seus seguidores para converter outros, e sua comunidade de monges (o título pelo qual o Buda se dirigia a seus discípulos) floresceu. Pressionado por seguidores ávidos, mais tarde instituiu uma ordem de freiras. Professor incomparável, o Buda entendia instintivamente a capacidade de cada aluno. Quando, antes de morrer, perguntou a seus discípulos se eles tinham alguma dúvida que gostariam de esclarecer, nenhum deles o questionou. Os que o procuravam determinados a se opor a ele acabavam se convertendo. Quando até mesmo um famoso assassino se tornou monge, os adversários do Buda o acusaram de ser uma espécie de mago que tinha na manga algum "truque sedutor".

Aos oitenta anos, o Buda anunciou sua intenção de morrer e o fez logo depois de ter comido um prato de carne de porco preparado por um seguidor leigo. Apesar dos pedidos de seu discípulo mais íntimo, Ananda, ele se recusou a nomear um sucessor. Antidogmático até o fim, o Buda afirmava que seus ensinamentos deveriam ser tratados como um conjunto de princípios racionais que cada pessoa deveria aplicar por si própria. Descansando em um sofá – que em breve seria seu leito de morte – colocado entre duas árvores em um parque, ele instruiu seus discípulos a deixar que a verdade que é o *dharma* (ordem natural) "seja seu mestre quando eu partir".

# CONFÚCIO

## 551-479 a.C.

*Um homem que revisita o velho a fim de descobrir o novo é qualificado para ensinar os outros.*

Confúcio, *Os analectos* 2, 11

Confúcio foi um filósofo e professor chinês cuja influência foi sentida – e ainda hoje o é – não apenas em sua China natal, mas em todo o leste da Ásia. Ele considerava a aprendizagem como o verdadeiro caminho para o aperfeiçoamento individual, mas, de maneira que deixaria uma marca indelével em todo o pensamento oriental, adotou também uma visão eminentemente prática de seu papel. Confúcio via a cultura e o refinamento, baseados firmemente na tradição e na correta observância ritual, como as chaves para a boa governança e buscou colocar suas ideias em prática ao assumir um papel ativo na administração de seu país.

Filho de aristocratas empobrecidos, Confúcio nasceu e cresceu no estado de Lu (a atual província de Shandong). "Confúcio" é uma versão latinizada de seu nome; no Oriente ele é conhecido como Kongzi ou Kongfuzi (que significa "Mestre Kong" – seu nome de família). Embora não haja certeza quanto a sua data de nascimento, seu aniversário é celebrado, de acordo com a tradição do Leste asiático, em 28 de setembro.

Aos quinze anos, Confúcio já se tornara um aprendiz ávido e dedicado, com um prodigioso apetite pelas seis disciplinas: caligrafia, aritmética, arco e flecha, condução de carruagens, ritual e música. Chamava a atenção como aluno exemplar e por questionar incessantemente seus professores no Grande Templo. Na juventude, teve vários empregos, trabalhando como vaqueiro, pastor, supervisor de estrebarias e guarda-livros. Casou-se aos dezenove anos e, ao perder a mãe aos 23, diligentemente observou a tradição de guardar luto durante três anos. Confúcio passou a maior parte de seus vinte e poucos anos combinando a vida profissional com a devoção à educação.

Seu conhecimento das seis disciplinas foi reforçado pelo profundo estudo da história e da poesia, e aos trinta anos, ele estava pronto para iniciar uma brilhante carreira docente. Antes de Confúcio, o ensino era geralmente realizado por professores particulares para os filhos dos ricos, ou então era essencialmente treinamento vocacional em cargos administrativos. Confúcio adotou um novo e radical enfoque, defendendo a aprendizagem para todos como um meio de beneficiar tanto o aluno quanto a sociedade. Implementou um programa de estudos elaborado para líderes em potencial, treinando seus alunos para a carreira política e argumentando que um soberano instruído seria capaz de disseminar sua aprendizagem para seus súditos e, assim, melhorar a sociedade como um todo.

Ao contrário de muitos outros sábios da época, que evitavam a interação humana e se apartavam da sociedade, Confúcio empenhou-se de todo o coração ao governo de seu Estado. Serviu como magistrado, ascendeu na carreira até se tornar ministro assistente de Obras Públicas, e depois foi promovido para o cargo de ministro da Justiça. Aos 53 anos, tornou-se ministro-chefe do rei de Lu, acompanhando-o em missões diplomáticas.

Mas a influência que Confúcio exercia sobre o rei e seus rígidos princípios morais provocaram a antipatia do resto da corte, que conspirou para tolher seu trabalho. Ao constatar que sua mensagem estava sendo ignorada, Confúcio deixou a corte e foi para o autoimposto exílio. Durante os doze anos de sua ausência, percorreu os estados de Wei, Song, Chen e Cai, ensinando e desenvolvendo sua filosofia. Sua reputação como a "língua de madeira no sino da era" começou a se espalhar.

O pensamento de Confúcio era em parte uma reação à inexistência de leis de sua época, um período de inquietação sem autoridades reconhecidas em que prevalecia a anarquia e em que os senhores vizinhos estavam constantemente em conflito uns com os outros. Sua posição era essencialmente conservadora, enfatizando a importância da tradição, a devida observância ritual e o respeito pelos anciãos e ancestrais. Confúcio via a si mesmo como um canal de aprendizagem, que nada inventava, mas simplesmente transmitia a sabedoria recebida e encorajava a autoinvestigação e a busca pessoal por conhecimento. Sua ideia era criar um novo tipo de classe governante, escolhido exclusivamente com base no mérito pessoal, em substituição à nobreza militar hereditária; a seu ver os regentes não deveriam impor regras e governar por meio de ameaças de punição, mas sim desenvolver suas próprias virtudes e assim fazer por merecer ganhar a devoção de seus súditos.

Os ditos de Confúcio foram compilados depois de sua morte em *Os analectos*, que formam a base do que os ocidentais chamam agora de confucionismo (o termo não se traduz de maneira significativa em chinês). Seu preceito mais famoso, a chamada "regra de ouro", está refletida em incontáveis sistemas morais posteriores (incluindo o cristianismo). É bem sintetizada no seguinte diálogo:

> *O perito Kung perguntou*: Existe uma palavra que possa ser um guia de conduta durante toda a vida de alguém?
> *O mestre respondeu*: Que tal *shu*? Não imponha aos outros aquilo que você não deseja para si próprio.

A ideia de *shu* (em tradução grosseira, "reciprocidade") percorre a ética de Confúcio, que também é fundamentada pelas noções de *li*, *yi* e *ren*. O conceito de *li* equivale aproximadamente a ritual; *yi*, a retidão; e *ren*, a bondade ou empatia.

Confúcio terminou seu exílio aos 67 anos, regressando ao estado de Lu para escrever e ensinar. Abalado pela perda de seu filho, morreu aos 73 anos.

# SUN TZU

*ca.*554-496 a.C.

> *Seja extremamente sutil, tão sutil a ponto de se tornar informe e ninguém poder achar qualquer rastro. Seja extremamente misterioso, tão misterioso a ponto de se tornar imperscrutável e ninguém poder ouvir qualquer informação. Assim você poderá controlar em suas próprias mãos o destino do inimigo.*

Sun Tzu (ou Sunzi) foi o autor de um tratado sobre a guerra que ainda é imensamente importante no pensamento militar, nos negócios, na política e na psicologia das relações humanas.

Pouco se sabe sobre a vida de Sun Tzu, a não ser que foi contemporâneo de Confúcio. Acredita-se que tenha sido um general do estado de Wu, no final do Período da Primavera e Outono (770-476 a.C.). Em *A arte da guerra*, ele destilou seu gênio militar em uma série organizada de instruções e axiomas que abrangem todas as facetas de uma campanha bélica bem-sucedida.

Um dos aspectos mais impressionantes dessa obra é a insistência de Sun Tzu no sentido de que, embora "a arte da guerra seja de vital importância para o Estado", quase sempre é melhor evitar a batalha, que ele considera dispendiosa, turbulenta, prejudicial e danosa para a população em geral:

> Lutar e conquistar em todas as batalhas não é a excelência suprema; a excelência suprema consiste em minar a resistência do inimigo e vencê-lo sem que haja qualquer batalha.

Nas circunstâncias em que o combate não pode ser evitado, a preparação e o conhecimento em relação ao inimigo são tudo:

Se você conhece o inimigo e conhece a si mesmo, não precisa temer o resultado de cem batalhas. Se você se conhece mas não conhece o inimigo, para cada vitória obtida sofrerá também uma derrota. Se você não conhece nem o inimigo nem a si mesmo, sucumbirá em todas as batalhas.

Ignorar esse conselho porque ele exige a custosa despesa de coligir informações de inteligência é simplesmente errado:

Permanecer na ignorância acerca da condição do inimigo simplesmente por causa da relutância e má vontade de gastar cem onças de prata [...] é o auge da desumanidade.

Como Sun Tzu deixa claro em muitas passagens do texto, a atenção aos detalhes pode vencer a batalha antes de o combate começar: "Não cometer erros é o que estabelece a certeza da vitória, pois significa conquistar um inimigo que já está derrotado". E isso, em teoria, deveria minimizar os danos causados pela batalha:

Na guerra, a melhor política de todas, geralmente, é capturar um Estado intacto; arruiná-lo e destruí-lo denota atitude inferior e não é tão bom. Assim, também, capturar o exército inimigo inteiro ou prender um batalhão, um regimento ou um destacamento de cinco homens intactos, é melhor que destruí-los.

Embora pudesse tratar a guerra de forma impassível e cruel, Sun Tzu enfatiza a necessidade de violência e derramamento de sangue apenas na medida do absolutamente necessário. Os soldados inimigos deveriam ser tratados com gentileza, e campanhas longas e destrutivas deveriam ser evitadas em favor da vitória rápida. É a mistura de estratégia brilhante e análise tática com uma preocupação com o bem-estar humano que torna Sun Tzu relevante ainda hoje.

# LEÔNIDAS

morreu em 480 a.C.

*Leônidas foi morto no decorrer dessa batalha, depois de haver praticado os mais prodigiosos feitos, como verdadeiro homem. Ao seu lado pereceram outros espartanos de grande valor – seus nomes, como os nomes de todos os 300 [...] merecem ser lembrados.*

Heródoto, *Histórias*, Livro VII

A derradeira batalha de Leônidas e seus 300 contra o poderio da Pérsia espalhou por todo o mundo a lenda da bravura espartana. Guerreiro inigualável, Leônidas sacrificou-se pela liberdade grega. Sua intrépida defesa no desfiladeiro das Termópilas, repelindo os ataques iniciais do inimigo, deu aos gregos o tempo e a inspiração para derrotar os exércitos persas, vastamente superiores, que procuravam dominar a Grécia.

Havia mais de uma década os gregos lutavam contra os persas, que estavam determinados a absorvê-los em seu império. Diante da intransigência grega, o grande rei persa Xerxes reuniu o maior exército que o mundo antigo já havia visto. Em 480 a.C., cruzou o estreito de Dardanelos em uma ponte de barcos, depois investiu de chofre contra a costa em direção à área central da Grécia. O avanço de Xerxes parecia inexorável; a subjugação da Grécia, inevitável.

Mais ou menos dez anos antes, Leônidas havia ascendido ao trono de Esparta, uma cidade-Estado na área do sudeste do Peloponeso conhecida como Lacedemônia ou Lacônia. Daí surgiram as palavras "lacônico" e "laconismo", pois os espartanos eram famosos por sua concisão e pelo uso de poucas palavras para se expressar – o que é exemplificado pela rigidez, disciplina, tenacidade e persistência espartanas que Leônidas e seus companheiros demonstrariam.

Para um rapaz espartano existia uma única carreira: ser uma máquina de combate. Em um sistema educacional tão impiedoso quanto eficaz, Esparta criava homens que pertenciam, como disse o historiador romano Plutarco, "inteiramente ao seu país e não a eles próprios".

Esparta estava congelada em uma constituição ancestral estabelecida no século VII a.C. pelo semilendário rei Licurgo. A inovação era uma ofensa mortal, o individualismo foi impiedosamente erradicado. Estrangeiros eram malquistos, o dinheiro foi substituído por barras de ferro, os espartanos faziam juntos as refeições. Nada que dividisse a irmandade de Esparta era tolerado.

Esparta começava a selecionar seus guerreiros já no nascimento. Inspecionando minuciosamente todos os recém-nascidos do sexo masculino, o conselho de anciãos eliminava os doentes e malformados, abandonando-os na encosta de uma montanha para morrer. Os robustos, destinados a proteger em vez de sobrecarregar o Estado, eram enviados de volta a seus pais para serem criados por amas-secas.

Aos sete anos, os meninos eram colocados sob a tutela do Estado em uma espécie de escola, que se empenhava em transformá-los em alguns dos guerreiros mais vigorosos e violentos que o mundo já viu. A graciosidade dos soldados de Esparta, cujos movimentos lembravam um balé, era aperfeiçoada por anos de ginástica e atletismo, atividades que prativacam completamente nus. Os espartanos dedicavam-se de forma tão incessante a tais exercícios que os atenienses lhes deram o apelido de *phaenomerides*, os "exibidores de coxas".

Aos meninos ensinavam-se apenas as habilidades necessárias para a guerra. A alfabetização e as artes não tinham importância, e a música era bem-vinda apenas na medida em que estimulava pensamentos heroicos. Astúcia, resistência, vigor e ousadia eram valorizados. Os meninos dormiam em paletes feitos de juncos que eles mesmos recolhiam. Eram deixados sem comida, o que os incentivava a tomar a iniciativa de obter seu próprio sustento recorrendo inclusive ao roubo, e só recebiam punição se fossem apanhados em flagrante.

As competições de açoitamento punham à prova sua resistência mental e física. Alguns morriam, mas, contanto que não traíssem nenhum vestígio de emoção, eram homenageados com uma estátua. Obrigados a lutar uns contra os outros, os meninos lançavam-se ao combate com selvageria irrefreável e ininterrupta. Passavam longos períodos no ermo, abandonados à própria sorte. Quando os soldados-cidadãos completavam vinte anos e já se aproximavam do fim de seu treinamento, um esquadrão de elite era despachado para viver uma existência de guerrilha, usando *hilotas* (servos) como alvos.

Todos os jovens tinham que viver aquartelados em alojamentos até os trinta anos. Eram encorajados a se casar, mas só podiam visitar suas esposas furtivamente. "Alguns deles", relata Plutarco, "tornavam-se pais antes mesmo de verem a própria esposa à luz do dia." Pouco importava: a educação dos rapazes havia produzido um elo inquebrantável. "Eles eram incapazes de viver sozinhos e tampouco estavam dispostos a isso", continua Plutarco, "mas eram como homens incorporados uns aos outros."

"Uma cidade será bem fortificada se for cercada por homens valentes e não tijolos", declarou Licurgo. Os cidadãos de Esparta não trabalhavam – isso era para os *hilotas*, cujo número superava o de cidadãos na ordem de 25 para 1. Os espartanos nasciam e eram criados e treinados para lutar; assim, no que diz respeito a isso, o heroísmo dos 300 nas Termópilas não deveria nos surpreender.

Dizia-se que o Oráculo de Delfos havia profetizado a Leônidas que somente o sacrifício de um rei descendente de Hércules poderia salvar sua cidade da destruição. Leônidas, o décimo sétimo rei da dinastia Agiad, sabia que sua família alegava descender de Hércules e, portanto, de Zeus. Quando representantes das aterrorizadas cidades-Estado gregas se reuniram em conferência em Corinto a fim de discutir o avanço de Xerxes, Leônidas se ofereceu para liderar seus homens e encurralar os persas no único ponto de estrangulamento que restava: o estreito desfiladeiro das Termópilas.

Parecia uma batalha invencível desde o início. Com os atenienses zarpando para combater os persas no mar e as outras cidades-Estado aparentemente resignadas a seu destino e concentrando-se em garantir a vitória nos Jogos Olímpicos, Leônidas recebeu um contingente de não mais do que 7 mil gregos para debelar o vasto exército persa. Mesmo Esparta – ocupada com seus próprios jogos cerimoniais e querendo reservar o grosso de suas tropas para defender o istmo de Corinto, a porta de entrada para o Peloponeso – concedeu a seu rei apenas 300 soldados.

Leônidas, que escolheu apenas homens com filhos que tinham idade suficiente para assumir o papel de seus pais, aparentemente não duvidava de que estava rumando para a morte e disse à esposa: "Case-se com um bom homem e tenha bons filhos".

A lacônica perspicácia dos lacedemônios espalhou por todo o mundo a lenda da intrepidez espartana. Quando o emissário de Xerxes instruiu Leônidas a ordenar que seu exército depusesse as armas, o espartano respondeu:

"Venha buscá-las". Seus homens não eram menos insolentes. Quando os persas ameaçaram a defesa grega dizendo que dispaririam flechas tão numerosas que obscureceriam a luz do sol, um espartano respondeu: "Tanto melhor, combateremos à sombra!".

Xerxes estava confiante na vitória depois que seu batedor relatou que os espartanos pareciam estar se preparando para a batalha com exercícios de alongamento e penteando seus longos cabelos. No entanto, no dia seguinte, os batalhões persas que tentaram abrir caminho à força através dos contrafortes da montanha foram abatidos aos milhares, em sucessivas ondas de dizimação. Os persas que se aproximavam eram forçados a escalar uma muralha de cadáveres de companheiros mortos, até que se viam enredados em uma armadilha mortal. Depois de três dias lançando dezenas de milhares de homens contra o pequeno grupo de gregos, Xerxes bateu em retirada para repensar seus planos.

Não fosse pelas ações de um homem, a previsão do Oráculo de Delfos talvez tivesse se mostrado falsa. Mas quando um grego traidor chamado Efíaltes mostrou aos persas um caminho oculto que contornava o desfiladeiro e os levou para trás das linhas gregas, o destino de Leônidas foi selado. O rei-general dispensou a maior parte do seu exército. Com setecentos téspios que escolheram ficar e quatrocentos tebanos que desertaram quase imediatamente, Leônidas e seus 300 espartanos formaram uma última linha de retaguarda para atrasar o avanço persa e proteger os gregos que recuavam. Sabiam que morreriam lutando.

Os gregos lutaram com lanças. Quando suas lanças se quebraram, lutaram com espadas. Quebradas as espadas, lutaram com os dentes e as mãos até tombarem. O historiador Heródoto estimou que esse pequeno exército infligiu aos persas baixas que chegaram a 20 mil soldados. Quando o cadáver de Leônidas foi recuperado, Xerxes, furioso e impotente diante de sua ignominiosa vitória, ordenou que o rei morto fosse decapitado e seu corpo crucificado. Quarenta anos depois, os restos mortais de Leônidas foram finalmente devolvidos aos espartanos, para serem enterrados com as honrarias que mereciam.

A última batalha de Leônidas em defesa da Grécia inspirou os gregos a se unirem e lutar por sua liberdade. As posteriores vitórias sobre os persas no mar (Salamina) e na terra (Plateia) asseguraram que Xerxes fosse o primeiro e último soberano persa a pisar em solo grego. A bravura suicida dos espartanos, tão gloriosamente vitoriosa na derrota, é celebrada em um famoso epitáfio inscrito em uma pedra que marca o lugar onde eles caíram nas Termópilas:

Vá dizer aos espartanos, estranho que por acaso passa,
que aqui jazemos, obedientes às leis daquela raça.

# HERÓDOTO

*ca.*484-430/420 a.C.

*[Escrevo] na esperança de, assim, preservar da decadência a lembrança
do que os homens fizeram.*

Heródoto, *Histórias*, Livro I

Heródoto foi o "Pai da História" do Ocidente. Viajante e aventureiro, usou seu dom como contador de histórias para relatar as sublevações que afetaram as terras onde Europa, Ásia e África se encontram. É mais conhecido como um observador de perspicazes olhos de lince das guerras épicas entre a Grécia e a Pérsia no século V a.C., mas também registrou a crescente rivalidade entre Atenas e Esparta.

Heródoto foi o primeiro a empregar muitas das técnicas da moderna escrita histórica, e, embora vez por outra sua credibilidade tenha sido questionada, pesquisas contemporâneas demonstraram que ele estava certo.

Provavelmente Heródoto nasceu em Halicarnasso, então sob o domínio persa, mas passou grande parte da vida em Atenas, onde conheceu o dramaturgo grego Sófocles. Heródoto foi residir em Túrio, colônia no sul da Itália fundada com apoio ateniense. O último evento registrado por Heródoto ocorreu em 430 a.C., embora não se saiba com exatidão a data de sua morte.

Se nosso conhecimento acerca da vida de Heródoto é superficial e incompleto, nossa compreensão da época em que o historiador viveu é excepcional, graças ao trabalho que ele empreendeu. Heródoto viajou longamente pelo Egito, pela Líbia, pela Síria, pela Babilônia, pela Lídia e pela Frígia. Navegou

Helesponto acima até Bizâncio, visitou a Trácia e a Macedônia e fez incursões ao norte até o Danúbio, depois viajou para o leste ao longo da costa setentrional do mar Negro.

A obra-prima de Heródoto são suas *Histórias*, divididas em nove livros, cada um intitulado com o nome de uma das musas gregas. Os primeiros cinco livros dizem respeito aos antecedentes e causas das guerras greco-persas de 499-479 a.C. Os quatro últimos incluem o relato histórico das próprias guerras, culminando na invasão da Grécia pelo rei persa Xerxes à frente de um vasto exército.

Os livros que estabelecem os antecedentes das guerras são obras sutis que propiciam uma profusão de informações geográficas e políticas sobre o império persa e seus governantes. Eles também mapeiam as diferenças fundamentais entre a sociedade persa e a grega, com um nível de comparação que nenhum dos cronistas da cidade – que antes de Heródoto eram os responsáveis por escrever a história – havia sido capaz de alcançar. Heródoto observa como o império persa, embora constituído por diversos povos divididos por religião, geografia e língua, ainda assim age com uma extraordinária unidade. Os gregos, ao contrário, em meio a um conjunto relativamente pequeno de cidades-Estado culturalmente homogêneas, são propensos a facções e disputas internas.

Observações gerais astutas como essa ajudam a fornecer uma explicação para os eventos contemporâneos à vida do próprio Heródoto, quando as rivalidades e disputas políticas em Atenas afetaram o curso das sangrentas disputas entre os atenienses e os espartanos. Essa abordagem temática e grandiosa era algo bastante novo na escrita histórica.

As *Histórias* são um relato detalhado de quatro gerações de reis persas e suas conquistas. Heródoto descreve primeiro a expedição de Ciro, o Grande, à Lídia, seguida da conquista do Egito por Cambises e de sua malograda expedição rumo à Etiópia. Depois da loucura e da morte de Cambises, chega-se à reorganização e expansão do império sob Dario, o Grande, e finalmente Heródoto narra as campanhas lideradas por Xerxes contra os gregos.

Heródoto tende a dar importância às ações, personalidades e disputas de protagonistas individuais. Xerxes é retratado como arrogante, petulante, selvagem e cruel, e Heródoto sugere que foram esses defeitos de caráter as causas do fracasso de sua invasão.

Para Heródoto, o orgulho sempre precede a queda, mas ele enfatiza que tais fracassos e falhas não são punição dos deuses, e sim resultam de erros humanos. Esse enfoque racional, em que os deuses não intervinham nos assuntos dos homens, foi uma grande inovação e formou a base para a tradição da história ocidental.

O "Pai da História" também foi chamado de "Pai da Mentira". É verdade que alguns de seus relatos, como o das formigas gigantes devoradoras de homens, são fábulas. Mas seus métodos eram os de um verdadeiro historiador: ele comparava suas fontes sempre que possível. Foi também um contador de histórias extraordinário e extremamente habilidoso; o primeiro historiador, e provavelmente um dos maiores de todos os tempos.

# ALCIBÍADES

### *ca.*450-404 a.C.

*Que se não deve criar um leão numa cidade. Ou, depois de crescer, é preciso que se lhe acatem os humores.*

Veredicto do dramaturgo Ésquilo sobre Alcibíades
(opinião representada por Aristófanes em sua peça *As rãs*)

Alcibíades personificou a juventude dourada na Idade de Ouro da Grécia clássica e ocupou um lugar central na luta de vida e morte em que se enredou Atenas na segunda metade do século V a.C. Político deslumbrante e brilhante líder militar, Alcibíades foi excepcionalmente abençoado: bem-nascido, charmoso, bonito, carismático, perspicaz, eloquente. Mas suas virtudes eram acompanhadas de profundos defeitos: vaidade, falta de escrúpulos, egoísmo. Frustrado por seus inimigos políticos e por suas próprias falhas, no fim ele foi incapaz de aproveitar seus talentos para salvar sua cidade da destruição.

Por ocasião do nascimento de Alcibíades, ou pouco antes de 450 a.C., a cidade de Atenas vivia o auge de seu poder e riqueza. Menos de trinta anos antes, os atenienses haviam encabeçado uma aliança de Estados gregos para rechaçar os exércitos de invasores persas que vinham do Leste. Mas o que começou como uma liga voluntária de iguais foi gradualmente transformada em um império marítimo ateniense. Toda a adolescência de Alcibíades testemunhou tensões crescentes até que, finalmente, em 431 a.C., Esparta, um Estado conservador cada vez mais alarmado com as amplas ambições imperiais de Atenas, não aguentou mais e atacou, precipitando assim a Guerra do Peloponeso. O conflito armado engoliria o mundo grego no decorrer dos 27 anos seguintes, e ao fim e ao cabo resultou na derrota total de Atenas.

O pai de Alcibíades havia morrido em batalha em 447 a.C., deixando o menino para ser criado na casa de Péricles, o maior estadista ateniense e heroico líder da época. Alcibíades foi um adepto do filósofo Sócrates, e suas esplêndidas habilidades oratórias devem ter sido, em parte, reflexo dos excelentes fundamentos da retórica que ele aprendeu na convivência com Sócrates e Péricles.

Em 421 a.C., após dez anos de combates inconclusivos, Atenas e Esparta selaram a precária Paz de Nícias. Magoado por ser considerado jovem demais para participar das negociações de paz, Alcibíades começou a solapá-las, primeiro realizando discussões privadas com os embaixadores espartanos e depois tentando ridicularizá-las diante da assembleia ateniense. Foi eleito general em 420 a.C. e orquestrou uma nova aliança contra Esparta, mas suas agressivas ambições foram tolhidas dois anos depois, quando os novos aliados sofreram uma acachapante derrota contra os espartanos em Mantineia.

O momento decisivo da carreira de Alcibíades veio em 415 a.C., quando ele mais uma vez assumiu a causa do partido favorável à guerra, defendendo um destemido plano de enviar uma força expedicionária de grande envergadura para atacar a cidade de Siracusa, na Sicília. Sua ideia prevaleceu e ele foi nomeado um dos três generais estrategos que liderariam a expedição. No entanto, já pronto para zarpar, seus inimigos conseguiram enredá-lo (talvez injustamente) em um escândalo quando as *hermoi* – estátuas sagradas do deus Hermes que serviam como marcos fronteiriços – posicionadas ao redor de toda Atenas foram misteriosamente profanadas. Essa sacrílega atrocidade foi considerada um mau presságio para a expedição, que mesmo assim levantou âncoras sem que as acusações contra Alcibíades fossem resolvidas.

Chamado de volta a Atenas para enfrentar o julgamento, Alcibíades preferiu fugir e foi condenado à morte à revelia. Revelando então as profundezas de sua vingança, desertou para Esparta e persuadiu os espartanos a enviar tropas para reforçar Siracusa, o que contribuiu para a derrota catastrófica dos atenienses dois anos depois. A seguir, instigou Esparta a construir um posto avançado fortificado em Deceleia, à vista da cidade de

Atenas. Isso impedia os atenienses de voltar para casa e interrompia seu acesso a lavouras e minas de prata, forçando-os a viver dentro das muralhas da cidade durante todo o ano.

Tendo causado problemas para os atenienses em âmbito doméstico, Alcibíades mudou-se para a Jônia, a leste (Ásia Menor), fomentando revoltas entre os súditos aliados de Atenas. No entanto, seus conluios e maquinações com Esparta chegaram a um fim abrupto quando sobre ele recaíram suspeitas de ter um caso amoroso com a esposa do rei espartano. Sob risco mortal, ele mais uma vez fugiu, dessa vez para a Pérsia. Agora em negociação com os persas, Alcibíades ajudou a precipitar revoltas políticas em Atenas, onde em 411 a.C. intaurou-se um novo regime oligárquico (embora de curta duração).

Acreditando em (irrealistas) promessas de ajuda por parte dos persas, a esquadra ateniense restabeleceu Alcibíades como comandante. Entre 411 e 408 a.C., ele se redimiu conduzindo os atenienses a uma espetacular recuperação com uma série de sucessos militares. Os êxitos mais extraordinários foram infligir uma derrota esmagadora contra a esquadra espartana em Cízico em 410 a.C. e ajudar Atenas a retomar o controle da rota de abastecimento através do mar Egeu até o mar Negro.

Convidado de volta a Atenas e inocentado de qualquer impropriedade, Alcibíades foi aclamado comandante supremo da guerra em terra e no mar. Contudo, após um revés naval em Notium em 406 a.C. (devido à desobediência de um de seus subordinados – o próprio Alcibíades estava ausente), perdeu sua posição. Em 405 a.C., após uma derrota naval catastrófica em Egospótamo – que ocorreu apesar dos alertas de Alcibíades aos comandantes atenienses –, exilou-se de novo na Pérsia, onde foi assassinado, provavelmente a mando de Esparta, em 404 a.C.

Alcibíades era um poço de contradições, um fascinante meteoro bifronte, capaz de brilhar por um instante e, no outro, demonstrar sombria imprudência. Nos momentos de maior necessidade, Atenas pôde confiar nele para que usasse seus colossais talentos, o que por fim levou à destruição do próprio Alcibíades e de sua cidade.

# PLATÃO

*ca.*428-347 a.C.

> *Coragem é saber o que não temer.*
> Platão

Pupilo de Sócrates e professor de Aristóteles, Platão demonstrou em seu pensamento tamanhas perspicácia e originalidade que ainda hoje permanece sendo a segunda figura mais importante do formidável triunvirato que lançou as bases do pensamento ocidental.

Nascido em uma família ateniense nobre e rica, Platão descendia de uma linhagem que remontava aos últimos reis de Atenas. Discípulo e fervoroso admirador do plebeu Sócrates, cuja recusa em se sujeitar às regras e abrandar suas ideias provocou seu suicídio forçado, sob a acusação de blasfemar contra os deuses e corromper a juventude, em 399 a.C.

Desapontado com a demagógica democracia de Atenas, Platão viajou para o exterior, foi para a Itália e para Siracusa. Em seu retorno a Atenas, fundou em 387 a.C. a Academia, instituição que formou os maiores pensadores da geração seguinte, da qual Aristóteles foi a estrela mais brilhante. Lecionando na Academia até sua morte, quarenta anos depois, Platão escreveu suas maiores obras, incluindo os muitos diálogos socráticos protagonizados por seu inspirador tutor, e sua monumental *A República*, na qual descreve em linhas gerais o Estado ideal.

Já se disse que a filosofia ocidental existe como notas de rodapé para Platão. Racionalista extremo, Platão era um defensor do filósofo-governante de *A República*, que reinaria apenas segundo a razão. Mas, como a experiência sugeria que nenhum homem era capaz de tamanho comedimento, ele propôs que as leis deveriam circunscrever rigidamente as ações de um governante. Platão adotou as ideias de Sócrates ao argumentar que o bem é um conceito ou "forma" imutável e fundamental. Embora a opinião possa mudar, Platão teorizou, o conhecimento é eterno e invariável; a bondade é objetiva, inextricavelmente ligada à justiça e ao bem-estar pessoal.

Platão foi o primeiro pensador relevante a expressar a ideia de que as funções superiores da mente (*psyche*) estão, ou deveriam estar, no controle das paixões e apetites básicos do corpo. Sua crença de que a alma é uma prisioneira dentro do corpo foi contestada pela visão de Aristóteles de que ela é uma parte inerente do corpo. No entanto, apesar dessas divergências filosóficas, seu discípulo Aristóteles estimava Platão, para quem era "extrema blasfêmia até mesmo louvar" tamanho gênio.

# ARISTÓTELES

384-322 a.C.

*Aristóteles foi, e ainda é, o senhor soberano do entendimento.*

Samuel Taylor Coleridge

Aristóteles foi o gigante filosófico que, juntamente com Platão e Sócrates, lançou as principais bases do pensamento ocidental. Foi o polímata por excelência: eticista, físico, biólogo, psicólogo, metafísico, lógico, teórico literário e político. Ser tutor de Alexandre, o Grande, garantiu que seus pés ficassem firmes no chão.

Filho do médico da corte macedônica, Aristóteles passou vinte anos estudando sob a tutela de Platão na Academia em Atenas. A insaciável sede de Aristóteles pelo conhecimento levou seu tutor a comentar que ele precisava de "rédeas", e o entusiasmo de Aristóteles transparece de forma evidente em suas obras de cunho científico. Sua *História dos animais*, iniciada na década em que ele passou viajando após a morte de Platão, é um registro completo de todas as espécies de animais conhecidas no mundo grego; ele cataloga inúmeros organismos, valendo-se de minuciosas observações para explicar sua estrutura. Há, é claro, alguns erros (é improvável que um bisão, por exemplo, se defenda expelindo projéteis de fezes); no entanto, essa obra de gênio e energia incansáveis abriu o caminho para a ciência da zoologia.

A disposição para refinar ou contradizer doutrinas e opiniões anteriores; de fazer perguntas para as quais ele não sabia as respostas; de lutar com suas próprias ideias – de todas essas maneiras, Aristóteles transformou a metodologia do pensamento. Suas obras que sobreviveram não são leitura fácil. Trata-se, na maioria dos casos, de fragmentos, usados como notas quando ele dava aulas nas academias que fundava em suas viagens e no Liceu, o jardim coberto onde ele lecionava em seu retorno a Atenas. Acredita-se que a escola de filosofia fundada por Aristóteles – a escola peripatética – tenha recebido esse nome por causa dos caminhos cobertos do Liceu (*perípatos*), onde ele dava preleções lúcidas e perspicazes. Os jovens mais brilhantes da Grécia reuniam-se para aprender com ele.

Esse dândi rico, que ostentava joias e um elegante corte de cabelo da moda, defendia a mente acima de tudo. A filosofia de Aristóteles insistia no pensamento como o maior atributo do homem. A especulação filosófica implicava civilização: somente depois que já tivesse assegurado a posse de tudo o mais, então a pessoa poderia dar-se ao luxo de cultivar um pensamento puro e desimpedido, livre de obstáculos. Em suas obras sobre ética, Aristóteles chegou à conclusão que a bondade humana deriva do pensamento racional – que "o bem para o homem vem a ser o exercício ativo das faculdades da alma de conformidade com a excelência"; trata-se de uma afirmação da singularidade da humanidade que influenciou nossa compreensão da civilização desde então.

Especialista em lógica, Aristóteles, que supostamente ceceava ao falar, estabeleceu um novo vocabulário do pensamento. Fez da lógica um ramo independente da filosofia. Lutando para expressar com maior precisão o que queria dizer, ele cunhou novos termos para seus conceitos: substância, essência, potencial, energia. Aristóteles argumentou que a linguagem, sendo uma característica inconfundivelmente humana, é, portanto, uma expressão da alma. Ele desenvolveu a ideia que a análise de nossas palavras é a chave para entender nosso pensamento. Seu sistema de lógica silogística (por exemplo, "Todos os homens são mortais; os gregos são homens; portanto, os gregos são mortais") foi a pedra angular da análise lógica por mais de 2 mil anos.

Com a idade de 42 anos, Aristóteles retornou à sua terra natal para ser o tutor do filho do rei da Macedônia, Alexandre, então com treze anos. Aristóteles tentou incutir em seu pupilo duas das maiores contribuições da Grécia para a civilização: o heroísmo épico e a filosofia. O quanto da teoria política de seu preceptor o herdeiro do trono macedônio absorveu, esta é uma questão discutível. As ideias de Aristóteles baseavam-se na convicção de que os gregos eram superiores às outras raças. Embora reconhecesse que os governos deveriam ser escolhidos de acordo com as necessidades e capacidades de seus cidadãos, ele via com bons olhos e defendia a cidade-Estado governada por uma oligarquia esclarecida como a melhor forma de governo. Tais ideias podem não ter tido muito impacto sobre Alexandre, já que esse governante autocrático forjou um império. No entanto, os firmes princípios de Aristóteles foram um grande avanço para os conceitos políticos contemporâneos e influenciaram fundamentalmente o desenvolvimento da civilização grega.

Em sua *Poética*, Aristóteles estabeleceu os alicerces da tragédia que por muito tempo seriam observados no drama: a unidade de ação e um personagem central cuja falha trágica, como a *húbris* (orgulho em demasia), provoca sua derrocada. Aristóteles também identificou um processo de limpeza ou purificação (*catharsis*) no qual os sentimentos de piedade, medo e terror vivenciados pela plateia na contemplação do espetáculo trágico são expurgados, sentidos indiretamente por meio das ações executadas no palco.

A morte de Alexandre em 323 a.C. ocasionou o recrudescimento de uma onda de sentimento antimacedônico em Atenas, forçando Aristóteles a fugir da cidade. Referindo-se à morte do grande pensador Sócrates, Aristóteles teria dito que temia que os atenienses pecassem duas vezes contra a filosofia. Ele se retirou para as propriedades de sua mãe na ilha de Eubeia, mas morreu acometido de uma doença estomacal apenas um ano depois.

Aristóteles era considerado gentil e afetuoso, e seu testamento foi generoso tanto para seus filhos quanto para seus servos. O texto faz referência (como sugere a filosofia aristotélica) a uma vida familiar feliz. Aristóteles descreveu o homem como "um monumento da fragilidade", mas a conclusão derradeira e definitiva de sua filosofia é otimista. Segundo Platão, a alma está presa no corpo, desesperada para escapar do mundo da mudança e da ilusão. Aristóteles argumentou, em vez disso, que a alma é uma parte inerente do corpo e que a vida é desejável por si mesma.

A mundividência de Aristóteles, como boa parte do seu pensamento, encantava-se com o homem e celebrava o potencial humano. Ele acreditava que "Todos os homens, por natureza, desejam conhecer", afirmação que oferece um testemunho convincente da duradoura sede de conhecimento que o impulsionou ao longo de toda a sua vida.

# ALEXANDRE, O GRANDE

### 356-323 a.C.

*Não importa o que ele já tivesse conquistado, ele não teria parado por ali,
não se contentaria nem mesmo se tivesse acrescentado à Europa as Ilhas
Britânicas, mas sempre buscaria ir além, em busca de algo desconhecido,
e se não houvesse mais rival nenhum, competiria consigo mesmo.*

Arriano, *Anábase de Alexandro*, (*ca.*150 d.C.),
traduzido como *Expedição de Alexandre*, Livro VII.I

Alexandre III da Macedônia estendeu os limites do possível. Em pouco mais de uma década de brilhantes campanhas militares, ele construiu o mais vasto império que o mundo já havia visto, alongando-se desde a Grécia e o Egito, a oeste, até a Índia, a leste, e absorvendo, por inteiro ou em parte, dezessete Estados modernos. Dizem que ele chorou pelo fato de que não havia mais mundos para conquistar. Com alguma justificativa, a estátua erguida em homenagem a Alexandre após sua morte traz a inscrição "Eu seguro a Terra".

Alexandre foi um dos mais formidáveis comandantes militares de todos os tempos. Júlio César, um esplêndido general por seus próprios méritos, mergulhava em profundo desespero toda vez que ponderava sobre as conquistas de Alexandre. Provavelmente de baixa estatura e de cabelo loiro-arruivado, Alexandre se destacava por sua beleza pessoal, elegância e coragem e, acima de tudo, por sua tolerância e cavalheirismo, mas também era implacável na batalha e na política cortesã, e um beberrão contumaz que assassinou pessoalmente um de seus comandantes de mais alta patente.

Dois anos depois de herdar o trono macedônio por ocasião do assassinato de seu pai, Filipe II, um extraordinário rei-guerreiro que havia conquistado grande parte da Grécia, o baixinho e durão Alexandre, então um rapaz de 22 anos, já unira as díspares cidades-Estado da Grécia sob sua liderança a fim de travar uma guerra contra o poderoso império persa. Era o mais estimado sonho do mundo helênico e um objetivo ao qual Filipe tinha devotado a vida inteira.

Alexandre partiu em sua missão em 334 a.C. Em um intervalo de dois anos os persas foram totalmente derrotados em vitórias como a de Isso, que demonstrou o gênio militar e o virtuosismo tático de Alexandre. Triunfante, ele seguiu adiante para estabelecer-se à frente de seu próprio império, que incluía não apenas a Grécia e a Macedônia, mas também todo o Oriente Médio, do Egito e Ásia Menor à Mesopotâmia, Pérsia e além, Afeganistão adentro, abarcando partes da Ásia central e, no lado oposto das montanhas Indocuche, o rico vale do Indo. Somente a recusa definitiva e teimosa do exército macedônio em romper os limites do mundo conhecido impediu Alexandre de prosseguir. Quando morreu na Babilônia, com apenas 32 anos, o rei Alexandre estava planejando a conquista da Arábia e talvez tivesse projetos para o Mediterrâneo ocidental.

O governo de Alexandre uniu o Oriente e o Ocidente pela primeira vez. Talvez influenciado por seu tutor de infância, Aristóteles, Alexandre estava determinado a governar bem. Ele ordenou que seus ministros "desmantelassem as oligarquias em todos os lugares e criassem democracias". Proibiu seus exércitos de saquear terras conquistadas e fundou novas cidades em abundância – geralmente chamadas Alexandria. A maior delas, na foz do delta do Nilo, tornou-se durante muitos séculos o centro intelectual e comercial do mundo mediterrâneo. Alexandre queria criar um império fundindo o melhor das culturas grega e oriental. Recrutava persas para engrossar seus exércitos e distribuía esposas persas para seus generais, enviando de volta para a Europa qualquer macedônio que se opusesse a essa igualdade forçada. Ele mesmo se casou com a filha do rei persa destronado.

Ainda em vida, Alexandre foi reverenciado como um deus. Supostamente descendia de Aquiles por parte de mãe, e rumores sobre as suas habilidades sobrenaturais eram abundantes, reforçados por sua velocidade extraordinária e aparente invencibilidade pessoal em batalha. Descrito por um amigo como "o único filósofo que eu já vi pegar em armas", Alexandre amava poesia e música. Quando menino, ele declarou que, se pudesse salvar apenas um de seus pertences, seria a *Ilíada* de Homero. Alexandre estava sempre alerta para o simbolismo. Ao pisar pela primeira vez no litoral do império persa, na Ásia Menor, seu primeiro ato foi fazer uma peregrinação a Troia para homenagear seu ancestral Aquiles. Ele batizou de Bucéfala uma cidade no Indo, em homenagem a seu amado cavalo Bucéfalo, que morreu em batalha.

"Somente o sexo e o sono me tornam consciente de que sou mortal", declarou Alexandre. Ele teve diversas esposas e amantes, incluindo duas princesas persas e a filha do governador da Bactriana, a beldade Roxana (ou Roxane), com quem teve um filho, Alexandre iv. Mas seu grande amor foi um amigo de infância, Heféstion, que se tornou um dos seus generais e principais conselheiros. Alexandre ficou de coração partido pela morte precoce de Heféstion – embora mais tarde tenha tido relacionamentos com outros, incluindo Bagoas, um eunuco persa.

Alexandre sabia ser impiedoso. Ao assumir o trono após o assassinato de seu pai, mandou executar todos os pretendentes rivais, até mesmo seu meio--irmão, que ainda era uma criança. Executou por traição e conspiração um de seus melhores amigos, e também o pai do amigo – seu veterano general, Parmênio, que era inocente: Alexandre se recusou a correr o risco de vingança paterna. Assassinou um de seus camaradas mais antigos, Clito, o Negro, que uma vez salvara sua vida durante uma briga em um banquete real. Bêbado e furioso, Alexandre tomou uma lança e a arremessou contra Clito, transpassando-o – crime do qual ele se arrependeu profundamente, e que revelou as profundas e cruentas rivalidades de sua corte. Ele escravizou ou crucificou todos os tírios depois que eles resistiram ao cerco de sua cidade (Tiro) e arrasou Tebas, uma advertência para as cidades-Estado gregas revoltosas sobre qual seria a punição para quem se rebelasse. Mais para o fim da vida, Alexandre tornou-se cada vez mais despótico.

O tratamento que Alexandre dispensava aos inimigos, no entanto, muitas vezes demonstrava sua nobreza de espírito. Quando um rei indiano exigiu enfrentá-lo em batalha, Alexandre lutou e o derrotou, mas recompensou-o com a devolução de seu reino e também o de um vizinho menos afortunado. Ele tratou as esposas de Dario, o derrotado rei persa, com "a maior delicadeza e respeito" e concedeu liberdade de culto a judeus, persas e outros, para que adorassem como bem quisessem.

Alexandre mudou a face do mundo ao inserir o helenismo – o modo de vida grego – na cultura global, mas foi progressivamente adotando os costumes da realeza persa. Em junho de 323 a.C., Alexandre adoeceu, acometido de febre, possivelmente causada por água contaminada, excesso de vinho forte ou veneno. O mais provável é que tenha sido tifo, malária ou pancreatite. Incapaz de falar, seus soldados marchavam em fila diante de dele, aos prantos – mas havia muita tensão entre o rei e seus conselheiros por causa da cultura pró-persa do imperador e seus planos para novas conquistas. Alexandre morreu em 10 ou 11 de junho, com apenas 32 anos. Não havia herdeiros (embora Roxana estivesse grávida do futuro Alexandre iv), e rapidamente teve início uma guerra entre os generais de Alexandre, em meio a uma profusão de assassinatos, lutas e traições, dividindo o império em reinos poderosos dominados por novas dinastias governando o Egito e a Síria/Iraque, fundadas por seus comandantes Ptolomeu e Seleuco. Alexandre IV foi assassinado aos catorze anos, e o corpo de Alexandre, deitado em um sarcófago de ouro, foi capturado por Ptolomeu e levado para sua capital, Alexandria, no Egito, onde mais tarde foi admirado por César e depois por Augusto, que, desajeitadamente, arrancou-lhe o nariz. Por fim o túmulo desapareceu, seu destino desconhecido.

# QIN SHI HUANG DI

*ca.*259-210 a.C.

> *Se o regente governar as pessoas por meio da punição, elas terão medo. Temerosas, não cometerão vilanias.*
>
> Legalismo do senhor Shang, adotado por
> Qin Shi Huang Di como base para seu governo

Qin Shi Huang Di criou o primeiro império chinês unificado, que emergiu do Período dos Reinos Combatentes. Em 221 a.C., ele havia tido êxito em destruir os últimos reinos rivais remanescentes dentro da China e se tornara governante supremo: o Primeiro Imperador. Estadista impiedoso e conquistador dotado de maníacos talentos, assombrado pela loucura, sadismo e paranoia, o reinado de Qin Shi Huang Di rapidamente degenerou em uma tirania brutal e sangrenta. Sua reputação na China sempre foi a de um tirano, até que o presidente Mao Tse-tung, outro ditador monstruoso, associou-se ao Primeiro Imperador e o elevou à condição de seu glorioso precursor.

Príncipe da família real do reino de Qin, Zheng, nome que recebeu o futuro imperador, foi criado em cativeiro ilustre. Seu pai, o príncipe Zichu de Qin, servia então como refém do Estado inimigo de Zhaou, sob um acordo de paz entre os dois reinos. Posteriormente libertado, Zichu retornou a Qin e assumiu a coroa, com seu filho Zheng como seu herdeiro.

Em 245 a.C., Zichu morreu e Zheng, então com treze anos, subiu ao trono. Nos sete anos seguintes ele governou com um regente, até que em 238 a.C. assumiu o controle total em um golpe palaciano. Desde o início, Zheng mostrou uma nova crueldade: regularmente executava prisioneiros de guerra, contrariando a etiqueta estabelecida da época.

Zheng agora disputava o poder com os outros reinos chineses, criando um poderoso exército. Quando chegou ao trono, Qin tinha sido um Estado vassalo do reino de Zhaou. Em uma sequência de vitórias militares, seis reinos sucumbiram para as forças de Zheng: Han (230), Zhaou (228), Wei (228), Chu (223), Yan (222) e Qi, o último reino chinês independente, em 221 a.C. Comandante extraordinário, Zheng também era um diplomata habilidoso, especialmente tirando proveito das desavenças entre seus inimigos. Ele agora assomava como uma figura incontestada dentro de uma China unificada. Para comemorar esse feito, adotou um novo nome que refletia seu status inigualável: Qin Shi Huang Di, "O Primeiro Imperador Augusto de Qin".

Qin Shi Huang Di criou um Estado forte e centralizado em seus territórios. Em uma extensão da prática vigente no reino de Qin, as antigas leis e estruturas feudais que prosseguiam existindo em grande parte da China foram abolidas e substituídas por autoridades nomeadas pelo governo central e por um novo aparato administrativo. A padronização da escrita, da moeda corrente, de pesos e medidas chineses mudou as esferas da economia, do direito e da linguagem, com um sistema unificado de novas estradas e canais, para unir a China de forma coesa.

Havia, no entanto, um preço a ser pago – suportado pelo povo comum da China. Um contingente de 1 milhão de homens, recrutados como trabalhadores forçados, foi mobilizado para construir cerca de 7.563 quilômetros de estradas. Qin Shi Huang Di mandava esculpir seus éditos em letras enormes nas encostas de montanhas. À medida que seus projetos de unidade nacional tornavam-se cada vez mais ambiciosos, mais alto o preço em vidas humanas que eles exigiam. Um desses projetos foi ligar as numerosas muralhas de fronteira independente que protegiam como barricadas o norte da China contra a ameaça de tribos hostis. Isso criou efetivamente um precursor da Grande Muralha da China, mas custou centenas de milhares de vidas.

Ao mesmo tempo, Qin Shi Huang Di não estava disposto a aceitar quaisquer limites a seu próprio poder – em contradição com a crença confucionista de que um governante deveria seguir os ritos tradicionais, ele proibiu o confucionismo e perseguiu brutalmente seus adeptos. Os mestres e estudiosos confucionistas foram enterrados vivos ou decapitados; destino semelhante se abatia sobre seguidores de qualquer credo que pudesse desafiar a autoridade do imperador. Todos os livros que não fossem aprovados especificamente pelo imperador eram banidos e queimados; a curiosidade intelectual de qualquer espécie seria substituída por uma obediência inabalável.

À medida que foi ficando mais velho, Qin Shi Huang Di tornou-se obcecado com sua própria morte. Regularmente enviava expedições em busca de um "elixir da vida" que pudesse torná-lo imortal. Sentia-se cada vez mais temeroso quanto às dificuldades de sua posição, e com razão, pois era alvo de diversos complôs de assassinato. Os esforços do imperador para combater tal destino tornaram-se cada vez mais paranoicos e bizarros. Ao acaso, os servos da casa imperial eram obrigados a carregá-lo no meio da noite para aposentos alternativos, onde pudesse dormir. Numerosos sósias desdobravam-se para confundir possíveis assassinos. O imperador era mantido sob estrita vigilância, e qualquer suspeito de deslealdade era sumariamente eliminado.

Em última análise, a empreitada de Qin em busca da imortalidade foi a sua derrocada. Acreditava-se amplamente que um homem poderia viver mais tempo bebendo metais preciosos, adquirindo um pouco de sua durabilidade. O imperador morreu em 210 a.C., em meio a uma viagem para o leste da China, tendo engolido comprimidos de mercúrio criados por seu médico da corte em um esforço para lhe conferir imortalidade.

Mesmo na morte, Qin Shi Huang Di parecia ter medo de estar vulnerável a ataques. Muito antes de morrer, ordenou a construção de um gigantesco mausoléu de quase cinco quilômetros de extensão, guardado por um "exército de terracota" de mais de 6 mil esculturas de soldados de argila em tamanho real. O objetivo de Qin Shi Huang Di era assegurar que na morte, como na vida, todos os seus caprichos e desejos fossem atendidos em seu imenso palácio subterrâneo. Mais uma vez, a escala épica do projeto de construção exigiu um custo monumental em termos de vidas perdidas. Foram necessários cerca de 700 mil homens compulsoriamente recrutados, uma proporção substancial dos quais não sobreviveu à conclusão da tarefa.

O exército de terracota foi redescoberto em março de 1974 por um grupo de camponeses chineses que escavavam um poço perto da cidade de Xian. Enquanto cavavam, toparam com uma vasta câmara contendo as esculturas. Após uma investigação mais aprofundada, ficou claro que os soldados de infantaria, cavalaria, cocheiros, arqueiros e besteiros – esculpidos um a um – estavam guardando a entrada do enorme túmulo do Primeiro Imperador, Qin Shi Huang Di.

Até agora, apenas os soldados que guardam o caminho para a porta da tumba foram desenterrados. Cada um é entalhado com precisão de detalhes e expressões faciais individualizadas, variando em peso, indumentária e penteado de acordo com a patente. Todas as esculturas estão voltadas para o leste, de onde se supunha que os inimigos do imperador eternamente adormecido viriam. No total, o complexo funerário preenche uma montanha inteira, cobrindo uma área de mais de trinta quilômetros quadrados.

A escala do que ainda resta ser descoberto é indicada pelas palavras do antigo historiador chinês Sima Qian (Ssu-ma Ch'ien; *ca.*145-*ca.*85 a.C.), que descreve a tumba assim:

> Os trabalhadores [...] construíram maquetes de palácios, pavilhões e escritórios, e encheram a tumba de refinados vasos, pedras preciosas e raridades. Os artesãos receberam ordens de instalar bestas acionadas mecanicamente para disparar contra qualquer intruso. Com mercúrio foram criadas as várias vias navegáveis do império, os rios Yangtzé e Amarelo, e até mesmo o grande oceano propriamente dito, que fluíam e circulavam por meios mecânicos. Com pérolas brilhantes, as constelações celestes foram representadas acima, e com estatuetas de pássaros em ouro e prata e de pinheiros esculpidos em jade, a terra era colocada embaixo.

O legado imediato de Qin Shi Huang Di não sobreviveu por muito tempo. Ele havia declarado que o império que construíra iria durar mil anos, mas entrou em colapso apenas quatro anos após sua morte, quando a China mergulhou em um novo período de guerra civil. No entanto, Qin Shi Huang Di criou a realidade e a ideia de um império chinês, um território semelhante à atual República Popular da China.

# ANÍBAL

## 247-*ca*.183 a.C.

*Que nossas nações nunca se irmanem por amor ou aliança. Ó, vingador*
*ignoto, das minhas cinzas tu te ergues para perseguir a fogo e ferro [...]*
*que contra teus netos os meus travem guerras.*

A suicida Dido, rainha de Cartago, a seu
amante Eneias, que a abandonou para fundar
Roma – nas palavras de Virgílio na *Eneida*

O general cartaginês Aníbal foi o homem que mais chegou perto de colocar Roma de joelhos. Comandante de determinação, versatilidade e desenvoltura, ele inventou novas estratégias e táticas que ainda hoje são estudadas. Conseguiu o aparentemente impossível ao liderar um exército e mais de trinta elefantes de guerra sobre os Alpes na Itália, onde infligiu uma série de derrotas esmagadoras contra os romanos, para quem Aníbal era a nêmesis, uma figura aterrorizante e cruel, seu próprio nome evocando medo e pavor e inspirando a frase "Aníbal está aos portões!".

Cartago, perto da atual Túnis, fora colonizada pelos fenícios de Tiro no século IX a.C., e seus descendentes, os cartagineses, construíram seu próprio império comercial na região. Foi na Sicília que Cartago enfrentou pela primeira vez seu rival pelo poder no Mediterrâneo ocidental: Roma. A consequência foi a Primeira Guerra Púnica, da qual Roma saiu vitoriosa em 241 a.C.

O pai de Aníbal, o general e estadista Amílcar Barca, havia lutado nessa guerra, e diz-se que ele fez seu filho jurar ódio eterno aos romanos. Aníbal lutou ao lado dele enquanto conquistava um novo império cartaginês na Hispânia, que era, pelo menos em parte, um patrimônio familiar. Em 221 a.C., alguns anos após a morte de seu pai em batalha, Aníbal foi nomeado comandante na Hispânia, onde, três anos depois, buscando vingança pela derrota de seu pai pelos romanos, deliberadamente provocou a Segunda Guerra Púnica ao capturar a cidade de Sagunto, um aliado de Roma.

Determinado a destruir por completo seu inimigo declarado, Aníbal reuniu 40 mil soldados de infantaria, 12 mil de cavalaria e um contingente de elefantes de guerra. Com essa força poderosa ele cruzou os Pireneus e atravessou o sul da Gália e as águas do rio Ródano até o sopé dos Alpes. Os historiadores debatem sobre a rota precisa de Aníbal, mas qualquer que tenha sido a sequência de passadouros, desfiladeiros e gargantas que ele usou, certamente apresentou obstáculos colossais. Ele teve de enfrentar não apenas caminhos estreitos e congelados, deslizamentos de terra e fome, mas também precisou rechaçar tribos locais hostis. Por fim, após uma provação de cinco meses, Aníbal e a metade sobrevivente de seu exército chegaram às planícies do norte da Itália, prontos para marchar sobre Roma.

A travessia dos Alpes fora possível graças à imensa lealdade que Aníbal impunha. Até os inimigos mais ferrenhos reconheceram a excepcional relação que ele mantinha com seus homens, que provinham de muitos povos diferentes. Como o historiador Políbio observou, os empreendimentos de Aníbal eram "desesperados e extraordinários", mas o general cartaginês nunca pedia a seus homens que fizessem o que ele próprio não faria. Ele tinha apenas 26 anos quando o exército na Hispânia o elegera comandante, e em toda a sua longa carreira não há registro de motim ou mesmo deserção entre suas forças.

Às vezes conhecido como o "Pai da Estratégia", Aníbal foi pioneiro na ideia de que a guerra poderia ser vencida além da operação militar da batalha em si. Mestre da emboscada, atacava as comunicações do inimigo, tomava cidades e confiscava suprimentos pelas costas dos oponentes. Os romanos o acusavam de dissimulação e fingimento, mas ele também era magistral em batalha aberta, como atestam suas avassaladoras vitórias sobre os romanos no lago Trasimeno (217 a.C.) e o banho de sangue que foi a batalha de Canas. O emprego da tática do cerco em Canas (216 a.C.), resultando na morte de 50 mil romanos, foi admirado por Napoleão e Wellington e ainda é discutido por estrategistas militares. Depois dessa humilhação do prestígio militar romano, alguns dos aliados de Roma na Itália desertaram para o lado cartaginês.

Recebendo apoio insignificante de Cartago, Aníbal tinha de arregimentar soldados no local e cuidar ele mesmo do aprovisionamento de seus homens. Por fim, os romanos também empregaram táticas de guerrilha, exaurindo o inimigo. Aníbal continuou a fazer campanha, em grande parte no sul da Itália, com pouca ajuda de seus aliados italianos. Apesar de obter novas vitórias, seu exército nunca foi forte o suficiente para atacar Roma propriamente dita. Em 207 a.C., seu irmão mais novo, Asdrúbal Barca, liderou outro exército cartaginês pelo interior da Itália para se juntar a Aníbal numa marcha até Roma, mas Asdrúbal foi morto e seu exército, derrotado no rio Metauro.

Quando, em 203 a.C., o general romano Cipião Africano lançou uma contraofensiva no norte da África, Aníbal foi chamado de volta a Cartago, e no ano seguinte sofreu uma derrota decisiva por Cipião na batalha de Zama. Acusado pelo senado de Cartago por condução indevida da guerra, Aníbal ingressou na política, esfera em que suas admiráveis reformas administrativas e constitucionais provocaram a antipatia da antiga elite de Cartago; em pouco tempo ele foi denunciado aos romanos. Aníbal fugiu.

Aníbal passou seus últimos anos fomentando a guerra contra Roma para qualquer príncipe que o recebesse. Serviu a Antíoco III da Síria e depois foi ouvido em Creta e na Armênia. Acabou na corte do rei Prúsias I da Bitínia, mas os romanos tinham memória longeva e estavam dispostos a se vingar. No fim, pressionaram Prúsias a entregar Aníbal, mas o general escolheu a morte em vez do cativeiro. Em um vilarejo bitiniano, ele bebeu o veneno que por muito tempo havia carregado em seu anel, e assim escapou do inimigo uma última vez.

# JUDAS MACABEU E SEUS IRMÃOS

## século II a.C.

*Que Deus nos livre de abandonar a Lei e os nossos preceitos. Não escutaremos as ordens do rei e não nos desviaremos da nossa religião, nem para a direita, nem para a esquerda.*

1 Macabeus 2:21-22

Os Macabeus, assim chamados por causa de sua força militar semelhante a um martelo, eram cinco irmãos – e seu pai idoso – que, contra todas as probabilidades, rebelaram-se e derrotaram o opressivo império grego da dinastia selêucida para ganhar liberdade religiosa e política – e estabelecer o seu próprio reino judaico.

Os reis gregos da Ásia que então dominavam o Oriente Próximo eram descendentes de Seleuco, um dos generais de Alexandre, o Grande, que, após a morte de seu imperador e protetor, havia se apoderado de um vasto império. Agora, graças às conquistas de Antíoco III, o Grande (ou Antíoco Magno), eles governavam um império do Oriente Médio que incluía a Judeia, onde os judeus adoravam seu único deus. A dinastia praticava a tolerância religiosa, mas, depois da morte prematura de Antíoco III, seu belo porém desequilibrado filho mudou tudo isso.

Antíoco IV tentou incorporar o Egito ao seu império. Conseguiu conquistar o território egípcio, mas os romanos frustraram seu plano – e os judeus da Judeia rebelaram-se na retaguarda. O furioso Antíoco, que adotou para si o nome Epifânio (que significa "manifestação de um ser divino"), decidiu esmagar a religião judaica. Emitiu uma série de decretos proibindo o judaísmo em todas as suas manifestações. A observância da Torá, as leis da dieta *kosher* e a prática da circuncisão – tudo isso foi proibido sob pena de morte. Em 168 a.C., o Templo de Jerusalém, o local mais sagrado da cidade, foi convertido à força em um santuário para Zeus, enquanto as tropas patrulhavam as ruas e o campo para garantir que os judeus adorassem os deuses helênicos. O próprio Antíoco entrou no templo e sacrificou porcos em seu altar.

Muitos judeus cumpriram complacentemente as novas leis, enquanto uma minoria fugiu. Foi o velho Matatias, um sacerdote na cidade montanhosa de Modin, quem iniciou uma resistência ativa ao repreender um judeu que obedecia às novas ortodoxias e depois trucidar um emissário do império do mal. Com seus cinco filhos, Matatias retirou-se para a Jordânia com o objetivo de reunir suas forças judaicas e organizar um formidável exército guerrilheiro de insurreição. Pessoas de toda a Judeia afluíram para juntar-se a eles, acertadamente julgando que naqueles homens haviam encontrado os defensores de sua fé.

Os eventos de 168 a 164 a.C. são testemunho da bravura e da liderança dessa gente. Abrindo mão da essencialmente suicida recusa de lutar no sabá (consciência pesada que havia acarretado derrotas nos primeiros combates), os rebeldes alcançaram vitórias deslumbrantes contra os selêucidas e os "colaboracionistas" judeus agrupados para fazer frente a eles. Grande parte desse sucesso devia-se à liderança inspirada do filho mais velho de Judá, apelidado de Macabeu ("O Martelo"), antes de o nome ser aplicado à família como um todo. Os Macabeus infligiram uma série de derrotas esmagadoras a exércitos mais bem equipados e muito superiores numericamente.

Em três anos, os Macabeus tomaram Jerusalém e, em 164 a.C., o agora mais conciliador e transigente Antíoco morreu e seu sucessor pediu a paz (embora temporária). De maneira decisiva, a liberdade judaica de adoração foi restaurada. O templo foi purificado e reconsagrado em dezembro de 164 a.C. Embora o óleo da lâmpada do templo tivesse acabado, as lâmpadas dos candelabros (menorás) permaneceram acesas por oito dias, um milagre que inspirou o alegre Festival das Luzes do Hanukkah (Chanucá ou Hanucá), no qual os judeus ainda celebram a liberdade religiosa desvencilhada da tirania.

Tendo conquistado o direito de praticar sua religião, os Macabeus lutaram pela liberdade política que a protegeria. O resultado foi a criação de um Estado judaico independente, encabeçado pelos descendentes de Matatias. Lutando para expulsar da Judeia o império sírio, Judá morreu em batalha. Seu sucessor, Jônatas, o Astuto, assegurou com diplomacia as realizações militares de seu irmão. À medida que a luta dinástica e a guerra civil consumiam o império selêucida, a perspicaz avaliação que Jônatas fez do equilíbrio político e as criteriosas ofertas de apoio asseguraram-lhe substanciais ganhos territoriais. Mas os selêucidas tentaram reconquistar a Judeia: Jônatas foi enganado, capturado e morto. Em 142 a.C., Simão, o Grande, o mais jovem e o único filho sobrevivente de Matatias, negociou a independência política da Judeia. Foi a culminação de tudo aquilo pelo que a sua família havia lutado. Um ano depois, por decreto popular, ele foi investido como líder hereditário e sumo sacerdote do Estado. Isso marcou o estabelecimento da dinastia dos asmoneus, que tomou seu título do nome da família de Matatias. No decorrer do século e meio seguinte, os Macabeus governaram um reino judeu independente como reis e sumos sacerdotes, conquistando um império que logo se estendeu a grande parte dos atuais Israel, Jordânia e Líbano. Gradualmente, os dons da família enfraqueceram e eles se tornaram tiranos helênicos – até que Roma impôs sua vontade ao Oriente Médio.

Os Macabeus representam nobreza, coragem e liberdade, bem como a audácia de resistir a um império e o direito de todos a adorar como desejarem. Em uma luta de Davi contra Golias, o primeiro registro de guerra santa, um pequeno grupo de guerreiros conseguiu derrotar as poderosas falanges de um déspota arrogante.

# SULA

## 138-78 a.C.

*Sua inigualável boa fortuna – até seu triunfo na guerra civil – coadu-
nava com sua energia [...]. De sua subsequente conduta eu não poderia
falar sem sentimentos de vergonha e asco.*

Salústio, *A Guerra de Jugurta* (*ca.*41-40 a.C.)

De olhos cinzentos e cabelo loiro-acobreado, Sula foi o general e ditador cujo
governo homicida soou a sentença de morte da República Romana. Talentoso mas impiedoso comandante militar e político conservador, ele aniquilava
seus rivais, ganhando uma reputação de meio raposa meio leão. Embora Sula
se apresentasse como um "guardião da Constituição", ao fim e ao cabo a sua
desenfreada e irresponsável ambição acabou por se mostrar a sua ruína.

Lúcio Cornélio Sula era um retardatário no vale-tudo da política romana.
Embora de nascimento nobre, após a morte do pai ficou praticamente sem
vintém, em situação financeira precária. No final da adolescência e aos vinte
e poucos anos, de acordo com o historiador romano Plutarco, Sula "levava
uma vida desregrada, e dissoluta, geralmente na companhia de atores, bufões
e prostitutas". Uma coisa que essas experiências deram a Sula foi o carisma –
essencial para qualquer populista ambicioso.

Sula levou adiante sua ambição estabelecendo-se como amante de uma
viúva abastada, que ao morrer lhe deixou uma fortuna de herança. Navegando na crista da onda dessa maré de sorte inesperada, Sula pôde embarcar
no *cursus honorum* – o processo pelo qual políticos em ascensão galgavam as
fileiras na hierarquia da vida pública durante a República Romana. A essa
altura, porém, já estava com trinta anos. E com muitos de seus rivais tendo
iniciado suas respectivas carreiras aos vinte e poucos, Sula foi, desde o início,
um homem apressado.

Em 107 a.C., tornou-se *questor* (magistrado encarregado principalmente
de funções financeiras) e distinguiu-se em uma campanha militar bem-sucedida contra o rei da Numídia, Jugurta, servindo sob o cônsul Caio Mário.
Cerca de vinte anos mais velho que Sula, Mário passaria de mentor de Sula a

seu mais encarniçado rival. Entre 104 e 101 a.C., Sula novamente serviu com distinção sob Mário, e retornou a Roma com uma reputação triunfante e perspectivas brilhantes.

Nesse ponto, no entanto, a carreira de Sula entrou em uma espécie de calmaria. Foi somente na Guerra Social de 91-88 a.C., em que Roma enfrentou uma revolta maciça de seus aliados italianos até então leais, que Sula retornou ao serviço da linha de frente e adquiriu a reputação de general brilhante por seus próprios méritos. Ajudando a derrotar a insurgência, ele mostrou a combinação de propensão para a violência militar e selvagem brutalidade que viria a tornar-se sua marca registrada.

Retornando a Roma em triunfo, em 88 a.C. Sula tornou-se cônsul – o mais alto cargo eletivo da República. Ele também assegurou um comando militar pós-consular extremamente lucrativo, fazendo campanha no Leste contra o rei Mitrídates, do reino do Ponto. Mário, apesar de envelhecido, continuava extremamente ambicioso e acreditava que o comando de Sula no Leste deveria ter sido dele. Assim, quando Sula se ausentou de Roma, Mário aproveitou a oportunidade para que seus aliados políticos lhe transferissem o comando militar da guerra no Oriente.

Mas Mário julgara mal seu rival. Diante da possibilidade de agora perder tudo aquilo pelo que ele havia trabalhado por tanto tempo e com tanto afinco, Sula estava ferozmente determinado a derrotar seus inimigos por qualquer meio necessário. Ele tinha sob seu comando seis legiões – quase 30 mil homens. E tomou a decisão escandalosa e inaudita de marchar contra Roma – a Primeira Guerra Civil.

Derrotado, Mário fugiu para a África. Sula exigiu que seus adversários fossem considerados "inimigos do Estado" e restaurou suas leis e resoluções originais. No mais, sua retaliação foi surpreendentemente moderada. Ele introduziu várias reformas, e então, em 87 a.C., partiu para o leste, onde obteve vitórias significativas sobre Mitrídates e esmagou uma rebelião na Grécia. Durante o cerco de Atenas, ordenou a destruição dos bosques onde Platão e Aristóteles tinham refletido sobre a condição humana. Quando a cidade finalmente caiu, Sula deu carta branca às suas tropas para saquear e matar como bem entendessem.

Mas Sula estava novamente sendo contestado em Roma. Aproveitando-se mais uma vez da ausência de seu rival, Mário voltara e se tornara cônsul – pela sétima vez. Ele declarou inválidas todas as leis de Sula e o exilou de Roma. Em

82 a.C., Sula retornou à capital – mais uma vez à frente de um exército – e dessa vez não houve limites para sua vingança.

Mário havia morrido durante seu último consulado em 86 a.C., mas seus aliados políticos e familiares foram impiedosamente caçados. Tendo destruído seus rivais, no começo de 81 a.C. Sula foi nomeado ditador por um receoso Senado, e não demorou para que listas de indivíduos "proscritos" começassem a aparecer no fórum central de Roma. Todos os indivíduos proscritos foram condenados à execução e privados de seus bens e terras.

No espaço de alguns meses, talvez tenham sido assassinados cerca de 10 mil pessoas. Em uma ocasião notória, Sula discursou ao medroso Senado enquanto ecoavam os gritos de prisioneiros sendo torturados e mortos em um prédio vizinho. As margens do Tibre estavam forradas de cadáveres, e os edifícios públicos, repletos de cabeças decepadas.

Em meio à carnificina, Sula tentou reconstruir a integridade da República Romana que ele próprio ajudara a estilhaçar. Retratando a si mesmo como o "guardião da Constituição", Sula introduziu novas leis para restaurar o poder do Senado e das autoridades eleitas. Em 79 a.C., tendo subjugado seus inimigos e completado suas reformas constitucionais, ele ostensivamente retirou-se da vida pública.

Longe de salvar a República, Sula pavimentou o caminho para o seu derradeiro colapso. O poder, ele havia deixado bem claro, não estava com os políticos, mas com os generais. E o poder supremo pertencia a qualquer homem que conseguisse exercer força militar com a mais impiedosa brutalidade. Foi Sula, com sua selvageria desenfreada, quem abriu a porta pela qual marchariam os imperadores.

# CÍCERO

## 106-43 a.C.

*Havia em Cícero uma humanidade, algo quase de cristianismo, um passo adiante saindo das mentalidades mortas da vida romana e adentrando percepções morais, afetos naturais, domesticidade, filantropia e cônscio cumprimento do dever [...].*

Anthony Trollope, na introdução à sua *Vida de Cícero* (1880)

Cícero era um mestre supremo da palavra falada, e cujas conclamações na defesa da República Romana por fim custaram-lhe a vida. No tempo em que Cícero viveu, ele desfrutou da inconteste reputação de mais admirável orador de Roma, um estadista de inquestionáveis devoção e lealdade à República. Foi também um homem de intelecto e refinamento excepcionais, que exerceu uma duradoura influência sobre a civilização ocidental.

Apesar de ser um *novus homo* ("novo homem") – nenhum de seus ancestrais havia alcançado as mais altas posições hierárquicas do Estado –, Marco Túlio Cícero tornou-se um dos principais estadistas de Roma. Jovem brilhante que estudou sob a tutela das mentes mais esplêndidas do período, ele ingressou na carreira do direito romano como um caminho para a política. Ascendeu rapidamente e era famoso pelo brilhantismo de sua mente e suas deslumbrantes habilidades oratórias.

Cícero nunca se incomodou com falsa modéstia, mas o povo romano geralmente compartilhava da alta opinião que o orador e jurista tinha acerca de si mesmo. Um forasteiro no sistema político dominado pelos patrícios, Cícero foi eleito para os mais altos postos do Estado, em todos os casos na idade mínima permitida. Em 63 a.C., depois de atingir o ápice dos cargos políticos eletivos, o consulado, rapidamente se estabeleceu como um herói nacional. Descobrindo a conspiração de Catilina, um complô patrício para derrubar a República, Cícero conseguiu convencer o Senado a decretar a pena de morte para os conspiradores, derrotando Júlio César em um debate no processo. Quando anunciou a execução para as multidões com apenas uma palavra, *vixerunt* ("a vida deles está acabada"), Cícero foi saudado com tumultuoso frenesi como *pater patriae* – "pai do país".

No espaço de poucas frases ele era capaz de comover júris e multidões e levá-los do riso às lágrimas, raiva ou piedade. Usando palavras simples, podia expor o cerne de uma questão complexa, mas, se necessário, sabia usar a retórica para deixar perplexa sua audiência, ganhando casos, em sua própria definição, "jogando poeira nos olhos dos jurados". Sua célebre declaração "*Civis romanus sum*" ("Eu sou um cidadão romano") acabou por condensar a defesa dos direitos de um cidadão contra o despótico e autoritário poder do Estado. O estilo inconfundível da eloquência de Cícero transformou a linguagem escrita. Sua capacidade de arranjar em camadas oração sobre oração, mantendo a linha clara de sua argumentação, tornou-se o modelo para o latim formal.

Um século após a morte de Cícero, Plutarco louvou-o como o último amigo verdadeiro da República. Em uma época de inquietação civil, Cícero retornou a uma idade de ouro do decoro político. Idealista porém consistente, ele estava convencido de que a virtude na vida pública restauraria a saúde da República. Recusando-se a envolver-se em intrigas políticas que pudessem minar as instituições republicanas, Cícero rejeitou o convite de Júlio César para ser o quarto membro de sua parceria com Pompeu e Crasso, uma aliança que seria chamada de Primeiro Triunvirato de 60 a.C. Cícero não participou do assassinato de César em 44 a.C., mas aproveitou o fim da ditadura para reentrar vigorosamente na política. Nos meses seguintes, seguindo o exemplo das denúncias do orador grego Demóstenes contra Filipe II da Macedônia, Cícero proferiu uma série de discursos conhecidos como *Filípicas*, catorze veementes peças de oratória contra a tirania de César e seu fiel capanga Marco Antônio. Foi um magnífico chamamento por liberdade política, ainda que, em última análise, tenha sido esquecido.

Depois que César, como ditador, encorajou o ímpeto republicano a se abster da política, Cícero recorreu à filosofia para se manter entretido. Na juventude, tivera como preceptores os mais famosos filósofos gregos da época. Seu conhecimento, tão amplo quanto profundo, não tinha rivais em Roma. O tratado de Cícero sobre o valor da filosofia, *Hortênsio*, era praticamente obrigatório na Antiguidade tardia. Santo Agostinho atribuiu a Cícero um papel fundamental em sua conversão. A Igreja Católica primitiva considerava Cícero um "pagão justo".

Cícero apresentou a Roma as ideias gregas que formaram a base do pensamento ocidental pelos 2 mil anos seguintes. Suas obras foram por vezes criticadas como derivativas, mas ele pouco reivindicava originalidade em seus tratados. "São transcrições", ele escreveu a um amigo. "Eu simplesmente forneço palavras, e tenho um bocado delas." É uma declaração extraordinariamente humilde para um homem que fez uma excepcional contribuição à filosofia ocidental: ele traduziu obras gregas, inventou palavras em latim para explicar conceitos até então intraduzíveis e elucidou as principais escolas filosóficas. Seu vasto discurso equivalia a uma enciclopédia do pensamento grego.

No fim, a incapacidade de Cícero de segurar a língua foi sua ruína. Quando Otaviano, o filho adotivo de César e o futuro Augusto, soube da observação de Cícero a seu respeito – "o jovem deveria receber elogios, distinções e, depois, ser descartado" –, isso significou a morte do orador. Pouco depois, Otaviano, Marco Antônio e Lépido formaram o Segundo Triunvirato, e Cícero foi declarado inimigo do Estado. Perseguido por soldados enquanto, sem entusiasmo, fugia da Itália, Cícero foi brutalmente assassinado: a cabeça e a mão com a qual escrevera os discursos ofensivos foram decepadas e expostas ao povo nas tribunas dos oradores no Fórum Romano.

"Não há nada de adequado sobre o que estás fazendo, soldado, mas tenta matar-me adequadamente", disse Cícero a seu assassino.

# CÉSAR

## 100-44 a.C.

*Preferia ser o primeiro numa aldeia que o segundo em Roma.*

Caio Júlio César, que possuía todos os talentos da guerra, política e literatura, nasceu em uma família nobre mas empobrecida. Impiedoso, frio e irrepreensivelmente vigoroso (ainda que epilético), ele galgou o *cursus honorum* da política republicana romana com uma velocidade espantosa, ascensão possibilitada pela brutal guerra civil entre Mário e Sula. Com dezenove anos e mantendo distância de Sula, ele primeiro se destacou nas guerras do Leste (onde foi acusado de manter um caso gay com o rei da Bitínia). Durante uma viagem pelo mar Egeu, César foi capturado por piratas, que exigiram pagamento de resgate. Em uma atitude típica de seu temperamento, tão logo foi libertado, em retaliação ele recrutou uma pequena frota e voltou, perseguiu, capturou e crucificou seus sequestradores, conforme havia prometido durante o cativeiro. César foi um intenso e arguto praticante da escola aventurosa da política e um sedutor em série de mulheres casadas – um aventureiro sexual, apelidado de "adúltero careca" e que dormiu com as esposas de seus rivais Crasso e Pompeu, e também com a mãe de seu futuro assassino, Brutus. E então houve Cleópatra.

Por ser sobrinho de Mário, César quase foi assassinado por Sula – e só pôde deslanchar sua carreira após a morte do ditador. Sua ascensão foi inicialmente limitada pela supremacia de Pompeu, o Grande, o conquistador da Síria e o maior soldado e mais rico estadista de Roma, que havia celebrado excepcionais três triunfos por suas vitórias. Eleito cônsul em 61 a.C., César conseguiu formar o Primeiro Triunvirato com Pompeu e Crasso para governar Roma pacificamente. Mas de fato fez seu nome com a surpreendente conquista por nove anos da Gália e do oeste, campanha que ele relatou depois (em terceira pessoa) em seus *Comentários*, revelando sua perícia como historiador. César participou pessoalmente de cinquenta batalhas. Foi na Gália que César construiu sua reputação – e sua fortuna.

César tinha 41 anos. Já era tarde na vida para um conquistador – Alexandre morreu aos 33 anos, Aníbal lutou sua última batalha aos 45, Napoleão e Wellington travaram seu último combate, Waterloo, aos 46.

Em 54 e 55 a.C. César invadiu, mas não ocupou, a Britânia. Em 53 a.C. o Triunvirato desmoronou; Pompeu dominou Roma e o Senado ordenou que César renunciasse a seu comando, dispensasse suas legiões e retornasse a Roma. César recusou. A travessia de César do Rubicão, o rio que separava suas próprias províncias gaulesas da Itália, marcou sua aposta pelo poder. Pompeu recuou para reunir suas forças na Grécia, e César tomou Roma, onde foi nomeado ditador. César derrotou seus inimigos na batalha de Farsalos em 48 a.C. Pompeu foi assassinado no Egito, onde César se apaixonou pela jovem rainha Cleópatra e lutou para estabelecer o governo dela. Eles comemoraram e descansaram em um luxuoso cruzeiro em procissão ritual Nilo abaixo. No caminho de volta para casa, César fez uma parada na Ásia para derrotar o rei Fárnaces de Bósforo na batalha de Zela, sua vitória mais fácil e rápida, que ele celebrou com o lacônico e zombeteiro *"Veni, vidi, vici"* – "Vim, vi, venci". César lutou e derrotou os partidários de Pompeu não apenas na Grécia, mas na Itália, na Hispânia e depois na África. Por fim retornou a Roma em 46 a.C. para celebrar um recorde de quatro triunfos. Em 44 a.C., planejou novas campanhas nos Bálcãs e contra a Pártia. Em Roma, era politicamente supremo, seu poder absoluto e quase monárquico, mas, embora sua supremacia fosse temida e invejada, ele não governou pelo terror, era compassivo e clemente, usando seu poder para o bem maior. César recusou o trono, mas recebeu os títulos de "pai do país", *imperator*, ditador vitalício e cônsul por dez anos, e foi declarado sagrado.

Os poderes monárquicos de César resultaram em um complô de assassinato orquestrado por seus antigos apoiadores Brutus e Cássio. César foi alertado de que poderia ser assassinado nos idos de março (15 de março no calendário romano), mas ignorou as advertências. Nos idos de março de 44 a.C., sessenta senadores atacaram e esfaquearam César quando ele recebia peticionários em uma reunião do Senado. Quando seu corpo foi removido do chão do Senado, constatou-se que tinha 23 perfurações. Depois que os conspiradores foram derrotados em uma guerra civil, o império se dividiu em clima de tensão e inquietação entre o comandante de César, Marco Antônio, e Otaviano, herdeiro, sobrinho-neto e filho adotivo de César. Em 31 a.C., no entanto, Otaviano derrotou Marco Antônio na batalha de Áccio, unindo assim o Império Romano e emergindo como seu primeiro imperador: César tornou-se um título sinônimo de "imperador" ou seu herdeiro. "César" passou a significar o poder legítimo, sendo o alemão *"kaiser"* e o russo *"czar"* seus derivados.

# HERODES, O GRANDE

## *ca.*73-4 a.C.

*Então Herodes, vendo que tinha sido iludido pelos magos, irritou-se muito, e mandou matar todos os meninos que havia em Belém, e em todos os seus contornos, de dois anos para baixo, seguindo o tempo que diligentemente inquirira dos magos.*

Mateus 2:16

Herodes, o Grande, foi o rei meio judeu e meio árabe da Judeia, aliado dos romanos, e cujo reinado de 32 anos viu conquistas colossais e crimes terríveis. Famoso por sua beleza na juventude, era um monarca talentoso, vigoroso e inteligente que combinou a cultura helenística e a judaica, patrocinando a reconstrução do Templo de Jerusalém, o embelezamento e restauração de Jerusalém e a edificação de cidades colossais e fortalezas impressionantes. Herodes criou um reino vasto, rico e poderoso, com um status especial no coração da porção oriental do Império Romano. No entanto, em seu desejo de poder, mulheres e glória, tornou-se o vilão sanguinário dos Evangelhos Cristãos e o déspota das *Histórias dos judeus* do historiador Flávio Josefo. Embora não tenha realmente ordenado o Massacre dos Inocentes, como relatam os Evangelhos, matou três de seus próprios filhos, assim como sua esposa e muitos de seus rivais, e lançou mão do terror e do assassinato para manter o poder até sua morte.

Nascido por volta de 73 a.C., Herodes era o segundo filho de Antípatro, um idumeu convertido ao judaísmo e ministro-chefe do rei judeu João Hircano II, bisneto de Simão, o Macabeu, que em 142 a.C. fundara a Judeia como um Estado judeu independente. Desde então os Macabeus governaram a Judeia como reis e sumos sacerdotes, mas para reaver seu trono em 63 a.C., depois que seu irmão Aristóbulo arrancou dele o poder, o incompetente Hircano foi forçado a se aliar ao líder romano, o cônsul Pompeu, o Grande, cedendo a Roma o controle da Judeia. Herodes e seu pai Antípatro eram argutos estudiosos da política em Roma, sempre apoiando o vencedor nas guerras civis, de Pompeu a Augusto, a fim de manter o poder. Quando Júlio César entregou o governo da Judeia a Antípatro e o nomeou governador da

Judeia em 47 a.C., Hircano continuou sendo rei apenas no título, proibido de usar uma coroa, e, apesar de ter sobrevivido a uma revolta em 43 a.C. encabeçada por seu popular sobrinho Antígono – revolta na qual Antípatro foi envenenado –, Hircano foi exilado três anos depois. Os partas, rivais de Roma, invadiram o Oriente Médio, capturaram a Síria e a Palestina e depuseram Hircano, colocando em seu lugar Antígono. Herodes escapou para a proteção da rainha Cleópatra do Egito e de lá para Roma, onde os dois homens fortes de Roma, Marco Antônio e Otaviano (o futuro imperador Augusto), o nomearam rei da Judeia. Herodes levou três anos para conquistar seu reino. Quando tomou Jerusalém, assassinou 46 membros do conselho de governo judaico vigente.

Já odiado por seu povo, Herodes tentou legitimar sua posição descartando sua primeira esposa, Dóris, e se casando com a princesa macabeia Mariana, a neta adolescente de Hircano. Ao todo, Herodes se casaria dez vezes e teria catorze filhos, três dos quais ele assassinou, enquanto outros três o sucederam.

Herodes ordenou uma série de grandiosos projetos de construção, que incluíam aquedutos, anfiteatros, palácios fortificados, o impressionante porto comercial de Cesareia (considerado por muitos como uma das maiores maravilhas do mundo) e as fortalezas de Massada, Antônia e Herodium. O mais ambicioso de todos foi a reconstrução do Segundo Templo de Jerusalém – gigantesco projeto que levou anos para ser concluído. Mais de 10 mil homens passaram uma década edificando apenas o Monte do Templo, e as obras nos pátios, anexos e dependências do templo continuaram por muito tempo após a morte de Herodes. A última parede de sustentação continua sendo hoje o local mais sagrado do judaísmo: o Muro das Lamentações.

Herodes governou pelo terror; em 36 a.C., mandou matar afogado o sumo sacerdote – o irmão de sua esposa, Aristóbulo, a quem ele temia como um potencial rival. O velho rei Hircano também foi assassinado. O casamento de Herodes com Mariamna, a linda e orgulhosa princesa dos Macabeus, era passional e destrutivo. Os dois se amavam e se odiavam, mas tiveram dois filhos juntos. Em 29 a.C., Herodes ordenou a execução de Mariana, por causa de indícios de que ela estaria tramando contra ele. Mais tarde, em 7 a.C., mandou executar Aristóbulo e Alexandre – seus filhos com Mariana –, depois de ser persuadido por Antípatro (seu filho com Dóris) que os dois estavam conspirando contra ele. Augusto gracejou afirmando que preferia ser o porco de Herodes do que seu filho, já que os judeus não comem porcos.

Amigos próximos do imperador Augusto e de seu poderoso segundo homem no comando, Marco Agripa, os filhos de Herodes foram educados na corte imperial de Roma; o império mercantil de Herodes, composto por minas, vinhos e bens de luxo, provavelmente fazia dele o homem mais rico do império depois da família imperial. Mas, no fim, as venenosas intrigas de sua decadente corte greco-judaica começaram a destruir sua família e arruinar sua reputação como governante confiável do turbulento Oriente Médio. A velhice e os debilitantes problemas de saúde (Herodes sofria de uma horripilante doença que acarretava uma deterioração dos órgãos genitais, descrita pelo historiador judeu Josefo como "uma putrefação de seu membro privado, que produzia vermes") não se converteram em uma trégua para as matanças. Ofendido pelas críticas dos essênios – rígida comunidade judaica –, Herodes mandou incendiar o mosteiro da seita em Qumran em 8 a.C. Então, quando um grupo de estudantes derrubou a águia romana imperial da entrada do templo em 4 a.C., ele os queimou vivos. Dias antes de sua morte, ordenou a execução de seu filho Antípatro, de quem suspeitava que estivesse tramando para lhe tomar o trono, e seu derradeiro ato foi reunir os principais homens da nação para aprovar seu último testamento, dividindo o reino entre três de seus filhos.

# CLEÓPATRA

### 69-30 a.C.

*Tolo! Não vês agora que eu poderia tê-lo envenenado uma centena de vezes se pudesse viver sem ti?*

Cleópatra VII foi a última rainha-faraó do Egito, mas era grega, não egípcia, e usando o prestígio de sua dinastia real, sua própria perspicácia política e seu carisma sexual, tentou recuperar o império perdido de sua família – e quase conseguiu. Cleópatra era descendente de Ptolomeu, um dos generais de Alexandre, o Grande, que conquistou seu próprio império mediterrâneo, baseado no Egito.

Os Ptolomeus haviam fundido o panteão egípcio dos deuses com o dos gregos enquanto adotavam a antiga prática faraônica do casamento entre irmãos. Em 51 a.C., a adolescente Cleópatra VII co-herdou o trono com seu irmão e marido Ptolomeu XIII, mas a ambiciosa e astuta rainha, de dezoito anos, deixou clara sua intenção de governar sozinha. Expulsa pelo irmão e forçada ao exílio, ela procurou o apoio de Júlio César.

Em 48 a.C., César chegou ao Egito em perserguição a Pompeu, seu rival derrotado pela supremacia do Império Romano e que no fim foi assassinado pelos egípcios. Mas César, agora ditador de Roma, foi arrastado por Cleópatra para a guerra civil egípcia. Ele tinha 52 anos, ela, 21, a herdeira da mais antiga dinastia do mundo ocidental. Provavelmente Cleópatra não era bonita – tinha nariz aquilino, o queixo pontudo –, mas possuía uma aura cruel como o próprio César, compartilhava o gosto pelo teatro sexual e tinha predileção pela política aventureira.

Cleópatra escondeu-se dentro de um saco de roupas sujas (não em um tapete enrolado) que um subordinado levou até o palácio onde César estava. Assim que a rainha, inteligentíssima e sedutora, caiu aos pés do general romano, César ficou enfeitiçado. Muitas vezes correndo o risco de sofrer uma derrota e prejudicado por dispor apenas de batalhões escassos, César conseguiu derrotar seus inimigos e restituir Cleópatra ao trono. Ao fugir do exército associado dos amantes, Ptolomeu XIII foi encontrado morto por afogamento no Nilo. Seguindo a tradição egípcia, Cleópatra se casou com seu último irmão, Ptolomeu XIV, dez anos mais jovem que ela.

Dando à luz um filho de César chamado Cesário (Cesarião), a rainha egípcia viveu abertamente como consorte de César em Roma, causando escândalo. Havia rumores de que César pretendia tornar-se rei de Roma e fazer de Cleópatra sua rainha. Nos idos de março de 44 a.C., César foi assassinado por seus inimigos políticos e Cleópatra fugiu.

De volta ao Egito, ela começou a restabelecer sua influência. O general fanfarrão Marco Antônio, um dos triúnviros que então governava a República, convocou Cleópatra à sua presença. Sua entrada de tirar o fôlego – com pompa e circunstância, reclinada, vestida como Vênus em uma barcaça de ouro brunido – cativou Antônio com a mesma eficácia com que havia fisgado César. Marco Antônio recebeu o governo do *imperium* do Oriente, enquanto o herdeiro adotivo de César, Otaviano, foi incumbido de governar o Ocidente. Mas Antônio logo abraçou uma ideia helenística oriental de realeza, estimulada por Cleópatra, que era muito diferente da tradição romana de dignidade austera. Ela estava determinada a usar o apoio romano para restabelecer o império ptolomaico.

Antônio tratou Cleópatra não como uma soberana protegida, mas como uma monarca independente. Cedeu-lhe vastas extensões da Síria, do Líbano e do Chipre, e nomeou os filhos dela como monarcas de meia dúzia de países. Antônio via Cleópatra como cofundadora de sua dinastia oriental e seus novos territórios egípcios como uma pedra angular e base fundamental para dar esteio ao Império Romano em suas guerras contra os partos. Mas Roma não podia permitir o ressurgimento de um império ptolomaico independente. Pressionado por Otaviano, meio-irmão da esposa romana abandonada por Antônio, o Senado de Roma declarou guerra ao Egito.

Os amantes que se haviam autodesignado deuses foram derrotados por Otaviano na batalha de Áccio em 31 a.C. Marco Antônio se suicidou, e Cleópatra, em vez de enfrentar a vergonha de desfilar agrilhoada pelas ruas de Roma, tomou providências para que uma cobra venenosa fosse contrabandeada até seus aposentos dentro de uma cesta de figos. Quando os soldados de Otaviano vieram buscá-la, encontraram a rainha deitada em sua cama de ouro, as marcas das presas mortais de uma víbora no braço. Cleópatra queria ser a maior e mais formidável de sua dinastia, mas acabou como a última dos Ptolomeus digna de memória. Apostou todas as fichas de sua ambição imperial em seu relacionamento com um general que raramente vencia uma batalha – e perdeu tudo.

# AUGUSTO E LÍVIA

## 63 a.C.-14 d.C. e 58 a.C.-29 d.C.

*Ele encontrou uma cidade de tijolos e deixou uma cidade de mármores.*

O primeiro e maior imperador de Roma, Augusto foi o herdeiro de Júlio César e fundador da dinastia imperial júlio-claudiana, que governou até a queda de Nero.

Nascido na obscuridade da nobreza como Otávio, ele era o sobrinho-neto do ditador de Roma, Júlio César, que adotou o menino como seu filho. O assassinato de César em 44 a.C. – quando Otávio tinha apenas dezenove anos – fez dele o herdeiro do grande homem, politicamente e em termos de sua vasta fortuna. Agora chamando a si mesmo de César Otávio, de início ele foi ridicularizado ou ignorado como um jovem principiante, mas mostrou sua índole corajosa, primeiro desafiando o fanfarrão general de cavalaria Marco Antônio, para depois juntar-se a ele em uma aliança contra os assassinos de César. O Segundo Triunvirato – Marco Antônio, Otaviano e Lépido – derrotou os assassinos Brutus e Cássio na batalha de Filipos em 42 a.C. e depois dividiu o Império Romano – Roma e o Oeste foram para Otaviano; Marco Antônio ficou com o Leste e foi para o Egito, onde entrou em parceria política e romântica com Cleópatra do Egito; para Lépido restou a província da África. Uma vez que as ambições de Antônio e Cleópatra desagradaram os romanos, os dois lados entraram em guerra: Otaviano – que não era soldado, mas cujas forças eram comandadas pelo talentoso general Marco Agripa – derrotou sua nêmesis na batalha de Áccio em 31 a.C., tornando-se o mestre do império. Antônio e Cleópatra se suicidaram.

Otaviano então combinou vários papéis diferentes na República Romana em uma nova posição – *princeps*, imperador, títulos que ele manteve até sua morte. Inicialmente, a posição não seria hereditária. Com apenas 33 anos, Augusto ( "venerável, magnífico, majestoso, solene"), como ele agora se chamava, era esbelto e frio, um administrador meticuloso, delicado, sem emoção, crítico, adúltero, um mestre dos homens e da política. Reformou o governo, a administração provincial e a Justiça, regulamentou a tributação, patrocinou escritores como Horácio, Virgílio e Lívio, embelezou Roma e tentou não expandir o império além de suas já vastas fronteiras, empreendendo campanhas militares principalmente contra os germanos. Em 9 d.C., Otaviano ficou de coração partido pela perda de legiões sob o comando de Públio Quintílio Varo na Germânia. Seus últimos anos foram dominados por sua esposa Lívia e pela questão da sucessão. No entanto, por mais dementes e homicidas que tenham sido alguns de seus sucessores, ele criara um sistema de autocratas às vezes hereditários, às vezes eletivos – os imperadores –, que durou até os últimos dias do Império Romano. No fim ficou claro que o futuro dinástico pertencia a sua esposa e sua família.

Lívia Drusa nasceu em 58 a.C. na família de Marco Lívio Druso Claudiano, magistrado de uma cidade italiana cuja linhagem ostentava uma orgulhosa estirpe. Ela foi prometida em casamento a seu primo Tibério Cláudio Nero em 42 a.C. e deu à luz seu primeiro filho, também chamado Tibério Cláudio Nero – o futuro imperador.

Era um momento tumultuado, contudo, para começar uma família. Nas guerras civis que se seguiram ao assassinato de Júlio César em 44 a.C., tanto o marido de Lívia quanto o pai apoiaram os assassinos de César contra o herdeiro dele, o jovem Otaviano. Quando Otaviano e seu aliado Marco Antônio derrotaram a facção de matadores de César em Filipos, em 42 a.C., o pai de Lívia se matou. O marido se juntou às novas forças contrárias a Otaviano que se aglutinaram em torno de Marco Antônio, cuja aliança com o herdeiro de César havia se revelado de curta duração. Como resultado, a família foi forçada a abandonar a Itália em 40 a.C. para escapar das proscrições que Otaviano declarou contra seus inimigos.

Depois de um breve período na Sicília e a seguir na Grécia, Tibério Cláudio Nero e sua esposa foram persuadidos a retornar a Roma em 39 a.C., quando Otaviano anunciou uma anistia geral aos partidários de Marco Antônio. De volta à capital, Lívia foi apresentada a Otaviano, que, segundo consta, imediatamente ficou obcecado por ela. A essa altura, ela estava grávida de um segundo filho, Nero Cláudio Druso (também conhecido como "Druso, o Velho"), mas, apesar disso, seu marido foi convencido a divorciar-se dela e oferecê-la como um presente político a Otaviano.

Desde o momento de seu casamento com Otaviano, Lívia se apresentou em público como uma esposa reservada, obediente e leal. À medida que a força política do marido aumentava, o status dela ganhou reconhecimento. Em 35 a.C. foi nomeada *sacrosanctas*, o que lhe conferiu inviolabilidade equivalente à de um tribuno.

Mas foi nos bastidores que Lívia exerceu sua maior influência, muitas vezes supostamente maligna. Era uma mulher poderosa, e as fontes têm por ela uma aversão bastante prejudicial a sua imagem. Não há dúvida de que Lívia era impiedosa e astuta, mas da mesma forma não há provas de que realmente tenha cometido algum dos envenenamentos pelos quais é mal-afamada.

Como a única filha de Augusto era uma menina (Júlia, filha de um casamento anterior, com Escribônia), não estava claro quem poderia sucedê-lo. Para Lívia, porém, não havia dúvidas: seus próprios filhos, Tibério e Druso, deveriam herdar o trono.

A primeira escolha do imperador foi seu sobrinho Marco Cláudio Marcelo. No entanto, em 23 a.C., Marcelo morreu em circunstâncias estranhas. Lívia, que tinha amizade com vários especialistas em veneno, passou a ser suspeita de assassinato.

Em seguida, Augusto demonstrou preferência por Marco Agripa, seu amigo mais próximo e seu comandante militar, o vencedor da batalha de Áccio. Em 17 a.C., Augusto adotou os dois filhos mais novos de Agripa, Caio César e Lúcio César, e a linha de sucessão parecia garantida e a salvo.

Agripa morreu em 12 a.C., no entanto, e novas dúvidas quanto à decisão de quem sucederia Augusto vieram à tona quando, em 2 e 4 d.C., respectivamente, Lúcio e Caio morreram; as mortes dos dois jovens príncipes estavam envoltas em circunstâncias misteriosas, e novamente atribuiu-se a culpa a Lívia. Por fim, Augusto foi forçado a acatar a opção imposta por Lívia: o filho dela, Tibério, acanhado mas capaz, foi adotado pelo já adoentado imperador em 4 d.C. – o que o colocou na condição de um dos herdeiros do trono.

Lívia foi forçada a uma derradeira intervenção. Em 4 d.C., durante o rearranjo definitivo de seus planos de sucessão, Augusto adotou também Agripa Póstumo – único filho sobrevivente de Agripa. Dois anos depois, Póstumo foi desterrado, possivelmente por causa de alegações de que estava envolvido em uma tentativa de golpe contra Augusto, embora não se possa descartar a mão de Lívia nos eventos. No entanto, por volta de 14 d.C. havia sinais de que Augusto estava procurando reabilitar seu último filho adotivo. Pouco disposta a aceitar um possível desafiante tardio para Tibério, dizem que Lívia envenenou seu próprio marido, o velho imperador.

Após a morte de Augusto, Agripa Póstumo foi rapidamente assassinado, e Tibério tornou-se imperador. Lívia continuou a ser uma figura de grande importância – em especial porque seu marido lhe legara um terço de seu patrimônio (atitude bastante incomum). Ela então passou a ser conhecida pelo título de "Júlia Augusta". Tibério sempre ficara horrorizado com suas intrigas, embora fossem a seu favor; agora ele se ressentia das interferências e do status político da mãe.

Quando Lívia morreu, em 29 d.C., Tibério não compareceu ao funeral. E também proibiu a sua deificação. O elogio fúnebre mais apropriado a Lívia foi feito pelo bisneto de Augusto, Calígula, a quem ela ajudara a criar em sua própria casa. Calígula descreveu-a como "Ulisses em um vestido de matrona" – encômio que talvez tenha sido a mais indubitável condenação que Lívia poderia ter recebido.

Embora Tibério fosse um administrador competente e um general talentoso, sabia muito bem que não era a primeira opção de seu pai adotivo – nem, de fato, o segundo ou terceiro na ordem de preferência, o que talvez explique por que nunca pareceu confortável como governante. A maior parte de seu reinado foi assolada por distúrbios internos e intrigas políticas. Em 26 d.C., cansado dos assuntos do Estado, mudou-se para um palácio na ilha de Capri e passou a última década de seu governo em semiaposentadoria, deixando o prefeito da guarda pretoriana, Lúcio Élio Sejano, como o regente *de facto* no dia a dia.

O ambicioso Sejano encarou seu novo papel como um trampolim para o poder absoluto. A partir de 29 d.C., ele desencadeou o terror. Seus inimigos entre a classe senatorial e a ordem equestre romana foram falsamente acusados de traição, julgados e executados, o que fez dele o homem mais poderoso de Roma. Sejano também maquinou para marginalizar os herdeiros de Tibério. Ao tornar-se herdeiro do imperador Augusto em 4 d.C., Tibério havia adotado seu sobrinho Germânico, que se tornou um general popular e mais tarde governou a parte oriental do império. Em 19 d.C., no entanto, Germânico morreu na Síria em circunstâncias obscuras. O próprio filho de Tibério, Druso, morreu em 23 d.C. – possivelmente envenenado por Sejano, que procurou promover suas ambições políticas tentando ingressar na família imperial ao solicitar o matrimônio com a viúva de Druso, Lívila, e, assim, na condição de membro da dinastia júlio-claudiana, ser um possível candidato à sucessão. O imperador Tibério, no entanto, recusou a proposta do pretoriano. Quando dois dos filhos de Germânico foram removidos de cena em 30 d.C., a sucessão parecia encaminhar-se para o filho sobrevivente de Germânico, Calígula, ou o filho de Druso, Tibério Gemelo. Em 31 d.C., Sejano, decidido a tomar o poder para si, planejou um complô para eliminar o imperador e os membros masculinos sobreviventes da casa imperial. Tibério mandou deter o prefeito da guarda pretoriana, que depois foi encarcerado, estrangulado e despedaçado por uma multidão.

Enquanto isso, em Capri, Tibério se dedicava a prazeres mais sensuais desde que se afastara de Roma. No chocante *Vida de Tibério*, o historiador sensacionalista Suetônio ofereceu uma amostra do que isso implicava:

Ao se retirar para Capri, ele inventou um jardim de deleites para suas orgias secretas: equipes de devassos de ambos os sexos, libertinos selecionados como especialistas em coitos desviantes e apelidados de analistas, copulavam antes dele em trios para excitar suas paixões debilitadas. Alguns aposentos eram abastecidos com material pornográfico e manuais de sexo egípcios – o que permitia que as pessoas que lá estavam soubessem o que se esperava delas. Tibério também criou recantos de lascívia na floresta e dava ordens para que meninas e meninos vestidos como ninfas e pãs se prostituíssem a céu aberto [...]. Adquiriu a reputação de depravações ainda mais grosseiras, difíceis de narrar, degradações cujo relato o ouvinte mal é capaz de suportar, quanto mais acreditar que de fato ocorriam. Dispunha de garotinhos treinados como "peixinhos dourados" para persegui-lo enquanto ele nadava e enfiar-se por entre suas pernas e mordiscá-lo. Também gostava que bebês não desmamados do seio da mãe chupassem seu peito e sua virilha.

Tibério morreu em 37 d.C. e foi sucedido por Calígula.

# JESUS

## *ca.*4 a.C.-*ca.*30 d.C.

*Bem-aventurados os pobres de espírito, porque deles é o reino dos céus.*
*Bem-aventurados os que choram, porque serão consolados.*
*Bem-aventurados os mansos, porque herdarão a terra.*
As três primeiras das nove bem-aventuranças (bênçãos)
proferidas por Jesus em seu Sermão da Montanha

Jesus de Nazaré foi o fundador do cristianismo, cujos seguidores acreditam ser ele o filho e a manifestação terrena de Deus. Jesus viveu na Judeia e na Galileia sob o jugo dos romanos e dos príncipes da dinastia herodiana. Depois de trabalhar como carpinteiro, seu ministério foi curto – talvez um ano, não mais do que três. Pregou a vinda do reino de Deus e exortou seus seguidores a levar uma vida de humildade e compaixão. Dele também se diz que curou doentes e realizou milagres. Como resultado de suas atividades, foi crucificado, e depois disso os cristãos acreditam que ele ressuscitou dos mortos e ascendeu aos céus. O legado de Jesus, na forma do cristianismo, não apenas fundamenta boa parte da sociedade e da cultura ocidentais, mas também fornece inspiração espiritual e orientação a milhões de pessoas em todo o mundo.

A história do nascimento de Jesus é bem conhecida, mas existem poucos registros sobre o restante de seus primeiros anos. Os pais de Jesus eram José, um carpinteiro, e Maria, conhecida como a Virgem, embora os Evangelhos do Novo Testamento divirjam sobre se Jesus foi concebido de forma imaculada, e há muitos debates para determinar se Jesus teve irmãos e uma irmã. Ideias e teorias concorrentes com relação à natureza e à composição exatas da família de Jesus continuam a proliferar. Ele nasceu na cidade de Belém durante um recenseamento que ocorreu no final do reinado de Herodes, o Grande, rei da Judeia que morreu em 4 a.C. Vários grupos de peregrinos, incluindo pastores e "sábios" (os "reis magos") do Oriente, visitaram-no por ocasião de seu nascimento. Como todos os judeus, Jesus foi circuncidado no Templo de Jerusalém e teve uma pomba sacrificada para sua bênção.

Jesus era aparentemente uma criança de inteligência precoce. Quando jovem, foi batizado por seu primo João Batista, profeta que previra sua chegada. Algum tempo depois disso, Jesus tornou-se um pregador e curador itinerante, percorrendo as áreas judaicas da Palestina e divulgando sua mensagem.

Os Evangelhos relatam que Jesus era capaz, quase sempre pela imposição das mãos, de curar homens e mulheres de cegueira, paralisia, lepra, surdez, mudez e sangramentos. Também era famoso por seus poderes de exorcismo – visitava sinagogas para expulsar demônios, dessa forma aparentemente curando males mentais e físicos. Dizem que conferiu essa habilidade a seus discípulos.

A capacidade milagreira de Jesus atraiu atenção e multidões. Alguns de seus milagres mais famosos incluíam andar sobre a água; multiplicar um pequeno número de peixes e pães para alimentar grandes contingentes de pessoas; e transformar a água em vinho. Quando amaldiçoou uma figueira, ela secou, para o espanto de seus discípulos.

Além de realizar milagres, Jesus pregou, e sua principal mensagem foi a iminência do reino de Deus, o Apocalipse e o Dia do Julgamento, em que a vida eterna aguardava aqueles que se arrependessem e cressem nele. Ele louvou a pobreza como um estado de graça e escolheu cercar-se dos pecadores e dos necessitados, afirmando que fora enviado para pregar não aos justos e aos de vida reta, mas àqueles que haviam se desviado. Jesus também ensinou o perdão aos inimigos e a observância de um código moral humilde e piedoso.

De acordo com alguns dos Evangelhos, Jesus via a si mesmo como o messias (ou Cristo), outros afirmaram que ele usava a expressão mais vaga "Filho do Homem". Estudioso dos profetas judeus, cada um dos atos de Jesus foi um cumprimento consciente das profecias de Isaías, Ezequiel e outros. Mas ele ridicularizou a aristocracia sacerdotal e os príncipes herodianos do templo, e isso, juntamente com sua mensagem apocalíptica, fez dele uma ameaça também para os romanos. A Judeia vivia agitada por uma constante sucessão de "pseudoprofetas" judeus e autodeclarados messias, todos os quais foram impiedosamente reprimidos pelos romanos. Jesus permanecia sendo um judeu praticante e, como tal, sabia que um profeta judeu tinha que viver e morrer em Jerusalém. Então, quando Jesus foi a Jerusalém para a Páscoa, por volta de 30 d.C., tornou-se uma fonte de considerável preocupação para os governadores da cidade.

As tropas romanas geralmente posicionavam-se em Jerusalém durante aqueles dias, já que as multidões reunidas equivaliam a problemas. Os soldados teriam observado a entrada triunfal de Jesus na cidade, montado em um jumento. Mas ele criou uma preocupação muito maior quando adentrou o templo da cidade, revirando as mesas para as quais as pessoas se dirigiam a fim de pagar o imposto do templo e comprar pombas sacrificiais.

As autoridades judaicas estavam compreensivelmente aflitas com o distúrbio, mas o prefeito da província romana da Judeia, Pôncio Pilatos, já havia esmagado uma rebelião galileia na cidade. Pilatos – notório por sua violência desajeitada, erros crassos e repressões brutais – não toleraria nenhuma ameaça judaica, particularmente relacionada a expectativas messiânicas. Pilatos incentivou o sumo sacerdote a tomar as providências a fim de garantir que Jesus fosse silenciado. O sumo sacerdote subornou um dos discípulos de Jesus, Judas Iscariotes, para traí-lo. Depois de uma derradeira refeição com seus discípulos – a Última Ceia –, em que compartilharam pão e vinho, Jesus os levou até o Monte das Oliveiras para orar. Lá, no Jardim do Getsêmani, Jesus foi identificado por Judas, detido e levado diante de Caifás, o sumo sacerdote judeu, que o julgou culpado de blasfêmia. Perante Pôncio Pilatos, Jesus recebeu a sentença de morte. Foi açoitado, forçado a arrastar uma cruz pelas ruas de Jerusalém e crucificado nos arredores da cidade ao lado de dois ladrões. A crucificação deixou claro que o julgamento e a execução de Jesus foram obra dos romanos: se o cumprimento da sentença ficasse a cargo dos sumos sacerdotes judeus, Jesus teria sido apedrejado.

Três dias depois da morte de Jesus, aparições dele começaram a ser relatadas. Jesus não reapareceu como um fantasma, tampouco como um cadáver reanimado, mas foi transformado de algum modo misterioso. Depois de visitar alguns de seus conhecidos e amigos, Jesus subiu ao céu, deixando a seus seguidores a tarefa de estabelecer a Igreja Cristã.

Após séculos de perseguição, o cristianismo tornou-se a força religiosa dominante no mundo ocidental. Embora católicos, protestantes e outros tenham sido, às vezes, responsáveis por horrendos excessos em nome de sua respectiva denominação ou ponto de vista, a filosofia de pacifismo, humildade, caridade e bondade propalada por Jesus perdurou através dos séculos. As ideias judaico-cristãs fornecem a inspiração e o alicerce de grande parte do pensamento político, do governo e da legislação, da moral, da arte, da arquitetura, da música e da literatura ocidentais.

No entanto, há na história do cristianismo uma ironia: Jesus não deixou escritos de lavra própria; os Evangelhos foram redigidos em sua maior parte quarenta anos depois, após a destruição do Templo de Jerusalém pelos romanos em 70 d.C. Até então, os cristãos, liderados por membros da família de Jesus, tinham orado como judeus no templo. A destruição de Jerusalém e a queda dos judeus ocasionaram a separação final do cristianismo da religião materna. No entanto, é claro que Jesus se via como um judeu e não o fundador de uma nova religião, mas certamente um profeta, um reformador e o "Filho do Homem", se não o verdadeiro messias. Foi o dinâmico e visionário Saulo de Tarso, um judeu convertido na estrada durante uma viagem entre Jerusalém e Damasco, que, agora já como são Paulo, moldou o cristianismo como uma religião universal baseada não tanto nos ensinamentos de Jesus, mas em sua crucificação sacrificial e ressurreição e na busca da graça por meio da fé em Jesus, o salvador de toda a humanidade. Foi Paulo – interessado em converter gentios, não apenas judeus – que fez do cristianismo uma religião mundial.

# CALÍGULA

## 12-41 d.C.

*Faça-o ter a sensação de estar morrendo.*
A ordem de Calígula quando alguma de suas vítimas
estava prestes a ser executada, de acordo com Suetônio

Calígula subiu ao trono imperial como o jovem queridinho dos romanos – e terminou seu reinado de quatro anos com a reputação de um tirano insanamente cruel. Caprichoso, politicamente inepto, incompetente em termos de comando militar, sexualmente ambíguo e perversamente incestuoso, Calígula percorreu uma trajetória que foi de príncipe amado a psicopata carniceiro, em um reinado que rapidamente descambou para a humilhação, os assassinatos e a loucura.

Calígula – cujo verdadeiro nome era Caio Júlio César Augusto Germânico – era bisneto de Augusto, o primeiro imperador de Roma. Durante a infância, acompanhou o pai, o general Germânico, em suas campanhas, tornando-se o mascote do exército. Os soldados romanos divertiam-se ao ver o menino vestido com um uniforme militar em miniatura, que incluía botas e armadura, e por isso deram-lhe o carinhoso apelido de "Calígula" ("botinhas"). Germânico morreu repentinamente em 19 d.C., e logo depois morreram também os dois irmãos mais velhos de Calígula e sua mãe Agripina. Muitos suspeitavam que o tio-avô de Calígula, o imperador Tibério, tivesse envenenado o muito amado Germânico, porque o via como um perigoso rival político e uma ameaça ao seu trono. Em 31 d.C., Calígula foi morar com Tibério em sua casa de campo na ilha de Capri. Foi nessa época que o lado negro de Calígula começou a surgir. Como relatou o historiador romano Suetônio (embora não seja uma fonte objetiva), "Ele não era capaz de controlar sua crueldade e maldade inatas, mas foi uma testemunha muito ávida das torturas e execuções daqueles que sofriam punição, refestelando-se à noite com gula e adultério, disfarçado em uma peruca e um robe comprido". Também começaram a circular rumores de que Calígula mantinha um relacionamento incestuoso com sua irmã Drusila.

Quando Tibério morreu, em março de 37 d.C., alguns disseram que Calígula havia sufocado o velho com um travesseiro. Tibério tinha determinado que, depois que ele morresse, Calígula e seu primo Tibério Gemelo deveriam governar em conjunto, mas, poucos meses depois de sua ascensão ao poder, Calígula mandou assassinar Gemelo. A combinação entre a falta de experiência política de Calígula, sua arrogância mimada e seu apetite por poder absoluto seria desastrosa.

São muitos os exemplos da megalomania de Calígula. Para repudiar uma profecia segundo a qual as suas chances de se tornar imperador eram as mesmas de atravessar a galope o golfo de Nápoles, ele mandou construir uma ponte flutuante de navios alinhados sobre a água, amarrando-os proa contra popa, e por ela cavalgou em triunfo, usando o peitoral da armadura de Alexandre, o Grande. Também se dizia que ele elevou seu cavalo favorito, Incitatus, ao consulado. Em outra ocasião, na Gália, Calígula ordenou que suas tropas derrotassem Netuno, coletando conchas da praia como "despojos do mar".

Calígula tornou-se profundamente paranoico, e se ofendia até mesmo quando as pessoas olhavam para ele, tão melindrado sentia-se com relação à crescente calvície e seus abundantes pelos corporais. Os suspeitos de deslealdade – invariavelmente sob os mais frágeis e inconsistentes pretextos – eram, antes de sua execução, submetidos a uma variedade de engenhosos tormentos concebidos pelo imperador, que gostava, por exemplo, de mandar cobrir de mel o corpo de suas vítimas e depois expô-las a um enxame de abelhas furiosas.

Qualquer um tornava-se uma vítima em potencial de Calígula. Como Suetônio registra, "Muitos cidadãos distintos foram condenados às minas, aos trabalhos forçados na construção de estradas ou às feras selvagens, depois de primeiro desfigurá-los mandando marcá-los com ferros em brasa; ou então os trancafiava e os fazia amontoarem-se em gaiolas e covas, conservando-os na posição de quatro, como animais, ou mandava que fossem serrados ao meio. Nem todas essas punições eram por causas ou ofensas graves, mas visavam castigar quem criticasse algum de seus espetáculos ou quem nunca houvesse reconhecido seu gênio".

Calígula começou a acreditar que era divino. Mandou substituir as cabeças de estátuas dos deuses do Olimpo por imagens idênticas a si mesmo, e quase provocou uma revolta judaica ao ordenar que sua natureza divina fosse adorada no Templo de Jerusalém. Suetônio relata que ele regularmente conversava com as outras divindades como se estivessem ao seu lado. Certa feita, perguntou a um ator quem era maior, ele mesmo ou Júpiter. Como o ator vacilasse em responder, o imperador mandou que fosse impiedosamente açoitado. Os gritos e gemidos, afirmou Calígula, eram música para seus ouvidos. Em outra ocasião, ao jantar com os dois cônsules, Calígula começou a gargalhar freneticamente. Quando indagado do motivo das risadas maníacas, retrucou: "O que esperam os senhores, quando, com um único aceno de cabeça meu, ambos poderiam ter suas gargantas cortadas aqui e agora?". Da mesma forma, toda vez que beijava o pescoço de sua esposa, murmurava: "Esta linda cabeça será arrancada quando eu bem quiser. Se ao menos Roma tivesse um pescoço". A mais repugnante história da depravação do imperador conta como, depois de engravidar sua irmã Drusila, ele estava tão impaciente para ver seu filho que rasgou o ventre dela e o arrancou de lá. Se essa história é verdadeira ou não, sabe-se que Drusila morreu em 38 d.C., provavelmente de febre. Abalado, ele fez com que o Senado a deificasse como uma representação da deusa romana Vênus.

O narcisismo desenfreado de Calígula e o apetite cada vez maior pela brutalidade desagradaram todos os setores da sociedade. A Guarda Pretoriana resolveu que seu governo deveria ser encerrado, e, em janeiro de 41 d.C., dois pretorianos mataram o imperador ao emboscá-lo enquanto ele deixava o estádio em Roma. Os assassinos apunhalaram a mulher de Calígula, Milônia Cesônia, e a sua filha pequena, Júlia Drusila, a quem romperam o crânio ao bater sua cabeça contra um muro.

A vida de Calígula demonstrou o quanto o sistema imperial criado por Augusto, ao mesmo tempo que preservou as armadilhas da república, havia efetivamente concentrado o poder absoluto nas mãos de um único homem. Calígula arrancou o verniz das restrições constitucionais e ostentou sua autoridade total sobre seus súditos da maneira mais volúvel, imprevisível e horripilante. Calígula personifica a imoralidade, a sede de sangue e a insanidade do poder absoluto.

# NERO

### 37-68 d.C.

*Ele não demonstrava nem discriminação nem moderação quando se tratava de condenar à morte quem bem quisesse.*

Suetônio

O imperador que "tocou lira enquanto Roma pegava fogo", Nero foi o último da dinastia júlio-claudiana que levou Roma da república ao governo de um homem só. Criado em meio à violência e à tirania, ele governou com vaidade ridícula, excentricidades dementes e despotismo incompetente. Poucos lamentaram sua abdicação e morte em meio ao caos que ele próprio criara.

Lúcio Domício Enobarbo nasceu em 37 d.C. na cidade de Âncio (atual Anzio), não muito longe de Roma, enquanto o imperador Calígula – tio de Nero – estava no trono. Como muitos, ele sofreria nas mãos de Calígula – junto com sua mãe, Agripina, foi mandado para o exílio quando ela deixou de contar com as simpatias do imperador. Agripina era irmã de Calígula. O relacionamento incestuoso de ambos supostamente terminou quando ela conspirou para derrubá-lo: Agripina figura como uma das mulheres mais venenosas da história romana. Mãe e filho receberam autorização para retornar a Roma quando o sucessor de Calígula, Cláudio, revogou as penas de exílio – esse mesmo Cláudio recentemente havia executado sua imperatriz ninfomaníaca, Messalina. Em 49 d.C., Agripina tornou-se a quarta esposa do imperador. Cláudio não só adotou Nero como seu filho, mas também fez dele o coerdeiro do trono com seu próprio filho com Messalina, Britânico.

Agripina, no entanto, não estava disposta a permitir que a natureza seguisse seu curso, e, em 54 d.C., supostamente envenenou Cláudio. As relações entre mãe e filho também não eram perfeitas, e quando, no ano seguinte, Agripina percebeu que seu domínio sobre Nero estava afrouxando, ela arquitetou um complô para substituí-lo por Britânico. Ao descobrir a conspiração, Nero de imediato mandou envenenar sorrateiramente seu meio-irmão rival e expulsou Agripina do palácio imperial, sob o pretexto de que ela havia insultado sua jovem esposa, Otávia.

Apesar de tais intrigas, os primeiros anos do reinado de Nero foram marcados por um governo sábio, em grande parte porque muitos negócios do Estado eram administrados por conselheiros sagazes, como o filósofo Sêneca, seu tutor, pelo prefeito do pretório, Sexto Afrânio Burrus, e por gregos libertos dignos de confiança. Essa relativa calmaria não estava destinada a durar. Cada vez mais presunçoso, Nero procurou libertar-se do controle dos outros e exercer o poder por direito próprio.

A primeira pessoa a sentir as consequências da nova assertividade de Nero foi sua mãe, que continuara conspirando pelas costas dele. Cansado de suas maquinações, Nero resolveu matá-la em 59 d.C. Depois de uma malograda tentativa inicial de afogá-la na baía de Nápoles, num acidente de barco forjado, o imperador enviou um assassino para terminar o trabalho. Diz a lenda que, percebendo o que estava prestes a acontecer à medida que o assassino se aproximava, Agripina ergueu as roupas e, em um ato final de desprezo por seu filho matricida, gritou: "Aqui, golpeie meu útero!".

Com a mãe fora do caminho, o reinado de Nero rapidamente degringolou em despotismo mesquinho. Burrus e Sêneca foram levados a julgamento por acusações forjadas e, embora tenham sido absolvidos, perderam grande parte de sua influência e papel político No entanto, mesmo à medida que assumia um maior controle sobre as alavancas do poder, o imperador parecia cada vez mais perder o contato com a realidade. Nero apaixonou-se por Popeia Sabina, esposa de um de seus amigos, e resolveu se casar com ela. De acordo com o historiador Suetônio, o marido de Popeia, Otão, foi "persuadido" a conceder a ela o divórcio, enquanto a esposa de Nero, Otávia, foi exilada e depois assassinada sob as ordens do imperador – abrindo caminho para a união Nero-Popeia.

Em 64 d.C., Roma foi assolada por um devastador incêndio, que o imperador observou com indiferença, supostamente tocando sua lira. De fato, de acordo com o cronista romano Tácito, o próprio Nero estava por trás do inferno, que teria sido premeditado a fim de abrir espaço para a construção de um novo complexo de palácios. A bem da verdade, Nero provavelmente ajudou a extinguir o fogo, abrindo seus jardins e as portas do seu palácio aos desabrigados. Mas sua reputação de homem frívolo, fraco, imprestável e inapto estava estabelecida. Em um esforço para desviar a atenção, Nero buscou um bode expiatório, iniciando assim sua perseguição aos cristãos. Tácito relata as atrocidades cometidas: "Às mortes somavam-se zombarias e escárnios de todo tipo. Cobertos com peles de feras, eles eram despedaçados por cães e pereciam, ou eram pregados em cruzes, ou condenados às chamas e queimados para servir de iluminação noturna, quando a luz do dia havia expirado".

Cada vez mais convencido que os rivais tramavam contra ele, Nero mandava executar todo e qualquer crítico em potencial, incluindo, entre 62 e 31 d.C., Marco Antônio Palas, Rubélio Plauto e Fausto Sula. Então, em 65 d.C., uma conspiração liderada por Caio Calpúrnio Pisão, com a intenção de expulsar o imperador, libertar o Estado do tirânico governo de Nero e restaurar a república, foi descoberta. O complô fracassou e quase metade dos 41 acusados foi executada ou forçada a cometer suicídio, Sêneca entre eles. Levando-se cada vez mais a sério como ator e negligenciando seus deveres enquanto a economia romana cambaleava e a desordem se espalhava, Nero começou a cantar e atuar no palco público, passando mais tempo no teatro que governando o império. Ele também se considerava um esportista, e chegou inclusive a participar dos Jogos Olímpicos de 67 d.C. – aparentemente para melhorar as relações com a Grécia, mas o mais provável é que visasse obter os elogios obsequiosos que invariavelmente saudavam seus esforços. Nero ganhou vários prêmios – em sua maioria garantidos antecipadamente graças a subornos do Tesouro imperial.

No fim de 67 d.C. ou princípios de 68 d.C., membros de dentro do exército – que o diletante imperador havia praticamente ignorado – decidiram que aquela situação era insustentável. O governador de uma das províncias da Gália se rebelou e persuadiu um colega, Galba, a juntar-se a ele. Galba tornou-se um foco popular de oposição a Nero e, de maneira decisiva, conquistou o apoio da Guarda Pretoriana. Diante da deserção do exército, Nero foi forçado a fugir de Roma e se esconder; pouco tempo depois, se suicidou deixando como suas últimas palavras "Que artista o mundo está perdendo". Seu legado foi de desassossego e turbulências em todo o império, período em que Roma sofreu o Ano dos Quatro Imperadores, durante o qual eclodiu a guerra civil entre postulantes concorrentes ao trono. As hostilidades só terminaram com a ascensão final de Vespasiano e a fundação da dinastia flaviana.

# MARCO AURÉLIO

## 121-180 d.C.

*Todo o tempo presente é um instante da eternidade; tudo é pequeno,*
*mutável, passageiro.*

Marco Aurélio, *Meditações* 6.36

Marco Aurélio foi o rei-filósofo do Império Romano, que exemplificou as qualidades por ele enaltecidas em seus escritos filosóficos em um reinado marcado pelo governo honrado, probo e reformista de um vasto e turbulento domínio. Marco Aurélio adotou um enfoque altruísta e pragmático para reger seu império, e não se esquivava de compartilhar o poder supremo em prol do bem político maior. Sua principal obra escrita, *Meditações*, é um sofisticado, refinado e civilizado comentário acerca da existência, expressando em uma voz terna e pessoal uma visão estoica da vida, da morte e das vicissitudes da fortuna.

Marco Aurélio, nascido Marco Ânio Vero em 121 d.C., veio de uma família afeita a altos cargos. Seu avô paterno era cônsul e prefeito de Roma. Uma tia era casada com Tito Aurélio Antonino, que mais tarde se tornaria o imperador Antonino Pio. E sua avó materna herdou uma das maiores fortunas do Império Romano. Marco Aurélio veio também de uma cepa liberal: os imperadores dos séculos I e II eram mais sóbrios, magnânimos e inclinados a boas ações do que os extravagantes imperadores urbanos da dinastia júlio-claudiana anterior, fundada por Augusto.

Marco Aurélio foi escolhido a dedo para grandes coisas. Em 138 d.C., o imperador Adriano havia providenciado para que Marco fosse adotado por seu herdeiro indicado, Antonino, que designou o jovem de dezessete anos como futuro imperador, juntamente com um outro, que se tornaria o imperador Lúcio Vero.

Marco recebeu uma educação em grego e latim sob a tutela dos melhores preceptores, incluindo Herodes Ático e Frontão, uma das principais figuras literárias da época. Mas a prática de exercícios retóricos e linguísticos não satisfazia plenamente um jovem tão brilhante, e com entusiasmo ele avidamente adotou como norte os *Discursos* de Epicteto. Epicteto era um ex-escravo que havia se tornado um importante filósofo moral da escola estoica, que defendia ser possível por meio da força moral e do autocontrole alcançar o bem-estar espiritual e uma visão clara e imparcial da vida. A filosofia, em geral, e o estoicismo, em particular, seriam os fundamentos intelectuais da vida de Marco.

Quando seu pai adotivo morreu em 161 d.C., Marco já estava preparado para assumir os deveres imperiais. Mas, em conformidade com seu senso de honra e inteligência política, ele insistiu que Lúcio Vero fosse coroado coimperador na mesma ocasião. Embora pudesse facilmente ter eliminado seu rival, Marco percebeu que, com um império tão diverso para governar, fazia sentido ter um parceiro com a autoridade política para reger quando necessário, mas sem que o critério de superioridade fosse uma ameaça ao governo estável. Era Marco quem realizava o trabalho sério e pesado de governança.

Como imperador, Marco deu continuidade às políticas benfazejas de seus predecessores. Implementou várias reformas legais e propiciou alívio para os menos favorecidos na sociedade – escravos, viúvas e menores de idade, todos sentiram as benesses de seu governo. Embora houvesse alguma preocupação com a disparidade entre os direitos legais e privilégios de que desfrutavam os *honestiores* e os *humiliores* (os mais abastados e os mais pobres e desfavorecidos na sociedade romana, respectivamente), de maneira geral Marco empenhou-se na construção de um império mais justo e próspero para seus súditos.

Uma coisa que Marco não tinha condições de controlar eram os volúveis caprichos do destino no envio de doenças e guerras. Enquanto lutavam contra os partos entre 162 e 166, muitos soldados contraíram a peste, que se disseminou por todo o império. De 168 até cerca de 172, Marco (com Vero até sua morte em 169) preocupou-se em subjugar as tribos germânicas que pretendiam invadir o Império Romano ao longo do Danúbio.

A despeito desses problemas que consumiam boa parte de seu tempo e atenção, Marco Aurélio continuou sendo um arguto estudioso do estoicismo, e nos últimos dez anos de sua vida, nos intervalos entre seus deveres de campanhas bélicas e de burocracia administrativa, ele escreveu suas *Meditações*. Escritos em grego e organizados de modo aleatório, na ordem em que lhe ocorriam, os pensamentos das *Meditações* são uma seleção eclética de anotações de diário, fragmentos e epigramas nos quais ele aborda os desafios da vida em guerra, o medo da morte e as preocupações e injustiças da vida cotidiana.

O sentimento geral das *Meditações* é que as reações exageradas e a amargura persistente são as respostas mais prejudiciais às iniquidades da vida. "Se te afliges por alguma causa externa, não é ela o que te importuna, mas o juízo que fazes dela", ele escreveu. "E depende de ti apagar esse juízo agora." Outra instrução típica: "O pepino é amargo; joga-o fora. Existem espinhos no caminho; desvia-te deles. Basta isso. Não acrescentes: 'Por que isso acontece no mundo?'".

Como as *Meditações* foram escritas no contexto da guerra, a mortalidade naturalmente é tema que aparece ali com destaque. A posição de Marco é clara: "Não ajas na ideia de que viverás 10 mil anos. A morte inevitável paira sobre ti. Enquanto vives, enquanto esteja em teu poder, sê virtuoso".

É um conselho que Marco seguiu à risca durante toda a sua vida, mas não teve sucesso como pai. Antes de morrer em campanha, em 180, ele nomeou como sucessor seu filho Cômodo, cuja tirania diabólica e demente terminou em assassinato. Mas, apesar de tudo, Marco Aurélio conseguiu articular com maior compaixão do que qualquer um de seus contemporâneos uma visão atemporal de fortaleza moral em face da injustiça e da mortalidade humanas.

# CONSTANTINO, O GRANDE

*ca.285-337*

*In hoc signo vinces* [Sob este símbolo, vencerás]
As palavras que acompanham a visão
divinamente inspirada que apareceu a Constantino
antes da batalha da Ponte Mílvia, em 312

Constantino era um poço de contradições – não era nenhum santo, e sim, um soldado brutal, ostentoso, de pescoço atarracado de touro, que assassinou seus amigos e aliados e até seus familiares mais próximos. Ele devia sua supremacia à espada. Não obstante, sua adoção do cristianismo, religião que passou a ser aceita e estimulada em Roma, foi um ato decisivo na história ocidental.

Quando Constantino nasceu, em meados ou no fim de 280, o Império Romano havia sido recentemente dividido pelo imperador Diocleciano em duas metades, uma ocidental e uma oriental. Constantino era filho de Constâncio Cloro, general que mais tarde, em 305, seria proclamado imperador do Império Romano do Ocidente. Quando criança, Constantino foi enviado para Nicomédia (a atual Izmit, na Turquia) para ser criado na corte de Diocleciano, que tomou para si a porção oriental do império. Sob o governo de Diocleciano, Constantino testemunhou a feroz perseguição aos cristãos, que se intensificou depois de 303.

Em 305, iniciou-se uma complexa luta pelo controle das porções oriental e ocidental do império. Constâncio morreu em York, na Britânia, em 306; ato contínuo, Constantino impôs o princípio da hereditariedade e foi proclamado imperador por suas tropas. Soldado hábil, Constantino começou a consolidar seu poder, inicialmente centrado na Gália. Em 312, cruzou os Alpes com um exército, atacando e derrotando o imperador ocidental Magêncio na batalha da Ponte Mílvia; tornou-se assim o único imperador do Ocidente. Após um sonho em que Deus teria aparecido para ele, Constantino fez seus soldados pintarem um monograma cristão em seus escudos. "Sob este símbolo, vencerás", dizia o sonho. A visão de Cristo coincidia em sua crença com a divindade única do Sol Invicto. A esmagadora vitória que Constantino obteve fez de Jesus seu deus da vitória – Constantino acreditava que ele devia seu poder ao cristianismo. Mas professar o cristianismo também era um gesto político: a ideia de um império único sob um único imperador, um deus único.

Em 313, Constantino reuniu-se com o imperador do Oriente, Licínio, e os dois homens concordaram com o Édito de Milão, uma proclamação histórica que estendeu a todas as pessoas a liberdade de adorar qualquer divindade que bem escolhessem. Para os cristãos, isso significava que pela primeira vez recebiam direitos legais e tinham permissão para organizar suas formas de culto como preferissem. Além da liberdade religiosa, a aplicação do édito fez devolver os lugares de culto e as propriedades que tinham sido confiscadas sob as recentes perseguições.

Após o Édito de Milão, as relações entre Constantino e Licínio se deterioraram e, em 320, o imperador romano do Oriente voltou a perseguir os cristãos em sua porção do império. Em 324 a rivalidade havia degringolado em guerra civil.

Vitorioso, Constantino reuniu todo o Império Romano sob a bandeira do cristianismo. Nesse ponto alto de seu destino, Constantino escreveu que havia vindo como um instrumento escolhido por Deus para a eliminação da impiedade, chamando a si mesmo de "O Igual dos Apóstolos", e disse ao rei da Pérsia que, por meio do poder divino de Deus, viera ao mundo para trazer a paz e prosperidade a todas as terras. As crucificações, a imoralidade sexual, a prostituição, os sacrifícios pagãos e os espetáculos de gladiadores foram todos abolidos; o domingo – o dia da divindade pagã que Constantino adorava, o deus Sol – tornou-se o sabá, o dia do descanso. Não foi uma época de tolerância: pelo contrário, a perseguição aos judeus, os "assassinos de Cristo", começou imediatamente e se intensificou.

Constantino reconstruiu e reinaugurou a cidade de Bizâncio, que a partir de 330 passou a ser conhecida como Constantinopla, a Roma oriental (atual Istambul).

A igreja dos Santos Apóstolos em Bizâncio foi construída no local de um templo para Afrodite. Em Jerusalém, Constantino ordenou que fosse construída a igreja do Santo Sepulcro; em Roma, a igreja de São Pedro foi ricamente guarnecida de pratarias e acessórios. As credenciais intelectuais da Igreja foram reforçadas quando Constantino convocou o Primeiro Concílio de Niceia em 325 para lidar com os violentos debates acerca da natureza de Cristo como homem ou deus.

Constantino usou o cristianismo para unificar o Estado, mas foi tão implacável quanto prático. Em 326, mandou executar seu próprio filho e sucessor, Crispo, suspeito de conspirar para derrubar o pai. Pouco depois, sufocou a sua mulher Fausta, por suspeita de intriga e adultério, assim juntando-se a Herodes, o Grande da Judeia; o imperador Cláudio; Ivan, o Terrível; Suleiman, o Magnífico; o xá do Irã; Abas, o Grande; Pedro, o Grande da Rússia; e Henrique VIII da Inglaterra na galeria de assassinos reais de suas próprias esposas ou filhos – embora apenas Herodes e Constantino tenham matado nas duas categorias.

Constantino foi batizado em seu leito de morte – talvez instigado pela percepção de que sua posição muitas vezes requeria bárbaros atos não cristãos.

# ÁTILA, O HUNO

## 406-453

*Ele era um homem que veio ao mundo para abalar as nações, o flagelo de todas as terras, que de alguma forma aterrorizava toda a humanidade por causa dos terríveis rumores no exterior a respeito dele.*

Origem e façanhas dos godos, Jordanes,
historiador godo do século VI

Átila, rei dos hunos de 434 a 453, tinha um apetite voraz por ouro, terra e poder. Derrotado apenas uma vez, ele foi o mais poderoso dos governantes bárbaros que se alimentaram dos últimos vestígios do Império Romano que desmoronava. Segundo a lenda, carregava a Espada de Marte, concedida pelos deuses como um sinal de que ele teria a supremacia em todas as guerras e governaria o mundo.

Os hunos eram um conjunto de tribos das estepes da Eurásia com uma reputação assustadora (a Grande Muralha da China foi construída para mantê-los afastados). Baseados no que hoje corresponde à Hungria, aproveitaram o declínio do Império Romano durante os séculos IV e V para expandir seus territórios, até que, em seu auge sob o comando de Átila, seu império se estendia do rio Danúbio ao mar Báltico, abrangendo grandes faixas da Alemanha, da Áustria e dos Bálcãs.

Dizia-se que Átila era tão feio quanto bem-sucedido: baixo de estatura, atarracado, de tez escura, com uma cabeça grande, olhos pequenos e profundos, nariz amassado e barba hirsuta. Agressivo e irascível, era um soldado até o último fio de cabelo, devorava carne servida em travessas de madeira enquanto seus tenentes comiam iguarias variadas em pratos de prata. De acordo com a tradição huna, ele costumava comer e negociar montado no lombo de um cavalo, enquanto no acampamento era entretido por um bobo, um anão ou uma de suas muitas jovens esposas.

Em 434, o tio de Átila, rei Rua (Ruga ou Rugila), morreu, deixando Átila e seu irmão mais velho, Bleda, no comando de todas as tribos hunas. O Império Romano havia muito fora dividido em dois, e no tempo de Átila o Império Romano do Oriente (também conhecido como bizantino) era governado por Teodósio II. Para evitar o ataque dos hunos, Teodósio concordou em pagar um tributo anual, mas, quando deixou de cumprir os pagamentos, Átila invadiu o território bizantino, apossando-se de várias cidades importantes, incluindo Singidunum (Belgrado), e destruindo-as.

Após uma frágil e intranquila trégua negociada em 442, Átila atacou novamente no ano seguinte, arruinando várias cidades ao longo do Danúbio e massacrando seus habitantes. A carnificina na cidade de Naísso (atual Nis, na Sérvia) foi tão devastadora que, vários anos depois, quando os embaixadores romanos lá chegaram para tratativas com Átila, tiveram que acampar nas cercanias da cidade para escapar do fedor de carne putrefata. Incontáveis outras cidades enfrentaram destino semelhante. De acordo com um relato da época: "A matança e o derramamento de sangue eram tamanhos que ninguém seria capaz de contar os mortos. Os hunos pilharam as igrejas e mosteiros e assassinaram os monges e virgens [...] a Trácia ficou tão devastada que nunca mais se erguerá e será como antes". Constantinopla só foi poupada porque os batalhões de Átila não conseguiram penetrar as muralhas da capital, então ele se voltou contra o exército bizantino, infligindo-lhe uma derrota esmagadora e sangrenta. Como indenização por Teodósio ter faltado aos termos do pacto, Átila aceitou a paz a um alto custo: os romanos teriam de pagar o tributo devido e triplicar os pagamentos futuros. Então, por volta de 445, Bleda foi assassinado, certamente por ordem de seu irmão, e Átila ficou como único rei e senhor indiscutível dos hunos, no comando exclusivo do reino. Outra investida contra o Império Romano do Oriente seguiu-se em 447, quando os hunos atacaram mais a leste, incendiando igrejas e mosteiros pelo caminho, mediante o emprego de aríetes e torres de assalto rodantes para romper as muralhas e adentrar as cidades, que eles novamente arrasaram, matando cruelmente os habitantes.

A única derrota de Átila ocorreu quando ele invadiu a Gália em 451. Sua intenção inicial era atacar o reino visigodo de Toulouse em vez de desafiar abertamente os interesses romanos na área. Em 450, no entanto, Honória – a irmã de Valentiniano III, o imperador romano do Ocidente –, que contra sua vontade havia sido prometida a um senador romano, enviou ao rei huno um pedido de ajuda juntamente com seu anel de noivado. Átila interpretou isso como uma proposta de casamento e exigiu como dote metade do Império Romano do Ocidente. Como os romanos se recusaram, Átila invadiu a Gália com um exército enorme. Em resposta, o general romano Flávio Aécio combinou suas forças com os visigodos para resistir à invasão dos hunos. Os exércitos rivais digladiaram-se em Orléans, e na batalha dos Campos Cataláunicos (na moderna Champagne), na qual morreram milhares de homens de ambos os lados, os hunos foram forçados a recuar. Foi uma das últimas grandes vitórias para o império ocidental, mas uma vitória de Pirro, pois seus exércitos foram exauridos.

Quando os hunos invadiram a Itália em 452, Aécio se viu impotente para impedi-los. Ágeis e vorazes, os exércitos de Átila saquearam e incendiaram ainda mais vilas e cidades, incluindo Aquileia, Patavium (Pádua), Verona, Brixia (Bréscia), Bergomum (Bérgamo) e Mediolanum (Milão). Apenas um surto de doença entre as tropas de Átila refreou sua campanha, mas na primavera ele estava prestes a tomar Roma, onde o imperador romano do Ocidente, Valentiniano III, havia se refugiado. Foi preciso que o papa Leão I fizesse um apelo direto para dissuadir Átila de saquear a cidade, e o huno concordou em interromper seu avanço pelo sul.

Átila morreu em 453, depois de uma noite de bebedeira em meio aos festejos de celebração de seu casamento com outra jovem noiva. Ele sufocou numa poça de sangue depois de sofrer uma intensa hemorragia nasal enquanto dormia. Os soldados que o enterraram foram assassinados logo em seguida, de modo que nenhum de seus inimigos jamais fosse capaz de encontrar e profanar seu túmulo.

# JUSTINIANO E TEODORA

### 482-565 e *ca.*497-548

*Fugir não é a melhor opção [...]. Melhor morrer. Concordo com o provérbio, "Do púrpura se faz uma fina mortalha".*

Teodora durante a Revolta de Nika

Justiniano, um dos maiores imperadores romanos orientais – ou bizantinos –, conseguiu restaurar o controle romano de boa parte do Mediterrâneo ocidental, codificar a lei bizantina e, em sua grande basílica de Santa Sofia (Hagia

Sophia), ainda domina a cidade de Istambul, mais de um milênio depois de sua morte. Foi um desempenho surpreendente – mas, durante grande parte do seu reinado, ele governou em parceria com sua esposa, Teodora, que era claramente inteligente, implacável, dominadora e extraordinária. Uma força da natureza. Ela certamente contribuiu para as formidáveis realizações de Justiniano, mas, mesmo que ignoremos alguns dos escândalos e do despotismo vinculados ao nome de Teodora, ela era sem sombra de dúvida temida, odiada e respeitada em igual medida. Justiniano deve muitos de seus feitos à vontade e à determinação da esposa.

Justiniano nasceu na Macedônia e pertencia a uma humilde família camponesa de origem trácia, mas foi também o último dos imperadores romanos orientais a falar latim – e a pensar como romano e não como um bizantino falante de grego e de inclinação orientalizante. Ele foi levado a Constantinopla por seu tio Justino I (Flávio Justino), um ex-porqueiro analfabeto que ascendera à posição de comandante da guarda imperial, os Excubitores. Justino adotou como filho seu sobrinho Flávio Pedro Sabácio, que então assumiu o novo nome de Justiniano. Quando Justino foi elevado ao trono em 518, o bem-educado e brilhante Justiniano já exercia grande influência e participava da vida política; o mais provável é que tenha tomado a maior parte das decisões do imperador, especialmente quando seu tio ficou senil e ele foi nomeado cônsul ou imperador associado.

Embora não fosse um soldado, Justiniano parecia, em todos os outros aspectos, perfeitamente qualificado para o papel de imperador – exceto por seu gosto em relação a amantes. Ele se apaixonou por uma moça muito mais jovem chamada Teodora, cujas origens não poderiam ser menos imperiais e mais sórdidas. Era filha de um dos treinadores de ursos no hipódromo, onde foi criada em meio a cocheiros suados, cavalos e o zoológico. Nossa principal fonte de informações sobre ela e sobre a vida de Justiniano é um dos historiadores da corte, Procópio, que inicialmente produziu histórias respeitosas das guerras e projetos de construção, mas que em seu íntimo devia odiar os dois, especialmente Teodora, porque em sigilo escreveu *A história secreta*. É preciso ler esse texto como se fosse um tabloide do século XXI – metade do que há ali pode ser apenas fofoca e tagarelice –, mas boa parte deve ter sido verdade. Teodora, aparentemente estimulada pela mãe devassa, ainda na adolescência parece ter iniciado a carreira como bailarina de circo e artista de striptease burlesco, dedicada a exibições indecentes no palco e ganhando a vida com uma combinação de suas habilidades teatrais e sexuais. Era extraordinariamente bela, mas logo tornou-se famosa, mesmo nesses círculos, por seus shows extremos e pelo prazer que sentia nos mais ultrajantes atos de promiscuidade. Como Procópio observou, "Nenhum papel era escandaloso demais para que ela o aceitasse sem rubor". Em um esquete particularmente marcante, ela se deitava nua de costas, enquanto grãos eram espalhados por todo o seu corpo. Gansos (representando o rei-deus Zeus), então, recolhiam a comida desferindo-lhe bicadas – para a satisfação da prostrada Teodora.

O insaciável apetite sexual de Teodora tornou-se matéria de lendas. "Muitas vezes ela saía para fazer piquenique com dez rapazes ou mais, moços na flor de sua força e virilidade, e se entregava a todos eles, durante a noite toda", escreve Procópio, acrescentando que ela tinha predileção por não deixar nenhum de seus três orifícios sem preencher. Ia a jantares e flertava com todos os convidados, e logo se tornou amante de homens mais velhos. Certa feita, desentendeu-se com um cliente com quem estava viajando para o leste e, abandonada, embarcou em uma turnê sexual nas cidades orientais, dormindo com homens para custear a viagem de volta para casa.

Teodora engravidou e deu à luz seu único filho, um menino. Mas tudo isso mudou quando conheceu Justiniano, que ficou deslumbrado com ela. Teodora deve ter passado por algum tipo de revelação cristã, uma conversão quase damascena. Pois enquanto Justiniano já era religioso, como a maioria dos bizantinos, daí por diante Teodora tornou-se uma devota extremamente séria e piedosa dos debates cristológicos que dividiam e obcecavam a todos em Constantinopla.

Quando ascendeu ao trono em 527, Justiniano oficialmente fez de Teodora a sua Augusta; antes disso, com a morte de sua primeira esposa, revogara a lei que proibia o casamento de atrizes, de modo que pudesse se casar com sua amante. Mas não demorou muito para que os dois passassem a ser odiados pela turba de Constantinopla – especialmente as equipes de corrida de bigas.

O único lugar aonde ir em um feriado público era o hipódromo, reconstruído por Constantino, o Grande; era o centro vibrante, agitado e sórdido da vida pública. Lá, milhares de simpatizantes amontoavam-se para assistir a seus ícones esportivos – os aurigas competiam por honras. Havia quatro equipes principais, cada uma com seu próprio conjunto de torcedores e cada uma definida pelas cores que usavam: brancos, vermelhos, verdes e azuis, depois fundidos em dois times rivais, os Azuis e os Verdes. O próprio Justiniano era um conhecido torcedor dos Azuis. Na ausência de qualquer outro lugar para a expressão política popular, as facções serviam como uma válvula de escape para todas as queixas – esportivas, sociais ou políticas –, e seus adeptos frequentemente entregavam-se a brutais atos de selvageria que terminavam em assassinato e pilhagem. Era comum que, entre uma corrida e outra, os espectadores fizessem discursos bombásticos interpelando os imperadores com demandas políticas.

No início de 532, Justiniano ordenou a prisão, por assassinato, de duas gangues de Azuis e Verdes. No processo, imprudentemente uniu ambas as facções contra ele. Quando Justiniano chegou ao hipódromo para ver a corrida de bigas, em janeiro de 532, após meses de descontentamento popular, o palco estava preparado para uma rebelião que duraria uma semana e que quase provocou sua queda. No final do primeiro dia de competição, Azuis e Verdes uniram-se para entoar "Nika" ("vitória") em uma expressão de sua infelicidade com as políticas do imperador.

Enquanto a multidão encurralada no hipódromo declarava sua lealdade a um imperador alternativo, tumultos eclodiram e Constantinopla escapou do controle de Justiniano. Todo o distrito imperial e diversos edifícios públicos ao redor do palácio foram incendiados. O hipódromo tornou-se o quartel-general rebelde, o palácio imperial foi sitiado, e Justiniano acovardou-se e se preparou para fugir. Mas, numa reunião do conselho governamental, Teodora endureceu sua determinação e foi contra deixar o palácio, dizendo que "do púrpura se faz uma fina mortalha", sublinhando assim que seria melhor morrer como um imperador, em meio ao fausto da realeza, a viver sem o trono. Ela então elaborou um plano para esmagar as forças da oposição. Teodora e Justiniano enviaram um emissário ao hipódromo para subornar metade da multidão reunida, de modo que apenas os rebeldes permanecessem. Também convocaram seu principal general, o jovem Belisário, cuja esposa era a melhor amiga de Teodora e que também havia começado como dançarina burlesca. Belisário e suas tropas irromperam no hipódromo lotado e massacraram toda a multidão de 30 mil pessoas, cujos corpos foram enterrados em valas coletivas sob a grama e a areia do próprio estádio. Não é de admirar que Justiniano tratasse Teodora como sua parceira no poder, e muitos a consideravam perigosa e excessivamente poderosa em sua maldade e intrigas. Mas a parceria funcionou.

Justiniano codificou a lei romana em um projeto (o *Corpus Juris Civilis*, Corpo de Direito Civil) no qual trabalhou pessoalmente e cujo legado e influência durariam por muitos séculos, mas ele e sua esposa também acreditavam que o imperador romano era o governante legítimo e sagrado de toda a cristandade e de todas as terras outrora regidas pelo Império Romano. Era sua missão unificar o império sob um único imperador, um único deus, uma única capital. Justiniano primeiro firmou uma Paz Eterna com seu único rival, o xá da Pérsia (Sassânida). Depois despachou uma série de expedições, inicialmente lideradas por seu comandante favorito, Belisário, para conquistar o Norte da África dos vândalos, e tomar dos godos Roma, Itália e o sul da Hispânia. O Norte da África também foi conquistado por Belisário; o sul da Hispânia foi tomado por um de seus subordinados e, finalmente, em duas cruentas guerras sob o comando de Belisário e o competente eunuco Narses, os bizantinos retomaram a Dalmácia, a Itália e a Sicília. Justiniano alvoroçou todo o Mediterrâneo e as duas maiores capitais imperiais – Roma e Constantinopla.

O imperador e a imperatriz embarcaram em um vasto programa de construção para afirmar Justiniano como o monarca romano de toda a cristandade, o autocrata universal, e Constantinopla como a capital sagrada. Das cinzas da Revolta de Nika, ergueu primeiro uma pequena igreja em cúpula, a igreja de Santa Irene (Aya Irini Kilisesi, em turco), que ainda está de pé no pátio do palácio de Topkapi, e depois sua maior realização de todas: a vasta, magnífica e única Santa Sofia, um edifício tão ambicioso e tão majestoso que Justiniano supostamente teria exclamado, com voz entrecortada: "Salomão, eu te superei!". A grande igreja, com seus espaços colossais e a gigantesca cúpula, era incomparável e se tornou o templo da cidade, completando a sacralização da cidade como capital imperial sagrada do Império Romano e da própria cristandade. Foi a grande igreja por novecentos anos, depois disso uma mesquita por quinhentos anos sob os otomanos, e então um museu secular por mais de oitenta. Ainda impressionante, talvez volte a ser mesquita novamente. Certamente é um dos mais requintados edifícios da história – sua glória e beleza graciosa ultrapassam de longe a descomunal basílica de São Pedro em Roma.

Tudo o que Justiniano fez, ele o fez com estilo: até mesmo a cisterna de sua basílica sob Constantinopla parece mais um palácio subterrâneo que um sistema de águas. Como um monarca que se comparou a Salomão e se considerava o imperador das três cidades sagradas do cristianismo, ele construiu em Jerusalém a enorme igreja Nea, que claramente rivalizava em escala e ambição com a igreja do Santo Sepulcro e provavelmente com o próprio Templo de Jerusalém. Mas ele provavelmente se excedeu.

A peste devastou o império em 540, e o próprio Justiniano adoeceu. Teodora agora era conhecida não apenas por suas origens, mas por sua intolerância a qualquer oposição, sua melindrosa sensibilidade e a beatice hipócrita desprovida de humor. A imperatriz era absolutamente implacável quando se tratava de manter sua própria posição. Opositores políticos eram capturados por agressores desconhecidos, açoitados, castrados e abandonados à própria sorte para morrer. Outros que caíam em desgraça no gosto de Teodora eram confinados no labirinto de masmorras particulares sob o seu palácio; um dos que ela mantinha lá, dizia-se, era seu próprio filho, pois Teodora temia que ele lhe causasse constrangimento. As pessoas que pudessem competir com ela pelas afeições de seu marido – a exemplo da rainha ostrogoda Amalasunta – eram assassinadas. Todas as ordens e nomeações oficiais tinham que ser aprovadas por Teodora, assim como todos os casamentos entre os cortesãos imperiais deviam passar por seu crivo. "Nenhum outro tirano desde os primórdios da humanidade inspirou tanto medo, já que nem sequer uma palavra poderia ser dita contra Teodora sem que ela ouvisse: sua multidão de espiões lhe trazia notícias acerca de tudo o que era dito e feito, em público ou em particular", relata Procópio. "Quando essa mulher se enfurecia, nenhuma igreja ou santuário oferecia refúgio, nenhuma lei dava proteção, nenhuma intercessão do povo assegurava misericórdia à sua vítima; nada no mundo seria capaz de refreá-la."

Justiniano e sua esposa ficaram apreensivos com os brilhantes sucessos militares e o glamour pessoal de Belisário, e constantemente o chamavam de volta, solapavam suas iniciativas e o humilhavam, mesmo quando isso provocava o fracasso dos próprios empreendimentos imperiais. O xá persa Cosroes invadiu o leste e saqueou sua cidade mais importante, Antioquia, uma terrível humilhação para Justiniano, que apenas tardiamente despachou Belisário e, por fim, teve que aceitar uma paz custosa.

Quando Teodora morreu, provavelmente de câncer, com cerca de cinquenta anos, Justiniano nunca se recuperou – e ele viveu em demasia. Os últimos quinze anos de seu reinado foram um desastre. O império estava sobrecarregado e extenso demais, os exércitos em decadência, as fronteiras expostas, os cofres do Tesouro público cada vez mais vazios, e o antigo imperador era odiado. Logo depois de sua morte, Roma e grande parte da Itália foram perdidas, a maioria de suas conquistas definhava (ainda que a presença bizantina na Itália tenha durado até a Idade Média). Não obstante, Justiniano e Teodora representam uma das parcerias político-românticas mais auspiciosas da história, e ambos figuram entre os maiores e mais extraordinários governantes romanos.

# MAOMÉ

### 570-632

*Hoje completei a religião para vós; tenho-vos agraciado generosamente, e vos aponto o islã por religião.*

Alcorão, 5ª surata

Maomé foi o fundador da fé islâmica. Os muçulmanos acreditam que ele era o mensageiro de Deus, o último dos seus profetas, e que transmitiu a palavra de Deus a seu povo na forma do Alcorão. Para os muçulmanos, o Alcorão e o Hadith (Hádice ou Hadiz), compilação dos preceitos, feitos e ditos de Maomé, que juntos fornecem orientação completa sobre como viver uma vida boa e devota.

Embora tenha fundado o islã em um contexto de turbulentos confrontos tribais, Maomé encorajou seus seguidores a servir a Deus com decência, humildade e piedade. Mas ele também era claramente um talentoso e implacável soldado-estadista, criando por meio da diplomacia e da guerra um Estado bem-sucedido e expansionista – bem como uma nova religião mundial.

Maomé nasceu em Meca em 570. Passou seus primeiros anos no deserto da Arábia aos cuidados de uma ama de leite beduína. Aos oito anos já tinha perdido os pais e o avô, e cresceu sob a tutela de seu tio Abu Talib. Maomé transformou-se em um jovem bonito com um caráter generoso e grande habilidade em arbitrar disputas.

Esse visionário inspirador ganhou renome como homem devoto e espiritualizado. Regularmente retirava-se para o deserto a fim de meditar e orar. Foi em um desses retiros nas cavernas das montanhas que, em 610, ele afirmou pela primeira vez ter sentido a presença do arcanjo Gabriel, que lhe apareceu com a ordem de iniciar sua revelação da palavra de Deus. Aterrorizado, Maomé relatou a experiência a sua primeira esposa, Khadija. Ela e seu primo cego e cristão, Waraqah, interpretaram a experiência de Maomé como um sinal de que ele era o profeta de Deus.

No decorrer dos anos seguintes, Maomé continuou a receber as revelações que se tornariam o Alcorão e que os muçulmanos acreditam ser a palavra direta de Deus. Logo ele começou a pregar para o povo de Meca, convertendo pequenos grupos de amigos e familiares e vários mecanos ricos e importantes. Ensinava-lhes que havia um único Deus, merecedor de sua completa submissão (o significado da palavra islã, "submissão à vontade de Deus"), e que ele, Maomé, era o verdadeiro profeta de Deus. Para muitos membros das tribos politeístas da região, essa mensagem era perturbadora, e por causa disso os partidários de Maomé foram ameaçados e perseguidos. Maomé enviou um grupo de seus seguidores para a Abissínia (atual Etiópia) em busca de refúgio.

Em 619, o "ano de tristezas", Khadija e Abu Talib morreram. Foi nessa época que Maomé vivenciou a mais intensa experiência religiosa de sua vida. Ele sentiu o anjo Gabriel transportá-lo de Meca para Jerusalém, e do Monte do Templo ele subiu aos céus. Testemunhando o trono divino de Deus e encontrando profetas como Moisés e Jesus, Maomé aprendeu sobre seu próprio estado supremo entre eles. A forma de oração diária também lhe foi revelada. Essa jornada de duas partes é conhecida como *Isra* (Viagem Noturna) e *Mi'raj* (Ascensão).

Ainda perseguido em Meca, em 622, Maomé levou seus partidários para fora da cidade na Hégira, um grande fuga para Yathrib, hoje conhecida como Medina. Lá ele foi reconhecido como juiz e árbitro, e seu número de seguidores aumentou. Maomé criou um novo Estado de tolerância sob uma constituição. Mas as tribos judaicas de Medina resistiram a sua alegação de ser o último profeta munido da revelação final. De início Maomé determinou que as orações fossem feitas na direção (*qibla*) de Jerusalém, mas depois mudou para Meca. No entanto, permaneciam as tensões entre Maomé e os mecanos, e de 624 a 627 houve uma série de batalhas entre os dois grupos. No primeiro embate, a batalha de Badr, 313 muçulmanos derrotaram um contingente de mil mecanos. Em 627, firmou-se uma trégua após uma grande vitória dos muçulmanos na batalha da Trincheira. Maomé era em igual medida um visionário de religiões e um estadista político-militar. Tão logo algumas tribos judaicas apoiaram os habitantes de Meca, Maomé rompeu com elas, cercou-as e, após a rendição dos judeus, levou todos a julgamento. O resultado foi a execução dos judeus homens. O Alcorão de Maomé prometia tolerância a todos aqueles que reconhecessem a supremacia islâmica e pagassem um imposto de submissão, mas também preconizava a *jihad*, a guerra santa contra quem resistisse. Como guia espiritual e líder político-militar de um Estado, ele era tanto um profeta quanto um pragmático – e seu legado contém esses dois temas.

Em 629, Maomé realizou a primeira *haj* (peregrinação) a Meca, uma tradição ainda seguida por centenas de milhares de muçulmanos todo ano. Em 630, quando os mecanos quebraram a trégua, Maomé marchou sobre Meca com 10 mil homens, capturando a cidade e destruindo os ídolos das tribos politeístas. No ano seguinte, já havia ampliado sua influência para a maior parte da Arábia, dessa maneira levando ao fim o que ele chamou de "era da ignorância". Depois de proferir seu derradeiro sermão para 200 mil peregrinos em 632, Maomé morreu, deixando a Arábia mais forte e unida sob a bandeira do islá.

A promulgação e a interpretação da palavra de Deus segundo Maomé eram baseadas nas virtudes da humildade, magnanimidade, justiça, meritocracia, nobreza, dignidade e sinceridade. O conceito de *jihad* interna – a luta interior para viver uma vida melhor e mais piedosa – era tão importante para ele quanto pegar em armas contra os inimigos – a *jihad* da guerra santa. Ambas as ideias são poderosos componentes do islá. Maomé ampliou os direitos das mulheres – a obrigatoriedade do uso do véu só surgiu bem depois de sua morte – e dos escravos. Condenou práticas árabes como o infanticídio feminino; reformou costumes tribais em favor de uma lei divina unificadora; e censurou hierarquias e privilégios corruptos. Seu nome é a inspiração para inúmeros belos trabalhos caligráficos e uma boa quantidade de requintada poesia islâmica. Os cristãos daquela época confirmam que ele existiu, mas que a maior parte dos detalhes de sua biografia deriva de histórias escritas no Iraque e no Irã um ou dois séculos depois. A vida e as palavras de Maomé são indispensáveis para o mundo muçulmano. Apesar dos excessos cometidos em seu nome por extremistas, ele continua a fornecer orientação espiritual a milhões de pessoas comuns. Com base nas realizações de Maomé, não é de admirar que os muçulmanos acreditem que ele foi o "homem perfeito" – não divino, mas "um rubi entre as pedras".

# MOÁUIA E ABDAL MALIQUE: OS CALIFAS

*Abdal Malique ibne Maruane é um dos maiores árabes e califas muçulmanos. Seguiu os passos de Omar ibn al-Khattab, o comandante dos crentes, na regulamentação dos assuntos do Estado.*

Ibne Caldune, século XIV

Após a morte do profeta Maomé, seu novo reino teocrático quase desmoronou, mas seus sucessores, conhecidos como califas ou comandantes dos crentes, não apenas restauraram o domínio islâmico na Arábia, mas também deram início a uma espantosa campanha militar que, em questão de poucas décadas, conquistou um novo império que se estendia da Espanha, a oeste, até as fronteiras da Índia, a leste. Os quatro primeiros desses sucessores eram conhecidos como os califas virtuosos, mas essa época de sucesso triunfante terminou em duas deflagrações de guerra civil, travadas em nome do controle político do novo império e da religião. Essas guerras continuam relevantes ainda hoje porque criaram o cisma no islã entre sunitas e xiitas. Mas, em ambos os casos, as cicatrizes foram curadas por dois extraordinários governantes da dinastia omíada.

Depois da morte do profeta, ele foi sucedido por seu antigo partidário, Abu Baquir, que enviou expedições de sondagem para as províncias bizantinas do Oriente Médio. Porém, depois que Abu Baquir morreu, o califa seguinte – Omar, o Justo – um gigante austero e severo – despachou exércitos árabes que conquistaram as grandes cidades de Damasco e Jerusalém e, finalmente, Síria, Palestina, Iraque e Egito. A seguir, os árabes conquistaram a Pérsia – e isso foi apenas o começo.

Em 644, Omar foi assassinado e sucedido por Otomão ibne Afane, que deu continuidade às conquistas, mas seu nepotismo e má administração resultaram em seu assassinato. Para aqueles que acreditavam que a sucessão deveria ficar no âmbito da família de Maomé, o sucessor ideal era seu primo em primeiro grau, Ali ibne Abi, casado com a filha do profeta, Fátima – mas outros achavam que Ali estava de alguma forma envolvido na morte de Otomão, e por isso nomearam como seu líder Moáuia, que se tornou um dos maiores governantes árabes.

Moáuia era um aristocrata de Meca, filho de Abu Sufiane, que liderou a oposição a Maomé. Quando Meca se rendeu ao islã, Maomé recebeu de braços abertos a família em seu rebanho; Moáuia tornou-se seu secretário e escriba e se casou com a irmã do profeta. O califa Omar nomeou Moáuia como governador da Síria, descrevendo-o como o "César árabe" – um elogio ambíguo que continha um quê de verdade. Moáuia governou a Síria e a Palestina por vinte anos para seu primo califa Otomão, mas, quando este foi assassinado, entrou em conflito com o novo califa Ali. Na guerra civil que se seguiu no Iraque, Ali foi morto – o último dos califas virtuosos –, e em 661 Moáuia tornou-se o califa do vasto império que incluía Egito, Síria, Palestina, Iraque, Pérsia e Arábia.

Moáuia era um homem bonito, astuto, bem-criado e bem-educado, orgulhava-se de sua bravura e suas proezas, tanto como general quanto como amante das mulheres. Construiu uma frota islâmica que conquistou Rodes e Chipre e quase tomou Constantinopla em seus ataques anuais aos bizantinos. Tratou Jerusalém como sua capital espiritual, mas governava desde Damasco, criando um novo ideal de monarquia imperial, o rei soberano árabe-islâmico, que durou até a era atual. Governou por meio de burocratas cristãos e tolerou cristãos e judeus em igual medida, vendo-se como algo entre um xeque árabe, um califa islâmico e um imperador romano. Era tolerante e pragmático, seguindo uma versão primitiva do islã, mais flexível, feliz em adorar em locais cristãos e judeus e compartilhar seus santuários. Mais tarde, expandiu o império para o leste da Pérsia, Ásia Central, Saara e as atuais Líbia e Argélia.

Moáuia era famoso por seu bom senso e decência sagaz numa época em que provavelmente foi o mais poderoso governante do planeta. Orgulhava-se de sua paciência e tolerância: ninguém jamais sintetizou com tanta sabedoria e pertinência a essência da política como Moáuia, que disse: "Não uso a minha espada quando basta o chicote, nem meu chicote quando basta a língua. E ainda que apenas um fio de cabelo me prenda aos outros homens, não permito que ele se parta. Quando o puxam, eu o afrouxo; se o afrouxam, eu puxo".

Depois que Moáuia morreu em 680, seu filho Iázide não conseguiu firmar-se como sucessor, enfrentando rebeliões na Arábia e no Iraque. O neto de Maomé, Hussein, se rebelou para vingar a morte do pai, Ali, mas foi brutalmente assassinado na batalha de Carbala, no Iraque, e seu martírio originou os xiitas, "o partido", dissensão que ainda hoje divide o islã. No entanto, após a morte prematura de Iázide, o velho parente de Moáuia, Maruane, começou a reconquistar o império, morrendo em 685 e deixando a problemática herança para seu filho Abdal Malique, o segundo dos titânicos califas omíadas. Abdal Malique era menos benévolo e flexível, porém mais implacável e visionário que Moáuia. Ele primeiro esmagou impiedosamente as rebeliões, retomando o Iraque e a Arábia; em Jerusalém, construiu o Domo da Rocha no Monte do Templo, um triunfo de expressão religiosa e grandiosidade imperial, o mais antigo santuário islâmico, e ordenou a construção da mesquita de Al-Aqsa.

Abdal Malique era severo, magro, de nariz adunco, cabelo encaracolado e, alegavam seus inimigos no que provavelmente pode ser descartado como mera propaganda hostil, tinha o hálito tão fétido que foi apelidado de Mata-moscas. Abdal Malique via a si mesmo como a sombra de Deus na Terra: se Moáuia foi o César dos árabes, ele era uma mistura de são Paulo e Constantino, o Grande – acreditava no casamento entre Império, Estado e Deus. Como tal, foi Abdal Malique quem organizou o livro do islã – o Alcorão – em sua forma definitiva (as inscrições no Domo da Rocha de Jerusalém são os primeiros exemplos do texto final do Alcorão) e quem unificou os rituais islâmicos em uma única religião reconhecível hoje com a ênfase no Alcorão e em Maomé, expressa na dupla *shahada*: "Não há deus além de Alá, e Maomé é o apóstolo de Alá". Abdal Malique e seu filho, o califa Ualide, expandiram seu império para as fronteiras da Índia e a costa da Espanha. No entanto, sua dinastia permaneceu parte teocratas islâmicos, parte imperadores romanos, invariavelmente vivendo em uma decadência nitidamente anti-islâmica. Isso levou à derrocada da família na revolução de 750, quando foram substituídos pelos califas abássidas, que governaram a partir do Iraque e macularam a reputação dos omíadas. Para os xiitas, eles continuavam sendo hereges e pecadores porque o xiismo acreditava que os verdadeiros califas eram os doze descendentes de Ali e Fátima: de fato, os xiitas do Irã ainda aguardam o retorno do décimo segundo.

# WU ZETIAN (IMPERATRIZ WU)

## 625-705

*Wu é um monstro traiçoeiro! Que eu reencarne como um gato e que ela reencarne como um rato, para que eu possa, para todo o sempre, agarrar sua garganta.*

Consorte Xiao, uma das muitas vítimas da imperatriz Wu

Única mulher na história chinesa a governar por seus próprios méritos, a imperatriz Wu era a um só tempo uma depravada megalomaníaca e inteligente manipuladora. Tendo iniciado a vida como a concubina do imperador, ela dominou a corte imperial por mais de meio século, por fim alcançando o poder absoluto como a autodenominada "Imperatriz Celestial".

Wu Zhao, como ela era então conhecida, tinha apenas treze anos quando, em 638, entrou no palácio imperial como uma concubina do imperador Taizong. Desde tenra idade, Wu Zhao tinha consciência do poder que emanava de sua beleza e inteligência, e por ocasião da morte de Taizong, cerca de uma década depois, ela já havia caído nas graças do filho e herdeiro do trono, Gaozong.

Como era habitual para as concubinas após a morte de seu amo e senhor, Wu Zhao passou um breve período em retiro em um convento budista. Mas um par de anos depois ela estava de volta ao centro da vida da corte imperial, sendo seu retorno parcialmente impulsionado pela imperatriz Wang, a esposa de Gaozong: com ciúmes de uma das outras concubinas do marido, a consorte Xiao, Wang esperava que Wu desviasse a atenção dele – com o aval da imperatriz, talvez o marido se enfeiticiçasse por ela e se afastasse um pouco de Xiao. A manobra seria fatal.

Como Wang previra, Wu rapidamente substituiu Xiao como a concubina favorita do novo imperador, e lhe deu quatro filhos. Mas Wu agora queria o poder para si mesma e procurou maneiras de eliminar a influência da imperatriz Wang. Em 654, Wu deu à luz uma filha que morreu pouco depois, e maquinou para que recaíssem sobre Wang as suspeitas de ter matado o bebê. Gaozong acreditou na palava de sua concubina e não na esposa, e assim Wang e a consorte Xiao foram removidas de suas posições. Ocupando o lugar delas, Wu tornou-se imperatriz.

Com a saúde fraca, Gaozong sofria cada vez mais de surtos debilitantes, o que propiciava à imperatriz Wu maiores oportunidades de exercer seu poder. Ela usava agentes para espionar e eliminar potenciais rivais e funcionários de cuja lealdade duvidava – incluindo membros de sua própria família. Alguns foram rebaixados de posição, outros exilados – e muitos condenados à morte. Entre as centenas de pessoas que foram estranguladas, envenenadas ou massacradas estavam a ex-imperatriz Wang e a consorte Xiao, cujos assassinatos Wu ordenou depois que ficou claro que Gaozong talvez cogitasse perdoá-las. Uma atmosfera de terror geral espalhou-se pela corte imperial, e a obediência servil era a única garantia de sobrevivência.

Em 675, com a saúde de Gaozong se deteriorando ainda mais, a imperatriz Wu manobrou para a sucessão. A princesa Zhao, tia do imperador e que parecia ser a favorita dele, foi colocada sob prisão domiciliar e, proibida de receber alimentos, morreu de inanição. O filho de Wu, o príncipe herdeiro Li Hong, morreu repentinamente – envenenado por uma mão "desconhecida". Ele foi substituído por seu irmão – o segundo filho de Wu – Li Xian. O relacionamento de Wu com ele também se desfez rapidamente e, em 680, Wu o acusou de traição e o exilou. Mais tarde, ele foi forçado a cometer suicídio. A linha de sucessão passou agora para um terceiro filho, Li Zhe.

Quando Gaozong finalmente morreu em 684, foi Li Zhe quem se tornou imperador, assumindo o novo nome: Zhongzong. Escusado será dizer que a verdadeira autoridade ainda estava com Wu, agora imperatriz. Quando Zhongzong deu mostras de que estava prestes a desafiar o poder de Wu, ela o depôs e o substituiu por outro de seus filhos, que se tornou o imperador Ruizong.

Wu agora exercia um controle ainda maior, impedindo Ruizong de se reunir com qualquer uma das autoridades ou conduzir qualquer negócio do governo. Quem questionasse esse estado de coisas era sumariamente removido e, frequentemente, executado. Em 686, ela se prontificou a devolver poderes imperiais a Ruizong, mas ele teve o bom senso de declinar.

Sempre atenta a possíveis ameaças à sua posição, Wu incentivava sua polícia secreta a se infiltrar nos círculos oficiais e identificar conspiradores. Em 688, um suposto complô contra a imperatriz viúva foi esmagado, e isso desencadeou uma enxurrada particularmente feroz de assassinatos políticos.

Acusações infundadas, tortura e suicídios forçados tornaram-se quase rotineiros. Então, em 690, após uma série de petições "espontâneas" exigindo que a imperatriz viúva assumisse o trono, ela aceitou o pedido. Ruizong foi rebaixado a príncipe herdeiro e Wu tornou-se governante do império.

Ao longo dos cinquenta anos seguintes, Wu regeu lançando mão dos mesmos métodos implacáveis que garantiram sua ascensão ao poder, e acusações com motivação política e assassinatos sancionados pelo Estado continuaram sendo uma prática comum. Em 693, a esposa de seu filho Ruizong (o ex-imperador e agora novamente herdeiro) foi acusada de feitiçaria e executada. Ruizong temia demais a mãe para se opor.

Por fim, em 705, a saúde da imperatriz dava sinais de debilidade. Wu foi convencida por Ruizong a entregar o trono. Ao contrário de muitas de suas próprias vítimas, ela morreu em paz em sua cama naquele mesmo ano, aos oitenta anos. Enquanto Wu esteve no poder, a política imperial havia sido reduzida a pouco mais que um jogo mortífero, no qual muitos saíram como perdedores. Um velho provérbio chinês diz que uma mulher no governo é como ter "uma galinha cantando feito um galo ao raiar do dia". Dada a experiência do país com a imperatriz Wu, não é de surpreender que ela tenha sido a única pessoa a colocar essa máxima à prova.

# O VENERÁVEL BEDA

### 673-735

*A candeia da Igreja, acesa pelo Espírito Santo, se extinguiu.*
São Bonifácio, ao receber a notícia da morte de Beda

O "Venerável" Beda foi o extraordinário escritor, filósofo eclesiástico, teólogo e historiador inglês do início da Idade Média, um mestre cujas obras foram lidas por praticamente todas as pessoas alfabetizadas ao longo de mil anos após sua morte. Ele nos legou muito do que sabemos sobre a Igreja inglesa primitiva, e quase sozinho inventou a maneira moderna de escrever história. Sua dedicação ao conhecimento e ao estudo devoto granjeou-lhe fama em sua época, ao passo que sua excepcional habilidade para descrever o mundo do primeiro milênio assegurou-lhe lugar no panteão literário desde então.

Muitos sacerdotes medievais foram chamados de "veneráveis", mas é exatamente com Beda que a história associou de forma apropriada uma coisa à outra. Trata-se de uma indicação da extraordinária devoção e erudição do homem que foi o mais magnífico representante da Inglaterra em uma orgulhosa tradição de pensadores cristãos. Beda escreveu mais de trinta obras, abarcando de hinários e hagiografias a traduções dos Evangelhos e manuais em latim que educaram gerações de estudiosos até o segundo milênio. Ainda contamos com a obra mais famosa de Beda, sua *História eclesiástica do povo inglês*, para nos contar sobre os anos de formação da nação inglesa.

Beda nasceu de pais abastados no reino da Nortúmbria e viveu toda a sua vida adulta no mosteiro de São Paulo em Jarrow, onde se tornou diácono aos dezenove anos e padre aos trinta. Pelo resto de sua vida dedicou-se a dominar todo o conhecimento existente. "Desde então passei toda a minha vida no mosteiro, e me dediquei sobretudo ao estudo da Sagrada Escritura." A biblioteca de Jarrow era uma das melhores e mais bem abastecidas da Inglaterra, contendo entre trezentos e quinhentos volumes – uma impressionante coleção em uma época em que livros eram bens extremamente valiosos. Beda estudou todos os autores gregos e romanos disponíveis, e já a partir dos vinte e poucos anos se debruçou com afinco sobre as mais importantes questões intelectuais de seu tempo.

Beda foi pioneiro na ciência medieval, influenciando o pensamento na área com trabalhos como *Sobre a natureza das coisas* e *Sobre a contagem de tempo*. Este último, um tratado sobre cronologia, deu uma contribuição importante para uma das questões candentes da época de Beda: a idade do mundo. Tradicionalmente a Terra deveria ter 5 mil anos na época do nascimento de Cristo, mas Beda calculou uma nova cifra de 3.952 anos. Também aplicou seu poderoso intelecto à questão importante e politicamente delicada de estabelecer a datação correta da Páscoa.

Beda é acertadamente conhecido como o "pai da história inglesa". Escreveu inúmeras hagiografias descrevendo a vida dos primeiros santos, incluindo três relatos completos das biografias dos mártires primitivos Félix, Anastácio e Cuteberto, e narrativas curtas de 116 outros. Em vez de escrever histórias de maneira acrítica, Beda procurava fontes e registros originais de seus objetos de pesquisa. Foi uma técnica utilizada de forma gloriosa em sua *História ecle-*

*siástica do povo inglês*, relato de 85 mil palavras da Igreja na Inglaterra, que vai da chegada de Júlio César à Britânia até a data da conclusão do livro (*ca.*731). Beda esforçava-se para estabelecer datas precisas, incluir documentos originais e citar suas fontes – métodos que estavam séculos à frente de seu tempo. Trabalhando até mesmo em suas últimas horas de vida, Beda conseguiu completar a primeira tradução inglesa do Evangelho de são João.

Após sua morte em 735, Beda foi rapidamente santificado, e houve uma enorme e constante demanda por seus escritos. Grande parte da obra de Beda continha importantes verdades sobre como os reis e bispos cristãos deveriam agir, e o rei Alfredo usou uma tradução em inglês da *História eclesiástica* (originalmente escrita em latim) como parte de seu programa educacional enquanto tentava unir o povo inglês em um único reino. Beda sempre havia considerado que os reinos individuais da Inglaterra primitiva tinham uma unidade anglo-saxônica; à medida que o país se tornava politicamente mais unido, suas obras ganharam em relevância. A bem da verdade, foi preciso desenvolver um novo tipo de escrita em Jarrow, enquanto os monges trabalhavam freneticamente para dar conta de atender à demanda de cópias dos textos de Beda. Sua fama se espalhou inclusive para a Europa continental, e no século XIV ele mereceu um lugar no Paraíso pela mão do grande poeta italiano Dante em sua *Divina comédia*.

Em razão de alguns de seus pensamentos francos e diretos acerca das tradições da Igreja, Beda foi acusado de heresia ao longo da vida, mas isso logo caiu no esquecimento e sua carreira não raro foi reconhecida como irrepreensível. Seu célebre contemporâneo Bonifácio disse que Beda brilhou como uma candeia da Igreja em virtude de seu conhecimento das Escrituras, e depois de sua morte não demorou muito para que milagres começassem a ser atribuídos a suas relíquias.

O culto a Beda foi adotado por seus companheiros medievais. Seu estilo latinizante influenciou seus sucessores no mosteiro de Jarrow. E seu esforço tanto pela precisão quanto pela verdade intelectual na escrita da história foi transmitido de geração em geração.

# CARLOS MAGNO

## 768-814

*Que a paz, a concórdia e a unanimidade reinem entre todos os povos*
*cristãos [...] pois sem paz não podemos agradar a Deus.*

Carlos Magno, *Admonitio generalis* (789)

Carlos Magno – literalmente "Carlos, o Grande" – transformou seu reino franco em um império cristão que se estendia da costa ocidental da França leste afora e Alemanha adentro; no norte, abarcava os Países Baixos e, no sul, embrenhava-se na Itália. Carlos Magno não era apenas um conquistador; ele também comandou uma corte famosa por suas realizações artísticas e acadêmicas, especialmente na preservação da aprendizagem clássica.

Neto de Carlos Martel – o Martelo –, que derrotou a invasão islâmica da França, Carlos Magno ascendeu ao trono franco juntamente com seu irmão, Carlomano, cuja morte, três anos depois, fez dele o dono exclusivo da Coroa. Seu desejo de poder era impulsionado por um senso de propósito divino, e Carlos Magno deu início à construção de um reino cristão ao longo de um reinado de 46 anos e 53 operações militares. Em dezoito campanhas, subjugou e converteu os saxões pagãos. Uma década depois, conquistou a Baviera, pela primeira vez unindo as tribos germânicas ocidentais em uma única entidade política. Sua influência se estendeu ainda mais. Organizando as campanhas bélicas a partir de sua base na Baviera, Carlos Magno transformou os principados ávaros (nas atuais Hungria e Áustria) e os Estados eslavos ao longo do Danúbio em dependentes do maior império desde o tempo do apogeu do domínio dos romanos. Em 773, o papa Adriano o convocou para ajudar contra os lombardos. Em 778, Carlos Magno era o senhor da Itália. Apenas uma vez, quando empreendeu uma malograda incursão na Espanha, o esforço de Carlos Magno para dominar a Europa foi frustrado.

A coroação de Carlos Magno como imperador pelo papa Leão III foi um dos mais extraordinários presentes de Natal da história. No dia de Natal do ano de 800, Carlos Magno assistia à missa na basílica de São Pedro, em Roma, para a consagração de seu filho, Luís, o Piedoso, como rei da Aquitânia. Carlos Magno ajoelhou-se em atitude devocional atrás do altar e, quando se levantou de sua oração, o papa colocou sobre sua cabeça a coroa imperial. Enquanto os romanos presentes o aclamavam como "Augusto" e "Imperador", o atônito Carlos Magno, que um minuto antes estivera ajoelhado junto ao sepulcro do primeiro papa, viu-se com o atual pontífice a seus pés, "adorando-o à maneira dos imperadores do passado".

De acordo com o cronista Eginardo, a coroação imperial de Carlos Magno pegou-o completamente desprevenido. Se soubesse o que ia acontecer, teria dito o imperador, ele jamais iria à basílica naquele dia. A indignação de Carlos Magno foi certamente fingida: a suavidade da operação sugere que houve de antemão planejamento e negociação meticulosos.

No fim das contas, os bizantinos dignaram-se a reconhecê-lo como "imperador" (embora se recusassem a reconhecer automaticamente seus sucessores). De sua parte, Carlos Magno não reivindicou o trono bizantino.

O assim chamado Renascimento Carolíngio – adjetivo em homenagem ao próprio Carlos Magno – transformou a vida espiritual e cultural da Europa Ocidental, enquanto Carlos Magno se empenhava para cumprir o que via como seu propósito divinamente sancionado: a criação de um império verdadeiramente cristão. Desde os primeiros anos de seu reinado, Carlos Magno enviou pedidos de cópias de textos notáveis ou raros, fossem cristãos ou clássicos. Bibliotecas e escolas floresceram em mosteiros e catedrais de uma ponta à outra dos reinos carolíngios. Em sua corte em Aix-la-Chapelle (Aachen), Carlos Magno reuniu os acadêmicos mais importantes e destacados da Europa para instruir uma nova geração do clero, procurando estabelecer uma cadeia de programas de aprendizagem que acabaria por disseminar para o povo essa cultura cristã. O grego foi reavivado, e o estudo intensivo do latim tornou-se obrigatório em todos os estabelecimentos de ensino.

O obstinado ímpeto imperial de Carlos Magno gerou certa crueldade. Ele tinha poucos escrúpulos no trato com os rivais, mesmo entre os membros de sua própria família. Seus sobrinhos desapareceram misteriosamente quando caíram em suas mãos; ele depôs o primo para conquistar a Baviera; e quando seu filho corcunda Pepino se rebelou em 792, Carlos Magno sufocou a revolta com força brutal. Tendo assegurado a aprovação do papa para conquistar a Itália, depois de prometer aumentar o território papal, Carlos Magno renegou o acordo, mantendo para si a Lombardia. Quando os saxões se rebelaram, depois de terem aceito a soberania carolíngia e se converterem ao cristianismo,

Carlos Magno foi implacável. A seu ver essa insurreição era apostasia, além de traição, e ele a debelou com um nível de violência raro mesmo para aqueles tempos sanguinários: em certa ocasião, executou 4 mil saxões em um único dia. No entanto, de maneira geral ele respeitava os direitos e as tradições das terras que conquistava.

Por fim, Carlos Magno tornou-se um homem em torno do qual pairava uma aura mítica e mística: ele se correspondeu com o califa do império abássida, Harun Arraxid, que lhe permitiu proteger os cristãos de Jerusalém, onde construiu um pequeno bairro cristão. Espalhou-se o boato que o imperador visitou secretamente Jerusalém, inspirando os cruzados e líderes franceses até o século XX. De fato, os cristãos passaram a acreditar que Carlos Magno poderia ser o último imperador antes do Juízo Final.

Quando Carlos Magno sentiu a sombra da morte pesar sobre seus ombros em 813, coroou como imperador seu filho Luís, rei da Aquitânia. Morreu alguns meses depois. Luís sucedeu seu pai – mas, antes de morrer, dividiu seus territórios entre os filhos. O império de Carlos Magno não durou muito.

# HARUN ARRAXID E OS CALIFAS ABÁSSIDAS
## 763/6-809

*Um lugar auspicioso, um tempo auspicioso,*
*Pois foi na era de ouro*
*Do bom Harun Arraxid, o faustoso.*

Lorde Alfred Tennyson,
"Recordações d'as mil e uma noites" (1830)

Famoso por seu luxo, hedonismo, generosidade e devoção, Harun Arraxid foi o notável califa que reinou sobre o império árabe abássida durante sua era de ouro. Amante da poesia, da música e do conhecimento, sua fabulosa corte foi imortalizada e ficcionalizada no *Livro das mil e uma noites*.

Harun aparece em muitos dos contos como um homem dedicado ao prazer e à sensualidade, um governante que só abandona sua magnífica corte quando se esgueira, incógnito, em incursões noturnas na cidade em busca de encontros amorosos. O verdadeiro Harun era de fato um competente comandante militar e autocrata. Sua devoção era do tipo racional. Ele incentivava o canto, por julgar que a proibição da música do Alcorão não se estendia à voz humana. Formidável cavaleiro, construiu pistas de corrida e supostamente teria introduzido entre os árabes a prática do polo. Dias de festa e expedições de caça tornaram-se ocasiões de esplendor inigualável.

O império de Harun se estendia das fronteiras da Índia à Espanha, o que lhe permitia dar-se ao luxo de buscar o prazer em uma escala que nenhum outro reino seria capaz de igualar. Vez por outra ele se refreava, murmurando, contrito: "Peço perdão a Deus, gastei muito dinheiro". Mas sua generosidade era amplamente distribuída: todas as manhãs, Harun doava pelo menos mil dirrãs aos pobres, exemplo que seus súditos ricos imitavam, e suscitava rumores de que as ruas de Bagdá eram pavimentadas com ouro.

Os abássidas tinham tomado o trono do império islâmico em 750, mudando sua corte de Damasco para uma nova capital chamada Bagdá, no Iraque. A corte dos califas abássidas era a maravilha do mundo. Embaixadores de outros países esfregavam os olhos de admiração ao ver elefantes e leões enfeitados com brocados e cetins, e ofegavam sob a sombra de uma árvore feita de ouro e prata, engrinaldada com frutas adornadas de pedras preciosas. Avançando através de dezenas de pátios, quilômetros de arcadas de mármore, inúmeros aposentos que ostentavam riqueza quase inimaginável, finalmente chegavam à presença do califa, e se deslumbravam com o trono de ébano e joias tão reluzentes que pareciam eclipsar o Sol.

Os califas entregavam-se com sofreguidão ao excesso. Quando o filho de Harun, Almamune, se casou, a noiva foi enfeitada com uma profusão de mil pérolas. As 2 mil meninas servas-cantoras de Harun, suas 24 concubinas e cinco esposas parecem um número comedido quando comparadas às 4 mil concubinas de um de seus descendentes, que, em um reinado que durou apenas mil noites, conseguiu dormir com cada uma delas. Menos feliz foi a noite de núpcias de Almamune: o casal achou que o cheiro das preciosas velas de âmbar-gris era irritante e ordenou que fossem retiradas do quarto. O próprio califa se retirou logo depois, quando ficou claro que a menstruação da noiva impedia a consumação.

Lendas sobre o harém abundavam, e a morte aguardava qualquer outro homem além do califa que conseguisse penetrar esse reino sombrio e voluptuoso. Recendendo a açafrão e água de rosas, cada uma das sete meninas escravas que cuidavam de Harun na sesta diária do califa sabia que a sensualidade poderia proporcionar recompensas inimagináveis – a própria mãe de Harun, Khaizuran, havia ascendido de escrava a poderosa esposa do califa.

Poetas e músicos afluíam às centenas para a corte, que se tornou o centro cultural do mundo islâmico. Enaltecendo seu governante em uma linguagem tão exagerada e luxuosa quanto seu ambiente, os poetas faziam por merecer recompensas consideráveis. Músicos, escondidos atrás de cortinas de veludo, serviam de pano de fundo para longas noites de bebedeira e banquetes. No entanto, em meio ao hedonismo, a morte podia surgir repentinamente, pois as intrigas fervilhavam nas sombras.

Harun fez de Bagdá o centro da civilização, tornando-a merecedora do epíteto "Noiva do Mundo". Acreditando que "para um governante é uma vergonha não ser culto", ele vivia em uma constante busca por conhecimento, e também promoveu o aprendizado e as artes em meio ao seu próprio povo. Distribuía bolsas de estudo, convidava eruditos de todos os reinos para visitar Bagdá e estimulava seus acadêmicos e doutos, outrora introspectivos, a se beneficiar do próprio conhecimento. Harun iniciou uma era de traduções do grego e de outros clássicos cristãos da filosofia, matemática, medicina, astronomia e engenharia, todos esses campos vicejaram.

O grande amor de Harun era a poesia. Ele próprio um versejador de razoável talento, nem mesmo homens instruídos rivalizavam com seu conhecimento sobre versificação e seu vasto repertório poético – frequentemente Harun corrigia lapsos e deslizes nas declamações de seus interlocutores. Poetas abarrotavam suas cortes e eram generosamente remunerados. A poesia era uma paixão tão ardente para Harun que, quando em peregrinação, ele se abstinha dela como ato de abnegação.

A força de Harun como governante residia na lealdade pessoal que ele inspirava em seus comandados. Quando, em 786, aos 22 anos, se tornou o quinto califa abássida, a população de Bagdá aglomerou-se espontaneamente nas ruas para festejar. Harun foi criticado por deixar que um clã de administradores, os barmecidas, governasse nos primeiros anos de seu reinado e por ser influenciado demais por sua temível mãe, Khaizuran. Aberto e instintivamente afeito a confiar nos outros, Harun contentava-se em aceitar o conselho de seus vizires e teólogos. Deixando sua administração em mãos capazes, Harun preferia empreender extensas jornadas de inspeção através de seus vastos territórios, tornando-se pessoalmente conhecido por seus súditos. Suas incursões pelas ruas de Bagdá eram, de fato, mais paternalistas do que amorosas; dizia-se que o califa percorria sua capital disfarçado para verificar o bem-estar de seu povo.

Harun era irritadiço e tinha o pavio curto, mas rapidamente se arrependia e sentia remorso, e raramente era vingativo. Seu ato mais impiedoso foi a remoção dos barmecidas do poder. Iáia al-Barmaqui tinha sido o mentor de infância de Harun, seu primeiro vizir e o homem a quem ele chamava de pai. Após dezessete anos de serviço em que Iáia e sua família, com amplos poderes executivos, estabeleceram um monopólio sobre o governo do califado, Harun, em um golpe de Estado relâmpago, executou ou prendeu todo o clã e seus asseclas. Segundo a versão romanceada, foi uma vingança em razão de um caso amoroso entre seu vizir naquela época, Jafar al-Barmaqui, e a irmã de Harun. Quando Harun por fim decidiu agir contra o clã barmecida, ordenou a seu grão-vizir Jafar que passasse a noite festejando; enquanto estava ocupado banqueteando-se, ele recebeu uma enxurrada de presentes do califa, até a chegada de um mensageiro com o único pedido de Haroun: a cabeça de Jafar. Mais característico de Harun foi sua posterior peregrinação a Meca. A última das nove, dessa vez ele fez a viagem de 1.600 quilômetros descalço, como penitência por seus atos contra uma família a quem ele devia tanto.

Harun foi um dos governantes mais respeitados de sua época, reconhecido pelos dois imperadores da Europa. Há relatos de que Carlos Magno enviou-lhe presentes, recebendo em troca um elefante e as chaves do bairro cristão de Jerusalém. O tributo dos imperadores de Bizâncio, no entanto, era garantido mais por força militar do que por boa vontade: Harun derrotara os bizantinos inúmeras vezes. Depois que Nicéforo I se tornou imperador bizantino, tentou renegar o tributo devido aos califas e, além disso, exigiu o reembolso dos tributos pagos por sua antecessora, a imperatriz Irene. A resposta de Harun foi simples: "Tu ouvirás minha resposta antes de lê-la". O ex-funcionário público Nicéforo não era páreo para a habilidade militar do califa. Depois que Harun e seu exército de 135 mil homens devastaram a Ásia Menor e uma força naval incomparável dominou o Chipre, o imperador capitulou e concordou em pagar um tributo anual de 30 mil peças de ouro, cada uma delas com a efígie do califa e seus três filhos.

A morte de Harun, aos 47 anos, interrompeu o reinado de um dos mais admirados califas.

# MARÓZIA E A PORNOCRACIA PAPAL

*ca.*890-932

> *[...] este monstro sem uma única virtude para expiar seus muitos vícios.*
> Veredicto dos bispos reunidos por Otão
> para julgar o papa João XII, 963

Bela, sinistra e astuta, Marózia foi uma prostituta política e uma poderosa nobre que se tornou senadora e patrícia de Roma, rainha da Itália e amante, assassina, mãe e avó de papas. Em uma espantosa carreira de depravação, ganância, homicídio e crueldade, dominou o papado durante décadas.

Marózia nasceu em 890, filha do conde Teofilato de Túsculo e de sua cortesã, Teodora, chamada por seus inimigos de "prostituta sem-vergonha" e "única monarca de Roma". De fato, tanto a mãe quanto suas duas filhas, Marózia e Teodora, eram mal-afamadas. Como o historiador inglês Edward Gibbon escreveu:

> A influência de duas prostitutas, Marózia e Teodora, foi fundada em sua riqueza e beleza, suas intrigas políticas e amorosas: os mais ardorosos de seus amantes foram recompensados com a mitra romana, cujo reinado pode ter sugerido a eras mais sombrias a lenda de uma papisa. O filho bastardo, o neto e o bisneto de Marósia, uma genealogia rara, sentaram-se no trono de são Pedro.

Aos quinze anos, Marózia tornou-se amante do papa Sérgio III, gerando um filho bastardo, mais tarde papa João XI. Em 909 ela se casou com Alberico, marquês de Espoleto, dando à luz outro filho, Alberico II. A senadora de Roma era agora a figura mais poderosa de uma aristocracia dominante. Depois que Alberico foi assassinado, ela se tornou amante do papa reinante João X, um homem durão e inteligente, que resistiu ao controle de Marózia (ele fora amante da mãe dela também). João X derrotou os sarracenos, mas Marózia veio a odiá-lo: ela se voltou contra o papa, casando-se com o inimigo dele, Guido da Toscana. Juntos, eles conquistaram Roma, aprisionando o papa. Marózia mandou estrangular João X (914-928) no castelo de Santo Ângelo e depois tomou o poder para si mesma, governando por meio de dois de seus fantoches, os papas Leão VI e Estevão VIII, antes de criar seu próprio bastardo papal, que aos 21 anos, em 931, assumiu o trono de são Pedro como João XI. Viúva novamente, Marózia casou-se com Hugo de Arles, rei da Itália, com quem ela governou (Hugo já era casado; de forma conveniente, sua esposa morreu, outra vítima de Marózia, sem dúvida). O casal foi derrubado pelo filho de Marózia, o duque Alberico II, que manteve a mãe aprisionada até a morte dela. Alberico governou Roma por intermédio de quatro papas. Quando o quarto resistiu, foi torturado até a morte. Alberico, em seu leito de morte, exigiu que seu filho bastardo Otaviano fosse nomeado papa.

Reinando entre 955 e 964, Otaviano, conhecido como o papa João XII, neto de Marózia, foi o mais vergonhoso pontífice a liderar a Igreja Católica, a antítese das virtudes cristãs. Levou uma vida privada de descarada imoralidade, transformando o Vaticano em um bordel. Seu comportamento era dúbio, cruel e tolo – ele e sua avó personificaram a "pornocracia" papal da primeira metade do século X. De maneira apropriada, por fim ele provocou sua própria derrocada em virtude de sua depravação insaciável.

Em 16 de dezembro de 955, Otaviano tornou-se, com apenas dezoito anos, a autoridade máxima na Igreja Católica, a um só tempo o governante espiritual e temporal de Roma, renomeando-se João XII.

Por intermédio de sua mãe, Alda de Vienne, ele era descendente de Carlos Magno, mas não mostrou nenhuma das virtudes que se esperava de um papa. Sua vida privada era uma litania de pecados. Desprezando o celibato que sua posição exigia, era um devasso desenfreado, fornicando com literalmente centenas de mulheres, incluindo a concubina do pai, Estefânia. O sagrado palácio de Latrão, outrora a morada dos santos, tornou-se um prostíbulo, onde passavam o tempo centenas de prostitutas de plantão, prontas para servir aos seus caprichos sexuais. João teve relações incestuosas com duas de suas irmãs.

Ao longo de seu reinado, os caminhos de João se entrelaçaram com os do rei alemão Otão I, o Grande, amigo da Igreja a quem João pediu ajuda após sofrer uma derrota na guerra contra o duque Landulfo de Cápua e depois perder os Estados Papais para o rei Berengário da Itália. Otão marchou rumo à Itália com seu poderoso exército, forçando Berengário a recuar. Ao chegar a Roma no final de janeiro de 962, Otão fez um juramento de fidelidade para reconhecer a autoridade de João, e em 2 de fevereiro do mesmo ano João coroou Otão como sacro imperador romano, junto com sua esposa, a rainha Adelaide da Itália, a quem ele fez imperatriz.

Essa poderosa aliança foi benéfica tanto para João quanto para Otão, mas imediatamente um começou a tentar sobrepujar o outro. Logo após a coroação de Otão como imperador, ele emitiu seu "Privilégio otoniano", tratado que prometia reconhecer a reivindicação do papa à maior parte da Itália central em troca da promessa de que todos os futuros papas só seriam consagrados depois que jurassem lealdade ao sacro imperador romano. Contudo, quando Otão deixou Roma, em 14 de fevereiro de 962, para continuar sua guerra contra o rei Berengário, João – temeroso da força de Otão – iniciou negociações secretas com Adalberto, filho de Berengário, para se insurgir contra ele, e enviou diplomatas e cartas a outros governantes europeus, incitando-os a fazer o mesmo. No entanto, tropas germânicas interceptaram essas cartas e o complô foi descoberto; e se João tinha esperanças de aplacar o furioso Otão, elas logo findaram. Depois que João recebeu Adalberto em Roma com pomposa cerimônia, bispos e nobres simpatizantes do rei germânico se rebelaram. Em 2 de novembro de 963, João foi forçado a fugir de Roma quando Otão voltou à cidade.

Enquanto João se escondia nas montanhas da Campânia, Otão convocou um sínodo de cinquenta bispos, que se reuniram na basílica de São Pedro e compilaram uma lista de acusações políticas e pessoais contra o papa. As denúncias variavam de sacrilégio (prestar juramentos e brindar ao diabo com vinho) à prática de orgias, perjúrio e até assassinato (ele foi acusado de cegar seu confessor, Benedito, provocando sua morte, e de castrar e assassinar seu cardeal subdiácono). Os excessos da vida privada também levaram João a cometer abusos flagrantes de seu cargo, incluindo a simonia – concessão de bispados e outros títulos eclesiásticos em troca de pagamento –, de modo a saldar suas vultosas dívidas de jogo.

Em 4 de dezembro de 963, o sínodo considerou João culpado e o depôs, substituindo-o pelo papa Leão VIII. No entanto, a nova nomeação foi feita sem seguir o procedimento canônico adequado, e poucos consideraram Leão como um substituto legítimo. Enquanto Otão e Adalberto enfrentavam-se novamente no campo de batalha, uma nova revolta irrompeu em Roma, reinstaurando João no papado, enquanto Leão fugia. Os que haviam traído João agora foram alvos de uma horrível vingança. O cardeal diácono João teve sua mão direita decepada pelo impiedoso papa, enquanto o bispo Otgar de Speyer foi flagelado e teve a pela arrancada; um cardeal teve o nariz e dois dedos cortados e a língua arrancada; muitos mais foram excomungados. Em 26 de fevereiro de 964, João revogou os decretos de Otão em um sínodo especial e restabeleceu sua autoridade como papa.

A posição de João ainda era precária, e quando Otão finalmente foi derrotado por Berengário no campo de batalha e começou a voltar para Roma, parecia muito provável que o papa seria novamente deposto. No entanto, em 16 de maio de 964, devasso até o último momento, João teve um colapso e morreu oito dias depois de ser surpreendido pelo marido de uma amante em flagrante adultério. Alguns dizem que ele foi espancado pelo marido ciumento; outros, que foi assassinado; outros, que o diabo havia reivindicado sua alma. A julgar pela maioria dos relatos, o papa foi vitimado pela intervenção divina ou por exaustão carnal.

O papa João XII era uma mancha no nome da Igreja Católica. Dizem que os monges rezavam dia e noite implorando por sua morte. "Sua santidade é acusada de obscenidades que nos fariam corar se fosse um ator de teatro", foi o veredicto do imperador Otão, escrevendo para ele depois de ter reunido o sínodo de bispos e prelados para depô-lo: "Seria necessário um dia inteiro para enumerá-las todas".

# BASÍLIO, O ASSASSINO DE BÚLGAROS

### 957/8-1025

*O imperador não se abrandou, mas ano após ano marchou pelo interior da Bulgária e devastou e assolou tudo o que viu pela frente [...]. O imperador cegou os cativos búlgaros – cerca de 15 mil, dizem – e ordenou que, em grupos de cem, fossem embora [...] conduzidos por um homem com um só olho.*

John Skylitzes, historiador bizantino do final do século XI

Basílio II foi um dos governantes mais poderosos, eficazes e brilhantes – ainda que impiedoso – do Império Bizantino, o supremo exemplo de herói-monstro. Estadista e soldado extraordinariamente bem-sucedido, perenemente envolvido na guerra, Basílio – que nunca se casou e tampouco teve filhos – reinou por cinquenta anos, expandindo o Império Bizantino até o apogeu de sua extensão territorial. Ele converteu os russos ao cristianismo, derrotou os búlgaros, conquistou o Cáucaso e apadrinhou as artes.

Relatos da aparência de Basílio combinam bem com a sua personalidade brutal. De corpo atlético, rosto redondo, bigode espesso e olhos azuis penetrantes, ele tinha o hábito de enrolar as suíças entre os dedos sempre que ficava zangado ou agitado – o que ocorria com frequência dado seu temperamento explosivo. Segundo dizem, ele escolhia suas palavras com parcimônia, vociferando em vez de falar, em consonância com seus modos geralmente abruptos. Jamais relaxava, estava sempre em guarda, alerta para os inimigos, a mão direita invariavelmente pronta para sacar sua espada. Desdenhava de joias, vestia armaduras e comia as mesmas rações que seus soldados, prometendo que cuidaria dos filhos dos homens que morressem em batalha por ele.

Basílio era neto de Constantino VII e filho de Romano II. Mas a política de poder bizantina era traiçoeira, e os primeiros anos da vida de Basílio foram marcados por intrigas e rebeliões. Romano II morreu em 963, deixando Basílio, de cinco anos, e seu irmão mais novo, Constantino, como coimperadores; embora Constantino tenha sucedido Basílio em 1025 e governado sozinho por três anos, durante o reinado de Basílio ele não desempenhou papel ativo, aceitando a supremacia de seu irmão e preferindo assistir às corridas de bigas no hipódromo de Constantinopla.

Em 963, porém, Basílio era jovem demais para governar o próprio império, e sua mãe, Teófana, casou-se com um general do exército, que se tornou o imperador Nicéforo II em 963. Em 969, Teófana urdiu com seu amante João Tzimisces uma trama para assassinar Nicéforo. Basílio, então com dezoito anos, finalmente subiu ao trono, mas logo enfrentou uma rebelião aberta liderada por dois ambiciosos proprietários de terras: primeiro, Bardas Esclero, cujos exércitos foram rapidamente destruídos em 979; e depois, Bardas Focas, cujos batalhões foram derrotados em batalha em abril de 989 após dois anos de combate. Diz a lenda que Basílio sentou-se pacientemente em seu cavalo à frente de suas tropas, com a espada em uma das mãos e uma imagem da Virgem Maria na outra, preparando-se para defrontar Focas; e foi quando Focas caiu subitamente do cavalo e morreu, vítima de um derrame.

Ainda jovem, Basílio – que exigira que a cabeça de Focas fosse cortada como um troféu – mostrara-se um combatente corajoso e implacável, sem medo de liderar seus exércitos nas batalhas. No entanto, o governo do império permanecia em grande medida nas mãos de seu tio, o eunuco Basílio

Lecapeno, o tesoureiro do palácio imperial, de modo que Basílio o acusou de simpatizar secretamente com a causa rebelde, removeu-o do poder e o exilou de Bizâncio em 985. Desconfiado da elite estabelecida, Basílio preferia oferecer patrocínio e proteção a pequenos agricultores em troca do fornecimento de homens para o serviço militar e impostos regulares. Ele derrubou sistematicamente quaisquer outros rivais em potencial, confiscando suas terras e dinheiro para ajudar a financiar suas incessantes campanhas militares.

Em 995, enfurecido por incursões árabes no território bizantino, Basílio reuniu 40 mil homens e atacou a Síria – assegurando sua posse para o império pelos 75 anos seguintes. No processo, saqueou Trípoli e quase chegou à Palestina e a Jerusalém. Seu inimigo mortal, no entanto, foi o igualmente ambicioso e autodenominado czar Samuel da Bulgária, que usara as distrações das guerras civis bizantinas para ampliar seu próprio império do mar Adriático ao mar Negro, engolindo territórios bizantinos. As primeiras investidas de Basílio contra os búlgaros, como o cerco de Sofia em 986, haviam sido dispendiosas e malsucedidas, levando à desastrosa emboscada nos Portões de Trajano, na qual milhares de soldados pereceram e ele só escapou por pouco. A partir de 1001, no entanto, tendo erradicado seus inimigos domésticos, Basílio começou a atacar e reaver o território conquistado por Samuel, logo recuperando a Macedônia. Seu êxito bélico era estável, em vez de espetacular, até uma vitória acachapante na batalha de Clídio em 29 de julho de 1014, quando as forças de Basílio tomaram a capital de Samuel.

Como desenlace brutal da campanha, Basílio perfilou os prisioneiros derrotados e, num gesto macabro, dividiu-os em grupos de cem e cegou 99 em cada grupo, deixando apenas um desafortunado homem – com um olho só – para tentar conduzir o grupo e encontrar o caminho de volta para casa. Relatos descrevem 15 mil homens arrastando-se em patéticas colunas, feridos, cegos e totalmente aterrorizados. De acordo com o historiador do século XI John Skylitzes, ao ver seus soldados retornarem cegos, o czar Samuel desmaiou e morreu de ataque cardíaco. Nesse único momento horripilante, Basílio ganhou seu epíteto de "assassino de búlgaros".

# MELISENDA

## 1105-1161

# E OS REIS CRUZADOS DE JERUSALÉM

*[...] se lá tivesses estado, terias visto nossos pés manchados até os tornoze-*
*los com o sangue dos mortos. Mas o que mais devo relatar? Nenhum deles*
*restou vivo; nem mulheres nem crianças foram poupadas.*

Fulquério de Chartres, cronista medieval e capelão
dos exércitos de Godofredo de Bulhão e seus irmãos,
descrevendo o cerco de Jerusalém em 1099

A ideia da Cruzada pertenceu a um visionário: em 1095, o papa Urbano II anunciou um novo conceito teológico – a guerra santa cristã. Em Clermont, em 27 de novembro, Urbano se dirigiu a uma multidão e fez um discurso para declarar que todos aqueles que levassem a cruz e lutassem para libertar e limpar o Santo Sepulcro de Jerusalém, para liquidar os infiéis muçulmanos, receberiam a remissão dos pecados. Cerca de 80 mil pessoas – de príncipes a camponeses – atenderam a essa exortação a todos os cristãos e partiram rumo a Jerusalém, arrecadando dinheiro da forma como podiam, muitas vezes com massacres e pilhagens de comunidades judaicas. Alguns eram aventureiros que esperavam fazer fortuna, mas tratava-se de uma era de fé, e a maior parte dos cruzados era de crentes que arriscaram a vida (e a maioria morreu no caminho) para chegar a Jerusalém. Godofredo de Bulhão, juntamente com seus irmãos Eustácio e Balduíno, estavam entre os príncipes que responderam ao chamado.

Godofredo de Bulhão nasceu em 1060, provavelmente em Boulogne-sur--Mer, filho de Eustácio II, conde de Boulogne (que havia lutado ao lado dos normandos na batalha de Hastings em 1066), e "Beata" Ida da Lorena, condessa de Boulogne (figura devota e santa que fundou vários monastérios). Godofredo era um garoto atlético e louro de feições "agradáveis", que, nas palavras de Guilherme de Tiro (cronista das Cruzadas e da Idade Média), era "alto de estatura [...] singularmente forte, com membros sólidos e um peito robusto". Como o segundo filho da família, Godofredo não herdou muita coisa de seu pai, mas em 1076 seu tio Godofredo, corcunda, sem filhos, nomeou-o seu herdeiro e sucessor no ducado da Baixa Lorena.

Em agosto de 1096, o exército de Godofredo – estimado em 40 mil homens – iniciou a longa marcha através da Hungria em direção a Constantinopla. Quando lá chegaram, em novembro, logo ficou claro que os cruzados e o imperador bizantino Aleixo Comneno tinham prioridades muito diferentes. Aleixo queria se concentrar em reconquistar as terras que havia perdido para os turcos, ao passo que os cruzados estavam ávidos para conquistar Jerusalém, capturar a Terra Santa e lá estabelecer um domínio cristão. Depois de um período de tensão política em 1097 – no qual as tropas de Godofredo saquearam os arredores da Salábria –, Godofredo concordou, hesitante, que seu exército se submeteria às ordens de Aleixo por algum tempo antes de marchar para o sul em direção a Jerusalém.

A partir do verão de 1098, o exército de Godofredo – que então se juntou a outras tropas cruzadas – começou a fazer incursões em terras muçulmanas, e a cada investida sua reputação aumentava. Em outubro, Godofredo teria matado 150 turcos com apenas doze cavaleiros em uma batalha nas cercanias de Antioquia, e no mês seguinte cortou um turco ao meio com um único golpe de cima para baixo de sua espada. Por fim, em fevereiro de 1099, os vários exércitos cruzados conquistaram as importantes cidades de Antioquia e Edessa, fundaram novos principados cristãos e iniciaram seu avanço sobre Jerusalém, assediando e conquistando Trípoli e Beirute antes de sitiar a cidade em junho. Apenas cerca de 12 mil cruzados sobreviveram para chegar à Cidade Santa, sob o comando de cinco príncipes: Raimundo, conde de Toulouse; Roberto, conde de Flandres; Roberto, duque da Normandia (filho de Guilherme, o Conquistador), além do principesco aventureiro normando Tancredo de Hauteville e Godofredo de Bulhão. Na manhã de sexta-feira, 15 de julho, Godofredo estava entre os primeiros cruzados a romper o ponto fraco da muralha ao norte da cidade, depois de seus homens terem construído e escalado uma torre móvel que haviam colocado contra as defesas. Ocorreu um combate feroz nos parapeitos enquanto Godofredo corajosamente mantinha sua posição e guiava seus homens pelo interior da cidade para que eles pudessem abrir os portões.

Aos milhares, os cruzados invadiram as ruas, enquanto os cidadãos muçulmanos fugiam tentando abrigar-se na mesquita de Al-Aqsa. Numa última tentativa de defesa, o governador fatímida da cidade retirou-se para a Torre de Davi. Ele e alguns de seus soldados tiveram permissão para escapar, mas, nas 48 horas seguintes, os que permaneceram na cidade – combatentes e civis, muçulmanos e judeus – foram massacrados a fio de espada nas ruas. Os cruzados saquearam locais sagrados muçulmanos como o Domo da Rocha e assassinaram suas vítimas, ou queimando-as vivas ou rasgando-lhes a barriga, por acreditarem que os muçulmanos engoliam seu ouro. Os judeus da cidade haviam fugido para uma sinagoga, que os cruzados simplesmente reduziram a cinzas, matando todos os que estavam lá dentro. Raimundo de Aguilers relatou que viu "pilhas de cabeças, mãos e pés" espalhadas pela cidade, enquanto Fulquério de Chartres, um capelão militar, escreveu, em tom de aprovação, que "este lugar, há tanto tempo contaminado pela superstição dos habitantes pagãos", havia sido "expurgado de seu contágio". Seis meses depois, ainda fedia a putrefação.

No auge da sistemática matança, Godofredo e os outros "peregrinos" despiram-se e, vestindo apenas as roupas de baixo, caminharam solenemente, recendendo a vísceras e tripas, descalços em meio ao sangue em que patinhavam até os tornozelos, para orar no Santo Sepulcro, local da crucificação de Jesus. Em 22 de julho, seus companheiros cruzados o elegeram o primeiro governante cristão secular de Jerusalém, embora ele se recusasse a ser coroado rei na cidade onde Jesus Cristo havia morrido, preferindo em vez disso o título de "duque e defensor do Santo Sepulcro" ou "protetor do Santo Sepulcro". Lá, Godofredo foi enterrado depois de morrer em decorrência da peste em 18 de julho de 1100, com sua missão concluída.

O massacre de judeus e muçulmanos em Jerusalém foi um crime terrível (embora sua escala tenha sido exagerada: historiadores muçulmanos afirmaram que 70 mil, ou até mesmo 100 mil, morreram na carnificina, mas é provável que não houvesse mais de 30 mil pessoas dentro da cidade, e as pesquisas mais recentes da fonte árabe contemporânea el-Arabi sugerem que o número talvez esteja mais próximo de algo entre 3 mil e 10 mil vítimas). A brutalidade dos cruzados demonstra uma era dominada pela intolerância: mais tarde, quando as cidades cruzadas de Edessa e Acre, muito maiores, sucumbiram, os conquistadores muçulmanos massacraram todos os habitantes.

Quanto a Godofredo, seu curto governo fundou um reino e uma dinastia, construídos por líderes militares talentosos e extraordinários, dos quais o mais importante foi seu irmão, muito mais dinâmico, talentoso (e bígamo), Balduíno, conde de Edessa, que o sucedeu como rei de Jerusalém. Balduíno conquistou um reino substancial no que hoje equivale a Israel, Síria, Jordânia e Líbano. Ficou conhecido como "o braço de seu povo, o terror de seus inimigos": a guerra implacável era seu dever e sua paixão – ele morreu em uma de suas frequentes investidas no Egito islâmico. Como herdeiro deixou seu primo Balduíno II de Jerusalém, que continuou a edificar o reino, sucedido por sua filha metade francesa, metade armênia, a astuta rainha Melisenda, uma das grandes regentes do sexo feminino. Enquanto permaneceu casada com Fulque, o conde de Anjou, competente mas desprovido de charme, foi ela quem deteve o poder. Magra, morena e esperta, Melisenda sabidamente flertava com um primo bem-apessoado – mas sob a batuta dela o reino de Jerusalém atingiu sua era de ouro: foi Melisenda quem construiu não apenas a atual igreja do Santo Sepulcro, mas também a tumba da Virgem Maria e os mercados de Jerusalém que ainda hoje sobrevivem. Por fim, após quase uma guerra civil, ela cedeu o trono a seu filho, o vigoroso guerreiro Balduíno III. No entanto, a morte prematura deste em 1162 foi uma desgraça para Outremer, "o ultramar", como eram conhecidos os reinos dos cruzados no Oriente. Seu obeso irmão, Amalrico, intelectual e soldado, repetidamente atacou o Egito, quase conquistando-o – mas morreu aos 38 anos. O filho dele, Balduíno IV, parecia promissor, mas já estava condenado. A tragédia de Balduíno IV – um valente príncipe adolescente que morria lentamente de lepra – simbolizava a crise do reino, assolada pela corrupção, pela inépcia e pela intriga. O rei leproso lutou contra os inimigos cada vez mais organizados de Jerusalém, agora liderados pelo formidável Saladino, até que, cego e putrefato, pereceu. Seu herdeiro, o vaidoso Guido de Lusignan, casado com a irmã do rei, não era páreo para Saladino, que derrotou os cruzados na batalha de Hattin em 4 de julho de 1187. Jerusalém caiu alguns meses depois, mas um reino de proporções insignificantes ao longo da costa ao redor da cidade de Acre sobreviveu até 1291.

# SALADINO

*ca.*1138-1193

*Ele era um homem sábio nas opiniões, valente na guerra e generoso além da medida.*

Guilherme de Tiro, *História dos feitos realizados no ultramar,* 1170

O sultão curdo muçulmano Saladino tornou-se o ideal do rei-guerreiro; eficiente comandante e governante tolerante desprovido de fanatismo. Regendo um império que se estendia da Líbia ao Iraque, Saladino reuniu elementos díspares dos mundos árabe e turco na luta entre o islã e a cristandade pelo controle da Terra Santa. Um impiedoso líder militar em sua ascensão ao poder, e nunca exatamente o cavalheiro generoso do romance vitoriano, ainda assim Saladino adotou o código de cavalheirismo e era respeitado por seus inimigos. A julgar pelos padrões dos construtores de impérios medievais, ele foi de fato um personagem interessante.

Nácer Salá Adim Iúçufe ibne Aiube, que mais tarde adotou o nome de Salah-al-Din, "a bondade da fé", nasceu em uma família curda em Tikrit, hoje no norte do Iraque (e muito mais tarde o local de nascimento do tirano Saddam Hussein), filho do governador local e sobrinho de Nur ad-Din, governante da Síria. Aos 26 anos, Saladino partiu com seu tio Shirkuh, um comandante militar muito gordo e que brandia uma clava, para derrotar os cruzados em uma guerra pelo controle do Egito fatímida. Eles conseguiram, mas Shirkuh morreu de ataque cardíaco. Em 1171, Saladino apoderou-se do Egito em nome de seu senhor, depois de massacrar 5 mil guardas sudaneses. Três anos depois, Nur ad-Din morreu e Saladino assumiu também o controle da Síria.

Governando a partir de Damasco, Saladino edificou um império baseado em uma combinação de astúcia política, ordem implacável, destreza militar e justiça islâmica. Depois de uma vida inteira matando seus companheiros muçulmanos em sua busca por um império pessoal, ele então se dedicou à *jihad* para libertar Jerusalém dos cruzados do reino cristão de Jerusalém. Por volta de 1177, Saladino havia formado um exército capaz de fazer frente aos ocupantes cristãos da Terra Santa – tão sagrada para os muçulmanos quanto para os cristãos. No entanto, na batalha de Montgisard, seu exército de 26 mil homens foi surpreendido e derrotado por uma força cruzada muito menor sob o comando do "Rei Leproso" de Jerusalém, Balduíno IV.

Esse foi o último revés de peso na luta de Saladino contra os intrusos cristãos. Embora uma trégua tenha sido convocada em 1178, no ano seguinte Saladino retomou sua *jihad* contra os cruzados, sitiando e capturando o castelo que os cruzados estavam construindo no vau de Jacó, que representava uma ameaça estratégica a Damasco. Saladino destruiu a fortaleza.

Durante a década de 1180, Saladino foi arrastado para uma série de escaramuças cada vez mais graves com os cruzados, em particular o príncipe Reinaldo de Châtillon. Incontido por reis fracos em Jerusalém, Reinaldo intensificou o conflito quando os cruzados mal tinham condições de enfrentar o risco, acossando os peregrinos muçulmanos durante a *haj* e mostrando um total desrespeito pela santidade dos locais sagrados muçulmanos de Meca e Medina. Tudo isso só serviu para exacerbar a determinação de Saladino em vencer sua guerra santa.

Em 1187, Saladino já tinha arregimentado forças suficientes para invadir o reino de Jerusalém, que havia sido enfraquecido pela longa doença de Balduíno IV, as rivalidades e disputas internas de seus nobres e a inépcia do novo rei Guido. Os cruzados foram aniquilados na batalha de Hattin, da qual apenas alguns milhares escaparam vivos. Saladino capturou o rei Guido de Jerusalém e o príncipe Reinaldo de Châtillon. Mais tarde, ofereceu a Guido água gelada – mas decapitou pessoalmente Reinaldo. Em outubro, Jerusalém caiu, dando fim a 88 anos de ocupação cruzada.

A queda de Jerusalém abriu um novo capítulo na história das Cruzadas: a rivalidade de Saladino com Ricardo I da Inglaterra, conhecido como Ricardo Coração de Leão. Ricardo chegou à Terra Santa em junho de 1191 e, no mês seguinte, a cidade de Acre caiu nas mãos dos cruzados. Em setembro, Ricardo derrotou Saladino na batalha de Arsuf, mas não de forma decisiva. Com os recursos de ambos os lados esgotados, o Coração de Leão não teve condições de tomar Jerusalém, então eles concordaram com uma trégua no outono de 1192. Ricardo ganhou uma parte da Palestina; os cruzados ficaram com uma estreita faixa costeira centrada em Acre, mas em última instância o rei inglês perdeu o jogo, porque Saladino manteve Jerusalém e seu império do Egito, na Síria e no Iraque. Saladino demonstrou sua tolerância ao concordar em permitir que peregrinos cristãos desarmados entrassem em Jerusalém. Ricardo deixou a Terra Santa logo depois. Embora os dois homens nunca mais tenham se encontrado – Saladino morreu no ano seguinte –, a relação entre eles tornou-se lendária. Ricardo parece ter ficado genuinamente impressionado pela habilidade, tolerância e magnanimidade de Saladino como governante e comandante do campo de batalha.

Não há como negar que Saladino podia ser bastante impiedoso em relação aos prisioneiros de guerra. Como Ricardo, não se importava em massacrá-los se as condições da guerra assim o exigissem. Depois de Hattin, ele matou a sangue-frio todos os cavaleiros templários. Tais eram os padrões da guerra religiosa medieval. Mas os cronistas de ambos os lados entoaram louvores a Saladino, o legislador, governante justo e príncipe formidável. Ele sabia inspirar os homens a enfrentar o campo de batalha a despeito das assustadoras dificuldades, e de maneira geral era cortês e cavalheiresco com seus inimigos cristãos.

Depois da morte de Saladino, o cronista muçulmano Baha al-Din o chamou de "um dos homens mais corajosos; valente, galante, firme, intrépido em qualquer circunstância". Saladino, sultão do Egito e da Síria, deixou um império aiúbida que seu irmão Safadino e a família dominaram até 1250. O curdo mais insigne da história, ele se tornou um símbolo do orgulho árabe no século XX – grupos revolucionários no Egito, no Iraque e na Palestina adotaram seu símbolo da águia.

# RICARDO CORAÇÃO DE LEÃO E JOÃO SEM-TERRA

## 1157-1199 e 1167-1216

*Ricardo foi um mau filho, um mau marido e um mau rei, mas um soldado esplêndido e galante.*

Steven Runciman

Ricardo foi um dos mais competentes, eficientes e glamorosos reis ingleses; seu irmão mais novo, João, um dos mais inábeis e asquerosos. Ambos eram filhos do rei Henrique II e sua esposa Leonor da Aquitânia, que juntos governaram a Inglaterra e a metade da França – o império angevino. Henrique passaria grande parte do seu reinado rechaçando os ataques do ambicioso Filipe II da França, que estava determinado a ampliar suas próprias fronteiras.

Henrique tinha quatro filhos legítimos. O primeiro – também chamado Henrique – era conhecido como "O Jovem" ou "O Jovem Rei" depois de o pai tê-lo coroado, e morreu aos vinte e poucos anos. O segundo era Ricardo, que ao fim e ao cabo assumiria o trono como Ricardo I; Godofredo tornou-se duque da Bretanha e conde de Richmond; João era o quarto, o caçula. A rivalidade entre o velho rei e seus filhos gananciosos, ciumentos e violentos era tão perversa que eles eram conhecidos como a "prole do diabo". No entanto, o autoritário e dominador Henrique II, um titã real fanfarrão, muitas vezes favorecia João, talvez porque ele fosse o mais fraco e menos capaz – e, portanto, a menor das ameaças ao seu próprio poder.

Há mais lendas em torno de Ricardo I do que qualquer outro rei inglês. Sua rivalidade cavalheiresca com Saladino durante a Terceira Cruzada foi tema de famosos contos e baladas por toda a Europa, assim como sua longa jornada de volta para casa, à semelhança da odisseia de Ulisses. Ricardo era o arquetípico rei angevino. Tal qual o restante de sua família, tinha um temperamento furioso e podia ser irresponsável e impulsivo. E, sendo um angevino com imensos interesses europeus, ele simplesmente considerava a Inglaterra como mais um feudo a defender e um recurso para financiar suas conquistas.

Impetuoso, alto, com cabelo loiro-arruivado, ele adotou a cor escarlate e empunhava uma espada que chamou de Excalibur. Inteligentíssimo, enérgico e flexível, era capaz de pavorosos atos de crueldade e impiedade. Massacrou a sangue-frio milhares de prisioneiros muçulmanos no cerco de Acre e, em outra ocasião, organizou ao redor de sua tenda as cabeças de muçulmanos executados – mas certa vez também se despiu e se açoitou na igreja por causa de seus pecados. Não tinha interesse em mulheres exceto como peões políticos, embora tenha sido pai de pelo menos um bastardo (é improvável que ele fosse homossexual, como afirmam alguns estudiosos). A guerra era sua maior paixão e seu mais excepcional talento.

Ricardo recebeu terras e poder a partir dos onze anos, quando foi criado para ser o duque da Aquitânia. Tornou-se duque de Poitou quatro anos depois e imediatamente aliou-se a seus irmãos e a sua mãe em uma fracassada rebelião contra seu pai Henrique II em 1173-4. Suserano severo, o próprio Ricardo provocou rebelião entre seus súditos na Gasconha em 1183, e, alguns anos depois, rebelou-se novamente contra seu pai, dessa vez em aliança com Luís VII, rei da França e ex-marido de sua mãe.

Em 1188, Henrique finalmente perdeu a paciência e declarou que já não mais via Ricardo como seu herdeiro, o que instigou o futuro Coração de Leão a mais uma vez rebelar-se abertamente. De início, João lutou ao lado de Henrique, mas, no que se tornaria um padrão familiar, mudou de lado quando ficou claro que Ricardo estava fadado a triunfar. O rei Henrique morreu logo depois, de coração partido pela traição de seus filhos: em 1189, Ricardo sucedeu o pai como rei da Inglaterra e regente do império angevino. Mas seu foco estava em Jerusalém, que Saladino havia conquistado em 1187. Depois de hipotecar seu reino o máximo que podia e tributar a Inglaterra cobrando um novo imposto chamado dízimo de Saladino, Ricardo partiu para a Terra Santa via Sicília em 1190. "Eu venderia Londres se houvesse um comprador", ele declarou.

Ricardo devastou a Sicília e depois conquistou Chipre no caminho à Terra Santa, onde travou duras e sangrentas batalhas contra as forças de Saladino, sitiando e capturando Acre, matando 3 mil prisioneiros muçulmanos como resposta às protelatórias negociações propostas por Saladino. Venceu a batalha de Arsuf com uma carga de cavalaria, mas não conseguiu alcançar o objetivo mais importante: tomar Jerusalém. Apesar de suas violentas disputas, Ricardo e Saladino mantinham um pelo outro um cavalheiresco respeito e estima. Quando Ricardo perdeu seu cavalo, Saladino enviou-lhe seu melhor bucéfalo, e quando o rei inglês estava adoentado e com sede, Saladino providenciou água e frutas frescas com neve para manter as bebidas frias.

Durante as negociações de paz, Saladino ficou impressionado com as façanhas de Ricardo envergando sua capa escarlate – especialmente seu resgate de última hora de Jaffa, quando Ricardo pulou no mar e, com a água até a cintura, correu para a praia, surpreendeu a multidão de inimigos e fez uma horrível carnificina, bem debaixo do nariz de Saladino. Diz-se que o sultão definiu Ricardo como "tão agradável, justo, magnânimo e excelente que, se a terra [Jerusalém] tiver que ser perdida em meu tempo, prefiro que seja conquistada pelo assombroso poderio de Ricardo a vê-la cair nas mãos de qualquer outro príncipe que já vi na vida". Tão logo ficou evidente que ambos os lados haviam lutado até a completa exaustão, Ricardo ofereceu a Saladino um acordo singular e imaginativo: o irmão do sultão, Safadino, se casaria com a irmã de Ricardo e eles governariam a Palestina juntos desde Jerusalém. Não funcionou, é claro, mas mostra a flexibilidade dinâmica de Ricardo.

Na ausência de Ricardo, João, agora elevado a conde de Mortain e tendo amealhado vastas posses e substanciais extensões de terra para aplacar sua ganância – em troca da promessa de não retornar para a Inglaterra nem mesmo para uma visita –, estava tramando para tomar o poder e se intrometer na política inglesa, em violação ao seu banimento. Ricardo teve que resolver urgentemente as coisas na Terra Santa e apressar sua viagem de regresso para casa. Contudo, no caminho de volta, seus inimigos, o imperador Henrique VI e o duque Leopoldo da Áustria, o capturaram e o mantiveram em cativeiro exigindo o pagamento de resgate, o que propiciou a João a oportunidade, em janeiro de 1193, de controlar a Inglaterra. João, no entanto, fracassou na tentativa de invadir a Inglaterra com a ajuda do rei Filipe II da França, e depois tentou, sem sucesso, subornar os sequestradores de Ricardo para entregá-lo a sua custódia. Como Ricardo disse certa vez, "meu irmão João não é o tipo de homem que ganha terras pela força se houver alguém que se oponha a ele".

Em seu retorno (o resgate custou a espantosa quantia de 150 mil marcos), Ricardo demonstrou inacreditável leniência com o irmão cabeça-dura e desobediente e, antes de deixar o país para guerrear contra Filipe da França por causa de problemas fronteiriços nos territórios do continente, declarou oficialmente que João era seu sucessor. Assim, quando Ricardo foi morto por uma seta de besta em 1199 em um cerco na França, João tornou-se rei da Inglaterra e duque da Normandia e da Aquitânia.

O rei João perdeu a maior parte de seu império, descumpriu todas as promessas que fez, deixou cair no mar seu selo real, empobreceu a Inglaterra, assassinou seu sobrinho, seduziu as esposas de seus amigos, traiu seu pai, seus irmãos e seu país, espumava nos cantos da boca quando ficava zangado, deixava seus inimigos sem comer e os torturava até a morte, perdeu praticamente todas as batalhas que travou, fugia de toda e qualquer responsabilidade sempre que possível e morreu de indigestão, causada por excesso de pêssegos. Traiçoeiro, lascivo, malévolo, avarento, cruel e assassino, João fez por merecer os apelidos "Espada Mole", por causa de sua covardia militar e incompetência, e "Sem-Terra", por perder a maior parte de sua herança.

O sobrinho de João, Arthur – duque da Bretanha e filho de Godofredo II e Constância –, era um sério rival ao trono e considerado por muitos o legítimo rei; por isso, João rapidamente mandou capturar o rapaz, então com quinze anos, e o fez prisioneiro. Em um crime não muito diferente do que Ricardo III perpetrou contra os príncipes na Torre, mandou assassinar Arthur no ano seguinte. A morte de Arthur provocou uma rebelião na Bretanha e uma humilhante retirada para os exércitos de João, que foram forçados a fugir da região em 1204. Em 1206, o "Espada Mole" já havia perdido quase todas as posses territoriais da Inglaterra na França, oferecendo apenas uma resistência frouxa. De fato, quando a Normandia – a última posse da Inglaterra no continente – foi tomada pelos franceses, João teria ficado na cama com sua esposa, enquanto seus soldados debandavam.

Ricardo, a despeito de todos os defeitos, fora admirado por seu cavalheirismo, diferentemente do priápico João, que tinha incontáveis amantes e filhos ilegítimos, sempre tentando seduzir à força as esposas e filhas de nobres importantes. O tratamento que dava aos prisioneiros era particularmente odioso; ele matou de fome a esposa e filho de um de seus inimigos.

Retido em solo inglês e quase sem recursos disponíveis, João determinou substanciais aumentos de impostos e impiedosamente tirou proveito de suas prerrogativas feudais, dando origem à popular lenda de Robin Hood, que, de seu esconderijo na floresta de Sherwood, oferecia resistência contra a extorsão real. Entre 1209 e 1213, quando João foi excomungado pelo papa Inocêncio III, ele saqueou descaradamente as receitas da Igreja.

A partir de 1212, João enfrentou crescente oposição da nobreza, que começou a conspirar contra ele. Depois de outra campanha militar completamente desastrosa na França em 1214, uma rebelião finalmente eclodiu na Inglaterra. Em 15 de junho de 1215, numa famosa reunião em um prado às margens do rio Tâmisa em Runnymede, os barões forçaram João a selar a Magna Carta, a fundação das liberdades inglesas modernas, garantindo-lhes direitos contra o jugo arbitrário do rei. João não tinha a menor intenção de manter sua palavra e rapidamente traiu sua promessa de cumprir a carta, o que ensejou o retorno à guerra civil. Enquanto tentava reunir suas tropas, sua comitiva – com o tesouro real e as malas do rei – quase se perdeu na travessia do estuário Wash. A maré subiu inesperadamente e, em seus esforços frenéticos para salvar suas posses, ele perdeu o Grande Selo da Inglaterra. Ao mesmo tempo que traía suas promessas da Magna Carta, o rei enfrentava uma invasão francesa e uma revolta geral de barões: seu poder estava se esvaindo quando ele adoeceu. Sua morte também veio a calhar: o rei sucumbiu à disenteria depois de uma refeição excessivamente voraz de pêssegos e cerveja.

# GENGHIS KHAN

*ca.*1163-1227

*A maior felicidade é dispersar o inimigo, trazê-lo diante de você, ver as suas cidades reduzidas a cinzas, ver aqueles que o amam envoltos em lágrimas, e cingir ao próprio peito as esposas e filhas dele.*

Genghis Khan

Carismático, dinâmico, feroz, violento e ambicioso, Genghis Khan era um gênio militar, um brilhante estadista e conquistador do mundo que uniu as tribos nômades das estepes asiáticas para criar o império mongol, o maior império terrestre da história. Mas os triunfos desse heroico monstro tiveram um preço terrível – um reinado de terror e assassinato em massa na Eurásia, em uma escala nunca antes vista.

Genghis Khan nasceu entre 1163 e 1167 no montanhoso terreno da província de Khentii, na Mongólia – segundo dizem, segurando um coágulo de sangue, um suposto presságio de sua futura grandeza como guerreiro. Ele recebeu o nome Temujin, por causa do membro de uma tribo recentemente capturado por seu pai. O terceiro filho de Yesugei – chefe de um clã local – e Hoelun, Temujin logo conheceria em primeira mão o perigoso mundo da política tribal da Mongólia. Quando Temujin tinha apenas nove anos, seu pai fez acordos para que ele se casasse com Börte, menina de uma tribo vizinha. Temujin foi enviado para viver com a família de Börte, mas, pouco depois, Yesugei foi envenenado por uma vingativa tribo rival, e Temujin se viu obrigado a voltar para casa. Privada de seu protetor, a família de Temujin foi forçada a ir para o deserto, onde sobreviveu comendo frutas, nozes, ratos e outros pequenos animais. Aos treze anos, Temujin assassinou seu próprio meio-irmão.

Seguiram-se vários anos de peregrinação, marcados por sequestros e rixas intertribais; durante esse período, Temujin – que logo se tornou conhecido e temido por sua liderança, inteligência e capacidade militar – amealhou um número considerável de seguidores. Jovem alto, forte e endurecido, com olhos verdes penetrantes e uma barba longa e avermelhada, ele por fim se casou com Börte aos dezesseis anos e foi colocado sob a proteção de Toghril Ong-Khan, governante da tribo kerait (e irmão de sangue de seu pai). Mais tarde, quando Börte foi sequestrada pela tribo merkita, Temujin e Toghril uniram forças com Jamukha, um amigo de infância de Temujin e agora um chefe de clã mongol, enviando um numeroso exército para resgatá-la (descobriu-se que Börte estava grávida, e Temujin criou o menino, Jochi, como seu próprio filho). A tríplice aliança permitiu que os mongóis e os keraits subjugassem as outras tribos.

Após esse êxito, em 1200 Toghril declarou Temujin seu filho adotivo e herdeiro – decisão fatídica que enfureceu tanto o filho natural de Toghril, Senggum, quanto o ambicioso Jamukha, o que por fim levou a uma guerra na qual Temujin derrotou primeiro Jamukha e depois Toghril para estabelecer seu domínio sobre as tribos mongóis. Em 1206, um conselho de importantes membros da tribo mongol – chamado de Kurultai – se reuniu e reconheceu a autoridade de Temujin, dando-lhe o nome de Genghis Khan, que significa "cã oceânico" ou "regente do universo".

Antes de 1200, os mongóis tinham sido um povo disperso, mas Genghis – alegando ordens divinas – rapidamente agiu para transformá-los em uma nação poderosa e unificada. "Minha força", declarou ele, "foi robustecida pelo Céu e pela Terra. Predestinado pelo Todo-poderoso Céu, fui trazido para cá pela Mãe Terra." Seus soldados eram principalmente guerreiros nômades, incluindo mortíferos arqueiros que viajavam no lombo de pequenos mas robustos cavalos mongóis capazes de percorrer grandes distâncias. Genghis os transformou em uma disciplinada e brilhantemente coordenada máquina de guerra que assolava tudo que encontrava pela frente.

Em 1207 – tendo firmado uma aliança com os uigures e subjugado os antigos rivais dos mongóis, a tribo merkita –, Genghis iniciou imediatamente as operações expansionistas, invadindo e devorando as terras do reino de Hsi Hsia, no noroeste da China, bem como partes do Tibete. Seu alvo era a Rota da Seda – uma importantíssima rota comercial entre o Oriente e a Europa e a porta de entrada para a riqueza. Em 1211, depois de se recusar a prestar homenagem à dinastia Jin no norte da China, Genghis Khan foi à guerra novamente, sitiando e destruindo a capital do império jin, Yanjing, hoje Pequim, e assegurando o pagamento de um formidável tributo para si mesmo. Ele retornou à Mongólia em triunfo, levando consigo despojos de guerra, artesãos e, acima de tudo, a garantia de comércio com a China.

Em 1219, Genghis Khan voltou suas atenções para o Ocidente depois de um ataque a uma caravana de comerciantes que ele enviara a fim de estabelecer ligações comerciais com o império corásmio – reino que incluía a maior parte do Uzbequistão, Irã e Afeganistão sob o domínio do sultão Muhammad Khwarazmshah. Genghis mostrou moderação, mas quando membros de uma segunda delegação mongol foram decapitados, ele arregimentou 200 mil soldados e marchou rumo à Ásia Central na companhia de seus quatro filhos, Jochi, Ogodei, Chagatai e Touli, que fizeram as vezes de comandantes. Ao longo dos três anos seguintes, ele submeteu o povo corásmio a uma aterrorizante campanha de perplexidade e admiração, tomando as cidades de Bokhara, Samarcanda, Herat, Nishapar e Merv – suas tropas perfilando os civis desta última e, em uma farra de matança a sangue-frio, cortando suas gargantas.

Estrategista inigualável, Genghis reconhecia o valor do medo na construção de um império, muitas vezes despachando emissários para acovardar seus inimigos por meio de histórias de suas façanhas: civis massacrados, dinheiro e espólio roubados, mulheres estupradas, prata derretida jogada nos ouvidos das pessoas. Apesar de toda essa brutalidade, no entanto, Genghis não se entregava à carnificina pelo puro prazer de matar. Era leal a seus amigos e generoso com os que o apoiavam, um astuto administrador de homens, que promoveu uma elite de generais de alto escalão, conferindo-lhes imensos poderes. Poupava aqueles que se rendiam, reservando os massacres por atacado para dar exemplo aos que oferecessem resistência. Os mongóis tampouco estavam interessados em apenas matar, mutilar ou torturar a bel-prazer – o principal interesse deles era o despojo e não a barbárie. De fato, de certa forma Genghis mostrou ser um governante esclarecido, combinando perspicácia política com argúcia econômica. Ele usou táticas de "dividir para reinar" a fim de enfraquecer os inimigos e promover a lealdade. Reconheceu a importância da boa administração, fomentando a disseminação de uma língua oficial unificada em todo o seu império e um sistema legal escrito chamado Jasagti. Também foi tolerante com as religiões e isentou de impostos os sacerdotes. Acreditando na importância de propiciar o livre trânsito e uma passagem segura para o comércio entre o Oriente e o Ocidente, Genghis Khan proibiu que soldados e dirigentes maltratassem comerciantes ou cidadãos. Seu reinado tornou-se um período de interação cultural e avanço para o povo da Mongólia. Apoiou e patrocinou artistas, artesãos e a literatura.

Depois de seus primeiros triunfos sobre o império corásmio, Genghis levou adiante as investidas, ansioso por consolidar seus ganhos. Abriu caminho à força pela Rússia, Geórgia e Crimeia, derrotando as forças do príncipe

Mstislav de Kiev na batalha do rio Kalka em 1223, na qual, após uma retirada fingida, suas forças contra-atacaram os perseguidores e os destroçaram. Ele agora governava um vasto império que se estendia do mar Negro ao Pacífico, seu povo desfrutando de uma riqueza cada vez maior. Em 1227, no entanto, ele morreu depois de cair de seu cavalo enquanto galopava às pressas de volta a Hsi Hsia, onde uma rebelião havia irrompido em sua ausência.

O Grande Khan deixou seu império para o filho Ogodei, embora os domínios mongóis logo tenham sido divididos entre os descendentes de seus filhos, que fundaram seus próprios canatos que governavam o Oriente Próximo, a Rússia e a China (onde seu neto Kublai Khan fundou a própria dinastia). Assim, o império mongol expandiu-se ainda mais, estendendo-se por fim da costa do Pacífico na Ásia a leste até a Hungria e os Bálcãs a oeste. O canato da Crimeia, o mais duradouro dos Estados sucessores do império mongol, sobreviveria até 1783.

De acordo com um estudo genético, impressionantes 8% da população masculina da Ásia têm um mesmo cromossomo Y, muito provavelmente do próprio Genghis.

# FREDERICO II DE HOHENSTAUFEN, MARAVILHA DO MUNDO

## 1194-1250

*Ele era um homem hábil, astuto, ganancioso, devasso, malévolo, mal--humorado, mas, por vezes, quando desejava revelar suas qualidades boas e corteses, consolador, espirituoso, encantador e trabalhador.*

Salimbene di Adam, *Crônica* (1282-90)

Autor de um livro sobre falcoaria intitulado *A arte de caçar com pássaros*, Frederico foi o governante mais poderoso da Europa – o sacro imperador romano, rei da Sicília, mais tarde rei de Jerusalém e herdeiro de vastas terras germano-italianas. De olhos verdes, cabelo ruivo, filho do imperador alemão Henrique VI do Sacro Império Romano-Germânico e da herdeira normanda da Sicília, Constança, Frederico foi criado na Sicília, uma corte que mesclava cultura cristã, islâmica, árabe e normanda. Se sua formação – falava árabe e se sentia à vontade com judeus e muçulmanos – fez dele uma figura aparentemente exótica, sua excentricidade era idiossincrática. Viajava com guarda-costas árabes, um mago escocês, eruditos judeus e árabes, cinquenta falcoeiros, um zoológico e um sultanesco harém de odaliscas. Dizia-se que era um cientista ateu que zombava de Jesus, Maomé e Moisés alegando serem fraudes, e que foi retratado como um proto-dr. Frankenstein – trancafiou um moribundo dentro de um barril a fim de ver se a alma dele escaparia.

No entanto, a bem da verdade era um político eficaz e implacável, com uma visão clara de seu próprio papel como imperador cristão universal. Em 1225, Frederico se casou com Iolanda de Brienne (Isabel II), de quinze anos, herdeira de Jerusalém, tornando-se rei da Cidade Santa. Na festa de casamento, seduziu uma das aias da noiva, que morreu aos dezesseis anos. Entretanto, depois de muitos falsos começos, em 1227 Frederico tomou parte das Cruzadas, embora já tivesse sido excomungado pelo papa Gregório IX por seus atrasos e sua demora em se engajar na luta. Respaldado por seus cavaleiros teutônicos, Frederico ofendeu, com seu ar imperial, os nobres cruzados; seduzia damas locais e marchou pela costa – o tempo todo negociando com o sobrinho de Saladino, o sultão Al-Kamil do Egito, que, enfrentando suas próprias rebeliões e diante dessa nova ameaça cruzada, concordou com um acordo de paz nada convencional.

O sultão aceitou compartilhar Jerusalém com o imperador. Como um moderno acordo de paz no Oriente Médio, os muçulmanos mantiveram o Monte do Templo e os cristãos receberam o restante de Jerusalém. Frederico chegou a Jerusalém para reivindicar a Cidade Santa, demonstrando seu invulgar respeito pelo islã. Na igreja do Santo Sepulcro, realizou uma cerimônia de coroação para promover sua visão de si mesmo como imperador cristão. No entanto, depois teve que fugir – perseguido sob proscrição papal. Governou Jerusalém à distância por dez anos – mas a maior parte de sua vida foi dedicada à guerra contra o papado.

A política papal ditara a criação de Frederico. Seu pai, o imperador Henrique VI, havia desafiado os papas pela liderança da cristandade. Após a morte súbita de Henrique, a cúria assegurou a divisão de suas terras: dois outros candidatos foram instalados no reino alemão, enquanto o infante Frederico ficou com a Sicília. A mãe de Frederico morreu pouco depois, e o rei da Sicília, aos quatro anos, tornou-se protegido do papado. Depois que seus substitutos alemáes se mostraram muito ambiciosos em termos territoriais, Frederico, ainda adolescente, foi restituído de seus títulos no Norte, mas náo antes que seu antigo guardião, o papa Inocêncio III, arrancasse dele promessas de extensos privilégios papais e inúmeras juras de jamais reunir a Alemanha e a Sicília sob um único governante.

Frederico, no entanto, recusou-se a ser um fantoche. A seu ver o Sacro Império Romano era sagrado e universal. Sua concepção de soberania imperial levou-o a estender sua autoridade aos Estados italianos que ficavam entre as terras do Norte e do Sul.

O conflito de Frederico com seus antigos guardióes ofuscou a política europeia durante meio século. Em certo nível, a gigantesca batalha era simplesmente um choque de personalidades entre o devoto e intelectual papa Gregório IX, eleito em 1227, e o espirituoso e mundano Frederico. Quando Gregório IX excomungou Frederico em 1227 por se fingir de doente em vez de partir na Cruzada, a decisão de Frederico de ir de qualquer maneira – e, nesse processo, coroar-se rei de Jerusalém – pouco adiantou para melhorar as relações.

No cerne desse feroz e amargo conflito estava a questão de quem dominaria a cristandade: o papa ou o imperador. Uma vez que cada lado estava impulsionado por uma crença messiânica em sua própria causa, a Itália tornou-se o campo de batalha entre as tropas papais e as forças imperiais. Missivas, manifestos, bulas papais e insultos cruzaram a Europa. Frederico foi novamente excomungado. Se para seus admiradores ele era a "maravilha do mundo", para seus inimigos passou a ser, dali por diante, a "besta do Apocalipse". Dois papas diferentes, Gregório IX e Inocêncio IV, fugiram de Roma, o primeiro morrendo no exílio. Em 1245, Inocêncio IV disparou a última salva de artilharia do papado: anunciou que o imperador estava deposto. Nos cinco anos seguintes, houve uma guerra total e incessante. No fim, foi a morte, não o papado, que derrotou Frederico. Lutando contra dois obstáculos quase intransponíveis – excomunháo e deposição –, Frederico vinha recuperando terreno tanto na Itália quanto na Alemanha quando morreu repentinamente em 1250.

# EDUARDO III E O PRÍNCIPE NEGRO

## 1312-1377 e 1330-1376

*O mais formidável soldado de seu tempo.*
Jean Froissart, sobre o Príncipe Negro em *Crônicas* (final do século XIV)

Eduardo III e o Príncipe Negro foram o pai e o filho que personificaram a glória, a energia e o triunfo da bravura do cavalheirismo inglês em seu apogeu medieval. Eduardo III foi o mais bem-sucedido e heróico dos reis ingleses; o Príncipe Negro – formalmente Eduardo, príncipe de Gales – foi o mais destemido e célebre cavaleiro da Europa. Ele e o rei Henrique V são os mais notáveis e esplêndidos príncipes da história da realeza britânica.

Eduardo III demonstrou, ao longo de seu extraordinário e longo reinado, energia, ousadia e ambição extraordinárias, muitas vezes destacando-se no meio do combate. Cresceu sob a sombra de seu pai, o desastrosamente fraco Eduardo II, que foi deposto e assassinado em 1327 por sua mãe, a rainha Isabel da França, e o amante dela, Rogério Mortimer. Os dois então governaram despoticamente até que o marginalizado rei, com apenas dezessete anos, tramou um bem-sucedido golpe de Estado, liderando pessoalmente a legião de seus amigos íntimos para derrubar Mortimer, um ato de característico arrojo.

Dinâmico, talentoso e atlético, Eduardo primeiro declarou guerra aos escoceses, liderando a conquista de boa parte das Terras Baixas e alcançando uma gloriosa vitória na batalha de Halidon Hill em 1333. Como seu avô Eduardo I, tentou impor seu próprio candidato, nesse caso Eduardo Balliol, no trono escocês. Em 1346, o exército do rei obteve uma vitória ainda maior em Neville's Cross, capturando o rei David II da Escócia, que estava destinado a passar muitos anos como refém na corte de Londres.

Em 1338, Eduardo lançou sua nova diretriz política com o intuito de reafirmar a reivindicação inglesa à Coroa da França e aos territórios angevinos perdidos pelo rei João. Em 1340, foi aclamado rei da França e depois venceu uma batalha naval em Sluys contra os franceses, embora tivesse que regressar a Londres para enfrentar uma crise política e financeira que terminou com a demissão de seu ministro, John de Stratford, arcebispo da Cantuária. Ele retornou à França em 1346, conquistando territórios que incluíam Calais e obtendo a maior de suas muitas vitórias na batalha de Crécy, a consagração de sua destreza como comandante e da atuação de seus exímios arqueiros ingleses. Depois de Crécy, Halidon Hill e Sluys, e da conquista de Calais, o prestígio de Eduardo como rei e guerreiro era enorme. Em 1350, ao saber que Calais estava prestes a traí-lo, Eduardo, correndo grande risco pessoal, secretamente correu para lá com um grupo armado, salvou a cidade em uma breve escaramuça e destroçou os traidores – um desempenho de extrema habilidade.

Quando seu filho mais velho e herdeiro, Eduardo de Woodstock, tinha treze anos, o rei permitiu que ele começasse a participar de campanhas bélicas no exterior. Quando os ingleses enfrentaram os franceses em Crécy em 1346, o rei colocou a companhia de Eduardo no meio da refrega. Os franceses investiram com ímpeto e de súbito contra o príncipe e seus homens, que precisaram recorrer até a última gota de firmeza e coragem para rechaçá-los. Embora os relatos posteriores digam que o rei se recusou a ajudar o príncipe até que ele "mostrasse seu valor", na verdade Eduardo III percebeu que seu filho estava em grave perigo e enviou um reforço de vinte cavaleiros veteranos e experientes. Mas quando lá chegaram, eles encontraram o príncipe e seus companheiros recobrando o fôlego, já tendo repelido os franceses.

A lenda do Príncipe Negro – epíteto que Eduardo recebeu em razão de sua armadura preta – surgiu em Crécy; o príncipe gostou imensamente do apelido e quis mantê-lo. Um dos aliados dos franceses, o rei João da Boêmia, exigiu ser levado para participar da batalha apesar de ser totalmente cego. Como era de se esperar, não sobreviveu por muito tempo. Mas o príncipe ficou impressionado com seu galante cavalheirismo e adotou as penas de avestruz como seu próprio símbolo heráldico em homenagem à honra do rei morto. As penas de avestruz ainda hoje fazem parte do emblema do príncipe de Gales.

Eduardo nomeou seu filho príncipe da Aquitânia. Dez anos depois, em 1356, com uma década de experiência de comando na bagagem, o Príncipe Negro comandou outra divisão de tropas inglesas para obter uma vitória ainda mais substancial. Sem o pai para apoiá-lo, o príncipe não ficou particularmente entusiasmado com a ideia de lutar contra o rei francês, João II; no entanto, em 19 de setembro, conduziu seus homens para a batalha a cerca de oito quilômetros de Poitiers. O príncipe usou sua inteligência tática para flanquear seus inimigos, atacando-os e enfrentando-os em combates corpo a corpo. O rei francês foi capturado em uma vitória ainda mais esmagadora que Crécy.

Histórias das ações cavalheirescas do Príncipe Negro espalharam-se pela Europa: é famoso o episódio em que, numa atitude de respeito e consideração à posição superior de seu cativo, o rei João, Eduardo recusou-se a comer com ele, mas o serviu à mesa.

Poitiers marcou o ponto alto da carreira do príncipe. Como governador da Aquitânia, ele foi odiado por seu jugo severo, e também se envolveu, de maneira irrefletida, com a política espanhola em Castela. Com sua bela esposa Joana, "A bela dama de Kent", Eduardo granjeou a reputação de pródiga permissividade e falta de agudeza política.

Eduardo III agora se deleitava com sua glória cavalheiresca, mantendo em cativeiro dois reis – o da França e o da Escócia – e em ambos os casos exigindo pagamento de resgate, o que lhe rendeu enormes somas. Ele celebrou o seu sucesso fundando a Ordem da Jarreteira, fazendo jus à sua lenda como um rei Arthur dos últimos dias. No entanto, apesar dessas assombrosas vitórias, Eduardo teve dificuldades para dominar a Escócia e manter suas conquistas na França – assinando com os franceses um insatisfatório tratado em 1360.

Eduardo vivera um casamento feliz com a rainha Filipa de Hainault, com quem teve muitos filhos. Mas iniciou um caso amoroso com Alice Perrers, que logo ficou famosa por sua ganância e corrupção em parceria com o inescrupuloso lorde Latimer. A corte entrou em declínio. Eduardo sofreu derrames, e o Príncipe Negro retornou da Aquitânia e de seus malogrados empreendimentos castelhanos incapacitado pela doença. João de Gante, duque de Lancaster (Lencastre), que também se envolveu nas intrigas castelhanas – na esperança de se tornar rei de Castela –, assumiu o controle do governo como o próximo filho de Eduardo III na linha sucessória. Depois que a rainha Filipa morreu, Alice Perrers tornou-se mais atrevida e rica.

Em 1376, o glorioso reinado, abençoado com tantas vitórias, havia azedado. O Príncipe Negro – o cavaleiro mais famoso da Europa – morreu. Eduardo estava doente, e as tentativas de João de Gante no sentido de defender seu pai e a Coroa eram canhestras. Em 1376 e 1377, o "Bom Parlamento" efetivamente exigiu a destituição de Alice Perrers e o julgamento de lorde Latimer. Eduardo III e João de Gante estavam contaminados com escândalo e humilhação.

Em 1377, Eduardo finalmente morreu, após um reinado de cinquenta anos, sucedido por seu malfadado neto Ricardo II, filho do Príncipe Negro.

Não obstante, Eduardo provara ser um brilhante monarca e comandante militar, dotado de charme pessoal e carisma, extraordinária coragem, sorte na guerra e na política e um pendor para a teatralidade e a pompa. O Príncipe Negro era menos astuto em termos políticos – mas não menos glamoroso. Os ingleses raramente denominam seus reis com o epíteto "Grande", mas, se algum merece esse qualificativo, é Eduardo, o Grande.

# TAMERLÃO

## 1336-1405

*Ele amava soldados ousados e valentes, com cuja ajuda abriu as fechaduras*
*do terror, despedaçou homens como fazem os leões e derrubou montanhas.*
Ahmad ibn Arabshah, escritor árabe, descrevendo Tamerlão

Tamerlão foi um estadista e comandante militar de assombrosos talento, habilidade, inteligência e ferocidade brutal, que construiu um império que se estendia da Índia à Rússia e ao mar Mediterrâneo. Jamais derrotado em batalha, ele figura ao lado de Genghis Khan e Alexandre, o Grande, como um dos maiores conquistadores de todos os tempos, deixando em seu rastro tanto pirâmides de crânios humanos quanto a beleza estética de sua capital, Samarcanda.

Timur – que significa "ferro" – nasceu em Kesh, ao sul de Samarcanda, em 1336. Seu pai era um chefe de baixa posição hierárquica da tribo dos barlas, estabelecida na Transoxiana (que equivale mais ou menos ao atual Uzbequistão), no coração do desmoronado império mongol, que estava se desfacelando e se dividindo em facções guerreiras governadas por descendentes de Genghis Khan, das quais as mais relevantes eram o canato de Chagatai, a dinastia ilkhanid e a chamada Horda Dourada. A situação dentro do canato de Chagatai – do qual os barlas faziam parte – complicava-se ainda mais por tensões entre tribos predominantemente nômades e aquelas que queriam uma vida estável de paz e comércio. Como consequência, conflitos internos eram corriqueiros nas tribos; ainda jovem, ao tomar parte de um ataque surpresa, Timur – descrito por seus contemporâneos como forte, cabeçudo e ostentando uma barba longa de tom avermelhado – foi ferido em combate, o que o deixou com um lado do corpo paralisado pelo resto da vida e uma nítida coxeadura, daí o apelido *Timur-i-Lenk* ("Timur, o coxo"), mais tarde abreviado para Tamerlão. No entanto, tornou-se um hábil cavaleiro e um soldado superior, amealhando rapidamente um número substancial de seguidores. De acordo com o escritor árabe Arabshah, Tamerlão era "firme na mente e robusto no corpo, corajoso e destemido, firme como uma rocha [...] impecável na estratégia". Em termos intelectuais, era igualmente perito, falando pelo menos duas línguas, o persa e o turco, e demonstrando ávido interesse em história, filosofia, religião e arquitetura, além de ser um entusiástico enxadrista.

Em 1361, Timur foi incumbido de governar a área em torno de Samarcanda, tendo jurado lealdade a Tughluq, que havia assumido o canato de Chagatai. Quando Tughluq morreu em seguida, Timur consolidou sua posição formando uma coalizão com Hussein, outro chefe tribal, cuja base de poder ficava em Balkh. Os dois fatiaram grande parte da área circundante enquanto seus exércitos assolavam as tribos rivais, mas as turbulentas tensões latentes em seu relacionamento – anteriormente refreadas em razão dos laços familiares – irromperam após a morte da primeira esposa de Timur, a irmã de Hussein. Timur – que conquistara o apoio popular recompensando generosamente a lealdade – virou-se contra seu antigo aliado e o derrotou, apenas para libertá-lo logo depois, arrasado com a visão de seu velho amigo em grilhões. Tal leniência, no entanto, durou pouco. Posteriormente, Timur mandou matar dois dos filhos de Hussein, tomou para si quatro das esposas do rival e caçou seus mais renomados apoiadores por toda a região, decapitando-os e compartilhando suas esposas e filhos entre seus homens, como presentes.

Em 1370, como líder indiscutível de um domínio em constante expansão centrado em Samarcanda – onde mandou construir templos opulentos e belos jardins atrás de novas muralhas de defesa e um fosso –, Tamerlão começou a sonhar com grandeza. Reivindicando descendência de Genghis Khan (embora provavelmente fosse turco), anunciou seu objetivo de reinstituir o império mongol. Primeiro, porém, tinha que trazer estabilidade para seu novo regime, por isso se casou com a viúva de Hussein, Saray Khanum, e usou apenas o título de emir-comandante, governando por meio de fantoches. Restabeleceu e monopolizou a Rota da Seda, através da qual outrora se fazia comércio entre a China e a Europa. Em meio a essa estratégia de guerra no exterior e paz em âmbito doméstico, Tamerlão conseguia satisfazer àqueles que ansiavam por novas conquistas, bem como àqueles que queriam uma estabilidade próspera.

Tamerlão comandava uma máquina de guerra extremamente eficiente, dividida em *tumen*, unidades de 10 mil homens, uma habilíssima cavalaria – incluindo, por fim, um corpo de elefantes da Índia – equipada com suprimentos para campanhas demoradas e munida de um imenso estoque de arcos e espadas, bem como catapultas e aríetes para a guerra de cerco. Seus soldados – cuja subsistência dependia da conquista – compunham-se de uma eclética mistura étnica, incluindo turcos, georgianos, árabes e indianos. Entre 1380 e 1389, Timur arriscou-se em uma série de campanhas em que conquistou um império colossal, abrangendo a Pérsia, o Iraque, a Armênia, a Geórgia e o Azerbaijão, a Anatólia, a Síria, toda a Ásia Central, o norte da Índia, e passagens de acesso para a China e grande parte do sul da Rússia: a luta mais longa de Tamerlão foi contra Toctamix, cá da Horda Dourada, que ele finalmente derrotou e destruiu em 1391.

O terror era uma arma fundamental no arsenal de Tamerlão. Ele enviava agentes secretos à frente de suas tropas para espalhar rumores sobre as atrocidades cometidas – a exemplo das vastas pirâmides de cabeças decapitadas construídas por seus soldados para celebrar vitórias em batalhas, ou a matança em massa de cerca de 70 mil cidadãos em Isfahan, 20 mil vítimas em Alepo, a decapitação de 70 mil em Tikrit e de 90 mil em Bagdá, a incineração de uma mesquita repleta de gente em Damasco e a destruição completa de cidades na Pérsia após uma revolta ali em 1392. Muitas vezes o medo puro e simples era suficiente para assegurar a submissão – embora muitos milhões tenham sido mortos em suas campanhas. No entanto, ele embelezou Samarcanda, criou o jogo de xadrez de Tamerlão, praticou a tolerância religiosa e mobilizou sábios e estudiosos em debates eruditos sobre filosofia e fé. De maneira geral, era um homem extraordinário, contraditório, uma força da natureza.

Em 1398 – estendendo seu império para dimensões ainda maiores do que Alexandre, o Grande, ou Genghis Khan haviam alcançado –, Tamerlão invadiu a Índia e capturou Déli. Cem mil civis foram massacrados lá, e um número parecido de soldados indianos foi assassinado a sangue-frio após sua rendição na esteira da batalha de Panipate. Ainda assim, Tamerlão seguiu em frente. Em 1401, seus homens conquistaram a Síria, atacando Damasco; em julho de 1402, após uma enorme e sangrenta batalha perto de Ancara, Tamerlão derrotou o sultão otomano Bajazeto I, saqueando, entre outros tesouros, os famosos portões do palácio otomano de Brusa; mais tarde, no mesmo ano, aniquilou a cidade cristã de Esmirna, fazendo boiar no mar as cabeças decepadas de suas vítimas em pratos iluminados por velas. Em 1404, até mesmo o imperador bizantino João I estava pagando tributo a Tamerlão em troca de segurança.

Aos sessenta e poucos anos, Tamerlão embarcou em sua derradeira aventura – uma tentativa de invasão à China –, mas adoeceu no caminho e morreu em janeiro de 1405. Seu corpo foi levado para Samarcanda, onde um mausoléu foi erguido em sua homenagem. Após a morte de Tamerlão, seus filhos e netos digladiaram-se pelo controle do império, antes de seu filho mais novo, Shahrukh, finalmente assumir o poder em 1420 como o único sobrevivente da família. Seu descendente mais ilustre foi Babur, fundador da dinastia timúrida que governou a Índia com a designação mogol até 1857. Assassino implacável, cujos exércitos foram responsáveis por pilhagens e brutalidade incomparáveis, Tamerlão era igualmente um astuto estadista, general brilhante e sofisticado patrono das artes. Reverenciado no Uzbequistão até hoje – seu monumento em Tashkent ocupa o lugar onde outrora elevava-se uma estátua de Karl Marx –, Tamerlão foi enterrado em uma tumba linda e simples em Samarcanda. A lenda dizia que quem perturbasse seu túmulo seria amaldiçoado: em junho de 1941, um historiador soviético abriu a tumba. Dias depois, Hitler atacou a Rússia soviética.

# FILIPPO BRUNELLESCHI

## 1377-1446

*Pode-se dizer que ele foi dado pelos Céus para conferir novas formas à arquitetura.*

Giorgio Vasari, *Vidas dos artistas* (1568)

A magnífica cúpula (*duomo*) da catedral de Santa Maria del Fiore, em Florença, é testemunho da genialidade de um dos mais formidáveis arquitetos que o mundo conheceu, Filippo Brunelleschi, que precedeu outros gênios da Renascença, a exemplo de Michelangelo e Leonardo da Vinci. Assim como muitos de seus colegas e de artistas posteriores, Brunelleschi procurou revitalizar as formas da Antiguidade greco-romana e, ao fazê-lo, foi o pioneiro de um novo e deslumbrante estilo de arquitetura.

Ao desenvolver as ferramentas para realizar sua visão, Brunelleschi produziu alguns extraordinários feitos de engenharia. Sua mente curiosa, desejosa de conhecimento e pouco ortodoxa era capaz de solucionar quebra-cabeças que deixavam perplexos os talentos mais argutos da Europa, e seu legado, a majestosa cúpula que domina o horizonte florentino, ainda é uma das mais belas e icônicas construções do mundo.

Nascido em Florença, em 1377, Brunelleschi foi uma criança brilhante, cujo instinto natural para a arte do desenho levou seu pai a colocá-lo como aprendiz do mestre ourives Benincasa Lotti. Brunelleschi firmou uma estreita amizade com um colega estagiário, o escultor Donatello, e aprendeu as complexidades do ofício de ourives. Além de aperfeiçoar habilidades como a gravura e a modelagem em relevo, isso envolveu também um estudo de mecânica e, aos vinte e poucos anos de idade, Brunelleschi já era um talentoso artista com uma sólida compreensão de engrenagens, mecanismos, roldanas e pesos.

Em 1401, uma competição foi anunciada para o projeto e a execução das portas do batistério da cidade. Embora Brunelleschi tenha entrado na disputa com um projeto magnífico, o vencedor da encomenda foi seu rival Lorenzo Ghiberti. Magoado e ofendido pela desfeita, Brunelleschi deixou Florença rumo a Roma, onde ele e Donatello passaram a década seguinte.

As ruínas clássicas de Roma fascinaram Brunelleschi. Ele passava o tempo observando, medindo e esboçando os edifícios antigos da cidade. Ficou intrigado com a engenharia romana, especialmente personificada no Panteão, onde os romanos tinham despejado concreto sobre uma estrutura de madeira para criar uma grande cúpula. Quando chegou até ele a notícia que as autoridades de Florença estavam procurando um arquiteto para construir uma cúpula na nova catedral da cidade, Brunelleschi imediatamente começou a planejar seu retorno.

De volta a Florença, Brunelleschi ganhou uma licitação da guilda dos mercadores de seda para construir um orfanato estadual – o elegante Ospedale degli Innocenti, que foi o primeiro edifício em Florença a mostrar influências clássicas. Depois disso, a poderosa família Médici contratou-o para remodelar a basílica de São Lourenço.

A maioria das pessoas duvidava que seria possível cobrir com uma abóbada a enorme catedral de Santa Maria del Fiore – a receita do concreto havia muito caíra no esquecimento, e criar um elaborado andaime interno parecia impossível. No entanto, durante anos a fio Brunelleschi trabalhou sigilosamente em planos, projetos e ideias técnicas para o domo, e conseguiu convencer as autoridades da catedral que possuía a perícia técnica para dar conta da tarefa. Para demonstrar sua destreza, ele recomendou um concurso que abrangesse toda a Europa, o que atraiu mestres-arquitetos de todo o continente.

As originais e ousadas ideias de Brunelleschi para a construção de uma cúpula de abóbada dupla e autossustentada eram muito melhores que quaisquer outras sugestões apresentadas, que incluíam esquemas bizarros como preencher a catedral com uma mistura de terra e moedas para sustentar o telhado à medida que fosse sendo construído, e depois convidar cidadãos comuns para remover a lama semipreciosa assim que o trabalho fosse concluído.

Tão logo ganhou a concorrência e recebeu a missão de construir a cúpula, Brunelleschi pôs mãos à obra e iniciou a descomunal empreitada. Não havia como erguer um andaime interno na catedral, por isso ele inventou uma máquina de içamento que pudesse ser manejada com o auxílio de um boi para abaixar e içar tijolos, apoios e suportes de arenito centenas de metros acima até o telhado. Para manter seus trabalhadores satisfeitos e em segurança, Brunelleschi controlava a comida e o vinho servidos no local, construindo estalagens dentro da estrutura de modo a reduzir o tempo que os operários gastavam nas viagens para se refrescar durante o escaldante verão toscano. Uma rede de segurança permitia que os construtores trabalhassem a alturas vertiginosas, e, quando eclodiu uma greve entre os artífices nativos, Brunelleschi recrutou trabalhadores da Lombardia para manter o andamento do projeto.

A construção da cúpula levou dezesseis anos. Em 1434, um visitante de Roma descreveu o domo como "uma estrutura tão esplêndida, elevando-se acima dos céus, grande o suficiente para abrigar todo o povo da Toscana à sua sombra, construída sem a ajuda de qualquer cimbramento ou muita madeira, de uma arte e perícia que talvez nem os antigos conheciam ou entendiam".

Foi uma realização ímpar – duas abóbadas pesando 37 mil toneladas, com mais de 4 milhões de tijolos entrelaçados que impediam a estrutura de desmoronar sob seu próprio peso, e buracos para se ajustar à expansão e à contração decorrentes das mudanças de estação. A claraboia de vinte metros no topo projetava um fino feixe de luz do sol no piso da catedral, o que propiciava um meio de certificar que o teto não estava em movimento.

Quando o papa consagrou a catedral, no domingo de Páscoa de 1436, foi o momento de triunfo de Brunelleschi. O maior arquiteto de uma época famosa por produzir brilhantismo em todos os campos das artes foi enterrado sob sua suprema conquista, onde ainda hoje há uma estátua dele.

# HENRIQUE V

## 1387-1422

*Famoso demais para viver muito tempo.*
Duque de Bedford

Em 31 de agosto de 1422, em Bois de Vincennes, nos arredores de Paris, Henrique v da Inglaterra sucumbiu ao destino sombrio de muitos de seus soldados e morreu de "febre do acampamento" – muito provavelmente disenteria. O jovem príncipe Hal de Shakespeare tinha apenas 34 anos e sucedera seu pai ao trono inglês apenas nove anos antes. No entanto, Henrique era jovem em idade, não em experiência. De fato, tantas e tamanhas foram as realizações de sua breve vida que ele foi descrito por um historiador moderno como "o mais notável homem que já governou a Inglaterra".

Quando Henrique subiu ao trono em 1413, o país estava dividido havia décadas por causa da guerra dinástica: seu pai, Henrique IV – Henrique Bolingbroke, filho de João de Gante –, tomara o trono depois de depor seu primo, Ricardo II, em 1399. Henrique IV passou os primeiros anos de seu reinado em guerra e na defensiva, sufocando as rebeliões da família Percy e dos galeses. Seu filho deu ordens independentes nessas campanhas e logo se destacou. Em uma das batalhas o jovem príncipe foi gravemente ferido, atingido por uma flecha que se enterrou profundamente no lado direito de seu rosto, um pouco abaixo do olho. Ele foi milagrosamente salvo por um cirurgião engenhoso, inventor de um dispositivo que puxou a flecha para fora, não através da lesão de entrada da seta, mas pelo pescoço. Henrique se recuperou.

Durante os últimos anos do reinado de seu pai, o rei e o príncipe competiram pelo poder e quase chegaram ao conflito. A ascensão ao trono em 1413 deixou claro o quanto o novo e jovem rei era excepcional: Henrique era profundamente religioso e piedoso, acreditando em sua missão sagrada, mas também tinha espírito generoso, era vigoroso, extremamente inteligente, corajoso e hábil tanto como estrategista militar quanto como general. O jovem Henrique v, oferecendo a esperança de um rompimento com o passado, rapidamente começou a fazer tudo a seu alcance para unir o país. Ele próprio um "inglês muito inglês", pretendia cultivar um senso de patriotismo e estimular a identidade nacional, abandonando as práticas usuais de seus antecessores e lendo e escrevendo em inglês em vez do francês de praxe. Como seus antecessores na Guerra dos Cem Anos, ele acreditava ser o legítimo rei da França.

Pouco antes de partir para a França, Henrique descobriu uma conspiração aristocrática: esmagou impiedosamente o chamado Complô de Southampton, executando Henrique, terceiro barão Scrope de Masham, e seu primo, conde de Cambridge. Nada poderia interferir na solene guerra de Henrique.

Henrique zarpou para a França, em agosto de 1415, com um plano para capturar uma série de cidades estrategicamente localizadas no norte do território francês que poderiam ser guarnecidas e usadas como bases de operações para novas conquistas. No final de setembro, já conseguira tomar o porto de Harfleur, mas, como seu exército estava severamente exaurido por doenças e baixas, decidiu voltar à Inglaterra para reagrupar suas tropas. Em 25 de outubro, o exército inglês, cujo contingente contava com cerca de 6 mil homens, viu seu caminho para Calais bloqueado perto de Azincourt por uma força francesa muito superior. Em desvantagem numérica de pelo menos três para um, a tênue linha inglesa se organizou em uma forte posição defensiva, formando um estreito funil com árvores de ambos os lados e diversos e numerosos grupos de arqueiros postados ao longo da linha. Quando os soldados franceses, a cavalo e usando pesadas armaduras, finalmente avançaram, viram-se cada vez mais espremidos e apanhados em uma mortífera saraivada de flechas. Deixando de lado os arcos depois das primeiras chuvas de flechas, os arqueiros ingleses de arco longo caíram por cima dos franceses, agora irremediavelmente esmagados e em total confusão, e infligiram baixas horrendas. A grande vitória de Henrique foi, assim, também o triunfo do poderoso arco longo dos arqueiros ingleses (muitos deles de Cheshire), cuja contínua barragem de flechas era, em seu modo aterrorizante e assassino, o equivalente medieval da metralhadora.

Nos anos seguintes, inspirados pela liderança de seu jovem rei carismático e dinâmico, o exército inglês invadiu violentamente o norte da França, desferindo um golpe devastador após o outro sobre os desorganizados e divididos franceses. Estimulado por seus êxito bélicos, em 1420, Henrique estava em posição de impor a seus adversários um pacto de termos severos, e, de acordo com o Tratado de Troyes, o enfermo rei francês Carlos VI aceitou Henrique como seu regente e futuro herdeiro. A morte prematura impediu Henrique de aproveitar plenamente suas vitórias, mas sua imortalidade já estava assegurada como um dos maiores heróis que a Inglaterra jamais produziu.

A vitória de Henrique deixou a França de joelhos e grande parte do território francês sob o controle dos ingleses, mas ele não queria apenas a restauração do antigo império angevino, e sim o trono da própria França. Em 1417, Henrique capturou Rouen. O assassinato do duque de Borgonha pela poderosa facção Armagnac na corte francesa empurrou os borgonheses para uma aliança com Henrique, e isso, junto com seu sucesso militar, foi decisivo. Os franceses assinaram o Tratado de Troyes em 1420: Henrique tornou-se regente da França, com o direito de sucessão ao trono francês, e se casou com a princesa francesa Catarina de Valois, com quem teve um herdeiro, o futuro Henrique VI. O delfim da França lutou contra Henrique, matando seu irmão, o duque de Clarence, em batalha em 1421, mas, no ano seguinte, Henrique capturou Meaux. Parecia provável que Henrique V de fato acrescentaria a Coroa da França à da Inglaterra e estabeleceria um império anglo-francês com seu filho como herdeiro. Em vez disso, morreu jovem e de forma inesperada, deixando um herdeiro bebê e seus irmãos no controle. Destes, o duque de Bedford obteve vitórias notáveis na França – embora Orléans tenha sido salva com a ajuda da donzela de Orléans, Joana d'Arc.

O rei menino Henrique VI foi coroado rei da França em Paris, mas havia um profundo problema no lado inglês: Henrique VI era desprovido de quaisquer características necessárias para a realeza medieval, sofrendo longos períodos de doença mental. As conquistas francesas de Henrique V foram perdidas – e, no fim das contas, a Inglaterra também se perdeu no conflito civil dinástico, a Guerra das Rosas. Henrique VI foi assassinado na Torre de Londres em 1471.

# JOANA D'ARC

*ca.*1412-1431

> *Fui enviada aqui por Deus, o Rei do Céu, para, olho por olho, expulsar vocês de toda a França.*
>
> Joana d'Arc, em carta às forças inglesas que
> sitiavam Orléans (22 de março de 1429)

Heroína nacional da França, Joana d'Arc era uma simples camponesa que se tornou soldado, mártir e, por fim, santa. Convencida que Deus lhe havia dito para libertar a França, ela mostrou extraordinária liderança moral e militar e inspirou os franceses a lutar contra os ingleses na Guerra dos Cem Anos. Vestida com roupas masculinas, Joana desafiou as convenções e as objeções tanto de estadistas como de clérigos, e, no final, abraçou a morte em sua busca pela salvação.

Joana tinha apenas catorze anos quando ouviu as "vozes" de santos – são Miguel, santa Catarina e santa Margarida – exortando-a a salvar a França dos ingleses. Depois de meio século de guerra, os franceses pareciam à beira de perder a disputa pela Coroa. Cinco anos após a morte do rei Carlos vi da dinastia de Valois, seu filho, o delfim Carlos (herdeiro natural do trono), ainda não havia sido coroado, e a cidade de Orléans, a chave para o centro da França, parecia prestes a cair nas mãos dos ingleses.

Joana atravessou o território inimigo devastado pela guerra na tentativa de conseguir uma audiência com Carlos, instigada pelas persistentes vozes dos santos. Sua determinação inquebrantável e inflexível granjeou-lhe acesso ao delfim e o convenceu de que ele deveria revigorar a campanha contra os ingleses, e que era a vontade de Deus que ele fosse coroado em Reims. Joana jamais revelou o que havia sussurrado para o delfim naquele dia, mas Carlos e a liderança francesa se convenceram que aquela camponesa contava com orientação divina ou que seria útil para a causa francesa, provavelmente um pouco dos dois.

Envergando uma armadura branca e empunhando um alabarda, Joana cavalgou à frente do exército de Carlos para libertar a cidade de Orléans, então sitiada. Os ingleses foram derrotados, e outras vitórias se seguiram – exatamente como Joana de alguma forma tinha certeza que aconteceria. Aclamada pelos franceses como sua salvadora, e acusada pelos ingleses de bruxaria, parecia que a "Donzela de Orléans" devia ter algum poder sobrenatural, pois o mito da invencibilidade inglesa que havia surgido desde a batalha de Azincourt foi definitivamente destruído. Em julho de 1429, o delfim foi coroado como Carlos VII em Reims, com Joana presente em meio à multidão.

Infatigável, Joana insistiu com o vacilante Carlos que tirasse proveito de sua vantagem e continuasse a campanha, marchando rumo a Paris. Quando as forças de Valois finalmente atacaram a capital, Joana posicionou-se no alto de uma fortificação, conclamando os moradores da cidade a se renderem ao legítimo rei. Destemida e sem se abalar pelos ferimentos recebidos em luta, ela se recusou a deixar o campo de batalha – embora a tentativa de tomar Paris não tenha sido bem-sucedida.

Capturada pelos borgonheses, aliados dos ingleses, quando galopava em desabalada carreira para ajudar a cidade sitiada de Compiègne, Joana foi vendida para os ingleses e julgada como uma herege em Rouen, a sede do poder inglês na França. Carlos, ansioso por uma trégua com a Borgonha e relutante em ser associado a uma bruxa, sumiu de cena. Em seu julgamento, a camponesa enfrentou os principais teólogos da França, confiante em sua missão divina, ao mesmo tempo que evitava cair na armadilha de criticar a Igreja. Joana mostrava-se tão imune à ameaça de tortura que seus interrogadores concluíram que seria inútil tentar submetê-la a suplícios.

Mas quando a Igreja ameaçou entregá-la aos tribunais seculares, Joana – petrificada e doente – confessou heresia e concordou em vestir roupas femininas, escolhendo a prisão perpétua em vez de uma morte dolorosa. Dias depois de renegar suas convicções, no entanto, Joana voltou a vestir roupas masculinas, alegando que as vozes haviam censurado sua traiçoeira abjuração. Entregue às autoridades seculares, a jovem que mal havia saído da adolescência – e sempre tivera a premonição de uma morte prematura – foi queimada como bruxa na fogueira.

A convicção de Joana era inabalável. Autorizada a fazer sua confissão e receber a comunhão, ela morreu fitando uma cruz erguida por um padre, que, aceitando um pedido seu, gritou palavras enfatizando a garantia de salvação de modo que ela pudesse ouvi-lo por sobre o rugido do fogo. De tão ansiosos para que não restasse nenhuma relíquia de Joana que se tornasse objeto de veneração pública – ou fosse capaz de manter viva sua lenda –, os ingleses queimaram seu corpo três vezes, depois jogaram as cinzas no rio Sena.

Vinte anos depois, instalado em segurança em seu trono, Carlos VII ordenou uma investigação sobre o julgamento. A condenação de Joana foi anulada. Quinhentos anos mais tarde, em 16 de maio de 1920, ela foi canonizada pela Igreja Católica.

# TORQUEMADA E A INQUISIÇÃO ESPANHOLA

## 1420-1498

*Se alguém possui certa quantidade de conhecimento, descobre-se que ele é repleto de heresias, erros, traços de judaísmo. Assim, eles impuseram o silêncio aos eruditos e aos homens de letras; aqueles que buscavam o conhecimento acabaram por sentir, como se diz, um grande terror.*

Dom Rodrigo Manrique, filho do inquisidor-geral,
em carta a Luís Vives, 1533

A simples menção do nome de Tomás de Torquemada, o primeiro inquisidor-geral na Espanha, era suficiente para provocar um tremor de medo mesmo entre os mais duros e implacáveis de seus contemporâneos. Desde então, Torquemada – o perseguidor de judeus, mouros e outros supostos hereges sob o intolerante e repressivo jugo de Fernando e Isabel – tornou-se sinônimo de fanatismo religioso e fervor persecutório.

Pouco se sabe de seus primeiros anos de vida, além do fato de que o homem que se tornaria a ruína dos judeus da Espanha era de ascendência judaica: sua avó era uma conversa – uma judia convertida ao catolicismo. Durante sua juventude, Torquemada ingressou na ordem religiosa dominicana e, em 1452, foi nomeado prior de um mosteiro em Santa Cruz. Embora continuasse a ocupar esse posto durante as duas décadas seguintes, tornou-se também confessor e conselheiro do rei Fernando II de Aragão e da rainha Isabel I de Castela, cujo casamento em 1479 uniu efetivamente os dois principais reinos espanhóis. Sob sua dupla monarquia, empreendeu-se um renovado esforço para concluir a Reconquista (a retomada dos territórios da Espanha ocupados pelos muçulmanos) que havia sido interrompida havia dois séculos. Esse esforço terminou em êxito em 1492 com a queda de Granada, o último destacamento muçulmano na Espanha.

Nesse ínterim, Torquemada convencera o governo que a presença contínua na Espanha de judeus, muçulmanos e até mesmo de pessoas dessas religiões recém-convertidas ao cristianismo representava uma perigosa corrupção da verdadeira fé católica. Como resultado da insistência de Torquemada, foram aprovadas leis repressivas com o objetivo de forçar a expulsão das minorias não cristãs da Espanha.

A Inquisição espanhola foi estabelecida em 1º de novembro de 1478 pelo papa Sisto IV. O tribunal eclesiástico instituído pela Igreja Católica tinha o propósito de investigar e julgar sumariamente pretensos hereges e feiticeiros acusados de crimes contra a fé católica, erradicar o desvio e a heresia de dentro da Igreja, e toda menina com mais de doze anos e todo menino com mais de catorze estavam sujeitos ao poder do Santo Ofício. Não era a primeira vez que se criava tal entidade – uma inquisição havia existido temporariamente na França do século XIII, para lidar com os hereges cátaros remanescentes no final da Cruzada Albigense. A nova Inquisição, entretanto, seria muito mais duradoura e metódica.

Os dois primeiros inquisidores foram nomeados em 1480, e as primeiras mortes na fogueira ocorreram alguns meses depois, em fevereiro de 1481, quando seis pessoas foram executadas por heresia. Depois disso, o ritmo da matança aumentou, e em fevereiro de 1482, para dar conta do crescente volume de trabalho, mais sete inquisidores – incluindo Torquemada – foram nomeados pelo papa. Em uma década as audiências da Inquisição já estavam a pleno vapor em oito grandes cidades da Espanha.

Os inquisidores chegavam a uma cidade e convocavam uma missa especial, da qual todos eram obrigados a participar. Proferiam um sermão antes de listar os culpados de heresia que deveriam se apresentar para confissões. Aos suspeitos de transgressão era dado um prazo de trinta a quarenta dias para se entregarem. Aqueles que concordassem e se sujeitassem poderiam ser "recompensados" com uma penalidade menos severa do que aquela que esperava os que se mostrassem recalcitrantes. No entanto, todos os que confessavam também precisavam identificar outros hereges que não haviam aquiescido. A denúncia era, portanto, parte essencial do mecanismo do processo inquisitorial como confissão.

Em consequência, a Inquisição rapidamente tornou-se uma oportunidade para acertar contas, resolver velhas rixas e dar o troco em desafetos.

Os acusados eram detidos e jogados na prisão; suas propriedades e os bens de sua família eram confiscados. Seguia-se então o interrogatório, os inquisidores sendo instruídos a aplicar a tortura de acordo com sua "consciência e vontade". Um suspeito poderia ser submetido à tortura da água – os inquisidores introduziam um funil na boca do torturado e despejavam vários litros de água goela abaixo; algumas vezes, um pano encharcado lhe era introduzido na garganta, causando falta de ar; sujeitavam-no ao pêndulo (o acusado tinha as canelas e pulsos amarrados a cordas integradas a um sistema de roldanas); ou era pendurado com as mãos amarradas nas costas – tudo o que fosse necessário para extrair uma confissão. Muitos eram mutilados no processo; inúmeros morriam. E para aqueles que esmoreciam subjugados pela pressão havia apenas um resultado: a morte na fogueira. Antes de ser queimada no eufemisticamente chamado *auto de fé*, a vítima tinha duas escolhas. Poderia arrepender-se e beijar a cruz, ou continuar resistindo obstinadamente. No primeiro caso, recebia a misericórdia de ser garroteada antes que as chamas fossem acesas; do contrário, teria com certeza uma morte demorada e horrivelmente dolorosa.

Em 1482, Torquemada foi nomeado como um dos inquisidores e, pouco depois, tornou-se inquisidor-geral, a posição mais importante de toda a organização.

Torquemada era agora quase tão poderoso quanto Fernando e Isabel; sem dúvida, era mais temido que as autoridades temporais. Sob sua autoridade e direção, a Inquisição atingiu novos píncaros de atividade. Em 1484, ele supervisionou a proclamação de 28 artigos, listando os pecados que a Inquisição vinha tentando expor e expurgar. Eles variavam de apostasia e blasfêmia a sodomia e feitiçaria – embora muitos tivessem o propósito de identificar, demascarar e condenar judeus. Durante o curso de suas investigações, os inquisidores estavam autorizados a usar todos os meios necessários para descobrir a verdade – uma decisão que de fato legitimou a tortura em busca de uma confissão forçada.

O resultado foi uma política de violenta perseguição. Somente no mês de fevereiro de 1484, trinta pessoas em Ciudad Real foram consideradas culpadas de uma variedade de "crimes" e queimadas vivas. Entre 1485 e 1501, 250 acusados foram queimados em Toledo; e, em certa ocasião, em 1492, na cidade natal de Torquemada, Valladolid, 32 pessoas foram queimadas em uma mesma fogueira infernal.

Argumentando que a alma da Espanha estava em perigo, Torquemada declarou que os judeus, em particular, eram uma ameaça mortal, e, em 1492, Fernando e Isabel decretaram que todos os judeus que não aceitassem a verdade da revelação cristã seriam expulsos do solo espanhol. De 30 mil a 80 mil deixaram o país – muitos deles resgatados e abrigados pelos otomanos islâmicos tolerantes em Istambul, Esmirna e Salônica (a atual Tessalônica na Grécia).

Ainda assim Torquemada não considerava que seu trabalho estava concluído, e chegou até mesmo a recusar o bispado de Sevilha para continuar exercendo seu papel. Ao fazê-lo, descobriu que as recompensas de seus esforços não eram apenas espirituais; na verdade, ele acumulou uma imensa fortuna pessoal por meio do confisco dos bens daqueles que a Inquisição havia considerado culpados de heresia. Para onde quer que viajasse, Torquemada era acompanhado por cinquenta homens montados e 250 soldados a pé, contingente armado que refletia sua crescente impopularidade, mas que também contribuía para aumentar o terror e a admiração que ele inspirava quando chegava a uma nova cidade para erradicar os hereges locais.

No fim das contas, apenas a morte tirou Torquemada do cargo. Ao longo das duas décadas anteriores, seu fervor implacável levou 2 mil pessoas a encontrar um destino medonho em meio às chamas. Torquemada será para sempre lembrado como a personificação do fanatismo religioso – a encarnação viva do Grande Inquisidor de Fiódor Dostoiévski, que procura queimar o próprio Jesus Cristo em nome de sua amada Igreja Católica, mas que acaba em um abismo espiritual.

# VLAD, O EMPALADOR

## 1431-1476

*Seu modo de vida era tão perverso quanto seu nome.*

Manuscrito russo de fins do século xv

Vlad III, *hospodar* (príncipe) da Valáquia, alegava estar salvando seu povo cristão dos otomanos muçulmanos, mas seu interesse maior residia em exercer seu poder pessoal nas traiçoeiras intrigas da política dinástica e imperial local. Era um sádico degenerado e homicida que demonstrava uma crueldade tão selvagem que inspirou a lenda de Drácula. No entanto, a história de Drácula é inofensiva e insípida em comparação à realidade. Assassinando dezenas de milhares de pessoas – de camponeses e andarilhos aleijados a nobres e embaixadores estrangeiros –, ele ficou conhecido como o Príncipe Empalador: seu método de execução predileto era empalar suas vítimas em estacas de madeira afiadas, lubrificadas na ponta e inseridas nos intestinos do supliciado. Vlad provavelmente nasceu em uma fortaleza militar, a cidadela de Sighisoara, Transilvânia (parte da atual Romênia) em 1431. Seu nome de família era Dracul (Draculea ou linhagem Drăculeşti), que significa "dragão", transmitido por seu pai, que havia sido membro da Ordem do Dragão – na qual Vlad também ingressou aos cinco anos –, uma organização secreta criada pelo sacro imperador romano para manter e defender o cristianismo e resistir às incursões otomanas pelo interior da Europa. A mãe de Vlad era uma princesa moldávia e seu pai, Vlad II, um ex-príncipe da Valáquia, exilado na Transilvânia.

Quando Vlad era criança, seu pai, sob ameaça de ataque do sultão otomano, tinha sido forçado a tranquilizar os turcos com relação a sua obediência, enviando assim dois de seus filhos, incluindo Vlad, para a custódia otomana em 1444. A experiência, que durou quatro anos, período em que Vlad foi espancado e açoitado por sua insolência e personalidade belicosa, incutiu nele o ódio pelos turcos.

A Valáquia (também na atual Romênia) não era uma monarquia hereditária tradicional, e, embora Vlad tivesse o direito de reivindicar o trono, o exílio de seu pai o colocou em uma posição fraca. Seu irmão mais velho, Mircea II, governou brevemente em 1442, mas foi forçado a se esconder no ano seguinte e em 1447 acabou sendo capturado por seus inimigos, que lhe queimaram os olhos e o enterraram vivo. A política da Valáquia era volúvel, traiçoeira e brutal: o caçula de Vlad, Radu, o Belo, mais tarde recrutou a ajuda do sultão otomano Mehmed II para expulsar seu irmão.

Em 1447, mesmo ano em que Mircea foi assassinado, boiardos (famílias nobres de senhores feudais e grandes proprietários de terras regionais) leais a João Corvino, o Cavaleiro Branco da Hungria, também capturaram e assassinaram o pai de Vlad, alegando que ele era muito dependente dos otomanos. Pouco depois, os otomanos invadiram a fim de ratificar seu controle na região e instalaram Vlad, então com dezessete anos, como um príncipe fantoche em 1448, apenas para que Corvino interviesse novamente e o forçasse a fugir para a Moldávia. Vlad tomou a corajosa decisão de viajar para a Hungria – com a qual a Valáquia estivera envolvida em repetidas guerras. Impressionando Corvino com suas credenciais antiotomanas, Vlad tornou-se o candidato preferido da Hungria ao trono da Valáquia.

Em 1456, quando os húngaros atacaram os otomanos na Sérvia, Vlad aproveitou a oportunidade para invadir e tomar o controle da Valáquia, matando seu rival Vladislau II do clã Dăneşti e reavendo o trono para os Dracul. No domingo de Páscoa, Vlad convidou os boiardos mais ilustres para um banquete, matando os mais velhos e escravizando aqueles que ainda eram suficientemente jovens para trabalhar. Muitos morreram labutando em novas fortificações para os castelos de Vlad, em condições tão severas que suas refinadas vestes se desintegravam, deixando-os nus.

Estabelecendo Târgovişte como sua capital, Vlad estava determinado a fazer da Valáquia um grande reino, com um povo próspero e saudável. Para ele, no entanto, isso significava erradicar a nobreza, assim como qualquer outra pessoa tida como um escoadouro dos recursos do país. Entre seus alvos estavam os mais pobres e vulneráveis – andarilhos, deficientes e doentes mentais –, milhares dos quais ele convidava para banquetes em Târgovişte, ocasião em que os trancava no salão e os queimava vivos tão logo terminassem de comer (era perigoso aceitar um convite de Vlad, mas ainda mais perigoso recusar). Vlad também perseguiu mulheres acusadas de atos imorais como o adultério – seus seios eram cortados, elas eram esfoladas ou fervidas vivas, e seus corpos colocados em exibição pública. Também objeto da ira de Vlad eram os comerciantes germânicos que viviam na Transilvânia, a quem ele considerava parasitas estrangeiros. No dia de são Bartolomeu, em 1459, ele ordenou a execução de 30 mil mercadores e boiardos da cidade de Braşov – mais de 10 mil pessoas tiveram o mesmo destino em Sibiu no ano seguinte.

Quase sempre as vítimas de Vlad eram empaladas. A morte era excruciante e podia demorar horas, à medida que a estaca ia abrindo caminho através das entranhas e saía pela boca do supliciado. Executando milhares de pessoas ao mesmo tempo, ele organizava as estacas em círculos concêntricos ao redor de seus castelos e proibia que as vítimas fossem retiradas, muitas vezes jantando na presença de carne putrefata – quanto mais alta a posição social da vítima, mais comprida a estaca reservada a ela. Outros métodos de execução incluíam esfolar e cozinhar a vítima em água fervente, e certa feita Vlad martelou pregos na cabeça de embaixadores estrangeiros que se recusaram a tirar o chapéu em sua corte. A sanguinolência de Vlad era tão feroz que surgiram rumores de que ele bebia o sangue de suas vítimas e se banqueteava com sua carne.

No inverno de 1461-2, Vlad atravessou o Danúbio e saqueou a área controlada pelos otomanos entre a Sérvia e o mar Negro, matando 20 mil pessoas. Quando o sultão Mehmed II reuniu dezenas de milhares de soldados para uma missão de vingança, os otomanos chegaram às margens do Danúbio e viram 20 mil prisioneiros turcos que os exércitos de Vlad haviam empalado, criando uma floresta de corpos pendurados em estacas.

Apesar de uma ousada tentativa de se infiltrar disfarçado no campo inimigo e matar o sultão, Vlad foi sobrepujado pela escala do ataque otomano. Quando os turcos cercaram seu castelo em 1462, sua esposa pulou da janela, enquanto Vlad fugiu, e os otomanos instalaram seu irmão mais novo, Radu, no trono. Capturado pelos húngaros, Vlad passou os dez anos seguintes sob custódia, sonhando em recuperar seu trono enquanto empalava ratos e pássaros em estacas em miniatura. De alguma forma, ele obteve novamente o apoio dos húngaros, casou-se com uma nobre da família real húngara e conquistou apoio para a invasão da Valáquia em 1476, quando depôs brevemente o novo governante, Bassarabe, o Velho, da dinastia Dăneşti. Mais uma vez, no entanto, Vlad não era páreo para os otomanos invasores, e foi assassinado perto de Bucareste, talvez até por seus próprios homens; teve a cabeça arrancada e mandada de volta para Constantinopla, onde foi exibida em uma vara.

# MEHMED, O CONQUISTADOR

## 1432-1481

*"A glória é construir uma bela cidade."*

Mehmed II foi o sultão otomano que conquistou Constantinopla, pondo fim a uma civilização romano-cristã de mil anos, e que construiu e restaurou a cidade como Istambul, a capital imperial sagrada de seu crescente império cosmopolita que se estendia dos Bálcãs às fronteiras orientais da Anatólia. Mehmed era um homem de mente aberta, um erudito, implacável e autoritário. Estudioso de filosofia grega e ciência, sufismo, do Alcorão e de teologia cristã, ele falava turco, grego e árabe, além de ter rudimentos de hebraico e a capacidade de escrever poesia em persa cortesão. Era sobretudo ambicioso o bastante para querer converter sua herança otomana, o império predominantemente europeu e majoritariamente cristão balcânico, administrado desde a capital otomana Edirne, em um novo império mundial: Mehmed queria ser imperador e César romano, além de sultão.

Mehmed cresceu em meio às perversas intrigas da corte otomana: seu pai, Murad II, abdicou em 1444, e Mehmed, relutantemente, subiu ao trono aos doze anos. Diante de ataques húngaros em suas fluidas fronteiras da Europa Central, o menino forçou o pai a retornar e derrotar seus inimigos cristãos. Quando assumiu de novo o trono em 1451, Mehmed tinha 21 anos, e imediatamente começou, de maneira obstinada, a se preparar para tomar Constantinopla. A sede do Império Romano do Oriente estava tão diminuída que a cidade parecia quase vazia, e seu domínio não se estendia muito além dos muros do próprio povoado e das águas do Bósforo e do Chifre de Ouro. Mas ainda era o milenar flagelo dos césares e a cidade mais famosa do mundo.

Mehmed supervisionou a criação de uma marinha otomana e depois construiu Rumeli Hisari, "a fortaleza romana", de frente para o Anadolu Hisari, o baluarte anatoliano erguido por seu bisavô. Com isso, ele dominou o estreito de Bósforo, mas ninguém o levou particularmente a sério até que um navio veneziano se recusou a parar e pagar seus impostos: o navio foi afundado e seu capitão empalado na praia.

Em abril de 1453, Mehmed empregou um vasto exército de 80 mil a 200 mil homens, mais de trezentos navios e o maior canhão da Europa, construído por seu engenheiro Orban. Sitiou Constantinopla em três lados, mas foi incapaz de completar o cerco porque os bizantinos mantinham uma enorme corrente ao longo de toda a foz do Chifre de Ouro. Depois de vários ataques fracassados e pequenos contratempos navais, Mehmed ficou furioso e cogitou executar seus almirantes; de tão frustrado, galopou seu cavalo mar adentro. Ele de fato executou seu grão-vizir por ter tido algum tipo de contato com os bizantinos – talvez por ter recebido propinas deles. O sultão percebeu que a cidade, mesmo que defendida apenas por uma minúscula tropa comandada pelo imperador romano Constantino xi, além de 5 mil intrépidos e quixotescos aventureiros, marinheiros e cavaleiros da Itália e de toda a Europa, não sucumbiria enquanto ele não controlasse o Chifre de Ouro. Mehmed ordenou um incrível ataque-surpresa: durante a noite, seus engenheiros colocaram trilhos de madeira por sobre toda a extensão de terra do Bósforo ao Chifre de Ouro. Quando a escuridão caiu, escravos e bois arrastaram por terra toda a frota otomana, que só então flutuou no Chifre de Ouro. Uma visão aterrorizante e agourenta saudou os defensores bizantinos quando eles acordaram – seu pior pesadelo. Em 29 de abril, Mehmed desferiu o derradeiro ataque, invadindo a cidade em duas direções. O último imperador romano pereceu no calor do combate, e seu corpo nunca foi encontrado. Mehmed permitiu ao seu exército os tradicionais três dias de saque e rapina, mas depois de apenas um dia ele interrompeu seus homens, talvez porque tivessem saqueado tudo o que havia: encontraram uma cidade que tinha sido dividida em pequenas aldeias assoladas pela pobreza, com uma população que mal chegava a 50 mil habitantes, em uma metrópole que outrora abrigara 500 mil pessoas. As tendas dos otomanos ficaram abarrotadas de escravos em decorrência da pilhagem da célebre cidade. O sultão chegou a Constantinopla como conquistador, polvilhou terra em seu turbante defronte à grande igreja de Santa Sofia, construída por Justiniano, e depois entrou. Um de seus soldados estava tentando saquear as pedras do calçamento, mas Mehmed bateu nele, dizendo: "Os edifícios são meus", e declarou que a maior igreja da cristandade seria dali por diante a grande mesquita de Hagia Sofia. Ele prometeu respeitar todas as outras igrejas cristãs, mas esse estudioso de filosofia ficou comovido pela glória arruinada do lugar: quando inspecionou os palácios imperiais, adaptou a poesia de Saadi e declamou:

A aranha tece cortinas no palácio do césares
A coruja chama as vigílias nas torres de Afrasiab

Então Mehmed se autoproclamou Kaiser-i-Rum – César de Roma – e deu início aos trabalhos de restauração da cidade, que passou a ser chamada tanto de Istambul como Constantinopla. Foi Mehmed quem verdadeiramente criou a cidade de Istambul como a conhecemos hoje: no local onde ficava o palácio dos césares, ele criou o palácio Topkapi. Construiu a mesquita de Eyüp Sultan, que deve o seu nome a Abu Aiube Alançari, um dos companheiros do profeta Maomé que teria sido sepultado muito perto de onde a mesquita se ergue – a sepultura foi descoberta em ocasião oportuna: o companheiro do profeta havia morrido durante o cerco árabe de Constantinopla, ordenado pelo califa Moáuia em 674. A nova mesquita se tornaria o local mais sagrado para os muçulmanos turcos, além de Meca, Medina e Jerusalém. Mehmed estava transformando Istambul em uma cidade sagrada do islã. No ponto onde ficava a igreja dos Santos Apóstolos, local de sepultamento dos césares, ele construiu a sua própria mesquita do Conquistador, ou mesquita de Fatih; seu túmulo, encimado pelo gigantesco turbante de um conquistador mundial descendente dos chefes de clãs dos arqueiros a cavalo das estepes, estaria lá também, reiterando sua reivindicação de ser o herdeiro de Constantino, o Grande, e dos outros imperadores.

Mehmed ordenou a construção de uma fortaleza para a cidade e também a edificação de um mercado-bazar; assentou milhares de pessoas, muitas delas judeus e cristãos, além de turcos, pois, diferentemente dos bizantinos cristãos fanáticos em sua intolerância e estreiteza religiosa, ele via a si mesmo como o soberano de um império multinacional. A bem da verdade, Mehmed restaurou o patriarcado e convidou os genoveses e os gregos a voltarem. Em 1478, havia 80 mil pessoas na cidade, 20% das quais eram cristãs e 10%, judias. Todos tinham liberdade de culto e tolerância, desde que pagassem um "imposto de minoria" e reconhecessem a absoluta supremacia do islamismo e do imperador otomano. Por ocasião da morte de Mehmed, Istambul estava se expandindo tão rapidamente que logo voltaria a ser a maior cidade do mundo, e também uma metrópole cosmopolita.

O próprio Mehmed era um extraordinário amálgama de erudito e guerreiro: estudava constantemente astronomia em textos gregos e árabes, escrevia poesia sob o pseudônimo Avni (O Ajudante), convidava artistas italianos e sábios gregos para a corte e flertava com a filosofia grega e a literatura latina. Adotou o sufismo, o que deixou perplexos alguns muçulmanos mais ortodoxos. Havia até rumores de que ele se converteria ao cristianismo, mas na verdade sempre foi um muçulmano devoto. Mehmed foi pintado pelo artista italiano Gentile Bellini, cujo excepcional retrato reproduz fielmente a inteligência, crueldade e astúcia de seu olhar intenso e nariz aquilino. No entanto, esse extraordinário governante ainda tinha apenas vinte e poucos anos – atacou os sérvios insubordinados e sitiou Belgrado, por fim liquidando a independência da Sérvia e engolindo a Bósnia. Em seguida, Mehmed conquistou os últimos vestígios do poder bizantino, o despotado da Moreia na Grécia e o império de Trebizonda, além de esmagar a resistência na Valáquia (a atual Romênia), liderada pelo psicótico voivoda Vlad, o Empalador. Nesse meio-tempo, o papa convocou uma Cruzada para refrear o avanço de Mehmed, mas ele derrotou tanto os húngaros quanto os venezianos. Em 1466, o sultão tentou romper a resistência dos albaneses, liderados por seu lendário príncipe Skanderbeg, que ao fim e ao cabo seria um dos poucos a vencer Mehmed em uma batalha.

O Império Otomano podia estar avançando até adentrar o centro e o sul da Europa, mas partes da Anatólia na Ásia Menor ainda eram governadas por outros príncipes turcos que haviam se aproveitado da derrota otomana setenta anos antes nas mãos de Tamerlão. Agora, no início da década de 1470, Mehmed reconquistou a Anatólia, dando-lhe a chance de retornar à Albânia: após a morte de Skanderbeg, ele finalmente conseguiu acrescentar aquele país a seu império – e começou a sondar a própria Itália. Muitos temiam que ele acrescentasse Roma a Constantinopla, mas Mehmed, o Conquistador, provavelmente o mais bem-sucedido e excepcional de todos os talentosos sultões-guerreiros otomanos, morreu em maio de 1481. Aos 49 anos, provavelmente foi envenenado por ordem de seu filho. Suas conquistas e diretrizes políticas ajudaram a tornar o reino otomano um tolerante império mundial, fizeram de Istambul uma cidade sagrada imperial e converteram os sultões otomanos em césares islâmicos. Na Turquia, Mehmed é conhecido simplesmente como Fatih – o Conquistador.

# RICARDO III

1452-1485

*E assim cubro a minha manifesta vilania*
*Com estranhos farrapos roubados das Sagradas Escrituras,*
*e me assemelho a um santo, quando faço de diabo o mais que posso.*

Fala de Ricardo III na peça de William Shakespeare,
*Ricardo III*, Ato 1, cena 3

Ricardo III foi o usurpador corcunda, cujo infame assassinato de seus dois sobrinhos, um deles o legítimo rei da Inglaterra, provocou sua própria destruição. Desde que Ricardo III perdeu seu trono para os Tudor, foram eles que escreveram a história do último rei da casa de York para afirmar sua própria dinastia, provavelmente exagerando a ambição impiedosa e as deformidades físicas de Ricardo.

Ricardo III era o segundo filho de Ricardo Plantageneta, o terceiro duque de York, e Cecília Neville, filha de Ralph Neville, primeiro conde de Westmorland, e neta de João de Gante. Criança feia com dentes salientes, ele cresceu durante a Guerra das Rosas, travada entre as casas dinásticas rivais de Lancaster e York. Após o triunfo da Casa de York em março de 1461, em uma luta na qual seu pai foi morto em batalha, o irmão mais velho de Ricardo tornou-se o rei Eduardo IV.

A partir de 1465, Ricardo foi criado na casa de seu primo Ricardo Neville, mais tarde conhecido como o Fazedor do Rei, embora não haja razão para acreditar que o então jovem Ricardo tivesse como meta o trono real já nessa etapa de sua vida. Ele dava todos os sinais de lealdade ao irmão Eduardo, fidelidade pela qual foi devidamente recompensado, ganhando terras e posições de influência. Depois que a Casa de Lancaster reinstalou brevemente Henrique VI como rei em 1470, forçando os irmãos York a se exilarem em Haia, Ricardo aliou-se a Eduardo em sua campanha de 1471, na qual Henrique VI foi deposto pela segunda vez.

General hábil e administrador competente, Ricardo foi incumbido do controle do norte da Inglaterra durante o reinado de Eduardo, e fez por merecer a reputação de probidade e justiça. Adquiriu uma fieira de castelos em Yorkshire, Durham e Cúmbria durante as campanhas de York, mas sua lealdade – mostrada por exemplo em uma bem-sucedida campanha militar que Ricardo empreendeu em nome de Eduardo contra os escoceses em 1481 – implicava que o rei tolerava a crescente influência de seu irmão.

Em 1478, Ricardo talvez tenha se permitido sonhar com a Coroa pela primeira vez, quando Jorge, o irmão do meio de York, foi executado por traição, possivelmente a pedido de Ricardo, eliminando assim outro potencial obstáculo ao trono. Mas quando Eduardo IV morreu inesperadamente, em 9 de abril de 1483, as ambições de Ricardo foram verdadeiramente desnudadas. Os próximos da fila na sucessão ao trono eram os filhos de Eduardo IV: Eduardo V, de doze anos, seguido por seu irmão de nove, Ricardo de Shrewsbury, ambos filhos da bela esposa do rei, Elizabeth (ou Isabel) Woodville. Na condição de lorde protetor da vontade do falecido rei, Ricardo jurou lealdade ao seu jovem sobrinho, mas menos de um mês depois ele capturou primeiro Eduardo, depois seu irmão mais novo, e aprisionou os dois na Torre de Londres.

Ricardo inicialmente alegou que havia apreendido os dois meninos para a própria proteção deles e que, com base em falaciosas acusações de traição, ordenou a execução daqueles que haviam sido confiados aos seus cuidados. Apenas dois meses depois, no entanto, Ricardo fez um anúncio diante da catedral de São Paulo declarando que o casamento de Eduardo IV com Elizabeth Woodville era ilegítimo, uma vez que, de acordo com o testemunho de um bispo não identificado, Eduardo já era casado secretamente com sua amante, lady Eleanor Butler. Ricardo obrigou o Parlamento a aprovar um ato para anular postumamente o casamento, e a um só tempo tornou bastardos seus sobrinhos e abriu caminho para ele mesmo reivindicar o trono. Depois de aniquilar uma breve revolta contra ele, foi coroado Ricardo III na abadia de Westminster em 6 de julho de 1483.

Para assegurar sua posição, Ricardo prendeu e assassinou brutalmente vários nobres que poderiam opor-se a sua ascensão. Tinha consciência, no entanto, de que, enquanto vivessem, seus dois sobrinhos representariam uma séria ameaça ao seu governo, por isso não deve ter surpreendido ninguém quando, no verão de 1483, ambos os príncipes foram declarados desaparecidos. No outono, era consenso que os meninos estavam mortos, e ninguém duvidava de que seu tio era o responsável. De acordo com sir Thomas More, escrevendo alguns anos depois, os dois meninos foram asfixiados enquanto dormiam, por ordens do rei. Somente em 1647, quando os esqueletos de duas crianças foram descobertos sob uma escada na Torre, é que os príncipes foram finalmente enterrados em Westminster.

O fato de que Ricardo havia assassinado os príncipes foi aceito como verdadeiro ainda durante seu reinado e visto com horror mesmo naqueles tempos brutais. Para os cronistas da época, a deformidade era sinal de um personagem maligno, e as ações de Ricardo em 1483 evocam a imagem da criatura espantosamente feia que eles descreveram: dentes salientes, pelos corporais excessivos desde o nascimento, costas tortas, braço atrofiado e ressequido, rosto abatido e desfigurado, olhar desvairado. De acordo com um cronista, ele era taciturno e irrequieto, "sempre com a mão direita saindo da bainha e parando a meio, depois guardando novamente a adaga que ele sempre portava".

Os propagandistas dos Tudor certamente exageraram as grotescas crueldades e as deformidades físicas de Ricardo. O corcunda irascível e sinistro retratado na peça *Ricardo III*, de William Shakespeare, "tão disforme, inacabado/ de tal modo imperfeito e tão fora de estação que os cães me ladram quando passo, coxeando, perto deles", formou sua imagem para as futuras gerações. Seu principal rival de Lancaster, Henrique Tudor – que mais tarde lançou uma campanha organizada para difamar o nome de Ricardo e apresentá-lo como um monstro –, arregimentou um exército no continente e invadiu a Inglaterra em uma operação militar que atingiu o clímax na batalha de Bosworth Field em 22 de agosto de 1485. O momento decisivo do combate aconteceu quando Henrique Percy, o conde de Northumberland, recusou-se a lançar suas tropas na batalha, enquanto os ostensivos aliados de Ricardo, Thomas Stanley, mais tarde o conde de Derby, e seu irmão – que esperavam para ver o rumo do combate enquanto decidiam qual o lado que seria mais vantajoso apoiar –, intervieram a favor de Henrique. Ricardo continuou lutando bravamente, abrindo caminho através do exército adversário e quase atingindo o próprio Henrique, até ser finalmente cercado e morto pela acha de um galês. O último rei Plantageneta da Inglaterra, Ricardo reinou por apenas dois anos. Henrique Tudor tornou-se Henrique VII, sua dinastia regendo o país até a morte de Elizabeth I em 1603.

Ricardo continua sendo para muitos um vilão tirânico e homicida, enquanto a Sociedade Ricardo III ainda luta para reabilitá-lo. Depois de sua morte, seu corpo nu, pendurado sobre um cavalo, foi levado para perto de Leicester e discretamente enterrado. O local de sepultamento perdeu-se durante quinhentos anos até 2012, quando arqueólogos encontraram seus restos mortais, milagrosamente intactos e identificados pelo DNA, sob um estacionamento. O esqueleto provou que Ricardo sofria de fato de escoliose, o que teria causado a diferença de altura entre um ombro e o outro – e revelou que ele morreu em batalha em decorrência de múltiplas lesões no crânio, sendo um golpe de alabarda a incisão fatal. Ao todo, sofreu dez ferimentos, dando a entender uma morte corajosa na luta. Uma ferida na região pélvica, provavelmente infligida *post mortem*, sugeria que ele fora perfurado nas nádegas enquanto seu cadáver estava sendo levado para Leicester no lombo de um cavalo. Ricardo teve outro enterro, mais digno, na catedral de Leicester em 2015.

# SAVONAROLA

## 1452-1498

> *A primeira cidade a ser renovada será Florença [...] assim como Deus elegeu o povo de Israel para ser liderado por Moisés através da tribulação rumo à felicidade [...] agora o povo de Florença foi chamado para um papel semelhante sob a liderança de um homem profético, seu novo Moisés [o próprio Savonarola] [...] Na Idade do Sabá os homens regozijar-se-ão na Nova Igreja e haverá um rebanho e um pastor.*
>
> "Sermão da Nova Era", de Girolamo Savonarola, década de 1490

O frade dominicano italiano Girolamo Savonarola foi um falso beato reacionário e um teocrata fanático que se opunha veementemente ao humanismo da Renascença florentina. Sua "Fogueira das Vaidades" queimou livros e obras de arte que ele considerava imorais e pecaminosos. A "república cristã e religiosa" de Savonarola foi um reinado de terror intolerante, santarrão e homicida.

Nascido e criado na cidade de Ferrara (então capital de um ducado independente), Savonarola recebeu as primeiras letras de seu avô paterno, Michele Savonarola, antes de ir para a universidade. Seus primeiros escritos já exibiam a mistura de pessimismo e moralização pela qual ele se tornaria famoso;

os poemas "De Ruina Mundi" ("Sobre a derrocada do Mundo") e "De Ruina Ecclesiae" ("Sobre a decadência da Igreja") são exemplares nesse sentido.

Em 1475, Savonarola entrou na ordem dominicana no convento de San Domenico, em Bolonha. Quatro anos depois, foi transferido de volta para o convento de Santa Maria degli Angeli em sua cidade natal, Ferrara, antes de finalmente tornar-se o prior do convento em San Marco, em Florença. Lá ele ganharia seu lugar na história.

Desde o início, Savonarola censurou e atacou publicamente a corrupção política e religiosa que, a seu juízo, tinha permeado a sociedade. Seus sermões da Quaresma de 1485-6 foram especialmente veementes, e durante esses pronunciamentos ele começou a exigir a purificação da Igreja como um prelúdio para sua reforma.

Em 1487, Savonarola deixou Florença por algum tempo para regressar a Bolonha como "mestre de estudos", mas em 1490 retornou com o incentivo do filósofo humanista conde Pico della Mirandola e com o patrocínio de Lorenzo de Médici, o governante de Florença. Uma vez de volta a Florença, Savonarola logo começou a criticar violentamente o próprio governo que tornou possível seu retorno. Em linguagem rebuscada, Savonarola anunciou o "fim dos dias" que se aproximava e alegou estar em contato direto com Deus e os santos. Condenou a suposta tirania da família Médici e profetizou a iminente desgraça de Florença, a menos que a cidade se corrigisse e mudasse de postura.

As previsões de Savonarola pareciam totalmente justificadas quando o rei francês, Carlos VIII, invadiu Florença em 1494. O filho e sucessor de Lorenzo de Médici, Piero, foi expulso de uma cidade que estava então sob o domínio da demagogia de Savonarola. Com o apoio francês, uma república democrática foi então estabelecida em Florença, tendo Savonarola como figura de proa. Em seu novo papel, combinando poder político e religioso, ele estava determinado a criar uma "república cristã e religiosa". Um dos primeiros atos dessa nova e salutar república foi tornar a homossexualidade um crime punível com a morte.

Savonarola intensificou suas críticas à cúria romana – cuja corrupção era personificada pelos famosos Bórgia – e chegou ao ponto de atacar a mal-afamada vida privada do papa Alexandre VI. Ao mesmo tempo, instigou o povo de Florença a viver uma vida cada vez mais ascética. O resultado das últimas exortações foi o ato pelo qual o padre ficou mais famoso – a "Fogueira das

Vaidades" –, no qual pertences pessoais, livros e obras de arte, incluindo telas de Botticelli e Michelangelo, foram destruídos em um grande incêndio na Piazza della Signoria, em Florença.

Mesmo enquanto Savonarola atingia o auge de seu poder e influência, a oposição interna ao seu governo já estava começando a se formar. Apontando seus pronunciamentos e cáusticas pregações contra o papado, esses adversários domésticos conseguiram assegurar a excomunhão de Savonarola em maio de 1497. Além de Florença, Savonarola enfrentou a resistência não apenas do corrupto papa Bórgia, Alexandre VI, mas também o antagonismo do duque de Milão – ambos procuraram jogar por terra as ambições regionais do rei da França.

Quando as forças francesas se retiraram da península italiana em 1497, Savonarola se viu isolado. Sua derrocada final veio em 1498, em um episódio bizarro que refletiu a atmosfera de fanatismo religioso que ele tanto se empenhara em criar. Um monge franciscano desafiou qualquer pessoa que se recusasse a aceitar a excomunhão de Savonarola pelo papa a se submeter a um ordálio, uma provação por fogo. Um dos seguidores mais fervorosos de Savonarola aceitara diligentemente a provação extrema, cujo resultado seria decidido por um critério simples: quem saísse primeiro da caminhada sobre o fogo, perderia. O franciscano não compareceu à prova – dando formalmente a vitória a Savonarola. No entanto, muitos julgaram que Savonarola havia de alguma forma se esquivado do teste. A opinião pública voltou-se contra ele, e seguiu-se um tumulto, durante o qual Savonarola foi arrancado à força de seu convento e colocado na frente de uma comissão de inquérito, formada por diversos de seus opositores.

Efetivamente submetido a julgamento pelos comissários papais, Savonarola foi torturado até fazer uma admissão de culpa. Depois disso foi entregue às autoridades seculares para ser crucificado e queimado na fogueira. A sentença foi proferida em 23 de maio de 1498, no mesmo lugar em que a "Fogueira das Vaidades" tinha sido acesa, e onde Savonarola supervisionara pessoalmente a execução de vários "criminosos". Quando a pira de Savonarola foi acesa, o carrasco teria declarado: "Aquele que queria me queimar é agora ele mesmo colocado nas chamas".

# ISABEL E FERNANDO

## 1451-1504 e 1452-1516

*O rei da França queixa-se de que eu o enganei duas vezes. Ele mente, o
tolo; eu o ludibriei dez vezes mais.*

Fernando

Eles provavelmente formaram a parceria real de maior sucesso de sua época.
Ruiva e de olhos azuis, Isabel era a piedosa, devota e solene rainha de Castela,
um dos reinos que compunham a Espanha cristã, ao passo que Fernando era
o astuto, ardiloso e ambicioso rei de Aragão, outro reino espanhol, e o monarca maquiavélico ideal. O casamento, em 1469, criou efetivamente o reino de
Espanha ao unir Aragão e Castela (embora na verdade os reinos continuassem
a ser unidades separadas). A formação da Espanha foi apenas uma das realizações do casal. A Espanha, outrora quase completamente governada pelos muçulmanos, que haviam criado uma vicejante cultura árabe-judaica, tinha sido
em larga medida retomada por monarcas espanhóis cruzados no que ficou conhecido como a Reconquista. À medida que os cristãos gradualmente reconquistaram a Espanha, muitos de seus judeus – conhecidos como os Sefarad,
os sefardis – e de fato os muçulmanos haviam se convertido ao cristianismo,
ou pelo menos fingiam tê-lo feito: eram chamados de *conversos*. Claramente
alguns continuavam sendo judeus em segredo, mas com toda a probabilidade
muitos se convertiam de forma sincera. No entanto, aos poucos as autoridades
cristãs na Espanha começaram a suspeitar desses judeus como uma mancha no
sangue dos cristãos – eles eram realmente leais? Eram traidores? A crença de
que poderiam representar uma mácula na corrente sanguínea cristã foi um dos
primeiros exemplos do antissemitismo racial que ressurgiu no final do século
XIX. A Inquisição, liderada por Torquemada e respaldada por Fernando e Isabel, iniciou suas investigações e torturas.

    Em 1492, com a conquista do último principado islâmico, o emirado de
Granada, a Reconquista chegava ao fim, um momento triunfante para o casal, porque Fernando e Isabel estavam concluindo a última Cruzada. Ambos
se consideravam cavaleiros cruzados e, a bem da verdade, Isabel estava acostu-

mada a governar desde um acampamento militar. O último emir de Granada se rendeu com base no entendimento de que os muçulmanos teriam liberdade de culto. Os monarcas logo voltariam atrás e descumpririam essa promessa, forçando os muçulmanos a se converterem ao cristianismo. A seguir, literalmente dias depois, os dois Reis Católicos – título concedido pelo papa – emitiram seu Decreto de Alhambra, que ordenava que os judeus da Ibéria ou se convertessem ao cristianismo ou enfrentariam a expulsão. Já sob constante perseguição, muitos judeus então provavelmente se converteram, mas a grande maioria – algo entre 30 mil e 80 mil – teve que deixar a Espanha, iniciando uma das experiências mais traumáticas da vida judaica entre a queda do Templo de Jerusalém em 70 d.C. e o Holocausto do século xx. Parece que Fernando calculara que os judeus simplesmente se converteriam, e ficou surpreso com a lealdade deles à própria fé. De qualquer forma, Fernando e Isabel desencadearam um tumultuoso movimento de pessoas: expulsaram também os judeus de seus outros reinos – Fernando governava partes da Itália –, e outros monarcas europeus seguiram o exemplo, também evacuando seus judeus. Aos poucos os judeus mudaram-se para o leste, milhares deles indo parar na Polônia – então um dos reinos mais tolerantes da Europa –, na Holanda e a leste do Mediterrâneo, onde muitos foram recebidos pelos sultões otomanos, que os assentaram em cidades que iam da capital Istambul a Salônica. Esses judeus somaram-se às crescentes populações judaicas da Polônia e da Ucrânia, mas também se tornaram as comunidades judaicas sefardis do mundo árabe: muitas vezes falavam turco, árabe e sua própria língua especial – o ladino, um dialeto de espanhol e hebraico.

Essa não foi a última decisão crucial de 1492 – os Reis Católicos concordaram em financiar a expedição de Cristóvão Colombo que descobriu o Novo Mundo e iniciou a conquista espanhola de um novo continente. Assim, de muitas maneiras o casal desempenhou um papel fundamental na criação do mundo moderno.

Fernando também era rei da Sicília e de Nápoles e passou muitos dos seus últimos anos em campanhas militares na Itália, mas nunca desistiu de suas credenciais de cruzado. Seu principal objetivo era libertar Jerusalém e, a bem da verdade, ele reivindicou o título de rei de Jerusalém, que ainda é usado pelo rei da Espanha. Fernando lançou uma série de ataques ao longo da costa do Norte da África muçulmana, conquistando até mesmo Trípoli, na atual Líbia.

O casal arranjou o casamento de sua filha Catarina de Aragão com Arthur Tudor, príncipe de Gales, filho do rei Henrique VII da Inglaterra; após a morte do príncipe, ela se casou com o irmão dele, Henrique VIII, tornando-se mãe da rainha Maria Tudor. Quando Isabel morreu em 1508, foi sucedida no trono castelhano por sua filha Joana de Castela. Joana era casada com Filipe, o Belo, duque dos Habsburgo da Borgonha e filho do imperador Maximiliano, com quem teve Carlos de Gante. Mas Joana, a Louca, era desequilibrada; Filipe, o Belo, morreu jovem, e Fernando governou Castela como regente até morrer, quando os reinos espanhóis, juntamente com vastas terras dos Habsburgo na Alemanha e nos Países Baixos, assim como os novos territórios da América, foram herdados pelo neto de Fernando e Isabel, Carlos V, sacro imperador romano e rei da Espanha, em seu tempo o monarca mais poderoso do mundo.

# CRISTÓVÃO COLOMBO

## 1451-1506

*Para a execução da viagem às Índias, não utilizei inteligência, matemática ou mapas.*

Cristóvão Colombo

Cristóbal Colón – mais conhecido como Cristóvão Colombo – durante anos sonhara navegar pelo Atlântico para abrir um novo caminho para a Índia, mas em vez disso descobriu a América. Filho de um tecelão genovês, era um homem de pensamento autêntico e independente, extraordinário marinheiro, aventureiro, sonhador, excêntrico e obsessivo, dono de notáveis determinação e vontade, por muitos anos Colombo pedira à corte portuguesa, em vão, que financiasse essa viagem. Por causa disso, voltou suas atenções para os Reis Católicos da Espanha, Fernando e Isabel, que, depois de finalmente conquistar o último principado islâmico da península Ibérica, concordaram em patrocinar a expedição. Bizarramente, parte do sonho de Colombo era encontrar as especiarias e o ouro que custeariam uma Cruzada para libertar Jerusalém, reconstruir o templo para o catolicismo e até mesmo atacar a Cidade Santa do outro lado. Em troca do apoio real, Colombo exigiu e recebeu o título de grande almirante do mar oceano, vice-rei e governador de quaisquer novas terras mais uma generosa porção da renda delas advinda.

Em 3 de agosto de 1492, Colombo partiu em sua primeira expedição com três caravelas e em 12 de outubro avistou uma das ilhas do arquipélago das Bahamas – a primeira vista das Américas. Seguiu em frente e navegou pela costa de Cuba e Hispaniola antes de retornar à Espanha, convencido de que simplesmente descobrira uma nova rota para as Índias. A bem da verdade, chamou os povos nativos de índios. Um ano depois, partiu novamente em uma segunda viagem, com uma frota muito maior de naus e uma tripulação guarnecida de colonos, soldados e padres.

Ao todo, foram quatro viagens, percorrendo o Caribe via Jamaica e Hispaniola, durante as quais Colombo desembarcou no continente da América Central e do Sul, estabelecendo a presença espanhola no novo continente. Mas Colombo, agora grande almirante e governador das Índias, acompanhado por seus irmãos e filhos, teve dificuldades para se adaptar ao seu novo papel, particularmente quando entrou em confronto com os governadores recém-nomeados enviados pela corte espanhola.

Por fim, Colombo foi preso e enviado de volta para a Espanha; contudo, ao chegar lá foi libertado pelos Reis Católicos e recebeu de volta seus títulos. Foi autorizado a fazer mais uma viagem, sua quarta, mas havia sido dispensado para sempre das suas obrigações como governador.

Colombo passou seus últimos anos frustrado por suas grandes realizações e limitações e sua saúde debilitada, escrevendo livros com planos para seu novo Templo de Jerusalém e outros sonhos. Em 1509, seu filho mais velho, Diego Colón, que se casou com a sobrinha do duque de Alba, recebeu, tal qual o pai, os títulos de grande almirante e vice-rei, e passou muitos anos governando parte das Índias desde sua residência em Santo Domingo, a atual República Dominicana. Quando Diego morreu, seu filho Luís Colón foi agraciado com o título de almirante das Índias e um ducado. Mas terminaram aí as três gerações da dinastia Colombo. Outras figuras conquistariam e governariam o novo império espanhol. Para o próprio Cristóvão Colombo, as novas terras sempre foram as Índias. Caberia ao navegador florentino Américo Vespúcio dar o nome às Américas. Foi Vespúcio quem as chamou de "O Novo Mundo".

# SELIM, O SINISTRO

## 1470-1520

*Um tapete é grande o suficiente para acomodar dois sufis, mas o mundo não é grande o bastante para dois reis.*

Selim, o Sinistro

O sultão Selim I derrotou a Pérsia (Irã) e os mamelucos e conquistou todo o Oriente Médio, incluindo Meca, Medina e Jerusalém, para o seu Império Otomano, em um reinado que foi curto, sangrento e extremamente bem-sucedido. Tendo eliminado todos os adversários internos, ele estabeleceu os otomanos como os donos do poder no mundo islâmico. Um dos sultões mais cruéis, Selim também foi um dos mais extraordinários.

Selim nasceu em 1470, filho e herdeiro do sultão Bajazeto II, cujo reinado foi minado por disputas internas quando o sultão se viu desafiado por seu irmão Cem. Este último havia procurado ajuda de vários aliados europeus – notadamente a ordem militar dos Cavaleiros de São João e do papado –, mas ao fim e ao cabo morreu em uma prisão napolitana. Essa rixa familiar, no entanto, não foi nada em comparação com o que se seguiria.

Alto e forte, o jovem Selim destacou-se por sua bravura e inteligência arguta. Muitos o viam como um futuro governante modelo. No entanto, seu irmão Ahmed não estava tão convencido disso, pois desejava o trono para si mesmo. A rivalidade entre os dois tornou-se cada vez mais ferrenha. Em 1511, depois que Ahmed pacificara uma província otomana rebelde na Ásia Menor, ele deu a entender que marcharia sobre a capital, Istambul. Selim fugiu.

No semi-exílio como governador da Trebizonda (região do norte da Anatólia, próxima ao mar Negro), Selim aprimorou suas habilidades militares, liderando uma sucessão de campanhas bélicas contra a Geórgia e conseguindo colocar sob o domínio otomano as cidades de Kars, Erzurum e Artvin. Selim retornou de sua missão provincial em 1512 e, com o apoio das milícias janízaras, derrotou e matou Ahmed em batalha. A seguir, forçou seu pai a abdicar.

Bajazeto morreu logo depois, e seguiu-se uma fabulosa contenda familiar que descambou em um banho de sangue fratricida de proporções descomunais. Selim sabia dos problemas que poderiam resultar da rivalidade entre irmãos, tendo testemunhado o embate entre seu pai e seu tio, sem mencionar suas próprias experiências com o irmão Ahmed. Ele optou por uma solução simples, mas feroz: a eliminação de todos os possíveis rivais ao trono. Selim não só mandou matar seus dois irmãos sobreviventes e seus sobrinhos, mas executou inclusive seus próprios filhos – com a única exceção de Suleiman, o filho que ele havia escolhido como seu único herdeiro verdadeiro.

Depois disso, Selim começou a ampliar seus domínios. Até então, o foco da expansão otomana havia sido para o oeste, pelo interior da Europa – particularmente nos Bálcãs. Selim adotou uma diretriz diferente. Assinando um tratado de paz com as potências europeias, ele voltou sua atenção para o leste, para os safávidas da Pérsia, cujo império xiita representava um desafio ideológico direto aos sultões otomanos, defensores da tradição sunita. Além disso, os safávidas vinham causando inquietação entre os quizilbache (grupo de tribos turcomanas no leste da Anatólia). Em 1514, Selim agiu de forma decisiva contra seus vizinhos safávidas e os derrotou na batalha de Chaldiran, no rio Eufrates.

Com seus rivais imediatos neutralizados, Selim então se preparou para enfrentar o império dos mamelucos ao sul, cujo governo se estendia do Egito à Palestina e à Síria, e que provocara a ira de Selim por sua aparente interferência nos assuntos otomanos. Marchando com seu exército, Selim destruiu sucessivos exércitos mamelucos em Marj Dabiq (norte de Aleppo) em 1516 e em al-Raydaniyyah (perto do Cairo) em 1517. Ao fazê-lo, colocou a Síria, a Palestina e o Egito sob o domínio otomano. Selim então proclamou-se califa e foi declarado guardião das cidades sagradas islâmicas de Meca e Medina. Seu triunfo seria efêmero. Em setembro de 1520, Selim morreu após uma breve doença, provavelmente alguma forma de câncer, deixando seu império para o filho, Suleiman.

# OS CONQUISTADORES: CORTÉS E PIZARRO

## 1485-1547 e *ca.*1475-1541

*Ele veio dançando sobre a água*
*Com seus galeões e armas*
*Olhando para o novo mundo*
*Nesse palácio ao sol...*
*Ele veio dançando sobre a água*
*Cortés, Cortés*
*Que assassino*

Neil Young, "Cortez the Killer"

Hernán Cortés foi, assim como Pizarro, a personificação do conquistador triunfante cujos feitos – heroicos e respingados de sangue – subjugaram grande parte do Novo Mundo sob o rígido domínio da Espanha. Chegando ao México à frente de um minúsculo exército de mercenários, ele matou inocentes e saqueou a terra, destruindo a civilização dos astecas e enriquecendo além de seus sonhos mais delirantes. Mas as evidências sugerem que ele mesmo não era cruel, e raramente iniciava atrocidades. No entanto, era um líder extraordinário – provavelmente, ao lado de Pizarro (um parente distante), o mais notável espanhol de seu tempo, que literalmente conquistou um novo império.

Cortés nasceu de uma família castelhana nobre de Medellín, na Espanha, em 1485. Depois de uma infância enfermiça, seus pais o enviaram para a prestigiosa Universidade de Salamanca, na esperança que o rarefeito ambiente intelectual pudesse transformar positivamente a vida de seu filho. Isso não aconteceu, porém, e Cortés logo voltou para casa. A vida provinciana de uma cidade pequena não se mostrou mais satisfatória para o jovem Cortés (exceto no que dizia respeito a mulheres) e, em 1502, ele decidiu ingressar na armada e mudar-se para o Novo Mundo. Chegando a Hispaniola (os atuais Haiti e República Dominicana) em 1503, Cortés logo se estabeleceu como um homem hábil e competente, com faro e olho aguçados para oportunidades.

Em 1510, aos 26 anos, Cortés conseguiu obter uma vaga em uma expedição para conquistar Cuba. A expedição foi comandada por Diego Velázquez de Cuéllar, que se tornaria o governador do território recém-conquistado; tendo impressionado Velázquez, Cortés foi nomeado seu secretário. A relação cordial entre os dois homens não durou, no entanto – em parte por causa dos contínuos flertes e aventuras sexuais de Cortés, mesmo depois de ter assegurado o casamento com a cunhada de Velázquez, Catalina.

Cortés ficou cada vez mais inquieto com sua vida em Cuba e, em 1518, persuadiu Velázquez a dar-lhe o comando de uma expedição cujo intuito seria explorar e colonizar o continente (o atual México). No último minuto, o governador mudou de ideia e tentou remover Cortés de seu comando. Mas era tarde demais: Cortés ignorou a contraordem e seguiu adiante, de acordo com o seu plano original.

Em março de 1519, Cortés e um contingente de cerca de seiscentos homens desembarcaram na península de Yucatán, e um mês depois ele reivindicou formalmente a terra para a Coroa espanhola. A fim de criar uma realidade que combinasse com a retórica, Cortés marchou primeiro para o norte e depois para o oeste, obtendo uma série de vitórias sobre tribos nativas hostis e provando ser um hábil expoente da política de dividir para conquistar.

Em outubro de 1519, Cortés e suas tropas chegaram a Cholula, então a segunda maior cidade da região. Boa parte da nobreza local se reuniu na praça central da cidade, na esperança de conversar e negociar com o espanhol que se aproximava, mas ele não estava disposto a ouvi-los. Em um ato de terror calculado, Cortés ordenou que seus homens arrasassem a cidade. Milhares de cidadãos desarmados foram massacrados no processo.

Na esteira dessa matança, Cortés e seus homens foram recebidos pacificamente pelo imperador asteca, Montezuma II, na cidade de Tenochtitlán (Cidade do México). O império asteca, surgido nos séculos XIV e XV a partir de uma aliança de três cidades em rápido crescimento – Tenochtitlán, Texcoco e Tlacopan –, foi moldado por Montezuma I (ca.1398-1469) em uma unidade política e cultural coesa, com Tenochtitlán como a capital, e atingiu seu auge sob o governo de Ahuitzotl (ca.1486-1502), que mais que dobrou o território sob domínio asteca. Depois de morrer, ele foi sucedido por seu sobrinho Montezuma II – o homem no trono quando Cortés e seus mercenários chegaram, dezessete anos depois. Os astecas praticavam o sacrifício humano de homens, mulheres e crianças – às vezes em grande escala. Certa feita, na década de 1480, teriam sido sacrificados 84 mil prisioneiros na Grande Pirâmide de Tenochtitlán.

Montezuma acreditava que Cortés era a encarnação do deus asteca Quetzalcóatl (a Serpente Emplumada) e, tendo ouvido falar da superioridade militar dos intrusos, estava ávido para evitar o confronto direto. De sua parte, Cortés estava determinado a receber a submissão do imperador asteca ao rei espanhol, e para esse fim ele fez Montezuma prisioneiro.

Em Cuba, entretanto, Velázquez ficou com ciúmes do sucesso de Cortés e, em 1520, enviou uma tropa sob o comando de Pánfilo de Narváez para buscar o insubordinado conquistador. Apesar da inferioridade numérica de seus homens em comparação com o contingente de Narváez, Cortés venceu o embate. No entanto, durante sua ausência de Tenochtitlán, o homem que ele havia deixado no comando massacrou muitas das figuras de proa da cidade e provocou uma rebelião, durante a qual Montezuma morreu. Depois de tentar entrar de novo em Tenochtitlán, Cortés foi forçado a abandonar a cidade e escapou por pouco da derrota nas mãos de forças astecas que saíram em seu encalço.

Para que pudessem se reorganizar e planejar o contra-ataque, Cortés e seus homens refugiaram-se nas terras de seus aliados, os Tlaxcala. Ele retornou a Tenochtitlán no final de 1520, com a intenção de recapturar a cidade. Na guerra que se seguiu, o espanhol tentou romper a resistência asteca por meio de uma estratégia de atrito. Tenochtitlán foi sitiada e, com o isolamento, a resistência acabou sendo esmagada. A queda da cidade marcou efetivamente o fim do império asteca. Cortés era agora o senhor incontestável do território, que ele renomeou Nova Espanha do Mar Oceano.

Como governador da nova colônia de 1521 a 1524, Cortés supervisionou a destruição de muitos artefatos da cultura asteca. Subjugados, os povos nativos foram submetidos a um sistema de trabalho forçado, sob o qual seriam impiedosamente explorados durante séculos a fio. Todo o tempo, a principal preocupação do conquistador espanhol foi o engrandecimento pessoal. Os que sofriam sob o jugo de Cortés foram finalmente aliviados de seu fardo quando ele foi deposto do cargo pelo rei espanhol, que havia recebido vários relatos do desgoverno e dos desmandos de seu vice-rei. Em 1528, Cortés retornou à Espanha para se defender; apesar de ter sido nomeado marquês do Vale de Oaxaca, Cortés não estava convencido de que tinha angariado o apoio do rei. Carlos v nunca o perdoou por sua insubordinação às autoridades reais e jamais o deixaria comandar na Europa.

Nas duas últimas décadas da vida de Cortés, o conquistador tornou-se cada vez mais amargurado, viajando de um lado para o outro entre a Espanha e suas propriedades no Novo Mundo, e tentando combater o que ele considerava serem as mentiras de seus "vários e poderosos rivais e inimigos". Riquíssimo, talvez o europeu mais titânico de seu tempo, o marquês do Vale morreu em 1547, a caminho da América do Sul.

Assim como Cortés, o lugar de Pizarro na história é o do homem que submeteu e destruiu o império inca e entregou as riquezas do Peru nas mãos dos espanhóis. Um dos mais extraordinários europeus de sua época, Pizarro era magro, atlético, um líder esplêndido, agradável e de fala mansa e persuasiva, amado por seus homens. Era analfabeto, antiquado e invariavelmente usava uma batina preta, chapéu branco, espada e adaga. Mas tinha enorme experiência na guerra da conquista das Índias e estava preparado para ser absolutamente implacável e brutal com seus inimigos. Exibiu as mesmas qualidades contra os índios a fim de alcançar o domínio psicológico necessário para compensar sua descomunal inferioridade numérica. Suas realizações – a conquista de um império com um grupo absurdamente pequeno de homens – continuam sendo espantosas, e Pizarro ainda é considerado um herói em sua cidade natal, Trujillo, na Espanha.

Como muitos outros jovens europeus da época, Pizarro foi seduzido pela promessa do Novo Mundo. Acompanhado e auxiliado por seus irmãos, em 1502 Pizarro chegou à ilha caribenha de Hispaniola. Em 1513, lutou ao lado do magistral explorador e conquistador Vasco Núñez de Balboa, que havia fundado a primeira cidade, na América continental, Darién, e chegado ao oceano Pacífico. Entretanto, no ano seguinte Balboa foi removido de seu cargo de governador de Veragua. Pizarro imediatamente declarou sua lealdade ao substituto de Balboa, Pedro Arias Dávila (conhecido também como Pedrarias). Cinco anos depois, sob as ordens de Dávila, Pizarro prendeu Balboa, que foi posteriormente executado por insubordinação. Como recompensa por sua lealdade a Dávila, Pizarro foi nomeado prefeito da recém-fundada Cidade do Panamá.

Embora Pizarro usasse seu novo papel para acumular riquezas significativas, isso não satisfez suas ambições. A essa altura tinham chegado ao Panamá rumores de um país fabulosamente rico ao sul – o Pirú. Inspirado por esses relatos, Pizarro formou uma parceria com um soldado aventureiro, Diego de Almagro: eles concordaram em liderar uma expedição em busca do "Pirú", e todas as terras que conquistassem seriam divididas igualmente entre os dois.

Uma tentativa malograda em 1524 foi seguida por uma expedição bem mais promissora em 1526, na qual a existência de um abastado império ao sul foi confirmada. Com seu apetite estimulado, os conquistadores resolveram realizar uma terceira viagem. No entanto, o governador do Panamá ficou impaciente com o fracasso de Pizarro em entregar resultados imediatos e ordenou que o empreendimento fosse abandonado.

Quando chegou ao conhecimento de Pizarro a notícia sobre a decisão do governador, ele desembainhou sua espada, traçou uma linha na areia e declarou: "Companheiros, ali está o Peru com todas as suas riquezas e tesouros; aqui, o Panamá e sua pobreza e miséria. Que cada um escolha o que mais convém a um castelhano corajoso". De todos os homens presentes, apenas treze comprometeram-se a ficar com ele. Acompanhado por Almagro e Luque, Pizarro continuou sua jornada e, em 1528, adentrou pela primeira vez os territórios do império inca. Originando-se no alto das montanhas peruanas no século XII, em meados da década de 1500 os incas já haviam criado um poderoso império que abrangia grande parte da costa oeste da América do Sul. Sob três imperadores especialmente bem-sucedidos – Pachacuti (ca.1438-ca.1471); Topa Inca (Túpac Yupanqui (ca.1471-ca.1493) e Huayna Capac (ca.1493-1525) –, os incas chegaram a dominar grande parte do que hoje corresponde a Equador, Peru, partes da Argentina e do Chile. Pouco antes da chegada dos espanhóis, em 1532, no entanto, o império foi fraturado por uma guerra civil que eclodiu durante o governo do filho de Huayna Capac, Atahualpa, convertendo o império em alvo, especialmente diante da superioridade técnica dos invasores e agressores europeus.

Pizarro constatou que o povo inca praticava sacrifícios humanos, em escala menor que seus homólogos astecas no México, mas respondiam a eventos importantes (a exemplo de desastres naturais ou a morte de um imperador, que era adorado como um deus) perpetuando a tradição de *capacocha* – o sacrifício de crianças – na tentativa de garantir a manutenção das bênçãos dos deuses.

Ansioso por tirar proveito desse promissor encontro inicial com um império vulnerável e rico, mas dispondo de poucos recursos, Pizarro retornou brevemente à Europa para fazer um apelo pessoal a Carlos V, rei da Espanha e imperador do Sacro Império Romano, que agora concordou em ajudá-lo.

De volta ao Novo Mundo, Pizarro enviou emissários para encontrar-se com os representantes do imperador inca Atahualpa. Foi acordado que o imperador aceitaria o convite de Pizarro para um banquete na cidade de Cajamarca, em novembro de 1532. Avançando com seu exército de 80 mil homens, Atahualpa acreditava que tinha pouco a temer da tropa de 106 soldados de infantaria e 62 de cavalaria. Na chegada a Cajamarca, Atahualpa decidiu deixar a maioria de suas tropas do lado de fora da cidade e entrou com um séquito bem menor – sem perceber que estava caindo em uma armadilha cuidadosamente arquitetada. Em um breve diálogo, o imperador rejeitou desdenhosamente a sugestão de se tornar um humilde súdito da Coroa espanhola. Imediatamente Pizarro ordenou que seus homens abrissem fogo contra os atônitos incas. Os 3 ou 4 mil homens da comitiva de Atahualpa foram assassinados, e o massacre continuou do lado de fora da cidade. No total, cerca de 7 mil incas morreram em uma chuva de disparos de armas de fogo; os espanhóis sofreram menos de dez baixas. O próprio imperador inca foi feito refém. Pizarro tomou como amante a irmã adolescente de Atahualpa, com quem teria filhos.

Pizarro exigiu o pagamento de um vultoso resgate pela libertação de Atahualpa: a sala onde o imperador era mantido em cativeiro deveria ser forrada do chão ao teto com ouro e prata. Surpreendentemente, o povo de Atahualpa fez o que foi solicitado. Mas, em vez de libertar seu inimigo, Pizarro voltou atrás e mandou executar o imperador.

Recompensado por Carlos v com o título de marquês da Conquista, Pizarro selou a dominação do Peru ao tomar Cusco em 1533, e em 1535 fundou a cidade de Lima como sua capital. Então começou a acumular uma impressionante fortuna. O poder e a riqueza geraram ciúmes, e Pizarro logo se desentendeu com seu parceiro, Almagro, por causa dos despojos. Em 1538, a disputa entre os dois descambou para a guerra. Pizarro derrotou Almagro na batalha de Las Salinas, e seu antigo camarada foi executado. O filho do morto jurou vingança e, em 1541, seus partidários atacaram o palácio de Pizarro e o assassinaram dentro de suas muralhas.

Esse não foi o fim da história dos Pizarro. Seu irmão Hernando retornou à Espanha para responder ao processo contra a família, foi detido e mantido na prisão durante décadas. Finalmente libertado, casou-se com sua riquíssima sobrinha e construiu o palácio da Conquista em Trujillo. Enquanto isso, outro irmão, Gonzalo, apoderou-se do Peru, rebelou-se contra as autoridades reais e cogitou a ideia de se autoproclamar rei – mas acabou sendo derrotado e morto pelo vice-rei real.

Os espanhóis governariam a maior parte do continente por trezentos anos. Ao longo desse período, os espanhóis miscigenaram-se com os povos nativos conhecidos como índios e escravos negros importados como mão de obra da África para originar as complexas etnias do continente de hoje. A América Espanhola foi governada por vice-reis reais, e a prata extraída ali financiou o império espanhol. Todo o poder permaneceu com os espanhóis e os *criollos*, hispânicos nascidos nas colônias, enquanto os de raça mista, os chamados mestiços e mulatos, foram discriminados. Desde o início até o século XXI, o continente sofreu com o culto dos caudilhos, poderosos ditadores e chefes militares, e seus preconceitos raciais – ambos legados dos conquistadores.

# MICHELANGELO

## 1475-1564

Michelangelo foi considerado, ainda durante a sua vida, o mais extraordinário artista do mundo, mas os séculos desde então não diminuíram o brilho de seu gênio versátil. Michelangelo era escultor, pintor, arquiteto e poeta – a própria personificação do Alto Renascimento –, e até hoje é simplesmente impossível não se surpreender com sua criatividade, não admirar seu espantoso dinamismo e não se curvar em reverência ante a incansável energia que lhe granjeou o epíteto de *Il Divino*, o Divino, e o tempestuoso e impressionante esplendor que também fez dele *Il Terribile*, o Terrível. Michelangelo angustiava-se por sua própria vida privada, era atormentado por sua fé, torturado pelo estresse de aceitar e entregar encomendas colossais de papas e reis, irritado com a ganância de sua própria família, consumido pelo processo de criação, até mesmo a escolha e o deslocamento de imensos vastos blocos de mármore; era ao mesmo tempo tirânico em seu trabalho e suas exigências e um amigo amoroso e leal.

Nascido em 6 de março de 1475 em Caprese, Toscana, Michelangelo di Lodovico Buonarroti Simoni era filho de um funcionário público florentino de uma família nobre pouco relevante, mas antiga, obcecado com a perda de sua majestade de outrora. Quando sua mãe morreu, ainda jovem, o menino foi viver algum tempo com uma ama e o marido dela, um lapidário que o ensinou sobre as glórias do mármore; desde cedo, Michelangelo descobriu que tinha o dom de cinzelar figuras nas pedras. O menino Michelangelo foi enviado para estudar em Florença, a cidade-Estado que já era a capital da Renascença, o renascimento da criatividade clássica, então governada de modo efetivo, mas sempre tênue, pela família Médici na pessoa de Lorenzo, o Magnífico. Os Médici, originalmente banqueiros internacionais, orgulhavam-se de sua reputação como patronos e conhecedores das artes. Aos treze anos, Michelangelo foi aprendiz do ateliê de um dos decanos do Renascimento florentino, Domenico Ghirlandaio, e foi esse mestre quem enviou o talentoso menino ao palácio do próprio Médici, onde ele foi apresentado à grandiosa corte do poder italiano, e usufruiu de uma vida lúdica e um tanto decadente entre pintores e poetas na formidável cidade, provavelmente desfrutando também de casos amorosos com homens mais velhos e mais jovens, como era tradicional naquela época.

Michelangelo viveu na corte de Médici por cinco anos, favorecido pelo próprio Magnífico. Mas a morte de Lorenzo, em 1492, e a ascensão do horripilantemente puritano padre Savonarola, que instigou o povo contra a libertinagem e os trabalhos artísticos do domínio Médici no que ele chamou de "Fogueira das Vaidades", deram fim ao principesco idílio de Michelangelo, que voltou para a casa paterna. Mas ele ainda recebia encomendas da família Médici e estava constantemente esculpindo e desenvolvendo seu estilo – até que a violenta derrubada dos Médici do poder significou que ele teria de ir embora de Florença. Finalmente, aos 21 anos, Michelangelo foi convidado para ir a Roma por um patrono, o cardeal Raffaele Riario, e começou a receber encomendas, incluindo uma para esculpir uma *Pietà*, uma escultura da Virgem Maria segurando o corpo de Cristo. O resultado foi a primeira obra-prima de Michelangelo. Sua *Pietà* está agora na basílica de São Pedro, em Roma, e é tão requintada que a pedra parece adquirir a qualidade da própria pele. Ele tinha apenas 24 anos e, da noite para o dia, tornara-se famoso. Em 1498, o grotesco Savonarola foi derrubado e executado, permitindo que Michelangelo voltasse para casa. Três potentados florentinos encomendaram uma estátua do rei Davi. Quando Michelangelo a terminou em 1504, o puro virtuosismo da obra, a audácia de visão e a realização técnica surpreenderam a todos. Logo depois, o conselho da cidade pediu-lhe para pintar a batalha de Anghiari ao mesmo tempo que seu rival Leonardo da Vinci. Mas a primeira obra-prima da pintura de Michelangelo foi a da Sagrada Família, agora conhecida como *Doni Tondo*, e que está hoje na Gallerie degli Uffizi.

Em 1505, ele encontrou um rival à altura em termos de magnificência e temperamento quando foi convidado de volta a Roma pelo papa Júlio II, um homem tirânico, agressivo e temível, um pontífice-guerreiro que era conhecido como *"il papa terribile"* tanto por seu temperamento furioso como por sua determinação em restaurar o poder papal, muitas vezes comandando pessoalmente seus próprios exércitos e com frequência espancando a bengaladas os seus servos. Michelangelo e Júlio eram ambos voluntariosos, não aceitavam submeter-se às ordens de ninguém, e os atritos entre os dois eram habituais. Oferecendo um polpudo pagamento, Júlio incumbiu Michelangelo de construir seu futuro túmulo, uma suntuosa concepção com quarenta estátuas. A obra levou quarenta anos, uma encomenda que atormentou Michelangelo com suas voltas, reviravoltas e negociações, e nunca foi exatamente terminada; a tumba inacabada e muito menor está agora na basílica de San Pietro in Vincoli (ou São Pedro Acorrentado, em Roma), incluindo a inigualável estátua de Moisés. Simultaneamente, o inconstante Júlio bombardeava seu artista com pedidos muito bem remunerados, mas urgentes, que quase sempre indignavam Michelangelo. O maior dos encargos foi, em 1508, pintar o teto da Capela Sistina. A princípio o artista tentou recusar essa esmagadora incumbência; quando o papa insistiu, Michelangelo exigiu liberdade de imaginação, e Júlio concordou com a ideia de representar histórias da Gênesis, incluindo a Criação e a Queda do Homem. Michelangelo teve que construir um andaime e se deitar de costas, bem acima da capela, para pintar cerca de 464 metros quadrados de afrescos. No processo, danificou seu pescoço, suas costas e seus olhos, amaldiçoando o trabalho, mas sabendo que se tratava de uma obra sagrada, a sua obra-prima. O furioso e espirituoso soneto de Michelangelo revela a colérica e pungente energia, a intensa e grosseira mundanidade e a voz autêntica do artista enredado na batalha física para criar o teto da Sistina:

Já me cresceu um bócio nesta faina,
Tal como a água incha os gatos na Lombardia
ou qualquer outro país por aí,
forçando meu ventre sob o queixo.
A barba aos céus, e a memória sinto
dobrada, pesando sobre a espinha. Meu peito é uma harpia
E o pincel acima do rosto

desenha, gotejando, um rico assoalho.

As costas entraram-me na pança,

E faço da bunda contrapeso da corcunda,

Sem olhar, eu ando no vazio.

Diante de mim jaz minha pele, enrugada,

Para me esticar, eu me contorço,

E me reteso feito um arco sírio.

O afresco de Deus criando o Homem é provavelmente a pintura mais famosa da história humana. Após a conclusão da obra em 1512, Júlio II morreu, mas foi sucedido como papa por um dos Médici, um velho amigo de Michelangelo e seu conterrâneo florentino Leão X, filho de Lorenzo, o Magnífico. Um mestre muito mais afável do que Júlio, Leão não era menos exigente: ordenou que Michelangelo voltasse para Florença, onde o artista trabalhou na basílica de São Lourenço, combinando projeto arquitetônico com escultura, criando o túmulo da família Médici, incluindo estátuas de Lorenzo de Médici, e também esculturas alegóricas de Noite e Dia, Crepúsculo e Alvorada, todas tipicamente sensuais e realistas e arrojadas em concepção. Mais tarde, ele projetou a biblioteca Laurenciana para os Médici, mas seu período em Florença foi interrompido pela instabilidade política – primeiro a queda e depois a restauração dos Médici. Em âmbito privado, Michelangelo desaprovava a ascendência real dos Médici, e sua dissidência atraiu a hostilidade do novo duque, o jovem, decadente e implacável Alexandre de Médici, conhecido como il Moro (o Mouro), cuja mãe talvez fosse uma escrava negra. Embora Alexandre logo tenha sido assassinado, Michelangelo precisou deixar a cidade em 1534 e retornar a Roma, onde caiu nas graças de outro Médici, Giulio, agora papa Clemente VII, que o encarregou de pintar a parede do altar da Capela Sistina. Daí resultou o Juízo Final, composição que levou mais de seis anos para ser concluída e é impressionante em sua paixão humana e fisicalidade muscular, mostrando a visão do artista de que a beleza do corpo humano é uma manifestação da grandeza de Deus. Jesus aparece musculoso e nu, enquanto Michelangelo incluiu um autorretrato zombeteiro de si mesmo na pele flácida, esfolada e encarquilhada que são Bartolomeu carrega na mão. É, de certa forma, uma visão sombria e aterrorizante de um poder assombroso quando Jesus volta e as almas dos mortos são julgadas – alguns acreditam que foi inspirada em parte pelas perversas depredações do saque de Roma por um exército imperial em

1527. Mas a nudez de figuras sagradas chocou e horrorizou o puritano cardeal Gian Carafa, que denunciou Michelangelo. Muito mais tarde Carafa tornou-se o opressivo, maligno e feroz papa Paulo IV, que absurdamente ordenou que calças fossem colocadas em alguns dos corpos nus de Michelangelo.

Michelangelo ganhou enormes somas de dinheiro durante a vida, patrimônio que ele tentou poupar a fim de enriquecer seus sobrinhos, constantemente comprando terras para restaurar as antigas glórias de sua família nobre. Michelangelo era irascível e tempestuoso tanto com parentes quanto com seus assistentes, escrevendo-lhes cartas furiosas, francas e muitas vezes blasfemas, praguejando e amaldiçoando as constantes tensões e pressões de encontrar o mármore certo e de como conciliar as exigências de seus mecenas reais e papais. Michelangelo era um amigo muito afetuoso com seu círculo íntimo de pintores e poetas, e era ele mesmo um poeta brilhante. Michelangelo desfrutou de uma amizade apaixonada, mas platônica, com a aristocrata Vittoria Colonna, viúva do marquês de Pescara, também uma famosa poetisa e benfeitora das artes. Ela e Michelangelo trocaram versos. Apesar de sua imensa riqueza, Michelangelo vivia com simplicidade em meio a uma austeridade pouco requintada, acompanhado por uma equipe de assistentes e aprendizes, em sua maioria jovens. Era um admirador da beleza masculina, como mostram suas esculturas, e seus trezentos poemas de amor têm amiúde um forte teor homoerótico. Muito se debate sobre se esse católico extremamente devoto tinha relações físicas, e, a julgar pela sensualidade de sua poesia, é muito provável que sim. Em 1532, Michelangelo apaixonou-se perdidamente por Tommaso dei Cavalieri, um nobre de 23 anos, belo e de gosto refinado, que durante algum tempo retribuiu o amor do artista então com 57 anos; Michelangelo escreveu muitos poemas de amor e desenhos dedicados a Tommaso. Os dois foram amigos de longa data. Michelangelo se apaixonou por outros, alguns deles grotescos trapaceiros que o exploraram.

Em 1536, o papa Paulo III pediu a Michelangelo que remodelasse a praça no antigo monte Capitolino, em preparação para uma visita do imperador Carlos V, e solicitou um novo projeto para o palácio da família do papa, o Farnese. Em 1546, Michelangelo recebeu outra incumbência gigantesca. Foi o papa Júlio II quem decidiu em 1506 demolir a antiga basílica de São Pedro, que datava em parte do reinado de Constantino, o Grande, para construir uma nova e colossal catedral. A obra ainda estava inacabada quando Michelangelo foi nomeado arquiteto – foi um encargo que durou pelo resto de sua vida. Na velhice, Michelangelo tornou-se mais ranzinza e austero em seus hábitos, e morreu aos 84 anos, talvez o mais excepcional artista que o mundo já teve. Que alegria para a humanidade que tantas de suas obras tenham sobrevivido e ainda possam ser admiradas.

# BARBA RUIVA E BRAÇO DE PRATA

*ca.*1478-1546 e *ca.*1474-1518

> *Eles abalroaram um navio vindo de Gênova carregado de grãos e o apreenderam na mesma hora. Avistaram um galeão-fortaleza, um navio mercante abarrotado de tecidos, e o tomaram sem qualquer dificuldade. De volta a Túnis, entregaram a quinta parte do saque [devida ao governante], dividiram o resto e partiram novamente com três navios para as costas infiéis.*
>
> Katib Chelebi, em sua *História das guerras marítimas dos turcos* (*ca.*1650), descrevendo um episódio do início da vida de Barba Ruiva e seu irmão mais velho, Oruç

Barba Ruiva – um brilhante almirante otomano, político astuto e fundador de seu próprio reino dinástico – foi um dos quatro irmãos corsários muçulmanos que dominaram o Mediterrâneo e massacraram e escravizaram cristãos inocentes com audacioso entusiasmo no início do século XVI.

Barbarossa Hayreddin Paxá nasceu em Lesbos, ilha do mar Egeu, por volta de 1478 como Yakupoglu Hizir, um dos quatro filhos e duas filhas de um pai muçulmano turco, Yakup Aga, e sua esposa grega cristã, Katerina. Hizir era um jovem inteligente, abençoado com carisma e a capacidade de liderança. De tez escura, mais tarde passou a ostentar uma barba luxuriante de tonalidade avermelhada – daí seu apelido europeu Barbarossa, que significa "barba ruiva" (uma corruptela de Baba Oruç, "Papai Oruç", título honorífico posteriormente herdado de seu talentoso irmão Oruç, que o ganhou em 1510 depois de ajudar inúmeros muçulmanos espanhóis a escapar da perseguição).

Quando jovens, os quatro irmãos – İshak, Oruç, Hizir e Ilyas – compraram um barco para transportar os produtos de cerâmica do pai, mas com os navios otomanos sujeitos a repetidos e repentinos ataques nas mãos dos odiados Cavaleiros de São João, baseados na ilha de Rodes, Oruç, Ilyas e Hizir logo se converteram em corsários, enquanto İshak ajudava a supervisionar os negócios da família em casa. Hizir pirateava o mar Egeu, e Oruç e Ilyas pilhavam a costa do Levante, até que seu barco foi interceptado pelos Cavaleiros. Ilyas foi assassinado e Oruç preso por três anos no castelo de Bodrum antes de Hizir lançar um ousado ataque para resgatá-lo.

Determinado a vingar seu irmão, Oruç conseguiu o apoio do governador otomano de Antalya, que lhe forneceu uma frota de galés para combater os saques dos Cavaleiros. Em uma série de ataques, ele capturou vários galeões inimigos, subsequentemente invadindo a Itália. Somando forças, a partir de 1509, Oruç, Hizir e İshak derrotaram uma série de navios espanhóis do outro lado do Mediterrâneo. Em uma dessas batalhas, em 1512, Oruç perdeu o braço esquerdo, o que lhe rendeu o apelido de Braço de Prata depois de substituí-lo por uma prótese.

Implacáveis, os três irmãos intensificaram ainda mais os ataques às costas italiana e espanhola, e em apenas um mês capturaram outros 23 navios. Começaram a produzir sua própria pólvora e, nos quatro anos seguintes, pilharam, destruíram ou capturaram uma sucessão de navios, fortalezas e cidades. Em 1516, libertaram Argel dos espanhóis, Oruç autoproclamando-se sultão, embora no ano seguinte tenha cedido o título ao sultão otomano, que em retribuição nomeou-o governador de Argel e governador naval chefe do Mediterrâneo ocidental – cargo que ocupou até 1518, quando ele e İshak foram mortos pelas tropas de Carlos I da Espanha (mais tarde imperador Carlos V).

Hizir, o único irmão sobrevivente e o homem lembrado hoje como Barba Ruiva, assumiu o manto de seu irmão. Em 1519, defendeu Argel contra um ataque conjunto de espanhóis e italianos, revidando no mesmo ano com uma incursão contra a Provença. Depois, em numerosas investidas ao longo das costas francesa e espanhola, em 1522, Barba Ruiva contribuiu para a conquista otomana de Rodes, que finalmente derrotou os Cavaleiros de São João. Em 1525, invadiu a Sardenha, recapturando Argel e tomando Túnis em 1529, e a partir dessas duas bases desferiu novos ataques.

Em 1530, o imperador Carlos V procurou a ajuda de Andrea Doria, o talentoso almirante genovês, para desafiar o domínio de Barba Ruiva, mas no ano seguinte Barba Ruiva destroçou Doria, e graças a isso ganhou a gratidão pessoal do sultão Suleiman, o Magnífico, que fez dele *capudan paxá* – almirante de frota e governador-chefe do Norte da África – e conferiu-lhe o nome honorário de Barbarossa Hayreddin Paxá.

Em 1538 – já uma lenda viva entre os muçulmanos por libertar escravos africanos muçulmanos das galeras espanholas e trazer glória ao Império Otomano –, Barba Ruiva dispersou uma esquadra de navios espanhóis, malteses, venezianos e alemães na batalha de Preveza, assegurando assim o domínio turco do Mediterrâneo oriental por quase quarenta anos. Em setembro de 1540, Carlos lhe ofereceu uma enorme quantia à guisa de suborno para trocar de lado, mas Barba Ruiva recusou terminantemente e, em 1543, quando seu exército espreitava na foz do rio Tibre, ele ameaçou avançar sobre Roma, mas foi dissuadido pelos franceses, com quem tinha firmado uma aliança temporária. A essa altura, as cidades da costa italiana, incluindo os orgulhosos genoveses, haviam desistido de tentar derrotá-lo, optando, em vez disso, por enviar vultosos pagamentos em troca de serem poupados de ataques. Barba Ruiva era o dono e senhor das costas italiana e mediterrânea.

Em 1545, invicto e tendo assegurado o domínio otomano do Mediterrâneo e do Norte da África, Barba Ruiva aposentou-se e se recolheu em uma magnífica casa de campo no litoral norte do Bósforo. Lá dedicou-se a escrever suas memórias até morrer de causas naturais em 1546. Deixou seu filho, Hasan Paxá, como seu sucessor no cargo de governante de Argel.

Barba Ruiva havia capturado e escravizado 50 mil pessoas em seus ataques às costas italiana e espanhola, e era famoso por sua crueldade selvagem. Para os otomanos, Barba Ruiva foi um almirante notável. Os cristãos o viam como um pirata impiedoso, talvez o mais aterrorizante que já existiu.

# OS BÓRGIA:
# PAPA ALEXANDRE VI

1431-1503

# E SEUS FILHOS
# CÉSAR E LUCRÉCIA

1475-1507 e 1480-1519

*Lucrécia era devassa na imaginação, ímpia por natureza, ambiciosa e astuta [...] exibia a cabeça de uma Madona de Rafael e escondia o coração de uma Messalina.*

Alexandre Dumas, *Les crimes célèbres* (1843)

Rodrigo Bórgia, sobrinho-neto do papa Calisto III (Afonso Bórgia), era um mestre implacável da intriga e do poder, uma especialidade que fez dele e de seus filhos figuras lendárias por sua devassidão e os assassinatos por eles encomendados. Cardeal aos 25 anos, serviu como vice-chanceler da Santa Sé durante os reinados de quatro papas, acumulando uma vasta fortuna no processo. Quando chegou sua vez de ser papa, Bórgia tinha o dinheiro para comprar o papado com quatro carregamentos de lingotes de ouro. Quaisquer que fossem seus pecados, Rodrigo era inteligente, espirituoso, charmoso, experiente e meticuloso em sua presença na Cúria, e sedutor tanto na política quanto no quarto: "As mulheres atraíam-se por ele como ferro por um ímã", comentou uma testemunha. Dois anos depois de sua eleição como papa – Rodrigo adotou o nome Alexandre VI –, Roma foi atacada e tomada pelo rei Carlos VIII da França, mas o papa conseguiu fazer um acordo com o rei francês, que logo marchou para Nápoles. Tão logo os franceses voltaram para sua terra natal, Alexandre VI passou a desfrutar plenamente de seu papado: ele já havia conseguido instalar seu filho mais velho Giovanni como duque de Gandia, mas em junho de 1497 o jovem de vinte anos desapareceu, tendo sido mais tarde encontrado no rio Tibre com a garganta cortada e o corpo perfurado por nove facadas. Alexandre ficou de coração partido, mas não levou adiante o caso e desistiu das investigações por temer o escândalo, porque o principal suspeito era seu filho mais novo César, já cardeal.

Em 1498, César persuadiu o pai a liberá-lo de seu cardinalato e nomeá-lo comandante militar papal. Agora novamente leigo, César tinha ambições na França e, como arquiteto das novas políticas pró-francesas de seu pai, foi recompensado com o ducado francês de Valentinois e recebeu permissão para casar-se com a irmã do rei de Navarra. O novo duque César começou a assassinar ou derrubar todos os senhores rivais na Itália que eram um estorvo no caminho da consolidação do poder dos Bórgia. No processo, Alexandre e César restauraram o poder político papal. Mas César era odiado: "Todas as noites", escreveu um embaixador em Roma, "quatro ou cinco homens são encontrados assassinados, bispos e outros, de modo que toda Roma treme de medo de ser aniquilada pelo duque". A essa altura César Bórgia estava literalmente decadente, crivado e manchado pela sífilis que corroía seu rosto, de modo que só aparecia em público com uma sinistra máscara de ouro.

A despeito de toda a sua notoriedade, César Bórgia era absolutamente excepcional: incansável, mal dormia e vivia em um estado de atividade frenética, ilimitada e desenfreada. Destemido e desinibido, também possuía o charme e a inteligência do pai. César era pai de pelo menos onze bastardos, e suas orgias, muitas vezes testemunhadas por seu pai e sua irmã, eram opulentas e descaradas: em um famoso banquete, o mestre de cerimônias papal registrou como "cinquenta das decentes prostitutas presentes, que dançavam nuas", ficaram de quatro para jogar um jogo em que apanhavam castanhas espalhadas pelo chão. "Por fim, prêmios foram entregues – gibões de seda, pares de sapatos, chapéus – para os homens capazes de copular mais vezes com as prostitutas." A orgia não foi observada apenas pelo papa e o duque, mas também pela irmã de César, Lucrécia Bórgia.

Lucrécia tornou-se mal-afamada em toda a Itália renascentista por causa de sua corrupção, lascívia e maldade. Sua infame monstruosidade era provavelmente exagerada, mas os contemporâneos consideravam-na a encarnação do mal e sussurravam que ela usava um anel oco do qual discretamente despejava veneno no vinho de todos os que se metiam em seu caminho.

A menina Lucrécia, uma criança bonita e cativante, cresceu para tornar-se uma extraordinária beldade. Foi descrita por um contemporâneo como uma mulher "de estatura mediana e formas graciosas [...] os cabelos dela são dourados, os olhos cinzentos, a boca bastante grande, os dentes perolados brilhantes, o busto suave e branco e de proporções admiráveis". Seu pai, o papa Alexandre, fez os arranjos para que Lucrécia, então com dezoito anos, se casasse com Giovanni Sforza, senhor de Pesaro, a fim de construir uma aliança com a Casa de Sforza – uma poderosa família milanesa – contra os aragoneses de Nápoles.

A cerimônia de casamento, que aconteceu no Vaticano, foi um evento suntuoso, no qual foi encenada uma peça escandalosa sobre cafetões e amantes. Lucrécia passou dois anos em Pesaro, mas estava infeliz e retornou a Roma. Os Bórgia, que então já haviam adquirido uma reputação colossal, suspeitavam que Giovanni fosse um espião de Milão; Giovanni foi visitar a esposa em Roma e ficou aterrorizado quando Lucrécia repentinamente começou a sorrir e a mostrar sinais de afeição. Temendo por sua vida, ele fugiu de Roma disfarçado. A aliança entre Roma e Milão não era mais útil para os Bórgia, que agora tentavam cortejar Nápoles. O papa Alexandre exigiu que os Sforza concordassem com o divórcio, mas a única maneira legal de fazer isso era forçar Giovanni a fazer uma falsa confissão de que era impotente e, portanto, jamais consumara o casamento. Humilhado, Sforza reagiu com a alegação de que Alexandre tinha sabotado o casamento para que pudesse levar a cabo o incestuoso interesse sexual que nutria pela própria filha.

No meio do processo de divórcio, Lucrécia – ainda asseverando ser virgem – retirou-se para o convento romano de São Sisto, onde foi visitada por um mensageiro de seu pai, o belo cortesão espanhol Pedro Calderón, com quem ela logo engatou um caso amoroso. Um ano depois, um misterioso menino apareceu em meio ao clã Bórgia, e logo depois o corpo de Calderón foi encontrado boiando no rio Tibre, aparentemente assassinado por ordem de um enciumado César. O historiador Potigliotto especulou que César ou Alexandre era o pai do menino.

Em 1498, tendo sua alegação de virgindade confirmada pelo tribunal de divórcio, Lucrécia foi oferecida a Afonso, o duque de Bisceglie, filho ilegítimo de Afonso II de Nápoles. No entanto, não demorou muito para que os Bórgia se desentendessem com Nápoles e se aproximassem do rei francês, Luís XII. Temendo por sua vida, o jovem marido de Lucrécia fugiu de Roma e, quando sua noiva o convenceu a voltar, ele foi atacado com selvageria nos degraus da basílica de São Pedro, em Roma. É possível que Lucrécia fosse cúmplice na emboscada, embora os contemporâneos acreditassem que ela realmente amava seu segundo marido, ressaltando que cuidou dos ferimentos de Afonso e fez as vezes de enfermeira enquanto ele recobrava a saúde. Mas a corte dos Bórgia não era um lugar seguro para convalescer e, sob as ordens de César, um mês após o ataque original, Afonso foi estrangulado em sua própria cama.

Dizia-se que Lucrécia ficou perturbada com a morte do jovem marido. No entanto, ela logo voltou a tomar parte da política de poder dos Bórgia. Em 1501, um ano após o assassinato de Afonso, ela se casou com Alfonso d'Este, filho de Ercole I, duque de Ferrara.

Em 1503, Alexandre VI morreu de febre, aos 72 anos. Sua reputação é merecida, mas ele também teve êxito no que diz respeito a mudar o papado, melhorando suas finanças, administração e influência diplomática. César ficou vulnerável. Foi exilado na Espanha, onde perdeu a vida em batalha aos 31 anos. Seu lema era "César ou nada". No fim, foi nada.

Lucrécia passou a ser uma respeitada benfeitora das artes e mecenas da literatura em Ferrara, onde se tornou duquesa em 1505, e ainda encontrava tempo para manter um caso com seu cunhado bissexual e com o poeta humanista Pietro Bembo. Ela morreu no parto, ao dar à luz o oitavo filho, aos 39 anos.

# FERNÃO DE MAGALHÃES

## 1480-1521

> [...] toda a Terra está suspensa no ar [...] uma coisa tão estranha e aparentemente tão contrária à natureza e à razão [...] que, entretanto, agora se faz verdade pela experiência daqueles que em menos de dois anos navegaram pelo mundo ao redor.
>
> Thomas More, *Diálogo sobre as heresias* (1529),
> referindo-se à primeira viagem de Magalhães em 1519

Fernão de Magalhães foi um navegador destemido e determinado, que conseguiu realizar o que Colombo havia tentado: partiu da Europa rumo ao oeste e alcançou as Índias Orientais, fazendo assim a primeira travessia do oceano Pacífico de que se tem registro. Embora o próprio Magalhães tenha sido morto em combate nas Filipinas, um navio de sua frota de cinco naus, depois de enfrentar dificuldades terríveis, finalmente retornou à Espanha – tornando-se o primeiro a completar uma viagem de circum-navegação do globo terrestre.

Nascido de uma nobre família portuguesa, Magalhães cresceu em torno da corte real. Em 1495, entrou para o serviço de dom Manuel I, "o Venturo-so", e alistou-se como voluntário na armada que faria a primeira viagem para a Índia, planejada pelo vice-rei português Francisco D'Almeida.

Magalhães participou de uma série de expedições ao Oriente, à medida que Portugal procurava expandir suas rotas comerciais e trazer para a Europa valiosas especiarias, envolvendo-se em escaramuças no caminho e obtendo a promoção a capitão. Em 1512, retornou a Portugal. Ajudou a tomar a cidade marroquina de Azamor, mas foi ferido durante o combate e caminhou mancando pelo resto da vida. Pior ainda, foi acusado de fazer negócios ilegais com os mouros e, posteriormente, caiu em desgraça junto ao rei Manuel.

Ficou claro que a carreira de Magalhães a serviço da Coroa portuguesa havia acabado. Em 1513 ele renunciou à sua nacionalidade e foi para a Espanha. Propôs a Carlos V que seria capaz de alcançar as Ilhas das Especiarias do Oriente através da passagem ocidental que escapara a Cristóvão Colombo cerca de vinte anos antes. Com a ajuda dos avanços na arte da navegação, diligente consulta com um astrônomo e a coragem para sugerir viajar a uma latitude de até 75° S, Magalhães estava em uma boa posição para superar Colombo. Assim, em setembro de 1519, com cinco navios e 270 homens, embarcou em sua histórica viagem.

Magalhães navegou através do Atlântico, avistando a América do Sul em novembro de 1519. Seguiu então para o sul, invernando na Patagônia, onde teve que esmagar um perigoso motim liderado por dois de seus capitães. Zarpou novamente em agosto de 1520.

Em outubro, Magalhães encontrou um canal navegável na direção oeste entre o continente sul-americano e o arquipélago ao sul, uma passagem que permitiu que sua frota evitasse os mares tempestuosos ao sul do cabo Horn. Ele chamou essa extensão de estreito de Todos os Santos, mas agora ele é conhecido como estreito de Magalhães, em homenagem ao formidável navegador. Os marinheiros dos navios de Magalhães que por lá passaram admiraram-se com as montanhas nevadas de ambos os lados. Ao norte ficava a ponta sul da Patagônia, e ao sul as ilhas que eles chamaram de Terra do Fogo – *Tierra del Fuego* – por causa das fogueiras que os nativos acendiam na praia. Depois de atravessarem o estreito, viram-se diante de uma vasta extensão de águas abertas. Em homenagem ao vento constante e suave que os conduziu na travessia e às águas mais calmas que as do tempestuoso Atlântico, Magalhães chamou o oceano de Pacífico.

Durante 98 dias, a tripulação de Magalhães navegou na direção noroeste pelo oceano aberto, avistando apenas uma ou outra ilha rochosa e estéril. Tinham pouca água potável, e a que tinham era ruim. Ficaram sem suprimentos e foram reduzidos a comer biscoito mofado, ratos e serragem. Mas ainda assim Magalhães avançou, dizendo que preferia comer o couro dos navios a desistir. E foi exatamente isso que a tripulação fez, mastigando couro dos lais das vergas.

Em março de 1521, chegaram às Filipinas, que Magalhães originalmente chamou de São Lázaro (mais tarde o arquipélago seria renomeado em homenagem a Filipe II da Espanha). A tripulação adquiriu suprimentos e chegou à ilha de Cebu, onde Magalhães fez amizade com o rei nativo. Fingindo converter-se ao catolicismo, o rei conseguiu convencer Magalhães a envolver-se em suas violentas disputas com as ilhas vizinhas, e foi em um ataque a uma delas, em 27 de abril, que Magalhães morreu em combate. Depois disso o rei traiçoeiro assassinou dois dos homens de Magalhães antes que a tripulação pudesse se reagrupar e rumar para a Espanha.

Apenas dezoito tripulantes, quatro nativos sul-americanos e um navio, o *Victoria*, conseguiram contornar o Cabo da Boa Esperança e voltaram para a Espanha, fustigados por ventos contrários, ataques dos portugueses, desnutrição e escorbuto. Embora Magalhães não estivesse entre eles, por ocasião de sua morte ele havia ultrapassado em muito a longitude de suas viagens originais para o leste, quando visitou as Molucas. Magalhães também descobrira o "Santo Graal" dos navegadores e comerciantes: uma passagem para as Ilhas das Especiarias orientais via o oceano ocidental. Isso, por sua vez, ajudou a pavimentar o caminho para o domínio espanhol e português em todo o mundo durante o século XVI.

Exploradores extraordinários como Colombo e Marco Polo podem ter descoberto as partes do mundo até então desconhecidas, mas foi Magalhães quem as juntou.

# BABUR E OS MOGÓIS

## 1483-1530

*O vinho faz um homem agir como um asno em um pasto verdejante.*

Provérbio atribuído a Babur

Babur foi o príncipe nômade que emergiu de um minúsculo reino mongol para fundar o império mogol da Índia. Seu reinado foi breve, mas era um talentoso conquistador e intelectual; o poder que exerceu sobre os inumeráveis povos a quem governou e o respeito que nutriam por ele criaram um vasto império de incomparável magnificência cultural.

Alegando descender de Genghis Khan, o jovem Zāhir ud-Dīn Mohammad era descendente direto do conquistador turcomano-mongol Tamerlão. A família havia perdido uma grande fatia do império de Tamerlão, de modo que durante a maior parte de sua juventude ele foi um rei sem reino. Chamado de Babur por tribos incapazes de pronunciar seu verdadeiro nome, aos doze anos ele herdou o diminuto Estado de Fergana, na Ásia Central. Tendo rechaçado as tentativas de seus tios de derrubá-lo, Babur partiu para a conquista da vizinha Samarcanda. O príncipe de quinze anos cometeu um erro de cálculo. Em sua ausência, uma rebelião doméstica tomou Fergana, e, quando ele marchou de volta para recuperá-la, suas tropas desertaram e fugiram de Samarcanda, privando-o também desse território. "Foi um golpe muito duro para mim", Babur recordou mais tarde de seus anos nômades. "Não fui capaz de conter o choro compulsivo."

A derrota fortaleceu a determinação de Babur. Em 1504, o endurecido guerreiro havia assegurado a posse do reino de Cabul, no atual Afeganistão. De lá ele fitava o leste na direção das vastas terras do Hindustão. Depois de várias tentativas, Babur finalmente triunfou em 1526 na batalha de Panipat, em que seus 12 mil homens derrotaram o sultão do exército de 100 mil membros de Déli. Ao longo dos três anos seguintes, ele derrotou os rajput, os afegãos e o sultão de Bengala, para se tornar o governante incontestável do Hindustão – a Índia de hoje. Assim, esse descendente de Tamerlão moldou o que viria a ser conhecido como o império mogol – palavra derivada do termo persa para "mongol".

Babur atribuía suas espantosas vitórias à "fonte da generosidade e misericórdia de Deus". Os armamentos ajudavam. Babur introduziu na Índia o mosquete de trava e o canhão, embora inicialmente essas inovações tenham sido alvo de zombaria. Como atesta o registro de vitórias de Babur, logo ficou claro que, munidos de eficazes armas de fogo, seus exércitos quase absurdamente pequenos poderiam fazer enormes incursões contra oponentes de vasta superioridade numérica.

Um conjunto extremamente bem treinado de pachtuns, persas, árabes e turcos chagatai, os homens de Babur reverenciavam seu competente comandante. Ele era um guerreiro de força lendária – havia relatos de que era capaz de subir encostas carregando um homem em cada ombro, e que tinha nadado em todos os maiores rios que encontrava, incluindo o Ganges. Os exércitos mogóis aterrorizaram seus inimigos e não sem justa causa, pois os combatentes derrotados eram decapitados e suas cabeças acabavam penduradas em parapeitos. Babur considerou "um excelente presságio" a decisão de seu filho e herdeiro Humayum de ordenar que cem prisioneiros de guerra fossem fuzilados em Panipat, em vez de libertados ou escravizados, como era o costume.

Em contraste, no papel de governante, Babur era misericordioso. O imperador muçulmano governava uma gama de povos com imensa tolerância e respeito. Nunca impôs que se convertessem e tampouco tentou alterar suas práticas. Pregue o islã "pela espada do amor e da afeição", disse ele a Humayum, "em vez da espada da tirania e da perseguição". Sua clareza de visão e sua humanidade permitiram-lhe compreender que seu vasto império poderia florescer em toda a sua diversidade: "Veja as várias características de seu povo como características de várias estações", disse ele a seu filho. Um defensor da justiça, independentemente de raça ou religião, ele odiava a hipocrisia, descrevendo-a como "as mentiras e a lisonja dos trapaceiros e bajuladores".

O respeito de Babur pelas terras que ele conquistava ajudou a forjar uma cultura singular e requintada. Babur levou para a Índia sua herança timúrida: as habilidades e práticas da cidade-joia da antiga capital de Tamerlão, Samarcanda. A fusão resultante produziu séculos de arte deslumbrante e arquitetura de tirar o fôlego, a exemplo do monumental Taj Mahal. Ele mesmo um habilidoso escritor, talentoso calígrafo e compositor, Babur iniciou o patrocínio de todas essas artes, mecenato que seria perpetuado por toda a sua dinastia. Criou jardins formais magníficos, como um alívio em meio ao calor feroz da Índia. Foram os primeiros jardins desse tipo no subcontinente, guarnecidos de plantas e frutas que ele trouxe de sua terra natal para o noroeste. Enterrado de acordo com seus desejos no jardim de Bagh-e-Babur em sua amada Cabul, na inscrição no túmulo de Babur lê-se: "Se existe um paraíso na Terra, é este, é este, é este!".

O defeito de Babur era seu excesso. Ele bebia em demasia, e desenvolveu um notável pendor pela maconha. Sua extravagante generosidade esvaziou seus cofres. E quando Humayum adoeceu e parecia à beira da morte, Babur teria oferecido a própria vida em troca da vida do filho. As últimas palavras de Babur dizem muito acerca da crueldade de seu tempo e a humanidade do imperador mogol: "Não faça nada contra seus irmãos", disse ele a Humayum, "embora eles talvez mereçam".

A extraordinária história de Babur é contada em seu diário pessoal, *Babur-nama*, registrando seu avanço de menino rei de Fergana a imperador mogol. O texto abrange batalhas, intrigas, flora, fauna, geografia, povos, poesia, arte, música, partidas de polo e festas. Também assinala a primeira menção documentada do inestimável diamante Koh-i-Noor. Abarcando até mesmo os sentimentos pessoais de Babur, *Babur-nama* é um registro surpreendente da época e uma admirável e reveladora reflexão sobre o homem.

# HENRIQUE VIII

### 1491-1547

*Em sua ira, ele jamais tratou com clemência nem um homem sequer; em sua luxúria, nunca poupou uma mulher.*

Sir Robert Naunton, *Fragmenta Regalia*, 1641

Henrique VIII era um menino de ouro, uma criança talentosa que cresceu para se tornar monarca poderoso, enérgico e ambicioso – foi um soberano majestoso e impiedoso que criou uma monarquia "imperial" afirmando a independência inglesa, desafiando Roma, desmantelando os mosteiros, promovendo o poderio militar e naval de seu reino e sua própria autocracia – ao fim e ao cabo, tudo isso permitiria, futuramente, o triunfo do protestantismo. No entanto, Henrique VIII tornou-se um tirano vaidoso, rancoroso e melindroso que, por causa de seu próprio orgulho ferido, ordenou a morte – com base em provas falsas – de muitas pessoas, incluindo duas de suas esposas. Foi, em sua crueldade paranoica, o Stálin inglês.

Henrique era o segundo filho do astuto, mesquinho e pragmático Henrique VII, que, com o nome Henrique Tudor, havia tomado o trono em 1485, reconciliando as facções de York e Lancaster após a Guerra das Rosas e estabelecendo uma nova dinastia. A morte precoce de seu herdeiro, o príncipe Arthur, em 1502, pouco depois de Henrique casar-se com Catarina de Aragão, salientou a fragilidade dos novos-ricos Tudor, o que em grande medida explica a crueldade de Henrique VIII com relação à sucessão. Henrique VIII subiu ao trono em 1509 e se casou com a viúva espanhola de seu falecido irmão. Era bonito, robusto e vigoroso, mas também tinha educação refinada: os cortesãos saudaram a aurora de uma era de ouro. Ele promovia sua glória com os entretenimentos esportivos típicos de um príncipe renascentista, ostentando o exagerado senso de orgulho masculino e virilidade agressiva – caçadas, justas, danças e festas –, e ganhou popularidade quando mandou prender e executar, sob acusações espúrias, dois dos mais impopulares e odiados ministros de seu pai: Richard Empson e Edmund Dudley, coletores de impostos. O episódio estabeleceu o padrão de como Henrique se livraria de seus ministros quando lhe fosse conveniente.

Henrique ansiava por testar seu vigor na arena política da Europa, cujo domínio era disputado pelos rivais Francisco I da França e o imperador Habsburgo, Carlos V. Ele começou a investir na construção de uma marinha, incluindo seu enorme navio de guerra, o *Mary Rose* (que mais tarde naufragou). De início, apoiou o imperador contra os franceses, invadiando a França com um exército numeroso e bem equipado e vencendo a batalha das Esporas em Guinegate, em 1513, enquanto derrotava uma invasão escocesa em Flodden. Henrique fez as pazes com a França, encontrando-se com Francisco em um cume magnífico, o campo do Pano de Ouro, reunião orquestrada por seu competente e riquíssimo ministro, o cardeal Thomas Wolsey – filho de açougueiro que ascendera a capelão, bispo e cardeal –, mas, depois que Francisco foi capturado e derrotado por Carlos na batalha de Pavia em 1525, Henrique novamente mudou de lado, aspirando a manter o equilíbrio de poder na Europa.

A rainha de Henrique, Catarina de Aragão, tia do imperador Carlos V, dera à luz uma menina, a futura rainha Maria, em vez de um herdeiro do sexo masculino – uma afronta para o orgulho e a sensibilidade dinástica de Henrique; por isso ele tentou, via Wolsey, anular o casamento com a viúva de seu irmão. O papa, sob a influência do imperador Carlos, não permitiria que Catarina fosse descartada. "A grande questão do rei" não era apenas um traço de personalidade, mas da insistência de Henrique de que sua coroa era "imperial" – não subordinada ao papa ou a qualquer outro poder. Isso se tornou ainda mais importante quando ele se apaixonou por uma das damas de companhia de Catarina, Ana Bolena, que – galanteadora, dada ao flerte, inteligente e ambiciosa – se conteve, negaceando e recusando-se a entregar-se ao rei antes do casamento. O papa permaneceu intransigente, então Henrique se enfureceu contra Wolsey, que levou a culpa. O cardeal teria enfrentado o machado, mas morreu quando estava prestes a ser julgado por acusações de traição.

Henrique decidiu então uma manobra radical e, em seu Ato de Supremacia de 1534, declarou-se chefe da Igreja na Inglaterra e independente do papa. Por fim, a união de Henrique com Catarina pôde ser anulada e, em 1533, ele se casou com Ana Bolena.

Apoiado por seu ministro em ascensão Thomas Cromwell, reprimia qualquer um que questionasse suas políticas religiosas: seu ex-chanceler, Thomas More, foi executado. Um levante no norte, a Peregrinação da Graça (1536), foi sufocado, e os revoltosos se dispersaram com base na palavra de honra de Henrique, que ele depois descumpriu, executando impiedosamente os rebeldes. Durante todo o seu reinado, foi inclemente com qualquer um que se opusesse a ele: depois de Dudley e Empson, ordenou a decapitação de Edmund de la Pole, conde de Suffolk, em 1513; Edward Stafford, duque de Buckingham, em 1521; e assim sucessivamente, até o jovem poeta Henry Howard, conde de Surrey, nos últimos dias de sua vida. É difícil calcular o número exato de vítimas de Henrique – o historiador Holinshed alegou, exageradamente, 72 mil pessoas –, mas de fato foram muitas.

Embora por vezes Henrique v receba o crédito pela Reforma Protestante na Inglaterra, do ponto de vista doutrinário continuou sendo um católico conservador. Não obstante, sua revolução política tornou possível uma Inglaterra protestante. Sua lucrativa dissolução dos mosteiros – um ato de vandalismo em grande escala – financiou seu reinado e marcou seu novo absolutismo. Ana Bolena deu à luz uma criança em 1533, mas era uma menina, a futura Elizabeth I. Henrique voltou-se contra ela, ordenando a Cromwell que forjasse acusações de adultério, incesto e feitiçaria, evidenciadas pelo "terceiro mamilo" de Bolena, que ela usaria para amamentar o Diabo – a bem da verdade, era uma verruga no pescoço dela. Cinco homens, incluindo o irmão de Bolena, foram enquadrados e executados. Ana foi decapitada em 19 de maio de 1536. Dez dias depois, Henrique se casou com Joana Seymour, que deu à luz um menino, o futuro Eduardo VI, mas morreu no parto – a única esposa cuja morte Henrique lamentou.

Cromwell, adotando uma política externa protestante e promovido a conde de Essex, persuadiu Henrique a casar-se com Ana de Cleves. Mas Henrique, agora obeso e propenso a úlceras e feridas supuradas, sentiu repulsa pela "égua de Flandres", que a seu ver era feia e malcheirosa. Cromwell caiu em desgraça, foi preso e executado em 1540, no mesmo dia em que Henrique se casou com a bela Catarina Howard, de apenas dezesseis anos. Henrique intencionalmente ordenou que se escolhesse um carrasco inexperiente, que fez três tentativas para decapitar Cromwell até obter sucesso, provocando-lhe grande sofrimento antes de morrer.

Cada uma das esposas inglesas de Henrique era apoiada por uma ambiciosa facção familiar político-religiosa. Os Howard eram pró-católicos, mas sua rainha adolescente era uma paqueradora imprudente e ingênua, cujas travessuras amorosas do passado e as aventuras adúlteras do presente permitiram à facção protestante tirar proveito do frágil orgulho sexual do rei. Em 1542, aos dezoito anos, ela foi decapitada. A sexta e última esposa de Henrique foi Catarina Parr – a única que sobreviveria a ele.

Henrique estava determinado a casar seu filho Eduardo com a infante Maria, também conhecida como Maria Stuart, rainha da Escócia. Mas a intratabilidade escocesa não se abalou com o chamado "rude cortejo", durante o qual Henrique enviou seus exércitos até a fronteira para destruir tudo e submeter "homens, mulheres e crianças a fogo e espada, sem exceção". Um dos reis mais majestosos e poderosos da Inglaterra, embora fosse um tirano feroz e um estadista de realizações muito confusas e ambivalentes, Henrique foi a um só tempo um herói e um monstro, um egoísta brutal e um político competente. Como compreendeu o duque de Norfolk: "A consequência da ira real é a morte". Em 1544, Henrique estabeleceu a linha de sucessão: o protestante Eduardo, depois a católica Maria, seguida da protestante Elizabeth. Henrique VIII foi sucedido no trono por seu filho, o fervoroso reformador Eduardo VI. Ele agiu rapidamente para fortalecer o protestantismo na Inglaterra, banindo as missas em latim e o celibato clerical e exigindo que as cerimônias religiosas fossem realizadas em língua inglesa. Mas adoeceu e morreu aos quinze anos. Sua irmã Maria I reverteu as reformas de Eduardo, reforçando ferozmente o retorno de Roma à vida religiosa inglesa. Muitas centenas de pessoas morreram na fogueira, mas, apesar de seu casamento com Filipe II de Espanha, Maria não teve filhos; essa figura amarga e cada vez mais enlouquecida não foi capaz de evitar que, após sua morte prematura, a Coroa passasse para sua irmã, Elizabeth.

# SULEIMAN, O MAGNÍFICO

## 1494-1566

*Eu que sou o sultão dos sultões, o soberano dos soberanos, a sombra de Deus na Terra, sultão e imperador do mar Branco [Mediterrâneo] e do mar Negro [...]*

Suleiman, o Magnífico, escrevendo para o
sacro imperador romano, Carlos V (1547)

Sob o domínio de Suleiman, o Magnífico, o Império Otomano, que se estendia do Oriente Médio ao norte da África, Bálcãs e Europa Central, atingiu seu auge glorioso. Suleiman expandiu suas fronteiras, erradicou a corrupção, reformou as leis, governou com tolerância, patrocinou as artes e escreveu poesia refinada. Seu legado foi um império vasto, bem governado e culturalmente vicejante, que continuou a prosperar por um século após sua morte.

Em 1520, quando Suleiman, aos 26 anos, chegou ao poder como sultão otomano ou *padishah* (imperador), sucedendo a seu pai Selim, o Sinistro, herdou um império centrado na Turquia e fortalecido pelas aquisições do pai: Síria, Palestina e Egito, bem como as duas cidades mais sagradas do islamismo, Medina e Meca. Suleiman se via como o imperador universal, sucessor dos imperadores romanos, mas também como "o segundo Salomão", seu homônimo – e estava determinado expandir esse império em todas as direções.

O primeiro alvo de Suleiman foi Belgrado. No verão de 1521, Suleiman tomou do rei da Hungria a cidade sérvia, desferindo um duro golpe contra a cristandade e abrindo caminho para uma expansão ainda maior pelo interior da Europa. Em 1526, a Hungria havia mais ou menos sucumbido aos otomanos e, embora fossem necessários mais cinco anos para se concretizar uma divisão formal do reino, Suleiman agora tinha um trampolim a partir do qual poderia atacar Viena. O ponto alto do avanço de Suleiman na Europa Central veio em 1529, quando ele tentou, sem sucesso, capturar Viena. Esse fracasso contribuiu para estabelecer os limites da hegemonia otomana no século xvi. A luta por Viena foi uma das mais extraordinárias entre as batalhas que salvaram a Europa cristã dos invasores – remontando à derrota dos hunos de Átila em Châlons em 451 (batalha dos Campos Cataláunicos), a vitória dos francos sobre os mouros na batalha de Tours em 732 e a vitória dos germanos contra os magiares em Lechfeld em 955.

Em 1526, Suleiman derrotou Luís ii da Hungria na batalha de Mohács, dando origem a uma disputa pela Coroa húngara entre o arquiduque da Áustria, Fernando i, e a escolha do próprio Suleiman, o subserviente príncipe João Zápolya, da Transilvânia.

Fernando era casado com a irmã e herdeira de Luís ii, e também era membro da poderosa dinastia dos Habsburgo, chefiada pelo imperador do Sacro Império Romano-Germânico, Carlos v, governante da Áustria, Alemanha, Países Baixos e Espanha. A batalha pela Hungria foi, portanto, um embate entre dois impérios.

Na primavera de 1529, Suleiman reuniu um exército de 120 mil homens e marchou com eles através da Bulgária. O mau tempo causou a perda de inúmeros camelos e fez atolar o canhão pesado, mas Suleiman conseguiu se encontrar com Zápolya e recapturar várias fortalezas húngaras, incluindo a importante cidade de Buda, antes de marchar rumo a Viena.

Sem o apoio de Carlos v, o arquiduque temia o pior. Ele deixou Viena nas mãos de Nikolas, o conde de Salm, e foi para a Boêmia. Nikolas, um experiente veterano de setenta anos, reforçou as defesas vienenses em torno da catedral de Santo Estêvão e esperou.

Ao chegar, as tropas de Suleiman tentaram bombardear as defesas da cidade até obrigá-las a se render. Mas os reforços de terra mantiveram-se firmes. Os otomanos mudaram de tática e começaram a cavar trincheiras e minas para enfraquecer as muralhas da cidade. Essa manobra também falhou e, diante da iminência do outono úmido, tentaram uma derradeira investida.

Apesar da superioridade numérica, os sitiadores otomanos foram obrigados a recuar por causa dos piques (lanças) dos defensores austríacos. Desanimados, os otomanos mataram seus prisioneiros e iniciaram a volta para casa em 14 de outubro, tendo que suportar fortes nevascas e escaramuças por todo o caminho.

Suleiman tinha perdido a chance de adentrar o coração da Europa. Carlos v reforçou Viena com 80 mil soldados e Suleiman teve que se contentar em consolidar seu território na Hungria.

Nesse ínterim, no mundo islâmico, Suleiman passou a ter como meta as fronteiras ocidentais do império persa. O xá evitou uma batalha campal e, em 1535, Suleiman entrou em Bagdá. A captura da cidade, juntamente com a baixa Mesopotâmia e boa parte do território ao redor dos rios Eufrates e Tigre, significava que por ocasião da assinatura do tratado com o xá, em 1554, Suleiman era indiscutivelmente a força dominante no Oriente Próximo.

A derradeira ofensiva da expansão otomana sob o comando de Suleiman assegurou a posse da Tripolitânia (parte da atual Líbia), a Tunísia e a Argélia, um vasto ganho territorial que garantiu aos otomanos um breve período de domínio naval no Mediterrâneo ocidental. Suleiman era agora um ator decisivo nas batalhas entre os reis Francisco i da França e Carlos v, o imperador Habsburgo e rei da Espanha.

Mas a expansão territorial era apenas uma das ambições de Suleiman. No mundo muçulmano, suas reformas legais renderam-lhe o título de "Suleiman, o Legislador". Em particular, ele se concentrou no *kanun* sultânico – um sistema de regras e um conjunto de leis para reger casos fora da alçada da *sharia* islâmica.

Além de ser um vigoroso reformador, Suleiman também era conhecido como um governante escrupulosamente justo e imparcial. Ele promovia os servos com base em seus próprios talentos e habilidades, e não na riqueza pessoal, origem familiar ou popularidade em geral. Estimulou a tolerância de judeus e cristãos. Deu boas-vindas e recebeu de bom grado os judeus ricos, empreendedores e cultos que haviam sido expulsos da Espanha por Fernando e Isabel. Nesse meio-tempo, deu continuidade à política de promover a altos cargos os escravos cristãos balcânicos convertidos ao islamismo.

Suleiman era devotado às artes. Não só era um poeta talentoso (muitos dos aforismos de sua lavra tornaram-se provérbios turcos), mas também promoveu entusiasticamente as sociedades artísticas no âmbito do império. Os artistas e os artesãos tinham planos de carreira, uma trajetória profissional em que o artífice ascendia de aprendiz a mestre, com pagamento trimestral, e Istambul tornou-se um centro de excelência artística. Entre as muitas requintadas mesquitas e outros edifícios encomendados por Suleiman está a mesquita Süleymaniye, o local de descanso definitivo do sultão. Durante o reinado de Suleiman, numerosas pontes foram construídas em todo o império, a exemplo da ponte do Danúbio, a ponte de Buda e os extraordinários aquedutos que resolveram a escassez de água de Istambul.

Em Jerusalém, esse "Segundo Salomão" reconstruiu as muralhas, criando portões famosos como a porta de Damasco e o portão de Jafa, e embelezou o Domo da Rocha. Mas Suleiman governava com inescrutabilidade brutal: tal qual seu pai, que havia assassinado seus irmãos e seus outros filhos, Suleiman assistiu ao estrangulamento de seu próprio filho e herdeiro, Mustafá, e ordenou a execução de seu vizir e amigo Ibrahim Pasha, que o servira durante anos.

Suleiman era magro, esguio e lacônico, cultivando sua própria mística. Mas era capaz de amar. Sua escrava favorita era uma loira russa polonesa apelidada de Roxelana, que se tornou sua principal esposa; ele a renomeou "Flor do Sultão" – Hürrem Sulton. Quando Suleiman se ausentava e ia para a guerra, Roxelana lhe escrevia apaixonadas cartas de amor e ele retribuía enviando a ela poemas apaixonados. Roxelana era uma astuta política, uma figura influente que conseguiu levar ao trono o filho mais velho que teve com Suleiman, Selim II, o Bêbado. Na época em que morreu de um derrame na batalha de Szigetvár em 1566, as conquistas de Suleiman haviam unido a maior parte do mundo muçulmano, com todas as principais cidades islâmicas a oeste da Pérsia – Medina, Meca, Jerusalém, Damasco e Bagdá – sob o mesmo governante. O Leste Europeu, os Bálcãs e o sul do Mediterrâneo também foram dominados pelos otomanos. Conhecido como "o Legislador" por seus súditos do mundo oriental, para os ocidentais Suleiman sempre foi "o Magnífico".

# IVAN, O TERRÍVEL

### 1530-1584

*Tu confinas o reino da Rússia [...] como numa fortaleza do inferno.*

Príncipe Kúrbski, carta a Ivan IV

Ivan IV da Rússia, conhecido como o Terrível, era um monstro trágico mas degenerado, cuja infância foi aterrorizante e perturbada e que, durante a vida adulta, tornou-se um bem-sucedido construtor de impérios e um astuto tirano. Por fim, desandou até se converter em um sádico demente e homicida que matou muitos milhares de pessoas em um terror frenético, empalando e torturando pessoalmente seus inimigos. Ao assassinar seu filho, ele acelerou o fim de sua própria dinastia.

Ivan foi proclamado grão-príncipe da Moscóvia quando tinha apenas três anos, após a morte prematura de seu pai. Cinco anos depois, sua mãe também morreu. O órfão Ivan ficou aos cuidados da família boiarda Chúiski – membros da qual também serviram como regentes durante todo o período de menoridade do príncipe. Os boiardos formavam uma classe aristocrática fechada de cerca de duzentas famílias; Ivan queixava-se de que era tratado de forma brutal por eles, que o intimidavam, aterrorizavam, negligenciavam e estavam tentando usurpar seu direito de primogenitura.

A coroação de Ivan como czar ocorreu em janeiro de 1547, e os primeiros anos de seu reinado foram caracterizados por reformas e modernização. Mudanças no código legislativo foram acompanhadas pela criação de um conselho de nobres e melhoramentos nos governos locais. Também foram empreendidos esforços para abrir a Rússia aos negócios e ao comércio europeus. Ivan supervisionou a consolidação e expansão do território moscovita. Em 1552, derrotou e anexou o canato de Kazan, e a tomada da cidade de Kazan foi seguida pelo massacre de mais de 100 mil defensores tártaros. Na esteira de mais sucessos militares, outros territórios, incluindo o canato de Astrakhan e partes da Sibéria, foram subjugados pelos russos. Ivan construiu a pomposa catedral de São Basílio na Praça Vermelha para celebrar a conquista de Kazan.

Depois de uma doença quase fatal em 1553, a personalidade de Ivan pareceu sofrer uma transformação e, a partir daí, ele tornou-se cada vez mais errático e propenso a surtos de fúria. Em 1560, sua esposa, Anastasia Romanovna, morreu de uma doença desconhecida, acontecimento que parece ter levado Ivan a sofrer um colapso nervoso. Ele se convenceu de que os boiardos haviam conspirado para envenená-lo – e talvez estivesse certo. Se assim foi, o complô levou à morte de sua amada esposa. Ele decidiu que os boiardos teriam que ser punidos e o poder que detinham, erradicado. A deserção de um de seus conselheiros, o príncipe Kúbski, intensificou sua paranoia insana.

O resultado, por um lado, foi uma nova e mais profunda reforma administrativa, com o intuito de aumentar o poder dos funcionários eleitos localmente em detrimento da nobreza. Tais medidas pareciam apontar o caminho de uma maneira mais racional e mais competente de governo. No entanto, ao mesmo tempo Ivan desencadeou um estado de terror vingativo contra os insuspeitos boiardos, na forma de uma onda de prisões e execuções. Ivan concebeu mortes especialmente horrendas para alguns deles: o príncipe Bóris Telupa foi empalado em uma estaca e levou quinze agonizantes horas para morrer, enquanto sua mãe, segundo um historiador, "foi dada a cem canhoneiros, que a violentaram até a morte".

O pior estava por vir. Em 1565, Ivan designou uma área da Rússia – apelidada de *Oprítchnina* (que significa "à parte", "à exceção de") – que consistia de um território independente dentro das fronteiras da Rússia, principalmente ao norte, em cujo perímetro as terras deveriam ser governadas direta e exclusivamente pelo czar. Ivan também recrutou uma guarda pessoal denominada de *Oprítchnina*, tropa de elite cujos esquadrões percorriam o território de ponta a ponta para implementar a vontade de Ivan. Vestidos com capas negras que traziam a insígnia de uma cabeça de cão decepada e uma vassoura (por causa de seu papel em "farejar" a traição e varrer os inimigos de Ivan), os *oprítchniki* começaram a esmagar todas as fontes alternativas de autoridade. Os boiardos foram escolhidos para receber um tratamento especialmente cruel.

Ivan entregou-se a uma orgia de aventuras sexuais – tanto hetero quanto homossexuais – enquanto destruía seus inimigos imaginários. Ele pessoalmente matou e torturou muitos deles. A chocante selvageria de Ivan era de natureza impressionantemente variada: costelas arrancadas, pessoas queimadas vivas, empaladas, decapitadas, estripadas, seus órgãos genitais cortados. O "refinamento sádico" de Ivan em um arroubo de atos públicos de tortura em 1570 superou tudo o que aconteceu antes e a maior parte do que veio depois.

Em 1570, os agentes do czar realizaram um massacre frenético na cidade de Novgorod, depois que Ivan suspeitou que seus cidadãos estavam prestes a traí-lo em favor dos poloneses. Os *oprítchniki* queimaram e saquearam a cidade e aldeias circundantes. Cerca de 1.500 nobres foram assassinados – muitos sendo afogados no rio Volkhov – e um número igual de plebeus foi oficialmente registrado como morto, embora o total de vítimas possa ter sido muito maior. O arcebispo de Novgorod foi costurado na pele de um urso, e uma matilha de cães de caça foi solta para atacá-lo.

Enquanto a severa repressão interna cobrava do povo russo um elevado preço em vidas humanas, a fortuna de Ivan entrou em declínio acentuado. Durante a década de 1570, os tártaros do canato da Crimeia devastaram grandes extensões da Rússia com aparente impunidade – em certa ocasião, em um de seus ataques, os tártaros conseguiram até mesmo incendiar Moscou. Ao mesmo tempo, as tentativas do czar de uma expansão para o oeste do outro lado do mar Báltico apenas enredaram o país na guerra da Livônia contra uma coalizão que incluía a Dinamarca, a Polônia, a Suécia e a Lituânia. O conflito se arrastou por cerca de um quarto de século, com poucos ganhos tangíveis. E durante todo o tempo os *oprítchniki* continuaram sempre empenhados em seus desenfreados ataques de matança e destruição; a sua área de atuação, outrora a região mais rica da Rússia, foi reduzida a uma das mais pobres e instáveis.

Em 1581, Ivan voltou sua raiva destrutiva contra sua própria família. Tendo anteriormente agredido sua nora grávida, ele discutiu com seu filho e herdeiro, também chamado Ivan, e o matou em um acesso de fúria. Foi somente após a morte do próprio Ivan, o Terrível – possivelmente por envenenamento –, que a Rússia finalmente saiu de sua longa agonia.

O segundo filho de Ivan, Fiódor, mostrou-se muito menos talentoso do que seu irmão, o provável herdeiro original. Em 1598, um ex-conselheiro de Ivan, Boris Godunov, assumiu o controle, e a linhagem de Ivan foi encerrada.

Os *oprítchniki* inspiraram um tirano russo posterior, Josef Stálin, e serviram como protótipo para a polícia secreta stalinista, a NKVD. O próprio terror de Stálin baseava-se no de Ivan, a quem ele frequentemente chamava de "professor". "Quem agora se lembra dos nobres assassinados por Ivan, o Terrível?", perguntou Stálin certa vez. "O erro dele foi não matar todos os boiardos." Em última análise, Ivan, o Terrível, era tão louco quanto maligno. Como sua melhor biógrafa, Isabel de Madariaga, escreveu: "Ivan não era como Deus, ele tentou ser Deus. Seu reinado é uma tragédia de proporções shakespearianas. Sua crueldade não serviu a nenhum propósito [...]. Ele é Lúcifer, a estrela da manhã que queria ser Deus e foi expulsa dos céus".

# ELIZABETH I

## 1533-1603

*Agradeço a Deus por ser dotada de qualidades tantas e tais que, se fosse expulsa do meu reino apenas de anáguas, seria capaz de viver em qualquer lugar da cristandade.*

Elizabeth I, discursando no Parlamento (5 de novembro de 1566)

Elizabeth I, conhecida como Gloriana, foi a mais extraordinária rainha da Inglaterra. Durante seu reinado, a Inglaterra começou a emergir como uma nação moderna e uma potência naval. A monarca manteve sob controle as divisões religiosas de seu país, comandou um florescimento artístico sem precedentes e inspirou seu povo a resistir à agressão do mais poderoso inimigo da Inglaterra, a Espanha católica. E foi durante o reinado de Elizabeth que o império inglês começou a ser construído, a Virgínia fundada no Novo Mundo sendo batizada em homenagem à temível "Rainha Virgem".

Elizabeth teve uma infância difícil. Quando tinha três anos, sua mãe, Ana Bolena, fora enviada ao cadafalso do carrasco pelo pai da menina, Henrique VIII, e a própria Elizabeth foi declarada bastarda e ilegítima. Henrique deixara o trono para seu único filho, Eduardo VI, um jovem resoluto em cujo curto reinado o protestantismo foi imposto à Inglaterra. Com a morte prematura de Eduardo, Maria, a meia-irmã mais velha de Elizabeth, assumiu o trono e, com considerável derramamento de sangue, restaurou a fé católica e a autoridade do papa. Embora Elizabeth se apegasse a suas crenças protestantes, ela teve o cuidado de fingir a prática católica. Em face das investigações por parte dos inquisidores de Maria, ela aprendeu a valiosa lição política de guardar para si suas próprias opiniões.

Quando Elizabeth sucedeu Maria como rainha da Inglaterra em 1558, deu demonstrações ainda maiores de seu bom senso político ao nomear sir William Cecil (mais tarde lorde Burghley) seu ministro-chefe, e ele continuou a servi-la até a morte da monarca em 1598. Um dos primeiros desafios que Elizabeth enfrentou como uma rainha atraente, charmosa, jovem e altamente qualificada era com quem deveria se casar. Durante o seu reinado, teve uma fieira de pretendentes e favoritos, o mais notável deles Robert Dudley, conde de Leicester, mas ela nunca se casou. A própria rainha alegou que estava casada com seu reino e não poderia dar seu amor (ou, de fato, sua obediência) a apenas um homem. Quaisquer que fossem os sentimentos de Elizabeth, aparentemente ela compreendeu que se casar com um príncipe forasteiro implicaria a ameaça de dominação da Inglaterra por um reino estrangeiro, ao passo que se casar com um nobre inglês semearia a discórdia entre as facções da corte e possivelmente levaria a Inglaterra a mergulhar de novo na guerra civil do século anterior, época da Guerra das Rosas.

Elizabeth lançou mão de um enfoque cauteloso em questões de religião. A Igreja da Inglaterra que ela criou, embora tecnicamente protestante, mesclou elementos protestantes e católicos. Ela esperava que as pessoas se sujeitassem a isso apenas superficialmente e "da boca para fora" e respeitassem sua posição de líder da Igreja, mas não estava preocupada com as crenças e convicções íntimas dos súditos: "Eu não mandaria abrir janelas nas almas dos homens", disse ela.

Tal tolerância não estava na pauta do Vaticano e, em 1570, o papa Pio v excomungou Elizabeth, negando-lhe o direito de sentar-se no trono da Inglaterra. Para alguns católicos, a legítima rainha dos ingleses era Maria i, rainha da Escócia, prima católica de Elizabeth, que havia sido expulsa do trono escocês e se refugiara na Inglaterra, onde foi efetivamente colocada em prisão domiciliar. Maria tornou-se o foco de inúmeros complôs católicos contra a vida de Elizabeth. Depois de anos de conspirações e inúmeras advertências de seus conselheiros quanto à ameaça representada por Maria, Elizabeth finalmente se fartou e, em 1587, Maria foi julgada e decapitada.

A essa altura, as tensões religiosas em toda a Europa Ocidental estavam atingindo o ponto de ebulição. Indignados com a execução de Maria e com as incursões de corsários ingleses contra navios espanhóis e possessões hispânicas no Novo Mundo – sem mencionar o apoio que Elizabeth dava aos rebeldes protestantes nos Países Baixos espanhóis –, Filipe ii de Espanha, o paladino da Europa católica, enviou uma enorme armada contra a Inglaterra. O plano era que a frota de 130 navios zarpasse da Espanha para os Países Baixos espanhóis, onde as embarcações seriam guarnecidas por um exército espanhol sob o comando do duque de Parma e rumariam para a Inglaterra.

Quando a força de invasão espanhola foi avistada no canal da Mancha em julho de 1588, fogueiras de sinalização arderam por toda a Inglaterra. A marinha inglesa, sob o comando de homens como o barão Howard de Effingham e sir Francis Drake, preparou-se, enquanto em Tilbury a própria rainha se dirigiu a suas tropas com um dos discursos mais inspiradores da história inglesa:

> E, portanto, eu venho até vocês, como veem, neste momento, não para entreter-me ou divertir-me, mas decidida, em meio ao calor da batalha, a viver ou morrer entre vocês; disposta a entregar, por amor a Deus e pela salvação de meu reino e de meu povo, a minha honra e o meu sangue no pó. Sei que tenho o frágil e débil corpo de uma mulher, mas tenho o coração e o estômago de um rei, e de um rei da Inglaterra também. E eu menosprezo Parma, Espanha, ou qualquer príncipe da Europa, que ouse invadir as fronteiras de meu reino!

A marinha inglesa e o clima dispersaram a esquadra invasora, para a eterna ignomínia da Espanha e a glória de Elizabeth.

Política e erudita extraordinária (versada em latim), Elizabeth governou pessoalmente com impressionante inteligência, astúcia, moderação e tolerância por 45 anos até sua morte, mantendo o controle absoluto, exceto na velhice, quando foi permissiva além da conta com um jovem pretendente, Robert, conde de Essex, que foi executado por traição. Ninguém, exceto Winston Churchill, simboliza tanto a liberdade patriótica e contumaz dos ingleses.

# AKBAR, O GRANDE

## 1542-1605

*Assim como na vasta extensão da compaixão divina há espaço para to-
das as classes e seguidores de todos os credos, também nos domínios dele
havia espaço para os seguidores de religiões opostas e para as crenças boas
e ruins, e o caminho para a altercação estava fechado. Sunitas e xiitas
reuniam-se em uma mesma mesquita, francos e judeus prestavam culto
em uma só igreja, e observavam suas próprias formas de adoração.*

Jahangir

O neto do imperador mogol Babur herdou um trono cambaleante quando seu
pai Humayum, governante de boa índole mas inepto, morreu depois de cair de
uma escada em sua biblioteca. A família havia perdido muitos dos territórios
indianos de Babur, mas o menino imperador teve a sorte de seu ministro-geral
turcomano conseguir reconquistar Déli e Agra na batalha de Panipat.

Quando ascendeu ao trono e começou a governar, em 1560, Akbar logo
deu mostras de que era um imperador, soldado e visionário extraordinariamente hábil e original. Continuou a conquistar novas províncias no decorrer
de seu longo reinado, deixando um império que incluía uma grande parte
(mas não toda a extensão) dos atuais Paquistão, Índia, Bangladesh e Afeganistão, de Caxemira a Ahmedabad, de Cabul a Daca.

Ao constatar que regia um reino poliglota, multiecumênico e multinacional, Akbar adaptou brilhantemente o islã de modo a criar uma fé para todos,
consultando muçulmanos, cristãos, judeus, parsis e hindus. O resultado tomava emprestado de todas essas crenças e girava em torno da autoridade de
Akbar, reconhecido pelos jurisconsultos do islã como "infalível". Seu credo
estava centrado na fórmula: "Só existe um Deus e seu califa é Akbar".

O imperador promoveu homens talentosos de todas as religiões, proibiu a escravidão, aboliu o imposto islâmico sobre os infiéis, proibiu o casamento precoce
e permitiu que viúvas hindus se recusassem a casar novamente e a praticar o *sati*.[*]

---

[*] Cerimonial de imolação ritual da viúva na fogueira em que ardia o corpo do marido morto (N. T.)

Essa política excêntrica, tolerante e eclética foi possível graças ao sucesso político-militar de Akbar. Contemporâneo da rainha Elizabeth da Inglaterra e do sultão otomano Suleiman, o Magnífico, Akbar foi provavelmente o mais formidável governante que a Índia já conheceu; seu prestígio ajudou a estabelecer o império mogol pelos dois séculos e meio seguintes, suas glórias simbolizadas pelo túmulo de seu pai e pelo monumental Taj Mahal, construído como mausoléu por seu descendente Shah Jahan.

Tragicamente, os sucessores de Akbar fracassaram no que dizia respeito a levar adiante sua admirável tolerância, agravando as relações étnicas da Índia, com efeitos que perduram até hoje. A dinastia de Akbar terminou menos como um rugido e mais como um gemido, quando em 1857 os britânicos depuseram o último mogol.

# TOKUGAWA IEYASU

## 1543-1616

*O estudo da literatura e a prática das artes militares devem ser realizados lado a lado.*

Tokugawa Ieyasu, *Regras para as casas militares* (1615)

A tenacidade e paciência de Tokugawa Ieyasu, o mais completo e insuperável xógum do Japão, estabeleceram as bases para dois séculos e meio de domínio estável por parte de sua dinastia. Tokugawa transformou sua família de obscuro clã guerreiro em governantes incontestáveis do Japão, pondo fim a décadas de anarquia e guerra civil. Governador e soldado igualmente capaz, o talento de Ieyasu tanto para a administração quanto para o comércio inaugurou um longo período em que o Japão pôde florescer em paz.

Há uma lenda segundo a qual certa vez Ieyasu foi indagado sobre o que faria com um pássaro engaiolado que não cantasse. "Eu esperaria até ele cantar", respondeu o general. A história sintetiza a extraordinária paciência de Ieyasu, que foi sem dúvida aprimorada durante sua infância como refém de poderosos clãs vizinhos. Ele foi bem cuidado, recebeu treinamento para ser um soldado e um governador, e foi estimulado em seu amor pela falcoaria. Mas estava impotente. Sem ação, nada pôde fazer ao ouvir a notícia do assassinato de seu pai, desamparado enquanto a sorte de sua família se desintegrava.

Quando o líder do clã que o mantinha em cativeiro morreu em batalha, Ieyasu aproveitou a chance para voltar para casa. Explorando primorosamente o precário equilíbrio político do Japão, ele restaurou a ordem em sua família e persuadiu seus ex-captores a libertarem sua esposa e filhos. No pequeno domínio de sua família, Ieyasu consolidou seu governo, demonstrando a habilidade administrativa e legislativa que mais tarde asseguraria seu controle sobre todo o Japão.

A rede de controle de Ieyasu se ampliou. Sua governança astuta, exércitos disciplinados e capacidade de detectar as fraquezas dos outros fizeram dele um dos *daimiôs* (barões feudais) mais influentes do Japão. Ele jamais deu um passo maior que a perna, no entanto. Percebendo, depois de alguns conflitos de pouca monta, que ainda não era forte o suficiente para triunfar por conta própria, Ieyasu jurou fidelidade ao mais eminente senhor da guerra do Japão, Toyotomi Hideyoshi. E também evitou o envolvimento nas desastrosas expedições militares na Coreia, que incapacitaram muitos de seus *daimiôs* adversários.

O domínio de Ieyasu tornou-se o mais próspero do Japão. Ele incentivou artesãos, empresários e comerciantes a irem a Edo, a vila de pescadores que ele escolheu como sua base. Edo floresceu, crescendo a ponto de se transformar na movimentada cidade portuária que mais tarde seria renomeada como Tóquio.

A disposição de Ieyasu de aguardar a hora certa e o momento propício assegurou-lhe uma base de poder inexpugnável. Por fim, em 1600, na batalha de Sekigahara, Ieyasu triunfou sobre seus rivais como o senhor indiscutível do Japão. Três anos depois, a corte imperial nomeou-o xógum – título conferido desde o século XII aos chefes militares e governadores-guerreiros que detêm o verdadeiro poder no Japão, os impotentes imperadores tendo apenas um papel cerimonial como figuras de fachada.

Ieyasu consolidou a reivindicação de seu clã ao xogunato com a mesma diligência com que fortaleceu sua autoridade sobre seu território. Depois de apenas dois anos como xógum ele abdicou de sua posição oficial e passou o título para seu filho, estabelecendo assim uma linha sucessória hereditária que perdurou por 250 anos. Ele se certificou de que nenhum *daimiô* pudesse tornar-se tão poderoso quanto ele, obrigando todos os outros nobres japoneses a passar longos períodos na corte, minando assim sua capacidade de construir bases de poder local. Quando esses governantes eram autorizados a retornar aos seus próprios domínios, Ieyasu mantinha suas famílias praticamente como reféns em Edo.

Na hora de tomar decisões, o pequeno e parrudo Ieyasu confiava em seu julgamento autêntico e independente. Ele nomeou um falcoeiro como diplomata e escolheu um ator para ser o diretor de minas. Seu entusiasmo por fazer negócios com os europeus enchia seus vastos depósitos com arroz e ouro. Will Adams, um construtor naval de Kent que naufragou em meio a um tufão na costa japonesa, tornou-se um dos mais estimados consultores comerciais de Ieyasu.

Ieyasu não permitiu que coisa alguma ameaçasse a recém-encontrada unidade e estabilidade do Japão, e para esse fim, em 1614 baniu o cristianismo e aprisionou todos os missionários estrangeiros. Por muito tempo tolerante com os cristãos, Ieyasu não iniciou as matanças religiosas que seus descendentes praticaram – seu motivo foi puramente evitar divisões sectárias entre seus compatriotas. Uma enxurrada de novas leis estipulou um controle rigoroso sobre todos os estratos da sociedade, restringindo a liberdade de movimento das pessoas, mas garantindo uma estabilidade que o Japão não conhecia havia um século. Em 1615, em seu ato mais cruel, Ieyasu garantiu a predominância dos Tokugawa ao destruir os últimos rivais de sua família ao xogunato, os Toyotomi. Entre os condenados à morte estava o seu próprio neto por casamento.

O xógum morreu um ano depois, em decorrência de ferimentos sofridos na batalha que finalmente extinguiu a ameaça dos Toyotomi.

# WALTER RALEIGH

## *ca.*1554-1618

*Ávido e contente eu subiria, mas temo cair.*

Sir Walter Raleigh, linha gravada em uma vidraça, de acordo com *History of the Worthies of England* [História das sumidades da Inglaterra] (1662), de Thomas Fuller. A rainha Elizabeth teria escrito abaixo: "Se teu coração fraqueja, não subas de jeito nenhum".

Walter Raleigh foi o "homem perfeito" da era elizabetana – não apenas um cortesão magistral e um soldado arrojado, mas também poeta, erudito e empreendedor. Seu carisma e cavalheirismo galante fizeram dele um favorito da rainha Elizabeth, enquanto sua audácia e determinação o levaram através do Atlântico para estabelecer as primeiras colônias inglesas no Novo Mundo.

Raleigh foi criado em Devon e se graduou em Oxford; mais tarde foi estudar direito na Middle Temple. Na juventude, lutou nas Guerras Religiosas na França e, em 1580, sufocou uma rebelião na província irlandesa de Munster (com considerável brutalidade, diga-se). Os serviços prestados na Irlanda chamaram a atenção da corte real, onde seu relacionamento com a rainha Elizabeth floresceu.

De acordo com a história mais famosa do relacionamento inicial de Raleigh com a rainha, ele teria estendido sua capa de veludo sobre uma poça de lama para permitir que a monarca atravessasse sem se sujar. Outra história fala dos dois, de lados opostos de uma janela de vidro, rabiscando um para o outro linhas de um dístico. Embora possam ser apócrifos, esses relatos atestam a reputação de Raleigh como cortesão romântico.

Tendo caído nas graças da rainha, Raleigh foi brindado com uma generosa profusão de recompensas. Recebeu vastos territórios na Irlanda, valiosos monopólios comerciais, controle sobre as minas de estanho da Cornualha, posições políticas em Devon e na Cornualha, e foi nomeado membro da Câmara dos Comuns.

Ao mesmo tempo, Raleigh voltou suas atenções para o Novo Mundo. Em 1583-4, organizou expedições para a Terra Nova e Virgínia (que ele batizou em homenagem a Elizabeth, a Rainha Virgem). Na Virgínia, estabeleceu, em

1585, a primeira colônia inglesa na América, na ilha Roanoke, no que hoje corresponde ao estado da Carolina do Norte. Embora as condições fossem inóspitas e os colonos logo aproveitassem a oportunidade para escapar do sofrimento da escassez de alimentos e dos ataques dos nativos, o sonho e o objetivo de Raleigh haviam iniciado o processo de colonização inglesa, que por fim levou à dominação britânica da América do Norte.

Em 1587, Raleigh despachou outra expedição para a ilha Roanoke, mas esse segundo assentamento foi ainda menos bem-sucedido que o primeiro – navios carregados de víveres destinados a reabastecer os colonos foram retidos, por causa da guerra com a Espanha, e, quando uma embarcação finalmente chegou em 1590, os colonos haviam desaparecido. Isso não foi culpa de Raleigh – a rainha ordenara que todos os navios permanecessem no porto para defender o reino contra a armada espanhola.

Raleigh não desempenhou um papel memorável na derrota da armada. Ficou em terra firme, organizando as defesas costeiras e arregimentando homens, mas a vitória de Howard e Drake no mar significava que esses preparativos eram desnecessários. A estrela do próprio Raleigh entrou em uma espécie de declínio. Ele suscitou a fúria da rainha tão logo ela descobriu o casamento secreto entre Raleigh e uma das damas de honra da soberana, Elizabeth Throckmorton, sem permissão real. A rainha voltou-se para um novo favorito, Robert Devereux, conde de Essex. Elizabeth nunca confiou em Raleigh o suficiente a ponto de conceder-lhe um cargo ministerial.

Em 1595, Raleigh partiu para a América do Sul em busca da lendária cidade de El Dorado. Infelizmente, recebeu pouco apoio para seu plano de colonizar as áreas de mineração de ouro que foram descobertas na Venezuela. O principal produto de importação de Raleigh para a Inglaterra foi a moda de fumar tabaco – fenômeno que deixou um de seus criados tão chocado que ele encharcou Raleigh com um balde de água, por acreditar que seu senhor havia explodido em chamas.

Quando Elizabeth morreu, em 1603, o trono passou para seu primo Jaime da Escócia, que chegou com ideias fixas sobre Raleigh. Acusado de participar de um complô para derrubar o rei, o explorador foi aprisionado na Torre. Em 1616, foi libertado, embora não perdoado, e partiu em uma nova expedição rumo à Venezuela. Raleigh havia prometido ao rei que seria capaz de abrir uma mina de ouro sem ofender os espanhóis, com quem era extremamente impopular (ele estivera envolvido em um ataque a Cádiz em 1596). A expedição foi um desastre e, quando Raleigh retornou à Inglaterra, Jaime I restabeleceu a sentença de morte que pairava sobre Raleigh – e havia sido suspensa – desde a sua prisão inicial, em 1603.

Em conformidade com sua imagem de cortesão perfeito, Raleigh era também um prosador e versejador. Grande parte de sua poesia é endereçada indiretamente a Elizabeth, ao passo que suas narrativas em prosa relatam suas aventuras no Novo Mundo. Em sua *História do mundo*, escrita no período em que esteve preso na Torre, Raleigh detalha a história divina e providencial dos reis desde a Criação. No entanto, havia chegado apenas ao século II a.C. quando a sentença de morte se cumpriu e ele foi decapitado. Um final triste e inglório para uma carreira tão arrojada e dinâmica.

# GALILEU

## 1564-1642

*Não me sinto obrigado a acreditar que o próprio Deus que nos dotou de sentidos, de discurso e de intelecto, tenha querido, postergando o uso destes, dar-nos por outro meio os conhecimentos que podemos conseguir por meio deles.*

Galileu Galilei, "Carta à senhora Cristina de Lorena, grã-duquesa da Toscana" (1615)

Galileu Galilei ajudou a transformar a maneira como as pessoas olhavam para o mundo – e o universo além. Físico, matemático e astrônomo, Galileu fez descobertas fundamentais acerca da natureza do movimento e do movimento dos planetas. Galileu percebeu a importância da experimentação e defendeu a ideia que a matemática era a melhor forma de compreender o mundo físico. Sua insistência na noção de que o universo deveria ser analisado por meio da razão e de evidências o colocou em rota de colisão com a Igreja, mas suas descobertas duraram mais que a Inquisição que procurou sufocá-las.

O pai de Galileu era músico alaudista, e pode ser que o jovem tenha contribuído com os experimentos paternos de tensão e afinação de cordas.

A educação formal de Galileu ocorreu na Universidade de Pisa, onde ele se matriculou em 1581, inicialmente para estudar medicina. Com a desaprovação de seu pai, Galileu passou a maior parte do tempo debruçado sobre a ciência dos números e abandonou a universidade em 1585, sem obter o diploma.

Continuou a estudar matemática nos quatro anos seguintes, ganhando dinheiro com aulas particulares até ser nomeado para uma cátedra universitária em 1589. Foi durante esse período que supostamente demonstrou sua teoria da velocidade de objetos em queda, largando pesos do alto da torre inclinada de Pisa.

Suas ideias pouco ortodoxas renderam-lhe a reprovação por parte das autoridades universitárias e, em 1592, Galileu foi obrigado a se mudar para Pádua, onde lecionou até 1610. Em apuros por causa das exigências financeiras de sua família após a morte do pai, ganhou dinheiro extra vendendo bússolas matemáticas caseiras, enquanto continuava a dar aulas para alunos particulares.

Em 1609, ouviu falar de um estranho dispositivo inventado nos Países Baixos, um instrumento composto de duas lentes em um tubo e capaz de fazer com que objetos distantes parecessem próximos. Era o telescópio, e Galileu imediatamente pôs mãos à obra para construir o seu próprio. Um ano depois já estava investigando os céus com um aparelho que oferecia uma ampliação aparente de vinte vezes. Foi um ponto de inflexão na sua carreira.

Munido de seu telescópio, Galileu descobriu as quatro luas de Júpiter e notou que suas fases indicavam que elas orbitavam em torno de Júpiter. Essa evidência abalou o modelo ptolomaico do Universo, aprovado pela Igreja — um sistema cosmológico geocêntrico, de acordo com o qual a Terra está no centro do Universo e os outros corpos celestes, planetas e estrelas, descrevem órbitas ao seu redor. Galileu também viu estrelas que eram invisíveis a olho nu. Imediatamente publicou suas descobertas em um livreto dedicado a um de seus ilustres alunos, Cosimo II de Médici, grão-duque de Florença. Como recompensa, Cosimo levou-o de volta à Toscana em triunfo.

Agora com maior liberdade financeira, Galileu pôde dar prosseguimento a suas investigações em ritmo acelerado. Estudou os anéis de Saturno e descobriu que Vênus, assim como a Lua, passava por fases — indicação de que se movia em torno do Sol. Em virtude dessas descobertas ele se engajou com a teoria — proposta por Nicolau Copérnico um século antes — que era o Sol, e não a Terra, que estava no centro do Universo.

Flertar com o conceito de heliocentrismo coperniciano era perigoso para Galileu, e por volta de 1613 isso fez com que ele atraísse a atenção da Inquisição. Ele viajou a Roma para defender o modelo heliocêntrico de Copérnico, mas foi silenciado e, em 1616, advertido explicitamente a não divulgar as ideias de Copérnico como teoria verdadeira.

Em 1632, sentiu-se incapaz de manter em silêncio o copernicanismo e publicou seu *Diálogo sobre os grandes sistemas do Universo*, que reuniu todas as principais linhas de pensamento sobre a natureza do Universo e as discutiu por meio da boca de vários personagens fictícios.

Galileu foi declarado suspeito de heresia e arrastado para Roma no ano seguinte de modo a se explicar para a Inquisição; argumentou que obtivera permissão eclesiástica para discutir o copernicanismo de maneira hipotética. Infelizmente, não obteve permissão para ridicularizar o apego papal a argumentos mais antigos, o que ele fizera com bastante desdém. A Inquisição condenou-o à prisão perpétua.

Felizmente para Galileu, seu aprisionamento equivalia a pouco mais que o exílio interno que o restringia a sua casa nas colinas da Toscana, onde ele se viu livre para continuar seu trabalho de uma forma mais branda e na surdina. Embora estivesse ficando cego, continuou estudando, concentrando-se na natureza e na força dos materiais e contrabandeando para fora da Itália outro livro [*Discursos e demonstrações matemáticas sobre duas novas ciências*], que foi publicado na Holanda em 1638. Morreu quatro anos depois, aos 77 anos.

# SHAKESPEARE

## 1564-1616

*Ele não pertenceu a uma época, mas para todo o sempre!*
Ben Jonson, "À memória do meu querido,
o autor, sr. William Shakespeare" (1623)

É uma constatação quase universal – e não apenas no mundo de língua inglesa – que William Shakespeare foi o mais extraordinário escritor de todos os tempos. Era um poeta inigualável, um incomparável dramaturgo e contador de histórias, e sua compreensão das emoções humanas e das complexidades e ambivalências da condição humana não encontram paralelo na literatura.

Notoriamente, pouco se sabe sobre a vida de Shakespeare. Ele nasceu em Stratford-upon-Avon, em 1564, filho de John Shakespeare, um representante do Parlamento de fortuna oscilante, e sua esposa, Mary Arden. William frequentou uma escola primária local, e aos dezoito anos casou-se com Anne Hathaway, alguns anos mais velha que ele e que já estava grávida. Em algum momento da década seguinte, Shakespeare mudou-se para Londres. Provavelmente fazia trabalhos esporádicos como ator, mas começou a deixar sua marca como poeta e dramaturgo. Em 1594, já era o dramaturgo fixo da companhia de teatro conhecida como Lord Chamberlain's Men (rebatizada como The King's Men após a ascensão de Jaime I).

Nos vinte anos seguintes, Shakespeare escreveu uma peça deslumbrante atrás da outra – comédias, tragédias, dramas históricos – que atraíam multidões para o Globe Theatre, na margem sul do Tâmisa. Shakespeare prosperou. Ele provavelmente endossou o desejo do pai de adquirir um brasão de armas, e comprou uma das maiores casas de Stratford, a New Place. Ao morrer, em 1616, Shakespeare foi enterrado na capela-mor da igreja paroquial de Stratford. Pouco mas que isso sabe-se sobre a sua vida.

Mas as obras de Shakespeare nos revelam tudo o que precisamos saber sobre o homem. Ele tem extraordinárias simpatia e compaixão por homens e mulheres de todas as idades, de todos os estratos da sociedade, demonstrando uma profunda compreensão de suas falhas e fragilidades, suas bondades e crueldades, seus amores e ódios, suas vaidades e ilusões. Alegria e desespero, raiva e resignação, ciúme e luxúria, vigor e fraqueza são retratados com intensa honestidade. Há a paixão perigosa do primeiro amor em *Romeu e Julieta*, a destrutividade da paixão de meia-idade em *Antônio e Cleópatra*, as comoventes loucuras da velhice em *Rei Lear*. Shakespeare também submete a natureza ao poder de seu olhar inflexível: os fardos da realeza em *Henrique IV*, a natureza da tirania em *Ricardo III*, o abuso da confiança em *Medida por medida*. Em seu cerne, a obra de Shakespeare indaga: o que é um homem? O que faz um homem? O que faz um rei?

Os personagens de Shakespeare são multifacetados, complexos e ambíguos. Hamlet, confrontado com o aparente assassinato de seu pai, é acossado por aflições morais; indeciso e tomado por dores de consciência, o príncipe da Dinamarca debate-se sobre vingar-se ou não do tio. Macbeth e Lady Macbeth apoderam-se do trono por meio da violência e depois atolam-se em derramamento de sangue, culpa e loucura. Em *Noite de reis*, os personagens alegres e fanfarrões pregam uma peça no pomposo e puritano mordomo Malvólio, mas o truque extrapola a piada e descamba para a crueldade. Em *A tempestade*, possivelmente a última peça de Shakespeare, Próspero, tendo usado seus poderes mágicos para subjugar os que o haviam traído e prejudicado, conclui que "É mais nobre o perdão que a vingança". E então, no que geralmente é considerado um toque autobiográfico por parte de Shakespeare, Próspero, o mago, abandona suas artes mágicas: "a muitas braças do solo a enterrarei, e em lugar fundo, jamais tocado por nenhuma sonda, afogarei meu livro".

Toda essa riqueza de experiência humana, Shakespeare materializa em uma linguagem de poder e precisão impressionantes, indo de sublimes passagens de elevada intensidade poética, por meio de ágeis diálogos à queima-roupa, até a prosa mundana do povo comum que lotava as plateias dos teatros de Londres. A riqueza de vocabulário de Shakespeare é surpreendente e fascinante, atraindo imagens de uma gama de campos e atividades, da flora e fauna à guerra e heráldica, da astrologia e astronomia à navegação e horticultura. Trocadilhos e palavras e expressões de duplo sentido são abundantes em toda a obra shakespeariana, e praticamente todo verso tem camadas de significados. Não contente com o vasto vocabulário sob seu comando, Shakespeare introduziu muitas novas palavras na língua inglesa, de "meditate" [meditar] e "tranquil" [tranquilo] a "alligator" [jacaré] e "apostrophe" [apóstrofe]. Ele também nos legou miríades de expressões que entraram no discurso do dia a dia: "A discrição é a melhor parte da bravura", "De uma tacada só", "No fundo, no fundo", "Já viu dias melhores" e muitas, muitas mais.

Como mestre da arte dramática, Shakespeare é ímpar. Várias de suas histórias não eram originais – foram extraídas, por exemplo, das fábulas de Boccaccio, ou de contos folclóricos, ou das *Vidas* de Plutarco, ou dos cronistas da era Tudor –, mas o que conta é o que ele fez com as narrativas. Shakespeare não apenas deu aos personagens planos e bidimensionais um caráter complexo, diversificado e plenamente esférico, mas também soube como aumentar a tensão, criar um clima de desgraça iminente, e então intensificar esse clima intercalando uma cena cômica aparentemente incongruente (como faz, por exemplo, em *Macbeth*). Shakespeare foi também um mestre do *coup de théâtre* – a mudança repentina do decurso de uma ação teatral –, a exemplo do que acontece em *Muito barulho por nada* quando o mundo da peça, até então leve e zombeteiro, é subvertido pela súbita ordem de Beatriz a Benedito: "Mate Cláudio". Assim, nenhuma das tragédias de Shakespeare é incessantemente trágica, tampouco suas comédias são repletas de gargalhadas sem fim. No fim de *Noite de reis*, por exemplo, embora todos os amantes formem alegres casais, a ação termina com uma melancólica canção de Feste, o Palhaço, trazendo-nos de volta ao mundo do cotidiano onde "a chuva chove todos os dias". Esses toques simples e pungentes são típicos de Shakespeare e o distinguem, tanto quanto suas complexidades, como um escritor genial.

Mas há muitos que argumentam que um reles provinciano que nunca frequentou uma universidade não teria sido capaz de escrever algumas das peças mais magistrais conhecidas da humanidade. Apesar de consideráveis evidências em contrário, já foram feitas muitas alegações de que "William Shakespeare" foi um pseudônimo inventado ou sua identidade foi simplesmente usada por outra pessoa.

O instigador da tendência foi um professor norte-americano que alegou ser descendente de sir Francis Bacon, o jurista, político, ensaísta, estadista e filósofo. A Teoria Baconiana insiste que Bacon foi coautor das peças com um grupo de escritores cortesãos cúmplices como Edmund Spenser e sir Walter Raleigh. Incapazes de revelar suas identidades por causa do conteúdo controverso das peças, eles deixaram pistas escondidas em meio aos textos.

Outro candidato é o briguento, indômito e brilhante dramaturgo Christopher Marlowe, um filho de sapateiro educado em Cambridge que se interessou por espionagem e era suspeito de ser ateu e homossexual. Os teóricos da conspiração insistem que ele não morreu em uma briga de bar em 1593, como se acredita, mas que foi viver na clandestinidade para evitar as autoridades e continuou a escrever peças, usando "William Shakespeare" como pseudônimo.

Um terceiro candidato é o conde de Derby, cujo status aristocrático o impedia de se dedicar profissionalmente ao mundo teatral. Ele tinha uma companhia de atores, e entre seus papéis foram encontrados vários poemas de autoria de um certo "w. s.". Sua festa de casamento pode ter sido a primeira ocasião em que o *Sonho de uma noite de verão* foi encenada.

Em alguns círculos, um dos favoritos é o conde de Oxford, poeta, dramaturgo (embora nenhuma peça tenha sobrevivido) e patrono de uma companhia de atores. Oxford parou de produzir poesia pouco antes de Shakespeare ser publicado pela primeira vez com o poema dramático *Vênus e Adônis*, em 1593 (apesar de suas primeiras peças já terem sido encenadas). A teoria de que Oxford era Shakespeare, no entanto, é prejudicada pelo fato de o conde ter morrido em 1604, antes de pelo menos uma dúzia de obras shakespearianas terem sido escritas. Em 2011, Hollywood até produziu um filme – *Anônimo* – sobre o verdadeiro Shakespeare. Não foi um sucesso.

Apesar de todos esses argumentos criativos e engenhosos, os contemporâneos de Shakespeare não pareciam duvidar de que ele era o autor de suas obras, e em 1623 seus ex-colegas compilaram a edição do Primeiro Fólio de suas peças "de modo a manter viva a memória de um amigo e companheiro tão digno e ilustre quanto o nosso Shakespeare". Modernas análises textuais respaldam a teoria de que todos os poemas e peças são de um único autor, cujo nome era William Shakespeare.

# ABAS, O GRANDE

## 1571-1629

*Eu preferia a poeira das solas dos sapatos do mais reles cristão ao mais insigne otomano.*

Abas, o Grande

Abas foi o mais auspicioso xá do Irã no período entre os grandes reis do mundo antigo e a era moderna. Ele ampliou o reino tanto para o leste quanto para o oeste, mas o fato mais importante para a compreensão do Irã de hoje é que foi o triunfante Abas, o Grande, quem consolidou o xiismo dos doze imãs, agora tão marcante; Abas e a família apresentavam-se como representantes divinamente escolhidos do Imã Oculto; ele reagrupou o Irã como uma grande potência pela primeira vez desde as conquistas árabes. Tudo isso é muito relevante para entender o Irã no século XXI.

Não foi Abas quem levou para o Irã essa forma de xiismo: ele descendia de uma linhagem de xeques xiitas apoiados por um séquito fanático de tribos turcomanas conhecidas como Qizilbash – os "cabeças-vermelhas", por causa de seus turbantes vermelhos; os turbantes tinham doze dobras para simbolizar os doze imãs dos xiitas. Eles acreditavam que, depois de Maomé, Deus dera a direção da humanidade a uma linhagem de seus descendentes começando com Ali e continuando com seu filho Hussein. A linhagem terminou com o assassinato do décimo primeiro imã em 874, por obra dos sunitas. O filho dele, o décimo segundo imã, desapareceu, tendo sido "ocultado" – escondido por Deus – e pronto para aparecer como o Al-Mahdi, o Escolhido, "para trazer justiça ao mundo".

Nesse ínterim, outros intermediários – a saber, a família safávida de Abas –, tocados por essa divindade, governariam até que o décimo segundo reaparecesse. O bisavô de Abas, Ismail, chegara ao poder em 1501, declarando-se xá e transformando essa forma de xiismo em religião oficial. Com seu Irã xiita ressurgente, Ismail ameaçou os sultões otomanos, que eram sunitas, até ser derrotado por Selim, o Sinistro, em 1514. Esse novo Irã entrou em desordem após a morte de Ismail, pondo em dúvida o futuro do país e do xiismo em particular. Os otomanos recuperaram seu domínio sobre o Cáucaso e reconquistaram o Iraque.

Abas era neto do velho e recluso xá Tamaspe. Embora seu pai fosse o filho mais velho, não estava qualificado para assumir o trono porque era cego. Abas cresceu em meio à turbulência e à glória extinta, sob o domínio dos poderosos generais Qizilbash que se comportavam com arrogância imprudente em torno do jovem príncipe. Abas teve a sorte de sobreviver ao breve e homicida reinado de seu demente tio Ismail II, que a bem da verdade ordenou sua execução, mas foi encontrado morto antes que a sentença pudesse ser concretizada. A mãe de Abas foi assassinada por rebeldes tribais. O pai cego de Abas foi então colocado no trono, apesar de sua deficiência, mas o reino foi assolado por saques dos poderosos líderes militares Qizilbash, por invasões otomanas e uzbeques, pelo imperialismo português e por guerras civis interfamiliares.

Abas era o filho do meio do xá, mas se tornou herdeiro depois que seu irmão mais velho foi assassinado. Em 1588, o xá cego abdicou e colocou a coroa na cabeça de Abas. Inicialmente, o rapaz de dezessete anos estava sob o controle do potentado Qizilbash Murshid Quli Khan, a quem ele devia o trono. Depois de suportar muitas humilhações, Abas o assassinou e então decidiu governar por direito próprio.

Abas rapidamente mostrou seu ímpeto: reformou o exército, o que lhe permitiu derrotar a coalizão de tribos Qizilbash e diminuir os poderes delas; a seguir, reconquistou Khurasan, que havia sido perdido para os uzbeques, antes de atacar os otomanos, derrotando-os no Cáucaso. Em 1605, conseguiu destroçar de maneira decisiva o exército otomano em Sufi, perto de Tabriz, e depois avançou para o Azerbaijão e a Geórgia.

A fim de minar os otomanos, iniciou relações com a Europa, especialmente os ingleses, concedendo privilégios à Companhia das Índias Orientais, que ele também usou a fim de apoiar sua campanha para reduzir a influência portuguesa no golfo Pérsico. Sua obra-prima artística foi a remodelação de Isfahan como a nova e esplêndida capital, onde muitas das mais belas criações de Abas ainda sobrevivem – em especial a praça Real e a mesquita Real. Ao mesmo tempo um esteta e um homem dado à violência, Abas era um excepcional líder político e militar – vigoroso, inteligentíssimo, sociável e bom conversador, com senso de humor e conhecimento sobre teatro. No entanto, era implacável para impor o poder real e punir a dissidência, implantando uma rede de policiais espiões para vigiar seus inimigos. Paranoico e impiedoso, mandou assassinar seu próprio filho mais velho e herdeiro, o príncipe Safi, e cegou dois de seus outros filhos. Contudo, arrependeu-se profundamente de ter matado Safi e mergulhou em remorso e melancolia.

Os otomanos eram o poder dominante do Oriente Próximo e nunca aceitaram o ressurgimento do Irã de Abas. Em 1616, eles novamente o atacaram, mas o xá os derrotou em 1618. Alguns anos depois, Abas usou o apoio inglês para ajudá-lo a derrotar os portugueses e tomar a ilha-base lusitana de Ormuz. Em 1622, Abas recapturou dos imperadores mogóis da Índia a cidade de Candaar, no atual Afeganistão. Aproveitando-se das intrigas da corte em Istambul, finalmente conseguiu, em 1624, retomar Bagdá e o Iraque, que haviam sido perdidos para os otomanos dez anos antes. Quando Abas morreu, em 1629, esse contemporâneo de Jaime I da Inglaterra deixou um Irã vasto e poderoso, que incluía o Afeganistão e o Iraque e se estendia do Cáucaso até as fronteiras da Índia, com o xiismo dos doze imãs estabelecido como religião oficial. O Irã permaneceu estável e prosperando por um século até a queda da dinastia, em 1722. Tudo isso obra de Abas.

# WALLENSTEIN

## 1583-1634

*O duque de Friedland [Wallenstein] tem até agora ofendido pratica-*
*mente todos os governantes territoriais do império, que por ele sentem a*
*máxima repugnância [...]*

Anselm Casimir Wambold von Umstadt,
príncipe-eleitor de Mainz, em 1629

Albrecht von Wallenstein foi um capitão mercenário brutalmente ambicioso
que se tornou tão extraordinariamente poderoso e rico que sequestrou imperadores, dominou propriedades colossais, teve seu próprio ducado e principado e quase engrossou as fileiras dos reis. Mas deu um passo maior que a perna
– sua ascensão e sua queda foram uma tragédia de ganância e megalomania.

Wallenstein nasceu em Heřmanice, Boêmia, em uma família de aristocratas protestantes de pouco relevo. Sua carreira militar começou em 1604,
quando ele se juntou às forças do sacro imperador romano Habsburgo, Ro-
dolfo ii. Dois anos depois, converteu-se ao catolicismo – a religião de seu
novo senhor – e isso pavimentou o caminho para seu casamento, em 1609,
com uma viúva extremamente abastada da Morávia.

O agora rico Wallenstein lançou mão dos bens e das propriedades que
obteve com o casamento para fomentar sua própria carreira a serviço dos
Habsburgo. Em 1617, foi em auxílio do futuro imperador Fernando ii, arregimentando tropas para a guerra que o arquiduque da Áustria travou contra
Veneza. Em 1618, no início da Guerra dos Trinta Anos, quando os nobres
protestantes da Boêmia se insurgiram e passaram a confiscar as propriedades
de Wallenstein, ele formou um batalhão para lutar sob o estandarte imperial.
Na Guerra dos Trinta Anos, um cruento conflito religioso entre o imperador católico e os príncipes protestantes da Alemanha e da Europa Central,
grande parte do continente foi devastada; milhares pereceram nas batalhas
e em decorrência da fome – mas líderes militares amorais e despóticos como
Wallenstein prosperaram nessa tragédia. Ele ganhou a distinção no campo de
batalha, e não apenas recuperou suas propriedades como também encampou

as terras dos nobres protestantes que derrotou em combate. Incorporou essas terras em uma nova entidade chamada Friedland, da qual foi nomeado conde palatino e, em 1625, duque.

Com o início da guerra dinamarquesa em 1625, Wallenstein mobilizou um exército de mais de 30 mil homens para lutar pela Liga Católica imperial contra a Liga Protestante do Norte. Um agradecido Fernando – agora imperador – imediatamente nomeou-o comandante-chefe. Wallenstein alcançou uma série de brilhantes vitórias, e Fernando o recompensou com o principado de Sagan e o ducado de Mecklemburgo.

O poder e o sucesso então pareciam ter subido à cabeça de Wallenstein. Ele já não se contentava em permanecer como o tenente mais confiável do imperador; queria ser senhor de seu próprio destino. Com esse fim, entabulou negociações com seus antigos inimigos – os portos hanseáticos protestantes do norte da Alemanha. A crescente divergência entre Wallenstein – que agora se autodenominava almirante do norte e dos mares bálticos – e o imperador foi confirmada pelo Édito de Restituição em 1629, que determinava que todas as terras católicas que, desde 1552, haviam passado para o controle protestante deveriam ser restituídas a seus antigos proprietários. Para um homem disposto a construir seu próprio império pessoal por meio de acordos com os nobres protestantes do norte da Alemanha, o édito era uma ameaça, e Wallenstein optou por ignorar as ordens de Fernando. Ele já havia despertado a inveja de grande parte da aristocracia imperial e agora aproveitou a oportunidade para pressionar por sua demissão – que ocorreu em 1630. Wallenstein retirou-se para Friedland e tramou sua vingança.

Com o rei Gustavo Adolfo, da Suécia, um dos principais inimigos protestantes do imperador, Wallenstein arquitetou um plano que lhe daria o controle de todos os domínios dos Habsburgo. Fernando descobriu a traição de Wallenstein, mas seus reveses militares o deixaram tão desesperado que ele pediu a Wallenstein que retornasse ao seu serviço – por um preço devidamente alto – a fim de ajudá-lo a combater os suecos e seus aliados saxões. Wallenstein concordou e em 1632 combateu os suecos em Lützen. Embora Gustavo Adolfo tenha morrido na batalha, os suecos saíram vitoriosos.

Tendo revelado sua falibilidade militar, Wallenstein estava ciente de que sua posição era vulnerável. Determinado a evitar uma segunda demissão, ele se recusou a dissolver seu exército e, pior, não fez nada para impedir que os suecos assegurassem novas vitórias na Alemanha. Ao mesmo tempo, tentou negociar com os inimigos do imperador – Saxônia, Suécia e França. No entanto, tais trapaças e pérfidas negociatas mostraram-se inconclusivas, e Wallenstein retomou a ofensiva contra essas potências no final de 1633.

Mas a notícia da mais recente traição de Wallenstein chegou à corte imperial em Viena. A essa altura, ele resolveu arriscar um último lance de dados e, em janeiro de 1634, preparou-se para rebelar-se abertamente contra o imperador. No entanto, à medida que constatou que o apoio de seus subordinados minguava, tentou fechar um derradeiro acordo: ele renunciaria em troca de um pagamento substancial. Essa oferta foi rejeitada, e Wallenstein debandou para os saxões e suecos em uma nova tentativa para unir forças com eles contra os Habsburgo. Tal empreendimento estava fadado ao fracasso, e em fevereiro de 1634 Wallenstein foi assassinado por soldados de seu próprio exército.

# CROMWELL

## 1599-1658

*Um homem de mente extraordinária, robusta e descomunal, e um coração honesto, audaz e inglês.*

Thomas Carlyle, descrevendo Cromwell em sua edição de *Oliver Cromwell's Letters and Speeches* [Cartas e discursos de Oliver Cromwell] (1845)

Oliver Cromwell levou apenas vinte anos para ascender de obscuro cavalheiro rural a lorde protetor da Inglaterra, Escócia e Irlanda. Seu gênio militar foi vital para a vitória do Parlamento sobre Carlos I nas guerras civis. Sua administração política – às vezes bajuladora – do Parlamento e o respeito que ele engendrou no exército ajudaram a estabilizar o fragilizado país depois que o rei foi decapitado. Como chefe de Estado na nova Comunidade Britânica, Cromwell impôs o rígido puritanismo, mitigado com a tolerância aos judeus e a intolerância aos católicos: sua política externa foi bem-sucedida e prestigiosa. Cromwell recusou a Coroa, mas seu ardoroso comprometimento com

Deus e o povo inglês, em detrimento de qualquer ambição pessoal, o distingue como o mais formidável rei que a Inglaterra nunca teve.

De nascença, Cromwell pertencia a uma família de pequenos e relativamente humildes proprietários rurais de Huntingdon, na atual Cambridgeshire. Tanto a sua família como a da sua esposa estavam ligadas a várias redes de puritanos e, ao longo da sua vida, ele dedicou-se profunda e sinceramente a levar a cabo a vontade de Deus tal como a entendia.

Cromwell foi eleito pela primeira vez ao Parlamento para o período 1628-9, causando pouco impacto. Carlos I dissolveu o Parlamento e pelos onze anos seguintes governou autocraticamente; apenas em 1640 Cromwell voltou a ocupar uma cadeira. Quando as tensões entre Carlos e o chamado Parlamento Longo começaram a aumentar na direção de uma crise violenta, as credenciais puritanas e oposicionistas de Cromwell ganharam relevo. Mas ele mostrou seu verdadeiro valor real quando eclodiu a guerra civil, primeiro capitaneando uma tropa de cavalaria na batalha de Edgehill (23 de outubro de 1642) e no ano seguinte formando seu regimento de "Ironsides", que foi vitorioso na batalha de Gainsborough (28 de julho de 1643). Seu comando da cavalaria na vitória parlamentar de Marston Moor (2 de julho de 1644) assegurou sua reputação em âmbito nacional – embora Cromwell não estivesse interessado em fama, considerando o sucesso militar como uma expressão da vontade de Deus na luta pelas liberdades inglesas. A essa altura ele era o líder da facção independente do Parlamento, determinado a não fazer concessões aos partidários do rei.

Cromwell e o líder militar supremo do Parlamento, Thomas Fairfax, criaram uma nova tropa disciplinada e altamente hierarquizada, o New Model Army, que em meados da década de 1640 mudou o curso da guerra a favor do Parlamento. A batalha vitoriosa de Naseby (14 de junho de 1645) determinou o resultado da Primeira Guerra Civil.

A centralidade política de Cromwell veio à tona nos anos de 1646-9, quando ele se tornou um influente lobista e intermediário entre o exército, o Parlamento e o agora prisioneiro Carlos, numa tentativa de restaurar uma base constitucional para o governo. Mas lidar com o evasivo e inflexível monarca Stuart, que em seu âmago não tolerava a ideia de transigir e fazer concessões desonrosas que desvirtuassem (o que ele via como) seu reinado de inspiração divina, deixou Cromwell exaurido. Depois que Carlos escapou e no breve período que esteve solto em 1647 tentou reiniciar a guerra com o apoio dos presbiterianos escoceses, a atitude de Cromwell endureceu. Derrotando os rebeldes galeses, escoceses e realistas em 1648, ele endossou o julgamento por traição do rei, um julgamento público que resultou, previsivelmente, na execução de Carlos. Na fria manhã de terça-feira, 30 de janeiro de 1649, depois de uma última caminhada do palácio de St. James, onde estava preso, até o palácio de Whitehall, onde um cadafalso de execução foi erguido defronte à Banqueting House, o rei Carlos I, vestindo duas camisas para que seu calafrio não fosse interpretado como medo, subiu no velho patíbulo. Carlos fora condenado à morte como "um tirano, traidor, assassino e inimigo público do bem da nação".

Impenitente e convencido de que sua morte faria dele um mártir da causa realista, Carlos dirigiu-se à multidão. Se sua vida foi desastrosa, sua partida foi heroica:

> Creio que é meu dever primeiro para com Deus e para com o meu país eximir-me de culpa tanto como um homem honesto quanto um bom rei e um bom cristão. Começarei com a minha inocência.
>
> De boa-fé, julgo que não se faz estritamente necessário que eu insista por muito tempo nisso, pois todo o mundo sabe que nunca iniciei uma guerra com as duas Casas do Parlamento [...] elas é que declararam guerra contra mim [...].
>
> Perdoei todo o mundo, e mesmo aqueles em particular que foram os principais causadores da minha morte. Quem são eles, Deus sabe, eu não desejo saber, que Deus os perdoe [...].

Depois de inspecionar o machado, Carlos disse:

> Vou de uma Coroa corruptível para uma incorruptível; onde não existe perturbação alguma, um mundo sem inquietação e sem alvoroço.

Tendo dado ao executor suas instruções finais, o rei se ajoelhou e sua cabeça foi separada de seu corpo com um único golpe. Nessa noite, Cromwell supostamente olhou para o corpo real e murmurou "necessidade cruel".

Cromwell era agora o homem mais poderoso da Inglaterra – comandante do exército e presidente do conselho de Estado que governava a nova nação. Mas ainda faltava subjugar a Escócia e a Irlanda, ambas pró-Stuart.

Cromwell chegou à Irlanda temendo que o filho e herdeiro de Carlos I, príncipe de Gales, tentasse iniciar uma invasão da Inglaterra a partir da Irlanda, cuja população católica era simpática à causa realista. Cromwell estava determinado a conquistar o país o mais rápido possível, com medo de ficar sem dinheiro e alarmado com a perspectiva de mais instabilidade política na Inglaterra.

Um dos primeiros alvos de Cromwell em sua campanha foi a cidade-guarnição de Drogheda, ao norte de Dublin. No comando da guarnição de pouco mais de 3 mil soldados – realistas ingleses e irlandeses católicos – estava um monarquista inglês, sir Arthur Aston. Em 10 de setembro de 1649, Cromwell ordenou que Aston se rendesse, caso contrário a cidade enfrentaria as consequências.

Depois de algumas negociações, Aston rejeitou os termos que lhe foram oferecidos. Cromwell, à frente de um exército de 12 mil homens e impaciente por um sucesso rápido, lançou seu ataque em 11 de setembro. Falando a seus soldados, ele "os proibiu de poupar qualquer um que estivesse portando arma na cidade". Quando os homens de Cromwell invadiram Drogheda, todos os defensores foram mortos a fio de espada – mesmo os que se renderam rapidamente. Os civis também foram assassinados às centenas. Os padres católicos foram alvos sistemáticos, e as pessoas que buscaram refúgio dos combates abrigando-se na igreja de São Pedro foram queimadas vivas quando os sitiadores incendiaram o prédio. Sobre as tropas realistas, Cromwell declarou: "Creio que nem mesmo trinta deles tenham escapado com vida". Quem conseguiu sobreviver foi prontamente vendido como escravo em Barbados. De acordo com uma estimativa, o total de mortos chegou a 3.500, dos quais 2.800 eram soldados, e o restante, clérigos e civis.

Pesquisas modernas mostram que há exagero nos números do massacre; entretanto, não resta dúvida de que foram crimes de guerra. Mais tarde, Cromwell justificou-se pessoalmente perante o Parlamento inglês. "Estou convencido", disse ele, "de que este é um julgamento moralmente correto de Deus sobre esses desgraçados bárbaros, que encharcaram suas mãos em tanto sangue inocente, e que isso tenderá a impedir o futuro derramamento de sangue, motivos satisfatórios para tais ações, que de resto não podem ser causa de remorso e arrependimento."

Em 1650-1, Cromwell conduziu seus exércitos à vitória sobre os escoceses em Dunbar e derrotou a aventura anglo-escocesa do príncipe Carlos em Worcester (1651). Em um episódio famoso, o príncipe fugiu para a França, com o auxílio de um disfarce e escondido dentro de um conveniente carvalho, mas durante seus nove anos subsequentes de exílio Cromwell se transformou no governante da Inglaterra e fez as vezes de rei em tudo, menos no nome. Em 1653, escolheu assumir o tradicional título de lorde protetor em vez de procurar tornar-se Oliver i.

A década de 1650 foi excepcional por sua diversidade de opiniões, religiosas e políticas, e coube a Cromwell tentar refrear as forças que poderiam dividir o país. Para seus inimigos, históricos e do momento, Cromwell foi um ditador militar, o ex-mantenedor e defensor dos direitos parlamentares, que de bom grado ignorava os parlamentos quando estes tornavam-se inconvenientes. Mas Cromwell teve que unir as concepções e pontos de vista radicais, quase socialistas, entre as fileiras do exército e as tradições profundamente arraigadas da Inglaterra do século XVII, em seu âmago realistas e conservadoras.

Tudo poderia ter dado desastrosamente errado, e é crédito de Cromwell que ele tenha alcançado realizações tão importantes. O lorde protetor garantiu a representação política da Escócia e da Irlanda. Em guerras contra os holandeses e espanhóis, a marinha, sob o comando do almirante Blake, obteve êxitos notáveis. Cromwell negociou para que os judeus fossem autorizados a voltar para a Inglaterra, uma decisão histórica. E continuou devotado à justiça social para os pobres.

Em 1657, o Parlamento ofereceu a Cromwell a Coroa – sua chance, se assim o desejasse, de voltar a um tipo de governo que todo mundo compreendia e iniciar uma dinastia. Cromwell recusou, mas depois de sua morte, em 1658, seu filho Ricardo o sucedeu como lorde protetor. O vácuo de poder resultante na administração de Ricardo mostrou o quanto a Inglaterra cromwelliana dependia dos talentos, da força e da personalidade do próprio Cromwell.

O governo de Ricardo foi curto: o "Tumbledown Dick" – apelido que recebeu depois de ser abruptamente derrubado do poder – não tinha a perspicácia e a habilidade política do pai. O general Monck – um dos comandantes de Cromwell – marchou para o sul e supervisionou a restauração de Carlos II, recebendo como recompensa o ducado de Albemarle. Assim terminou o experimento republicano, mas não sem marcar o lugar de Oliver Cromwell na história como um homem de consciência, liderança destemida, brilhantismo militar, devoção e severidade.

# AURANGZEB

## 1618-1707

*Cometi terríveis pecados, e não sei que punição me aguarda.*
Suposta confissão de Aurangzeb em seu leito de morte

Aurangzeb, conhecido como Alamgir (o raptor do mundo), foi o último dos grandes imperadores mogóis da Índia, expandindo seu império e governando por quase meio século, mas a crueldade que demonstrou para com seu pai foi vergonhosa até mesmo pelos padrões das rivalidades dinásticas, e a repressão implacável e a imposição da ortodoxia muçulmana por ele perpetradas minaram a tradição admiravelmente tolerante de seus grandes predecessores, os imperadores Babur e Akbar, o Grande. Assim, Aurangzeb provocou a antipatia de seus milhões de súditos hindus, enfraqueceu seu império e deu início à podridão que levou à conquista britânica.

Terceiro filho do xá Jahan e Mumtaz Mahal, na dinastia descendente de Tamerlão, o conquistador mongol, Aurangzeb sempre foi um muçulmano piedoso, desde tenra idade. Na juventude, provou ser um administrador capaz e um soldado eficiente a serviço de seu pai, mas se ressentia do fato de o xá Jahan ter nomeado como herdeiro seu primogênito e favorito, Dara Shikoh, o que deixava Aurangzeb fora da linha de sucessão. Isso levou a uma ruptura entre pai e filho e a uma crescente rivalidade entre Aurangzeb e Dara Shikoh.

A rivalidade entre os dois irmãos tornou-se cada vez mais feroz depois que seu pai adoeceu em 1657. O segundo filho do xá Jahan, Shuja, também reivindicou o trono imperial, assim como o quarto irmão, Murad Baksh. No entanto, a verdadeira luta continuou sendo entre Aurangzeb e o herdeiro original. Aurangzeb aliou-se a Murad contra Dara Shikoh, a quem derrotou em 1658. Quando Dara Shikoh fugiu, Aurangzeb colocou o pai em prisão domiciliar. Em um impressionante ato de traição, ele então atacou e derrotou Murad e mandou executá-lo. Nesse meio-tempo, tentou subornar Shuja, oferecendo-lhe um cargo de governador. Mas não demorou muito para que Aurangzeb fizesse um movimento contra o despreparado Shuja, que foi derrotado, forçado ao exílio e mais tarde desapareceu – provavelmente assassinado pelas mãos de agentes de Aurangzeb. Depois de mais uma vez derrotar Dara Shikoh, Aurangzeb mandou trazer de volta a Déli, acorrentado, seu último irmão sobrevivente. Em 1659, em contraste com a coroação de Aurangzeb, Dara Shikoh foi decapitado publicamente, e sua cabeça foi entregue a seu pai, enlutado e chocado diante de um ato de crueldade filial tão hedionda que raras vezes teve paralelo na história.

Com seus irmãos impiedosamente eliminados, Aurangzeb começou a expandir seus domínios por meio do poderio militar, culminando, três décadas depois, com vitórias sobre os governantes de Bijapur e Golconda, que levaram o império mogol ao ponto máximo de sua extensão. Mas os problemas que debilitaram de maneira fatal esse formidável império começaram a surgir tão logo Aurangzeb assumiu o trono. De imediato a vida na corte tornou-se acentuadamente mais austera, em conformidade com a interpretação mais rígida e puritana do islã adotada pelo novo imperador. A música foi banida, ao passo que obras de arte – a exemplo de retratos e estátuas – que pudessem ser consideradas idólatras foram proibidas. De maior consequência, reinstituiu a cobrança do imposto jizia sobre não muçulmanos, que seus antecessores haviam permitido que caducasse; o culto não muçulmano foi vigorosamente desencorajado, e inúmeros templos hindus foram destruídos.

Sem nenhuma surpresa, tais medidas suscitaram violenta resistência. Uma rebelião pashtun irrompeu em 1672 e só foi reprimida com dificuldade. Em 1675, Aurangzeb provocou uma grande rebelião sique depois que o líder dessa comunidade, o guru Tegh Bahadur, foi decapitado por recusar-se a se converter ao islamismo. Os três assistentes mais próximos do guru haviam sido mortos com ele: um foi serrado ao meio, outro foi queimado vivo e o terceiro mergulhado em um caldeirão de água fervente. Tal como aconteceu com a revolta pashtun, por fim essa rebelião também foi sufocada.

Depois foi a vez de os maratas, uma casta guerreira hindu da região do Decão, no oeste da Índia, se rebelarem. Ao longo de seu reinado, Aurangzeb estava obcecado em conquistar o planalto do Decão, independentemente do custo (financeiro ou humano) ou dos impedimentos práticos – por exemplo, a relutância dos povos hindus da região de se deixarem subjugar. Por algum período, no final da década de 1660, as forças mogóis aparentemente haviam assegurado o controle de grande parte da região, e houve uma oportunidade para um acordo de paz com o senhor dos maratas, Chhatrapati Shivaji Maharaj. No entanto, Aurangzeb passou a enganar Shivaji, que então liderou uma insurreição cujo resultado foi a expulsão dos exércitos mogóis do Decão no início da década de 1670. Após a morte de Shivaji em 1680, seu filho e sucessor, Chhatrapati Sambhaji Maharaj, continuou liderando a resistência a Aurangzeb. Nesse momento, o próprio filho do imperador, Akbar, deixou a corte mogol para lutar ao lado dos maratas contra seu pai.

Em 1689, Sambhaji foi finalmente capturado, torturado publicamente e executado. No entanto, longe de pacificar a área, isso serviu apenas para inflamar a oposição. Quando o imperador morreu, em 1707, o império mogol foi convulsionado por distúrbios internos.

Por ocasião de sua morte, o império estava financeiramente estropiado, seu povo, exausto e inquieto. A imposição do fundamentalismo islâmico por Aurangzeb tinha obliterado o gênio tolerante de seus heroicos antepassados.

# PEPYS

## 1633-1703

*A grandiosidade de sua vida foi francamente exposta, embora ele também ansiasse por comunicar sua pequenez insignificante.*
Robert Louis Stevenson, *Familiar Studies of Men and Books*
[Estudos familiares sobre homens e livros] (1882)

Samuel Pepys foi o autor de um dos diários mais brilhantes, argutos e realistas já escritos. Por quase uma década, Pepys – que ocupou uma posição de funcionário público no Almirantado – registrou sua vida e seu mundo em detalhes envolventes e cativantes, propiciando uma extraordinária e reflexiva noção sobre o que era viver na Londres do século XVII. O próprio Pepys surge como um homem de imensa curiosidade, ao mesmo tempo cético e de mente aberta, sensível tanto à comédia como ao *páthos* da condição humana. Ele se delicia com a vida luxuosa e com a humilde, e é de uma honestidade irrestrita, sem economizar pormenores, para retratar a si mesmo como um homem de necessidades e desejos demasiado humanos, ainda que acossado por escrúpulos morais e arrependimentos.

Os diários de Pepys são ainda mais notáveis porque durante a sua vida ninguém sabia coisa alguma sobre ele. Para o mundo em geral, Samuel Pepys, ex-escrivão e depois secretário do Almirantado, membro do Parlamento e presidente da Royal Society, tornou-se um oficial naval de grande sucesso; de origem familiar humilde, era filho de um alfaiate. Quando Pepys morreu, em 1703, seus contemporâneos viram seu legado como uma formidável biblioteca que deixou de herança para a faculdade onde estudou, a Magdalene College, em Cambridge. Pepys também foi admirado por toda uma vida de filantropia a serviço de instituições de ensino como a Christ's Hospital School, e por suas realizações como administrador naval que promoveu incansavelmente a meritocracia e a eficiência. O legado mais inestimável de Pepys só foi descoberto mais de um século depois de sua morte, quando as autoridades da Magdalene incumbiram um aluno de graduação, pobre e bolsista, de decifrar a caligrafia aparentemente impenetrável dos diários.

As descrições de Pepys sobre os desastres que ocorreram na Inglaterra na década de 1660 são algumas das fontes históricas mais férteis, valiosas e abundantes existentes. Ele mapeia a vida cotidiana durante a Grande Praga de Londres em 1665-6 e, a partir de sua perspectiva privilegiada como membro do Almirantado, proporciona uma inestimável visão da Segunda Guerra Anglo-Holandesa de 1667. Seu registro quase hora a hora do Grande Incêndio de Londres em 1666 é uma das melhores e mais perfeitas reportagens jamais escritas.

Embora Pepys devesse muito de sua ascensão profissional no Almirantado ao fato de ter caído nas graças da realeza, ele nunca permitiu que seu olhar de diarista se deslumbrasse pela corte. Ele chegou até a se exasperar com o rei e com seus próprios criados, e em mais de uma ocasião desabafou sua frustração ao constatar que Carlos II parecia incapaz de levar a sério as obrigações do cargo real.

Enquanto na contemporaneidade a maioria dos autores que se dedicam a redigir diários preocupa-se exclusivamente com as esferas política ou espiritual, o interesse predominante de Pepys eram assuntos mais mundanos. Os diários iluminam o fascínio de Pepys pela maneira como os homens se comportam, a ganância das pessoas, suas rivalidades, ambições, invejas, e o fascínio que sentem pelo escândalo. As figuras que Pepys retratou poderiam muito bem viver nos dias de hoje, tamanhas são a intensidade e o grau de nitidez com que ele lhes dá vida.

O que faz com que Pepys sobressaia com relação à mera fofoca é que ele também dirige a si mesmo seu olhar imperturbavelmente honesto. Nunca tenta retratar a si mesmo com tintas favoráveis, tampouco esconde seus defeitos e falhas. Não se trata de um exercício de automortificação ou humildade piedosa, no entanto; pelo contrário, reflete um profundo mergulho na humanidade, da qual Pepys é apenas o espécime com o que ele está mais familiarizado. Ele registra seu próprio comportamento com curiosidade quase científica, incluindo todos os detalhes constrangedores e até mesmo humilhantes que a maioria dos diaristas deixaria de fora – por exemplo, a ocasião em que a sua esposa Elizabeth o flagra com a mão por debaixo da saia de sua dama de companhia, ou o misto de luto e alívio que ele sente com a morte do irmão rebelde e independente. Os diários fervilham não apenas com vislumbres da deslumbrante roupa de baixo da mais recente amante de Carlos II, mas também das aventuras sexuais do próprio Pepys. As anotações sobre o tempestuoso relacionamento de Pepys com sua esposa, com quem ele se casou por amor, continua a ser um dos retratos mais sinceros existentes na literatura acerca do nó górdio do casamento. Ele escreve sobre as intensas brigas, os confrontos chorosos, as mentiras deslavadas e os insultos. E há as reconciliações, as longas horas de conversa na cama, e os solidários cuidados mútuos quando um ou outro adoecia. Pepys não omite nada: os presentes que ele compra para Elizabeth para tentar mitigar sua culpa em mais uma de suas estrepolias de mulherengo; até mesmo os detalhes de suas relações sexuais, que se tornam problemáticas em razão de uma "dor na ponta da coisa dela".

Depois de quase dez anos, por temer que sua visão estivesse falhando, Pepys parou de escrever seu diário. Foi, como ele escreveu, "quase como ver a mim mesmo entrar no túmulo". Mesmo já com os olhos plenamente recuperados, ele nunca mais manteve outro diário, e nenhum de seus escritos posteriores jamais igualou o brilhantismo dos originais. Pepys viveu o resto de sua vida como um homem digno e valoroso, que, a despeito de suas apreensões e ansiedades pessoais, permaneceu incessantemente leal aos seus senhores da realeza em meio à revolução de 1688. Muita coisa na vida pública de Pepys foi admirável – mas são seus excepcionais textos íntimos e privados, em uma obra literária e de reportagem, na forma de diários de notáveis urgência e originalidade e intensa e mordaz honestidade, que exigem a admiração da posteridade.

# LUÍS XIV

## 1638-1715

> *O único rei da França digno do nome.*
>
> Napoleão I

Luís XIV foi o maior governante europeu de seu tempo, o paradigma da magnificência e o protótipo do absolutismo, mas suas ambições de dominar a Europa com sua visão da monarquia francesa mergulharam o continente em longas e cruéis guerras que custaram a vida de muitos. No entanto, ele continua sendo o Rei Sol, a própria definição da glória real e, provavelmente, ao lado de Napoleão Bonaparte, o maior dos monarcas franceses. Ele governou por 72 anos.

Luís era o filho do rei Luís XIII e sua esposa, Ana da Áustria: seu nascimento se deu tão tardiamente no casamento — o rei e a rainha já estavam casados havia 23 anos — que o menino foi celebrado como um presente milagroso — "Dieudonné" ("o presente de Deus"). Seu pai, que governara por meio de seu talentoso ministro-chefe, o cardeal Richelieu, havia adotado uma política de fortalecimento da Coroa contra os excessivamente poderosos interesses da velha aristocracia feudal. No entanto, Luís XIII morreu deixando um herdeiro e sua esposa Ana da Áustria como regente. Richelieu já estava morto, mas seu sucessor como chefe conselheiro real era outro personagem fascinante e capaz, Jules Mazarin, nascido Giulio Mazzarino, diplomata e padre italiano, mais tarde cardeal, cujo gênio político, vasta fortuna, colecionismo de arte e busca de prazeres impressionaram o menino e causaram a antipatia da aristocracia.

O resultado foi a Fronda, uma série de guerras civis e rebeliões aristocráticas supostamente em nome de Luís XIV e contra Ana e o primeiro-ministro Mazarin. As rebeliões inculcaram no menino o ódio pelo poder da nobreza e confirmaram sua fé no direito divino da monarquia católica que ele acreditava personificar. Essa convicção foi estimulada por Mazarin, seu tutor em todos os assuntos políticos. Quando Mazarin morreu, em 1661, Luís começou a governar por conta própria e se revelou um político formidavelmente talentoso e um homem de energia espantosa e surpreendente, a bem da verdade prolífica, fosse no conselho ou na cama, no campo de batalha ou nos campos de caça.

Controlado, disciplinado, sensual, altivo, misterioso, magistral e visionário, devoto e devasso, Luís criou o novo Palácio de Versalhes e, com ele, uma complexa hierarquia cortesã e intricados rituais destinados a afastar os nobres de suas ambições feudais e centros regionais de poder e concentrar seus interesses na pessoa do rei. O próprio Versalhes foi projetado não só para abrigar o rei, a corte e toda a nobreza, mas também para representar o próprio Luís: "Eu sou Versalhes", disse ele, assim como declarou *"L'état, c'est moi"* ["O Estado sou eu"]. A nobreza competia por um olhar, uma palavra com o rei: certa vez, quando o rei perguntou a um nobre cuja esposa estava grávida qual era a data prevista para o nascimento de seu bebê, o fidalgo respondeu: "Ele nascerá quando sua majestade quiser".

Os vinte anos seguintes foram o ápice do reinado de Luís XIV – ele domou a nobreza, reformou sua administração, incrementou seus exércitos, e a França tornou-se a potência dominante no continente.

Luís casou-se com a infanta espanhola Maria Teresa da Áustria, com quem teve seis filhos, dos quais apenas um sobreviveu até a idade adulta. Mas o rei, de tez morena e lábios carnudos e sensuais, era também um entusiasta mulherengo que desfrutava de muitas amantes, embora houvesse geralmente uma *maîtresse-en-titre*, a amante oficial do rei, como a famosa madame de Montespan, que gozou de considerável poder. Após a morte de sua rainha, Luís se casou discretamente com sua última amante, madame de Maintenon, a devota e competente babá de seus filhos.

Nesse meio-tempo, a visão que Luís tinha de si mesmo como o supremo monarca católico levou-o a revogar o Édito de Nantes, aumentando a perseguição aos protestantes na França. No exterior, suas ambições implicaram que o país estivesse constantemente envolvido em guerras, fosse contra os holandeses, o imperador dos Habsburgo, os espanhóis ou os suecos. Seu pagamento de polpudos subornos ao rei Carlos II da Inglaterra invariavelmente neutralizou o poder inglês. Seus sucessos militares levaram à criação da Liga de Habsburgo, uma aliança ofensiva contra a França, mas esplêndidos comandantes e exércitos franceses lhe renderam vitórias contínuas.

Em 1700, o rei espanhol Carlos II morreu, deixando o império hispânico para o neto de Luís XIV, Filipe de Anjou, uma sucessão que, se fosse aceita, daria ao Rei Sol domínio virtual não apenas sobre grande parte da

Europa, mas também das Américas. Foi um passo grande demais para Luís, que – após décadas de triunfo e magnificência – estava velho, arrogante e talvez exausto. Certamente a França estava excessivamente extensa, inchada além da conta. Luís deparou-se com uma escolha difícil, mas por fim aceitou a herança e seu neto tornou-se rei da Espanha. Em 1702, Guilherme III da Inglaterra, juntamente com sua Holanda natal, o imperador Habsburgo e outros formaram outra grande aliança contra Luís. As ambições do Rei Sol e sua visão católica absolutista custaram caro à França. À medida que Luís envelhecia e seus herdeiros morriam, a França padecia de pobreza e fome, seus exércitos foram humilhados por extraordinários comandantes – o duque de Marlborough e o príncipe Eugênio de Saboia – em um conflito transeuropeu conhecido como Guerra de Sucessão Espanhola. Luís viveu tempo demais: viu a França derrotada e a morte de seus filhos e netos. A invencibilidade francesa foi esfacelada. Em 1715, assim como jantava e se vestia em público, Luís morreu em público depois de dizer a seu filho e herdeiro: "Amei demais a guerra". Tinha 77 anos. Foi sucedido por seu bisneto, Luís XV, de cinco anos.

# NEWTON

### 1642-1727

*A Natureza e as leis da Natureza estavam imersas em trevas. Deus disse, "Haja Newton", e tudo se iluminou.*

O famoso "Epitáfio para sir Isaac Newton", de Alexander Pope

Sir Isaac Newton é provavelmente o mais extraordinários cientista de todos os tempos. Ao lado de figuras como Copérnico, Kepler e Galileu, Newton é um dos gigantes da revolução científica. Sua obra mais influente, *Principia Mathematica* [*Princípios matemáticos da filosofia natural*], alterou fundamentalmente a maneira como os cientistas observavam e explicavam o mundo natural.

O principal legado de Newton foi a fusão da matemática com as ciências naturais, mas ele era um polímata que fez contribuições significativas para a filosofia, astronomia, teologia, história, alquimia e economia. Sem Newton, nossa compreensão do mundo seria inimaginavelmente diferente.

Newton nasceu no dia de Natal de 1642. Desde cedo, parece ter desenvolvido uma firme e forte aversão à companhia de outras pessoas. Cultivou algumas amizades ao longo da vida, mas sua tendência geral para vacilar entre manter distância das pessoas e comprar brigas com elas parece ter sido uma parte peculiar e característica de seu gênio. Isso permitiu que ele concentrasse sua mente inteiramente nos enigmas científicos de seu tempo.

No período em que foi aluno de graduação no Trinity College, em Cambridge, Newton prestou pouca atenção ao programa de ensino definido para ele, em larga medida ignorando o estudo de Aristóteles em favor dos novos e brilhantes cientistas da época. As obras de homens como René Descartes, Robert Boyle e Thomas Hobbes o fascinavam e, enquanto fazia anotações sobre suas leituras, começou a questionar o mundo ao seu redor de forma cada vez mais aprofundada e detalhada.

Foi quando Newton tinha 23 anos que sua estrela intelectual começou realmente a brilhar. Ele chamou 1665-6 de seu *annus mirabilis* – seu ano maravilhoso. Debruçou-se sobre vários problemas matemáticos relativos às órbitas da Lua e dos planetas, desenvolvendo no processo o teorema fundamental do cálculo – uma poderosa ferramenta matemática essencial para a física e a engenharia modernas. O nome "cálculo" foi cunhado pelo cientista alemão Gottfried Wilhelm Leibniz em trabalhos simultâneos e independentes; Newton a chamou de "ciência das fluxões". Mais tarde, os dois travaram uma discussão feroz sobre quem poderia reivindicar a descoberta. De qualquer forma, está claro que, mesmo muito jovem, na década de 1660 Newton já era um pioneiro da matemática.

Deixando Cambridge para escapar da peste negra em 1666, Newton começou a estudar mecânica natural. Na velhice, alegou ter compreendido pela primeira vez que era a gravidade que controlava a órbita da Lua quando, sentado em seu pomar, observou uma maçã cair de uma árvore. Apócrifa ou não, a história logo se tornou parte do folclore newtoniano; talvez a menção mais apropriada apareça em *Don Juan*, de Byron, em que Newton é descrito como "o único mortal que era capaz de lidar, desde Adão, com uma queda ou com uma maçã".

De volta a Cambridge, Newton foi rapidamente nomeado professor lucasiano de matemática. Estava livre para seguir seu próprio programa de estudos e, enquanto trabalhava, se correspondia com outros cientistas e matemáticos de ponta, incluindo Boyle, Robert Hooke e Edmond Halley. Durante a década de 1670, Newton dedicou bastante tempo à teologia, explorando seu formidável conhecimento da Bíblia e desenvolvendo concepções originais e radicais sobre a Santíssima Trindade. Também se interessou por alquimia – a ciência de transformar metais comuns em ouro – e começou a formar uma enorme biblioteca de livros sobre o assunto. Mas foi a aparição do assim chamado Grande Cometa de 1680-1 que se manteve na raiz do trabalho mais admirável de Newton.

Em 1684, Newton começou a trabalhar no projeto que por fim acabaria se tornando seu inovador *Principia Mathematica*. A obra mudaria sua vida e toda a configuração da ciência. Em seu cerne estão as três leis newtonianas fundamentais do movimento:

• todo objeto continua em seu estado de repouso ou de movimento uniforme em uma linha reta, a menos que seja acionado por forças externas (também conhecido como princípio da inércia);
• a aceleração de um objeto em movimento é proporcional e na mesma direção que a força que atua sobre ele (também conhecido como princípio da dinâmica);
• para cada ação, há uma reação igual e oposta (também conhecido como princípio da ação e reação.)

A partir dessas leis relativamente simples e diretas, Newton produziu uma análise surpreendentemente abrangente do funcionamento do mundo natural. Ele explicou tudo, desde o comportamento de pequenos corpos e partículas até as órbitas de cometas, dos planetas e da Lua. Newton colocou a matemática no âmago da explicação física do mundo, onde permanece até hoje.

Seu brilhantismo rapidamente fez dele um dos cientistas mais destacados e relevantes da Europa. Mas ele se sentiu incapaz de continuar trabalhando no ambiente religioso estritamente convencional de Cambridge e ficou aliviado por ser nomeado para um alto cargo burocrático na Casa da Moeda Real, o que lhe assegurou uma posição financeira estável para o resto da vida. Em 1703, Newton tornou-se presidente da Royal Society, a comunidade científica mais prestigiosa de Londres, e em 1704 publicou *Opticks*, obra que trata do comportamento da luz e das forças que atraem e repelem partículas e corpos. No ano seguinte, foi condecorado cavaleiro pela rainha Ana, o primeiro cientista a receber tal honraria.

Em meio a todas essas conquistas e realizações, mais para o fim da vida Newton passou longos períodos envolvido em furiosos debates e rixas com outros cientistas europeus. No entanto, apesar de todas as suas fraquezas pessoais, nunca houve ninguém, nem à época nem depois de Newton, que pudesse discordar do epitáfio inscrito em seu monumento na abadia de Westminster: "Alegrem-se os mortais por ter existido um tal e tão grande ornamento da raça humana".

# MARLBOROUGH

## 1650-1722

> *Se eu fosse jovem e bela como já fui, em vez de velha e emurchecida como agora estou, e se você fosse capaz de colocar aos meus pés o império do mundo, nem assim você poderia compartilhar o coração e a mão que um dia pertenceram a John, duque de Marlborough.*
>
> Sarah, duquesa de Marlborough, citada por W. S. Churchill em
> *Marlborough: His Life and Times* [Marlborough: vida e época] (1938)

John Churchill, primeiro duque de Marlborough, foi o mais brilhante soldado-estadista da Grã-Bretanha. Comandou a coligação de exércitos que obteve uma série de gloriosas vitórias contra os franceses e seus aliados na Guerra de Sucessão Espanhola que impediu que Luís XIV e seu absolutismo católico dominassem a Europa nos anos iniciais do século XVIII.

Desde o início de sua vida, Churchill era um protegido de Jaime, o duque católico de York, que mais tarde se tornou o malfadado Jaime II. Churchill viajou com Jaime quando o irmão deste, Carlos II, mandou para o exílio o impopular duque, na década de 1670. Na ocasião, Jaime usou Churchill como seu hábil lobista na corte real. Bonito, charmoso e inteligente, o jovem Churchill foi seduzido pela voraz amante de Carlos II, Bárbara, duquesa de Castlemaine, e certa vez teve que pular da janela do quarto dela quando o rei chegou. Churchill já vinha se mostrando um soldado particularmente talentoso; lutou sob o comando do lendário mosqueteiro D'Artagnan em 1673 e atuou com a máxima bravura, ganhando elogios pessoais de seu futuro inimigo, o rei francês Luís XIV.

Em 1677, Churchill casou-se com Sarah Jennings, uma mulher resoluta que se mostrou politicamente astuta. À medida que a carreira militar de Churchill avançava, o casal passava longos períodos separado, mas ainda assim o casamento foi tremendamente bem-sucedido. A partir de 1683, Sarah tornou-se a melhor amiga e conselheira favorita da princesa – e futura rainha – Ana, uma conexão essencial para o futuro e a sorte de Marlborough.

Embora tivesse sido um confidente próximo de Jaime II, Marlborough era, no fundo, protestante. Quando seu protetor e benfeitor Jaime II subiu ao trono em 1685, Churchill foi promovido a general e elevado à posição de par do reino. Mas ficou evidente que Jaime era um rei desastroso, provocando a antipatia da nobreza protestante, que se insurgiu contra ele para apoiar o príncipe holandês Guilherme de Orange e sua esposa Maria, a filha protestante do próprio rei Jaime. A deserção de Churchill, agora conde de Marlborough, desempenhou papel importante na deposição de Jaime. Churchill não teve dificuldade em transferir sua fidelidade a Guilherme de Orange, que se tornou comonarca com sua esposa Maria II após a Revolução Gloriosa de 1688. Churchill teve participação decisiva na campanha contra as forças de Jaime na Irlanda em 1690, e embora durante grande parte desse período tenha sofrido persistentes acusações de ser um dissimulado jacobita (um defensor de Jaime II), Guilherme confiava nele o suficiente para nomeá-lo comandante-chefe das forças britânicas nos Países Baixos em 1701.

Foi sob os auspícios da rainha Ana, que ascendeu ao trono em 1702, que a carreira de Marlborough realmente decolou. Ele foi elevado a ducado e nomeado capitão-geral das Forças Armadas, assumindo o comando da primeira campanha da Guerra de Sucessão Espanhola. Desde o início, Marlborough conseguiu superar os franceses em planejamento, estratégia, manobras e operações militares. Durante sua primeira temporada de campanha bélica, ele empurrou os franceses para uma posição extremamente desvantajosa. Mas foi na campanha de 1704 que se deu o maior êxito dos britânicos.

Em virtude da complexa política dinástica europeia do início do século XVIII, em 1704 Marlborough se viu no comando de uma coalizão multinacional, um exército combinado de tropas britânicas, holandesas, hanoverianas, hessianas, dinamarquesas e prussianas, que ele coordenou com seu aliado austríaco, o príncipe Eugênio de Saboia, e os difíceis e melindrosos líderes da república holandesa. Nos arredores da aldeia de Blindheim (cuja corruptela anglicizada é Blenheim), às margens do rio Danúbio na Baviera, Marlborough enfrentou um conjunto de batalhões franceses e bávaros capitaneados pelo marechal francês Tallard. O comandante francês tinha mais homens e uma posição natural mais forte no campo de batalha, mas não era páreo para Marlborough. Durante a batalha de Blenheim, travada em 13 de agosto de 1704, Marlborough superou em estratégia o inimigo e derrotou o exército franco-bávaro, intervindo pessoalmente em momentos cruciais da luta e assegurando que seus inimigos jamais pudessem tirar qualquer mínima vantagem. Mais de 20 mil homens de Tallard foram mortos ou feridos em combate, e o próprio Tallard foi capturado.

Foi uma vitória retumbante para Marlborough. Terminada a batalha, ele rabiscou um bilhete para sua esposa no verso de uma conta de taberna: "Não tenho tempo para te dizer mais, mas te peço que preste meus respeitos à rainha e informe sua majestade de que seu exército obteve uma vitória gloriosa". A partir desse momento, a fama de Marlborough se espalhou por toda a Europa. Na Inglaterra, como recompensa por seu êxito, Marlborough recebeu verbas para construir o magnífico palácio de Blenheim, perto de Woodstock, em Oxfordshire.

Na Inglaterra, Marlborough também firmou uma parceria com o ministro-chefe Earl Godolphin, o que fez dele uma força ímpar na política, na guerra e na corte.

Outras vitórias famosas se seguiram: Ramillies em 1706, Audenarde em 1708 e Malplaquet em 1709. Foram embates singularmente sangrentos, mas a reputação de Marlborough elevou-se a grandes altitudes e sua fama navegava de vento em popa. Em todas as campanhas entre 1702 e 1710, Marlborough mostrou-se um astuto especialista em tática e um comandante ousado e confiante, capaz de unificar as forças dos díspares Estados em uma grande aliança contra o agressivamente expansionista Luís XIV.

Depois de 1710, intrigas reais e a política doméstica começaram a minar Marlborough. Ele e a esposa caíram em desgraça na corte quando Sarah Marlborough discutiu arrogantemente com sua ex-melhor amiga, a rainha Ana. Sarah tornou-se uma inimiga cruel e amargurada da soberana, a quem acusou de lesbianismo e cuja reputação ela arruinou. O satirista Jonathan Swift desferiu repetidas farpas contra o duque, acusando-o de corrupção. Mas, com a antevisão dos cortesãos natos, os Marlborough simplesmente se alinharam com o príncipe-eleitor de Hanôver, que em 1714 se tornou o rei Jorge I e reconduziu o duque ao posto de capitão-geral.

No entanto, os poderes de Marlborough estavam minguando. Ele sofreu dois derrames em 1716 e daí por diante passava a maior parte do tempo confinado em Blenheim. Em 1722, um derradeiro derrame o matou. Marlborough foi enterrado na abadia de Westminster. Um século depois, o duque de Wellington declarou: "Não sou capaz de conceber ninguém mais brilhante que Marlborough à frente de um exército inglês", e desde então é consenso entre os historiadores militares que Marlborough foi o melhor general que a Inglaterra já produziu.

Mais de trezentos anos depois, a família Churchill novamente daria origem a um admirável estadista que dominou seu tempo: Winston Churchill.

# PEDRO, O GRANDE

## 1672-1725

*Conquistei um império, mas não fui capaz de conquistar a mim mesmo.*

Pedro I da Rússia era um gigante de estatura física – tinha 2,03 metros de altura – e um governante dinâmico; sua espantosa perspicácia política, suas ambições colossais, métodos implacáveis e energia excêntrica transformaram a Rússia em uma extraordinária potência europeia, expandiram vastamente seu império e fundaram a cidade de São Petersburgo. Pedro é volta e meia descrito como um reformador pró-Ocidente, mas isso é simplista: ele foi certamente um reformador e um defensor da tecnologia ocidental, mas no fundo era um autocrata brutal, a personificação suprema do monstro-herói.

Pedro foi criado em uma escola dura: como outros praticantes da autocracia política, a exemplo do czar Ivan, o Terrível, e do rei Luís XIV, seus primeiros anos foram perigosos e incertos, ofuscados por golpes e intrigas terríveis. Pedro era o filho do segundo czar de uma nova dinastia – os Románov –, e quando seu pai Aliêksei morreu, seu irmão mais velho, o fraco e enfermiço

Fiódor, assumiu o trono por alguns anos, mas quem efetivamente governou foram poderosas famílias boiardas (nobres). Após a morte de Fiódor, em 1682, os dois irmãos Ivan v e Pedro i tiveram sucesso em conjunto – Ivan nunca conseguiu exercer seu poder devido às sérias deficiências físicas e mentais de que sofria, e ambos eram muito jovens, por isso a Rússia foi governada por sua mãe como regente. A revolta dos antigos guardas da corte de Moscou, os *streltsy*, uma força militar de elite, permitiu que a temível irmã de Pedro, Sofia, assumisse o poder e governasse em nome dos meninos.

Pedro tornou-se uma figura extraordinária – excepcionalmente alto, embora com uma cabeça um tanto pequena, inteligentíssimo e incansável, ainda que algumas vezes assolado por espasmos e estranhas doenças – talvez sofresse de epilepsia. Desde cedo ficou fascinado com todos os assuntos militares, navais e tecnológicos, criando seu próprio miniexército com regimentos compostos por seus amigos mais próximos.

Em 1689, Pedro tirou sua irmã do poder e começou a governar de forma independente. Ele também se casou e teve filhos. Uma de suas primeiras ações foi atacar os otomanos e os tártaros da Crimeia, ao sul, na esperança de capturar Azov, mas esse empreendimento fracassou e só em 1696 ele conseguiu tomar a cidade.

Em 1697, Pedro iniciou sua aventura de levantamento e verificação de fatos – a Grande Embaixada – pela Europa Ocidental, em que visitou a Holanda e a Inglaterra, entre muitos outros lugares, e estudou construção naval. A expedição foi bizarra – parte pesquisa tecnológica de conhecimentos técnicos, militares e náuticos, parte investigação política, parte turismo e parte arruaça do tipo despedida de solteiro.

Pedro já era uma lei em si mesmo: tamanha era sua supremacia como czar da Rússia que ele invariavelmente se vestia de marinheiro ou soldado raso e, em seu círculo íntimo, gostava de escolher um ou outro cortesão para fazer o papel de "falso czar", de forma que ele pudesse relaxar com seus capangas e entregar-se a desenfreados bacanais de embriaguez e devassidão que literalmente matavam alguns dos participantes menos vigorosos.

Pedro estava havia dezoito meses na Europa Ocidental quando os *streltsy*, a poderosa guarda do Krêmlin, rebelaram-se, e o czar voltou às pressas para casa a fim de arquitetar a destruição dessa força militar profissional – era uma oportunidade de criar seu próprio exército. Pedro nunca teve medo de derramar sangue com suas próprias mãos: ele pessoalmente executou e torturou muitas pessoas em uma orgia pública de violência. Mas também deu início às famosas reformas cujo intuito era atualizar e capacitar a Rússia a assumir seu lugar entre as grandes potências da Europa: proibiu-se o uso de barbas, novos regimentos militares foram treinados, o governo foi reorganizado e Pedro sondou o norte em direção ao Báltico, controlado pela Suécia, e esquadrinhou o sul, em direção ao mar Negro, sob o domínio otomano, para encontrar um porto para a Rússia.

Sua Grande Guerra do Norte, cujo objetivo era obter uma passagem para o Báltico, foi travada nos arredores desse mar e na Ucrânia e Polônia; foi uma luta gigantesca, destrutiva e longa contra o império sueco, em particular seu brilhante rei-guerreiro Carlos XII. A guerra começou com uma derrota em Narva, mas mesmo assim Pedro seguiu em frente e fundou São Petersburgo. Em última análise, o visionarismo e pura determinação de Pedro é que tornariam a cidade a capital da Rússia. A guerra cruenta durou muitos anos e culminou na invasão da Rússia por Carlos XII — um projeto que rivaliza ombro a ombro com as invasões de Napoleão e Hitler em termos de escala, ambição e arrogância. Em uma das batalhas decisivas da história europeia, Pedro derrotou os suecos em Poltava em 1709. São Petersburgo estava a salvo, mas a guerra continuou por mais uma década, mesmo após a morte de Carlos XII.

Em 1710, Pedro, sempre impaciente e excessivamente ambicioso, atacou o Império Otomano no sul, mas sua campanha por pouco não terminou em desastre quando ele e seu exército foram cercados pelo grão-vizir otomano e seu exército: o czar teve sorte de escapar com vida.

Não obstante, seus exércitos haviam conquistado grande parte da costa do Báltico, e ele se concentrou em suas reformas e na nova capital. Seus aliados nesses empreendimentos eram muitas vezes suas próprias crias, figuras que graças à influência de Pedro obtinham riquezas e títulos aristocráticos, a exemplo de seu amigo e comparsa, um ex-soldado e vendedor de tortas, Alexandre Menchikov, que o czar elevou a príncipe e marechal de campo.

O grande amor de Pedro era uma das antigas amantes de Menchikov, uma jovem da Livônia chamada Marta Scavronskaia — rebatizada Catarina pelo czar —, que se tornou a aliada mais confiável de Pedro, seu consolo e mãe de outros filhos do czar, incluindo a futura imperatriz Isabel. Muito antes, Pedro havia se divorciado de sua primeira esposa, Eudóxia Lopukhina, com quem tivera seu herdeiro, o *czarevich* Aleixo Petrovich. O menino representava os velhos interesses moscovitas que Pedro detestava, e as tensões entre eles expunham tanto disputas políticas como rixas pessoais. Aterrorizado, o príncipe refugiou-se com o imperador dos Habsburgo em Viena.

Furioso, humilhado e ameaçado, Pedro ordenou que saíssem ao encalço do filho e o atraíssem de volta para casa com promessas de que sua segurança e integridade seriam respeitadas. Enquanto isso, na Rússia, todas as pessoas acusadas de envolvimento na fuga de Aleixo foram empaladas, torturadas e executadas, muitas vezes pelo próprio czar. Tão logo Aleixo chegou, foi imediatamente preso e torturado até a morte por seu próprio pai. Pedro continuou sendo um tirano perigoso e paranoico: quando o irmão de uma de suas ex-amantes, Anna Mons, ficou próximo demais de sua esposa Catarina, foi decapitado, e sua cabeça conservada em salmoura oferecida à czarina.

Em 1721, Pedro finalmente firmou a paz com a Suécia, e isso lhe rendeu mais territórios ao redor do Báltico. Ele foi declarado imperador da Rússia, o primeiro monarca russo a acrescentar esse título ao lado do tradicional honorífico de czar. No entanto, o assassinato de seu filho e sua incapacidade de nomear um herdeiro masculino deixaram um legado incerto. Ele foi sucedido primeiro por sua imperatriz camponesa, que governou como Catarina I, com o respaldo do amigo de Pedro, o príncipe Menchikov. Com a morte de Catarina, o neto de Pedro, uma criança controlada pelos conservadores moscovitas, subiu ao trono com o nome de Pedro II. A sucessão instável ocasionou décadas de golpes palacianos e mulheres governando o império, a exemplo da filha de Pedro, Isabel, e, mais tarde, a esposa de seu neto, Catarina, a Grande.

Provavelmente o maior e mais célebre czar da Rússia, o protótipo do dirigente russo revolucionário e impiedoso cujas características divergentes inspiraram figuras tão díspares como Catarina, a Grande, Stálin e Vladimir Putin, essa notável força vital morreu em 1725, com apenas 52 anos.

# NADER XÁ

## 1688-1747

*Nader de Isfahan invadiu [o império mogol] com suas tropas que se assemelhavam a ondas do mar, e imediatamente matou a fio de espada todos os nativos das províncias de Cabul, Punjab e Déli.*

Muhammad Muhsin Sadiki, *Jewel of Samsam* (*ca.*1739)

Nader Xá do Irã foi o construtor de império que se fez por esforço próprio e dominou seu país natal, derrotou os imperadores mogóis e os sultões otomanos, conquistou vastos territórios novos, apoderou-se do Trono do Pavão e tentou derrubar a dinastia safávida para ascender de órfão escravizado e bandoleiro a rei dos reis. Mas mergulhou em brutalidade paranoica, matança frenética e, por fim, na insanidade que resultou em seu assassinato. Conhecido como o Segundo Alexandre, foi o trágico e homicida Napoleão do Irã.

Nader era membro de uma tribo turcomena que habitava uma área do norte do Irã. Seu início de vida foi obscuro. O pai, um pastor pobre, morreu quando Nader ainda era menino, e ele e a mãe foram sequestrados e escravizados depois do ataque de um bando de saqueadores a sua aldeia. Nader, porém, logo escapou e entrou para o bando de um chefe tribal local, posição militar em que se distinguiu e em cujas fileiras subiu rapidamente. Mas no devido tempo, o obstinado Nader abandonou o chefe do clã e embarcou em uma vida de banditismo. Em meados da década de 1720, já contava com cerca de 5 mil asseclas.

Esse menosprezo pela autoridade central nada tinha de surpreendente; afinal de contas, era uma época de profunda inquietação na Pérsia. A tribo nativa de Nader sempre fora fiel aos xás safávidas que haviam governado o país ao longo dos duzentos anos anteriores. Entretanto, no início do século XVIII o império safávida estava em declínio. Em 1719, o agonizante império fora afrontado por seus antigos súditos afegãos, que invadiram a Pérsia e, três anos depois, em 1722, depuseram o xá Soltan Hossein. Em resposta, Nader inicialmente cedera aos conquistadores afegãos e lutara ao lado deles, mas depois optou pela rebelião. Ele então aliou-se a Tahmasp, o filho e herdeiro de Soltan Hossein, que estava tentando reaver o trono dos herdeiro dos safá-vidas. As habilidades militares de Nader foram logo reconhecidas e, em 1726, foi nomeado comandante supremo das tropas de Tahmasp.

Em 1729, Nader havia infligido uma derrota decisiva aos afegãos e resta-belecera Tahmasp no trono. Nader atacou os turcos otomanos e reconquistou o território que eles haviam tomado da Pérsia no Azerbaijão e na Mesopotâ-mia. No entanto, foi distraído por uma rebelião doméstica, e, enquanto lida-va com isso, o xá Tahmasp tentou reforçar suas próprias credenciais militares desferindo um novo ataque ao Império Otomano. No fim ficou claro que tra-tou-se de uma manobra desastrosa, e a maior parte do trabalho de Nader foi destruída. Furioso com a incompetência de Tahmasp, em 1732 Nader o depôs e o substituiu por seu filho pequeno, Abas III – embora Nader, como regente, exercesse efetivamente o poder.

Por volta de 1735, Nader havia mais uma vez recuperado territórios perdi-dos para os otomanos. Contudo, tais realizações no campo de batalha já não eram suficientes para ele. Em janeiro de 1736, ele convocou uma assembleia das mais importantes figuras políticas e religiosas da Pérsia e "sugeriu" que o jovem xá fosse deposto e que ele, Nader, assumisse seu lugar. De forma previ-sível, os notáveis reunidos deram seu consentimento.

Nader então encetou uma onda de conquistas que lhe valeria o epíteto de "Segundo Alexandre". Em 1738, atacou Candaar, o último reduto dos afegãos. A cidade foi arrasada, e em seu lugar foi erguida Naderabad, nome em home-nagem ao novo xá. Nader também despachou sua marinha para o outro lado do golfo Pérsico, onde subjugou Bahrein e Omã. A seguir, em 1739, lançou a campanha que lhe granjearia a infâmia: seu ataque ao império mogol na Índia.

Os principais exércitos mogóis foram obliterados na batalha de Karnal em fevereiro de 1739, deixando o caminho aberto para Déli, a capital mogol. Ao chegar à cidade, Nader ordenou o massacre de seus habitantes, o que resultou em uma carnificina de 20 mil a 30 mil mortes em um único dia. A cidade foi então saqueada e todos os tipos de tesouros foram levados para a Pérsia – in-cluindo o Trono do Pavão, que mais tarde simbolizaria a autoridade do xá. Mas o apetite de conquista de Nader ainda assim não estava saciado e, à medida que avançava pela Ásia Central, enfrentou otomanos, russos e uzbeques.

Em 1741, Nader sobreviveu a uma tentativa de assassinato, episódio de-pois do qual tornou-se cada vez mais paranoico. Convencido de que seu filho mais velho, Reza Qoli Mirza, tivera participação no atentado contra sua vida,

Nader mandou cegá-lo, enquanto os supostos coconspiradores foram condenados à morte. A crescente severidade do governo de Nader, longe de esmagar a dissidência, serviu apenas para provocar novos surtos de inquietação. Essas rebeliões e insurreições foram sufocadas com represálias cada vez mais ferozes, e Nader ganhou a reputação de construir torres de crânios como demonstração do preço da deslealdade. Ao mesmo tempo, a disciplina ferrenha que ele impunha a seus próprios soldados tornou-se cada vez mais implacável. Ao fim e ao cabo, esse pendor para a crueldade acabou por se revelar fatal, pois em 1747, enquanto viajava para subjugar mais uma rebelião, Nader foi assassinado por alguns de seus próprios soldados descontentes.

Milhares de pessoas morreram nas mãos de Nader; os impostos que ele cobrava e as guerras que ele travou arruinaram seu próprio povo e, por ocasião de sua morte, seu império desmoronou. No entanto, Nader foi um imperador de realizações impressionantes. Ele foi brilhante e brutal em igual medida: séculos mais tarde, Stálin estudou Nader Xá como um homem admirável por sua grandeza imperfeita mas impiedosa.

# VOLTAIRE

## 1694-1778

*Enquanto as pessoas acreditarem em absurdos, continuarão cometendo atrocidades.*

Voltaire

Escritor, filósofo, celebridade literária e amigo de reis, François-Marie Arouet, mais conhecido por seu pseudônimo Voltaire, foi a estrela do Iluminismo, um dos homens mais influentes da Europa – e também um dos mais ricos. Sua ridicularização dos absurdos e atrocidades da Europa do século XVIII ajudou a engendrar o mundo moderno – um mundo no qual a ciência e a razão substituíram a superstição. Graças à indignação e energia de Voltaire, a liberdade de expressão e de crença e a administração imparcial da justiça vieram a ser consideradas direitos humanos inalienáveis.

Já mesmo durante o tempo em que viveu, Voltaire ganhou fama como um gênio incansável e talentoso. Destacou-se como dramaturgo, poeta, romancista, satirista, polemista, historiador, filósofo, investidor financeiro e cortesão (por vezes, bajulador). Em meio a sua prodigiosa produção de mais de 350 obras, é a breve sátira *Cândido ou O otimismo* (1759) a que sintetiza de forma mais completa o brilhantismo de Voltaire. Como a maior parte da obra do filósofo, *Cândido* recebeu aclamação popular instantânea tão logo o livro foi publicado; a novela acompanha o desafortunado herói epônimo através de uma série de sombrias aventuras e vicissitudes enquanto se apega à piedade religioso-filosófica convencional de que "tudo vai pelo melhor no melhor dos mundos possíveis" – apesar de evidências cada vez mais conclusivas no pessimista sentido contrário, à medida que os horrores vão se acumulando. Um ataque devastadoramente espirituoso a tudo, da escravidão às profissões liberais, *Cândido* exemplifica o poder da afiada pena de Voltaire para esvaziar a pretensão e a hipocrisia.

Magro, travesso e perversamente brilhante, Voltaire nasceu em uma família burguesa abastada e de resto convencional. Ele pessoalmente estimulava os rumores de que sua paternidade estava em outro lugar. Já no fim da adolescência, sua sagacidade ácida – certa vez comentou sobre a "Ode à posteridade" escrita por um poeta rival: "Receio que o poema, sem fazer jus ao título, não vai conseguir acertar o alvo" – fez dele o queridinho da sociedade aristocrática. Voltaire, o mago das finanças, fez fortuna com a engenhosa manipulação da loteria de Paris. O castelo de Cirey, a propriedade na Lorena na qual, nas décadas de 1730 e 1740, Voltaire passou dez anos com seu grande amor, a bela estudiosa de matemática marquesa de Châtelet, que era casada, tornou-se um celeiro de debates intelectuais e travessuras sociais.

A campanha de Voltaire contra as práticas arbitrárias da monarquia era embasada em sua própria experiência de primeira mão: quando jovem, por causa de versos irreverentes contra os governantes, ele foi preso na Bastilha. Um posterior exílio em Londres (1726-9) alertou Voltaire para o contraste entre a abertura intelectual da Inglaterra e a censura opressiva da França. Em suas *Cartas filosóficas*, publicadas quando ele retornou à França em 1729, Voltaire encetou um ataque vitalício contra a injustiça e a intolerância fomentadas pela Igreja Católica e pela monarquia absolutista da França. Depois disso, Voltaire e as autoridades francesas coexistiram sob uma trégua desconfortável. Durante um breve período na década de 1740, Voltaire ocupou o cargo de historiador da realeza, embora seus aposentos – "a pocilga mais fedorenta de Versalhes" – o desapontassem. Entretanto, tendo chegado à conclusão de que "eu gosto muito da verdade, mas não do martírio", passou a maior parte de sua vida longe do centro.

Ele fixou residência em Genebra a partir de 1755, e depois, em 1759, estabeleceu-se em território francês, na vizinha Ferney, cuja proximidade com a fronteira suíça lhe proporcionou uma luxuosa segurança para exercitar sua pena. Os pseudônimos que Voltaire usava eram frágeis e inconsistentes, para dizer o mínimo: o alvo predileto de seus ataques mais virulentos à Igreja era o arcebispo de Paris. Mas esses cognomes permitiam a Voltaire negar a autoria dos textos, demonstrando ingênua inocência enquanto as indignadas autoridades proibiam e queimavam seus livros.

A mais notável realização de Voltaire foi sua campanha pelos direitos civis, empreendida sob o seu lema *"Écrasez l'infâme"* ("Esmagai a infâmia"). Seus apelos em nome da liberdade religiosa e justiça judicial inauguraram uma nova era. Instrumentos de tortura para as pernas e os polegares; o suplício da roda; a privação de sono; a toca ou afogamento simulado (que consistia em introduzir um pano na boca da vítima e forçá-la a ingerir água derramada de um frasco de modo que ela tinha a sensação de afogamento); o pau de arara (instrumento de tortura que consiste numa barra em que o torturado é pendurado pelos joelhos e cotovelos flexionados) – esses eram apenas alguns dos métodos usados nas prisões em toda a Europa no tempo de Voltaire para extrair confissões dos "culpados".

A punição podia ser ainda mais medonha. A execução em Paris, em 1757, de Robert Damiens, o homem que tentou esfaquear Luís xv, foi incomparavelmente pavorosa. Em primeiro lugar, conforme decretado pelo Parlamento da França, a mão que havia empunhado a faca foi queimada. Depois o carrasco usou pinças em brasa para arrancar nacos de carne, cobrindo as feridas com chumbo derretido. Por mais de um quarto de hora, quatro cavalos, atados a cordas amarradas nos pulsos e tornozelos da vítima e puxando em diferentes direções, tentaram desmembrar o corpo alquebrado de Damiens, até que por fim suas coxas e braços foram arrancados com uma faca. Diz-se que o pretenso regicida ainda estava vivo quando seu tronco desmembrado foi jogado na fogueira.

Até o século XVIII, a tortura era uma parte aceita do sistema judicial. Era um meio de arrancar a verdade da vontade humana recalcitrante, uma maneira de punir os culpados da maneira mais hedionda possível. Os pensadores do Iluminismo encaravam a tortura de outra forma – em seu parecer, era uma prática bárbara que nada tinha a ver com justiça, e em que havia o risco de se punir tanto os inocentes como os culpados.

Infligir uma dor tão intensa a um homem, argumentou o italiano Cesare Beccaria em 1764, em um dos tratados mais influentes da época, apenas obrigaria a vítima a "acusar a si mesma de crimes dos quais ela é inocente". Ao ouvir o caso de Jean Calas, um huguenote (protestante francês) de Toulouse que, em 1762, foi acusado de assassinar seu filho, depois torturado para fazer uma confissão e por fim supliciado na roda, Voltaire se enfureceu contra a barbárie supersticiosa da Igreja Católica e sua excessiva influência judicial.

Durante a segunda metade do século XVIII, Prússia, Suécia, França, Áustria e Toscana aboliram a tortura judicial. Em 1801, sob o czar Paulo, a Rússia decretou que "o próprio nome da tortura, trazendo vergonha e opróbio à humanidade, deveria ser para sempre apagado da memória pública".

Estava longe de uma lembrança distante; mas agora a tortura era um segredo vergonhoso em vez de uma prática louvável. E enquanto o banho de sangue do Terror na França maculou totalmente o nome do país, a invenção do dr. Joseph-Ignace Guillotin – a guilhotina – para decapitar rapidamente e sem dor o condenado tinha o intuito de se afastar um pouco dos métodos selvagens do passado. O deísta *Tratado sobre a tolerância*, que Voltaire publicou em 1763, expandiu sua convicção de que a razão deveria ser o princípio permanente de governança, e sua afirmação de que a liberdade religiosa não era danosa ao bem-estar do Estado tornou-se um princípio fundamental dos governos modernos. "O direito de perseguir", declarou o pensador, "é absurdo e bárbaro."

A essa altura a fama de Voltaire já se espalhara pela Europa: Frederico, o Grande, e Catarina, a Grande, com quem ele trocava prolífica correspondência, deleitavam-se no reflexo da glória de Voltaire, ambos projetando uma imagem de adeptos do "absolutismo esclarecido". Os dois monarcas repetidamente convidaram Voltaire para visitar seus países, e no devido tempo ele diligentemente passou uma temporada com Frederico (1750-3), mas as realidades da corte prussiana azedaram a relação de Voltaire com o homem que ele então descreveu como uma "prostituta simpática", e que certa vez o descreveu como um "macaco". Voltaire resistiu aos convites de Catarina, mas foi ele quem a adulou aplicando-lhe o epíteto "a Grande". Os luminares de todo o continente aglomeravam-se para ver Voltaire e, em Ferney, ele se tornou o autoproclamado "estalajadeiro da Europa". O estudante brilhante, descrito por seu pai-confessor como uma pessoa "devorada pela sede de celebridade", tornou-se "rei Voltaire", reverenciado e insultado em igual medida na Europa como o flagelo da autoridade, injustiça e hipocrisia. Quando Voltaire estava à morte em Paris, em 1778, seus aposentos ficavam atulhados, as multidões determinadas a ter um último vislumbre de um homem lendário.

O santuário a Voltaire erguido no Panthéon pelos revolucionários franceses é um reconhecimento da sua dívida para com o filósofo. No mausoléu lê-se a inscrição: "Ele nos ensinou a ser livres". Voltaire iniciara o processo de traduzir em realidade os ideais do Iluminismo, e suas palavras tornaram-se a primeira bomba lançada contra o *Ancien Régime*. Certa vez ele disse a um amigo: "Nunca fiz uma oração a Deus, exceto uma muito curta: 'Ó Senhor, torne meus inimigos ridículos'. E Deus me atendeu".

# SAMUEL JOHNSON

## 1709-1784

> *Aqui jaz Sam Johnson: – Leitor, toma cuidado,*
> *Pisa de leve, para não despertar um urso adormecido:*
> *Religioso, moral, humano e generoso*
> *Ele era: autosuficiente, orgulhoso e vaidoso*
> *Apaixonado e arrogante, verdadeiro cristão*
> *Estudioso e soberbo no embate – mas um grosseirão.*
>
> Soame Jenyns, sugestão de epitáfio para o dr. Johnson (1784)

Samuel Johnson foi um dos escritores mais versáteis, eruditos, profícuos e talentosos da história da literatura inglesa. Além de seu extraordinário e inovador *Dicionário*, ele também produziu uma obra copiosa em uma ampla gama de outros gêneros: ensaios, crítica literária, relatos de viagem, esboços políticos e sátiras, uma tragédia, biografia, poesia, traduções, sermões, diários, cartas e panfletos. Johnson era um mestre da conversação e uma figura rabugenta e irritadiça, magnética e brilhante na sociedade londrina. Por meio da biografia escrita por seu discípulo James Boswell, podemos apreciar uma das personalidades reinantes da história literária como se Johnson estivesse vivo ainda hoje.

Os primeiros anos de Johnson não se mostraram muito promissores. Quando criança, sofria de escrófula (tuberculose das glândulas linfáticas), que afetavam sua visão; e de varíola, que desfigurou seu rosto, tornando-o uma figura na melhor das hipóteses peculiar em termos de aparência física. Ao longo de toda a sua vida, Johnson também esteve propenso à depressão e tinha todos os tipos de estranhos tiques e espasmos que, hoje se sabe, sugerem a síndrome de Tourette. Apesar dessas desvantagens, o jovem Samuel era um menino brilhante, que cresceu em uma família de livreiros em Lichfield. Mas a pobreza obrigou-o a abandonar o Pembroke College, em Oxford, depois de apenas um ano de curso, sem se formar.

Em 1735, Johnson casou-se com Elizabeth Porter, uma viúva local vinte anos mais velha que ele. Fracassando na tentativa de obter um cargo de professor, mudou-se para Londres em 1737 e começou a trabalhar para a *Gentleman's Magazine*, periódico para o qual escrevia comentários cômicos sobre as seções parlamentares. Johnson já havia escrito uma tragédia teatral, *Irene*, e trabalhou em poemas satíricos, biografias como *The Life of Mr. Richard Savage* [A vida do sr. Richard Savage] e um catálogo da coleção de livros e manuscritos de Robert Harley.

Foi em 1746 que Johnson começou sua *magnum opus*. Ele foi contratado para escrever um novo dicionário da língua inglesa, e o projeto dominou os nove anos seguintes de sua vida. Nada em tal escala jamais havia sido realizado antes, e evidenciou-se que seu *A Dictionary of the English Language* [Um dicionário da língua inglesa] era uma obra-prima de erudição. A pioneira compilação abriu novos caminhos na lexicografia, abrangendo vasta gama de palavras a partir de uma gigantesca fonte de material de origem, e até mesmo fazia uma boa tentativa no sentido de descobrir a etimologia de muitos dos vocábulos incluídos. O *Dicionário* também foi uma demonstração do estilo vigoroso e preciso de Johnson. Em um característico vislumbre de espirituosa autodepreciação, Johnson define um lexicógrafo como "um escritor de dicionários, um burro de carga inofensivo".

O *Dicionário*, publicado em 1755, foi imediatamente reconhecido como um trabalho de brilhantismo, e Johnson foi agraciado com um título de mes-

trado honorário de Oxford antes mesmo de a obra ser concluída. Nesse meio-
-tempo, ele continuou a escrever copiosamente em outros gêneros. Seus ensaios na revista *The Rambler* tratavam de assuntos tão variados quanto a pena
de morte, a boa e adequada criação dos filhos e o surgimento do romance, e
estão repletos de epigramas dignos de citação e que se tornaram célebres – a
exemplo de "Nenhum homem se sente muito satisfeito com um companheiro que não aumente, de alguma forma, sua admiração por si mesmo". Johnson tinha o mesmo dom de Oscar Wilde para apontar, com perspicácia afiada
feito uma navalha, as contradições inerentes à natureza humana.

Johnson perdeu sua esposa em 1752. Nunca se casou novamente, mas sua
casa era um refúgio para amigos de origens e classes sociais díspares. Ex-pros-
titutas, cirurgiões sem licença médica endividados, escritoras – uma categoria
que gozava da especial predileção de Johnson – conviviam sob seu teto. Mas
ele era igualmente popular entre as altas camadas da sociedade, recebendo
patrocínio do Tesouro e trocando ideias com homens como o "pai fundador"
dos Estados Unidos, filósofo e inventor Benjamin Franklin. Em 1763, Johnson conheceu o jovem Boswell numa livraria e fez dele seu protegido. Boswell
era um fã dedicado, e a biografia que ele escreveu nos diz muito sobre a vida
de Johnson e sua cintilante habilidade de conversação – aspectos que de outra
forma poderiam ter se perdido.

À medida que a fama de Johnson crescia, ele produziu outro par de belas
obras: uma admirada edição das peças de Shakespeare [*The Plays of William
Shakespeare*] em 1765, e *The Lives of Poets* [As vidas dos poetas], que veio a
lume entre 1779 e 1781. Johnson era invariavelmente duro, quando não áspero
e severo, com seus contemporâneos – quando lhe pediram que escolhesse a
melhor parte da obra de dois poetas menores, Smart e Derrick, ele respondeu
que "não havia como estabelecer o ponto de precedência entre um piolho e
uma pulga". Apesar dessas grosserias e indelicadezas, Johnson tinha um coração caloroso e generoso e uma consideração carinhosa pelos amigos. Ele
morreu em 1784 e foi enterrado na abadia de Westminster, um sinal da estima de que desfrutava por parte de seus contemporâneos – estima que não
diminuiu nos séculos seguintes. "Odeio o sujeito cujo orgulho, covardia ou
preguiça o encurrala em um canto, e que quando está lá nada faz além de se
sentar e rosnar", disse Johnson certa vez. "Que ele faça como eu e saia latindo
e vociferando."

# FREDERICO, O GRANDE

## 1712-1786

*Um homem que trava batalhas com a mesma prontidão com que compõe uma ópera [...] ele escreveu mais livros do que qualquer um de seus príncipes contemporâneos produziu bastardos; conquistou mais vitórias do que escreveu livros.*

Voltaire, 1772

O excepcional soldado-estadista de sua época, o paradigma da realeza talentosa, Frederico, o Grande, prefigurou Napoleão. O mais esclarecido monarca de seu tempo, Frederico era um esteta e amante das artes – arguto, escritor e compositor consumado e flautista habilidoso. Famoso na juventude como príncipe filósofo, ao ascender ao trono em 1740, aos 28 anos, esse monarca aparentemente efeminado surpreendeu as cabeças coroadas da Europa tornando-se o governante mais formidável do período.

Com seu humor sardônico e espirituoso, Frederico certa vez declarou que havia infectado a Europa com a guerra assim como uma coquete infecta seus clientes. Introspectivas e autocríticas, as análises e planejamentos de Frederico eram sempre imaculados, sua mente veloz a primeira a aproveitar a vantagem no campo de batalha. Suas qualidades marciais instilaram em seus exércitos tremendamente bem treinados o mais completo respeito e lealdade, apesar das terríveis privações a que os homens eram submetidos nas campanhas empreendidas por Frederico. Quando Napoleão chegou a Berlim, vinte anos depois da morte de Frederico, prestou homenagem diante do túmulo do rei da Prússia. Ao entrar, declarou aos seus homens: "Tirem o chapéu, senhores! Se ele estivesse vivo, não estaríamos aqui!".

Frederico travou a guerra para servir aos interesses do seu Estado, mas nunca foi um militarista. Ele deplorava os efeitos dos conflitos armados e abominava a hipocrisia. Em outras ocasiões, sabia ser firmemente pragmático: "Se pudermos ganhar algo sendo honestos, nós o seremos; e se tivermos que enganar, seremos trapaceiros".

Em 1740, em uma manobra corajosa e impiedosa, Frederico invadiu a rica província da Silésia, na Áustria, desencadeando quase vinte anos de guerra selvagem em toda a Europa Central, mas manteve a posse do território. A hipó-crita velha guarda da Europa foi rápida em compartilhar os despojos quando Frederico iniciou a divisão da Polônia cada vez mais mergulhada na anarquia. "Ela chora, mas aceita seu naco", Frederico ironicamente comentou a respeito da imperatriz Maria Teresa da Áustria quando ela pegou sua fatia da Polônia.

O homem que se recusava a usar esporas porque as achava cruéis para os cavalos aboliu a tortura poucos dias depois de assumir o trono. Frederico baniu a servidão em todos os seus novos territórios, e em uma época em que quem roubasse pão era punido com a pena capital, o monarca, famoso por sua liberalidade, sancionava apenas oito ou dez sentenças de morte por ano. Certa vez suspendeu a execução de um pai e uma filha acusados do crime de incesto, alegando que não se podia ter absoluta certeza sobre a paternidade da menina. A tolerância religiosa do ateu Frederico estendia-se a acolher na Prússia os jesuítas – grupo religioso que cabeças coroadas de toda a Europa estavam tentando expulsar.

O primeiro dos déspotas esclarecidos da Europa, Frederico foi incansá-vel no que dizia respeito a cumprir seu autoproclamado papel de primeiro servo do Estado. Todos os dias ele se forçava a levantar às quatro horas da manhã, ordenando que seus servos jogassem um pano frio e molhado sobre seu rosto, caso parecesse relutante para sair da cama. Mesmo começando o dia tão cedo, ele mal tinha tempo para fazer tudo o que queria. Em sua corte, que ele encheu de artistas, escritores, músicos e filósofos, Frederico praticava flauta quatro vezes por dia, realizava concertos depois da ceia, mantinha vasta correspondência com filósofos e estadistas, escrevia poesia e administrava os assuntos de Estado.

Sua persistência era tão impressionante quanto sua sorte. Frederico estava propenso a crises de depressão e desespero, mas nunca desistia. "Somente a fortuna pode me tirar da minha posição atual", declarou ele durante a Guerra dos Sete Anos (1756-63). A oportuna morte de sua inveterada inimiga, a im-peratriz Isabel da Rússia, em 1762, provocou uma reviravolta radical na polí-tica externa, uma vez que o ardoroso admirador de Frederico, Pedro III, subiu ao trono russo. Tendo estado à beira da aniquilação total no início da guerra, a Prússia emergiu triunfante do conflito.

A insegurança de Frederico talvez tenha sido incutida nele em decorrên-cia de sua juventude sofrida. O desprezo de seu pai, Frederico Guilherme I, pelo filho era célebre. "O que se passa dentro dessa cabecinha?", perguntava em tom autoritário o austero, violento e volátil Frederico Guilherme, desconfiado, a seu filho "efeminado", cujo duradouro amor por todas as coisas francesas divergia diretamente das ordens de seu pai. As coisas chegaram ao ponto de crise quando Frederico, aos dezoito anos, tentou fugir de sua existência infeliz. Depois que foi capturado e preso, seu melhor amigo (e, dizem alguns, amante) Hermann von Katte foi executado junto à janela de sua cela.

A Prússia pode até ter crescido no quesito magnificência e esplendor, mas Frederico não. Perto do fim da vida, um dignitário em visita oficial encontrou um "jardineiro" idoso no palácio de verão de Sanssouci e teve com ele uma conversa amigável. Somente mais tarde, quando foi apresentado ao rei da Prússia, ele percebeu com quem estivera falando.

Mas Frederico podia tornar-se perverso e desagradável – nas demonstrações de sua inteligência perspicaz, na hora de disciplinar seu exército ou para repudiar a esposa. Sua sexualidade intrigava e desconcertava os contemporâneos – havia rumores de casos com homens da guarda imperial. Certamente não houve amantes do sexo feminino. Talvez ele fosse assexuado e celibatário. Frederico teve uma discussão espetacular com seu velho correspondente Voltaire, que o ofendeu por escrito chamando-o de avarento e tirano. As guerras simultâneas que Frederico travou em nome do avanço de seu país esgotaram os recursos da Prússia. Por causa da ênfase que dava à primazia do Estado, o governo de Frederico nunca foi tão iluminista e esclarecido quanto Voltaire havia esperado.

Com a idade, o conservadorismo que Frederico manteve ao longo de toda a vida se traduziu em uma crescente rigidez. Com típica autodepreciação, ele frequentemente dizia que vivera tempo demais.

# CASANOVA

## 1725-1798

*Honrada ou não, digna ou não, a minha vida é meu tema, e o meu tema é a minha vida.*

Giacomo Casanova

O nome de Casanova – ou, para citar seu nome completo, Giovanni Giacomo Casanova de Seingalt – é sinônimo de mulherengo e de vida desregrada e libertina. De fato, em suas memórias picantes e escandalosamente honestas, *Histoire de ma vie jusqu'à l'an 1787* [A história da minha vida até 1787], esse homem alto, moreno e bonito, e autoproclamado herói, apresenta-se como "o maior amante do mundo", descrevendo suas muitas conquistas, bem como seus primeiros anos de vida, aventuras e viagens, em detalhes lascivos e mordazes. Portanto, pode parecer uma surpresa descobrir que o notório namorador, que gerou inúmeros filhos fora do casamento e era ele próprio, dizia-se, o filho ilegítimo de um nobre veneziano, foi também um homem extremamente culto – é essa a verdadeira razão de sua fama. Sejam essencialmente fato ou ficção jactanciosa e presunçosa, suas memórias são as mais extraordinárias já escritas.

Precocemente inteligente, Casanova frequentou a Universidade de Pádua a partir dos treze anos, obteve um doutorado em direito aos dezesseis anos (ironicamente, talvez, seus estudos incluíssem filosofia moral), recebeu as ordens eclesiásticas e também cogitou formar-se em medicina. "A ideia de se acomodar e se concentrar em uma única coisa", escreveu ele, "sempre foi repulsiva para mim." O aventureiro e talentoso Casanova estava sempre em movimento. Ele começou a trabalhar na igreja em Veneza, mas logo foi expulso sob uma espécie de nuvem, devido a seus apetites sexuais e sua aparência de dândi. A partir daí, teve uma curta carreira como oficial militar, aquartelado em Corfu, depois como violinista de teatro em Veneza. Assumiu uma variedade de empregos antes de deixar Veneza em 1748, sob a suspeita de tentativa de estupro (embora mais tarde tenha sido absolvido da acusação).

Nascido em um mundo de artistas, vigaristas e cortesãos, Casanova representou uma efervescente fusão de dois tipos sociais do século XVIII – o embusteiro e o homem das letras. Foi um daqueles fascinantes charlatães e impostores que entretinham, hipnotizavam e ludibriavam as cortes reais da época, alegando serem nobres, necromantes, alquimistas (capazes de transformar metais em ouro), cabalistas, magos e hierofantes. O primeiro deles foi o chamado conde de Saint-Germain (1710-84), que afirmava ter 2 mil anos e ser capaz de se lembrar da crucificação de Jesus (seu criado também alegava recordar da cena); Luís xv deu-lhe 10 mil libras francesas. O maior de todos foi Alessandro, conde de Cagliostro (1743-95), nascido Giuseppe Balsamo na Sicília, que fez fortuna nas cortes de toda a Europa alegando, entre outras proezas, que era capaz de converter urina em ouro e produzir poções da juventude e da vida eterna. Sua sedutora esposa siciliana, nascida Lorenza, acompanhava-o como Serafina, princesa de Santa Croce. Depois de uma turnê ao estilo astro do rock percorrendo a Europa, o conde Cagliostro por fim acabou se envolvendo no caso do colar de diamantes que tanto prejuízo causou à reputação da rainha Maria Antonieta, e morreu em 1795 em uma prisão italiana.

Mas foi também uma época bastante literária, quando a fama de escritores genialmente argutos como Casanova se espalhou por toda a Europa. O mais extraordinário missivista da época (junto com Voltaire) foi o genuíno aristocrata de alta linhagem Charles-Joseph, príncipe de Ligne (1735-1814), um fidalgo belga, oficial e homem de letras, marechal de campo austríaco e cortesão internacional, um sardônico *socialite*, que conseguiu ser amigo simultaneamente do imperador José ii, de Catarina, a Grande, da Rússia e do rei Frederico, o Grande. Suas hilárias cartas eram copiadas e passadas de corte em corte, e ele por fim morreu no Congresso de Viena.

Adotando a identidade do fidalgo Chevalier de Seingalt, Casanova ganhava a vida como o inventor da loteria de Paris, consultor agrícola dos reis da Espanha, alquimista e cabalista. Foi preso diversas vezes por causa de suas dívidas, e em 1755 por feitiçaria e maçonaria – e depois aprisionado por três meses na prisão de Piombi, em Veneza, da qual supostamente era impossível escapar. Ele conseguiu fugir, no entanto, através dos telhados, parando para tomar um café e recobrar as forças na praça São Marcos, antes de desaparecer em uma gôndola.

Casanova viajou muito, percorrendo Itália, Áustria, Espanha, Inglaterra, Turquia e Rússia, andanças em que conheceu pessoalmente Catarina, a Grande, Jorge iii da Inglaterra e o papa Bento xii, sem mencionar Rousseau e Voltaire. A maior parte de sua renda vinha dos fidalgos que admiravam sua inteligência e espirituosidade, ou – no caso das mulheres – procuravam e frequentemente recebiam suas atenções. Casanova nunca se casou, mas ficou noivo diversas vezes. Entre suas amantes incluíam-se cortesãs, camponesas, herdeiras, condessas e muitas freiras, às vezes ao mesmo tempo. Em 1776, atolado em dívidas, tornou-se agente secreto do Tribunal Veneziano de Inquisidores, sob o nome Antonio Pratiloni, espionando e delatando hereges para a Igreja Católica enquanto vivia com uma costureira local.

As memórias de Casanova estão repletas de histórias de bravura e românticos e galantes encontros amorosos; os relatos memorialísticos são a principal fonte de informações sobre sua vida diversificada, atribulada e suspeitosa. Fortemente censuradas em edições anteriores, só foram publicadas na íntegra, na forma de doze volumes sem retoques e sem expurgos, em 1960; pintam um retrato de um sedutor adorável e transgressor, um fora da lei transeuropeu. Casanova redigiu suas memórias à feição de um velho rememorando uma vida de aventuras, enquanto trabalhava como bibliotecário do conde da Boêmia, Joseph Karl von Waldstein. Casanova nunca foi de deixar os fatos atrapalharem uma boa história. Algumas de suas datas simplesmente não fazem sentido: as pessoas estão nos lugares errados e morrem nos momentos errados, e, em virtude dos pseudônimos que ele dá a suas várias conquistas, torna-se impossível saber ao certo quem era quem. Pouco confiáveis, autoindulgentes e descaradas, as memórias de Casanova são, no entanto, um clássico literário, uma imagem real e um testemunho de toda uma época.

"Vivi como um filósofo", declarou Casanova em seu leito de morte, "e morri como um cristão." Sua vida foi bem menos simples e direta e muito mais interessante que isso.

# CAPITÃO COOK

## 1728-1779

*O navegador mais competente e renomado que este ou qualquer outro país jamais produziu.*

Monumento de sir Hugh Palliser ao Capitão Cook,
erguido em Chalfont St. Giles, Buckinghamshire, depois
que a notícia da morte de Cook chegou à Europa

James Cook foi responsável por explorar e mapear vastas porções do oceano Pacífico até então desconhecidas pelos europeus. Capitão criativo e também um excelente navegador, criou para suas tripulações uma dieta rica em vitamina C, evitando assim os surtos de escorbuto que geralmente afligiam os marinheiros em longas viagens. A curiosidade e a ambição, bem como a ciência, levaram Cook a satisfazer o seu desejo de viajar não apenas "mais longe do que qualquer outro homem antes de mim já foi, mas até tão longe quanto creio ser possível a um homem ir".

As realizações de Cook foram extraordinárias, dadas as suas origens familiares. Filho de um lavrador pobre de Yorkshire, na adolescência Cook foi contratado como empregado de armazém. Essa vida não era suficiente para seu espírito inquieto, e então ele partiu para o porto de Whitby. Ali, apresentou-se aos donos de uma frota de navios carvoeiros que fazia a rota até Londres em grandes barcaças, e passou vários anos percorrendo de cima a baixo a costa leste da Inglaterra. Tendo adquirido os rudimentos da navegação, em 1755 ele se alistou como voluntário para atuar na Marinha Real Britânica e teve ascensão meteórica. Durante a Guerra dos Sete Anos, adquiriu reputação como topógrafo hidrográfico, e seu trabalho mapeando o rio São Lourenço e cartografando o litoral do Canadá foi decisivo para posteriores vitórias britânicas. Seus levantamentos topográficos e instruções náuticas sobre a Terra Nova foram usados durante mais de um século.

As observações de Cook sobre o eclipse solar de 1766 impressionaram tanto a Royal Society que, em conjunto com o Almirantado, a instituição contratou-o para empreender uma viagem ao Taiti a fim de observar o trânsito de Vênus – e também para explorar e reivindicar para a Grã-Bretanha o desconhecido continente chamado de Terra Australis. A convicção na existência de tal continente – que abrangeria não apenas o Polo Sul, mas também se estenderia ao norte até o oceano Índico e o Pacífico – era defendida por geógrafos desde a época de Aristóteles. As descobertas de Cook deram fim ao mito: ao circum-navegar a Nova Zelândia pela primeira vez (1769), tornando conhecida a costa leste da Austrália (1770) e atravessando o estreito de Torres entre Austrália e Nova Guiné, Cook mostrou que essas terras eram entidades separadas. Mas o avanço da ciência era apenas um dos objetivos de Cook; ele também reivindicou para o rei Jorge III muitas das terras que descobriu – a exemplo de Nova Gales do Sul e Havaí (que ele chamou de ilhas Sandwich em homenagem ao seu patrono, o conde de Sandwich). Durante sua segunda viagem (1772-5), Cook realizou a primeira circum-navegação da Antártida e, ao fazê-lo, tornou-se a primeira pessoa a atravessar o Círculo Polar Antártico.

A escala do feito de Cook deve muito a seu brilhante e destemido domínio da arte da marinharia. Em suas explorações, Cook invariavelmente seguia em frente quando todos os outros teriam dado meia-volta. Suas habilidades de navegação eram consideráveis, e também teve o discernimento de tirar proveito do conhecimento de dois taitianos por ele empregados em suas viagens. Infinitamente tenaz, nunca se contentava com o que havia conseguido. Com frequência, estendia o escopo de suas viagens, e sua disposição para exceder as ordens dadas a ele pelo Almirantado foi recompensada pelas descobertas que fez.

Os mapas e cartas náuticas de Cook eram, muitas vezes, as primeiras representações precisas das costas que ele explorou: Cook completou os contornos da Terra Nova, do litoral noroeste da América do Norte, da Nova Zelândia e da Austrália. Seu uso do cronômetro K1, que, ao marcar o tempo com maior exatidão, permitiu a ele medir a longitude com mais rigor, foi inovador, e seus resultados são notáveis por sua precisão, dadas as condições invariavelmente adversas em que ele trabalhava e as limitações da instrumentação de que dispunha.

O trabalho pioneiro de Cook sobre a prevenção do escorbuto rendeu-lhe uma medalha da Royal Society, que também ficou impressionada com as realizações científicas de suas expedições, em particular os registros das novas flora e fauna feitos pelos cientistas que Cook levou consigo – enaltecido na Câmara dos Lordes como "o primeiro navegador na Europa", foi eleito membro da Royal Society e recebeu uma capitania e aposentadoria honorária da Marinha Real Britânica. Essa última honraria, no entanto, ele aceitou apenas com a condição de ainda poder fazer outras e mais longínquas viagens. Pois, apesar de ter uma esposa e uma fieira de filhos, a vida de Cook estava no mar.

Em 1776, ele embarcou novamente rumo aos mares do sul. Durante essa expedição, decidiu empreender uma tentativa de quebrar o gelo ártico aparentemente intransponível e encontrar uma rota de volta para a Europa através do norte do Canadá. Enquanto esperava a chegada da primavera, Cook passou o inverno no Havaí, e lá se enredou em um desentendimento com os ilhéus. Na escaramuça resultante, Cook, que de início havia sido deificado pelos havaianos como a encarnação de seu deus Lono, foi assassinado. Seu corpo, de acordo com o costume, foi totalmente esfolado e depois queimado – ou possivelmente comido. Seus ossos foram distribuídos entre vários chefes tribais e só devolvidos aos homens de Cook após longas negociações. Seus restos mortais foram lançados ao mar, o que era perfeitamente adequado, o mar tendo sido toda a sua vida. O mapa do Pacífico foi o legado de Cook.

# CATARINA, A GRANDE

## 1729-1796

# E POTEMKIN

## 1739-1791

*Seja gentil, benévola, acessível, compassiva e generosa; não permita que a sua magnificência a impeça de se misturar gentilmente com os humildes, e coloque-se no lugar deles [...]. Juro pela Providência gravar estas palavras no meu coração.*
Anotação pessoal de Catarina a si mesma ao tornar-se imperatriz (1762)

Catarina, a Grande, não foi apenas uma política bem-sucedida, uma triunfante construtora de impérios e uma notável mulher independente, de fortes paixões e que se fez sozinha em uma era dominada por homens; ela foi também indiscutivelmente a governante mais magnânima que a Rússia jamais produziu. Catarina figura ombro a ombro com Elizabeth I da Inglaterra como uma das mais extraordinárias monarcas mulheres da história – embora suas realizações tenham sido maiores que as de Elizabeth.

Era sem dúvida implacável em sua busca de poder e admiração, autoindulgente em seus famosos casos de amor e tremendamente extravagante em seu gozo das artes e do luxo – mas também extremamente benevolente, decente em suas intenções, leal a seus amigos, misericordiosa com seus inimigos, tolerante com os outros, engenhosa, diligente, intelectual e inteligentíssima. Seu sucesso contrariou todas as probabilidades e expectativas. Ela não era nem sequer russa, não tinha direito ao trono e se viu, aos catorze anos, enredada em um casamento sem amor e jogada no brutal covil de ursos da corte russa.

Seu nome não era realmente Catarina. Nasceu como Sophie Friederike Auguste von Anhalt-Zerbst-Dornburg, uma irrelevante princesa alemã na colcha de retalhos de pequenos principados que compunham o Sacro Império Romano e que serviam como uma espécie de agência de casamentos para as monarquias da Europa. Em 1746, a imperatriz Isabel da Rússia convocou a princesa Sofia a São Petersburgo para se casar com seu herdeiro, o grão-duque Pedro. Ela se converteu à Igreja Ortodoxa, adotou o nome Catarina e aprendeu russo – mas achou o marido decepcionante. Enfermiço, insignificante, sifilítico, preconceituoso, tolo e covarde, o grão-duque Pedro não tinha o menor preparo para exercer o papel de herdeiro da Rússia – tampouco tinha o estofo necessário para ser o marido de Catarina. Ele também era alemão, mas enquanto Catarina abraçava toda a cultura russa, ele desprezava e temia a Rússia. Catarina imediatamente encantou a imperatriz, conquistou amigos e admiradores entre os cortesãos e os regimentos da guarda, e mostrou-se hábil em assuntos políticos. Não se sabe se Pedro chegou a consumar o casamento, mas é certo que ele não satisfazia à intensa esposa.

Já que Catarina não engravidava, a própria imperatriz tomou providências para que ela se envolvesse com seu primeiro amante, Sergei Saltykov. Um filho, o grão-duque Paulo, nasceu. Catarina não era uma beldade, mas era razoavelmente bonita, pequena e curvilínea, com olhos azuis reluzentes e uma espessa cabeleira castanho-avermelhada. Manteve outros amantes, embora tenha tido apenas uma dúzia deles ao longo de toda a vida – de quase setenta anos –, o que nem de longe justifica sua reputação de ninfomaníaca. Ela nunca foi promíscua, mais uma namoradeira em série. Catarina gostava de sexo, mas estava mais para uma mulher romântica que ansiava por ficar com um único homem.

Em meio às perversas rivalidades na corte russa durante a Guerra dos Sete Anos, as intrigas de Catarina quase a destruíram. Mas ela usou suas artimanhas e seu charme para sobreviver, astutamente escolhendo como amante o conde Grigóri Orlov, um popular oficial da guarda. Quando a imperatriz morreu e o marido de Catarina subiu ao trono, Pedro III precisou de apenas seis meses para aborrecer e enfurecer a maior parte da nobreza e da população. Em 28 de junho de 1762, vestida com uniforme masculino, Catarina tomou o poder. Pelas regras da época, Pedro teve que ser assassinado de modo a que se protegesse a duvidosa reivindicação de Catarina ao trono; os Orlov o estrangularam – e ela sabia que para sempre carregaria a culpa.

Uma vez no poder, no entanto, Catarina governou com cautela e sensatez. Começou a expandir a Rússia para o sul, em direção ao mar Negro, apoderando-se de territórios dos turcos otomanos. Convocou uma comissão legislativa para estudar a abolição da servidão e a elaboração de leis adequadas. Catarina correspondeu-se com filósofos, incluindo Voltaire, que a saudou como "a Grande". Em razão da enorme revolta camponesa de Pugachev e das realidades do jugo aristocrático, muitas dessas ambições terminavam em decepção, mas o governo de Catarina foi decente, sensato e ordeiro – ela trabalhou com afinco para tornar a lei e a sociedade russas mais misericordiosas e humanitárias.

Quando seu longo relacionamento com Orlov se desfez, Catarina encontrou o amor de sua vida, que também seria seu parceiro no poder. O zarolho Grigóri Potemkin era um elegante e vigoroso general de cavalaria, tão brilhante politicamente quanto ela; mas onde ele era indômito, desvairado e imaginativo, ela era sensata e diligente. A combinação funcionou. O ardente e fogoso envolvimento sexual começou no final de 1773, registrado nas mais escandalosas e românticas cartas jamais escritas por uma monarca. Catarina gostava de dizer que eles eram "almas gêmeas", e os dois compartilhavam uma obsessiva ambição política com heroicos apetites sexuais. É provável que tenham se casado secretamente, mas quando a relação chegou ao fim, Potemkin, agora elevado ao grau de príncipe, tornou-se corregente e melhor amigo dela, ambos colecionando amantes mais jovens. Juntos, Catarina e Potemkin lutaram contra os turcos, anexaram a Crimeia, construíram cidades, ludibriaram os ingleses, organizaram uma frota do mar Negro e compraram coleções de arte. Seguindo o conselho de Potemkin, Catarina encontrava o amor com uma série de favoritos cada vez mais jovens, a quem ela gostava de ensinar sobre os clássicos, mas que não desempenhavam nenhum papel político. Esses jovens costumavam humilhar a velha imperatriz fugindo com alguma garota da mesma idade que eles, cabendo a Potemkin reconfortá-la.

"O homem mais extraordinário que já conheci", escreveu o príncipe de Ligne sobre Potemkin, "constantemente reclinado mas nunca dormindo, tremendo pelos outros, corajoso por si mesmo, entediado no meio do prazer, infeliz por ter sorte em demasia, um filósofo profundo, ministro competente, político sublime ou, qual uma criança de dez anos, abraçando os pés da Virgem, ou o pescoço de alabastro de sua amante. Qual é o segredo da sua magia? Gênio, gênio e mais gênio." Esse gigante de um só olho encantou e escandalizou a Europa como um sultão do *Livro das mil e uma noites*, até mesmo seduzindo uma princesa servindo-lhe pratos de diamantes em vez de pudim. Púchkin enalteceu a "glória de seu nome", enquanto Stálin refletiu: "Qual foi a maior conquista de Catarina, a Grande? Nomear homens talentosos como Potemkin para governar a Rússia".

Potemkin morreu em 1791 em uma estepe bessarábia, derramando lágrimas sobre cartas de Catarina. Quando ela recebeu a notícia, desmoronou: "Nunca haverá outro Potemkin", teria declarado. Catarina e Potemkin protagonizaram uma das grandes histórias de amor, comparável a Napoleão e Josefina ou a Antônio e Cleópatra, mas mais romântica e muito mais bem-sucedida do que qualquer uma. Já idosa, Catarina ficou de coração partido e permitiu que um amante muito mais jovem que ela e desprovido de qualquer talento, Platon Zubov, substituísse Potemkin, o que resultou em erros políticos, incluindo a anexação da Polônia e uma malfadada aliança com a Suécia.

As realizações – políticas, militares e artísticas – de Catarina foram colossais. Seu reinado foi uma época de ouro, sua visão da Rússia essencialmente liberal, e seu caráter exalava invencibilidade. Catarina, a Grande, permanece sendo não apenas o modelo de perfeição dos governantes russos, mas também o mais talentoso e consumado potentado feminino da história.

# GEORGE WASHINGTON

## 1732-1799

*O tempo está agora próximo, o que provavelmente deve determinar se os americanos devem ser homens livres ou escravos [...]. O destino de milhões ainda por nascer dependerá agora, sob Deus, da coragem e conduta desse exército.*

George Washington, em suas ordens gerais

ao exército continental (2 de julho de 1776)

George Washington, o primeiro presidente dos Estados Unidos e comandante do exército norte-americano na Guerra da Independência contra a Grã-Bretanha, continua sendo o paradigma do líder decente, honesto e extremamente habilidoso. Coberto de glória, abençoado com todos os talentos, equipado para o mais alto cargo e comando, Washington era um cavalheiro que combinava virtude e modéstia com a ambição de servir. Diz a lenda que ele recusou uma Coroa, embora a bem da verdade não houvesse cetro a ser oferecido. Washington estabeleceu os padrões de probidade e honestidade para todos os presidentes que o sucederam.

Nascido na Virgínia em 1732, filho de uma abastada família proprietária de terras que havia emigrado do norte da Inglaterra em 1657, Washington ingressou no serviço público como um jovem e impetuoso tenente-coronel na milícia da Virgínia. Em maio de 1754, comandou uma pequena tropa no combate que marcou o início da Guerra Franco-Indígena (na batalha de Jumonville Glen), que por fim se transformaria no mundial conflito anglo-francês conhecido como a Guerra dos Sete Anos. Poucos dias depois, ele construiu o forte Necessity no rio Ohio, embora tenha sido cercado por um contingente francês mais numeroso e obrigado a capitular – a única rendição de sua carreira. No ano seguinte, Washington lutou novamente contra os franceses, sob o comando do general britânico Edward Braddock.

Os inatos talentos militares e administrativos de Washington granjearam-lhe a promoção ao posto de coronel e comandante-chefe das tropas da Virgínia em 1755, com apenas 23 anos, e em 1758 ele serviu sob o general

John Forbes na bem-sucedida campanha para capturar a posição francesa do forte Duquesne. Posteriormente, Washington retornou a sua propriedade em Mount Vernon, casou-se com uma viúva rica, Martha Custis, e entrou para a política. Em junho de 1774, liderou a convocação por parte da legislatura da Virgínia de um congresso continental para coordenar a oposição às impopulares políticas coloniais britânicas. Em junho de 1775, após a deflagração da guerra, o Congresso o elegeu por unanimidade o comandante-chefe do exército continental.

Durante a Guerra da Independência, Washington conseguiu treinar o exército norte-americano e manter a coesão de todas as díspares personalidades e as diferentes características dos estados que compunham a aliança, mesmo diante da derrota e da adversidade. Tendo expulsado os britânicos de Boston em 1776 após um ano de cerco, ele cometeu erros em sua defesa de Nova York, perdendo a batalha de Long Island (o maior embate da guerra) para o general Howe e batendo em retirada, devido à escassez de homens e suprimentos, pelo interior da Pensilvânia. No final do ano, porém, ele marchou de volta a Nova Jersey e surpreendeu os ingleses, derrotando-os em Trenton e Princeton.

No entanto, em 1777 suas tropas foram derrotadas na batalha de Brandywine em setembro e em Germantown em outubro, e Howe ocupou a Filadélfia. Washington conduziu seu exército para o vale Forge, na Pensilvânia, onde seus enfraquecidos batalhões montaram acampamento para passar o inverno de 1777-8, talvez o pior momento da causa revolucionária. Foi a personalidade de Washington, sobretudo, que manteve unidas suas debilitadas e desorganizadas tropas durante o longo inverno. Ele usou com cautela seus poderes quase ditatoriais de tempos de guerra, mitigando-os com ações ousadas e hábil improvisação, bom senso e respeito pelo poder civil. Ajudado pela entrada francesa na guerra e contando com a assistência de seu brilhante assessor Alexander Hamilton, em 1781 Washington comandou a soberba campanha de Yorktown contra o comandante britânico Cornwallis, cujo exército foi sitiado na cidade de Virgínia que, depois de intenso bombardeio, rendeu-se em 19 de outubro de 1781. Esta seria a última batalha de grande envergadura da guerra.

Depois de suas vitórias, Washington retirou-se da vida pública e voltou para Mount Vernon. Em 1787, participou da Convenção da Filadélfia, que discutiu a criação de um novo governo norte-americano. Washington foi eleito presidente da convenção, mas se absteve de participar do debate. O gabinete do presidente dos Estados Unidos foi criado para chefiar o novo governo, e em 1788 Washington foi eleito para o cargo, conquistando a reeleição em 1792. Como presidente, tentou manter a neutralidade entre a facção pró--francesa encabeçada pelo secretário de Estado Thomas Jefferson e a facção pró-britânica do secretário do Tesouro Alexander Hamilton, mas geralmente demonstrava parcialidade e favorecia este último, irritando os que apoiavam a causa revolucionária francesa e queriam outra guerra com a Grã-Bretanha. Com o respaldo do presidente, Hamilton – um filho bastardo nascido nas Índias Ocidentais e que se tornou um dos mais extraordinários dos "pais fundadores" da pátria – efetivamente criou o Estado norte-americano e seus sistemas financeiro e tributário. Quando o segundo mandato de Washington terminou, ele se recusou a concorrer a um terceiro, estabelecendo um precedente que durou 140 anos até ser consagrado em forma de lei pela 22ª Emenda em 1951.

A liderança calma e digna de Washington foi seguida por um retorno civilizado à vida privada em Mount Vernon, onde esse herói democrático de talento e decência, o fundador de uma futura superpotência, morreu em decorrência de uma infecção na garganta em 1799.

# THOMAS JEFFERSON

## 1743-1826

*Acredito que este seja o mais extraordinário agrupamento de talento e conhecimento humano já reunido na Casa Branca – com a possível exceção de quando Thomas Jefferson jantava aqui sozinho.*

J. F. Kennedy, dando as boas-vindas a 49 ganhadores
do Prêmio Nobel na Casa Branca 1962

Thomas Jefferson foi um polímata radical que colocou em palavras os princípios da revolução americana e depois colocou essas palavras em prática como estadista. Reservado, intenso e ardente de ambição, o visionário Jefferson ocupava-se com antevisão surpreendente dos assuntos públicos, era um político magistral com astúcia secreta e muito bem dissimulada, dotado da capacidade de coordenar conspirações sem deixar um único vestígio de seu envolvimento.

O intelecto de Jefferson era inigualável. Herdeiro de uma imensa propriedade escravocrata, filho de um rico fazendeiro da Virgínia, ele era capaz, na época da faculdade e enquanto cursava direito, como lembrou um amigo próximo, de "se separar à força de seus amigos queridos a fim de voar para seus estudos". Charmoso e de maneiras graciosas, não obstante nutria uma intensa antipatia pelo debate oral e raramente falava em público, tomando cuidado para nunca revelar seus pensamentos, exceto em seus diários e para alguns poucos aliados de confiança. Mas o intrincado brilhantismo do jovem político foi rapidamente notado na legislatura colonial da Virgínia.

O poder de Jefferson estava em sua pena. Está consagrado na Declaração da Independência. Como delegado pela Vírginia no Segundo Congresso Continental na Filadélfia em 1776, tornou-se o principal autor do documento que repudiava a soberania britânica. Em sua exposição oral, defendeu a liberdade e a igualdade universais. Foi a primeira carta dos direitos civis, o documento fundador da liberdade. O selo da incomparável mente de Jefferson, sua determinação em assegurar a liberdade e sua imensa generosidade para com seus semelhantes são evidentes em cada palavra da Declaração.

Eleito para a nova Assembleia Legislativa da Virgínia, estava determinado a traduzir de forma prática seus ideais na nova Constituição do estado da Virgínia. Ele assegurou a abolição do direito de primogenitura e de transmissão de herança. Tentou, em vão, introduzir um sistema de educação universal, mas posteriormente conseguiu fundar a Universidade da Virgínia, o que ele reputava como sendo uma de suas maiores realizações. Jefferson, ele próprio deísta, aprovou um estatuto de liberdade religiosa que estabeleceu a completa separação entre Igreja e Estado, uma divisão que está no cerne da democracia americana. No entanto, nada tinha de bravura física: longe de ser um herói da Guerra da Independência, é notório o episódio em que, quando era governador da Virgínia, fugiu de seu posto diante da aproximação dos britânicos. Tampouco estava acima de vendetas pessoais. Humilhado pelo poder de seu rival Alexander Hamilton, secretário do Tesouro enquanto Jefferson era secretário de Estado durante a administração de George Washington, ele desaprovava os instintos conservadores de Hamilton, bem como sua impetuosa grandiloquência, e coordenou secretamente uma campanha feroz para difamar o nome de Hamilton e destruir sua carreira. Recolhendo-se em sua imponente propriedade em Monticello, Jefferson aguardou o momento para ganhar a presidência. Sua facção republicana reprovava a construção do Estado encabeçada por Hamilton, que, temia o radical Jefferson, levaria à monarquia.

A ardorosa crença de Jefferson na liberdade às vezes tornava seu liberalismo um tanto anárquico. "Algum prêmio já foi conquistado com tão pouco sangue?", perguntou durante os primeiros anos da Revolução Francesa. Jefferson ganhou a reputação de ser um demagogo radical, mas, como o terceiro presidente dos Estados Unidos a partir de 1801, mostrou contenção e sensibilidade para evitar o cisma ideológico que ameaçava fraturar a jovem nação. "Somos todos republicanos – somos todos federalistas", declarou em seu discurso de posse.

O republicano Jefferson acreditava que a obrigação primordial do governo era proteger o direito do indivíduo à "vida, à liberdade e à busca da felicidade". Ele deplorava a prontidão dos federalistas em restringir os direitos civis em nome dos supostos interesses da nação. Mas a presidência do federalista John Adams foi desastrosa, e os federalistas se desintegraram, permitindo a Jefferson vencer a eleição de 1800. Mais tarde seu rival Hamilton foi morto pelo vice-presidente Aaron Burr em um duelo.

Como presidente, Jefferson representou o ascético líder-cidadão, enquanto assumia os poderes executivos que ele havia atacado com veemência. Em um dos primeiros atos de sua presidência em 1801, Thomas Jefferson se recusou a pagar ao Estado pirata de Trípoli o extorsivo tributo exigido em troca da garantia de passagem segura de navios norte-americanos em alto-mar. Ao fazê-lo, ele envolveu pela primeira vez os Estados Unidos em um combate contra um poder islâmico no Oriente Médio.

Nominalmente vassalos do Império Otomano, mas na realidade Estados independentes governados por dinastias corsárias, as regências de Argel, Túnis e Trípoli eram conhecidas, juntamente com o sultanato do Marrocos, como os Estados Berberes. Piratas desavergonhados, eram entidades extremamente lucrativas graças às receitas obtidas com o tráfico de escravos, pilhagem, cobrança de tributos e de resgate para a libertação de reféns.

Os navios dos Estados Unidos recém-independentes, agora desprovidos da proteção naval britânica, eram os alvos principais. Somente o pagamento de substanciais tributos poderia garantir-lhes algum salvo-conduto. Em 1801, os Estados Unidos estavam pagando 20% de sua receita federal anual para os

Estados piratas. Quando assumiu a presidência, Jefferson estava determinado a provar que a guerra era preferível ao pagamento de tributos e resgates.

A dinastia Karamanli de Trípoli governava o que hoje corresponde à Líbia. O paxá Yusuf Karamanli desafiou o poder norte-americano: "Eu não temo a guerra, ela é o meu ofício". De início as perspectivas pareciam desoladoras. Em outubro de 1803, o USS *Filadélfia* naufragou e sua tripulação foi capturada por Trípoli. Infiltrando-se no porto de Trípoli em fevereiro de 1804, um ousado e jovem oficial chamado Stephen Decatur ateou fogo à fragata *Filadélfia* e frustrou as esperanças dos corsários de transformar o orgulho da frota norte-americana em um navio pirata. Mas suas tentativas de mandar pelos ares toda a esquadra inimiga saíram pela culatra, matando onze militares norte-americanos.

O ex-cônsul dos Estados Unidos em Túnis, William Eaton, conseguiu, quase sozinho, reverter o destino da guerra. Homem de pensamento independente, educado na elite do Dartmouth College, fluente em grego e latim, um veterano das guerras indígenas capaz de atirar uma faca com precisão mortal a 24 metros de distância, Eaton se enfureceu diante da perspectiva de "barganhar nossa glória nacional pela indulgência de um pirata berbere". Ele propôs a tomada de Túnis com uma força de mil fuzileiros navais. Depois sugeriu formas de impor a mudança de regime na Líbia. O secretário de Estado dos Estados Unidos rejeitou ambas as propostas.

Eaton agiu de modo unilateral. Recrutou no Egito um príncipe karamanli, Hamet, e, com nove fuzileiros navais e uma tropa de quatrocentos mercenários, comandou seu heterogêneo exército de árabes e cristãos em uma marcha de oitocentos quilômetros pelo deserto para lançar um ataque-surpresa à segunda maior cidade de Trípoli, Derna (a atual Darnah). Na feroz batalha que se seguiu, Eaton e Hamet saíram triunfantes. Mas os planos de Eaton para pôr em prática o seu golpe e marchar sobre Trípoli foram frustrados. Às pressas, o paxá ofereceu aos Estados Unidos um tratado, que oficiais navais norte-americanos negociaram imediatamente. Hamet foi despachado de volta ao Egito. Profundamente desapontado, Eaton retornou aos Estados Unidos — um herói renegado cujo papel na história norte-americana nunca foi plenamente reconhecido.

A compra da Louisiana por Jefferson em 1803 quase dobrou o tamanho dos Estados Unidos. Essa ousada manobra, aproveitando a inesperada oferta de Napoleão para vender território francês, foi uma decisão tomada (como o próprio Jefferson espontaneamente admitiu) sem autoridade constitucional. Foi um ato que garantiu a estabilidade do país e criou o que Jefferson chamou de "império da liberdade". E também lhe rendeu uma vitória esmagadora na eleição para um segundo mandato como presidente.

O homem que declarou que "todos os homens são criados iguais" já foi alvo de críticas por causa de suas atitudes raciais. Em princípio, Jefferson opunha-se à escravidão, ainda que possuísse um grande número de escravos em sua fazenda na Virgínia. Seu único livro, *Notes on Virginia* [Notas sobre a Virgínia], revelava em sua discussão acerca da escravidão uma profunda oposição à mistura racial e, por vezes, um surpreendente grau de racismo.

Jefferson reconheceu sua hipocrisia fundamental, baseada em uma oposição irreconciliável entre justiça e autopreservação. "Pegamos o lobo pelas orelhas e não podemos nem segurá-lo com segurança nem deixá-lo escapar", comentou com um amigo acerca da escravidão. Jefferson, que promovia suas próprias virtudes republicanas, não era menos ávido para proteger sua vida privada tanto da posteridade quanto de seus contemporâneos, mas o que sabemos dela mostra a confusão e a ambiguidade de suas atitudes. Apenas recentemente revelou-se que, quando atuou como embaixador na França (1785-9), Jefferson começou um longo relacionamento com sua escrava Sally Hemings (que era a meia-irmã de sua amada falecida esposa, Martha).

A energia e a criatividade de Jefferson eram fenomenais. Ele falava francês, italiano, espanhol, latim, grego e anglo-saxão. Aos 71 anos, leu Platão no original (a seu ver, um autor superestimado). Ele cotejava dialetos dos nativos norte-americanos. Entusiástico arqueólogo, foi pioneiro em novos métodos de escavação nos túmulos indígenas em sua propriedade, e um enófilo que promoveu o estabelecimento de vinhedos norte-americanos. Ao voltar de suas viagens, trazia plantas e sementes contrabandeadas para enriquecer seu novo país. Inventou uma cadeira giratória e uma forma primitiva de porta automática. Era um arquiteto magnífico: suas próprias construções – a Universidade da Virgínia e o palácio Monticello, na sua propriedade na Virgínia – são hoje Patrimônios da Humanidade. Sua biblioteca, que ele legou à nação, tornou--se a Biblioteca do Congresso.

Na Casa Branca, o presidente Jefferson recebia de chinelos os convidados. O "sábio de Monticello" acolhia os visitantes, escapando apenas ocasionalmente para seu retiro em Poplar Forest, palácio no qual se refugiava na busca da solidão pela qual ansiava. Todo o país queria sentar-se aos pés do republicano radical que provara ser o maior planejador dos Estados Unidos. Ele morreu em 4 de julho de 1826, dia do aniversário de cinquenta anos da Declaração da Independência que promulgou a liberdade em todo o mundo.

# TOUSSAINT LOUVERTURE

*ca.*1743-1803

*O Espártaco [...] cujo destino foi vingar os erros cometidos com sua raça.*
Conde de Lavaux, o governador-geral francês
de Santo Domingo, descrevendo Toussaint

Toussaint Louverture foi o "pai fundador" do Haiti. Escravo de uma *plantation*, conquistou sua liberdade e passou a ajudar a emancipar centenas de milhares de outros e a fundar o primeiro Estado negro do mundo. Era um político e general habilidoso que liderou a revolução haitiana a partir do início da década de 1790 e expulsou do Haiti as poderosas potências europeias da França, Espanha e Grã-Bretanha. Embora às vezes seus inimigos o considerassem duro e inflexível, ele deixou como legado uma nação livre da escravidão e transformada por sua esclarecida liderança.

Certa vez, Toussaint disse: "Nasci escravo, mas a natureza deu-me uma alma de homem livre". Seus primeiros anos demonstraram isso perfeitamente. Seu nome de batismo era François-Dominique Toussaint, e seu pai havia sido embarcado por negociantes franceses de escravos para Santo Domingo (a colônia francesa, mais tarde chamada de Haiti, ocupando o terço ocidental da ilha de Hispaniola). A serviço do seu dono, o conde de Bréda, Toussaint teve rápida ascensão. Naturalmente inteligente e afortunado o suficiente para adquirir uma educação básica em francês e latim, Toussaint rejeitou as crenças vodu de muitos de seus companheiros escravos e durante toda a vida manteve um fervoroso catolicismo. Em 1777, já atuara como vaqueiro, curandeiro e cocheiro, tornando-se finalmente o administrador da fazenda de Bréda, posto normalmente reservado a um homem branco.

Toussaint conquistou sua liberdade aos 34 anos, e depois disso adquiriu uma pequena propriedade rural de seis hectares, que ele cultivava com os treze escravos que comprou. A primeira insurreição da Revolução Haitiana eclodiu sob o comando do reformador mulato Vincent Ogé em 1790, mas Toussaint não tomou parte. Em agosto de 1791, outra revolta irrompeu quando milhares de escravos negros de uma ponta à outra da ilha de Santo Domingo se rebelaram. Toussaint percebeu que esse movimento de maior envergadura não poderia ser ignorado. Depois de ajudar a família de Bréda a escapar e de enviar sua própria família para um lugar seguro no lado espanhol da ilha, Toussaint se juntou às fileiras rebeldes.

Havia em Santo Domingo mais de meio milhão de escravos, em comparação com apenas 32 mil colonos europeus e 24 mil *affranchis* (mulatos e negros libertos). Embora o exército negro fosse um bando desorganizado e mal equipado, sua superioridade numérica e o brilhante treinamento de Toussaint em táticas de guerrilha logo fizeram a diferença. Ele ganhou o sobrenome Louverture em reconhecimento a sua excepcional habilidade como general (*l'ouverture* significa "a abertura", ou, em termos militares, "a ruptura das linhas inimigas").

Em 1793, foi deflagrada a guerra entre a França e a Espanha. A essa altura Toussaint era uma figura importantíssima no exército negro haitiano. Sua liderança era muito admirada e ele atraiu talentosos aliados como Jean-Jacques Dessalines e Henri Christophe, ambos futuros líderes do Haiti. Toussaint uniu-se aos espanhóis e serviu com distinção em uma série de batalhas.

No ano seguinte, por causa da pressão sobre os franceses, o governo revolucionário em Paris decretou o fim da escravidão. No que foi visto por alguns como uma desleal e ardilosa virada de casaca contra seus ex-aliados, Toussaint abandonou os espanhóis e declarou sua nova lealdade à França. O governador francês de Santo Domingo, o conde de Lavaux, nomeou-o tenente-governador, e os espanhóis foram expulsos.

Em 1795, Toussaint era visto como um herói. Os negros libertos o adoravam, ao passo que os brancos e mulatos respeitavam sua postura de linha dura, mas justa, na administração da economia: permitiu o retorno de fazendeiros emigrados e usava a disciplina militar para forçar os ociosos a trabalhar. Apoiando a reconciliação racial entre negros e brancos, Toussaint acreditava firmemente que – apesar de sua história de opressão, escravidão e perseguição – os negros de seu país poderiam aprender lições valiosas com os brancos. Sua popularidade pessoal e astúcia política permitiram que ele sobrevivesse a uma sucessão de governadores franceses.

A sagacidade política de Toussaint ficou em evidência em 1798-9, quando, após uma série de tratativas secretas, ele negociou uma retirada britânica do Haiti. O acordo político permitiu que Toussaint vendesse açúcar e comprasse armas e mercadorias. Ele se comprometeu a não invadir territórios britânicos, a exemplo da Jamaica, mas rejeitou a oferta dos ingleses de lhe conferirem o título de rei do Haiti – durante toda a sua vida, Toussaint afirmou que era um verdadeiro cidadão francês.

Em 1801, invadiu o lado espanhol de Hispaniola, devastando toda a ilha, libertando os escravos espanhóis e surpreendendo os não negros derrotados com sua magnanimidade na vitória. Ele se declarou governador- -geral e se esforçou para convencer Napoleão de sua lealdade.

Napoleão, no entanto, não se convenceu. Considerava Toussaint um obstáculo à lucratividade do Haiti e uma afronta à honra da França. Em dezembro de 1801, Napoleão enviou um poderoso exército invasor sob o comando de seu cunhado, o general Charles Leclerc (acompanhado pela irmã ninfomaníaca de Napoleão, Pauline), para depor Toussaint.

Os meses de combates pesados terminaram em maio de 1802, quando Toussaint concordou em depor as armas e sair de cena, recolhendo-se em sua fazenda. Mas não foi autorizado a permanecer em seu amado país. Ele e sua família foram presos e Toussaint foi levado em um navio de guerra para França, onde foi transferido, em agosto, para Fort-de-Joux, nos Alpes. Desolado e sozinho em uma minúscula masmorra, ele escreveu cartas implorando a Napoleão por um julgamento justo. Napoleão nunca respondeu, e Toussaint morreu de pneumonia em 1803. Foi um triste fim para uma vida extraordinária, mas seu legado – a República Negra Livre do Haiti – permaneceu vivo.

# JOHN PAUL JONES

## 1747-1792

*Saquei a minha espada na [...] luta pelos direitos dos homens [...]. Eu
não peguei em armas como um norte-americano, tampouco estou em
busca de riquezas [...]. Eu me declaro cidadão do mundo.*
John Paul Jones, 4 de agosto de 1785, quando devolveu ao conde de Selkirk
uma bandeja de prata a qual ele havia se apoderado em uma incursão na costa
de Kirkcudbrightshire sete anos antes

John Paul Jones, o fundador da marinha dos Estados Unidos, foi um aguerrido e
combativo almirante, um homem de pensamento independente e inconformista, dotado da energia impetuosa e implacável, capaz de alterar o curso de uma
batalha no mar e sair vitorioso. Seus êxitos durante a Guerra de Independência
dos Estados Unidos podem não ter sido decisivos em termos estratégicos, mas
deram aos norte-americanos confiança na força de seu próprio poder naval e
renderam a Jones sua reputação de primeiro herói da marinha de guerra do país.

John Paul (seu nome de batismo) passou a infância na Escócia. Aos treze
anos foi grumete em um navio mercante e navegou várias vezes pelo Atlântico até o Caribe e a costa leste da América do Norte, e pelo menos em duas
ocasiões a bordo de navios negreiros. Era um marinheiro competente e durão,
e em certas ocasiões a sua aspereza o colocava em apuros: em 1770, John Paul
foi acusado de açoitar um marinheiro com tamanha brutalidade que o maru-
jo morreu em decorrência dos ferimentos, e, em 1773, ele matou, em legítima
defesa, o líder de um motim. Para fugir das consequências, Jones tornou-se
maçom, mudou-se para os Estados Unidos e adotou o sobrenome Jones.

Em 1766, após a eclosão da Guerra de Independência, Jones lutou contra
os britânicos primeiro a bordo do USS *Alfred*, depois como comandante da chalupa de 21 canhões *Providence*, transportando homens e suprimentos da Nova
Inglaterra para Nova York e Filadélfia. Seu sucesso nessa empreitada, bem como
na captura e queima de navios britânicos, resultou em sua promoção a capitão.
Jones foi enviado para a Europa no comando da corveta *Ranger*, para levar a
guerra às águas territoriais do inimigo.

Durante toda a primavera de 1778, Jones e seus homens acossaram a costa inglesa. Navegando para o norte, invadiram a península na baía de Kirkcudbright conhecida como ilha de St. Mary, parte da propriedade do conde de Selkirk, no sudoeste da Escócia, perto do local onde o próprio Jones havia nascido. Quando sua tripulação exigiu saques, Jones educadamente tomou das mãos da condessa de Selkirk uma bandeja de prata com o brasão da família. Sete anos depois, quando surgiu a oportunidade, ele a devolveu.

Após esse episódio, Jones atravessou o mar da Irlanda e capturou a chalupa *Drake*, da Marinha Real Britânica, que ele levou para a França. Benjamin Franklin, o diplomata norte-americano baseado em Paris, recompensou-o com o comando do *Bonhomme Richard*, uma embarcação muito maior que o *Ranger*. Acompanhado por quatro outras menores, o *Bonhomme Richard* zarpou para a Grã-Bretanha e, em 23 de setembro de 1779, a esquadra norte--americana interceptou dois navios britânicos que escoltavam um comboio mercante ao largo de Flamborough Head.

Foi uma batalha confusa e horripilante, com duração de três horas e meia. Em dado momento da luta, o estandarte norte-americano sobre o *Bonhomme Richard* foi alvejado e dilacerado. O capitão da fragata *Serapis* perguntou se o *Bonhomme Richard* havia arriado as bandeiras como um sinal de rendição, mas ficou desiludido quando Jones, em tom de desdenhosa e insolente afronta, berrou: "Ainda nem comecei a lutar!".

O mastro principal do *Bonhomme Richard* foi pelos ares e o canhão do *Serapis* continuou a atirar no casco abaixo da linha d'água, abrindo um rombo que fez com que os porões se enchessem de água, mas Jones conseguiu manobrar seu navio avariado e posicioná-lo bem ao lado do *Serapis*, finalmente capturando-o. Pouco depois, o *Bonhomme Richard* afundou. O outro navio da Marinha Real Britânica, a corveta *Countess of Scarborough*, também foi capturada. Jones levou as naus apreendidas de volta para os Países Baixos e de lá para a França, onde foi aclamado como herói, premiado com a *Ordre du mérite militaire*, e recebeu de presente de Luís XVI uma espada banhada a ouro. De volta aos Estados Unidos, o Congresso aprovou um voto de agradecimento, e Jones levou o único navio de alto bordo do país, o *America*, de volta à França.

Terminada a Guerra de Independência, Jones foi contratado pela imperatriz russa Catarina, a Grande, como contra-almirante da marinha de guerra russa para servir sob o comando do parceiro da monarca no amor e no poder, o príncipe Potemkin, que em 1788 colocou Jones no comando da esquadra de navios de alto bordo da sua nova frota russa do mar Negro. Jones ajudou os russos a obter uma esmagadora vitória na qual quinze navios da Turquia foram destruídos e 4.700 turcos foram mortos ou capturados. Os russos sofreram perdas mínimas. Jones ajudou a bloquear a fortaleza turca em Ochakov, o que permitiu que o príncipe Potemkin a capturasse. Apesar das intrigas de rivais invejosos e da irritação de Potemkin, Jones foi saudado como herói e agraciado por Catarina com a Ordem de Santa Ana.

Em 1789, Jones aproveitou uma licença de dois anos da marinha russa para percorrer as principais cidades europeias, terminando em Paris em 1790. Lá permaneceu, aposentado, até sua morte, dois anos depois.

# TALLEYRAND

## 1754-1838

*Parece-me que ninguém lhe fará injustiça ao aceitá-lo por aquilo que ele afirmava ser: o arquétipo, o representante dos tempos em que ele viveu. Mas, bom Deus! Que tempos!*

Barão de Vitrolles

Talleyrand foi a incontestável autoridade máxima da diplomacia. Inegavelmente corrupto, sexualmente promíscuo, de caráter supostamente amoral e capaz de crueldades na busca de seus objetivos, Talleyrand também era, no entanto, encantador e espirituoso, surpreendentemente consistente em suas opiniões. Defensor da tolerância e do liberalismo, no governo ele lutou em favor de uma monarquia constitucional ao estilo inglês, nas relações internacionais advogou pelo equilíbrio de poder e o Estado de direito. Ao longo de toda a vida, foi um ferrenho inimigo do poder calcado na conquista e na força.

Nascido em uma antiga família nobre, Charles-Maurice de Talleyrand-Périgord foi preparado para a carreira eclesiástica em decorrência de um "pé deslocado", deficiência física que também levou seus pais a efetivamente deserdá-lo em favor de seu irmão mais novo. Talleyrand aprendeu desde cedo que o charme e a astúcia poderiam mais que compensar o pé torto e disforme.

Talleyrand parecia capaz de prosperar em toda e qualquer circunstância. Consagrado como bispo de Autun durante os últimos anos de Luís XVI (1754-1793), teve uma atuação bem-sucedida, ainda que levasse uma vida extremamente decadente; defendeu com vigor os privilégios da Igreja, mas tornou-se o clérigo revolucionário que, com o mesmo entusiasmo, os desmantelou. Talleyrand sempre foi um moderado. Por meio de uma oportuna viagem ao exterior para tratar de assuntos diplomáticos (1792), escapou dos piores excessos da guilhotina, vivendo na Inglaterra e nos Estados Unidos. Ao retornar a uma França menos sanguinária em 1796, conseguiu refutar acusações de comportamento contrarrevolucionário, tornou-se ministro das Relações Exteriores (1797) e firmou uma aliança com o general Napoleão Bonaparte, que estava em plena ascensão, organizando o golpe de Estado que garantiu a Napoleão a tomada do poder. Como ministro das Relações Exteriores, Talleyrand ajudou a arquitetar a escalada de Napoleão à posição de imperador dos franceses, servindo como seu tesoureiro e sendo nomeado príncipe de Benevento. Talleyrand desempenhou papel importante em alguns dos excessos de Napoleão – em especial o sequestro e a execução do duque de Enghien e a desastrosa aventura espanhola –, mas rapidamente percebeu que as ambições napoleônicas haviam se tornado despóticas e egoístas. Humilhado pelo imperador, que o descreveu como "excremento em uma meia de seda", Talleyrand agora trabalhava para miná-lo.

Acima de tudo, em uma era dominada pela guerra, Talleyrand queria assegurar a paz e a estabilidade na Europa, mesmo que os meios envolvessem falsidade e intrigas. No Congresso de Erfurt, em 1808, agindo em sigilo, persuadiu a Rússia a opor-se aos projetos europeus de Napoleão e a partir daí ajudou o czar Alexandre I a derrubar Bonaparte (Talleyrand também atuava como casamenteiro para Napoleão, intermediando seu matrimônio com Maria Luísa da Áustria e garantindo um acordo religioso com o papa). Quando Napoleão foi deposto, em 1814, Talleyrand supervisionou a capitulação de Paris, acolhendo com boas-vindas em sua própria casa o conquistador Alexandre, promovendo a restauração do rei da dinastia Bourbon, Luís XVIII, e, na condição de primeiro-ministro, formando um ministério liberal.

A diplomacia mais audaciosa de Talleyrand, contudo, resultou no Congresso de Viena de 1815. Completamente derrotada, e vista na Europa como irremediavelmente agressiva e regicida, a França enfrentou a divisão nas mãos dos Aliados vitoriosos. Talleyrand conseguiu obter para a França um lugar à mesa e depois fraturar a aliança antifrancesa. O tratado resultante restabeleceu as fronteiras do país tais como eram em 1792, sem nenhuma compensação a pagar, efetivamente ainda uma grande potência.

Após o breve ressurgimento e a derrota de Napoleão em Waterloo, em 1815, Talleyrand, agora príncipe, tornou-se novamente primeiro-ministro, defendendo uma monarquia liberal no modelo inglês. Demitido por ultramonarquistas, continuou sendo um aristocrata respeitado até que outra revolução derrubou os teimosos Bourbon em 1830. Talleyrand retornou em triunfo sob a Monarquia de Julho do rei Luís Filipe para tornar-se embaixador em Londres em 1830, a gloriosa culminação de uma carreira diplomática de mais de quarenta anos.

Embora fosse um sobrevivente em meio a uma sucessão de regimes drasticamente diferentes, Talleyrand permaneceu, de certa forma, um símbolo refratário de um modo de vida que havia desaparecido. "Ninguém que não tenha vivido sob o Antigo Regime", murmurou ele certa vez, "saberá o quanto a vida pode ser doce." Mas aqueles que viviam na França de Napoleão e da restaurada dinastia Bourbon e que frequentavam as *levers* diárias e semipúblicas de Talleyrand – as últimas de seu tipo – tinham um surpreendente vislumbre da extraordinária pompa e precisão desse mundo desaparecido.

Talleyrand dedicava as primeiras duas horas de cada manhã a sua *lever* – o sério e importante ritual de sair da cama. Tal qual os monarcas da França pré-revolucionária, permanentemente cercados por uma horda de cortesãos e espectadores que assistiam a todos os seus movimentos e deles tomavam parte, Talleyrand fazia do ato de vestir-se um evento público. Seus aposentos eram abertos a todos os que desejassem participar – contanto que fossem pessoas divertidas, ou pelo menos munidas das mais recentes notícias e fofocas.

A *lever* de Talleyrand era uma oportunidade incomparável para estabelecer redes de contatos, trocar informações e entabular diálogos engenhosos e espirituosos. Estadistas e damas da alta sociedade, médicos, acadêmicos, financistas, às vezes o czar da Rússia, todos visitavam habitualmente os apartamentos do príncipe. Quando o relógio se aproximava das onze horas da manhã, enquanto homens e mulheres de todas as idades mexericavam e debatiam os acontecimentos do dia, Talleyrand, envolto em flanela branca e touca de dormir, entrava mancando no quarto, uma figura mumificada que dormia em um colchão com uma depressão profunda porque ele tinha pavor de cair da cama.

O idoso Courtiade, o mais famoso criado da época, comandava os procedimentos. Dois jovens camareiros penteavam as longas madeixas grisalhas de Talleyrand, sentado em uma cadeira junto à lareira. Traziam-lhe uma esponja em uma tigela de prata. Depois que ele enxugava o rosto, o chapéu de Talleyrand era imediatamente encaixado sobre seus cachos encharcados de pomada.

O homem que mantinha a melhor mesa da França restringia-se a tomar um desjejum composto de uma única xícara de chá de camomila, seguida de duas xícaras de água morna que ele inalava pelas narinas e expelia pela boca.

Arrumado do pescoço para cima, a figura sentada tinha então as pernas despidas. O "pé deslocado" – acerca do qual Talleyrand era bastante melindroso – era desavergonhadamente revelado; o pé esquerdo, comprido e achatado, e o direito, nodoso, retorcido e deformado, eram lavados e secos. Perseguido por seus criados enquanto agora perambulava pelo quarto assinando cartas, ouvindo a leitura de artigos de jornal e emitindo um jorro de suas frases famosamente sutis e espirituosas e tiradas inteligentes, Talleyrand contava com a ajuda dos camareiros para despir os trajes de dormir e vestir uma gama de roupas quase igualmente volumosas.

Duas horas depois da sua claudicante entrada no quarto, Talleyrand, adornado com uma profusão de plastrões e coletes e diversos pares de meias, permitia que seus criados adicionassem o toque final: suas calças. Totalmente paramentado, com a papelada pronta, as fofocas trocadas, já atualizado com as notícias do dia, Talleyrand estava pronto para enfrentar o mundo.

Viveu prodigamente, de forma esbanjadora, pediu subornos (ofendendo os mais corretos diplomatas norte-americanos) e era exuberantemente promíscuo, tendo sido pai de pelo menos quatro filhos ilegítimos. Casou-se com uma cortesã de má reputação, desfrutou de muitos casos amorosos com um exército de belas amantes, e seu último amor foi sua própria sobrinha, a duquesa de Dino. Quando perguntado se acreditava na amizade platônica com as mulheres, Talleyrand respondeu: "Depois; mas não antes". Mas seus princípios eram consistentes. Um dos coautores da Declaração dos Direitos do Homem, ele era um filho do Iluminismo, que desde a sua juventude no seminário elogiava os ideais iluministas. Sua fé em uma monarquia constitucional o levou a apoiar o candidato que parecia mais propenso a assegurá-la. Isso exigiu camaleônicas mudanças de aliança na turbulência da França revolucionária e resultou em acusações de traição oportunista. Quando Talleyrand nomeou o *brie* o "rei dos queijos", um contemporâneo observou que esse era o único rei que ele nunca havia traído! Mas Talleyrand estava longe de ser único em sua dissimulação. "Traição", disse ele, "é apenas uma questão de datas."

Diplomático até o fim, em seu leito de morte reconciliou-se com a Igreja e recebeu os últimos sacramentos.

# MOZART

## 1756-1791

*Não sou capaz de escrever sobre Mozart. Posso apenas idolatrá-lo.*

Richard Strauss

Nascido em Salzburgo, Áustria, Wolfgang Amadeus Mozart foi o epítome do gênio, uma criança prodígio que se tornaria um dos mais brilhantes compositores da história da música erudita ocidental. Saltando de um gênero musical para outro, em sua curta vida Mozart compôs algumas das mais extraordinárias e mais melódicas composições de todos os tempos.

Virtuose do teclado e mostrando uma habilidade musical prodigiosa desde sua primeira infância, Mozart foi a maravilha musical de seu tempo, excursionando pelas capitais e cortes da realeza da Europa com sua irmã Nannerl sob a direção de seu pai, Leopold, ele próprio um musicista que rapidamente reconheceu os talentos precoces dos filhos. A um só tempo um pai carinhoso e um infatigável e diligente agente de carreira, Leopold vestia seus filhos com roupas da última moda e, em tom animadíssimo, informava que "nós nos cercamos apenas de aristocratas e de outras pessoas ilustres". Wolfgang começou a compor aos cinco anos, era um artista experiente aos sete, e aos oito já tinha escrito sua primeira sinfonia. Sobre as primeiras composições de Mozart, Leopold escreveu com satisfação: "Imagine o barulho que essas sonatas farão no mundo quando na página de rosto aparecer que elas são obra de uma criança de sete anos".

Até mesmo os céticos constataram que por trás da precocidade da criança não havia embuste algum. Na ainda tenra idade de treze anos, Wolfgang era um artista de incomparável compreensão musical, acerca de quem Johann Hasse (1699-1783), um dos mais eminentes compositores da época, comentou que "ele fez coisas tais que, para essa idade, são realmente incompreensíveis; elas seriam assombrosas mesmo para um adulto".

A versatilidade de Mozart era impressionante. Ele escreveu música de câmara, óperas, sinfonias, missas; praticamente inventou o concerto para piano solo, e seu uso do contraponto foi tão revelador quanto suas melodias límpidas e sutis mudanças harmônicas. Mozart compunha com velocidade lendária – sua magnífica sinfonia número 41 em dó maior, "Júpiter", foi escrita em meros dezesseis dias, e segundo dizem ele teria composto a abertura de sua ópera *Don Giovanni* na noite da véspera da estreia. O escopo de seu gênio apenas aumentou ao longo dos anos – dos exuberantes concertos de violino de sua adolescência a óperas deslumbrantes a exemplo de *As bodas de Fígaro* e *A flauta mágica*, e obras-primas em estilo clássico tardio como o "Quinteto para Clarinete de 1789". Sua morte aos 35 anos deixou o mundo musical com o enigma perpétuo do que poderia ter acontecido caso esse compositor de talento sublime tivesse vivido até a velhice.

Companheiros compositores jamais hesitaram em reconhecer seu gênio. Para Joseph Haydn (1732-1809), o mais velho estadista musical da época, Mozart era "o maior compositor [...] em pessoa ou pelo nome", ao passo que os "sons mágicos da música de Mozart" deixavam Franz Schubert (1797-1828) boquiaberto e deslumbrado. A resposta do público foi mais volúvel. Alguns julgaram que as últimas três sinfonias de Mozart eram "difíceis", e outras obras foram criticadas por serem "audaciosas" ou demasiado complexas. No entanto, por ocasião da morte de Mozart, ele era muito respeitado e admirado, e hoje tanto os leigos quanto os profissionais reconhecem o que um regente descreveu como "a seriedade de seu charme, a imponente superioridade de sua beleza".

Os principescos mecenas e patronos de Mozart eram menos respeitosos. Perenemente sem dinheiro, a frustração de Mozart diante de sua falta de independência e os salários deploráveis geralmente resultavam em relações tempestuosas. A partir de 1773, Mozart foi contratado para compor na corte de Salzburgo, mas em 1781, convocado para produzir música para a corte do imperador José II em Viena, ficou zangado ao ver-se no papel de servo, com um salário correspondentemente escasso. Furioso, exigiu a sua libertação, que foi – conforme ele mesmo escreveu em uma carta de junho daquele ano –

concedida "com um chute na minha bunda [...] por ordem do nosso digno príncipe arcebispo".

Ao longo de sua vida, Mozart mostrou a mesma mistura de galhofa e seriedade que brilha em sua música. Nunca foi uma criança afetuosa, e seu relacionamento difícil com o pai dominador levou-o a uma constante busca por aprovação: em visita a Viena, o menino Mozart de seis anos aparentemente pulou no colo da imperatriz Maria Teresa pedindo um abraço. O adulto Mozart, sempre fisicamente pequeno, conservava seus modos infantis em sua teimosa e intencional extravagância, sua sexualidade aberta e por vezes tosca, e no peculiar humor escatológico que um dia levou o Mozart adolescente a escrever para seu primeiro amor: "Agora desejo uma boa noite, cague em cima da sua cama até ela ranger".

O compositor para quem, nas palavras do próprio Mozart, compor era a única "alegria e paixão", não era um gênio solitário. Se mais para o fim da vida seu relacionamento com o pai se deteriorou, o amor de Amadeus por sua esposa, Constanze, era perene – apesar da desaprovação de Leopold. No entanto, após a morte do pai em 1787, Mozart, que agora residia de forma permanente em Viena, passou por um período em que compôs menos. Temendo a pobreza, produziu uma fieira de cartas suplicantes para os benfeitores, conhecidos e seus colegas maçons. Embora jamais tenha sido pobre, Mozart era obrigado a depender da renda de aulas particulares e dos concertos que executava de suas obras. Mozart vivia além de suas posses, tinha um fraco por roupas da moda, e também pagava dívidas para amigos e editores.

Última composição de Mozart, o *Réquiem*, que se tornou a sua própria missa fúnebre, está rodeado de mistério. Diz a lenda que Salieri, um ciumento compositor da época, envenenou Mozart enquanto ele trabalhava freneticamente nessa composição, encomendada, por carta, por um solicitante que lhe exigiu sigilo e desejava permanecer anônimo. Contudo, provavelmente a versão mais próxima da verdade é o fato que Mozart foi acometido de um ataque agudo e recrudescido de febre reumática enquanto compunha o *Réquiem*, encomendado por um patrono nobre cuja intenção era fazer passar por sua a composição de Mozart. Mesmo assim, o enterro modesto do compositor – embora não exatamente o sepultamento de um indigente de que fala a lenda – selou o mito do gênio negligenciado.

# ROBESPIERRE

## 1758-1794

*Esse homem vai longe, ele acredita em tudo o que diz.*
Conde de Mirabeau sobre Robespierre no início da revolução

Maximilien Robespierre foi o protótipo do ditador europeu moderno: sua visão hipócrita e santarrona da virtude e do terror republicano e o brutal massacre que ele desencadeou em nome do republicanismo foram estudados com reverência pelos bolcheviques russos e ajudaram a inspirar as matanças totalitárias do século xx. Conhecido como "o incorruptível de olhos verde-mar", seu nome tornou-se sinônimo da pureza fatal e da corrupção degenerada do Terror que se seguiu à Revolução Francesa de 1789, e culminou com a execução do rei Luís xvi em 21 de janeiro de 1793. O Terror ilustrou não apenas os perigos corruptos dos monopólios utópicos da "virtude", mas como, em última análise, tais caças às bruxas consomem seus próprios filhos.

Nascido na região de Artois, no norte da França, Robespierre era de uma família financeiramente estável, mas sua infância não foi feliz. Seu pai era um beberrão e sua mãe morreu quando ele tinha apenas seis anos. No entanto, o jovem Maximilien obteve uma vaga para estudar direito no prestigioso Lycée Louis-le-Grand em Paris e logo ganhou fama de populista, defendendo os pobres contra os ricos.

Como muitos dos outros jovens profissionais liberais que conduziriam a Revolução Francesa – a exemplo do fanático advogado Louis de Saint-Just (mais tarde apelidado de "Anjo da morte") ou do jornalista radical Jean-Paul Marat –, Robespierre absorveu avidamente as teorias do filósofo suíço Jean-Jacques Rousseau, cuja noção de "contrato social" afirmava que um governo tinha de se basear na vontade do povo para ser verdadeiramente legítimo.

Embora minucioso e espalhafatosamente exigente com sua própria aparência, quase sempre usando as perucas empoadas associadas aos libertinos aristocratas do *Ancien Régime* francês, Robespierre – com seu fiapo de voz, baixa estatura e pele pálida – não era uma figura imponente e tampouco causava boa impressão. Ainda assim, o conde de Mirabeau disse sobre ele no início da revolução: "Esse homem vai longe; ele acredita em tudo o que diz".

Na esteira da tomada da Bastilha em julho de 1789, o evento que desencadeou a Revolução, Robespierre alinhou-se politicamente com a extrema esquerda. Como representante de Artois na Assembleia Constituinte, estabelecida em julho de 1789 para decidir sobre uma nova Constituição, ele se envolveu de perto com a facção radical chamada de jacobinos, rival dos girondinos, estes mais moderados. As ideias de Robespierre conquistaram uma plateia receptiva em meio à burguesia parisiense, e ele teve uma rápida ascensão, tornando-se, em 1791, acusador público (o que lhe dava o poder de vida e morte sobre todos os cidadãos, sem recurso a julgamento ou apelação).

Uma implacável paranoia sobre potenciais inimigos da Revolução o atormentava, e em dezembro de 1792, quando Luís XVI foi levado a julgamento, Robespierre – um feroz crítico do rei – insistiu que "Luís deve morrer, para que o país possa viver".

Foi sobretudo como um dos principais líderes do Comitê de Defesa Pública que Robespierre forjou sua reputação sanguinolenta. Criado pela Convenção Nacional em abril de 1793, o comitê foi um tribunal revolucionário investido de poderes ditatoriais ilimitados. Robespierre foi eleito membro em julho de 1793 e rapidamente instigou o assim chamado Terror. Dezenas de milhares de "traidores" – ostensivamente aqueles que tinham expressado simpatia pela monarquia ou que achavam que os jacobinos haviam ido longe demais em sua inexorável perseguição aos "inimigos do povo" – foram detidos sem julgamento e perderam a cabeça na guilhotina. Na realidade, qualquer um que Robespierre considerasse um inimigo era liquidado, empregando-se impiedosamente o aparato do Estado para silenciar o acusado. O próprio Robespierre garantiu pessoalmente que seus rivais Georges Danton e Camille Desmoulins fossem executados em abril de 1794.

Robespierre e seus aliados voltaram as atenções para a crescente oposição à Revolução em Lyon, Marselha e na rural Vendeia, no oeste da França. Depois que mais de 100 mil homens, mulheres e crianças foram sistematicamente assassinados sob ordens de Robespierre, o general revolucionário François Joseph Westermann escreveu em uma carta ao Comitê: "Não existe mais Vendeia. Eu esmaguei as crianças sob os pés dos cavalos, massacrei as mulheres [...] exterminei. As estradas estão semeadas com cadáveres". Para Robespierre, a virtude revolucionária e o Terror andavam de mãos dadas. Como ele declarou em fevereiro de 1794: "Se a base do governo popular em tempos de paz é a virtude, as fontes do governo popular na revolução são ao mesmo tempo a virtude e o terror: a virtude, sem a qual o terror é funesto, o terror, sem o qual a virtude é impotente".

A Convenção Nacional voltou-se de maneira decisiva contra Robespierre, cada vez mais malquisto por sua tirania, quando ele acusou seus membros de tramar uma conspiração para derrubá-lo. Emitiu-se um mandado de prisão contra ele, que se refugiou em sua base de poder no Hôtel de Ville em Paris. Quando as tropas entraram no prédio para capturá-lo, Robespierre, cercado por seus capangas Georges Couthon, Louis de Saint-Just, Philippe Le Bas e François Hanriot, tentou cometer suicídio, mas em vez disso o tiro que deu na própria boca deixou-o com a mandíbula dependurada. Sangrando em profusão e uivando em agonia, foi rapidamente levado e terminou morrendo na guilhotina, sofrendo o destino de muitos de seus oponentes.

Alguns veem Robespierre como um dos "pais fundadores" da social-democracia, seus excessos revolucionários ocasionados por sua defesa da causa do povo. Muitos mais, no entanto, o veem como um déspota hipócrita cujo terror foi o precursor da carnificina totalitária de Hitler e de Stálin nos tempos modernos.

# NELSON

## 1758-1805

*Amanhã, por esta altura, terei ganhado ou um título de nobreza ou a catedral de Westminster.*

Horatio Nelson, na véspera da batalha do Nilo (1798)

Horatio Nelson foi um dos mais ousados comandantes navais da história, o oficial que, por meio de uma série de impressionantes vitórias, assegurou a supremacia britânica no mar durante as Guerras Revolucionárias Francesas e as Guerras Napoleônicas. Figura adorada em seu tempo, apesar de uma vida amorosa complicada e bastante pública, Nelson tem sido celebrado desde então como o homem que, ao derrotar as esquadras francesa e espanhola ao largo do cabo Trafalgar em 1805, salvou a Inglaterra da invasão. Sua morte no momento da vitória garante a Nelson um lugar especial no panteão dos heróis militares britânicos.

Quando Nelson tinha treze anos, seu tio, capitão da marinha, levou-o para o mar a bordo do navio de guerra *Raisonnable*. Ao longo dos oito anos seguintes, Nelson aprendeu o ofício de um oficial naval nas Índias Ocidentais e em uma expedição ao Ártico. Testemunhou pela primeira vez a ação bélica na Guerra de Independência dos Estados Unidos, e aos 21 anos já era capitão da fragata *Hinchinbrook*. Nelson era corajoso e não raro impaciente; por causa desses traços de temperamento, era querido por alguns, mas impopular para outros.

Tão logo deflagrou-se a guerra com a França revolucionária em 1793, Nelson foi enviado para o Mediterrâneo. Perdeu o olho direito durante o cerco de Calvi em 1794, tendo sido atingido no rosto por estilhaços de pedras disparadas pela fuzilaria inimiga. Em março de 1795, como capitão do *Agamemnon*, navio de 64 canhões, assumiu um papel de liderança ao capturar duas embarcações francesas.

A chegada de sir John Jervis como comandante-chefe da frota do Mediterrâneo foi extremamente útil para Nelson, pois Jervis lhe deu carta branca para explorar suas habilidades naturais como líder. Durante a batalha do Cabo de São Vicente, Nelson estava à frente do grupo de abordagem que atacou e apreendeu o navio espanhol *San Nicolas* e depois o *San Josef*, este maior e equipado com um número superior de canhões. Era uma façanha sem precedentes um oficial do posto de Nelson atirar-se no calor da batalha dessa maneira, e ele desfrutou da admiração pública que se seguiu ao seu sucesso, além de ser agraciado com o título de cavaleiro e a promoção a contra-almirante.

A despeito da fama pessoal de Nelson, o moral entre os marinheiros comuns da Marinha Real Britânica estava em baixa, e em 1797 ocorreram motins em águas britânicas. Nelson recebeu o comando do *Theseus* e mais uma vez liderou as tropas de assalto, elevando o ânimo de sua tripulação por pura força de caráter – algo que ficou conhecido como o "Toque de Nelson". Enquanto tentava invadir a cidade de Santa Cruz de Tenerife, foi gravemente ferido por uma bala de mosquete e seu braço direito teve que ser amputado. Em 1798, ele alcançou uma impressionante vitória sobre a frota francesa na batalha do Nilo. Ainda que em ampla inferioridade numérica e nitidamente sobrepujada em poder de fogo, a frota britânica explodiu o enorme navio-almirante *L'Orient*, de 120 canhões, e capturou ou afundou mais dez navios de alto bordo e duas fragatas. "Vitória não é suficiente para descrever tal cena", escreveu Nelson, que em breve receberia o título de barão do Nilo. Toda a Europa estava assistindo, e a coalizão antifrancesa foi imensamente impulsionada pelo desempenho da Marinha Real Britânica.

Entre 1798 e 1800, Nelson passou a maior parte do tempo na Sicília nos braços de Emma, a lady Hamilton, um caso amoroso que causou grande escândalo, já que a jovem Emma Hamilton era casada com o idoso emissário britânico em missão a Nápoles. Lady Hamilton teve um filho de Nelson em 1801, no mesmo dia em que Nelson soube que seria o segundo no comando da frota britânica na costa da Dinamarca. Em abril, os britânicos demoliram a esquadra dinamarquesa em Copenhague. Durante a batalha, quando seu comandante, o vice-almirante Parker, ergueu uma bandeira ordenando retirada, Nelson, em um gesto que se tornou famoso, ignorou o sinal, levantando o telescópio e colocando-o no olho cego.

Recebeu o título de visconde, e em 1803 foi enviado de volta ao Mediterrâneo como comandante-chefe da frota lá posicionada. Passou grande parte do ano de 1804 perseguindo a armada francesa de um lado a outro do Atlântico – uma caçada que cativou o público britânico. Em seu retorno a Londres, era assediado na rua por multidões, aonde quer que fosse.

Em 1805, Nelson alcançou sua apoteose. Em 21 de outubro, entrou em combate contra as frotas conjuntas de franceses e espanhóis, sob o comando de seu arqui-inimigo, o almirante Villeneuve, ao largo do cabo Trafalgar. Levou 27 navios de linha para atacar 33 embarcações inimigas, sinalizando com bandeira para seus homens que "a Inglaterra espera que todos os homens cumpram seu dever". As cinco horas de luta começaram ao meio-dia e, graças às táticas audaciosas e engenhosas de Nelson, às cinco da tarde os britânicos já haviam obtido uma esmagadora vitória. Mas, no início do combate, Nelson foi atingido por um tiro de mosquete, que lhe perfurou o pulmão e se alojou na espinha. Ele morreu às quatro e meia da tarde, supostamente sussurrando para um camarada oficial: "Beije-me, Hardy".

# WELLINGTON

## 1769-1852

*Nada exceto uma batalha perdida pode ser minimamente tão melancó-
lico quanto uma batalha vencida.*

Duque de Wellington, em despacho
desde Waterloo (junho de 1815)

Arthur Colley Wellesley, duque de Wellington, foi um dos mais hábeis generais de seu tempo, e – ao lado de Oliver Cromwell, o almirante Nelson e o
duque de Marlborough – figura entre os maiores líderes militares britânicos
de todos os tempos. Sua vitória sobre Napoleão na batalha de Waterloo, que
ele descreveu como "uma coisa danada de boa – a disputa mais renhida que já
se viu", foi um embate dos dois generais europeus mais brilhantes da época.

Wellesley, que nasceu em Dublin, filho de um aristocrata anglo-irlandês,
o conde de Mornington, não foi um jovem excepcional nem em termos intelectuais nem físicos. Ele abriu mão de seu único talento marcante, tocar
violino, em 1793, queimando seu instrumento em um ataque melodramático.
Ingressou no exército e contou com o patrocínio de seu bem-sucedido irmão
mais velho para ascender às fileiras do oficialato até a posição de tenente-coronel e chefe de seu regimento.

Wellesley rumou para a Índia em 1797, e durante a longa viagem estudou
livros sobre guerra e táticas militares. O esforço valeu a pena. Em 1802 ele
enfrentou um exército de 50 mil soldados maratas liderados por franceses na
batalha de Assaye. Mediante uma escolha pouco convencional de posições
de campo e corajosa liderança em um combate sangrento, Wellesley venceu,
contrariando as expectativas e superando imensas dificuldades. Mais tarde,
declarou que sua atuação foi a melhor coisa que ele já havia feito em uma
frente de combate.

Voltando para casa em 1805, Wellesley foi condecorado cavaleiro, casou-se
com a míope e tímida Kitty Pakenham (com quem ele nunca foi feliz) e foi
enviado para breves períodos de serviço na Dinamarca e na Irlanda, onde
se distinguiu ainda mais. Mas sua partida para lutar contra os franceses na

península Ibérica, em 1808, quase encerrou sua carreira: frustrado por ter de compartilhar o comando com generais incompetentes, ele assinou de forma precipitada um tratado com os franceses, sem ler os tolos termos do acordo. Acabou sendo investigado em um inquérito e duramente criticado – mas sobreviveu para aconselhar o secretário da Guerra, o visconde Castlereagh, sobre como ele travaria uma guerra barata mas eficaz. Castlereagh nomeou-o chefe das forças britânicas em Portugal, posto que marcou o início da ascensão de Wellesley à grandeza.

O exército britânico tinha homens suficientes para realizar campanhas defensivas e até mesmo sitiar grandes cidades e castelos, mas não tinha força o bastante para tirar vantagem desses benefícios. Wellesley derrotou os franceses em Talavera (o que lhe granjeou a honraria de pariato, tornando-se visconde de Wellington), e conseguiu defender Lisboa do ataque francês ao construir secretamente uma rede de fortificações. Apesar de uma sucessão de vitórias britânicas, em Vimeiro, Busaco, Almeida e outros lugares, o visconde de Wellington se viu muitas vezes frustrado em suas ambições de avançar, a partir de Portugal, pelo interior da Espanha.

Em 1812 as coisas melhoraram. De ofensiva em ofensiva, Wellington marchou até Madri e persuadiu o governo espanhol a nomeá-lo generalíssimo (comandante supremo) dos exércitos da Espanha. Em 1814, os franceses haviam sido empurrados de volta para sua própria fronteira e ele invadiu o país de Napoleão. Wellington fez questão de assegurar que suas tropas fossem mais bem organizadas e supridas que as francesas. Impôs disciplina superior aos seus homens e fez o melhor que podia para respeitar a religião e a propriedade do povo espanhol, valiosas lições aprendidas na Índia. Ele descreveu suas tropas como "a escória da Terra". Wellington havia derrotado o marechal Massena, talvez o mais notável general francês, mas nunca enfrentara Napoleão, e esperava nunca ter que fazê-lo.

A essa altura, era o homem mais famoso da Inglaterra. Foi-lhe concedido um ducado, e ele ganhou a nomeação de embaixador na França, assumindo o papel de representante britânico plenipotenciário no Congresso de Viena. Recebeu honrarias de vários governos europeus. Mas em 1815 ele enfrentaria o teste máximo e definitivo de sua coragem militar.

Napoleão, que havia abdicado e depois fora exilado em Elba em 1814, escapou e começou a arregimentar tropas. Wellington era o único homem na Europa considerado suficientemente digno para comandar as forças aliadas contra o imperador, que planejava atacar os Países Baixos. Wellington não ficou nem um pouco impressionado com suas próprias forças combinadas, definindo-as como "um exército infame, muito fraco e mal equipado". Também tinha pouco conhecimento acerca dos planos de Napoleão para o campo de batalha e foi tomado de surpresa quando as tropas francesas começaram a se mover em 15 de junho de 1815. "Napoleão me ludibriou, por Deus!", exclamou ele; mas quando os dois exércitos se encontraram, em 18 de junho, Wellington organizou suas tropas em uma formação defensiva que se mostraria extremamente resiliente contra as ondas de pesados e agressivos ataques que Napoleão desferia.

Durante a longa e encarniçada batalha, Wellington manteve a calma, embora seus reforços prussianos, sob o comando do marechal Blücher, tenham chegado tarde e ainda que praticamente todos os homens de seu *staff* pessoal tenham sido mortos ou feridos em combate. "Nunca uma batalha me causou tanta preocupação, e jamais estive tão perto de ser derrotado", escreveu ele depois. Mas essa vitória, sua última, foi retumbante, e Wellington foi enaltecido em todo o continente.

Como comandante, Wellington distinguia-se por sua inteligência aguda, sangue-frio, presença de espírito, planejamento e flexibilidade, mas também por sua aversão ao sofrimento da batalha. Como homem, era sociável, desfrutando de amizades íntimas com amigas e uma longa fieira de casos amorosos com damas da alta nobreza e cortesãs pobres, incluindo uma notória atriz francesa que ele compartilhava com o próprio Napoleão. Quando uma cortesã ameaçou vir a público e revelar o envolvimento amoroso, Wellington respondeu: "Publique e maldita seja".

Depois de Waterloo, o prestígio de Wellington deu-lhe enorme influência no governo. Na década de 1820, ele havia sido atraído para a política partidária, que não era seu território natural, embora no fundo fosse essencialmente um tóri e um reacionário. Wellington serviu, aos trancos e barrancos, um mandato como primeiro-ministro (1828-30), mas assegurou um acordo sobre a emancipação católica – representação política para os católicos, especialmente importante para a Irlanda. No entanto, sua oposição ao clamor por reformas parlamentares levou-o a renunciar ao cargo. Assumiu brevemente como primeiro-ministro de novo em 1834, mantendo todos os cargos de secretário no governo. Em 1842, retomou sua posição como comandante-chefe do exército britânico, posto que ocupou até a sua morte.

O funeral de Wellington foi acompanhado por 1,5 milhão de pessoas, que compareceram para ver o cortejo fúnebre chegar à catedral de St. Paul em 1852. "Sepulta-se o último grande inglês", escreveu o poeta laureado Alfred Tennyson.

# NAPOLEÃO I

## 1769-1821

*Napoleão é que era um homem! Sua vida foi a marcha de um semideus.*
Johann Wolfgang von Goethe, *Conversações com Goethe nos últimos anos de sua vida. 1823-1833,* Johann Peter Eckermann

Napoleão Bonaparte dominou sua época como um colosso. Nenhum outro homem, desde os dias de Alexandre, o Grande, e Carlos Magno, aspirou a criar um império de tamanha magnitude. A ambição de Napoleão estendia-se da Rússia e do Egito, a leste, até Portugal e a Inglaterra, a oeste, e apesar de não ter conseguido chegar a tanto, o brilhante generalato de Napoleão colocou a Espanha, os Países Baixos, a Suíça, a Itália e grande parte da Alemanha sob domínio francês – ainda que à custa de duas décadas de guerra e cerca de 6 milhões de mortos. Embora seus inimigos o considerassem um tirano – e de fato boa parte de seu jugo foi opressivo –, Napoleão introduziu na Europa continental muitos dos valores liberais e racionais do Iluminismo, a exemplo do sistema métrico de pesos e medidas, a tolerância religiosa, a ideia de autodeterminação nacional e o Código Napoleônico de direito civil. Ele foi o exemplo mais perfeito de autocrata, mas era tolerante com todas as crenças e ideias, contanto que desfrutasse do controle político. Com poucas exceções, Napoleão não abusava de seu poder. Não tinha maldade, e certamente não foi um sádico ditador e assassino em massa à moda do século xx. No entanto, milhões morreram por causa de sua ambição pessoal nas guerras promovidas por ele.

Depois de uma infância turbulenta e desregrada e de formar-se na escola militar, tendo atuado em sua Córsega natal durante a Revolução Francesa,

Napoleão destacou-se como um especialista em artilharia na defesa da cidade de Toulon contra os britânicos em 1793. Dois anos depois, estava em Paris, assumindo o comando da artilharia contra um levante contrarrevolucionário. Ele se gabava de ter limpado as ruas com "a baforada das cargas de metralha".

Em 1796, Napoleão deixou Paris para assumir na península Itálica o comando do exército francês e o liderou em uma invasão bem-sucedida, expulsando os austríacos da Lombardia, anexando vários dos Estados papais e depois empurrando-os para a Áustria, forçando-a a implorar pela paz. O tratado resultante assegurou para a França a maior parte do norte da Itália, os Países Baixos e a Renânia. Depois disso Bonaparte marchou para Veneza e forçou a sua rendição.

Napoleão era agora considerado o potencial salvador da França, e tomou medidas de modo a garantir que a república dependesse de seu poder pessoal dentro do exército. O governo saudou de bom grado a pausa quando Napoleão partiu para o Egito a fim de resguardar e reforçar os interesses franceses por lá à custa dos britânicos. Na campanha de 1798-9, ele tomou Malta, e em seguida derrotou uma força egípcia quatro vezes maior que a sua na batalha das Pirâmides. Embora a marinha francesa tivesse perdido o controle do Mediterrâneo após a vitória de Nelson na batalha do Nilo, Napoleão avançou Egito adentro até a Síria, até que seu exército sucumbiu a doenças. O fracasso em tomar Acre marcou o fim da guerra. Em seu avanço e recuo, Napoleão demonstrou sua implacável ambição: massacrou prisioneiros otomanos e, em sua retirada, ordenou aos médicos que matassem alguns de seus próprios feridos. Mesmo que sua pequena e suja guerra no Oriente Médio tenha sido um desastre, abandonou seu exército e retornou à França apresentando a aventura como um sucesso – a bem da verdade, seus relatos de glória exótica acabaram por levá-lo ao poder.

Em 1799, assumiu o controle da França no Golpe do 18 Brumário. Instalado como primeiro-cônsul, ele melhorou os sistemas rodoviário e de esgoto e reformou a educação, os impostos, o sistema bancário e, mais importante, o código jurídico. O Código Napoleônico unificou e transformou o sistema jurídico da França, substituindo antigos costumes feudais por uma estrutura nacional sistematizada e estabelecendo o Estado de Direito como fundamental para o conjunto das instituições.

Em 1804, Napoleão coroou-se imperador dos franceses, ostensivamente para impedir que a monarquia dos Bourbon fosse restabelecida. Seu plano de invadir a Grã-Bretanha – que financiava seus inimigos europeus – foi frustrado pela destruição da marinha francesa por Nelson, em Trafalgar. No entanto, em terra, Napoleão parecia invulnerável, derrotando os austríacos, russos e prussianos em uma série de impressionantes vitórias em Ulm (1805), Austerlitz (1805) e Jena (1806), dando fim à aliança dessas potências com a Inglaterra e estabelecendo a Confederação do Reno como um satélite francês em grande parte da Alemanha. Os imperadores da Áustria e da Rússia e o rei da Prússia curvaram-se diante de seu poder: somente a Inglaterra resistia.

Depois disso, Napoleão começou a se exceder. Transformou seus irmãos em reis, seus marechais em príncipes. Em 1808, impôs seu irmão José (que havia sido o primeiro rei de Nápoles) como rei da Espanha, provocando a revolta dos espanhóis. Os britânicos enviaram tropas para apoiar os espanhóis e, nos anos seguintes, muitos batalhões franceses ficaram empacados na península Ibérica, enredados no combate aos espanhóis e a um exército britânico comandado por Wellington.

Napoleão se casara por amor com Josefina de Beauharnais, a viúva de um aristocrata francês – mas ela não conseguiu dar a ele um herdeiro. Bonaparte se divorciou dela e esperava casar-se com uma irmã do czar russo Alexandre I – uma união prestigiosa e política, já que a segurança de seu precário império dependia de sua amizade pessoal com o czar, como combinado no Tratado de Tilsit. Mas Alexandre, inicialmente deslumbrado por Napoleão, já não estava mais tão impressionado: a Rússia começara a se voltar contra o domínio francês. Alexandre recusou o casamento – e Napoleão se casou então com a grã-duquesa Maria Luísa de Áustria, a filha Habsburgo do imperador austríaco Francisco I. Ela deu a ele um filho, Napoleão, o rei de Roma. Mas o czar Alexandre I rompeu a aliança franco-russa e os russos começaram a se retirar do bloqueio de Napoleão à Grã-Bretanha.

Em 1812, Napoleão reuniu o *Grande Armée* [Grande Exército] de cerca de 600 mil homens para marchar sobre a Rússia. Foi o seu momento de arrogância. Os russos evitaram a batalha e recuaram para o interior, implementando uma política de terra arrasada à medida que avançavam para o interior do país. Quando os russos finalmente se posicionaram nos arredores de Moscou, na batalha de Borodino, ocorreu um dos confrontos mais sangrentos da história. Embora tenha tomado Moscou, Napoleão não conseguiu forçar os russos a se sentarem à mesa de negociações e, com suas linhas de suprimento drasticamente estendidas, o *Grande Armée* foi obrigado a recuar sob o inclemente frio do inverno russo. Apenas 40 mil homens voltaram para a França.

Encorajadas pela humilhação de Napoleão, as outras potências europeias formaram uma nova aliança contra os franceses. Os Aliados derrotaram as forças de Napoleão na Espanha e em Leipzig, tomando Paris em 1814 e exilando Napoleão na ilha de Elba.

Mas Napoleão não estava acabado. Escapando de Elba em 1815, ele avançou de forma triunfal através do norte da França até Paris, dizendo às tropas enviadas para detê-lo: "Se algum homem ousar atirar em seu imperador, que o faça agora". Seus antigos generais e seus exércitos deram-lhe todo o apoio possível, mas os gloriosos Cem Dias da restauração de Napoleão no poder terminaram em 18 de junho de 1815 perto do pequeno povoado de Waterloo, na atual Bélgica. Como o duque de Wellington, o comandante britânico, admitiu, foi "a disputa mais renhida que já se viu", mas a derrota de Napoleão foi decisiva.

O imperador foi exilado na ilha de Santa Helena, no Atlântico Sul, morrendo de câncer de estômago em 1821. Mais tarde, quando indagaram ao duque de Wellington quem ele considerava o maior general de todos os tempos, a resposta foi: "Nesta era, em eras passadas, em qualquer era, Napoleão".

# BEETHOVEN

## 1770-1827

*Melodiosos sons, oh, divina música, perpétua e perene!*
*A apartar-me do mundo outra vez não me condenes.*
*Só contigo há a paz e a excelência indizível,*
*A humanidade tem propósito e se torna plausível.*

Edna St. Vincent Millay, "Quando ouço
uma sinfonia de Beethoven" (1928)

A música de Ludwig van Beethoven abrangeu a transição entre os estilos clássico e romântico, e sua espantosa contribuição foi ainda mais extraordinária por ter sido completada no contexto da invasiva surdez que o afligiu nos seus

últimos trinta anos de vida. As nove sinfonias de Beethoven elevaram o gênero da música orquestral a um nível sublime e grandioso, ao passo que os
quartetos de cordas e sonatas para piano que ele compôs em seu período tardio são algumas das realizações mais transcendentes da música erudita.

Nascido em Bonn, na Alemanha, Beethoven era de ascendência flamen-
ga. Tanto seu pai, Johann van Beethoven, quanto o avô trabalharam como
cantores da corte para o arcebispo-eleitor de Bonn. Infelizmente, no entanto,
seu pai também era um alcoólatra que tentou elevar a fortuna da família promovendo os talentos de seu segundo filho, Ludwig, como uma criança prodígio, uma empreitada de divulgação um tanto malsucedida.

Ao contrário de Mozart, o gênio de Beethoven levou algum tempo para
aflorar plenamente. Entretanto, aos nove anos ele já recebia aulas de composição de Christian Gottlob Neefe, organista e cravista da corte em Bonn,
tornando-se organista assistente oficial aos catorze anos. Mais ou menos nesse
período, Beethoven viajou para Viena, e é provável que tenha conhecido pessoalmente Mozart e tocado para ele. Mas a sua estadia foi interrompida pela
notícia da doença de sua mãe, e ele foi forçado a voltar para casa em Bonn,
onde a encontrou à beira da morte, vitimada pela tuberculose.

Beethoven então se encarregou das finanças da família, em grande parte
devido à crescente incapacidade do pai. Começou a trabalhar como preceptor
musical para os filhos de cortesãos ricos, bem como apresentando-se como
violinista na orquestra da corte e no teatro local. As posições que ele ocupa-
va permitiram-lhe conhecer muitos nobres influentes, incluindo o aristocrata
vienense conde Ferdinand Waldstein, músico experiente que se tornou seu
amigo e patrono. Possivelmente graças a um arranjo orquestrado por Waldstein, Beethoven foi a Viena para estudar com o compositor Joseph Haydn,
em aulas pagas pelo príncipe-eleitor, seu empregador. Beethoven deixou
Bonn em 1792 e nunca mais voltou.

Impressionando os salões e a nobreza vienenses com suas virtuosísticas
performances ao piano, Beethoven apresentava-se com frequência e era considerado um esplêndido improvisador – com técnica mais inspirada e primo-
rosa até que a de Mozart. Suas composições nesse período incluíam sonatas
para piano, variações e concertos, bem como suas duas primeiras sinfonias,
todas mostrando a influência de seus próprios heróis, Mozart e Haydn.

Os anos seguintes, até por volta de 1802, são considerados o período inicial de Beethoven, durante o qual ele compôs algumas significativas obras

para piano. Composições magníficas e refinadas, não são tão inovadoras quanto a música de seus últimos anos. A essa altura, a surdez progressiva de Beethoven se tornara impossível de ignorar. Ele chegou à beira do desespero e, talvez reconhecendo que sua carreira como músico havia acabado, começou a se concentrar na composição.

A história conta que, quando Beethoven supervisionou a primeira apresentação de sua Nona Sinfonia no teatro Kärntnertor em 1824, os solistas da orquestra precisaram ressaltar que o público estava aplaudindo sua obra. Virando-se para ver a silenciosa ovação, ele começou a chorar. Estava totalmente surdo e jamais ouvira a composição que acabava de ser executada e aclamada.

Beethoven havia notado os primeiros sintomas em 1796, quando começou a sentir um zumbido, um constante ruído em seus ouvidos que tornava difícil ouvir, apreciar música ou conversar. Em 1802, restava pouca dúvida de que sua condição era grave e estava piorando. Para um compositor, não poderia haver nada tão destrutivo. Compreender plenamente a profundidade de sua angustiosa e trágica atribulação tornou sombrio e melancólico o seu estado de ânimo. No verão de 1802, em uma carta descoberta apenas após sua morte e conhecida como "Testamento de Heiligenstadt", ele escreveu:

> Ó homens que me tendes em conta de rancoroso, insociável e misantropo, como vos enganais. Não conheceis as secretas razões que me forçam a parecer deste modo [...] de seis anos a esta parte, vivo sujeito a triste enfermidade, agravada pela ignorância dos médicos. Iludido constantemente, na esperança de uma melhora, fui por fim forçado a enfrentar a perspectiva dessa enfermidade permanente, cuja cura, se não for de todo impossível, levará talvez anos.

Tudo o que o impedia de se suicidar, dizia ele, era a sua arte, o que tornava "impensável para mim deixar o mundo para sempre, antes de ter produzido tudo o que eu me sentia chamado a produzir".

Embora incapaz de ouvir a música que compunha, a gradual descida de Beethoven à surdez coincidiu com um brilhantismo crescente em suas composições, com as obras de seu período intermediário sendo caracterizadas por temas de luta e heroísmo, e as de seu terceiro e último período – a fase tardia, uma época de surdez total – exibindo uma poderosa profundidade intelectual.

Em 1817, Beethoven estava completamente surdo, e na última parte de sua vida só conseguia comunicar-se com amigos por meio de conversas por escrito. Os diários e cadernos de notas daí resultantes são documentos históricos únicos, registrando seus pensamentos e opiniões sobre sua música e a maneira como ela deveria ser interpretada, e também há anotações escritas nas partituras de seus trabalhos.

Na autópsia de Beethoven, diagnosticou-se que ele tinha um "ouvido interno distendido", que com o tempo havia desenvolvido lesões. Desde então, outras explicações foram sugeridas, incluindo sífilis, tifo, os danos físicos causados pelos espancamentos de seu pai e os efeitos de imergir a cabeça em água fria para permanecer acordado.

A análise póstuma do cabelo de Beethoven revelou níveis perigosamente altos de chumbo, certamente prejudiciais à saúde, e cujos efeitos podem ter contribuído para seus imprevisíveis humores. Talvez nunca saibamos ao certo a causa de sua surdez; contudo, o que é indiscutível é o heroísmo de Beethoven ao desafiar sua condição para criar um mundo musical de tamanha ressonância atemporal.

Fixando residência em Viena, Beethoven produziu uma série de obras-primas. Sua sinfonia nº 3, concluída em 1803, foi originalmente dedicada a Napoleão Bonaparte, cujo fervor revolucionário fez dele um herói para Beethoven. Quando Napoleão autoproclamou-se imperador em maio de 1804, o desiludido compositor removeu furiosamente a dedicatória. No entanto, essa dramática e poderosa sinfonia permaneceu um marco no desenvolvimento musical de Beethoven e, quando publicada em 1806, foi apropriadamente reintitulada sinfonia "Eroica".

O período intermediário de Beethoven foi marcado por um impetuoso jorro de composições que incluíram as sonatas para piano "Waldstein" e "Appassionata"; o concerto para piano nº 4; os quartetos de cordas "Razumovsky"; e o Concerto para Violino em ré maior; e também sua primeira e única ópera, *Fidelio*. Suas sinfonias nº 4 e nº 5, também datam desse período – o tema de abertura da Quinta sinfonia é reconhecível em todo o mundo e configura um marco em termos de originalidade musical. Igualmente original é sua sinfonia nº 6, conhecida como a "Pastoral", na qual os instrumentos de sopro de madeira imitam os pássaros da região campestre local. As sinfonias nº 7 e nº 8 marcam o encerramento de um período repleto de obras-primas orquestrais.

Compondo menos em seus últimos anos, já tomado pela surdez completa, as obras do período tardio de Beethoven, por volta de 1815 em diante, são marcadas pelo aumento da introspecção e do poder emocional. Suas últimas sonatas para piano, opus 109, 110 e 111, são extraordinárias peças virtuosísticas, nas quais a complexidade é perfeitamente associada ao lirismo. Por outro lado, sua majestosa sinfonia nº 9, de 1824, explode com a "Ode à alegria" do movimento final, com o texto cantado por solistas e um coro completo – sua exultante e arrojada empolgação hoje usada, de maneira um tanto absurda, para despertar o entusiasmo pela burocracia da União Europeia. Seus últimos quartetos de cordas foram concluídos em 1826, o que coincidiu com a tentativa de suicídio do sobrinho de Beethoven, de quem ele era o guardião. Isso, juntamente com um surto de pneumonia e o início da cirrose do fígado, provavelmente contribuíram para sua morte em março de 1827.

Propenso a ataques de mau humor e períodos de agitação emocional, Beethoven tinha dificuldade em manter relacionamentos e nunca se casou – embora uma carta descoberta depois de sua morte, dirigida a sua "Amada Imortal", tenha levado muitos a especular sobre a possibilidade de uma amante secreta e casada. Beethoven foi enterrado com grande pompa, seu funeral em Viena condizente com um compositor que se tornou famoso em toda a Europa como um dos maiores de seu tempo, ou de qualquer outro.

# JANE AUSTEN

## 1775-1817

*Tal qual Shakespeare, ela pegou, por assim dizer, a escumalha trivial da humanidade e, por meio de seu maravilhoso poder de alquimia literária, transformou-a em ouro puro. No entanto, aparentemente não tinha consciência de sua força e, no longo rol de escritores que adornaram nossa nobre literatura, provavelmente não há ninguém tão desprovido de pedantismo ou afetação, tão deliciosamente autorreprimido ou tão isento de egoísmo como Jane Austen.*

George Barnett Smith, na revista
*The Gentleman's Magazine*, nº 258 (1895)

Filha de um pároco anglicano, Jane Austen escreveu apenas seis romances durante sua curta vida e saiu do anonimato deliberado para se tornar a mais amada de todas as escritoras da literatura inglesa. Seus romances delicadamente irônicos e ainda assim profundos sobre amor, costumes e casamento transformaram a arte da escrita de ficção.

Frutos de aguda observação e sutilmente incisivos, os romances de Austen são reconhecidos como obras-primas. Sua ironia esconde um olhar penetrante, sintetizado na famosa frase de abertura de *Orgulho e preconceito* (1813): "É uma verdade universalmente conhecida que um homem solteiro, possuidor de uma boa fortuna, deve estar necessitado de esposa". Este foi o mundo que Austen descreveu e narrou: "As assembleias de Nottingham são, como em todos os outros lugares, o recurso dos jovens e dos festivos, que para lá vão a fim de ver e serem vistos; e também daqueles que, tendo feito a coisa certa e jogado bem suas fichas matrimoniais no início da vida, agora contentam-se em sentar-se para uma sóbria partida de uíste ou quadrilha". Assim ficou resumido, em 1814, qual era o propósito das infindáveis rodadas de entretenimentos que consumiam a vida dos membros da nobreza e da aristocracia da Inglaterra: encontrar "bons partidos" e casamentos para a nova geração.

Conforme comentou a escritora feminista Mary Wollstonecraft, a "apresentação", "revelação" ou "iniciação" de uma menina, aos quinze ou dezesseis anos, era puramente "disponibilizar no mercado uma senhorita casadoura, cuja pessoa é levada de um lugar para outro, lindamente ataviada". O mercado que as debutantes escolhiam era de suma importância. Um clérigo prudente aconselhou suas meias-irmãs adotivas a não se mudarem para a rural Oxfordshire, sob o argumento que a localização "é indiferente ao brilho das jovens damas". Moças ambiciosas – ou moçoilas com pais ambiciosos – deveriam rumar para Londres.

Ninguém tinha ilusões sobre qual era o lugar delas na hierarquia social. Era improvável que a filha de um reverendo provincial, como era o caso de Jane Austen, com seu quinhão modesto e conexões sociais limitadas, conhecesse, quanto mais se casasse, com um filho de uma família da alta aristocracia. As mocinhas de famílias de elite, portadoras de dotes substanciais, estavam rigorosamente protegidas contra os aventureiros que se infiltravam nos bailes da sociedade de Londres na esperança de fisgar uma herdeira.

Pais e filhos sabiam, em igual medida, que as escolhas eram determinadas tanto por considerações financeiras quanto por inclinação. "Quando a pobreza entra pela porta, o amor sai voando janela afora", ressaltou uma senhora de fina estirpe em 1801. A mínima quantia absoluta com que um cavalheiro poderia ter a esperança de manter seu parco sustento durante esse período era de cerca de 280 libras por ano. Mas isso exigiria uma vida, contanto que alguma noiva aceitasse, frugal, em que "viveremos de maneira bastante doméstica e tranquila e não veremos muita companhia".

Mesmo um escudeiro com renda de 450 libras anuais pelejaria para satisfazer às exigências sociais de sua classe: uma casa de campo, acomodações em Londres, visitas ao teatro e à ópera, presença em bailes e jardins botânicos. Um pretendente pobre queixou-se com sua amada que: "Todo pai toma o mais absoluto cuidado para casar sua filha [onde há] dinheiro, sem levar em conta a inclinação [...]. O seu papai sem dúvida pode casar você com um pretendente [que] fará grandes transações em dinheiro, providenciará um séquito de criados e sustentará você com toda a opulência que se possa imaginar". A prudência, tanto quanto a paixão, ditava as regras. O esguio fantasma da solteirice, sempre à espreita, impelia muitas moças a aceitar um casamento que oferecia pouca coisa além de segurança financeira.

A divertida contenção de Austen figurava em gritante contraste com o melodrama romântico em moda na época, e o historiador Thomas Macaulay considerava que as bem construídas comédias de costumes da autora eram as que mais se aproximavam da perfeição que a escrita poderia esperar atingir.

A sétima de oito filhos, Austen passou sua vida em meio a uma família numerosa e carinhosa em Hampshire e Bath. "A vida dela transcorreu de maneira serena e suave, lembrando mais um riacho translúcido que serpenteia através de nossos prados ingleses e jamais é vergastado a ponto de se enfurecer por rochas traiçoeiras ou correntes violentas", definiu George Barnett Smith em 1895. Austen escreveu sobre vidas comuns, sobre os pequenos e triviais dramas da animada sociedade provinciana, sobre as preocupações, as briguinhas à toa e desavenças, as complexidades e as exaustivas dificuldades de pessoas nada excepcionais. Sir Walter Scott (1771-1832), o autor do best-seller Ivanhoé, foi um dos poucos a reconhecer a extensão do gênio de Austen à época, escrevendo que ela tinha "o toque requintado que torna interessantes as coisas e personagens banais". Ela fez um pastiche do melodrama gótico em A abadia de Northanger, e rompeu com a tradição predominante segundo a qual a literatura deveria tratar de figuras fabulosas, eventos extraordinários ou dramas grandiosos. Austen mostrou que o pequeno e o coloquial poderiam ser igualmente envolventes, e suas espirituosas descrições das intrincadas danças matrimoniais da aristocracia inglesa são um mal disfarçado comentário social, mostrando uma perspicaz compreensão da motivação humana e da necessidade social.

Ao longo do caminho, Austen produziu alguns dos personagens mais memoráveis da literatura, desenhados com suas típicas precisão e complexidade. O apático senhor Darcy, o obsequioso senhor Collins, a afobada e atrapalhada senhora Bennet e seu sarcástico e resignado marido senhor Bennet povoam *Orgulho e preconceito*. A espirituosa, franca e resoluta Elizabeth Bennet é uma das mais charmosas heroínas da literatura, seguida de perto pela imperfeita mas bem-intencionada Emma Woodhouse de *Emma* (1816), que encontra seu equilíbrio com o sensato e honrado George Knightley.

Os romances de Austen podem até terminar com epílogos alegres do tipo "felizes para sempre", mas não sem revelar a situação das mulheres de sua classe e época. O casamento determinava o destino de uma mulher. Como demonstra de forma mais que eloquente o matrimônio de Charlotte Lucas com o ridículo senhor Collins, praticamente qualquer tipo de casamento era considerado melhor que ser uma velha solteirona. A decisão de Elizabeth Bennet de questionar e desafiar essa convenção é apresentada como admirável mas ousada. Se sabemos que a inteligência e o charme de Elizabeth acabarão por lhe assegurar um marido (e um merecidíssimo lugar na aristocracia), sabemos também que centenas de mulheres como Charlotte não terão tanta sorte e serão obrigadas a fazer concessões. Sob uma superfície plácida, Austen ilumina os preconceitos, os escândalos, o puro infortúnio e o completo mal-entendido que poderiam deixar as mulheres sem marido e, na ausência de uma fortuna pessoal, inteiramente dependentes da bondade dos outros para sobreviver. Austen também sugeriu, por meio da bem-sucedida elevação social de personagens masculinos e femininos com o casamento, que uma aristocracia estagnada, mas quase sempre esnobe, precisava de sangue novo.

A romancista que primou em tratar do amor e do casamento nunca se casou. Ela era, a julgar por todos os relatos, alegre, jovial e bonita. O único retrato existente dela, um desenho realizado por sua irmã Cassandra, parece não ter feito justiça a Austen. Ela teve pelo menos dois flertes mais ou menos sérios. Aos 26 anos, a escritora foi pedida em casamento por Harris Bigg-Withers, herdeiro cinco anos mais jovem que ela. Mas o noivado durou pouco. Diante da perspectiva de passar uma vida inteira com um homem que, segundo consta, era tão infeliz quanto sugeria o sobrenome dele,

Austen rompeu o compromisso já no dia seguinte. Rumores dão conta que um relacionamento posterior foi o verdadeiro amor de Austen. Depois da morte dela, seus parentes queimaram boa parte de sua correspondência — poucas cartas foram salvas por sua adorada irmã, Cassandra, que também nunca se casou.

Austen escolheu para sua vida algo que as heroínas de seus livros nunca cogitaram: seguir uma carreira. Ela escrevia desde a infância, produzindo contos, historietas e vinhetas para divertir os parentes. No tumulto que se seguiu depois que a família deixou sua querida casa de infância, Austen parou de escrever. Fixando residência novamente em Hampshire com a mãe e a irmã, Austen voltou a se debruçar sobre as obras que ela iniciara uma década antes. *Elinor e Marianne* tornou-se *Razão e sensibilidade* (1811), e *Primeiras impressões* foi renomeado *Orgulho e preconceito*. Com a ajuda das habilidades de negociação de seu irmão Henry, as obras de Austen foram publicadas sob o nome de "uma dama", com *A abadia de Northanger* e *Persuasão* vindo a lume postumamente em 1818. Notória pela discrição e reclusão, Austen resistiu às tentativas da imprensa e de sua orgulhosa família de dar a conhecer a identidade daquela escritora tão cativante, cujos fãs incluíam o príncipe regente. A autoria de seus livros só foi revelada publicamente após sua morte prematura, cuja causa, conjectura-se, foi a Doença de Addison.

Em sua curta e monótona vida, essa escritora extraordinária criou obras que hoje ressoam com força ainda maior que no início do século XIX. O culto moderno a Austen continua a crescer a passos largos, à medida que os fãs tentam descobrir mais sobre a romancista de vida esquiva e os filmes de Hollywood procuram imaginar histórias românticas a partir dos vagos detalhes biográficos disponíveis. Muitos concordariam, no entanto, que os romances de Austen são suficientes. Discreta, irônica, espirituosa, astuta e compassiva, a escrita magistral de Austen é a medida da mulher.

# SIMÓN BOLÍVAR E A LIBERTAÇÃO DA AMÉRICA DO SUL

## 1783-1830

*A América é ingovernável. Servir à revolução é como arar o mar.*

Simón Bolívar

Simón Bolívar foi o Libertador – *El Libertador* – da América Latina: um soldado-estadista dinâmico, brilhante e fanfarrão, cujas campanhas militares no início do século XIX derrotaram não apenas o império espanhol, mas conquistaram pessoalmente um território do tamanho da Europa. Vigoroso, elegante e bonito, sempre magro e medindo apenas 1,67 m, mas também altivo, arrogante, obstinado, egocêntrico e sensível – como todos os grandes homens –, Bolívar foi um escritor esplêndido e um intelectual iluminista, um líder inspirador, um general habilidoso, especialista em táticas militares, um incansável batalhador de extraordinária resistência física. Em parte um dândi decadente do *Ancien Régime*, por vezes um amante romântico e não raro um mulherengo compulsivo, Bolívar foi um homem de instintos liberais e constitucionais, tanto em sua terra natal entre vaqueiros sul-americanos toscos e durões, de origens hispânicas, indígenas, mestiças e negras, como em meio à mais delicada aristocracia europeia. De fato, Bolívar não apenas libertou o território, mas também os escravos negros e mestiços do antigo império espanhol, adotando concepções de igualdade racial que estavam quase um século à frente de seu tempo.

Atuou como comandante e fez o papel de presidente, ditador e criador de muitos países, tentando encontrar um equilíbrio entre, num lado da balança, a monarquia tradicional e o autoritarismo volúvel e, no outro, a democracia caótica e o parlamentarismo tagarela, defendendo uma presidência forte, vitalícia e moderada por assembleias eleitas e governo aristocrático. Era um homem repleto de contradições: ao mesmo tempo que desprezava a monarquia, era visto como um rei; supostamente nunca tentava ser o centro das atenções, não buscava os holofotes nem as armadilhas do poder, mas procurava ambos o tempo todo; era ao mesmo tempo gentil, refinado, leal, generoso e tolerante, mas capaz de atos de implacável crueldade.

De família riquíssima e aristocrática, Bolívar deu sua fortuna para a revolução e morreu pobre. Em sua missão para libertar a América do jugo espanhol e formar seu Estado ideal, o sonho da Grande Colômbia, sua carreira política terminou em fracasso, mas Bolívar, o mais formidável sul-americano de todos os tempos, figura entre os mais bem-sucedidos estadistas da história, ao lado de seu contemporâneo Napoleão Bonaparte, cujos talentos ele compartilhava, mas de cuja desmedida e ambiciosa arrogância desdenhava. Os Estados modernos da Colômbia, Venezuela, Panamá, Equador, Peru e Bolívia deveram, todos, sua libertação a Bolívar em pessoa, e todos foram governados por ele em um momento ou outro. Bolívar seria tanto a inspiração para o liberalismo e a democracia da América Latina como também o protótipo de seus ditadores militares, os *caudilhos*. O que motivava e impulsionava Bolívar eram, em igual medida, tanto seu amor pela liberdade quanto o drama de sua própria vida extraordinária: "Meu médico sempre me disse", ele escreveu, "que para que a minha carne seja forte, o meu espírito precisa alimentar-se do perigo. Isso é uma verdade tão incontestável que, quando Deus me trouxe a este mundo, trouxe também uma tempestade de revoluções para que delas eu pudesse me alimentar [...]. Eu sou o gênio da tempestade".

Numa época em que toda a América do Sul e Central era governada pelo império espanhol (com exceção do Brasil, que era português), Bolívar nasceu no ápice da sociedade, numa das famílias mais ricas de Caracas, Venezuela, e era dono de fazendas açucareiras, minas de cobre e muitas mansões. A sociedade era uma complicada hierarquia obcecada pela questão da raça, regida por aristocráticos vice-reis e generais espanhóis no topo, depois por uma rica nobreza *criolla* (espanhóis brancos nascidos nas colônias, a exemplo da família Bolívar); na sequência, entremeavam-se muitos graus de pessoas de etnias miscigenadas – parte brancos, parte índios ("mestiços"), alguns parte brancos, parte negros ("mulatos") e outros eram "sambos" (parte indígenas e parte negros) e, no ponto mais baixo da pirâmide, uma classe de escravos negros. Mas, como em muitas dessas famílias, havia rumores de mestiçagem na linhagem dos Bolívar.

Nascido em 24 de julho de 1783, Bolívar perdeu os pais em tenra idade e foi criado por sua escrava negra Hipólita e uma fieira de professores iluministas, incluindo o notável pedagogo Simón Rodríguez, que o instruiu em um programa rousseauniano de natação, equitação e amor pela natureza, juntamente com os princípios da Revolução Francesa e da Guerra de Independência dos Estados Unidos. Depois que Rodríguez se viu obrigado a fugir por conspirar contra os espanhóis na época do fomento revolucionário, Bolívar frequentou a escola militar e a seguir foi enviado para encontrar seus tios e parentes em Madri, a capital imperial, onde o adolescente Bolívar se entrosou com a fina flor da sociedade da corte real dos Bourbon, tornando-se o protegido de um dos amantes da rainha Maria Luísa e disputando uma famosa peleja esportiva com o príncipe Fernando, o futuro rei. No período que passou em Madri, Bolívar casou-se com a aristocrata María Teresa Rodríguez del Toro e a levou consigo para a Venezuela, onde ela morreu de febre amarela em janeiro de 1803. Ela era o amor da vida de Bolívar, e "sua morte me fez prometer nunca mais me casar [...]. Se eu não tivesse ficado viúvo, minha vida teria sido diferente. Eu não seria o general Bolívar nem *El Libertador*".

Em 1804, de coração partido, retornou à Europa em uma extensa viagem pelas principais capitais (encontrou-se com seu antigo tutor Simón Rodríguez), durante a qual presenciou Napoleão ser coroado imperador e desandou em extravagante devassidão, desfrutando de intensos casos amorosos com muitas mulheres, entre elas uma linda senhora parisiense mais velha. Os que o conheceram durante esses anos consideraram-no um sul-americano dissoluto – logo ficaria evidente que estavam enganados. Em 1807, Bolívar retornou a uma América do Sul que agora fervilhava de inquietação revolucionária, agitação instigada por séculos de incompetência, corrupção e crueldade espanholas, mas também pelas loucuras do rei e da rainha da Espanha, o inepto Carlos IV e a ninfomaníaca Maria Luísa, cujo desgoverno então permitiram ao imperador Napoleão ocupar o território espanhol e nomear seu irmão José Bonaparte como rei da Espanha e das colônias. Enquanto a guerra era travada em solo espanhol, o império na América Latina começava a se fragmentar. Em abril de 1810, uma autoproclamada Suprema Junta tomou o poder na Venezuela e declarou a independência. Bolívar foi despachado para Londres de modo a convidar o mais famoso defensor de uma Venezuela livre, Francisco de Miranda – que havia servido como general no exército revolucionário francês e percorrera o mundo, inclusive flertando com Catarina, a Grande –, para voltar e comandar a incipiente república. Conhecido na história como o precursor do libertador Bolívar, Miranda regressou e foi eleito presidente da primeira república da Venezuela e depois ditador e comandante. Mas o idoso Miranda mostrou-se fraco, tímido e inepto: tinha inveja do jovem coronel Bolívar e se acovardou. O próprio Bolívar, o líder dos jovens oficiais venezuelanos, perdeu batalhas e fortificações até recuar e se recolher, deprimido, em suas propriedades.

Quando Miranda assinou um acordo de capitulação com os espanhóis, Bolívar, em um dos grandes atos de perfídia da história, acusou seu ex-herói de traição, prendeu Miranda e o entregou aos espanhóis, que o aprisionaram: Miranda morreu na cadeia. Pelos serviços prestados, os espanhóis deixaram Bolívar partir – um dos maiores erros que cometeriam. Nesse ínterim, outras regiões da América espanhola estavam se rebelando e declarando independência, e, em 1813, Bolívar assumiu um comando militar em um estado rebelde das Províncias Unidas de Nova Granada (a atual Colômbia), na assim chamada Campanha Admirável.

Agora começava a surgir o grande Bolívar. Quando ele tomou Mérida em maio de 1813 e depois Trujillo, foi apelidado de "*El Libertador*", título que encampou e que manteve com prazer pelo resto de sua vida. Mas os espanhóis reprimiram os rebeldes com uma crueldade espantosa, o que dificultava a resistência, até que Bolívar decidiu, de maneira controversa, combater a barbárie por meio da barbárie, emitindo seu célebre "Decreto de guerra até a morte", que permitia matar qualquer espanhol que não apoiasse a independência. Embora isso tenha maculado sua reputação, a tática funcionou: em agosto, Bolívar tomou Caracas e foi oficialmente declarado *El Libertador* e presidente da segunda república. Agora, no entanto, os espanhóis desencadearam uma guerra racial contra a elite de sangue espanhol dos rebeldes, municiando de armas o selvagem senhor da guerra José Tomás Boves, cuja cavalaria de *llaneros* – (habitantes das planícies) – conhecida como as Legiões do Inferno por causa de seu gosto psicótico por matanças engenhosamente medonhas – desferiu uma campanha de violência e tortura inauditas, devastando tudo que encontrava pela frente. Embora os espanhóis logo tenham perdido o controle sobre Boves e seus *llaneros*, as pouco numerosas tropas de Bolívar foram derrotadas e a república entrou em colapso quando Boves tomou Caracas. Bolívar escapou e voltou para Nova Granada, mas não desistiu, assumindo o comando das forças das Províncias Unidas e capturando a capital Bogotá. Porém, uma vez mais, as sectárias rixas e disputas dos rebeldes, com seus muitos líderes militares rivais e governos fragmentados e sobrepostos, e a selvageria da campanha espanhola resultaram em desastre. Bolívar escapou para a Jamaica e de lá para a nova república livre do Haiti, onde recebeu ajuda do presidente do primeiro Estado negro moderno, Alexandre Petión (herdeiro de Toussaint Louverture), e Luis Brión, o comerciante judeu que forneceu navios e se tornou o primeiro almirante de Bolívar.

Em seu primeiro desembarque na Venezuela em junho de 1816, Bolívar declarou a libertação dos escravos da América do Sul, mas a expedição foi um desastre e novamente ele teve a sorte de escapar, embora tenha superado seus momentos de desespero: "A arte da vitória aprende-se com os fracassos". Quando retornou no ano seguinte, Bolívar derrotou os espanhóis e tomou Angostura, mas o talentoso comandante espanhol, o capitão-general Morillo, mobilizando tropas regulares que haviam lutado nas Guerras Napoleônicas, mais uma vez derrotou as minguadas e esparsas forças de Bolívar. Não obstante, Bolívar abriu um congresso nacional, que o elegeu presidente da Venezuela. A seguir ele voltou suas atenções para a libertação de Nova Granada (Colômbia), vencendo a decisiva batalha de Boyacá em 7 de agosto de 1819, após o que retornou à Venezuela, onde decidiu formar um novo e gigantesco Estado, a Grande Colômbia. Mas os espanhóis ainda mantinham o controle de Caracas e das terras altas. Depois das Guerras Napoleônicas, Bolívar conseguiu contratar soldados britânicos e irlandeses para formar sua famosa Legião de Albion, que o ajudou a derrotar as tropas espanholas – e, a bem da verdade, daí por diante alguns de seus ajudantes mais próximos eram britânicos. Agora, o rei Fernando VII da Espanha, recém-reinstalado no trono, tentava governar como um monarca absoluto e planejava enviar um novo exército para sufocar a revolução de Bolívar, mas um motim o forçou a reconhecer a liberal Constituição de Cádiz. Morillo e os exércitos espanhóis na Venezuela perderam a vontade de lutar e reconheceram Bolívar como presidente. Em um famoso encontro, Morillo chegou acompanhado por uma guarda enorme e totalmente paramentado com traje de gala, enquanto Bolívar, por sua vez, surgiu com uma pequena comitiva: os dois homens ficaram impressionados um com o outro. Mas a guerra logo foi retomada e a independência, finalmente garantida na batalha de Carabobo em 24 de junho de 1821, a grande vitória de Bolívar, obtida com o auxílio de um de seus protegidos, um jovem e brilhante comandante chamado Antonio de Sucre, e seu impiedoso aliado, o caudilho dos *llaneros*, José Antonio Páez, o Centauro das Planícies. Bolívar entrou triunfalmente em Caracas. Em 7 de setembro de 1821, foi declarado presidente da Grande Colômbia.

Bolívar era um *showman* nato, e cada uma das suas libertações de cidades era marcada por procissões triunfais ao estilo romano, durante as quais ele era saudado por garotas bonitas envergando vestes brancas e que o coroavam com os louros da vitória. Esguio e ágil, adorava dançar e dizia que seu ritmo vigoroso o ajudava a ter suas melhores ideias: "Há homens", ele escreveu de maneira caracteristicamente melodramática, "que precisam ficar sozinhos e longe do tumulto para serem capazes de pensar [...]. Eu deliberava, refletia e ponderava da melhor maneira quando estava no centro da folia, em meio aos prazeres e ao clamor de um baile". Bolívar era tão incansável em suas festas da vitória quanto infatigável na sela de um cavalo em suas campanhas militares. E adorava mulheres, geralmente escolhendo as moças mais bonitas como suas amantes temporárias, embora nenhuma delas fosse realmente capaz de segurar ou domar *El Libertador* por muito tempo.

Bolívar poderia então ter se aposentado ou, talvez de modo mais sábio, se dedicado a governar a Grande Colômbia, seu Estado já imenso e de difícil manejo. Mas em vez disso, sendo Bolívar, ele sonhava em conquistar todo o continente, ciente que, enquanto o jugo espanhol continuasse no Peru, o coração do império espanhol, sua Grande Colômbia não estaria segura. Planejando uma nova campanha, dividiu o país entre dois de seus generais: o pedante e invejoso general Antonio Santander serviu como vice-presidente e governou Nova Granada e Panamá a partir de Bogotá, ao passo que, na Venezuela, Bolívar deixou o caudilho Páez no comando. Ao dar respaldo a esses líderes militares em vez de destruí-los, Bolívar talvez tenha errado, mas estava convencido que mais tarde voltaria para forjar seu novo Estado. Primeiro, numa campanha espantosa, Bolívar percorreu vastas distâncias e terrenos aterradores marchando com seu exército através dos Andes para libertar Quito (o atual Equador), vencendo as batalhas de Bombona e Pichincha, e tomando a cidade em junho de 1822. Lá conheceu a mais famosa de suas amantes, Manuela Sáenz, a filha ilegítima de um nobre espanhol, uma aluna de convento seduzida por um oficial, agora esposa de um comerciante inglês muito mais velho e partidário de longa data da revolução no Peru. Ainda com vinte e poucos anos, irrepreensivelmente corajosa, sensual, dona de uma beleza deslumbrante e desenfreadamente excêntrica, Manuela viveu com Bolívar durante o período que ele passou em Quito e no Peru.

Nesse meio-tempo, na porção meridional do continente, a Argentina e o Chile também haviam se desvencilhado do domínio espanhol, e seu herói libertador, o general José de San Martín, vinha se aproximando desde o sul, tendo libertado algumas partes do Peru, o que lhe granjeou o título de

"Protetor da liberdade peruana". Mas Bolívar rapidamente anexou Quito à sua própria Grande Colômbia. Em uma tensa conferência de cúpula, as duas mais extraordinárias figuras da libertação sul-americana se encontraram. San Martín, ascético, desajeitado e longe de suas bases, se viu sobrepujado pelo exuberante Bolívar, que assumiu a libertação do Peru, terra das minas de prata, governado a partir da maior e mais rica cidade do império espanhol, Lima. Nomeado ditador do Peru, Bolívar e seu amado general Sucre derrotaram os espanhóis na batalha de Junin, e, em 9 de dezembro de 1824, Sucre obteve a vitória decisiva em Ayacucho. No então Alto Peru, Bolívar formou o que se tornaria a Bolívia. Ele agora governava um vasto império que se estendia do Panamá até a Bolívia, e embarcou em uma grande jornada por suas vastas e remotas terras. Em seu apogeu, ele declarou que "um homem forte desfere um único golpe e todo um império desaparece". Mas, na verdade, Bolívar havia se excedido além da conta: a Grande Colômbia estava desmoronando, e suas elites, incitadas pelos desleais Santander e Páez, estavam cansadas das guerras dispendiosas e grandiosas de Bolívar em terras distantes.

Permitindo que seu grão-marechal Sucre se tornasse (em vários momentos) presidente do Peru e da Bolívia, Bolívar retornou finalmente a Caracas e depois a Bogotá. Planejando colocar em vigor sua Constituição ideal na Bolívia, Bolívar esboçou várias novas ideias e decretos para seu governo perfeito. Sua Carta Constitucional para a Bolívia previa um presidente vitalício refreado por uma legislatura tricameral (com os nomes romanos clássicos: Senado, Câmara dos Tribunos e Câmara dos Censores) e um eleitorado bastante limitado e abastado. Temendo o caos, guerras civis e assassinatos que ele havia visto na luta de libertação, e vislumbrando as irreconciliáveis diferenças raciais, econômicas e geográficas entre Lima e Quito, Caracas e Bogotá, Bolívar rejeitou tanto a monarquia tradicional quanto uma república federativa como a dos Estados Unidos, e propôs um governante com mão de ferro para toda a vida, respaldado por uma elite oligárquica. Os delegados da Grande Colômbia não conseguiram chegar a um acordo sobre uma Constituição, mas, exaurido pelas campanhas militares e pelas pequenas rivalidades e instintos paroquiais de Santander e Páez, Bolívar tentou, em um primeiro momento, transigir e fazer concessões a seus vices, e por fim decidiu tomar o poder e tornar-se um ditador.

Em 24 de junho de 1828, Bolívar entrou em Bogotá, onde foi recebido com euforia; dois meses depois, em um decreto orgânico, foi declarado presidente libertador – ainda que, ao assumir o poder, tenha dito, de maneira tipicamente sua: "Sob uma ditadura, como podemos falar em liberdade? Acerca de um aspecto, podemos concordar: pobre da nação que obedece a um único homem, assim como é de se lamentar o homem que detém todo o poder". O povo ficou encantado, mas muitos dos partidários bolivarianos mostraram perplexidade, e Bolívar foi acusado de tirania – rumores acusaram-no injustamente de almejar uma coroa real. Em Bogotá, Bolívar ganhou a companhia de sua fogosa e exuberante amante Manuela, que escandalizava a elite vestindo-se com uniformes militares, tendo casos com seus criados negros e desfrutando de amantes aleatórios. Em 25 de setembro, um grupo de oficiais, com o apoio secreto do próprio Santander (que fora enviado para o exterior com a incumbência de servir como embaixador), tentou assassinar Bolívar: os homens irromperam em sua mansão e abriram caminho até seu quarto. Manuela ajudou-o a escapar por uma janela, e depois Bolívar se escondeu debaixo de uma ponte enquanto os conspiradores arrombavam a porta e espancavam a corajosa Manuela.

Tão logo derrotou e mandou executar os conspiradores (exceto Santander, que foi exilado), Bolívar ressurgiu, abalado por sua própria impopularidade e debilitado pela doença. Bolívar saudou Manuela como a *Libertadora del Libertador* – mas quando rebeliões espocaram de uma ponta à outra da república, Bolívar governou enquanto seu sonho gradualmente se desfazia. O Equador declarou independência, o Peru foi invadido e derrotado por Sucre, enquanto Páez governou a Venezuela com poderes despóticos. Desesperadamente doente com tuberculose e magro como um espectro, Bolívar, em um discurso trágico e defensivo proferido em 20 de janeiro de 1830, advertiu seu povo: "Hoje deixo de governá-los [...]. Temendo ser considerado um obstáculo para o estabelecimento da república, renunciei pessoalmente à posição de liderança suprema [...]. Fui vítima de suspeitas ignominiosas [...]. Jamais, eu lhes juro, passou por minha cabeça aspirar a um reinado [...]. Imploro-lhes que permaneçam unidos para que não se tornem assassinos do país e seus próprios algozes". Quando deixou a presidência em 27 de abril de 1830, Bolívar estava desesperado, seu sonho já havia se despedaçado: "A América é ingovernável. Servir à revolução é como arar o mar; o país está fadado a mergulhar em um caos inimaginável após o qual passará para as mãos dos tiranos [...] e um frenesi de violência". Ele planejava partir para a Europa zarpando do porto de Cartagena, e saiu de Bogotá para convalescer; seu discípulo mais próximo, o marechal Sucre, correu para se despedir, mas não chegou a tempo. Os rumores, provavelmente verdadeiros, de que Bolívar planejava promover Sucre como sucessor talvez tenham condenado o marechal. Em junho de 1830, Sucre foi assassinado; Bolívar ficou inconsolável. Estava à beira da morte, mas até isso ele transformou em um drama histórico mundial: "Se minha morte pode curar e fortalecer a nação, vou para meu túmulo em paz". Em 17 de dezembro de 1830, abandonado por todos exceto uma pequena comitiva, enquanto a Grande Colômbia se fragmentava em diferentes Estados, o Libertador morreu, com apenas 47 anos.

# SHAKA

## 1787-1828

*Chegou ao nosso conhecimento que Shaka ordenara que um homem que estava próximo de nós fosse condenado à morte por um crime que não fomos capazes de descobrir qual era: mas logo soubemos que aquela era uma das ocorrências mais comuns no decorrer do dia.*

Recordações de um cirurgião em visita a Shaka em 1824

Shaka foi o fundador do império zulu e o criador da nação zulu, mas também um tirano perverso, paranoico, vingativo, cruel e autodestrutivo.

Shaka foi criado com um pai ausente e uma mãe forte, dedicada e injustiçada em uma atmosfera de instabilidade, violência e medo. Seu pai, Senzangakhona, era chefe da tribo zulu, mas, excepcionalmente, optou por casar-se com uma mulher de classe inferior do clã vizinho Elangeni. O casamento acabou quando o pequeno Shaka tinha seis anos, e sua mãe o levou consigo para viver na tribo Elangeni; no entanto, lá ela foi condenada ao ostracismo por causa de seu casamento. O futuro líder não apenas passou o resto de sua juventude sem uma figura paterna, mas também teve que lidar com o estigma social resultante de um casamento que fez sua mãe cair em desgraça. Incapaz de lidar com a situação, sua mãe foi para o exílio, por fim encontrando um lar junto ao clã mtetwa em 1802.

A sorte de Shaka começou a mudar quando, aos 23 anos – já um homem alto, musculoso e impressionante –, foi convocado para prestar o serviço militar por Dingiswayo, chefe dos mtetwa. Como guerreiro, Shaka logo alcançou uma reputação de brilhantismo e bravura, e ajudou os mtetwa a estabelecer seu domínio sobre muitos clãs menores, incluindo os zulus. Ele também testemunhou, em primeira mão, os esforços de Dingiswayo para reformar a organização e a atitude das forças armadas – lições que ele nunca esqueceu.

Em 1816, veio a notícia que o pai de Shaka havia morrido. Dingiswayo agora o liberou de seu serviço para que ele pudesse retornar e reivindicar seu direito de primogenitura como chefe zulu. Embora à época os zulus fossem um dos menores clãs na costa leste da porção sul da África, Shaka tinha grandes planos para o futuro.

Tão logo voltou, Shaka imediatamente esmagou a oposição interna a seu governo. A seguir, começou a remodelar os zulus de modo a convertê-los em um povo guerreiro. O exército foi reequipado e reorganizado, adotando a formação de batalha "chifre de búfalo", que se tornaria sua marca registrada. Quando essa formação era utilizada, o objetivo era sempre o mesmo: a aniquilação das tropas inimigas.

Em uma época na qual as batalhas em sua maioria não passavam de escaramuças, sem uma noção real de direção estratégica, o enfoque disciplinado e implacável de Shaka constituiu uma revolução na guerra de clãs. Seus exércitos rapidamente estabeleceram uma reputação aterrorizante, e Shaka começou a usá-los para redesenhar o mapa do sul da África.

Os primeiros a sentir sua ira foram os clãs mais próximos aos zulus ao longo da costa leste, incluindo os Elangeni. Shaka vingou-de de forma terrível daqueles que haviam infligido sofrimento à sua mãe quando ele era menino, empalando os líderes do clã em estacas de madeira cortadas de suas próprias cercas.

Outras vitórias se seguiram, e, após cada uma delas, Shaka incorporava a seus próprios exércitos os homens dos clãs derrotados. No intervalo de um ano ele havia quadruplicado o tamanho das tropas sob seu comando. Em 1817, quando Dingiswayo – em tese, ainda o chefe guerreiro a que Shaka devia obediência – foi assassinado por um rival, o chefe Zwinde do clã ndwandwe, o caminho estava aberto para uma expansão sem entraves dos zulus.

Depois disso, Shaka foi derrotando um clã após o outro e devastando as terras conquistadas. Os que atravancavam seu caminho viam-se diante de uma escolha difícil: submeter-se, fugir ou morrer. Os principais clãs da área, incluindo os ndwandwe, foram facilmente massacrados, mesmo destino dos numerosos clãs menores ao sul dos zulus. Em 1823, Shaka já havia destruído de forma arrasadora grande parte do sudeste da África.

Não foram afetados apenas aqueles que entraram em contato imediato com Shaka e seus exércitos. A fuga em direção ao interior do continente de milhares de pessoas que temiam o ataque dos exércitos saqueadores de Shaka destruiu a estrutura estabelecida de clãs e o arcabouço social do interior africano. Durante o *Mfecane* (grande convulsão social) que se seguiu, estima-se que cerca de 2 milhões de pessoas tenham morrido quando a "luta interna pela África" saiu de controle.

Mas o pior ainda estava por vir. Em 1827, a mãe de Shaka morreu, e o chefe guerreiro abandonou todo o senso de contenção. Ele já não estava mais preocupado em estabelecer um imenso império zulu, mas em vez disso procurava infligir ao máximo possível de pessoas a dor que ele mesmo estava sentindo pela morte de sua mãe. Na primeira fase desse processo público de luto, cerca de 7 mil zulus foram assassinados. Nessa carnificina, mulheres grávidas perderam a vida de forma cruel, junto com seus maridos, e até mesmo o gado foi massacrado pelos agentes da fúria de Shaka.

A morte e a destruição tornaram-se então os únicos fenômenos que davam sentido à vida de Shaka, e ele autorizou seus exércitos a levar fogo e massacre em ampla escala por toda parte. A violência só terminou quando Shaka foi assassinado por seus meio-irmãos Dingane e Mhlangana, em 1828. Uma vida que havia prometido tanto terminou em desonra: espetado até a morte com azagaias (lanças curtas), o outrora grande chefe foi enterrado sem cerimônia em uma fossa.

No momento da sua morte, Shaka governava mais de 250 mil pessoas e era capaz de mobilizar um exército de 50 mil homens. Ele havia construído um enorme reino a partir de quase nada, mas o preço pago pelos africanos comuns foi enorme. Milhões de pessoas morreram em consequência da ambição desenfreada de Shaka.

Antes de morrer, Shaka estabelecera relações amistosas com os britânicos, mas não com os africânderes (bôeres), e sob o comando de seu meio-irmão e sucessor Dingane ocorreram os primeiros confrontos armados com colonos bôeres em Natal. Depois de uma vitória inicial, uma força zulu de vários milhares sofreu uma derrota decisiva nas mãos de um contingente muito menor de bôeres na batalha do Rio de Sangue em dezembro de 1838, evento que desencadeou uma guerra civil zulu com Mpande – um outro meio-irmão de Shaka –, que formou uma aliança com os bôeres e conseguiu derrubar Dingane. Nos dois anos seguintes, grande parte do império zulu sucumbiu sob o controle dos bôeres, mas a anexação formal de Natal pelos britânicos em 1843 levou à devolução dessas terras aos zulus.

Depois disso, até a segunda metade do século xix, os britânicos não empreenderam nenhum esforço planejado para confrontar os zulus. Na verdade, a política do governo era salvaguardar a integridade do império zulu protegendo-o do expansionismo bôer. Tudo isso mudou, no entanto, em janeiro de 1879, quando, para aplacar os africânderes após a anexação do Transvaal dois anos antes, os britânicos instigaram a guerra zulu, com o objetivo de tomar a Zululândia como uma área desenvolvida e propícia para o assentamento africânder. Eles ordenaram que em um prazo de trinta dias o rei zulu Cetshwayo – o filho de Mpande – dissolvesse seu exército; uma vez que o rei não cumpriu a ordem, as hostilidades começaram.

Em setembro de 1879, Cetshwayo foi capturado e o território passou para o controle britânico (embora não antes de os britânicos terem sofrido uma famosa derrota na batalha de Isandhlwana e ficarem encurralados na defesa de Rorke's Drift – incidente eternizado no filme *Zulu*, de 1964). Embora a inquietação continuasse nos anos seguintes, a perspectiva de uma pátria zulu independente havia sofrido danos fatais. Em 1887, a Zululândia foi formalmente anexada à Coroa – um movimento que sinalizou a dissolução permanente do império zulu.

# BYRON

## 1788-1824

> *Uma gama de poderes quase ilimitados e um orgulho não menos vasto*
> *em exibi-los – uma suscetibilidade a novas impressões e impulsos, ainda*
> *além do habitual quinhão de genialidade, e uma incontrolada impetuo-*
> *sidade em ceder a eles.*
>
> Byron, de acordo com a descrição do amigo e biógrafo
> Thomas Moore em seu *Life of Lord Byron* (1835)

Lorde Byron, o poeta arrojado, galante e meditativo, foi a quintessência do herói romântico. As mulheres se perdiam tentando salvá-lo; a sociedade assistia, com fascinada indignação, à medida que esse aristocrata *outsider* desafiava as convenções sociais. Obscurecido por uma permanente aura de depravação, irresistível em sua vulnerabilidade, zombeteiro, espirituoso, extravagante e ousado, Byron gerou uma nova imagem do herói. No entanto, é o gênio incandescente e exuberante da poesia que faz dele imortal.

George Gordon, o Lorde Byron, foi, como ele mesmo escreveu em sua inacabada obra-prima *Don Juan*, "o Grande Napoleão dos reinos da rima". O poeta que era capaz de disparar entre sessenta e oitenta estrofes depois de um lauto jantar, atingiu a paisagem literária inglesa como um furacão. Quando os dois primeiros cantos de seu longo poema narrativo *A peregrinação de Childe Harold* foram publicados em 1812, esgotaram-se imediatamente. "Acordei certa manhã", comentou o poeta de vinte anos, "e me descobri famoso".

Byron era o garoto-propaganda da geração romântica. A desilusão melancólica de *A peregrinação de Childe Harold* e a ironia mordaz e trocista de *Don Juan* satirizavam as hipocrisias e pretensões da sociedade e lamentavam o fracasso da realidade de fazer jus a ideais elevados. Impelida por ritmos cáusticos e retumbantes, a poesia de Byron personificou o espírito da época:

Vivo não em mim mesmo, mas me torno
porção do que está ao entorno; e para mim,
altas montanhas são um sentimento, mas o zumbido
das cidades humanas, tortura.

Todos supunham que Byron fosse o herói homônimo perdido e desiludido do poema narrativo *A peregrinação de Childe Harold*, vagando inquieto pelo continente. A história do poeta foi de fato bastante romântica. Filho do libertino e charmoso capitão John "Jack Louco" Byron, o menino foi criado na penúria em Aberdeen pela mãe viúva até que a morte de seu tio-avô transformou seu destino. Levado de volta à Inglaterra, o indômito menino de dez anos e pés tortos herdou as magníficas ruínas da casa ancestral de Newstead Abbey e o título de Lorde Byron.

Sentado em um canto, fitando melancolicamente o espaço, o franzino e pálido Byron era um ímã para as mulheres da sociedade. "A bem da verdade ele é praticamente o único assunto de quase todas as conversas – os homens com ciúmes dele, as mulheres enciumadas umas da outras", comentou a anfitriã política Georgiana, duquesa de Devonshire. Com suas inúmeras conquistas, Byron chamou a atenção da sociedade – de lady Caroline Lamb, que, de tão enlouquecida pelo poeta, quando sabia que ele comparecia a uma festa para a qual não fora convidada, esperava do lado de fora, em plena rua, para abordá-lo, a lady Oxford, a anfitriã de meia-idade que instigava o radicalismo de seu jovem amante.

"Louco, mau e perigoso de se conhecer", foi a famosa descrição que dele fez lady Caroline Lamb. O poeta não tinha escrúpulos quando se tratava de escandalizar a sociedade. "Talvez seja voluptuoso aqui e ali – não posso evitar isso", foi a resposta indiferente e despreocupada de Byron às alegações de que *Don Juan* era um "elogio do vício". Vivendo (como ele próprio admitia) em "um abismo de sensualidade", Byron era mal-afamado por sua aura de torturada depravação e pelas orgias de bebedeira na companhia dos amigos, trajando hábitos de monge, em meio às ruínas góticas da abadia de Newstead. "Nunca existiu um grupo mais indigno e imprestável", foi o veredicto do herói de guerra, o duque de Wellington.

Uma mãe dominadora e uma infância de abuso sexual por sua babá May Gray tolheram a capacidade de Byron para relacionamentos; ele constantemente ansiava por novas sensações e novos amantes, homens ou mulheres. Apaixonava-se perdidamente e, com a mesma velocidade, se desiludia. Augusta Leigh, de cuja filha provavelmente Byron era o pai, foi o grande amor da vida do poeta, mas também era sua meia-irmã. Com todas as outras mulheres, ele podia ser monstruosamente cruel. Byron teve um relacionamento angustiado com a cunhada de seu grande amigo, o poeta Shelley, Claire

Clairmont, a quem engravidou e depois rejeitou. A filha muito amada que nasceu desse caso, Byron colocou em um convento italiano, onde ela morreu aos cinco anos. O casamento de Byron com a tristonha e sem graça Annabella Milbanke foi um desastre. Acabou de maneira irrecuperável depois de apenas um ano e meio, envolto em alegações de violência conjugal de Byron, relações incestuosas e bissexualidade – rumores tão escandalosos que, em 1816, o forçaram a deixar para trás a Inglaterra e a filhinha do casal, Augusta Ada, para nunca mais voltar.

Em Veneza, Byron costumava retornar para casa a nado na calada da noite ao longo do Grande Canal, puxando uma tábua com uma vela para iluminar seu caminho. O homem que, nos tempos de estudante em Cambridge, manteve um filhote de urso em seu alojamento, vivia em um palácio que era um verdadeiro zoológico. Shelley certa vez listou os membros da família: "dez cavalos, oito cães enormes, três macacos, cinco gatos, uma águia, um corvo, um falcão [...] [e] acabei de conhecer na escadaria cinco pavões, duas galinhas-d'angola e um grou egípcio".

Aos bandos, os visitantes afluíam para ver o poeta. Alguns encontraram um Byron gordo e grisalho, mas seu vigor foi restaurado por um ardoroso caso amoroso com uma jovem condessa italiana radical. Mais uma vez inquieto, Byron lançou-se em mais uma campanha: a luta pela independência grega do jugo dos turcos. Devotou seu dinheiro e sua alma ao projeto. No entanto, na cidade grega de Mesolóngi, enfraquecido por uma vida de dissipação e excessos, contraiu uma febre e morreu. Foi esse o fim, com apenas 36 anos, do poeta cujo magnífico desdém pelas pequenas convenções havia ultrajado e arrebatado a Europa por uma geração.

# BALZAC

1799-1850

*Considero muito impertinentes as pessoas quando me dizem que sou profundo e depois tentam me conhecer em cinco minutos. Cá entre nós, não sou profundo, mas muito largo, e leva um bocado de tempo andar ao meu redor.*

Balzac, em carta à condessa Maffei (1837)

Honoré de Balzac foi um dos mais prolíficos dos gigantes literários. Sua obra-prima, *A comédia humana*, é composta de quase cem obras que contêm mais de 2 mil personagens e, juntas, criam uma realidade alternativa que se estende de Paris aos cafundós provinciais da França. As obras de Balzac transformaram o romance em uma forma de arte elevada capaz de representar a vida em todos os seus detalhes e cores, abrindo caminho para as ambiciosas obras de escritores como Proust e Zola. Balzac, o gênio balofo, amável e viciado em trabalho, foi em muitos aspectos o pai do romance moderno.

Filho pouco notável de uma mãe bonita mas desagradável e um pai auto-indulgente, Balzac não parecia marcado para a grandeza. Terminados os estudos, trabalhou como escriturário e assistente de tabelião, porém isso não empolgava o jovem dotado de grandes ambições, mas pouca direção para canalizá-las, e, por volta dos dezenove anos, Balzac decidiu tornar-se escritor. Rumou para Paris, determinado a adotar um estilo de vida apropriado a sua nova vocação. Cultivando a imagem de um sofisticado e hedonista *playboy* literato, Balzac acumulou vultosas dívidas, e com frequência tinha de se esquivar de seus credores, flertando com a falência.

Faltava uma coisa importante: sucesso. O primeiro projeto literário de Balzac, *Cromwell*, uma tragédia em versos sobre o militar e líder político inglês, foi um fracasso que deixou sua família desesperada. Em 1822, Balzac já escrevera várias outras obras, igualmente malsucedidas. Sua produção ao longo da década de 1820 consistiu de uma sucessão de livros medíocres, piegas e sensacionalistas e romances históricos ao estilo de sir Walter Scott, feitos apenas por interesse financeiro. Alguns foram publicados sob pseudônimos, outros de forma anônima. Nenhum dava qualquer indício que Balzac estava em vias de tornar-se um gigante da literatura.

Entretanto, por volta de 1830, Balzac começou a engendrar um novo e revolucionário conceito de ficção. Alguns escritores haviam brincado com a ideia de colocar personagens em mais de um livro, mas ninguém amadureceu o conceito a ponto de aplicá-lo a uma obra que se estendesse por toda uma vida. Balzac entregou-se inteiramente ao conceito, percebendo que poderia criar um mundo independente que se expandiria por todos os seus romances. Quando a ideia ocorreu a Balzac, dizem que ele correu até a casa da irmã, Laure, na margem direita do rio Sena, gritando: "Tirem o chapéu! Estou prestes a me tornar um gênio!".

Arrebatado e concentrado em seus esforços, Balzac rapidamente começou a produzir textos de real importância. Era um escritor incrivelmente esforçado e ativo, e sua rotina era trabalhar por dezoito horas seguidas, impulsionado por até cinquenta xícaras de café diárias. Ele se descreveu como um "escravo de galé da pena e da tinta"; outros o chamavam de "Napoleão das letras". Uma de suas histórias, *O ilustre Gaudissart*, foi escrita em uma única tacada – 14 mil palavras em uma noite. Balzac era um furioso e obsessivo revisor das provas de seus editores, corrigindo e refazendo suas histórias por meio de seis ou sete rascunhos.

As narrativas que compõem *A comédia humana* são caracterizadas pelo extraordinário talento de Balzac para contar histórias, seu fértil senso de humor e sua delicada descrição de personagens, cenas e lugares. Em *O pai Goriot* (1835), a história de um jovem provinciano sem um tostão e do velho que renuncia a tudo por suas filhas, Balzac dá vida a uma Paris que é quase como um personagem por si só:

> Ficando sozinho, Rastignac caminhou alguns passos até a parte alta do cemitério e de lá avistou Paris, tortuosamente deitada ao longo das duas margens do sinuoso Sena. Luzes começavam a brilhar aqui e ali. Seus olhos fixaram-se quase avidamente sobre o espaço entre a coluna da Place Vendôme e o domo do Invalides; lá estava aquele esplêndido mundo que ele desejava conquistar.

O talento imaginativo de Balzac e seus poderes de descrição estabeleceram o tom para o desenvolvimento do romance realista do século XIX. Como disse Oscar Wilde, Balzac "criou a vida, ele não a copiou". O mundo de *A comédia humana* estendia-se de Paris à zona rural francesa, e seu rico elenco incluía retratos sensíveis não apenas de jovens provincianos tentando fazer fortuna em Paris, a exemplo de Rastignac, mas também de mulheres jovens e velhas, burocratas, políticos, cortesãs, solteironas, nobres, camponeses, atores e estalajadeiros – nas palavras do próprio Balzac, "cenas da vida privada, vida parisiense, vida política, vida militar". Balzac também criou o mais inesquecível dos vilões, Vautrin, o gênio criminoso bissexual que se transforma em chefe de polícia, e que foi baseado em uma figura real, o bandido que se tornou o chefe de polícia e criminalista Vidocq. Foi Balzac quem refletiu que "Por detrás de toda grande fortuna existe um grande crime". As obras mais formidáveis nesse vasto conjunto de narrativas incluem *Eugênia Grandet* (1833), *O pai Goriot, Ilusões perdidas* (1837), *A prima Bette* (1846) e *Esplendores e misérias das cortesãs* (1838-47).

A partir dos 23 anos, quando se apaixonou pela mãe (de 45 anos) de algumas crianças das quais era professor particular, Balzac passou a buscar a mulher ideal. Por fim a encontrou em uma condessa polonesa, Ewelina Hańska, com quem se casou depois de uma correspondência romântica que durou três anos e meio. Por ocasião do casamento, em março de 1850, restavam a Balzac pouco mais que cinco meses de vida. Ele morreu em agosto, vítima do esforço de seus extenuantes e punitivos hábitos de trabalho. Em seu funeral, o escritor Victor Hugo lembrou Balzac como alguém que estava "entre as estrelas mais brilhantes de sua terra natal".

# PÚCHKIN

## 1799-1837

*O poeta morreu: um escravo da honra*
*Abatido por calunioso rumor*
*Com uma bala no peito, e sedento de vingança,*
*Sua cabeça orgulhosa agora se curvou.*
*O espírito do poeta não pôde suportar*
*A vergonha de mesquinhas calúnias...*

Mikhail Lermontov, de sua homenagem a Púchkin,
que circulou secretamente dias após a morte do grande poeta

Aleksandr Púchkin é o ideal heroico do poeta romântico. Gênio da exuberância, versatilidade, aguda inteligência, pungência e originalidade, intenso e promíscuo amante das mulheres, vítima da tirania que permaneceu fiel à sua própria arte – ele personifica o triunfo da criatividade sobre a mão morta da burocracia. Púchkin ajudou a criar a Rússia moderna – sua cultura, sua língua, sua própria imagem de si mesma. Ele também escreveu dramas históricos e contos.

Púchkin é geralmente considerado o maior poeta da Rússia. A traduções não são capazes de fazer justiça ao modo extraordinário como ele moldou a língua russa à sua arte, mesclando o arcaico com o moderno, o vernáculo com o formal, e prontamente inventando novas palavras quando as antigas não bastavam. A profunda simplicidade da poesia de Púchkin transformou a maneira como os russos – tanto escritores como pessoas comuns – usam o idioma.

Filho precoce de uma ilustre e antiga família da nobreza russa, Púchkin tornou-se famoso quando, aos catorze anos, publicou seu primeiro texto poético. O poema narrativo romântico *Ruslan e Ludmilla*, que ele escreveu seis anos depois, rompeu com todas as convenções literárias da época e foi um estrondoso sucesso. O líder da velha guarda da poesia russa, Vassíli Júkovski, presenteou Púchkin com um retrato de si mesmo incluindo a inscrição: "Para o aluno vitorioso, do mestre derrotado". Mal saído da adolescência, Púchkin já era amplamente reconhecido como o mais destacado poeta da Rússia.

A energia e o ímpeto espantosos de Púchkin transformaram a literatura russa. Ele abandonou o sufocante manto da religião e da censura, criando obras de extraordinária originalidade que definiram as bases da moderna tradição literária russa. O estupendo romance em versos *Ievguêni Oniéguin* (1825-32) é considerado por muitos como o melhor e mais admirável romance russo já escrito. Ambientado em uma paisagem russa com personagens russos, foi um passo decisivo para longe da tradição alegórica na direção do realismo mais tarde empregado por Tolstói, Dostoiévski, Nabokov e Bulgákov. É a história do malfadado amor entre Tatiana, beldade de província, e Oniéguin, um aristocrata cínico e requintado, um janota intelectual e entediado. Ele flerta com ela; ela se apaixona; ele a rejeita e mata o noivo da irmã dela em um duelo (prenunciando a morte do próprio Púchkin). Muitos anos depois, Oniéguin a reencontra. Ela é agora uma refinada *grande dame* de São Petersburgo, um primor da alta sociedade, uma princesa casada com um príncipe. Oniéguin percebe que a ama – mas ela responde: "Amo-vos, sim (como fingir?); mas fui a outro cedida". Oniéguin fica de coração partido – "com aflição causticante, como que queimado pelo fogo do céu. O coração profundamente abalado. Com que tempestade de desejo". Os personagens permanecem eternos, mas nada é tão atemporal quanto a tristeza trágica do amor de Oniéguin pela casada Tatiana – e o amor infinito dela por ele, amores que nunca podem se realizar.

O poeta-revolucionário era a imagem do herói romântico. Púchkin fez parte, como membro simpático e social, não ativo, do grupo de oficiais militares conspiradores da alta nobreza mais tarde conhecido como os dezembristas, que secretamente maquinaram um levante para reformar a opressiva autocracia dos czares. Os membros do movimento dezembrista eram tão famosos pelas bebedeiras, jogatina e libertinagem quanto por suas posturas liberais.

A obra de Púchkin revolucionou o modo como os russos pensavam em sua história e seu drama, e em especial a maneira como pensavam sobre seus escritores. Pouco afeito a minimizar suas próprias realizações, Púchkin foi um dos primeiros escritores russos a organizar uma edição das obras reunidas de seus vários escritos. Um ano depois de sua morte, um crítico pôde declarar: "Todo russo instruído deve ter um Púchkin completo, caso contrário não tem o direito de ser considerado nem instruído nem russo".

Os opressivos censores estatais e autocratas da Rússia tentaram esmagar a ferrenha vontade do veemente e impetuoso radical. Púchkin foi, em suas próprias palavras, "perseguido durante seis anos a fio, sua reputação manchada pela expulsão do serviço público, exilado em uma aldeia remota por causa de duas linhas em uma carta interceptada". Isso não foi de todo ruim: ele adorou o exótico sentimento romântico de Odessa, da Moldávia e do Cáucaso, lugares que o inspiraram. Púchkin também teve um sem-número de casos amorosos, escrevendo listas, historietas e poemas para registrar suas conquistas, que incluíam a princesa Lise Vorontsov, esposa do vice-rei da Nova Rússia, o príncipe Michael Vorontsov e uma sobrinha-neta do príncipe Potemkin, ministro de Catarina, a Grande. Provavelmente Púchkin e Lise tiveram um filho (que foi criado como filho de Vorontsov), e escreveu para a amante um poema intitulado "O talismã".

Mas Púchkin tinha aguda consciência da mão opressiva da censura e da vigilância – e seu potencial para piorar. Durante o malogrado levante Dezembrista de 1825, ele só pôde assistir, impotente, enquanto os sonhos de liberdade de sua geração eram impiedosamente destruídos pelo medonho czar Nicolau I. Por fim, exaurido por quase uma década de censura e exílio, Púchkin foi seduzido para a corte de Nicolau, com a promessa ilusória de reforma. O czar autonomeou-se censor pessoal das obras do escritor.

Contar com o favor imperial foi mais eficaz para subjugar Púchkin do que o descontentamento imperial. Censurado pelo czar em pessoa, Púchkin ficou praticamente sem fala. O volátil poeta radical era cada vez mais preterido e marginalizado na corte; contudo, apesar de seus pedidos insistentemente desesperados para se recolher em uma vida de reclusão literária, ele não tinha permissão para ir embora ou viajar para o exterior. Sua popularidade significava que ainda era visto como um barril de pólvora. Além disso, metade da corte, incluindo o czar, estava apaixonada pela linda esposa de Púchkin, Natália. O sofrimento, a bebedeira e a jogatina de Púchkin aumentaram.

A morte romântica de Púchkin, resultado de uma turbulenta crise romântica, transformou o herói em lenda. Em fevereiro de 1837, o repugnante e asqueroso alpinista social francês Georges d'Anthès, frustrado com a decisiva rejeição de Natália a suas investidas, insultou-a publicamente e desafiou seu marido a um duelo. Púchkin, que por meses estivera ávido para lutar, aceitou com entusiasmo. No duelo que se seguiu, Púchkin recebeu um ferimento fatal e morreu dois dias depois, aos 38 anos.

O poeta radical, carismático e volátil que lutou pela liberdade e morreu por amor é reverenciado na Rússia quase como um deus. Sua estátua fica na praça Púchkin, em Moscou, decorada com flores mesmo no auge do rigor do inverno. Púchkin havia decretado em seu formidável poema "Monumento" que "Meus versos serão cantados em toda a vastidão da Rússia/ Minhas cinzas sobreviverão sem conhecer a pálida decadência [...]". Nisso ele também se mostrou um profeta.

# ALEXANDRE DUMAS
# PAI E FILHO

### 1802-1870 e 1824-1895

> *Os sucessos dele [...] ressoam como uma fanfarra. O nome de Alexandre Dumas é mais que francês, é europeu; é mais que europeu, é universal. Alexandre Dumas é um desses homens a quem se poderia chamar de semeadores de civilização.*
>
> Victor Hugo

A arrojada e sublime imaginação de Alexandre Dumas nos deixa enfeitiçados. De vida tão intensa quanto a de um de seus próprios personagens, esse mestre da arte de contar histórias desdenhava da pretensão literária. Irrefreável até o fim, Dumas levou uma vida elegante e tumultuosa que poderia ter saído diretamente das páginas de seus livros.

Seus ruidosos e magníficos romances históricos estão repletos de tramas de amor, aventura, coragem e ousadia. Em dado momento podem ser cômicos e pungentes, no outro, misteriosos e aterrorizantes, eles suscitam todas as emoções, exceto o tédio. Em *O conde de Monte Cristo*, *Os três mosqueteiros* e *O homem da máscara de ferro*, Dumas criou algumas das histórias mais eletrizantes já escritas. Ele entretecia história e fantasia, usando fragmentos colhidos de livros antigos para confeccionar personagens atemporais e tramas cativantes e envolventes. Sua imaginação fecunda tornou os nomes D'Artagnan e Dantès tão conhecidos quanto Luís XIV e Richelieu.

Dumas pai era filho de Thomas-Alexandre Davy de la Pailleterie, um fanfarrão general *criollo* (que por sua vez era filho ilegítimo de um marquês) e de uma filha de estalajadeira. Dada a sua ancestralidade, não é de surpreender que Alexandre Dumas pai tenha se especializado em narrativas de romance, bravura, traição e intriga. O menino órfão que cresceu na pequena cidade francesa de Villers-Cotterêts era filho do "Conde Negro", um exuberante e excêntrico general napoleônico cuja integridade só lhe trouxe desgraça e provocou sua morte prematura.

Nascido na ilha francesa de Santo Domingo, em 1762, Thomas-Alexandre foi criado pela família da mãe, depois que ela morreu quando ele tinha doze anos. Ao completar dezoito anos, ele foi levado pelo pai para a França, onde receberia a educação que convinha a um nobre. Mas quando ingressou no exército como soldado raso, em 1786, adotou o sobrenome de sua mãe, Dumas, a fim de evitar constrangimento para a família de seu pai.

Quando a Revolução Francesa derrubou a rígida hierarquia do *Ancien Régime*, Dumas galgou as fileiras do exército. Sua ousadia e habilidade em campanhas na Vendeia, na Itália e no Egito renderam-lhe o posto de general com a idade de 31 anos. No entanto, em 1802, Dumas recebeu ordens para acabar com a rebelião de escravos em Santo Domingo; ele recusou a incumbência, e Napoleão deixou claro seu descontentamento.

Politicamente em desgraça, Dumas retirou-se para o interior rural, para a esposa que ele conhecera quando se hospedou na estalagem do pai dela em Villers-Cotterêts, em 1789. Acossado pela pobreza e por problemas de saúde, em 1806 esse colosso de homem morreu, deixando para trás uma viúva e um casal de filhos ainda pequenos.

O Conde Negro morreu aos quarenta e poucos anos, e coube à sua viúva indigente criar sozinha as duas crianças. Quando Dumas finalmente chegou a Paris, o provinciano mestiço, indisciplinado e barulhento foi ridicularizado por causa de seus cachos loiros e crespos e suas roupas antiquadas. Os antigos amigos do pai esquivaram-se de seus pedidos de patronato. Apenas um golpe de sorte impediu o ignominioso retorno de Dumas à vida no campo. Sua bela caligrafia assegurou-lhe um cargo como funcionário subalterno no escritório do duque de Orléans (mais tarde, o rei Luís Filipe, de 1830 a 1848). Isso rendeu a Dumas dinheiro suficiente e bastante tempo livre para dedicar-se à escrita literária que, acreditava ele, faria sua fortuna. Sua fé se justificou. Em 1829, a peça *Henrique III e sua corte* tornou Dumas famoso da noite para o dia.

O autoproclamado "rei do mundo do sentimentalismo exacerbado" fornecia a seu público uma forma mágica de escapismo. Dumas foi o campeão do romantismo, vendo o teatro "sobretudo como uma coisa da imaginação" e rejeitando os discursos frios e os monólogos filosóficos do drama francês tradicional. Seus personagens lutavam, choravam, faziam amor e morriam em cima do palco com intensa paixão, e os clímax triunfantes de suas peças levavam as plateias ao delírio. Quando começou a escrever romances, sua imaginação arrebatou Paris. *Os três mosqueteiros* e *O conde de Monte Cristo* foram publicados simultaneamente, e seus capítulos diários carregados de ação e melodrama ganharam popularidade instantânea e se tornaram o assunto de todas as conversas. Apesar de sua tendência ao melodrama, os personagens de Dumas eram tão exuberantes que ainda hoje pulsam de vida – os mosqueteiros Aramis, Porthos, Athos e D'Artagnan (com seu lema "Um por todos e todos por um"), milady de Winter, dona de sinistra beleza, e Edmond Dantès, o próprio conde de Monte Cristo.

Em *Os três mosqueteiros*, D'Artagnan, o arrogante mas charmoso espadachim provinciano da Gasconha, junta-se aos experientes homens do rei para combater as sinistras intrigas do cardeal Richelieu e outros. Em *O conde de Monte Cristo*, um homem inocente, Dantès, é preso sob falsa acusação e condenado à prisão perpétua no Château d'If; um velho prisioneiro o ajuda a escapar da ilha – A morte é a fuga do Château d'If – para reivindicar um fortuna enterrada e um misterioso título de nobreza. Dantès – agora Monte Cristo – retorna para buscar justiça em uma clássica trama de vingança.

No auge de seu sucesso, Dumas era a estrela literária de Paris. Sua imagem estampava medalhões e gravuras. Seus estúdios e salas de trabalho viviam abarrotados de flores e apinhados de visitantes. Extravagante, vestido de modo exuberante com capas e ostentando vistosas bengalas, com um zoológico de bizarros animais de estimação e uma interminável fieira de amantes ainda mais glamorosas, Dumas era o assunto perfeito para a caricatura. Essas representações cômicas nem sempre eram gentis e frequentemente descambavam para o racismo. Mas a generosidade de Dumas, sua sensibilidade infantil e sua bombástica ingenuidade renderam-lhe tanto amor quanto ridicularização.

Os críticos zombavam da popularidade de Dumas, de sua literatura fácil de ler, de sua produção prodigiosa e variada. Ele nunca foi eleito para o bastião do *establishment* artístico da França, a Académie Française. Foi atacado pela imprensa especializada por não ser mais do que o capataz de uma "fábrica de romances", porque usava os serviços de colaboradores. De fato, seus assistentes faziam as pesquisas e redigiam os rascunhos de seus livros, mas era Dumas quem gerava a alquimia literária. Em mangas de camisa, rabiscando furiosamente, ele injetava o sentimento romântico, o suspense e o humor que conferiam à obra a sua magia. Dumas não tinha tempo para introspecção acadêmica. O autointitulado popularizador escrevia para entreter, encantar e consumir, para dissipar a mundanidade da vida. Ele teve êxito. "Sua literatura fertiliza a alma, a mente, a inteligência", escreveu Victor Hugo, um dos outros titânicos homens de letras da França. Dumas "cria uma ânsia pela leitura".

Dumas estava sempre alegremente despreocupado com as críticas negativas de outros menos bem-sucedidos que ele. Abandonou sua tíbia reivindicação do título de marquês; seu nome já era em si um título suficiente. Dumas mandou esculpir seu lema – "Amo aqueles que me amam" – em letras garrafais em Monte Cristo, o opulento castelo que ele construiu para celebrar seu sucesso.

O estilo de vida de Dumas era precário. As dívidas obrigaram-no a vender Monte Cristo. Em seu leito de morte, comentou ironicamente: "Vim para Paris com 24 francos. É exatamente a quantia com a qual eu morro". Seus romances de capa e espada cheios de ação, intrigas e lutas aventurescas saíram um pouco de moda à medida que os estilos literários foram se alterando, mas Dumas não se intimidou com essas oscilações do destino. Irrefreável e infatigável, continuou a escrever. Fundou revistas e deu aulas. Participou inclusive da campanha de Garibaldi para unificar a Itália.

Quando morreu, na casa de seu devotado filho em Puys, perto de Dieppe, foi, nas palavras de um jovem jornalista, "como se todos tivéssemos perdido um amigo". A "alma afetuosa e muito amada" também foi o "mago esplêndido" que criou obras que davam "passagem a mundos desconhecidos".

Dumas teve um filho que também se tornaria famoso e respeitado na literatura. Em 1822, quando tinha vinte anos, Alexandre Dumas mudara-se para Paris para fazer fortuna e rapidamente se envolvera com a primeira de muitas amantes, Marie-Catherine Labay, uma costureira que morava no quarto defronte ao dele. O jovem Alexandre, filho desse relacionamento, já tinha seis anos quando Dumas o reconheceu formalmente e conquistou o direito a sua custódia em uma cruel batalha legal – por causa do mesmo nome e da mesma profissão, a distinção é feita assim: Alexandre Dumas pai (Alexandre Dumas, *père*) e Alexandre Dumas filho (Alexandre Dumas, *fils*). Dumas pai tratava o filho com carinho e lhe propiciou a educação mais cara possível (embora não pudesse impedir que os colegas do menino o insultassem por causa de sua herança mestiça). Mas a angústia de sua mãe em perder o filho foi uma experiência que o adulto Dumas, *fils* revisitaria em sua obra.

O filho adorava o pai, mas era diferente dele em quase todos os aspectos. Dumas filho, membro da Académie Française, escreveu romances e peças teatrais moralizantes que fizeram dele o queridinho do *establishment* literário francês. O seu caso com a jovem cortesã Marie Duplessis, uma das célebres beldades do seu tempo, inspirou a sua obra mais conhecida, *A dama das camélias* (1848), em que um rapaz se apaixona por uma bela e jovem prostituta. O pai dela dá fim ao relacionamento e ela morre de tuberculose. Verdi transformou a história na ópera *La Traviata* (1853), e já houve oito versões cinematográficas, protagonizadas por atrizes que vão de Sarah Bernhardt a Greta Garbo e Isabelle Huppert.

Tanto pai quanto filho produziram obras extraordinárias, mas *Os três mosqueteiros* e *O conde de Monte Cristo* – as obras-primas do pai – permanecem não apenas atemporais, mas universais, ainda hoje *best-sellers* e temas de inúmeros filmes. Em 2002, em cerimônia acompanhada pelo presidente da França Jacques Chirac, membros da Guarda Republicana vestidos de mosqueteiros transportaram os restos mortais de Dumas para descansar no Panthéon, onde estão enterrados os maiores orgulhos da pátria francesa. "Com você", declarou o presidente, "*nós éramos* D'Artagnan e Monte Cristo!"

# DISRAELI

## 1804-1881

*O senhor Disraeli [...] sempre se portou extremamente bem para comigo, e tem todos os sentimentos corretos no tocante a um ministro com relação à soberana [...]. Ele é repleto de poesia, romance e cavalheirismo. Quando se ajoelhou para beijar minha mão, que ele pegou em ambas as mãos, disse: "Com amorosas lealdade e fé".*

Rainha Vitória, carta a sua filha princesa
Vitória da Prússia (4 de março de 1868)

O maior *showman* dos líderes britânicos, o mais literário e um dos mais espirituosos, Benjamin Disraeli – conhecido por todos, até mesmo sua esposa, como Dizzy – passou por um processo de amadurecimento e se converteu de aventureiro em estadista heroico, parlamentar esplêndido e orador virtuoso. Sob o comando de Disraeli, o Partido Conservador desenvolveu sua ideologia, que duraria por mais de um século: apoio fervoroso à monarquia, ao império e à Igreja da Inglaterra, mas também o comprometimento para alcançar a unidade nacional (uma nação) via reforma social. E embora tenha sido batizado como cristão em 1817, Disraeli continua sendo o único primeiro-ministro britânico a ter origem judaica (ainda por cima, um marroquino sefardita), uma fonte de orgulho ao longo de sua carreira. "Eu sou a página vazia entre o Antigo e o Novo Testamento", disse ele à rainha Vitória. Quando enfrentou insultos antissemitas no Parlamento, ele orgulhosamente respondeu: "Sim, eu sou judeu, e quando os ancestrais do muito respeitável cavalheiro vivia feito um selvagem em alguma ilha desconhecida, os meus eram sacerdotes no Templo de Salomão".

A maior parte das conquistas políticas de Disraeli ocorreu tardiamente na vida. Filho do escritor Isaac D'Israeli, na juventude era mais conhecido como uma figura literária jocosa, um afetado dândi byroniano e um especulador financeiro (de fato, ele e Winston Churchill continuam sendo as únicas figuras literárias de destaque entre os líderes políticos britânicos). "Quando quero ler um livro, eu escrevo um", disse ele certa vez; sua obra literária incluía romances românticos e políticos – o mais famoso deles é *Coningsby* –, que quase sempre lhe rendiam substanciais somas em dinheiro. Disraeli viajou pelo Império Otomano e visitou Jerusalém, onde redescobriu e reinventou sua *persona* exótica como um tóri judeu. Era afamado por sua presunção e seu extravagante senso de moda e elegância, o que lhe granjeava inimigos e amigos em igual medida. Sua vida financeira era periclitante, sua vida sexual era chocante e, a certa altura, ele viveu num *ménage à trois* com o lorde chanceler (presidente da Câmara dos Lordes) barão de Lyndhurst e sua amante em comum, lady Henrietta Sykes, uma mulher casada. Era um comportamento muito diferente da sobriedade de seu arquirrival, o líder liberal W. E. Gladstone, com quem ele tinha um relacionamento belicosamente inflamado e combativo. Disraeli se casou tarde – um casamento sem filhos, mas feliz.

Entrou no Parlamento em 1837, seu discurso inaugural foi um desastre, quando o arrogante dândi (em veludo verde) foi vaiado: "Vocês me ouvirão", disse ele ao sentar-se. Em pouco tempo foi reconhecido como um orador brilhante e um personagem astuto e complicado. Em 1846, teve atuação fundamental na divisão do Partido Conservador, ao opor-se à revogação das Leis dos Grãos em afronta a seu líder Robert Peel. Quando o Partido Conservador formou um governo minoritário em 1852, o conde de Derby nomeou Disraeli chanceler do Tesouro. Mas seu primeiro orçamento foi rejeitado pelo Parlamento, e o governo de Derby renunciou depois de apenas dez meses. Disraeli serviu mais duas vezes como chanceler em mandatos de Derby, em 1858-9 e 1866-8.

Foi em 1867 que – então com sessenta anos – fez sua primeira grande contribuição à posteridade, quando ele e Derby vigorosamente apresentaram e fizeram aprovar um projeto de reforma eleitoral, a Lei de Reforma. A decisão legislativa quase dobrou o número de pessoas com direito a voto (embora não tenha permitido a emancipação de nenhuma mulher) e teve o efeito de sustentar o sistema bipartidário na Inglaterra, alinhando Conservadores contra Liberais. Quando Derby adoeceu e teve que renunciar ao cargo de primeiro-ministro em 1868, Disraeli foi a escolha natural para liderar os Conservadores e o governo. Mas seu primeiro mandato foi curto. Os Liberais de Gladstone retornaram ao poder no final do ano.

Depois de mais seis anos de oposição, Disraeli foi novamente primeiro-ministro (1874-80). "Cheguei ao topo do pau de sebo", disse ele. Dessa vez, os Conservadores detinham a maioria. A rainha Vitória o adorava – em contraste com Gladstone, a quem ela odiava. Ele gracejava que, com a realeza, era necessário "assentar a lisonja com uma colher de pedreiro, com generoso exagero", e adulava Vitória como "nós autores, senhora". Em 1876, Disraeli concedeu à rainha o título de "Imperatriz das Índias", e recebeu a honraria de conde de Beaconsfield, descrevendo sua presença na Câmara dos Lordes como "morta, mas nos Campos Elísios!". Nas relações internacionais, fez com que a Europa e o mundo vissem que a Grã-Bretanha era de fato "Grande". Protegeu os interesses da marinha mercante inglesa e a rota para a Índia ao providenciar a compra de uma participação no controle do canal de Suez. Na política europeia, desempenhou papel decisivo jogando com astúcia para conter as ambições da Rússia à medida que o Império Otomano, chamado de "homem doente da Europa", entrava em decadência.

Uma das realizações mais influentes e importantes de Disraeli foi criar um *éthos* imperial para o Império Britânico. Ele exaltou as virtudes de *imperium et libertas* (império e liberdade), e viu como missão da Grã-Bretanha não apenas negociar e estabelecer assentamentos coloniais, mas também levar a civilização e os seus valores para os diversos povos de seus domínios sempre em expansão. Disraeli estava convencido da posição única, valiosa e sobranceira da Grã-Bretanha na política internacional, e até certo ponto sua convicção foi justificada no Congresso de Berlim em 1878, ocasião em que sua sagacidade e resplandecente extravagância dominaram as tentativas de resolver o problema russo-turco e as aspirações nacionalistas nos Bálcãs, assegurando a paz e resistindo às ambições territoriais russas. Disraeli também colocou o Chipre sob a bandeira britânica. "O velho judeu é *o* tal", declarou o chanceler alemão Bismarck. Após o congresso, ao voltar para a Inglaterra, o "velho mago" Disraeli recebeu uma acolhida digna de um herói.

Ao longo de sua carreira política, Disraeli manteve uma intensa rixa com Gladstone, a quem chamou de "aquele maníaco desprovido de princípios [...] [uma] mistura extraordinária de inveja, índole vingativa, hipocrisia e superstição". O sentimento era mútuo. Gladstone comparou a derrota de Disraeli em 1880 ao "desaparecimento de um imenso e magnífico castelo em um romance italiano". Disraeli ruminou, sorumbático, sobre sua derrota, mas terminou de escrever um novo romance, *Endymion*, publicado em seguida. Morreu não muito tempo depois disso – tendo vivido uma vida semelhante a um de seus próprios livros.

# GARIBALDI

## 1807-1882

*Quem quiser continuar a guerra contra os forasteiros, venha comigo. Não posso oferecer nem honrarias nem soldos; ofereço fome, sede, marchas forçadas, batalhas e morte. Quem amar o seu país, siga-me.*

Garibaldi a seus seguidores enquanto fugiam de Roma, conforme descrito por Giuseppe Guerzoni em *Garibaldi* (vol. 1, 1882)

General inconformista e de pensamento independente, comandante de tropas irregulares e irreprimível libertador de povos, Garibaldi levou uma vida quase inacreditável de batalhas e aventuras. Mas sua causa era tão heroica quanto suas façanhas: a libertação dos díspares estados da Itália, havia muito subjugados, dos grilhões de tiranos corruptos e impérios inflexíveis, conservadores e adversos a mudanças. Nesse processo, conhecido como *Risorgimento*, Garibaldi levou seus seguidores Camisas-vermelhas a vitórias decisivas sobre as dinastias Bourbon (espanhola) e Habsburgo (austríaca) que ainda governavam grande parte da Itália.

Giuseppe Garibaldi nasceu em Nice, que de 1814 a 1860 fazia parte do reino italiano do Piemonte-Sardenha. Fugiu de casa para evitar uma educação clerical, mas depois reuniu-se com seu pai no comércio costeiro, tornando-se capitão de navio aos vinte e poucos anos. Mais tarde ingressou no movimento Jovem Itália, influenciado pelo republicanismo nacionalista de Giuseppe Mazzini, conspirando em um levante antimonárquico em Gênova, em 1834. O complô foi descoberto; Garibaldi fugiu, mas, atraído por outras causas de libertação, viajou para a América do Sul.

Lá, Garibaldi lutou pelo estado rebelde do Rio Grande do Sul, que tentava se separar do Brasil. Teve uma vida de sofrimentos, dificuldades e perigos. Durante uma campanha, conheceu sua amada companheira Ana Maria de Jesus Ribeiro da Silva (Anita), descendente de portugueses imigrados dos Açores, mais tarde mãe de três de seus filhos. Ela o seguiu quando ele recebeu o comando de uma legião italiana que lutava pelo Uruguai contra a Argentina. Liderando esses primeiros Camisas-vermelhas, Garibaldi adquiriu a reputação de ser um magistral comandante de guerrilha.

Em 1848, quando a Europa pegou fogo com as revoluções, Garibaldi retornou à Itália para oferecer seus serviços na luta contra a hegemonia austríaca. Desprezado pelo Piemonte (afinal, ele ainda era um homem procurado por lá), participou de um experimento republicano em Roma que resultou na fuga do papa Pio IX e organizou a resistência corajosa, mas em irremediável desvantagem numérica, contra as forças francesas e napolitanas que restauraram o papa em 1849.

Garibaldi e vários milhares de seguidores recuaram através da Itália central, fugindo das tropas francesas e austríacas, mas sofrendo muitas baixas – incluindo a morte de sua amada Anita. O próprio Garibaldi chegou à costa da Toscana, condenado a um exílio de cinco anos como capitão de comércio em Nova York e no Peru.

Por fim, em 1854, Garibaldi conseguiu retornar à sua terra natal piemontesa, onde planejou uma monarquia italiana unificada (em vez de uma república) com o rei Vítor Emanuel II e seu poderoso primeiro-ministro, o conde de Cavour. Napoleão III da França apoiou o plano. Em 1859, Garibaldi, agora major-general piemontês, liderou as tropas alpinas contra os Habsburgo no norte da Itália, capturando Varese e Como. A Áustria cedeu a Lombardia ao Piemonte.

No início de 1860, o Piemonte enfureceu Garibaldi ao devolver Nice e a região da Savoia aos franceses, em troca ganhando a soberania dos estados italianos centrais. Os pensamentos de Garibaldi voltaram-se para o sul, o chamado Reino das Duas Sicílias, atrasado, empobrecido e governado pelos Bourbon. Com apenas 1.146 de seus Camisas-vermelhas, e com o tácito respaldo de Emanuel e Cavour, em maio de 1860 ele desembarcou em Marsala, na Sicília, e logo tomou Palermo. Garibaldi forçou 20 mil soldados napolitanos a render-se e se definiu como um ditador muito popular. A seguir, cruzou o estreito de Messina, entrou vitorioso em Nápoles e forçou o rei Francisco II a fugir. Entregou suas conquistas a Vítor Emanuel, reconhecendo-o como rei da Itália. Quase alcançou seu sonho de uma Itália unida; apenas os Estados Papais defendidos pela França e a Venécia governada pela Áustria permaneceram de fora do novo reino.

Duas campanhas ostensivamente privadas de Garibaldi para tomar os Estados Papais, em 1862 e 1867, deram em nada; ele se feriu na batalha de Aspromante, ironicamente por tropas enviadas por Emanuel para interceptá-lo (em contraste, a campanha de 1867 foi secretamente financiada pelo rei). Garibaldi teve mais sucesso no norte, quando liderou as forças italianas – aliadas aos prussianos em uma guerra mais ampla – contra os austríacos na batalha de Bezzecca (21 de julho de 1866). Por meio de complexas negociações de tratados, a Venécia foi cedida ao incipiente reino italiano.

Os Estados Papais finalmente renderam-se às tropas do governo italiano em setembro de 1871, a última peça do quebra-cabeça italiano, mas Garibaldi não teve participação. Sua última aventura foi em apoio aos franceses contra os prussianos em 1870-1. Retirando-se para a ilha de Caprera, que adquirira na década de 1850, Garibaldi viveu seus derradeiros anos pacificamente – como político, memorialista, romancista, mas sempre uma lenda viva que, ao morrer em junho de 1882, levou a Itália a mergulhar no luto.

Mazzini tinha a filosofia, Cavour a estratégia, e Vítor Emanuel a coroa, mas foi Garibaldi, o intrépido patriota, quem criou uma nação.

# NAPOLEÃO III

## 1808-1873

*Hegel observa em uma de suas obras que todos os fatos e personagens de grande importância na história ocorrem, por assim dizer, duas vezes. E esqueceu-se de acrescentar: a primeira vez como tragédia e a segunda como farsa.*

Karl Marx sobre Napoleão III

O reinado de Napoleão III terminou em desastre, mas durante vinte anos foi um espantoso sucesso, restaurando a ordem na França e depois restabelecendo a posição francesa na Europa, vencendo a Guerra da Crimeia em aliança com a Inglaterra, derrotando a Áustria, ajudando a unir a Itália e reconstruindo Paris. Descrito por Bismarck como uma "esfinge sem enigma" e por Victor Hugo como "Napoleão, o Pequeno" em comparação com seu tio Napoleão, o Grande, Napoleão III foi um estadista de talento e, junto com seu maior inimigo, Bismarck, um dos pioneiros da política e da propaganda eleitoral modernas – a busca pelo apoio das classes médias e do centro.

Sua carreira foi baseada na fama de seu tio, Napoleão I. Luís Napoleão Bonaparte era filho de Luís Bonaparte e de Hortênsia de Beauharnais, o rei e a rainha holandeses – seu pai era o irmão mais novo do imperador, sua mãe uma das filhas da imperatriz Josefina. Com a morte do imperador em 1821, o herdeiro era seu filho, o "Rei de Roma", conhecido como Napoleão II pelos bonapartistas ou o duque de Reichstadt por todos os demais, mas ele morreu jovem e nunca reinou. Durante a década de 1820, Luís Napoleão tornou-se o pretendente bonapartista, uma figura romântica e errática cujas quixotescas tentativas de tomar o poder na França, invariavelmente financiadas por suas amantes e apoiadas por um bando de aventureiros desesperados e ineptos, terminaram em desastre cômico. Foi provavelmente a comédia que salvou sua vida, pois ele conseguiu evitar penalidades severas e em vez disso foi condenado à prisão na fortaleza de Ham – da qual escapou depois de alguns anos, em um episódio famoso. Já no início da carreira, o jovem demonstrou ímpeto e coragem, por mais que não tenha sido bem-sucedido.

As perspectivas de Luís Napoleão permaneceram desesperançadas até 1848, quando as revoluções que abalaram a Europa derrubaram a Monarquia de Julho do rei Luís Filipe da França. De súbito, Luís Napoleão Bonaparte, uma figura romântica, embora inescrutável, e portadora do mágico nome, estava na boca de todos. Quando as eleições presidenciais foram realizadas, Luís Napoleão, que ainda era relativamente desconhecido na França, foi capaz de dar a impressão de ser todas as coisas para todas as pessoas e tirou proveito da campanha eleitoral com habilidade e perspicácia consideráveis, obtendo uma vitória esmagadora para tornar-se o primeiro presidente da França. Porém, ele queria mais, autoproclamando-se príncipe-presidente. Em um golpe de Estado em dezembro de 1851, tomou impiedosamente o poder, prendendo seus inimigos e reprimindo com brutalidade a oposição para tornar-se um ditador efetivo da França. Um ano depois, prometendo que o império significava paz, ele foi coroado imperador Napoleão III.

Durante sua primeira década no poder, Luís Napoleão governou com ostentação autoritária, esmagando qualquer divergência, mas desfrutando de considerável sucesso em seus planos de restabelecer a França em uma posição de relevância entre as potências da Europa e assegurar seu próprio império. Napoleão usou as tensões sobre os locais sagrados em Jerusalém para pressionar o sultão otomano por uma maior influência francesa na competição com Nicolau I da Rússia. Quando o czar usou força militar para invadir o território otomano com o objetivo de derrubar o sultanato, Napoleão aliou-se à Inglaterra para declarar guerra: a Guerra da Crimeia revelou a incompetência militar francesa e britânica em grande escala, mas terminou com a vitória dos Aliados – e a aceitação de Napoleão III como monarca legítimo pela rainha Vitória, que recebeu o imperador em Windsor e o achou encantador.

Napoleão se casou com uma aristocrata espanhola chamada Eugénia de Montijo, que lhe deu um herdeiro legítimo, o príncipe imperial. Ele apoiou a independência e a unidade italianas, derrotando a Áustria na batalha de Solferino, assim ajudando a expulsar os Habsburgo da Itália. Durante a década de 1860, Napoleão III mudou suas políticas em âmbito doméstico, promovendo o império liberal, uma monarquia mais constitucional que permitiu um debate parlamentar ampliado. A França desfrutou de uma frenética alta no mercado de ações, uma orgia de novo consumismo e gastos ostentosos, enquanto Napoleão ordenava a reforma e reconstrução de uma nova e gloriosa Paris pelo barão Haussmann.

Mas os pobres da capital estavam descontentes com os aumentos dos preços e a diferença entre ricos e pobres, bem como a corrupção descarada, personificada pelos novos milionários e o surgimento de celebridades sexuais, as *grandes horizontales* – as cortesãs. De muitas maneiras, o mundo moderno – mercado de ações, explosão imobiliária, consumismo, celebridade, campanha eleitoral, magnatas – começou com Napoleão III.

O próprio Napoleão era um notório mulherengo: seu início de carreira fora financiado por uma cortesã inglesa chamada Harriet Howard, e ele continuou sendo um entusiasta colecionador de amantes: de fato, membros do seu gabinete que certa vez viajavam a bordo do trem imperial foram brindados com a visão do imperador em escandaloso flagrante quando a porta da sua cabine se abriu. O caso de Luís Napoleão com a linda condessa de Castaglione, uma sedutora aventureira espiã que era prima do líder italiano Cavour, teria encorajado a adesão de Napoleão à libertação italiana. Mas ele já estava comprometido com a causa – a silhueta perfeita da condessa exibida sob seus notórios vestidos transparentes era por si só irresistível. A despeito de toda a fama e exuberância, Luís Napoleão permaneceu estranhamente incompreensível e misterioso. Com o bigode encerado e as pernas curtas, estava longe de ser uma figura heroica – o poder o exauria, e a falta de saúde prejudicou sua capacidade de tomar decisões. Sua falta de discernimento em 1869 permitiu que ele fosse manipulado por Bismarck em uma declaração de guerra que provou ser catastrófica.

O adoentado imperador não tinha o menor preparo como líder militar ou mesmo comandante em uma guerra. A derrota em Sedan levou à sua abdicação e exílio na Inglaterra: o último monarca da França morreu no exterior. Seu filho, o príncipe imperial, foi morto servindo nas forças britânicas contra os zulus.

A melhor descrição da derrocada do império de Napoleão III – brilhante, moderno e amante dos prazeres – em meio à derrota, revolução e massacre da Comuna de Paris foi feita por Émile Zola no romance *Naná*, no qual o império é simbolizado por uma cortesã gananciosa, fútil e devassa que morre em seu quarto de hotel enquanto a multidão derruba o regime, seu belo corpo consumido por vermes. Marx descreveu como a história se repetiu: Napoleão I como uma "tragédia", Napoleão III como uma "farsa".

# ABRAHAM LINCOLN

## 1809-1865

*Todos nós aqui presentes solenemente admitamos que esses homens não morreram em vão, que esta nação com a graça de Deus venha a gerar uma nova liberdade, e que o governo do povo, pelo povo e para o povo jamais desaparecerá da face da Terra.*

Discurso de Lincoln na inauguração do cemitério
de Gettysburg (19 de novembro de 1863)

O "Honesto Abe", o presidente que salvou a União e libertou os escravos, é uma lenda da história norte-americana. Realmente bom e verdadeiramente grandioso, essa figura austera e magra, que saiu do remoto interior rural do Kentucky para liderar sua nação, mostrava um charme humilde que o fez ser tão amado quanto admirado.

Embora não tenha recebido quase nenhuma instrução formal – sua educação escolar foi intermitente, "aos intervalos", em suas próprias palavras –,

Lincoln era autodidata e podia citar longos trechos da Bíblia e de Shakespeare, tornando-se um mestre da língua inglesa. A jornada de Abraham Lincoln desde a cabana de madeira de um único quarto do Kentucky até a Casa Branca é o projeto do sonho norte-americano. Seu pai e sua muito amada madrasta eram quase analfabetos. Estudando sozinho, o outrora humilde lenhador aprendeu direito por conta própria, abriu um próspero escritório de advocacia em Illinois e – defendendo seu notório não comparecimento à igreja – entrou para a política. A princípio um membro do Partido Whig, depois membro fundador do Partido Republicano, em 1860 Lincoln tornou-se o 16º presidente dos Estados Unidos.

A liderança de Lincoln talvez tenha, em última análise, mantido unidos os estados do país, mas sua eleição foi o catalisador da divisão da nação. Em 1858, Lincoln fez uma declaração famosa: "Uma casa dividida contra si mesma não pode subsistir. Acredito que o governo não pode manter [o país] permanentemente metade escravocrata e metade livre". A preferência de Lincoln pela liberdade era bem conhecida, e mesmo antes de ele assumir a presidência, em 1861, sete estados do sul declararam-se uma nova nação – os Estados Confederados da América. Respeitando a Constituição, Lincoln não abriu hostilidades – foram os Confederados que iniciaram a guerra civil quando dispararam contra o forte Sumter –, mas, recusando-se a aprovar uma secessão permanente, ele aferrou-se com firmeza a sua resolução: a União não seria rachada.

Lincoln queria salvar a União em nome da unidade do país e para preservar um ideal de autogoverno democrático que ele considerava um exemplo para o mundo. Em seu discurso de Gettysburg, em 1863, Lincoln vinculou a nação "concebida na liberdade e baseada no princípio de que todos os homens foram criados iguais" aos princípios da democracia e da igualdade sobre os quais fora fundada em 1776: "esta nação", proclamou ele, assistiria "à renascença da liberdade, e que o governo do povo, pelo povo e para o povo jamais desaparecerá da face da Terra". Lincoln reafirmou um sonho ideal de nação e sua identidade que perdura até hoje.

A liderança de Lincoln em tempo de guerra garantiu a vitória da União. A luta exigiu medidas extremas. Usando poderes emergenciais de guerra, Lincoln suspendeu o *habeas corpus*, bloqueou os portos do sul e prendeu sem julgamento milhares de supostos simpatizantes dos Confederados. Seus adversários, incluindo os Copperheads, que faziam pressão exigindo a paz dentro da União, criticaram-no violentamente, mas, levando-se em consideração o tempo e as circunstâncias, seus métodos foram relativamente benévolos e humanitários. A magnanimidade inata de Lincoln fica clara no tratamento que dispensou aos Confederados derrotados: "Demonstrem respeito por eles", disse ele instruindo seus generais.

Como ex-comandante-chefe do exército da União, o ex-advogado Lincoln demonstrou um instinto de estratégia que desmentia sua falta de treinamento militar. Depois de vários falsos começos, em Ulysses S. Grant ele encontrou um comandante que instintivamente entendeu sua visão de como a guerra deveria ser travada: "Eu não posso poupar esse homem", foi a resposta de Lincoln a críticas contra Grant. "Ele luta."

Enquanto Grant empenhava-se no conflito com campanhas agressivas e extremamente bem-sucedidas, Lincoln viajava país afora inspirando combatentes e seguidores. A eloquência e a integridade de seus discursos atingiram o clímax em Gettysburg, onde ele dedicou o futuro da nação àqueles que haviam morrido em nome dela.

Lincoln tinha sido "naturalmente antiescravidão" desde a sua juventude, e fora essa a questão que o fez abandonar a carreira no direito e voltar para a política em 1854. Foi a Guerra Civil que transformou Lincoln de uma vez por todas em um rematado abolicionista. Sua Proclamação de Emancipação de 1862 usou seus poderes de tempo de guerra para libertar todos os escravos nos estados rebeldes. Angariando o apoio dos negros e recrutando soldados para a causa da União, foi uma decisão em igual medida justificável do ponto de vista político e moralmente correta. Para Lincoln, foi um triunfo: "Nunca em minha vida tive mais certeza de estar fazendo o que é certo do que ao assinar este papel". Ansioso por impedir uma revogação em tempos de paz de seu decreto de emergência, Lincoln assegurou em 1865 a Décima Terceira Emenda, que consagrou na Constituição dos Estados Unidos a liberdade de todos os seus cidadãos.

Baleado na parte de trás da cabeça por um tiro disparado pelo radical sulista John Wilkes Booth enquanto assistia a uma peça de teatro com sua esposa Mary, em 14 de abril de 1865, Lincoln tornou-se o primeiro presidente dos Estados Unidos a ser assassinado no exercício do cargo. Alguma confusão envolve as palavras ditas por John Stanton, o secretário de Guerra, enquanto Lincoln dava seu último suspiro. Mas a bem da verdade Lincoln pertence "aos anjos" e "às eras".

# JACK, O ESTRIPADOR

atuante entre 1888-1891

*Mais assassinatos em Whitechapel, estranhos e horríveis. Os jornais fedem a sangue.*

Lorde Cranbrook, secretário de Estado,

em 2 de outubro de 1888

Jack, o Estripador, espreitou as áreas mais escuras e esquálidas da Londres vitoriana, matando os membros mais vulneráveis e ostracizados da sociedade: prostitutas. Em um frenético surto de desejo de sangue, ele assassinou pelo menos cinco mulheres entre agosto e novembro de 1888. O Estripador, também conhecido como "O assassino de Whitechapel" ou "O avental de couro", ainda hoje continua sendo o mais infame homicida jamais capturado e o primeiro assassino serial a adquirir renome internacional. "O horror percorreu a Terra", dizia uma manchete do período. "Os homens falavam disso com a respiração suspensa, o coração na mão, e as mulheres de lábios pálidos estremeciam ao ler os pavorosos detalhes."

Todos os assassinatos do Estripador ocorreram dentro ou ao redor da paupérrima área de Whitechapel, no leste de Londres. Suas vítimas eram prostitutas de rua. Embora não tenham sido estupradas, em quase todos os casos as mulheres tiveram a garganta cortada e o torso inferior mutilado, de modo a sugerir uma depravada motivação sexual para o crime e uma obsessão por úteros. Tamanha era a precisão com que os corpos foram desfigurados que a polícia considerou que o assassino devia ter pelo menos algum conhecimento sobre anatomia ou matadouros.

Em 7 de agosto de 1888, Martha Tabram foi esfaqueada 39 vezes na escada de um prédio de apartamentos em Whitechapel e deixada com a parte inferior do corpo exposta. Ainda é discutível se o Estripador foi o responsável por esse homicídio, mas sem dúvida ele esteve por trás do assassinato de Mary Ann Nichols, encontrada em um beco de paralelepípedos em Whitechapel em 31 de agosto, estrangulada e, em seguida, repetidamente esfaqueada na garganta, estômago e genitália. Os detetives-inspetores Frederick George

Abberline, Henry Moore e Walter Andrews foram trazidos para auxiliar as investigações locais (posteriormente complementadas pela Polícia Municipal sob o comando do detetive James McWilliam) e diferentes suspeitos foram interrogados separadamente acerca dos dois assassinatos, mas as diligências não deram em nada. Então, no dia 8 de setembro, um padrão começou a se evidenciar, quando o corpo de Annie Chapman foi encontrado em Spitalfields com a garganta degolada por dois cortes, o abdome completamente aberto e alguns de seus órgãos arrancados.

O assassino claramente prosperou no medo que ele estava gerando. Em 30 de setembro, depois de matar mais uma vítima, Elizabeth Stride, defronte ao Clube Internacional dos Trabalhadores em Dutfield's Yard, o Estripador corajosamente dirigiu-se a pé até Aldgate, provavelmente passando pelas patrulhas policiais que percorriam a área a cada quinze minutos, e abordou Catherine Eddowes em um beco perto de um armazém. Catherine, que acabara de ser liberada de uma delegacia de polícia local por estar embriagada, foi encontrada caída de costas com a garganta cortada, o estômago aberto e os órgãos removidos. A última vítima do Estripador foi Mary Jane Kelly, outra prostituta da área, assassinada em seu quarto em Spitalfields em 9 de novembro – retalhada em pequenos pedaços, a garganta destroçada até a espinha, e quase todos os órgãos do abdome retirados.

Em 27 de setembro, no meio da matança, a Agência Central de Notícias recebeu uma confissão mal escrita, em tinta vermelha, assinada "Jack, o Estripador". Embora isso possa ter sido uma fraude, em 16 de outubro um comitê local criado para manter a vigilância na área recebeu o que parecia ser metade de um rim humano, aparentemente retirado de uma das vítimas de assassinato. Quando as notícias de que um *serial killer* andava à solta nas ruas apareceram na imprensa, o medo se intensificou a ponto de se transformar em histeria, e o comissário de polícia de Londres, sir Charles Warren, foi forçado a renunciar.

Quem foi o Estripador? As especulações mais desvairadas alegavam motivos políticos da parte do assassino. Seria ele um reformador social – talvez até mesmo Thomas Barnardo – ávido para chamar a atenção da opinião pública para as miseráveis condições de áreas como Whitechapel? Talvez fosse um nacionalista irlandês pervertido: quem sabe o líder dos nacionalistas irlandeses na Câmara dos Comuns, Charles Stewart Parnell, que, conhecido por andar nas ruas de Whitechapel, foi seguido pela polícia durante algum tempo sob estrita vigilância antes de ser descartado como suspeito? O escritor George Bernard Shaw pareceu dar algum crédito à ideia quando escreveu, em setembro de 1888: "[enquanto] nós, sociais-democratas convencionais, estávamos perdendo nosso tempo [...] algum gênio independente assumiu a responsabilidade pela solução do problema simplesmente estripando quatro mulheres".

A sugestão mais controversa foi a de que o príncipe Albert Victor, o duque de Clarence e filho mais velho do príncipe de Gales, estava envolvido nos assassinatos, e que o governo e a família real acobertaram os crimes de modo a evitar um escândalo. A ideia intrigou em especial os teóricos da conspiração, até porque o príncipe era conhecido por seu estilo de vida dissoluto, mas o peso da evidência sugere que ele estava em outro lugar quando vários dos crimes foram cometidos.

Por algum tempo a suspeita recaiu sobre a considerável comunidade judaica no leste de Londres, à medida que velhos preconceitos vieram à tona durante a carnificina, com rumores de assassinatos religiosos rituais. Após o duplo assassinato de 30 de setembro, o Estripador deixou para trás algumas partes do corpo e escreveu um grafite com uma mensagem em uma escadaria dizendo que "Os Juwes são homens que não levarão a culpa por nada". Aaron Kosminski – imigrante judeu polonês que trabalhava como cabeleireiro em Londres antes de ser internado em um manicômio em 1891 – foi mais tarde declarado o principal suspeito pelo chefe-adjunto de polícia sir Melville Macnaghten, mas nenhuma acusação formal foi feita, apesar de Robert Anderson (chefe do Departamento de Investigações Criminais, CID) e do inspetor-chefe Donald Swanson (a quem ele confiou temporariamente o caso) também considerarem Kosminski o suspeito número um. Outros, porém, alegaram que a enigmática pichação na parede apontava para uma conexão maçônica, o termo *Juwes* representando Jubela, Jubelo e Jubelum, mortos em uma cerimônia ritual, segundo a tradição maçônica, como punição por terem assassinado o grão-mestre Hiram Abif.

Macnaghten também citou três possíveis suspeitos: Montague Druitt, advogado e professor com interesse em cirurgia que, tido como louco, depois foi encontrado morto; Michael Ostrog, ladrão e trapaceiro nascido na Rússia e que em várias ocasiões foi confinado em hospícios; e Francis Tumblety, um médico que fugiu do país sob suspeita do assassinato de Kelly. Outras sugestões incluíram o suíço Jacob Isenschmid, açougueiro de carne de porco que tinha graves problemas mentais, e Severin Klowoski, cirurgião polonês que envenenou três esposas. Segundo a romancista policial Patricia Cornwell, no entanto, o candidato mais provável era na verdade um artista nascido na Alemanha chamado Walter Richard Sickert, cujas pinturas incluíam numerosas imagens misóginas de ataques violentos a mulheres, embora criminologistas já tivessem descartado Sickert como um suspeito verossímil.

Por que os assassinatos do Estripador pararam de repente? O criminoso foi trancafiado em um hospital psiquiátrico e assim impedido de continuar sua matança? Ele morreu de sífilis ou talvez tenha cometido suicídio? Será que, depois de mostrar a pertinência de seu grotesco argumento, ele se contentou em se retirar novamente para as sombras? O Estripador se mudou para outro lugar quando a presença policial em Londres tornou-se ostensiva demais? Ou não parou, mas simplesmente mudou seu *modus operandi*, sendo culpado não apenas por cinco assassinatos, mas sim onze homicídios em Whitechapel entre 3 de abril de 1888 e 13 de fevereiro de 1891? Ninguém pode dizer com certeza, mas a matança terminou tão abruptamente quanto começou.

O Estripador foi retratado, com base no depoimento de algumas supostas testemunhas oculares, como um homem alto, vestindo um avental e carregando uma maleta de médico preta repleta de facas cirúrgicas, mas o jornal *Star*, que à época cobriu o caso, sintetiza de maneira muito mais poderosa o horror de seus crimes e o puro terror que ele provocou. "Um réprobo sem nome – meio animal feroz, meio homem – está à solta. Hedionda maldade, astúcia mortal, insaciável sede de sangue – são as marcas do homicida louco. A criatura carniceira, espreitando sua vítima como um índio pawnee, está simplesmente bêbada de sangue, e vai querer mais."

# CHARLES DARWIN

1809-1882

*Quanto mais se conhecia sobre ele, mais ele parecia o ideal incorporado de um homem de ciência.*

T. H. Huxley, em *Nature* (1882)

Ao lado de Copérnico, Newton e Einstein, Charles Darwin destaca-se por integrar um seleto punhado de cientistas que ocasionaram uma revolução fundamental em nossos modos de pensar. Antes de Darwin, o relato da criação, conforme descrito na Bíblia, era quase universalmente aceito. Depois de Darwin, uma imensa, gélida e divisora cunha de dúvida foi martelada dentro das alegações religiosas para explicar o Universo e o nosso lugar nele. Darwin alterou radicalmente a maneira como pensamos sobre nós mesmos.

Quando menino, Darwin era quieto e despretensioso, com ávido interesse em colecionar minérios, moedas e ovos de pássaros. Depois de uma escolaridade nada excepcional, foi enviado para a universidade em Edimburgo a fim de estudar medicina. Quando teve que assistir a uma aula de anatomia, achou que a dissecação de cadáveres era repugnante e desistiu do curso sem se formar, mas seu interesse por história natural e geologia floresceu e se manteve quando ele foi estudar em Cambridge.

Tão logo Darwin se formou em 1831, seu professor de botânica recomendou-o ao Almirantado para a posição de naturalista de navio, cargo não remunerado a bordo do brigue HMS *Beagle*, que faria uma viagem de pesquisa de cinco anos ao redor do mundo. O *Beagle* levou Darwin ao longo da costa da América do Sul, pelo Pacífico até as Antípodas e depois seguiu para a África do Sul, antes de retornar à Inglaterra. A experiência abriu os olhos do naturalista para a maravilhosa variedade de formas de vida planeta afora – e as diferenças e semelhanças entre elas.

Durante a viagem de circum-navegação, Darwin leu os revolucionários *Princípios de geologia* de Charles Lyell, que argumentavam que as características geológicas eram o resultado de lentos e graduais processos que ocorriam ao longo de vastos períodos de tempo. Esse "uniformitarismo" estava em desacordo com o "catastrofismo" ortodoxo, segundo o qual tais características eram o resultado de súbitos, abruptos e violentos acontecimentos desastrosos em uma escala de tempo relativamente curta – e assim se conformavam com a concepção da Igreja de que a criação da Terra era recente, de acordo com a descrição do Gênesis. Em suas viagens, Darwin coletou mais evidências em favor da teoria de Lyell, como fósseis de conchas em grupos de rocha a uma altura de 3.660 metros.

No momento em que Darwin chegou às ilhas Galápagos, um arquipélago remoto na costa oeste da América do Sul, sua mente estava aberta a novas formas de pensar sobre o mundo natural. Ele já havia notado como as emas – aves de grande porte dos pampas sul-americanos que, apesar de possuírem grandes asas, não voam – eram parecidas com os avestruzes da África, e ainda assim eram claramente espécies diferentes. Nas Galápagos, ele coletou espécimes de tentilhões das diferentes ilhas, semelhantes entre si mas também sutilmente diferentes. De volta à Inglaterra, um estudo mais detalhado deixou claro que os tentilhões das diferentes ilhas eram na verdade espécies diferentes. Darwin percebeu que todos deviam ter um ancestral comum, mas com o passar do tempo passaram por um processo de transmutação.

Ideias de evolução não eram novas, embora não tivessem aceitação ampla. O avô de Darwin, Erasmus, era da opinião – compartilhada com o cientista francês Jean-Baptiste Lamarck (1744-1829) – de que as espécies evoluíram ao longo do tempo herdando características adquiridas. O que o próprio Darwin concluiu foi que os animais (e as plantas), para sobreviver, adaptam-se no decorrer do tempo a mudanças em seu hábitat natural, e, se eles ficarem geograficamente isolados por tempo suficiente, essas adaptações tornam-se tão pronunciadas que a ema da América do Sul, por exemplo, tomará a forma de uma espécie diferente de seu primo, o avestruz africano.

O grande avanço de Darwin seguiu-se à sua leitura, em 1838, do *Ensaio sobre o princípio da população*, de Thomas Malthus, que argumentava que o crescimento da população humana é sempre controlado por limites no suprimento de alimentos, por doenças ou guerras. Darwin percebeu que as variações ou adaptações que ele via nos animais resultavam da "luta pela existência", na qual os indivíduos que possuíam ou herdavam uma característica que os tornava mais aptos a sobreviver em seu ambiente eram mais propensos a reproduzir e transmitir adiante essa característica favorável. Ele chamou esse processo de seleção natural.

Era uma ideia de tremenda simplicidade e, ainda assim, de enorme poder explicativo. Durante as décadas de 1830, 1840 e 1850, Darwin continuou a acumular evidências, relutando em apresentar ao público sua teoria, uma vez que estava consciente do impacto devastador que ela teria sobre a crença religiosa e a reconfortante noção de um mundo moral e pleno de significado.

Darwin agonizou e prevaricou, sofrendo cada vez mais das doenças psicossomáticas, e ainda assim dolorosas, que o atormentariam pelo resto da vida. Em 1858, ele recebeu uma carta de um jovem naturalista, Alfred Russell Wallace, que, como ficou evidente, chegara de forma independente à mesma ideia do mecanismo evolutivo da seleção natural. Em 1º de julho de 1859, os dois apresentaram um artigo conjunto à Sociedade Linneana em Londres. E, em novembro daquele ano, Darwin publicou *A origem das espécies por meio da seleção natural.*

Foi um golpe fatal para as velhas e confortáveis certezas. Qualquer pessoa sensata e razoável julgou quase impossível discordar, tão convincentes eram a natureza do argumento e o volume avassalador de evidências. Os grandes canhões da Igreja da Inglaterra foram mobilizados para armar uma contraofensiva, mas em vão. No lugar de "Todas as coisas brilhantes e belas, todas as criaturas grandes e pequenas" veio, como Tennyson havia previsto, a "Natureza, vermelha em dentes e unhas".

A implicação que o homem e os macacos deviam compartilhar um ancestral comum era óbvia. Darwin tornou isso explícito quando, em 1871, publicou a tão aguardada sequência, *A descendência do homem.* A humanidade deixava de possuir um *status* especial como o administrador designado por Deus na Terra, separado e superior aos outros animais. O homem era agora apenas um animal entre muitos. Darwin nos legou uma mundividência mais sombria, mas também intelectualmente mais honesta, que nos mostrou que ainda havia tantas – ou mais – maravilhas e mistérios em um universo darwiniano.

# CHARLES DICKENS

## 1812-1870

*Em assuntos literários, minha linha divisória é: você gosta de Dickens ou não? Se não gosta, sinto muito por você, e fim de papo.*

Stanley Baldwin

Charles Dickens foi o escritor inglês de sua época. Impetuoso, comovente, trágico e cômico em igual medida, seus romances seduziram e prenderam a imaginação do público leitor como nenhum outro autor antes ou depois dele. Dickens transmutou as realidades que viu em um cativante e enciclopédico panorama social de poder hipnótico. Suas obras constituem efetivamente um mundo, de tal sorte que mesmo aqueles que leram pouco do autor sabem o que se entende pelo termo "dickensiano".

O mestre na arte de contar histórias redigiu um cânone de clássicos. Seus livros entretecem escuridão e luz, histórias de amor romântico e melodrama, o aterrorizante e o afetuoso; em um momento são medonhos e fantásticos, no instante seguinte indizivelmente engraçados, comoventes a ponto de arrancar lágrimas. Da prisão de devedores de *A pequena Dorritt* (1855-7) até a casa de correção e os covis de ladrões de *Oliver Twist* (1837-8), às maquinações do tribunal da Chancelaria em *A casa soturna* (1852-3), Dickens criou uma visão de Londres como um organismo vivo e pulsante, que até hoje domina nossas concepções da metrópole vitoriana. A partir do momento em que sua primeira grande obra, *As aventuras do sr. Pickwick*, foi publicada em folhetins (em 1836), e uma tiragem de quatrocentos exemplares multiplicou-se até chegar a 40 mil, Dickens se estabeleceu como o escritor que entendia como ninguém a alma inglesa.

A rudimentar educação escolar formal de Dickens foi interrompida aos quinze anos pelo esbanjamento de seu pai, um ex-funcionário naval que acabou preso por dívidas. O menino que desde cedo queria ser ator, e que era lembrado pelos colegas de escola por sua "animação e vivacidade naturais", tornou-se em vez disso um relutante escriturário, estenógrafo e funcionário de cartório. Na primavera de 1833, Dickens, agora jornalista (carreira mais empolgante, ainda que "exaustivamente inconstante"), conseguiu marcar um teste no teatro de Covent Garden, mas, por motivo de doença, não compareceu à audição. Um acidente do destino, talvez, porque naquele verão ele começou a escrever. No ano seguinte, sob o pseudônimo de Boz, Dickens estava ganhando no papel a fama que havia esperado obter em cima dos palcos. O amor pelo teatro influenciou claramente seus livros. Mais tarde, Dickens adaptaria para o palco versões de clássicos como *Um conto de Natal* (1843). Mas ele nunca tentou novamente a sorte no Covent Garden.

Os pitorescos nomes dos personagens de Dickens eram de suma importância para ele. O romancista jamais conseguia iniciar um novo livro a menos que tivesse os nomes certos. Ele mantinha listas de nomes com potencial especial e rabiscava inúmeras variações. Martin Chuzzlewit, do romance *A vida e as aventuras de Martin Chuzzlewit*, quase foi Martin Sweezlewag. À medida que o escritor foi envelhecendo, a obra dickensiana tornou-se mais sombria e séria, mas ele nunca se afastou demais da comédia. Frequentemente tomado pela alegria histérica nos momentos mais inapropriados, Dickens sempre foi rápido em ver o lado ridículo das coisas.

Dickens realizava pesquisas meticulosas, e muitos de seus personagens foram baseados em fatos, a exemplo de Fagin, de *Oliver Twist*. Em 1849, o jornalista Henry Mayhew, fundador da revista *Punch*, começou uma série de artigos para o *Morning Chronicle*. Por fim os textos viriam a tornar-se o gigantesco *London Labour and the London Poor* [Londres do trabalho e os pobres de Londres], de quatro volumes, obra que chocou seus leitores de classe média com um retrato inflexível das realidades dos cortiços de Londres e que influenciou radicais, reformistas e escritores, entre eles Charles Dickens.

Mayhew revelou a parte sombria e recôndita da cidade, um mundo de crime, sujeira e depravação. Entrevistando limpadores de chaminés e floristas, mendigos e artistas de rua, batedores de carteira e prostitutas, Mayhew descreveu um mundo, na definição do escritor Thackeray, "de terror e maravilha". O jornalista falou da profissão dos "*pure-finders*", que coletavam fezes de cachorro para vender aos curtumes. Apresentou a seus leitores as "cotovias da lama", crianças que ganhavam a vida revirando as margens do rio Tâmisa, infestadas de cólera e cobertas de esgoto, em busca de moedas, pedaços de madeira ou carvão caídos das barcaças.

Mayhew deixou os objetos de pesquisa falarem com suas próprias palavras e relatou com o olhar de um humanista as descobertas das entrevistas por ele realizadas. Contou a história de Jack, um varredor de ruas do West End, "um rapaz de boa aparência com um par de olhos grandes e suaves"; de seu amigo Gander, que ganhava um dinheirinho extra com suas "acrobáticas cambalhotas". Mayhew descreveu o quarto deles na hospedaria como o aposento mais limpo que poderia existir, e a velhinha que se desdobrava para cuidar dos moradores. Ele relatou a história da prostituta bêbada China Emma, a "mulher encarquilhada e assolada pela fome que se deitava em um buraco [...] mais como uma fera selvagem em sua toca do que um ser humano em sua casa".

Era nesse mundo que vivia o modelo para o Fagin de *Oliver Twist*. Um dos mais notórios agiotas e receptadores de produtos roubados de Londres, Ikey Solomon tornou-se famoso por sua farsesca fuga da prisão de Newgate. Depois de ter sido preso em 1827 por roubo e receptação, o coche de aluguel que supostamente deveria levá-lo para a cadeia estava sendo conduzido por seu sogro. Quando o coche fez um desvio pela alameda Petticoat, uma gangue de amigos de Solomon dominou os guardas e libertou Ikey.

Solomon fugiu para Nova York, mas, no lugar do notório criminoso, as autoridades transportaram sua esposa e seus filhos para a Tasmânia. "Determinado a enfrentar com bravura tudo em nome da minha querida esposa e meus filhos", Solomon embarcou para juntar-se aos seus. Por falta de um mandado, demorou um ano para que as autoridades tasmanianas pudessem prendê-lo e mandá-lo de volta para a Inglaterra.

O julgamento de Solomon no Old Bailey (tribunal central criminal de Londres) foi uma das sensações da época. Mas, ao contrário de Fagin, Solomon não foi para a forca. Considerado culpado por duas acusações de roubo, recebeu sentença de catorze anos de deportação para uma colônia penal e foi imediatamente despachado de volta à Tasmânia. Lá Solomon viveu o resto de seus dias. O homem que em certo momento teria uma fortuna de 30 mil libras morreu já sexagenário, afastado de sua família e deixando um patrimônio de apenas setenta libras.

No entanto, além de se inspirar em relatos da vida de outras pessoas, Dickens sabia, por experiência própria, com que rapidez um homem podia descambar para a degradação. Na mesma idade com que Oliver Twist é obrigado a confrontar a terrível escuridão do mundo, Dickens havia se tornado um trabalhador infantil. O período que ele teve que labutar em uma fábrica onde se produzia graxa para sapatos, exigência por conta da falência de seu pai, foi breve. Meses depois, tão logo a sorte da família mudou e sua situação financeira melhorou consideravelmente graças a uma herança recebida pelo pai, Dickens voltou para a escola. Seus pais nunca mais falaram sobre o episódio. O próprio Dickens mantinha isso em estrito segredo, embora a lembrança nunca o tenha abandonado. Ele sempre quis, em suas palavras, "apresentar [os pobres] sob uma luz favorável aos ricos". Seu medo duradouro de um retorno à pobreza obrigou-o a trabalhar cada vez mais.

A "dickensmania" fisgou ricos e pobres igualmente. Fascículos e capítulos de suas obras eram lidos por multidões de pobres urbanos, que se juntavam para retirar da biblioteca o episódio mais recente do folhetim. Dickens fazia o público rir e chorar. Para os leitores, seus personagens eram tão reais quanto a vida. No porto de Nova York, multidões aglomeravam-se em torno de passageiros que desembarcavam para perguntar sobre o destino de Little Nell, de *A loja de antiguidades*. A morte dela causou histeria; dizia-se que o nacionalista irlandês Daniel O'Connell ficou tão furioso que atirou o livro pela janela do trem.

"Tenho grande fé nos pobres", Dickens escreveu a um amigo em 1844. "Eu nunca cessarei, espero, até morrer, de defender o direito deles de serem tão felizes e sábios quanto as circunstâncias [...] puderem permitir." Em seus fantásticos exageros, o filantropo radical mostrou a desolação, desgraça e aflição que tantos enfrentavam. Para alguns leitores, era uma ilustração de suas vidas; fazia com que os outros percebessem o quanto a vida dessas pessoas podia ser miserável e sofrida. Um crítico norte-americano considerou as obras de Dickens uma força em prol da reforma muito mais eficaz do que qualquer coisa que os "ataques abertos do radicalismo ou do cartismo" poderiam alcançar.

Dickens era famoso por sua inteligência espirituosa e seu maravilhoso talento para a imitação e o arremedo. Desenvolveu uma extraordinariamente bem-sucedida segunda carreira, realizando leituras públicas de suas obras. Em suas gigantescas turnês pela Inglaterra e pelos Estados Unidos, os ingressos esgotavam-se em todas as cidades. Dickens transformou sua pequena multidão de dez filhos em uma companhia teatral amadora, interpretando peças em que ele geralmente assumia o papel de protagonista. Em meio a esses empreendimentos, conheceu Ellen Ternan, a jovem atriz que foi o grande amor de seus últimos anos.

Dickens tinha uma reputação de excentricidades. Era obcecado pela luz, e abarrotava de espelhos seu quarto pintado com cores cintilantes. Quando Dickens era criança, seu pai apontou-lhe uma casa que, segundo ele, seria a demonstração cabal de que um homem havia conseguido vencer na vida. Assim, em

1856, o Dickens adulto comprou a casa – Gad's Hill Place, em Higham, Kent. O romancista era um pai exigente, ao passo que seu total repúdio pela esposa Catherine depois de mais de vinte anos de casamento foi inegavelmente cruel.

A obra-prima de Dickens é o romance *Um conto de duas cidades* (1859). Ambientado na Revolução Francesa, termina com Sydney Carton, um rebelde convertido em salvador, dando a própria vida em troca da vida de um homem melhor, dizendo: "O que faço hoje é muito, muito melhor do que tudo quanto já fiz. E a paz que tenho hoje é muito, muito maior do que a paz que jamais conheci".

# BISMARCK

## 1815-1898

*Política é a arte do possível, do alcançável – a arte da segunda melhor opção.*

Otto von Bismarck

Otto von Bismarck, filho de um proprietário de terras da aristocracia prussiana *Junker*, foi o Chanceler de Ferro que unificou a Alemanha, venceu três guerras, criou um império alemão, híbrido de autoritário e democrático e dominou as questões europeias por quase trinta anos. Um poço de contradições, Bismarck era ao mesmo tempo um militarista ultraconservador e o arauto de um Estado alemão de bem-estar social e sufrágio universal, um modernizador cuja Constituição alemã colocou o poder real nas mãos do imperador e do exército, um político brutalmente implacável e vingativo, que era também um hipocondríaco neurótico e semi-histérico, um insone que não conseguia parar de comer, um crente cristão de métodos totalmente amorais. Em âmbito doméstico e no exterior, Bismarck usou a ameaça da democracia para forçar os reis e príncipes a fazer o que ele propunha, e no processo criou uma Alemanha que foi a potência mais dinâmica da Europa, mas sua criação foi totalmente falha e impraticável, em parte porque Bismarck a concebeu em torno de si como chanceler governante.

Em seu tempo de estudante extravagantemente ambicioso e excêntrico, cortejou duas moças inglesas, mas depois se apaixonou por uma jovem graciosa e fascinante chamada Marie von Thadden, recém-casada com um de seus amigos. Sob a influência dela, Bismarck abraçou o luteranismo evangélico pietista então em voga, embora isso nunca tenha refreado seu gosto por intrigas políticas. Por fim ele se casou com Joanna von Puttkamer, simplória, carola e desprovida de senso de humor, com quem teve um casamento bem-sucedido, mas provavelmente entediante e infeliz, abençoado com muitos filhos.

Durante as revoluções de 1848, Bismarck ficou indignado com a rebelião liberal e planejou levar seus camponeses para Berlim a fim de apoiar o rei. Ele projetou-se como um autoritário obstinado e intransigente, enaltecendo o direito divino dos reis em uma série de discursos provocativos destinados a chamar a atenção para si. Seus regulares memorandos de aconselhamento para o regente, e mais tarde rei da Prússia, o conservador Guilherme I, um soldado prussiano franco e direito, embora emotivo, deixavam claro que Bismarck queria atuar como ministro-chefe, mas exigiria controle total sobre as relações exteriores. Em vez disso, ele foi nomeado embaixador da Dieta da Confederação Alemã em Frankfurt, depois em São Petersburgo e, finalmente, em Paris. Ocupando esses cargos, e em uma visita a Londres, Bismarck conheceu os estadistas da época, incluindo Napoleão III da França e Benjamin Disraeli. Sem rodeios e com surpreendente antevisão, Bismarck disse a Disraeli exatamente como ele manipularia os príncipes alemães, França e Áustria, usando a guerra e a ameaça da democracia para reunir a Alemanha. Em um intervalo de poucos anos, cumpriu rigorosamente suas promessas.

Em 1862, a crise do rei Guilherme por causa do orçamento militar prussiano levou o monarca a nomear Bismarck ministro-presidente e ministro das Relações Exteriores da Prússia. Já de imediato, Bismarck quase arruinou seu trabalho com um discurso imprudente e célebre que ameaçava "sangue e ferro" – guerra – como a única maneira de a Prússia encontrar seu destino na Europa. Não obstante, em parceria com o ministro da Guerra Albrecht von Roon e o chefe do Estado-Maior, Von Moltke, Bismarck começou a fazer exatamente isso. O rival da Prússia pela liderança dos muitos principados germânicos era o Império Habsburgo da Áustria-Hungria, governado pelo imperador Francisco José. Primeiro Bismarck explorou a crise da sucessão dos ducados de Schleswig-Holstein para derrotar o desafortunado rei da Dinamarca e depois excluir a Áustria dos assuntos alemães.

Em 1866, Bismarck manipulou a Áustria a travar uma guerra na qual o imperador Francisco José foi derrotado na batalha de Königgrätz, o que acabou de uma vez por todas com as pretensões austríacas de ter um papel ativo na Alemanha. A Prússia pôde então anexar vários reinos alemães, incluindo Hanôver.

Bismarck foi nomeado conde. Em meio a tudo isso, seu poder dependia exclusivamente do rei da Prússia – na verdade, ele não tinha partido, mas Guilherme, por sua vez, tornara-se dependente de Bismarck. Crises eram resolvidas pelo choro de Bismarck, sua hipocondria ou suas ameaças de renúncia ao cargo, mas ele tinha enormes dificuldades para manter o apoio real, apesar de ser odiado pela rainha Augusta, bem como pelo príncipe herdeiro Frederico e sua esposa Vitória, filha liberal da rainha Vitória. "Não é fácil ser rei sob o jugo de Bismarck", disse o monarca Guilherme.

Em 1869, quando a Espanha ofereceu seu trono a um príncipe da casa Hohenzollern, um parente do rei da Prússia, Napoleão III insistiu que a oferta fosse recusada – de forma bastante sensata –, já que os franceses temiam o poder prussiano em ambos os lados de suas fronteiras. Mas a arrogância francesa entrou no jogo de Bismarck: ele adulterou o texto de um telegrama francês de modo a torná-lo insultuoso ao rei Guilherme, que ficou indignado. Os franceses declararam guerra, mas foram totalmente derrotados pelos prussianos na batalha de Sedan. O imperador Napoleão III abdicou, foi capturado e se tornou um prisioneiro.

A vitória de Bismarck permitiu-lhe unificar a Alemanha em um novo império com Guilherme I como imperador (*Kaiser* em alemão) e ele próprio como chanceler. Bismarck recebeu o título de príncipe. Na Alemanha, combinou uma fachada de sufrágio universal, democracia parlamentar e moderna economia industrial com a realidade do regime militar autoritário e fechado comandado pelo *Kaiser*, por oficiais aristocráticos do exército *Junker* e, é claro, pelo próprio Bismarck. O poder efetivo permaneceu com o *Kaiser*, mas era um sistema complexo que somente Bismarck, com seu singular prestígio e seu gênio político ímpar, conseguia administrar e controlar.

Apesar de confessar "Estou entediado", Bismarck governou por quase duas décadas depois da criação do império alemão, encabeçando uma campanha cultural para atacar o poder católico, por vezes aliando-se a socialistas, em outras ocasiões fomentando políticas conservadoras, criando um Estado de bem-estar social, promovendo alianças externas com a Áustria e a Rússia, e ao mesmo tempo visando ao objetivo de manter o equilíbrio de poder na Europa, temeroso que "um dia a grande guerra europeia aconteça por causa de alguma maldita tolice nos Bálcãs".

Ao fim e ao cabo, o poder de Bismarck cambaleou à medida que ele envelhecia e depois que seu benfeitor Guilherme morreu em 1888. Guilherme foi sucedido como *Kaiser* pelo príncipe herdeiro Frederico III, que já estava tragicamente morrendo de câncer. Após um curto reinado, o seu lugar no trono foi assumido pelo jovem, impetuoso e desequilibrado *Kaiser* Guilherme II, que em 1890 exigiu a renúncia do chanceler. Bismarck tinha 75 anos, mas ficou furioso com sua derrocada. Ele havia criado a Alemanha e uma nova Europa, mas seus sucessores – particularmente o *Kaiser* Guilherme II – não conseguiram controlar a criação bismarckiana.

# FLORENCE NIGHTINGALE

1820-1910

> *Que conforto era vê-la passar. Ela conversava com um, meneava a cabeça e sorria para muitos mais [...]. Estávamos lá deitados às centenas, mas podíamos beijar a sombra dela que caía sobre nós e depois disso deitar a cabeça no travesseiro, novamente contentes.*
>
> Um soldado anônimo na Guerra da Crimeia

A "dama da lâmpada" superou obstáculos e teimosias para transformar o estado da assistência médica no exército britânico e estabelecer a enfermagem como uma profissão disciplinada e respeitável para as mulheres: ela melhorou a vida de milhões de pessoas.

Florence recebeu o nome, em inglês, da cidade em que nascera – Florença, na Itália –, foi criada na Inglaterra e educada em casa por seu pai em um padrão bem acima do que se considerava aconselhável para as mulheres de sua época. Ao chegar à adolescência, a brilhante, inteligente e viciada em livros Nightingale já tinha plena consciência de que o casamento e uma vida na sociedade – as perspectivas habituais para as moças de sua classe – eram pouco atraentes.

Quando, aos dezesseis anos, Florence ouviu a voz de Deus informando-a que tinha uma missão, ela começou a escapar das amarras e exigências do aconchego do reduto familiar para levar uma vida própria. Mas somente depois de vários anos seus pais deram-lhe permissão para dedicar-se à profissão de enfermagem, até então indigna e socialmente desonrosa. Nightingale tornou-se especialista em saúde pública e hospitais até que finalmente, quase com trinta anos, persuadiu seus pais a deixá-la aventurar-se na Alemanha, em uma das poucas instituições que ofereciam treinamento para enfermeiras.

Quando a Guerra da Crimeia começou e os jornais relataram de maneira explícita a terrível condição dos soldados britânicos feridos, Nightingale, a essa altura superintendente da Instituição para o Cuidado de Mulheres Doentes em Londres, foi uma das primeiras a responder. Seu velho amigo, Sidney Herbert, o secretário de Estado para a Guerra, pediu a ela que liderasse um grupo de enfermeiras e capitaneasse os tratamentos aos enfermos nos hospitais militares britânicos na Turquia. Em novembro de 1854, Nightingale e seu grupo chegaram ao hospital Barrack em Scutari, próximo a Istambul.

Lutando contra as péssimas condições e uma crônica escassez de suprimentos, enfrentando enfermeiras insubordinadas que frequentemente iam para o trabalho embriagadas, e médicos intransigentes e relutantes em reconhecer a autoridade de uma mulher, Nightingale transformou os hospitais militares. Ela assistia pessoalmente a quase todos os pacientes, administrando conforto e conselhos enquanto fazia as rondas noturnas. Quando ela chegou, a taxa de mortalidade de soldados feridos era de 50%; no momento em que saiu, era de apenas 2%.

Constantemente Nightingale estabelecia para si novos objetivos, cada vez mais ambiciosos. Após um ano ocupando seu primeiro posto em Londres, estava ansiosa para escapar desse "pequeno montículo". Depois de algum tempo cuidando dos doentes na Turquia, voltou as atenções para o objetivo maior de transformar o bem-estar do exército britânico como um todo. Foi uma tarefa para a qual Nightingale dedicou o resto de sua vida. Florence fez pressão exigindo o estabelecimento de comissões reais para estudar a questão e produziu relatórios que foram essenciais para a fundação da Escola Médica do Exército. Quando Nightingale passou a se debruçar sobre a saúde do exército na Índia, tornou-se uma autoridade tão inquestionável no assunto, que sucessivos vice-reis procuravam seu aconselhamento antes de assumir seus cargos.

"A própria essência da verdade parecia emanar dela", escreveu um contemporâneo de Nightingale, impressionado com "seu perfeito destemor em demonstrar isso." Sem se intimidar pela resistência, Nightingale triunfou sobre o médico de Scutari que de início se recusou a permitir que as enfermeiras entrassem nas enfermarias; o inspetor-geral dos hospitais que tentou argumentar que a autoridade dela não se estendia à Crimeia; os dirigentes do governo que mostravam pouco entusiasmo com relação à missão dela de melhorar a saúde e o bem-estar da soldadesca britânica.

A mulher que foi nomeada superintendente-geral do tratamento dos enfermos nos hospitais militares no exterior transformou a enfermagem em uma profissão respeitada. Em seu retorno à Inglaterra, Nightingale promoveu treinamento para parteiras e enfermeiras em asilos e casas de correção e, em 1860, criou a primeira escola para enfermeiras do mundo, a Escola de Enfermagem no Hospital Saint Thomas, com curso ministrado por médicos em aulas teóricas e práticas.

Austera a ponto do ascetismo, Nightingale rejeitou seu *status* de heroína, recusando o transporte oficial que a levaria da Crimeia de volta para casa e rechaçando todas as sugestões de recepções públicas. De volta à Inglaterra, ela se tornou reclusa e isolada, raramente saindo de casa. Considera-se que a invalidez da enfermeira mais famosa do mundo era em larga medida psicossomática. No entanto, com o auxílio de um fluxo constante de visitantes ilustres, Nightingale foi capaz de se dedicar incansavelmente a uma extensa rede de causas.

Sua obstinação criou certa crueldade. Impulsionada por um senso de missão divina, Nightingale era impaciente com as pessoas que considerava desprovidas do desvelo necessário. Quando Herbert, já moribundo, teve que reduzir seu envolvimento em uma causa de caridade, Nightingale rompeu a amizade com ele. Mas foi essa tenacidade que permitiu a ela provocar mudanças tão extraordinárias na profissão de enfermagem. Em 1910, Nightingale, já nonagenária e cega havia uma década, morreu em Londres.

# PASTEUR

## 1822-1895

*Não existem duas ciências: há a ciência e a aplicação da ciência; estas duas estão tão interligadas quanto o fruto à árvore.*

Louis Pasteur

O microbiologista francês Louis Pasteur foi um cientista cujos diversificados e inovadores estudos contribuíram enormemente para o combate a doenças em humanos e animais. Foi dele a maior parte do trabalho pioneiro no campo da imunologia, produzindo, principalmente, a primeira vacina contra a raiva. Suas investigações sobre os microrganismos que causam a deterioração dos alimentos tiveram fundamental importância para as indústrias francesa e britânica, ao passo que o processo de pasteurização que ele desenvolveu ainda é extremamente importante para preservar alimentos e prevenir doenças.

Pasteur veio de uma família de curtidores de couro. Quando criança, foi um artista entusiasmado e talentoso, com gosto especial pela pintura, mas estava claro para seus professores que ele era muito capaz em termos acadêmicos. Em 1843, foi admitido na escola de formação parisiense da École Normale Supérieure. Tornou-se mestre em ciências em 1845, e em 1847 apresentou uma tese sobre cristalografia que lhe valeu um doutorado.

Com uma formação acadêmica de prestígio e algumas pesquisas arrojadas e inovadoras sobre química e física no currículo, Pasteur obteve uma cátedra na faculdade de ciências da Universidade de Estrasburgo, onde lecionou química. Lá conheceu Marie Laurent, a filha do reitor da universidade; eles se casaram em 1849 e tiveram cinco filhos, dois dos quais viveram além da infância.

Depois de seis anos em Estrasburgo, Pasteur mudou-se para Lille. Ele mantinha a firme concepção de que os aspectos teóricos e práticos da ciência deveriam atuar lado a lado, por isso começou a dar aulas noturnas para jovens trabalhadores da cidade, levando seus estudantes regulares para visitas às fábricas dos arredores de Lille. E também começou a estudar o processo de fermentação; uma de suas primeiras realizações, em 1857, foi mostrar que a levedura poderia se reproduzir na ausência de oxigênio. Isso ficou conhecido como o efeito Pasteur.

Em 1857, Pasteur estava de volta à École Normale Supérieure, onde deu continuidade a sua pesquisa sobre fermentação e demonstrou com um rigor experimental incomum que o processo era impulsionado pela atividade de organismos diminutos. Em 1867, o imperador francês Napoleão III eximiu Pasteur de seus deveres de magistério e lhe concedeu um laboratório de pesquisa. Com nova liberdade de estudos, Pasteur começou a resolver, de uma vez por todas, o grande debate científico sobre a geração espontânea – a questão de saber se germes e microrganismos poderiam simplesmente "aparecer" do nada. Ele descobriu que os germes eram na verdade transportados no ar e que os alimentos se decompunham porque estavam expostos a eles.

Em 1862, Pasteur testou pela primeira vez o processo, agora conhecido como pasteurização, em que leite, cerveja, vinho e outros líquidos são esterilizados por meio da exposição a uma temperatura elevada a fim de eliminar bactérias nocivas. Com o tempo, esse processo revolucionaria a forma como a comida era preparada, armazenada e vendida, poupando assim muitas pessoas de infecções. Pasteur também aplicou seu trabalho teórico à indústria francesa de produção vinícola e vinagreira e à indústria cervejeira britânica, permitindo que as empresas envolvidas produzissem mercadorias que não pereciam tão rapidamente. Foi como resultado de uma sugestão de Pasteur que o cirurgião britânico Joseph Lister (1827-1912) começou, na década de 1860, a adotar métodos antissépticos durante as operações.

Em 1865, Pasteur salvou a indústria francesa da seda, ajudando a identificar e erradicar um parasita que estava matando bichos-da-seda. Em 1881, desenvolveu técnicas para proteger as ovelhas do antraz e as galinhas contra o cólera. Pasteur observou que criar uma forma enfraquecida de um germe e vacinar com ela os animais propiciava imunidade eficaz. Foi um importante desdobramento do uso anterior que Edward Jenner (1749-1823) fizera de germes da varíola para criar a vacina contra a moléstia.

A vacina mais importante que Pasteur produziu foi contra a raiva. Ao manipular os sistemas nervosos secos de coelhos raivosos, ele criou uma forma enfraquecida da terrível doença e conseguiu inocular os cães contra ela. Ele havia tratado apenas onze cães em 1885 quando tomou medidas dramáticas para salvar a vida de um menino de nove anos que havia sido mordido por um cão raivoso. Foi extremamente arriscado, mas totalmente bem-sucedido. Pasteur figurou como um herói do *establishment* médico até sua morte, após uma série de derrames, em 1895. Foi enterrado na catedral de Notre-Dame, em Paris, e depois teve seu corpo transferido e sepultado em uma cripta no Instituto Pasteur.

Pasteur foi um dos muitos cientistas responsáveis por realizar milagres médicos que em muito contribuíram para aliviar o sofrimento humano. Edward Jenner foi um dos primeiros, ao imunizar uma criança contra a varíola em 1796. A partir de 1860, Joseph Lister iniciou seu pioneiro trabalho sobre assepsia em cirurgias, usando o ácido carbólico como antisséptico para reduzir o risco de infecção. As operações já haviam se tornado muito mais seguras nas décadas anteriores graças ao médico John Snow (1813-58), que introduzira o uso da anestesia para permitir cirurgias indolores. Snow também foi responsável por reduzir a incidência de cólera ao demonstrar que sua causa estava ligada ao abastecimento de água contaminada.

Em 1895, o físico alemão Wilhelm Röntgen (1845-1923) descobriu os raios X, abrindo caminho para imensas melhorias no tratamento de ferimentos internos. Em 1928, o bacteriologista Alexander Fleming (1881-1955) descobriu a penicilina, o primeiro antibiótico, quando percebeu que o mofo em uma placa de cultura suja impedia o crescimento das bactérias. Na década de 1950, o trabalho do imunologista francês Jean Dausset (1916-2009) levou a grandes avanços em nossa compreensão de como o corpo luta contra a doença. Em 1953, Francis Crick (1916-2004) e James Watson descobriram o formato de dupla hélice do DNA. Todos aqueles que trabalharam nesses projetos merecem ser lembrados como heróis da medicina.

# TOLSTÓI

1828-1910

*Quando a literatura possui um Tolstói, é fácil e agradável ser escritor; mesmo sabendo que até hoje você ainda não realizou ou conquistou coisa alguma, isso não é assim tão terrível como poderia ser, pois Tolstói realiza e conquista por todos nós. O que ele faz serve para justificar todas as aspirações e esperanças investidas na literatura.*

Anton Tchekhov

Liev Tolstói é, na opinião de muitos, o mais extraordinário romancista de todos os tempos. Suas duas obras-primas, *Guerra e paz* e *Anna Kariênina*, certamente figuram entre os romances mais formidáveis já escritos. Tolstói era também um habilidoso autor de contos e ensaios, um historiador poderoso e um filósofo místico que desenvolveu ideias cristãs insólitas, porém influentes, sobre a condição humana e o aperfeiçoamento moral.

A essência da grandeza de Tolstói é sua magistral compreensão do comportamento e da motivação humanos, que ele combinou com um dom natural para contar histórias e uma surpreendente amplitude e universalidade da visão. Embora fosse um homem profundamente complexo, atormentado por sua incapacidade de viver de acordo com seus próprios padrões, ele tinha uma das mentes mais nítidas e originais da história da literatura.

O conde Liev Tolstói nasceu em uma importante e renomada família aristocrática em sua propriedade ancestral, Iásnaia Poliana, a cerca de 160 quilômetros ao sul de Moscou. Sua infância foi transtornada pela morte precoce de seus pais, mas ainda assim Tolstói se lembrava dela em termos idílicos. O jovem conde foi educado em casa por tutores, mas quando se matriculou na Universidade de Kazan, em 1844, tornou-se evidente que não era um estudante diligente e tampouco aplicado, preferindo dedicar-se a bebedeiras, jogatina, conquistas amorosas e farras com os amigos; ele se desvinculou da universidade em 1847 sem se formar, depois de concluir apenas dois anos do curso de direito.

Tolstói retornou a Iásnaia Poliana com a intenção de se educar, dando continuidade aos estudos de maneira independente, e disposto a melhorar a sorte de seus servos, mas sua resolução logo enfraqueceu. Em 1851, ele foi para o Cáucaso, ingressou nas fileiras do exército e usou suas experiências para escrever histórias como *Khadji-Murát*, seu melhor romance curto. É uma história de nobreza, coragem e traição na vida de um ousado guerreiro tchetcheno durante a guerra russa de trinta anos para derrotar o lendário comandante tchetcheno-daguestanês imã Chamil e conquistar o norte do Cáucaso. Tolstói também serviu durante o cerco conjunto anglo-franco-italiano à principal base naval russa na Crimeia, Sebastopol. Uma campanha de onze meses de aterrorizante matança e incompetência terminou em 1856, com os russos afundando seus navios, explodindo a guarnição e partindo. A experiência foi a base de três esboços literários nos quais Tolstói refinou sua técnica de analisar pormenorizadamente pensamentos e sentimentos. "O herói da minha história", escreveu o autor, "a quem eu amo com todo o poder da minha alma [...] é a Verdade." Em 1862, ele se casou com Sônia Andréievna Behrs e voltou a sua propriedade, dessa vez com um plano para ensinar as crianças camponesas simples e aprender com elas.

O período mais produtivo de Tolstói ocorreu entre 1863 e 1877. A partir de 1865 ele começou a trabalhar em *Guerra e paz*, concluído em 1869. Essa obra colossal é a um só tempo doméstica e política em igual medida. Consiste em três vertentes principais: a monumental luta entre Rússia e França, Alexandre I *versus* Napoleão, entre 1805 e 1812, particularmente a invasão e a retirada francesas de Moscou; os relatos interligados de duas famílias russas aristocráticas, os Rostov e os Bolkonsky; e extensos ensaios históricos. Fica claro que Tolstói se identificava com o temperamento curioso, acanhado, desconfiado, mas bondoso, generoso, direto e moral de Pierre Bezukhov.

Tolstói tem uma visão original das guerras que ele descreve. Napoleão é retratado como um egomaníaco incompetente, o czar russo Alexandre I como um homem de palavras refinadas, obcecado com seu próprio legado, e o maligno comandante russo Mikhail Kutuzov como um astuto e experiente guerreiro. O combate em si é visto como caótico, sem qualquer coesão geral ou estrutura intrínseca. Os personagens ficcionais todos até certo ponto veem a vida da mesma forma e encontram consolo apenas por meio daquilo que se tornaria a principal filosofia tolstoísta: a salvação pela devoção à família e às tarefas da vida cotidiana.

*Guerra e paz*, com sua aguda compreensão da motivação e ação individuais, talvez tenha redefinido o gênero romance, mas o projeto seguinte de

Tolstói, também de grande envergadura, *Anna Kariênina*, não foi menos importante e influente. Escrito entre 1873 e 1877, aplicou os princípios de *Guerra e paz* à vida familiar. "Todas as famílias felizes se parecem, cada família infeliz é infeliz à sua maneira", escreveu ele na abertura do romance. No centro da história está o trágico caso amoroso de Anna com o conde Aleksiei Kirílovitch Vrónski, um oficial do exército. Com profusão de detalhes, Tolstói pinta as contorções mentais de Anna sob a pressão das hipocrisias da sociedade e as lutas internas de Kariênina (no fim das contas, em vão) para racionalizar seu próprio comportamento.

Tal qual *Guerra e paz*, *Anna Kariênina* foi um veículo para as convicções morais de Tolstói. A partir de 1877 ele tornou-se cada vez mais obcecado com o lado espiritual da vida e sofreu várias crises de fé. Foi excomungado da Igreja Ortodoxa em 1901 por sua singular e inconfundível reinterpretação do cristianismo, na qual enfatizou a resistência pacífica ao mal, o amor pelos inimigos, o ascetismo extremo e o repúdio à ira e à luxúria. Não demorou muito para que Tolstói arrebanhasse um crescente grupo de discípulos em todo o mundo.

Continuou a escrever, usando os lucros auferidos com os direitos autorais de seu último grande romance, *Ressurreição* (1899), para ajudar os *doukhabors*, membros de uma seita religiosa cristã cujas ideias o escritor admirava, a emigrarem para o Canadá.

Profundamente infeliz em seu casamento e em seu dividido séquito de discípulos, o adoentado Tolstói fugiu de casa com uma de suas filhas e um médico, mas desfaleceu e morreu no inverno de 1910 em uma estação ferroviária, recusando-se a ver sua esposa. Foi sepultado em uma cerimônia simples na propriedade da família. Embora não raro absurdas, suas ideias morais, éticas e espirituais tornaram-se extremamente influentes; Gandhi, por exemplo, ficou impressionado com sua doutrina da resistência não violenta. Mas é a contribuição de Tolstói para a literatura que se destaca acima de tudo.

# IMPERATRIZ VIÚVA CIXI

## 1835-1908

*Depois que este aviso for emitido para instruir seus aldeões [...] se houver algum cristão convertido, deverá ser eliminado rapidamente. As igrejas que pertencem a eles devem ser queimadas sem reservas. Todos os que pretendem poupar alguém, ou desobedecer à nossa ordem, ocultando cristãos convertidos, serão punidos de acordo com o regulamento [...] e será queimado vivo de modo a impedir que obstrua nosso programa.*

Cartaz dos Boxers, 1900

Bela, astuta e cruel, a Imperatriz Viúva Cixi foi o arquétipo da dama-dragão, a mulher de encanto sinistro. Ela saiu da obscuridade para tornar-se a governante efetiva da China ao longo de 47 anos, período durante o qual deteve o poder no humilhante declínio nos rumos do país. Na segunda metade do século XIX, a dinastia Qing, que havia comandado a China por mais de 250 anos, lutava para enfrentar os desafios impostos pela modernização e pela crescente pressão das potências europeias. Tendo sofrido derrotas militares nas mãos de seus rivais estrangeiros, e diante de uma crescente agitação interna, a última dinastia imperial da China finalmente caiu em 1911. Ninguém contribuiu mais para esse colapso do que a própria imperatriz.

Quando entrou na corte do imperador Xianfeng como sua concubina em 1851, a futura imperatriz viúva era conhecida como Dama Yehenara, filha de Huizheng. Ela foi rebatizada Yi logo em seguida, e, após o nascimento de seu filho Zaichun, em 1856, passou a ser chamada de Nobre Consorte Yi. Quando o imperador morreu, em 1861, Zaichun assumiu o trono, e para refletir sua nova posição como Divina Mãe Imperatriz Viúva, Yi recebeu o título Cixi, que significa "maternal e auspiciosa".

Antes de morrer, Xianfeng incumbira oito "ministros regentes" de governar durante a minoridade de seu filho, mas em um golpe palaciano o poder passou para a consorte do falecido imperador, a Mãe Imperatriz Viúva Ci'an, e para a Divina Mãe Imperatriz Viúva Cixi. Ajudadas pelo ambicioso príncipe Gong, ambas desfrutariam de um período de doze anos de mando compartilhado, exercendo poder "por trás da cortina".

Zaichun, renomeado Tongzhi (que significa "governo coletivo"), foi tardiamente autorizado a iniciar seu "reinado" em 1873, mas as duas matriarcas, tendo adquirido gosto pelo poder, não demonstravam a menor intenção de retirar-se discretamente para a aposentadoria. Cixi, em particular, continuou a dominar o jovem imperador, convencendo-o a aceitar sua autoridade.

Depois de apenas dois anos, Tongzhi morreu, mas com a ascensão do primo de quatro anos de Cixi, o imperador Guangxu, as duas mulheres foram reinstituídas como regentes. Seis anos depois, em 1881, a imperatriz Ci'an morreu repentinamente, suscitando rumores que Cixi a havia envenenado. A morte de Ci'an abriu o caminho para Cixi exercer poder irrestrito, mão de ferro reforçada em 1885, quando destituiu o príncipe Gong de suas funções.

A essa altura, a Imperatriz Viúva havia acumulado uma enorme fortuna pessoal. Em uma época de crescente crise financeira para a China, ela construiu uma série de extravagantes palácios e jardins e uma luxuosa tumba para si mesma. Ao mesmo tempo, reprimiu todos os esforços de reforma e modernização. Em 1881, proibiu os cidadãos chineses de estudarem no exterior por causa do possível influxo de ideias liberais. Vetou os planos e propostas para uma vasta e nova ferrovia que abriria grande parte da China, alegando que a via férrea seria "barulhenta demais" e "perturbaria os túmulos dos imperadores".

O jovem imperador Guangxu deveria assumir as rédeas do poder em 1887. Sob a instigação de Cixi, vários dos altos funcionários da corte imploraram que ela prolongasse seu governo, devido à juventude do imperador. "Relutantemente", ela concordou, e aprovou-se uma nova lei que lhe permitiu continuar "aconselhando" por tempo indefinido o imperador.

Mesmo depois de passar o poder adiante em 1889 – retirando-se para o enorme Palácio de Verão que construíra para si –, Cixi continuou a ofuscar a corte imperial. Ela obrigou o novo imperador a casar-se a contragosto com sua sobrinha, Jingfen. Quando mais tarde ele esnobou sua esposa para passar mais tempo com a consorte Zhen – conhecida como a "Concubina das Pérolas" –, Cixi mandou açoitar Zhen.

Em meados da década de 1890, a Imperatriz Viúva insistiu em desviar verbas da marinha de guerra chinesa para pagar amplas reformas em seu Palácio de Verão em virtude da celebração de seu aniversário de sessenta anos.

Quando o Japão declarou guerra contra a China em 1894, as Forças Armadas chinesas foram derrotadas. Os reformadores ganharam a confiança do imperador Guangxu e, em 1898, ele lançou seus "primeiros cem dias" de medidas.

A Imperatriz Viúva não estava disposta a ceder um milímetro que fosse. Em setembro de 1898, ela organizou um golpe militar que efetivamente tirou Guangxu do poder. Formalmente ele continuou como imperador, apenas no título, até 1908, mas um decreto redigido pela própria Cixi declarou Guangxu inapto a governar o país.

A ruína de Cixi provou ser a Rebelião dos Boxers de 1900.

Em 1900, o Punhos Justos e Harmoniosos (os Boxers), grupo secreto e clandestino cujos membros praticavam artes marciais (e inclusive alegavam ser capazes de ensinar a imunidade a balas), liderou uma insurreição na província de Shandong e ganhou a adesão de um número considerável de pobres das áreas rurais. O grupo produziu propaganda em massa acusando missionários católicos de abuso sexual e imigrantes ocidentais de tentar solapar a China. Ataques violentos contra ambos tornaram-se rotineiros.

Acreditando que o movimento poderia ajudá-la a manter o poder, Cixi deu respaldo à rebelião como uma expressão da cultura popular chinesa. Depois disso, tumultos antiocidentais e a destruição de propriedades estrangeiras se intensificaram, e, no verão de 1900, um "exército" dos Boxers cercou as embaixadas ocidentais em Pequim. O exército imperial chinês foi cúmplice do ataque, pouco fazendo para ajudar os defensores. Foi necessária a chegada de tropas internacionais para levantar o cerco (após o qual a cidade foi saqueada), e somente depois de muitos meses a insurreição foi sufocada.

Ironicamente, a rebelião aumentou a interferência estrangeira na China. O Protocolo Boxer de 1901 não apenas forçou o governo chinês a aceitar uma lei de vultosas reparações, mas também outorgou a países ocidentais consideráveis concessões comerciais e permitiu que eles instalassem tropas permanentemente em Pequim – mais um insulto ao sentimento de orgulho nacional ferido, justamente o que havia sido o fundamento da malograda rebelião. O anúncio de Cixi em apoio ao movimento Boxer, que ela considerou um baluarte dos valores tradicionais chineses contra influências ocidentais e liberais, instigou as potências ocidentais a marchar sobre Pequim e tomar a Cidade Proibida. Cixi foi forçada a fugir, e a autoridade imperial só foi restaurada depois que o imperador assinou um humilhante tratado. Cixi morreu em novembro de 1908, deixando como regente o imperador Puyi, de dois anos. Derrubado pela revolução de 1911, brevemente reinstalado no poder em 1917, transformado em imperador-fantoche de Manchukuo pelos japoneses de 1932 a 1945, ele foi o último monarca da China. No fim, Cixi mostrou ser a coveira do império chinês.

## LEOPOLDO II: O ESTUPRO DO CONGO

### 1835-1909

> *Homens foram fuzilados, alguns tiveram as orelhas arrancadas; outros, com cordas amarradas em volta do pescoço e do corpo, foram levados embora.*
>
> Roger Casement, em relatório ao ministro das Relações Exteriores britânico sobre o tratamento dos nativos no Estado Livre do Congo de Leopoldo

Leopoldo II, rei dos belgas, foi o colonizador que desenvolveu a vasta e lucrativa colônia centro-africana do Congo a um terrível custo em vidas humanas. Ele obteve para si um colossal império pessoal, explorando e matando milhões, para construir sua fortuna – transformando o coração da África no "Coração das trevas" de Joseph Conrad.

Leopoldo sucedeu seu pai, Leopoldo I, em 1865. Ele evitou envolver a Bélgica na guerra franco-prussiana de 1870-1, percebendo que seu pequeno país não tinha influência alguma na política de poder da Europa. Mas a neutralidade europeia não significava magnanimidade; em vez disso, as ambições de Leopoldo estenderam-se para além da Europa e, em 1876, ele confidenciou a seu embaixador em Londres: "Não quero perder uma boa chance de abocanhar uma fatia desse magnífico bolo africano".

Leopoldo decidiu mirar os recursos naturais ainda inexplorados da bacia do Congo, cobertos de densa floresta tropical em uma área equivalente a oitenta vezes o tamanho da Bélgica. Em 1876, ele formou a Association Internationale Africaine para promover a exploração e a colonização da África e, dois anos depois, contratou o explorador britânico-norte-americano Henry

Morton Stanley para a empreitada de esquadrinhar a região do Congo e abrir caminho pela selva para a chegada dos belgas. Subornando as tribos locais por uma ninharia, Stanley ludibriou os nativos, levou-os a transferir suas terras para o controle europeu e amealhou para Leopoldo enormes porções do Congo. Assim foi criado o Estado Livre do Congo, para o qual Leopoldo obteve reconhecimento internacional na Conferência de Berlim de 1884-5.

O Estado Livre do Congo era livre apenas no nome. Não era nem sequer uma colônia belga, mas sim propriedade pessoal de Leopoldo, da qual ele espremia os lucros saqueando os ricos recursos naturais da região, em especial borracha e marfim. Leopoldo jamais visitou o Congo, preferindo governá-lo por intermédio de uma série de agentes e administradores locais que ganhavam polpudas comissões sobre os lucros como pagamento por seus serviços.

A ordem no Estado Livre do Congo era mantida pela Force Publique, um exército mercenário notoriamente cruel de 20 mil homens, comandados por oficiais europeus, mas contando com os serviços de africanos mal pagos como soldados de infantaria. A Force Publique era encarregada da cobrança do imposto sobre a borracha, uma opressiva taxa que efetivamente exigia trabalhos forçados até a morte em plantações e minas. Ao chegar às aldeias tribais, os agentes de Leopoldo capturavam mulheres e crianças e se recusavam a soltá-las enquanto os homens não batessem sua "meta" entrando na floresta tropical e trazendo de volta a quantidade necessária de borracha, que era então vendida, inchando os cofres de Leopold.

A fim de impedir os homens de desperdiçar munição na caça de animais selvagens, a Force Publique tinha ordens de prestar contas de cada bala que era disparada, trazendo de volta a mão direita de sua vítima. Os mercenários amputaram as mãos de milhares de congoleses inocentes, quer estivessem mortos ou vivos. De modo a abrir espaço para a extração de borracha, Leopoldo ordenou a desocupação de incontáveis vilarejos e a derrubada de imensas áreas de florestas. Aldeias foram incendiadas, seus moradores torturados e alguns relatos sugeriram até mesmo que membros da Force Publique estavam envolvidos em práticas de canibalismo. O quartel-general de Leon Rom, o bárbaro soldado belga encarregado da Force Publique, era rodeado por centenas de cabeças decepadas.

Essas atrocidades causaram a morte de cerca de 10 milhões de pessoas, metade da população do Congo, ou nas mãos da Force Publique ou em decorrência da fome e da privação. Nesse meio-tempo, Leopoldo apresentava-se ao resto da Europa como um humanitário, determinado a libertar a região do flagelo do tráfico de escravos árabes e disseminar a "civilização" europeia. Mas os missionários cristãos que se embrenharam no coração do Congo contaram uma história muito diferente, e relatos de terríveis abusos começaram a chegar à Europa.

Na primeira década do século xx houve uma série de rebeliões tribais, todas brutalmente reprimidas, mas que serviram para provocar um escrutínio mais minucioso acerca das condições do Estado Livre do Congo. Em 1900, Edmund Dene Morel, um comerciante inglês, começou a fazer campanha contra as medonhas condições do território e sobre as crueldades a que eram submetidos os nativos, e, em 1903, o Ministério das Relações Exteriores britânico encarregou o diplomata Roger Casement de ir ao Congo para descobrir o que estava acontecendo. O detalhado relatório de Casement teve papel decisivo para suscitar a indignação internacional, e escritores como Arthur Conan Doyle, Joseph Conrad e Mark Twain aderiram à campanha. Em 1908, o parlamento belga finalmente votou para anexar o Congo e tomá-lo de seu próprio rei, acabando com o controle de Leopoldo sobre a região.

Somente em 1960 o Congo alcançou a independência total, mas o legado brutal de Leopoldo ii ainda continua a assombrar o país, que sofreu com anos de guerra civil em que milhões de pessoas foram assassinadas. Leopold morreu em 17 de dezembro de 1909, uma figura desprezada e odiada, que até o fim da vida justificou seu comportamento no Congo. Mark Twain escreveu que o idoso rei era um "bode velho ganancioso, ávido, avarento, cínico e sanguinário", enquanto para Conan Doyle o estupro do Congo foi simplesmente "o maior crime da história".

# TCHAIKOVSKY

## 1840-1893

*A bem da verdade, eu teria motivos para enlouquecer não fosse pela música.*

Tchaikovsky, sobre a importância
fundamental da música em sua vida

Piotr Ilitch Tchaikovsky é um dos compositores mais populares da tradição ocidental; suas sinfonias e concertos foram gravados muito mais vezes que a obra de qualquer outro compositor, e suas partituras de balé estão entre as mais famosas do mundo.

Embora enfrentando as tensões de uma vida pessoal intensamente difícil, Tchaikovsky rejeitou os estilos folclóricos de outros compositores russos de sua época para criar obras românticas arrojadas, sublimes, arrebatadoras e dolorosamente comoventes, em nítido contraste com as óperas brilhantes mas soturnas de Wagner ou com a ardente contenção de Brahms. Da abertura de "Romeu e Julieta" e *O lago dos cisnes* à abertura de "Abertura 1812" e sua extraordinária ópera *Ievguêni Oniéguin*, a música de Tchaikovsky é tão amada hoje quanto na época em que foi escrita.

Tal qual Beethoven e Mozart, Tchaikovsky mostrou precoce talento musical. Ele tocava piano desde os cinco anos e compunha músicas para seus irmãos, além de ler e escrever em francês e alemão. Seu pai era engenheiro de minas – posição que garantia uma vida confortável, mas não abastada –, e o jovem Tchaikovsky estava destinado a seguir uma carreira no direito, frequentando a Escola Imperial de Jurisprudência de São Petersburgo dos doze aos dezenove anos, depois indo direto para um emprego no funcionalismo público no Ministério da Justiça. À medida que envelhecia, seu talento para a música ficou ainda mais evidente. Ele se matriculou no novo conservatório de música de São Petersburgo em 1862 (renunciando ao cargo no Ministério da Justiça meses depois) e, depois de amadurecer em tempo espantosamente rápido, saiu de lá em 1865, já uma personalidade musical desenvolvida por completo. No ano seguinte, mudou-se para Moscou, onde lecionou teoria musical na Sociedade Musical Russa.

Em 1870, Tchaikovsky produziu sua primeira grande peça, a abertura do concerto "Romeu e Julieta". A obra passou quase despercebida ao estrear em Moscou, mas obteve maior sucesso em uma versão revisada de 1872 em São Petersburgo. Era uma peça orquestral abstrata que contava uma história – perfeitamente adequada ao temperamento trágico e passional de Tchaikovsky. Sua vida foi afetada pela tragédia desde 1854, quando sua amada mãe morreu de cólera. Mais tarde ele escreveu: "Tentei com amor expressar tanto a agonia como também a bem-aventurança".

No amor estava a agonia pessoal de Tchaikovsky. Desde o final da década de 1860, ele se envolveu em apaixonados e intensos relacionamentos com vários jovens estudantes, e um de seus favoritos, Edouard Zak, matou-se em 1873. Isso teve um profundo efeito sobre Tchaikovsky. Alguns anos depois, talvez em uma tentativa de se livrar das tendências homossexuais, mas muito provavelmente a fim de evitar fofocas e escândalos, ele se casou com uma obsessiva ex-aluna, Antonina Miliukova. Ela o atormentava com cartas e ameaçava suicidar-se caso ele não retribuísse a seus afetos. Apesar de claros sinais de alerta de que se tratava de uma união completamente inadequada, Tchaikovsky a pediu em casamento em maio de 1877 e casou-se com ela em julho do mesmo ano. Em setembro, o desastroso casamento estava acabado, a não ser nas aparências, já que eles permaneceram casados legalmente.

Apesar desse período tumultuado em sua vida romântica, Tchaikovsky teve uma fase extremamente prolífica como compositor. Produziu o balé *O lago dos cisnes* em 1875-6. Em 1877-8, compôs sua extraordinária Quarta Sinfonia e sua ópera mais formidável, *Ievguêni Oniéguin*, uma interpretação musical da famosa história de Púchkin. A princípio, *Oniéguin* não foi bem recebida, mas com o passar do tempo passou a ser reconhecida como uma obra-prima operística – e quando a partitura para piano foi publicada, vendeu às bateladas. Francófilo ao longo de toda a vida, a música de Tchaikovsky mostra a clareza e a leveza dos modelos franceses, em vez dos tons mais sombrios e introvertidos de seus contemporâneos alemães.

Depois do fim de seu casamento, Tchaikovsky entrou em outra fase importante: seu relacionamento com a rica filantropa Nadezhda von Meck. Embora o par nunca tenha se encontrado pessoalmente, a baronesa financiou a carreira do compositor com um salário anual de 6 mil rublos. Isso permitiu que ele abandonasse seu emprego e dedicasse a vida à composição. Meck sustentou Tchaikovsky de 1876 até a abrupta interrupção das relações entre ambos em 1890, o período em que ele criou algumas de suas obras mais famosas. Em 1880, compôs sua "Abertura 1812", cujo bombástico final inclui dezesseis canhões e o dobre dos sinos de igreja. A peça estreou em Moscou dois anos depois. A essa altura, a fama de Tchaikovsky estava começando a chegar ao auge. Ele foi contratado para escrever a Marcha de Coroação para o czar Alexandre III em 1883, e sua presença como maestro era requisitada em toda a Europa.

Tchaikovsky escreveu sua Quinta Sinfonia em 1888 e, na sequência, dois balés – *A bela adormecida*, concluído em 1889, e *O quebra-nozes*, terminado em 1892. Compôs também uma ópera, *A dama de espadas*, apresentada em Moscou em 1890. Todas essas obras beneficiaram-se de um ambiente emocional mais estável, da ausência de preocupações financeiras e de um regime de trabalho rigoroso. A essa altura, a fama de Tchaikovsky chegou aos Estados Unidos, para onde foi convidado de modo a conduzir sua Marcha de Coroação no concerto de abertura no Carnegie Hall, em Nova York.

Como sua mãe, Tchaikovsky provavelmente morreu de cólera, doença que contraiu bebendo água contaminada em um restaurante em São Petersburgo em outubro de 1893. Foi apenas alguns dias depois da estreia daquela que talvez seja a sua mais notável e trágica obra, a Sexta sinfonia, a *Pathétique* [*Patética*]. De uma ponta à outra da Rússia, missas fúnebres e homenagens foram realizadas em memória do compositor. Tchaikovsky criou um mundo musical vigoroso, intensamente emocional e passional, que ainda exerce um apelo imediato para os ouvintes de todos os lugares.

# CLEMENCEAU

## 1841-1929

*Nós nos apresentamos diante de vocês com o único pensamento de guerra total.*

Georges Clemenceau

Georges Benjamin Clemenceau foi o maior dos comandantes militares da França durante a Primeira Guerra Mundial. Seu afinco, sua tenacidade ao longo da vida e sua insistência em um acordo punitivo para a Alemanha renderam-lhe o apelido de "o Tigre".

Clemenceau nasceu em uma aldeia na Vendeia, no oeste da França, em 1841. Cresceu em meio aos camponeses e recebeu sua educação política do pai, que moldou suas ideias republicanas. Em 1861, foi para Paris a fim de estudar medicina, e lá se envolveu na política republicana radical e no jornalismo crítico do regime do imperador Napoleão III, e assim atraiu a atenção da polícia.

Em 1870-1, a França perdeu a guerra franco-prussiana. Clemenceau teve envolvimento na derrubada de Napoleão III e foi eleito para o governo provisório. Opôs-se de maneira veemente, mas sem sucesso, à imposição aos franceses de um tratado severíssimo, por meio do qual a França perdeu as províncias da Alsácia e Lorena para o novo império alemão. Em maio de 1871, Clemenceau tentou, mas não conseguiu, mediar as negociações entre o governo e os rebeldes da Comuna de Paris.

Durante as décadas de 1880 e 1890, continuou a atuar tanto na política quanto no jornalismo. Um de seus triunfos foi o apoio que deu, entre 1894 e 1906, ao jovem judeu oficial de artilharia Alfred Dreyfus, vítima do antissemitismo do governo, do exército e da imprensa, erroneamente acusado de alta traição e de ser um espião alemão. Os jornais de Clemenceau expuseram a corrupção e a injustiça nesse caso célebre. Em 1902, foi eleito senador.

Clemenceau cumpriu mandato de primeiro-ministro em 1906-9. No período que antecedeu a Primeira Guerra Mundial, defendeu o rearmamento contra a Alemanha e, depois da guerra, tornou-se um crítico feroz de sucessivos governos e do alto comando militar, lançando acusações de inépcia, derrotismo e pacifismo dissimulado.

Em novembro de 1917, aos 76 anos, Clemenceau aceitou o convite para tornar-se primeiro-ministro. Implacável e beligerante, rapidamente impôs à força sua convicção de "guerra até o fim" e tratou com severidade aqueles a quem considerava traidores e derrotistas. Insistiu em um comando unificado dos Aliados sob o comando do general Foch como o único meio de vencer a guerra. Em novembro de 1918, seus pontos de vista haviam se mostrado corretos.

Na Conferência de Paz de Paris de 1919, Clemenceau lembrou os eventos de 1870-1 e, em negociações com o primeiro-ministro britânico David Lloyd George e o presidente norte-americano Woodrow Wilson, insistiu que a Alemanha fosse desarmada, aceitando a "culpa de guerra" e concordando em pagar maciças indenizações. Clemenceau fez questão que o tratado fosse assinado no Salão dos Espelhos em Versalhes, o mesmo lugar onde Guilherme I, tendo humilhado a França, declarara-se imperador alemão em 1871. A força de caráter e decência de Clemenceau fizeram dele um combatente pela justiça e um magnífico líder de tempos de guerra, mas suas vingativas exigências em Versalhes foram um erro.

Clemenceau perdeu a eleição presidencial de 1920 e se aposentou. Antes de morrer, nove anos depois, publicou suas memórias, nas quais previu outra guerra com a Alemanha por volta de 1940.

# SARAH BERNHARDT

## 1844-1923

*Há cinco tipos de atrizes: atrizes ruins, atrizes razoáveis, atrizes boas, grandes atrizes e, depois, há Sarah Bernhardt.*

Mark Twain

Nascida em Paris, a atriz famosa em todo o mundo como "a Divina Sarah" foi tão tempestuosa na vida quanto em cima dos palcos. Dona de uma resiliência sem limites – possivelmente resultado de sua infância insegura como filha ilegítima de uma cortesã holandesa –, Bernhardt foi a primeira atriz de sucesso na França, antes de tomar de assalto a cena teatral londrina em 1876. Mesmo a perda de uma das pernas não representou um grande obstáculo para suas extravagantes atuações. Assim que ela se recuperou da amputação, já iniciada a Primeira Guerra Mundial, a atriz decidiu viajar até as trincheiras francesas e lá, transportada em uma liteira, atuou para animar o moral das tropas. Sarah nem sequer cogitou a aposentadoria, mas apenas se certificou que, dali por diante, pudesse interpretar, sentada, papéis que não exigissem movimento.

Educada em um convento, mas na verdade judia, quando jovem, Bernhardt brincou com a ideia de se tornar freira. Mas o influente amante de sua mãe, Charles, o duque de Morny (1811-65), aparentemente decidiu de outra forma e sugeriu à adolescente que tentasse a sorte como atriz. Um brilhante estadista francês, agora imerecidamente esquecido, ele era filho da rainha Hortênsia da Holanda e meio-irmão do imperador Napoleão III, além de neto natural do príncipe Talleyrand. Financista, dono de cavalos de corrida e esteta, para não mencionar um entusiástico amante, ele se casou com uma princesa russa. Foi o mentor do golpe e do regime de Napoleão III e presidente do Corpo Legislativo, mas sua morte prematura ajudou a condenar o Segundo Império. Era inteiramente apropriado que essa personificação do poder, do mundanismo e do estilo franceses tivesse lançado a mais famosa atriz francesa até a era do cinema (e é possível que Morny fosse o pai de Bernhardt).

Morny garantiu a Bernhardt um lugar no conservatório de Paris e um trabalho na Comédie Française, onde ela fez sua estreia em 1862, já tendo ganhado prêmios de atuação quando estudante. Assolada pelo medo do palco, Bernhardt talvez pudesse parecer mais talhada como cortesã que atriz. Depois de seis anos de trabalho árduo, sua carreira deu uma guinada e ela foi aclamada por seus papéis como Cordélia em uma montagem francesa de *Rei Lear* e o menestrel Zanetto em *Le Passant*, peça em versos de François Coppée. Seu sucesso nesta última foi tamanho que ela recebeu a ordem de reprisar seu desempenho na presença de Napoleão III.

O público clamava por ver em primeira mão o inimitável estilo de atuação de Bernhardt, repleto de tempestuosas explosões de emoção indômita, lágrimas e pesar. Para muitos, tornou-se inimaginável que seus papéis mais famosos, como Marguerite em *A dama das camélias*, de Dumas, e os papéis-título de Fedra, de *Racine*, e *Adrienne Lecouvreur*, de Eugène Scribe, pudessem ser interpretados por qualquer outra pessoa.

Victor Hugo, cujas tragédias ela protagonizou, ficou encantado com sua "voz de ouro", enquanto Sigmund Freud se maravilhou com o fato de que "cada centímetro daquela pequena figura vive e enfeitiça". No entanto, Bernhardt foi abertamente censurada e condenada pelos padres, não só pelo conteúdo picante das peças que ela mesma produzia, mas também por seus inúmeros amantes e sua sexualidade ousada. Sarah Bernhardt viveu a vida em seus próprios termos, afirmando ser "uma das grandes amantes do meu tempo". Sua promiscuidade era notória: "Minha querida, quem se senta em cima de uma roseira e se pica, não é capaz de dizer qual espinho foi o responsável", foi a resposta de seu amante, o príncipe de Ligne (descendente do fidalgo cortesão do século XVIII), quando Bernhardt revelou que estava grávida de um filho dele. Outros amantes incluíram Hugo e Gustave Doré. O casamento de Bernhardt, já na meia-idade, com o jovem ator Jacques Damala terminou quando ele contraiu vultosas dívidas e a abandonou para se juntar à Legião Estrangeira francesa. Talvez o amado filho de Bernhardt, Maurice, tenha sido o único homem que nunca a decepcionou.

No início da década de 1880, Bernhardt deixou Paris para dar início a longas viagens internacionais pela Europa e pelos Estados Unidos, onde ela não apenas assumiu os principais papéis femininos em produções de peças francesas clássicas e modernas, mas também representou papéis masculinos – graças a sua compleição franzina, era convincente no papel de Hamlet, por exemplo. Brilhante para autopromover-se, ela conquistou Paris, depois o mundo, e era "norte-americana demais para não fazer sucesso nos Estados Unidos", segundo o irônico comentário do escritor Henry James. Bernhardt foi a primeira estrela internacional da era pré-cinematográfica e estrelou vários filmes mudos, entre eles *La reine Élisabeth* [A rainha Elizabeth] e *A dama das camélias,* ambos de 1912.

A multitalentosa Bernhardt também foi uma habilidosa escritora e escultora, uma competente editora e tradutora de muitas peças. Tornou-se uma atriz-empresária, organizando suas próprias turnês, bastante lucrativas. Quando seu estilo histriônico saiu de moda, ela simplesmente dirigiu sua própria companhia teatral, alugando em 1898 o Théâtre des Nations (mais tarde renomeado Théâtre Sarah Bernhardt).

Bernhardt mitologizava tudo, mudando constantemente a história de sua paternidade, e é provável que tenha sido a "tuberculosa" mais saudável de todos os tempos (pelo menos em uma ocasião, tossiu "sangue", que na verdade era líquido vermelho de uma bexiga escondida). Mas era infatigavelmente leal. Quando soube que seu marido fugitivo estava agora vivendo na miséria e viciado em drogas, ela pessoalmente o resgatou, pagando por cuidados médicos e enfermeiros particulares. Bernhardt era uma fervorosa patriota francesa e fascinou as plateias até o fim.

# MAUPASSANT

## 1850-1893

*Monsieur de Maupassant [...] possui as três qualidades essenciais do escritor francês: clareza, clareza e clareza. Ele exibe o espírito de equilíbrio e ordem que é a marca da nossa raça.*

Anatole France, em *La vie littéraire* [A vida literária] (1888)

Guy de Maupassant foi o escritor francês que, praticamente sozinho, transformou o conto em forma de arte. Famoso hedonista e esportista, ele deixou muita gente chocada com sua literatura "imoral". A obra de Maupassant reconheceu o apelo da sensualidade e da ambivalência da natureza humana em relação a ela. É essa sensibilidade, combinada com uma prosa de requintada limpidez, que faz dele um escritor de excelência e grandeza.

Em 1880, Émile Zola decidiu publicar uma coletânea de histórias inspiradas na recente guerra franco-prussiana (1870-1). A contribuição de Maupassant, "Boule de Suif" ["Bola de sebo"], uma pequena obra-prima, garantiu sucesso ao autor do dia para a noite. Era um texto típico de seu estilo e originalidade, o relato de como uma prostituta é explorada e traída pela classe média hipócrita em tempos de guerra. Muitos consideraram seu estilo de escrita como pouco mais que material para colunas de jornal, mas Maupassant passou a desenvolver o conto como um gênero único e peculiar, traço que foi retomado por uma série de escritores posteriores, de James Joyce a Ernest Hemingway, e de Anton Tchekhov a Somerset Maugham.

Nascido em uma família normanda nobre mas empobrecida, Maupassant abriu mão de seu cargo pouco gratificante no funcionalismo público para abraçar a vida como escritor. Sua genialidade era revelar, em narrativas simples, verdades humanas fundamentais, com uma habilidade que rivalizava com a dos melhores romancistas – e por vezes até os superava. A concisão, a elegância e a humanidade dos mais de trezentos contos que ele produziu na década seguinte demonstram seu magistral domínio da forma.

Maupassant procurou apresentar não "uma visão fotográfica banal da vida [...] mas uma visão mais completa, mais envolvente, mais investigativa que a própria realidade". Nisso, ele foi devedor à tutela do grande romancista Gustave Flaubert, que era amigo da mãe de Maupassant, e tomou o jovem sob suas asas quando ele retornou a Paris depois de servir na guerra de 1870-1.

Flaubert apresentou-o aos principais escritores do momento, dizendo: "Ele é meu discípulo e eu o amo como a um filho". Por sua vez, Flaubert fez o papel de pai substituto de Maupassant – à boca pequena, corria o boato que Maupassant era de fato filho biológico dele –, seus pais se separaram quando ele tinha onze anos e o pai sempre foi uma figura distante. O estilo de Maupassant foi aperfeiçoado sob a tutoria de Flaubert, de tal forma que o mestre russo Tolstói sentiu-se compelido a enaltecer sua cáustica perspicácia, sua intensa clareza de visão e sua prosa disciplinada e bela como as marcas do gênio.

Ao mesmo tempo, Tolstói deplorava a imoralidade de Maupassant. Ele era perverso e espirituoso: um dos contos narrava a história de um cavalheiro faminto a bordo de um trem retido em um dia abrasador, e que por fim bebe o leite de uma camponesa que está sem amamentar há um dia e precisa urgentemente aleitar. Outro é sobre uma respeitável senhora de classe alta que, olhando para fora de sua janela, é confundida com uma garota de programa por um bonito rapaz e depois busca o perdão usando o pagamento auferido com seus préstimos para comprar um presente para o marido. Os textos de Maupassant são invariavelmente ambientados em bordéis ou budoares; no entanto, ele era igualmente fascinado pela guerra, pelos astutos camponeses de sua Normandia natal, pelas finanças e o jornalismo e pelas estranhas reviravoltas do destino. O fascínio do escritor pelo sexo (um crítico o descreveu como um "rematado erotomaníaco") refletia uma fenomenal promiscuidade na vida. De fato, as viagens de barco acompanhadas de hedonistas moças parisienses inspiraram seu conto "Mosca", e seu sucesso literário financiou a manutenção de várias amantes. *Bel-Ami* (1885), o romance *best-seller* de Maupassant, é uma obra-prima, provavelmente o melhor relato já escrito sobre o mundo moderno em que o jornalismo e a política se encontram, e o título do livro daria nome ao iate do autor.

Maupassant acreditava que o dever do artista não era ser um árbitro moral, mas apresentar a sociedade com seu próprio reflexo e deixar que as pessoas tirassem suas conclusões. Ele declarou: "Para um escritor, não pode haver meio-termo: ele deve ou dizer o que acredita ser a verdade, ou contar mentiras". A incisividade resultante de sua escrita realça o contraste entre a aparência e a realidade, ilustrando como a vaidade e o orgulho levam ao autoengano e à falsidade. Maupassant escreveu sobre traição e sedução; sobre a fortuna favorecendo os impiedosos e os egoístas; sobre as sociedades baseadas na hipocrisia coletiva; e sobre a loucura. Ele não se esquivou das profundas ambiguidades que cada pessoa esconde em seu âmago, enquanto sua escrita tem o poder de dissipar mitos da sociedade.

O próprio Maupassant era uma prova viva dessas ambiguidades. Por um lado, era um homem de ação, um vigoroso atleta capaz de remar confortavelmente por mil quilômetros em um único dia, e certa vez salvou de afogamento o poeta Algernon Charles Swinburne. Ter servido no exército e o amor pelo mar influenciaram muitas das narrativas e cenários de seus textos. Por outro lado, Maupassant era propenso a crises de ansiedade e pensamentos mórbidos, e foi cada vez mais dominado pela depressão, doença que sua mãe também havia sofrido.

Aos vinte e poucos anos, Maupassant descobriu que tinha sífilis, mas se recusou a tratar a doença. Padeceu de uma progressiva instabilidade mental, pois sua existência frenética acelerou sua deterioração física. Em 1892, um ano depois de seu irmão (que também sofria de sífilis) morrer demente, Maupassant tentou o suicídio. Estava internado em um asilo, onde faleceu menos de um ano depois – com apenas 43 anos.

Em pouco mais de uma década como escritor, Maupassant produziu cerca de trezentos contos, seis romances, três livros de viagem e um volume de poesia. Sua vida e sua obra frenética combinavam entre si à perfeição No entanto, enquanto sua vida foi curta, suas histórias vivem para sempre.

# OSCAR WILDE

## 1854-1900

*Desde o começo, Wilde viveu sua vida como uma performance, e continuou a fazê-lo mesmo depois que o destino tirou das mãos dele o enredo.*
W. H. Auden, na revista *The New Yorker* (9 de março de 1963)

Oscar Wilde – poeta, dramaturgo, aforista, romancista e autor de histórias infantis, esteta, vítima de preconceito e hipocrisia, e homem de inteligência arguta, despreocupada e irreprimível – tratou sua própria vida como obra de arte, e dela foi o herói – e deveria continuar sendo o da nossa. Amante do paradoxo e conhecedor dos absurdos da existência, sem esforço Wilde ridicularizou e criticou asperamente as pretensões, os preconceitos e as hipocrisias de sua época. Sua destruição, por parte da mesma sociedade que o paparicava e mimava como uma celebridade e objeto de curiosidade, foi um eco trágico dos temas que ele explorou, com charme extraordinário e perícia forense, em sua própria obra.

As peças de Wilde, a exemplo de *Uma mulher sem importância* e *A importância de ser prudente*, raramente deixam de ser encenadas. A sofisticada perspicácia de Wilde é estonteante e eternamente digna de citação: "Nunca viajo sem meu caderno de anotações. Sempre é preciso ter algo sensacional para ler no trem", declara Gwendolyn a Cicely em *A importância de ser prudente*, peça que é considerada a comédia mais perfeita já escrita. Mais que qualquer outro escritor de sua época, a sátira de Wilde desconstrói o pomposo edifício da sociedade vitoriana tardia e o faz com considerável elã. Mas sob a superfície cintilante encontra-se o potencial para a tragédia, e boa parte da obra brilha à beira da escuridão. *O retrato de Dorian Gray*, romance publicado por Wilde em 1890, ampliou os limites da respeitabilidade ao tratar de decadência, crueldade e amor ilícito, o que levou a esposa de Wilde, Constance, a observar que "desde que Oscar escreveu aquele livro, ninguém nunca mais nos convida para lugar nenhum". No entanto, é uma evocação atemporalmente sensível, comovente, impressionante e patética dos nossos temores acerca da morte e da velhice. Mesmo os contos de fada de Wilde, "O príncipe feliz" e "O gigante egoísta", não se esquivam da desagradável constatação da crueldade que fica impune e do heroísmo que não é recompensado.

Wilde nasceu em Dublin, filho de pais anglo-irlandeses, mas seu desejo de ser o centro das atenções levou-o a estudar e viver na Inglaterra. O arquétipo de um esteta *fin de siècle*, Wilde cultivou uma aparência extravagante e uma maneira ágil e mordaz de lidar com as palavras, transformando-se em uma celebridade muito antes de sua escrita confirmar que ele valia toda a atenção. "Só existe no mundo uma coisa pior que falarem de nós. É não falarem", sentenciou ele. O jovem aluno de Oxford de vinte e poucos anos, alto e de fala arrastada, envergando um terno de veludo com calções estilo Regency até os joelhos, era uma figura notória. Até mesmo o príncipe de Gales exigiu ser apresentado a ele, declarando: "Não conhecer o senhor Wilde é não ser conhecido na sociedade". Da celebridade surgiu uma carreira: caricaturas do dândi que asseverava que a arte era a mais elevada forma de ação começaram a aparecer nos palcos londrinos. Quando um corajoso produtor levou uma dessas peças para uma temporada norte-americana, decidiu levar Wilde em uma turnê paralela de palestras sobre o tema do esteticismo. Wilde – que supostamente chegou à alfândega dos Estados Unidos com o comentário "Não tenho nada a declarar, exceto meu gênio" – tornou-se tão famoso do outro lado do Atlântico quanto na Inglaterra. Foi apenas na metade da década que antecedeu sua derrocada que Wilde se tornou plenamente o escritor que ele sempre planejou ser.

A homossexualidade de Wilde adquiriu a mesma fama de sua produção literária. Ele foi uma borboleta destruída por disparos de canhões. Durante anos, a sua provocativa afetação havia suscitado rumores sobre a sua preferência sexual, mas Wilde era um pai de família casado que só se tornou ativamente homossexual depois dos trinta anos, quando seu casamento passou por uma fase difícil. "A melhor maneira de livrar-se da tentação é ceder a ela", proferiu Wilde em uma frase famosa. Ele descreveu suas aventuras sexuais como "banquetear-se com panteras". Enredado em uma vendeta entre seu amante, o absurdamente vaidoso e destrutivo lorde Alfred (Bosie) Douglas, e o pai de Douglas, o lunático e rigoroso marquês de Queensberry, Wilde viu-se convertido em alvo de uma prolongada campanha de imaturas ofensas difamatórias. Queensberry enviou-lhe buquês de legumes fálicos, e o bilhete que ele deixou no clube de Wilde em fevereiro de 1895, acusando-o de ser um "conhecido e afetado sondomita [sic]", foi a gota d'água. Instigado por Bosie, Wilde entrou com um processo por difamação.

Foi um erro terrível. Submetido a minucioso interrogatório, Wilde foi tão espirituoso quanto nunca, brincando e provocando sua nova plateia, os ocupantes da galeria pública da corte. Mas nem mesmo a eloquente defesa da imoralidade em sua obra foi capaz de anular detalhes de seus flertes e namoricos. O *establishment* não poderia tolerar tais revelações de uma vida tão desregrada. Wilde perdeu o caso e foi imediatamente julgado e condenado a dois anos de trabalhos forçados por indecência grosseira. Gritos de "vergonha" encheram as galerias. Queensberry convocou os oficiais de justiça para adquirir a posse da casa de Wilde e cobrir as custas processuais. Bosie, que havia fugido para o continente a fim de escapar da acusação, lamentou publicamente o sofrimento de Wilde, a uma distância segura.

Enquanto Wilde cumpria pena no presídio de Reading, um colega detento, o soldado Charles Thomas Wooldridge, condenado por assassinar sua mulher cortando-lhe a garganta com uma navalha, foi enforcado. Foi a "C. T. W." que Wilde dedicou sua última grande obra, a elegíaca "Balada do cárcere de Reading", poema escrito no exílio na França após ter sido solto em 1897. O poema teve de ser publicado sob um pseudônimo, "C. 3.3" (o número de presidiário de Wilde), devido à notoriedade do seu próprio nome. Entremesclando luz e sombra, expressa um anseio por inocência, beleza e redenção, mesmo no lamaçal do desespero, ao mesmo tempo que pede perdão e compreensão.

> Nunca vi ninguém na vida contemplar assim,
> Com tão ávido olhar de quem já nada espera,
> Essa pequena nesga de azul
> Que os presos chamam céu, à luz da primavera,
> E olhasse tão sedento as nuvens à deriva,
> Argênteos e fugidios navios de quimera.

O poema termina assim:

> Ouçam: todos os homens matam a coisa amada,
> Com galanteio alguns o fazem, enquanto outros
> Com elogio fingido e face amargurada;
> Os covardes o fazem com um beijo,
> Os bravos, com a espada!

No período que passou na prisão, Wilde escreveu *De Profundis*, uma carta amargamente brilhante de 50 mil palavras para Bosie, um testemunho de sua destruição por seu grande amor. Wilde nunca se recuperou, nem física nem psicologicamente, de seu encarceramento. Condenado ao ostracismo pela sociedade, incapaz de ver seus amados filhos, ele passou seus últimos anos vagando pelo continente europeu. Sua sagacidade não diminuiu nem no fim da vida: "Morro da mesma forma como vivo", declarou ele, "acima dos meus meios". Pouco antes de sua morte, deitado em um quarto sombrio em Paris, dizem que ele murmurou: "Esse papel de parede é horrível. Ou ele vai embora, ou vou eu".

# GUILHERME II

1859-1941

*A crueldade e a fraqueza darão início à guerra mais aterrorizante do mundo, cujo propósito é destruir a Alemanha. Porque não pode haver mais dúvidas, a Inglaterra, a França e a Rússia conspiraram para travar uma guerra de aniquilação contra nós.*

O último imperador da Alemanha – conhecido pelos britânicos simplesmente como o *Kaiser* – foi um monarca absolutista inconsistente, bombástico, grosseiro, absurdo, talvez até mentalmente desequilibrado, que conseguiu usar a Constituição do império para ganhar o controle das Forças Armadas e da política externa alemãs, mas que, em última análise, mostrou-se incapaz de governar ou de sustentar seu próprio poder. No entanto, durante vinte anos, Guilherme II foi o vociferante e dinâmico governante do país mais moderno e poderoso da Europa, mas sua personalidade dominou os acontecimentos internacionais. Ele passou a simbolizar o brutal expansionismo militarista do novo império alemão em ascensão, mas a personalidade desequilibrada representava a perigosa insegurança imperial, bem como o complexo de inferioridade e as falhas políticas do império. Guilherme II certamente contribuiu para a crescente instabilidade da Europa e a aceleração da corrida armamentista com a Inglaterra. Juntamente com a elite burocrática militar alemã – tem considerável parcela de culpa pela catástrofe humanitária da Primeira Guerra Mundial, embora seja simplista colocar sobre seus ombros todo o peso da responsabilidade.

Filho do liberal príncipe herdeiro Frederico da Prússia e sua esposa, a princesa inglesa Vitória, filha da rainha Vitória, Guilherme II nasceu de um parto difícil, que lhe deixou o braço esquerdo cerca de quinze centímetros mais curto que o direito, muitas vezes causando-lhe constrangimento e desconforto. O jovem Guilherme cresceu idolatrando a arrogância, o machismo e a disciplina da casta militar prussiana, tornando-se uma autoconsciente paródia do oficial prussiano, com seus bigodes empomadados, botinas reluzentes, cassetetes, elmos aquilinos cada vez mais extravagantes e uniformes afetados e ajanotados. Apesar do braço encurtado, ou talvez por causa dele, de sua compleição e saúde frágeis, de sua afeminada pele branca e seu gosto por uniformes, Guilherme II adotou de forma obsessiva o militarismo prussiano.

A princípio, ele adorava o magnífico poder maquiavélico do Chanceler de Ferro Bismarck, mas seu verdadeiro herói era seu avô Guilherme I, o primeiro *Kaiser* – ou imperador – do novo império alemão, que personificava o serviço patriótico, austero, desprovido de adornos do perfeito oficial *Junker*. Simultaneamente, passou a desprezar o liberalismo anglófilo de seu pai e de sua mãe. Guilherme II combinava em sua personalidade o antigo e o novo, pois estava convencido que seria um monarca absolutista alemão respaldado pelo direito divino, mas era também um entusiasta das novas tecnologias – de alguma forma vendo-se como um cavaleiro medieval e um tecnocrata moderno. Suas opiniões foram, desde o início, estapafúrdias e imprevisíveis, pois mesclava antissemitismo radical com apoio à nova classe empresarial, militarismo obsessivo com gosto por arquitetura e arte, e autoritarismo absolutista com pretensões de apoiar a classe trabalhadora e tornar mais liberais as leis trabalhistas.

Em 1888, o avô de Guilherme morreu e seu pai tornou-se imperador, mas tragicamente o novo *Kaiser* já estava morrendo de câncer de garganta e Bismarck permaneceu no controle total. Com a morte de Frederico III apenas alguns meses depois de iniciar seu reinado, Guilherme II ascendeu ao trono. Bismarck já tivera de gastar tempo subornando as amantes de Guilherme para comprar de volta as cartas de amor do jovem imperador após suas primeiras e perversas aventuras sexuais. Pior, a partir de então, Bismarck teve que esconder e suprimir os comentários invariavelmente insanos e desprovidos de diplomacia que Guilherme incluía em documentos oficiais, mas não demorou para que os discursos do imperador – cujos temas variavam de como as tropas alemãs massacrariam os chineses com a brutalidade dos hunos à proposta de que o exército deveria fuzilar os grevistas – constrangessem a elite alemã.

Em 1890, Guilherme estava determinado a se livrar do velho e ultrapassado Bismarck usando suas próprias políticas pró-trabalhadores para levar o chanceler a renunciar. Bismarck demitiu-se por insistência de Guilherme e foi substituído por um honrado oficial, o general Von Caprivi. Este, por sua vez, foi substituído por Chlodwig, príncipe de Hohenlohe-Schillingsfürst, mas ficou claro que Guilherme estava decidido a governar por conta própria. Bismarck havia criado a Constituição híbrida do império alemão com todas as armadilhas da democracia, mas, subjacente a elas a prerrogativa real prussiana estava intacta e absoluta: isso conviera a Bismarck porque sua chancelaria dependia das boas graças do *Kaiser*. Mas agora Bismarck tinha ido embora, e o *Kaiser* estava determinado a abocanhar o poder – nos anos seguintes, Guilherme, demonstrando alguma habilidade política, assumiu o controle da política alemã, baseando-se particularmente em seu direito de comandar as Forças Armadas por meio de seus gabinetes militares pessoais e na prerrogativa de nomear o chanceler e os ministros.

Durante esse novo e bem-sucedido rumo da política alemã, o *Kaiser* foi aconselhado por seu improvável melhor amigo, o príncipe Philip von Eulenberg, seu embaixador em Viena; esteta, músico e escritor, Von Eulenberg era partidário do direito divino, do poder kaiserista, do conservadorismo social e do imperialismo alemão, além de adepto de sessões espíritas. Graças às intrigas e planos de Von Eulenberg, o *Kaiser* conseguiu encontrar e promover um candidato a chanceler, Bernhard von Bülow, que via a si mesmo como um cortesão imperial em vez de estadista independente. Em 1900, Guilherme nomeou Bülow para o cargo, passando a dominar a política. Ao mesmo tempo, o *Kaiser* promoveu a criação da Marinha Imperial Alemã, lançando uma corrida armamentista com os britânicos. Seus arroubos – o apoio aos bôeres contra os britânicos, sua desastrosa visita ao Marrocos, que indignou a França, e depois sua famosa e contundente entrevista ao jornal inglês *The Daily Telegraph*, gafe na qual ofendeu todas as potências da Europa, particularmente os britânicos – expuseram a imaturidade emocional e instabilidade mental de Guilherme, bem como desestabilizaram a política europeia.

Embora tivesse então se tornado uma figura preponderante em âmbito doméstico, foi solapado por uma série de embaraçosos escândalos políticos que mais uma vez revelaram seus próprios defeitos pessoais: veio à tona que ele estava cercado por uma camarilha homossexual secreta e que seu melhor amigo, Von Eulenberg, levava uma dupla vida homossexual. A certa altura, um velho general, o chefe do gabinete militar do imperador, morreu de ataque cardíaco enquanto dançava para o *Kaiser* vestindo um tutu de balé. Guilherme nunca mais falou com Von Eulenberg, mas os escândalos – homossexuais e heterossexuais – cada vez mais frequentes no círculo íntimo da corte desconcertaram o imperador e minaram seu prestígio. As intervenções

de Guilherme na política alemã foram muitas vezes mal planejadas e inconsistentes, mas suas diretrizes externas apenas contribuíram para o agravamen-
to da tensão internacional.

Em 1914, diante do assassinato do arquiduque austríaco Francisco Ferdi-
nando da Áustria por terroristas sérvios, as manobras demasiado nervosas de
Guilherme ajudaram a guiar a Alemanha rumo à estratégia de encorajar e,
de fato, garantir o direito austríaco de atacar a Sérvia. Apesar de seus apelos
pessoais ao czar Nicolau II pedindo a paz, Guilherme apoiou os planos de
atacar a França através dos Países Baixos, e estava ansioso pela guerra contra a
Rússia, mesmo que tudo isso implicasse uma batalha em duas frentes.

Uma vez iniciado o conlfito, Guilherme novamente fez pressão exigindo
a aliança com os otomanos e deu respaldo à guerra submarina (o que, ao fim
e ao cabo, levou os Estados Unidos a entrar na luta armada), bem como à
brutal colonização da Rússia. Para as tropas Aliadas, o imperador, apelidado
de *Kaiser* Bill, era o maior inimigo. Toda a vida de Guilherme tinha sido
uma preparação para o seu papel de despótico senhor da guerra germânico,
mas quando a guerra chegou, ele estava apático e depressivo, excessivamente
nervoso e irracional em igual medida, provando ser totalmente incapaz de
qualquer planejamento político, militar ou estratégico, muito menos administrativo. Os ministros e generais sentiam desprezo por Guilherme, que foi
intimidado pelos efetivos governantes da Alemanha de 1916 em diante, o marechal de campo Von Hindenburg e o general Ludendorff. Quando a derrota
veio em 1918, Guilherme estava irremediavelmente associado ao militarismo
catastrófico e à corrupção imperial que levaram a Alemanha ao fracasso. Guilherme abdicou e foi para o exílio nos Países Baixos, onde disparou ataques
fulminantes contra judeus e liberais, morrendo em 1941.

# LLOYD GEORGE

## 1863-1945

*Como posso transmitir ao leitor qualquer impressão justa acerca dessa
extraordinária figura do nosso tempo, essa sereia, esse bardo de pés de
cabra, esse visitante meio humano de nossa era oriundo dos bosques en-
cantados e dominados por bruxas da antiguidade celta?*

John Maynard Keynes, citado em R. F. Harrod,
*A vida de John Maynard Keynes* (1951)

Grande parte da tessitura da moderna sociedade britânica tem como base as
realizações de David Lloyd George. Conhecido como "o Mago Galês" por
causa de sua oratória, e como "o Bode" por ser um rematado mulherengo,
ele foi um ardoroso adepto da política radical e teve origem familiar modesta.
Como chanceler do Tesouro, estabeleceu as fundações do Estado de bem-estar, e, como primeiro-ministro durante a Primeira Guerra Mundial, conduziu
o país à vitória.

Lloyd George invariavelmente se viu como um forasteiro na política de
Westminster. Uma de suas primeiras causas, durante a década de 1890, foi
a da liberdade do País de Gales. No entanto, com seus grandes poderes de
oratória, ele teve rápida ascensão no Partido Liberal. A partir de 1899, opôs-se
ferozmente à segunda guerra anglo-bôer.

Em 1905, foi nomeado para o gabinete como presidente do Conselho
de Comércio e, em 1908, promovido a chanceler sob o novo primeiro-ministro, H. H. Asquith. Como chanceler, Lloyd George mostrou-se um corajoso reformador com uma forte consciência social, e nesse papel foi o
responsável pela introdução no Reino Unido da aposentadoria por idade e
tempo de serviço.

Em 1909, Lloyd George foi ainda mais longe e anunciou o "Orçamento
do Povo", que pretendia "travar uma implacável guerra contra a pobreza".
O objetivo era introduzir um tributo sobre a posse de terras e impostos mais
altos sobre rendimentos mais altos para custear pensões e financiar obras públicas como a construção de estradas e novos navios de guerra para enfrentar

a ameaça da Alemanha. A Câmara dos Lordes odiava as propostas de Lloyd George, e a rejeição ao orçamento levou a uma crise constitucional e, por fim, ao Ato Parlamentar de 1911, que aboliu o direito de veto dos lordes. Lloyd George ampliou o Estado de bem-estar social com o Ato de Previdência Nacional de 1911, que introduziu uma maneira de os trabalhadores se protegerem contra o desemprego futuro e proverem sua assistência médica. Embora impopular para algumas pessoas no início, a medida fez de Lloyd George um herói para muitos ingleses.

Durante a Primeira Guerra Mundial, a conduta sonolenta e passiva do primeiro-ministro Asquith no conflito contrastava com o incansável dinamismo e o carismático ímpeto de "LG". Como ministro das Munições e depois como secretário para a Guerra, Lloyd George mobilizou quase toda a população no esforço de guerra, recrutando mulheres para assumir o trabalho nas fábricas tradicionalmente reservado aos homens, que agora estavam ausentes, lutando. Como resultado desta e de outras medidas, houve um grande salto na produtividade. Mas Lloyd George tornou-se cada vez mais crítico da forma como Asquith lidava com a guerra, e, em dezembro de 1916, ele se aliou aos conservadores e alguns membros do seu próprio partido para substituir Asquith, o que rachou o Partido Liberal.

Lloyd George liderou o esforço de guerra por pura força de personalidade, mas não foi capaz de superar a rigidez e a estupidez dos generais. Nunca teve o poder de impedir as colossais perdas humanas da guerra de trincheiras. Ele concordava com seu análogo francês, Clemenceau, no sentido que os Aliados precisavam desesperadamente de um comando unificado, que surgiu em abril de 1918. Em novembro desse ano, com a Alemanha já exaurida em suas derradeiras ofensivas na primavera e no verão, os Aliados venceram a guerra. Nas subsequentes negociações de paz, Lloyd George tentou encontrar um moderado meio-termo entre os norte-americanos idealistas e conciliadores e os vingativos franceses.

Depois da guerra, Lloyd George – que havia muito acreditava na emancipação feminina – estendeu o direito de voto às mulheres. Passou a ajudar a dar um fim à guerra da independência na Irlanda, que havia eclodido em janeiro de 1919. Em 1921, negociou um tratado permitindo que 26 condados do sul formassem o Estado Livre Irlandês. Mas seis condados do norte permaneceram parte do Reino Unido, como a Irlanda do Norte, o que teria consequências violentas ao longo de outros oitenta anos.

Apesar dessas realizações, Lloyd George se viu em dificuldades políticas. Sua reputação foi maculada por escândalos envolvendo a venda de títulos de cavaleiros e nobreza, e os conservadores em seu governo de coalizão opuseram-se a seus planos de aumentar os gastos públicos em habitação e serviços sociais, forçando-o a renunciar em outubro de 1922. Embora Lloyd George tenha se reconciliado com a maior parte do Partido Liberal e retornado como seu líder em 1926, os liberais eram agora uma força ultrapassada, eclipsada pela ascensão do Partido Trabalhista.

Depois de 1922, a vaidade e a insensatez de Lloyd George minaram-no. Sua visita a Hitler deu aos nazistas um golpe de propaganda, embora mais tarde ele tenha levantado objeções ao apaziguamento e reivindicado o rearmamento. Lloyd George havia renunciado à posição de líder dos liberais em 1931 por causa de problemas de saúde, mas continuou a ocupar o cargo de deputado, e recusou a oferta de Churchill de fazer parte do gabinete durante a Segunda Guerra Mundial alegando idade avançada. Casado por muitos anos com Margaret Owen, teve muitas amantes, em especial sua secretária Frances Stevenson, com quem se casou em 1943. Nesse ano, ele também votou pela última vez no Parlamento, em apoio ao Relatório Beveridge, que delineava a extensão do Estado de bem-estar, do berço ao túmulo, que Lloyd George tanto fizera para criar. Foi um adequado adeus à política. No início de 1945, Lloyd George foi alçado à condição de nobre, mas morreu antes de poder sentar-se na Câmara dos Lordes.

# TOULOUSE-LAUTREC

## 1864-1901

> *Ele não subverteu a realidade para descobrir a verdade, onde não havia nada. Ele se contentou em olhar. Ele não viu, como muitos fazem, o que parecemos ser, mas o que somos. Então, com segurança de movimentos e uma ousadia ao mesmo tempo sensível e firme, ele nos revelou a nós mesmos.*

Do obituário de Toulouse-Lautrec no *Journal de Paris*

O visconde Henri de Toulouse-Lautrec, o icônico cronista da vida noturna parisiense, confrontou a sociedade com uma vibrante celebração da humanidade em todas as suas distorções. Hoje ele é famoso no mundo todo principalmente por seus cartazes, mas, embora estes sejam inegavelmente soberbos, obscureceram seu brilhantismo como um pintor e retratista que infundiu uma pungente sensibilidade em seus estudos das mulheres de reputação duvidosa. Verdade seja dita, ele era o Rembrandt da noite.

A arte de Toulouse-Lautrec ilumina o bairro artístico de Paris em toda a sua glória, imortalizando as coristas e dançarinas e os artistas que atulhavam as ruas, cabarés e cafés. Foi uma inovadora mudança nas artes. A obra de Toulouse-Lautrec causou indignação, mas ele não agiu para chocar. Em vez disso, queria "retratar o verdadeiro e não o ideal". Ao fazê-lo, humanizou seus modelos porque eram pessoas que ele conhecia muito bem, conferindo-lhes uma nobreza que a sociedade sempre lhes negara.

O estilo de Toulouse-Lautrec – linhas claras e econômicas, cores brilhantes e representações vigorosas e quase sempre irônicas – era tão revelador quanto seus temas. Depois que decidiu tornar-se um artista, sua abastada família aristocrática tomou providências para que ele recebesse aulas de um amigo da família e pintor da sociedade. Toulouse-Lautrec desenvolveu seu estilo peculiar e inconfundível quase que apesar dessa tutoria formal. Mesmo querendo agradar, descobriu-se incapaz de copiar com exatidão um modelo. "A contragosto", recordou um amigo, "ele exagerava certos detalhes, às vezes o caráter geral, de modo que distorcia sem nem mesmo tentar ou querer."

Um outro professor considerou essa liberdade de expressão "atroz". Aos dezenove anos, Toulouse-Lautrec recebeu uma mesada para montar seu próprio estúdio, e então mudou-se para o bairro de Montmartre e começou a pintar seus amigos.

Toulouse-Lautrec logo ficou famoso por suas litografias. Ousado e claro, seu estilo elegante antecipa a *art nouveau*. Elas mostraram que a arte não precisava consistir apenas de óleo e tela e, como cartazes litográficos, revolucionaram a publicidade e fizeram dela uma forma de arte. A vasta audiência que isso granjeou a Toulouse-Lautrec transformou sua carreira. "Hoje meu pôster está colado nas paredes de Paris", declarou ele orgulhosamente acerca de sua primeira litografia em 1891. Suas litografias e cartazes promocionais dos cabarés e teatros mostravam as grandes estrelas do canto, da dança e do circo da vida noturna parisiense, especialmente o Moulin Rouge: *Aristide Bruant dans son cabaret* ou *Moulin Rouge – La Goulue* e *Jane Avril sortant du Moulin Rouge* agora são cartazes expostos em paredes do mundo inteiro. As pinturas de Toulouse-Lautrec são extraordinárias por sua humanidade: seu lendário e elegante monsieur Louis Pascal mostra que ele sabia retratar os homens com maestria também, ao passo que seu estudo para *A inspeção médica* capta o *páthos* das prostitutas fazendo fila para o exame de prevenção de doenças venéreas no prostíbulo da rue des Moulins. Algumas de suas mais belas pinturas apresentam essas mulheres relaxando juntas ou sozinhas, como *O abandono*, *As duas amigas* ou o tocante *A Russa* (ou *A toalete*). Tanto as estrelas quanto as moças comuns eram suas amigas e amantes.

Como o resto de sua família, Toulouse-Lautrec era um entusiástico esportista, mas aos treze anos quebrou o fêmur da perna esquerda e, um ano depois, o da direita. Apesar de uma longa convalescença e numerosos e dolorosos tratamentos, suas pernas nunca mais voltaram a crescer. Com o torso de um homem adulto sobre pernas de um anão, ele nunca ultrapassou um metro e meio de altura. A causa foi uma doença óssea, provavelmente de origem genética.

Há uma clara ironia no contraste entre a energia e a fisicalidade das pinturas de Lautrec e seu próprio corpo atrofiado. Ele nunca fez as pazes com sua condição. Suas composições muitas vezes escondem as pernas de seus personagens. Cercado por amigos excepcionalmente altos, "ele faz referências frequentes a homens baixinhos", comentou um conhecido, "como se dissesse: 'Não sou tão pequeno assim!'". Mas o "minúsculo ferreiro de pincenê" não tinha ilusões sobre si mesmo: "Sempre serei um puro-sangue preso a um carrinho de lixo", era apenas uma das muitas declarações em sua litania de comentários autodepreciativos.

Mesmo no mal-afamado mundo de vulgaridades e bebedeiras de Montmartre, o consumo de álcool de Toulouse-Lautrec era lendário. Ele ajudou a popularizar o coquetel. O "Terremoto" [Tremblement de Terre] – quatro partes de absinto, duas partes de vinho tinto e um pouco de conhaque – era um dos favoritos. A sífilis acelerou seu declínio físico e mental, e quando sua amada mãe deixou Paris repentinamente em 1899, isso precipitou um colapso mental total. Toulouse-Lautrec foi enviado para um sanatório, onde produziu uma de suas mais excepcionais séries de desenhos, *No circo*. Mas, depois de um breve período, retornou a Paris.

Toulouse-Lautrec descambou para um aturdimento de álcool, o "Terremoto" dando lugar a uma dieta esotérica de "ovos, que Monsieur come crus misturados com rum". Recolhido em um dos castelos de sua família, ele foi reduzido a arrastar-se com os braços, uma vez que suas pernas já não funcionavam. Quase paralisado e praticamente surdo, Toulouse-Lautrec tinha apenas 36 anos quando morreu. "Ele teria gostado da vida elegante e ativa de todas as pessoas saudáveis e amantes dos esportes", escreveu o pai de Toulouse-Lautrec após a morte do filho, que conquistou na arte toda a vitalidade que faltava em sua vida.

# GANDHI

## 1869-1948

*Não conheço nenhum outro homem em nosso tempo, ou mesmo na história recente, que tenha demonstrado de maneira tão convincente o poder do espírito sobre as coisas materiais.*

Sir Stafford Cripps, político trabalhista britânico, em discurso na Conferência do primeiro-ministro da Comunidade Britânica de Nações, Londres (1º de outubro de 1948)

Mohandas Karamchand Gandhi foi o pai, fundador e idealizador da Nação Indiana, cujo uso do protesto pacífico para alcançar a independência política serviu de inspiração para gerações de líderes políticos em busca do fim da opressão. Personificação da capacidade do homem para a verdadeira humanidade, Gandhi viria a ser conhecido pelo nome de Mahatma, que em sânscrito significa "a Grande Alma".

Gandhi nunca teve um papel definido com clareza na política indiana. Mas a independência da Índia foi uma conquista tão sua quanto dos políticos do Congresso Nacional Indiano. A liderança de Gandhi forjou uma identidade nacional para o povo indiano. As ferramentas de seus protestos – boicotes e não cooperação – eram armas que qualquer pessoa poderia empunhar: ele promovia o uso de roupas feitas em casa, com tecidos artesanais, em vez da compra de produtos britânicos, e estimulava marchas em massa de quatrocentos quilômetros em repúdio contra monopólios; os métodos de envolvimento político de Gandhi transcenderam as fronteiras de idade, gênero, casta e religião.

O ativismo político já não se restringia à elite letrada. Inspirados por essa figura pequena e frágil vestindo um tipo rústico de roupa caseira que costumava ser usada pelos indianos mais pobres, milhões participaram dos protestos pacíficos que atingiram o apogeu na campanha "Saiam da Índia" de 1942. Enquanto as autoridades britânicas prendiam centenas de milhares de manifestantes, ficou evidente que o governo inglês era cada vez mais insustentável. Alguns contemporâneos dele criticaram os métodos não violentos de protesto de Gandhi como "passivos" – incapazes de conseguir qualquer coisa de importância concreta. A conquista da independência indiana em 1947 e o triunfo de inúmeros movimentos de direitos civis desde então provaram que os detratores estavam errados.

A aparência frágil de Gandhi desmentia sua determinação férrea. Embora tenha vindo de uma família ilustre – seu pai serviu como primeiro-ministro em vários estados principescos –, na juventude Gandhi demonstrou um futuro pouco promissor em qualquer esfera. Sua politização começou para valer quando ele era um jovem advogado de uma firma comercial indiana a trabalho na África do Sul. Lá, Gandhi sentiu na pele a discriminação quando foi expulso de um trem depois que um viajante branco reclamou da presença de um indiano em seu vagão. Gandhi começou a fazer campanha pelos direitos dos indianos e, ao fazê-lo, desenvolveu a filosofia do protesto que viria a defini-lo. *Satyagraha*, a "força da verdade", era uma disciplina que envolvia resistência não violenta a uma autoridade opressora. Exigia uma enorme força interior que só poderia ser alcançada pelo extremo autocontrole. Gandhi buscou essa força em todos os aspectos de sua vida. Apesar de casado, adotou o celibato – e então pôs à prova seu controle dormindo nu com belas e atraentes discípulas. Na época em que foi estudante de direito em Londres, Gandhi se tornara um veemente adepto do vegetarianismo, e o jejum tornou-se uma prática frequente, que ele usava tanto para o aperfeiçoamento espiritual quanto para atingir objetivos políticos. Estabelecendo *ashrams*, onde ele vivia com sua esposa e seguidores, abandonou seus bens mundanos e reduziu suas roupas ao *dhoti* feito de fazenda caseira – um tipo de tanga. Uma das poucas posses que Gandhi deixou ao morrer foi uma roda de fiar.

Suas campanhas contra a discriminação e a injustiça foram muitas e variadas. Destemidamente, questionou e desafiou práticas sociais, religiosas e políticas na busca de justiça para os oprimidos, fossem mulheres, camponeses ou nações. Em visita a Londres, em 1931, para uma conferência sobre reforma constitucional, Gandhi escolheu ficar com os pobres do East End. Hinduísta devoto, ele era, no entanto, firme em suas reivindicações de uma reforma do sistema de castas e na exigência do fim da prática de acordo com a qual certos grupos de pessoas, em virtude de seu nascimento, eram estigmatizados como intocáveis. Para Gandhi, não existia "algo como a religião sobrepujando a moralidade", e sua profunda crença religiosa nunca fechou sua mente para os méritos das crenças alheias: ele se considerava não apenas um hindu, mas "também um cristão, um muçulmano, um budista e um judeu". A canhestra divisão do subcontinente em Índia e Paquistão com base em religião, partilha que descambou em massacres sectários, afligiu Gandhi profundamente, e uma de suas últimas ações foi um jejum pessoal durante a guerra indo-paquistanesa de 1947.

Gandhi sempre demonstrou extraordinária coragem pessoal. Foi preso várias vezes pelos britânicos e suportou o encarceramento, e em mais de uma ocasião deixou clara a sua disposição de morrer para garantir o futuro da nação. À medida que a violência entre hindus e muçulmanos ameaçava consumir a Índia, Gandhi, desarmado e desprotegido, realizou uma peregrinação percorrendo o centro da agitação na região de Bengala, em um esforço para sufocar a inquietação. Seu assassinato em 1948 por um extremista hindu que se ressentia de sua postura conciliatória em relação ao Paquistão deixou seu povo tão chocado que ajudou a estancar o mergulho do país no caos e restaurar a ordem: Gandhi morreu como mártir e pacificador. "Meu serviço ao meu povo", disse ele certa vez, "é parte da disciplina a que me sujeito a fim de libertar minha alma dos grilhões da carne [...]. Para mim, o caminho da salvação passa pela incessante tribulação a serviço dos meus compatriotas e da humanidade".

# LÊNIN

### 1870-1924

*Será fuzilado no mesmo local um indivíduo a cada dez culpados de parasitismo [...]. A energia e a abrangência do terror precisam ser incentivadas [...]. Precisamos organizar, sem piedade, um terror em massa contra os kulaks [culaques, camponeses abastados], clérigos e integrantes da Guarda Branca. Trancafiar todos os suspeitos em um campo de concentração fora da cidade.*

Lênin em 1918

Lênin foi o político marxista talentoso, implacável, fanático e ao mesmo tempo pragmático que criou o experimento soviético marcado por derramamento de sangue, desde o início baseado em crimes aleatórios e na repressão cruel, e que resultou no assassinato de muitos milhões de pessoas inocentes. Lênin foi durante muito tempo reverenciado na propaganda comunista e nos ingênuos círculos liberais ocidentais como o pai bondoso e decente dos povos soviéticos, mas os arquivos russos recém-abertos revelam que ele apreciava o uso do terror e da carnificina e era tão freneticamente brutal quanto inteligente e culto. Entretanto, Lênin foi um dos gigantes políticos do século XX, e sem sua determinação pessoal não teria havido Revolução Bolchevique em 1917.

De aparência nada impressionante, mas de personalidade excepcional, Vladímir Illitch Ulianov, conhecido como Lênin, era baixo e parrudo, prematuramente careca, tinha uma testa larga e saliente e olhos penetrantes e oblíquos. Era um homem genial – de gargalhada contagiante –, mas sua vida regia-se por uma dedicação fanática à revolução marxista, à qual devotava sua inteligência, seu pragmatismo impiedoso e sua agressiva resolução política.

Lênin foi criado em uma família amorosa e descendia de nobres tanto pelo lado paterno quanto materno. Seu pai era diretor de escolas públicas de província em Simbirsk, supervisionando a criação de mais de 450 instituições de ensino como parte dos planos governamentais de modernização, enquanto sua mãe era filha de um rico médico e latifundiário; mais atrás na árvore genealógica de Lênin, seus ancestrais incluíam judeus, suecos e tártaros calmiques (a quem ele devia os olhos esguelhados). Lênin possuía a confiança dominadora de um nobre e, quando jovem, chegou a processar judicialmente camponeses por danificar propriedades suas. Isso ajuda a explicar o desprezo de Lênin pela velha Rússia: "Russos idiotas" era uma de suas imprecações favoritas. Quando criticado por seu nascimento nobre e sua posição social, ele respondeu: "E quanto a mim? Sou descendente da aristocracia rural [...]. Ainda não esqueci os aspectos agradáveis da vida em nossa propriedade [...]. Então, vá em frente, me mate! Eu sou indigno de ser um revolucionário?". Lênin certamente nunca se sentiu envergonhado por viver da renda de seu patrimônio.

O idílio rústico na propriedade da família terminou em 1887, quando seu irmão mais velho Alexander foi executado por conspirar contra o czar. Isso mudou tudo. Lênin formou-se em direito na Universidade de Kazan, onde leu Tchernichévski e Netchaiev, absorvendo a disciplina dos terroristas revolucionários russos antes mesmo de adotar o marxismo e se tornar ativo no Partido Operário Social-Democrata Russo. Depois de algumas detenções e do exílio na Sibéria, Lênin mudou-se para a Europa Ocidental, vivendo em diferentes momentos em Londres, Cracóvia e Zurique. Em 1902, escreveu *Que fazer?*, que definiu uma nova vanguarda de revolucionários profissionais e implacáveis e levou a rachar o partido em bolcheviques, sob a liderança de Lênin, e a minoria menchevique, mais moderada.

"Lixo", "desgraçados", "imundície", "prostitutas", "tolos russos", "cretinos", "comadres velhas" eram apenas alguns dos insultos que Lênin desferia contra seus inimigos. Nutria imenso desprezo por seus próprios simpatizantes liberais, a quem chamava de "idiotas úteis", e ridicularizava seus camaradas mais comedidos como "bebedores de chá". Deleitando-se na luta, ele existia em um obsessivo frenesi de vibração política, impulsionado por uma veemente raiva e uma compulsão por dominar aliados – e por esmagar a oposição.

Pouco se importava com as artes ou com sentimentos românticos na vida pessoal: sua mulher, Nadya Krupskáia, mulher severa e de olhos esbugalhados, era mais uma gerente e amanuense do que amante, mas ele teve um envolvimento intenso e apaixonado com a rica Inessa Armand, uma beldade de espírito aberto. Uma vez no poder, Lênin entregava-se a pequenas aventuras extraconjugais com suas secretárias – pelo menos segundo Stálin, que alegou que Krupskáia queixou-se no Politburo sobre as escapadas do marido. Mas a política era tudo para Lênin.

Durante a Revolução de 1905, Lênin retornou à Rússia; mas a insurreição bolchevique em Moscou foi sufocada pelo czar Nicolau II e Lênin teve que fugir de volta ao exílio. Desesperadamente sem dinheiro e sempre em busca de rixas ideológicas faccionais que dividiram ainda mais o partido, Lênin endossou a ideia de recorrer à violência e ao roubo de correios, estações ferroviárias, trens e bancos para financiar seu pequeno grupo. Durante essas ações criminosas, Stálin chamou a atenção de Lênin, que passou a favorecê-lo mesmo quando outros camaradas o advertiram sobre as propensões violentas de Stálin: "Esse é exatamente o tipo de pessoa de que eu preciso!", respondeu Lênin. Em 1914, os bolcheviques haviam sido quase esmagados pela polícia secreta czarista, e a maior parte de seus membros estava no exílio ou na prisão; já em 1917, Lênin – que passou a guerra na Cracóvia, depois na Suíça – tinha dúvidas se um dia presenciaria a revolução.

Porém, em fevereiro de 1917, levantes espontâneos derrubaram o czar. Lênin correu de volta a Petrogrado (São Petersburgo), revigorou os bolcheviques insuflando-lhes um enérgico radicalismo e, por meio de sua própria vontade pessoal, criou um programa que prometia paz e pão, e assim popularizou seu partido. Apesar da enorme oposição de seus próprios camaradas, Lênin – apoiado por dois talentosos radicais, Trótski e Stálin – forçou os bolcheviques a lançar o golpe de outubro que tomou o poder na Rússia e mudou a história.

A partir do momento em que Lênin assumiu o poder como primeiro-ministro – ou presidente do Conselho do Comissariado do Povo –, a nova república soviética foi ameaçada por todos os lados pela guerra civil e pela intervenção estrangeira. Lênin fez as pazes com a Alemanha no Tratado de Brest-Litovsk e introduziu a Nova Política Econômica para estimular alguma livre iniciativa não marxista, mas buscou a vitória na guerra civil russa recorrendo à política econômica do "comunismo de guerra", à repressão brutal e ao terror deliberado. "Uma revolução sem pelotão de fuzilamento não significa nada", declarou ele. Em 1918, Lênin fundou a Cheka, a polícia secreta soviética, e incentivou a violência feroz e impiedosa. Entre 280 mil e 300 mil pessoas foram assassinadas sob suas ordens; isso só veio à tona quando os arquivos foram abertos em 1991. "Devemos [...] aniquilar toda a resistência com tanta brutalidade que eles não a esquecerão durante várias décadas", ele escreveu.

Depois que o próprio Lênin foi baleado e quase morreu em uma tentativa de assassinato em agosto de 1918, o Terror Vermelho contra todos aqueles considerados inimigos do povo, a exemplo dos *kulaks* (camponeses ricos), foi intensificado. Seus protegidos mais vigorosos e talentosos, Stálin e Trótski, também eram os mais brutais. Quando o campesinato se opôs às suas políticas e milhões morreram em fomes programadas e calculadas pelo Estado, Lênin disse: "Que o campesinato morra de inanição". A ordem a seguir, emitida em 1918, é típica:

Camaradas! A insurreição de cinco distritos *kulaks* deve ser esmagada sem piedade.

Os interesses de toda a revolução requerem isso, porque a última batalha decisiva com os *kulaks* está ocorrendo agora por toda parte. É necessário dar o exemplo.

1. Enforquem (e certifiquem-se que os enforcamentos tenham lugar às vistas de todo o povo) não menos que uma centena de *kulaks* conhecidos, pessoas ricas, especuladores e sanguessugas notórios;

2. Publiquem os nomes deles;

3. Confisquem e apoderem-se de toda a sua produção de grãos;

4. Façam reféns, da forma como indicamos no telegrama de ontem. Alardeiem tudo isso de modo que em um raio de centenas de quilômetros em torno

o povo possa ver, inteirar-se e tremer, gritando: "Eles estão estrangulando e vão estrangular até a morte os *kulaks* sanguessugas".

Telegrafem em resposta dizendo que vocês receberam e executaram exatamente estas instruções.

Seu, Lênin.

PS: Encontrem as pessoas mais fortes e firmes.

Em 1920, a Revolução Soviética estava a salvo, mas o próprio Lênin estava exausto, e nunca se recuperou dos ferimentos causados pelos tiros que recebeu em uma tentativa de assassinato em 1918. Em 1922, ele promoveu Stálin a secretário-geral do partido, mas quando Stálin insultou outros camaradas e depôs a própria esposa de Lênin, este tentou tirá-lo de sua posição. Era tarde demais. Lênin foi abatido por uma série de derrames, mas conseguiu registrar um testamento em que atacava todos os seus potenciais sucessores, incluindo Trótski e especialmente Stálin, que ele disse ser "demasiado rude" para ocupar altos cargos. Mas sua saúde entrou em colapso e ele morreu em 1924. Foi embalsamado, exibido em um mausoléu na Praça Vermelha e adorado como um santo marxista.

Na União Soviética, o leninismo e o stalinismo eram uma única e mesma coisa: um credo totalitário utópico, fundamentado na repressão, no derramamento de sangue e na destruição da liberdade pessoal. Graças a Lênin, essa ideologia tirou a vida de mais de 100 milhões de pessoas inocentes no século XX.

# PROUST

## 1871-1922

*E de súbito a lembrança me apareceu: aquele era o gosto do pedaço de madeleine.*

Marcel Proust, *No caminho de Swann* (1913)

Diz-se que Marcel Proust passou a primeira metade de sua vida vivendo, e a segunda metade escrevendo sobre a vida. O resultado foi *À la recherche du temps perdu*, uma semiautobiográfica sequência de romances que talvez seja a mais completa evocação de um mundo vivo jamais escrita, e também uma meditação acerca da natureza do tempo, do eu individual, da memória, do amor, da sexualidade, da sociedade e da experiência. Em língua inglesa a obra de Proust foi originalmente traduzida sob o título *Remembrance of Things Past* [Lembrança de coisas passadas] (uma citação de Shakespeare), mas uma tradução mais recente, publicada em 1992, tem o título mais preciso de *In Search of Lost Time* [*Em busca do tempo perdido*, tradução também consagrada no Brasil].

Em 1909, Marcel Proust, o filho diletante de uma rica família burguesa judaica, comeu uma *madeleine* mergulhada no chá e foi imediatamente transportado de volta para a casa de campo de seu avô, onde passara grande parte de sua infância. Esmagado pela plenitude da memória, por suas visões e odores, Proust encontrou um propósito para o projeto de escrita que ele vinha ensaiando desde a juventude. Aos 38 anos, Proust iniciou a obra que se tornaria *À la recherche du temps perdu*.

Quando embarcou em sua recriação de um mundo perdido havia muito tempo, Proust retirou-se completamente do mundo do presente. Em sua juventude, ele usara a asma como subterfúgio para evitar qualquer tipo de carreira além da ávida vida de *socialite*. Mas quando iniciou *À la recherche*, Proust isolou-se da sociedade, trancafiando-se, recluso, em um quarto revestido de cortiça. Tornou-se um inválido obsessivo, sua saúde já debilitada deteriorando-se de forma ainda mais exacerbada por causa da hipocondria. Ele insistia que seu jornal matutino fosse borrifado com desinfetante, e não ingeria nada além de punhados de opiáceos e barbitúricos.

O enfoque de Proust desconcertou alguns: uma editora rejeitou o primeiro volume, por julgar que um autor não precisava de trinta páginas para descrever o ato do narrador de virar-se de um lado para o outro na cama antes de voltar a dormir. Descartando a noção de uma obra norteada por um enredo, Proust leva seu leitor a uma jornada quase que de fluxo de consciência, revisitando sua vida por meio do vertiginoso percurso da memória e da lembrança. Ele divaga, por páginas e páginas a fio, sobre algum aspecto da filosofia, ou história, ou arte, de uma maneira que é incandescentemente bela, poética e trágica, mas também hilária, ultrajante, desmedida e frívola. O mundano – beber uma xícara de chá, estar deitado na cama no meio da noite sem conseguir dormir – é tão importante quanto o dramático. Proust hipnotiza seus leitores, imergindo-os em um mundo tão real quanto o deles.

À medida que a sua produção escrita ganhava ritmo, o neurastênico e excêntrico Proust adotou uma existência exclusivamente noturna. Seus criados tinham que manter silêncio completo enquanto ele dormia durante o dia. Ele visitava amigos bem depois da meia-noite, ou esperava que eles o acompanhassem em visitas à catedral de Notre-Dame ao raiar do dia, ocasiões em que vestia um casaco de pele por cima da camisola.

Proust tinha uma necessidade quase histérica de ser o centro das atenções. Sua invalidez era apenas uma maneira de assegurar a atenção de sua mãe; mais tarde, seu autoimposto isolamento garantiu que fosse o alvo das mesmas preocupações por parte de seus amigos. O desespero da criança cuja mãe sai para a noite em *À la recherche* evoca com nitidez de detalhes o amor quase edipiano de Proust pela própria mãe. Proust tentava comprar afeto, dando emprego a seus amantes do sexo masculino como membros de seu *staff* pessoal, mas por causa de suas atenções obsessivas acabava por afugentá-los.

Brilhante conversador e imitador, era completamente desprovido de maldade. Sua extravagância era lendária: ele financiou um bordel masculino e certa vez, em sua busca compulsiva por silêncio, alugou o andar inteiro de um hotel. Seu resignado grupo de criados era extremamente bem remunerado, e os garçons bonitos recebiam generosas gorjetas. Mesmo depois de ter se afastado do convívio da sociedade, Proust ainda enviava pacotes de comida para os soldados no *front* durante a Primeira Guerra Mundial.

Proust foi, em sua juventude, um terrível esnobe. Mas a desesperada necessidade desse homossexual judeu de ser aceito na alta-roda parisiense não o impediu de demonstrar coragem real em face do virulento antissemitismo da sociedade. Na época do Caso Dreyfus, Proust se destacou como um ferrenho defensor do judeu oficial do exército injustamente condenado por traição – atitude que representava o risco de ostracismo social. E se na vida estava sempre com medo de ser rejeitado por sua sexualidade, não teve medo de tratar do tema em seus textos, afirmando que precisava ser tão acurado com relação às incursões sexuais do barão Charlus quanto acerca dos sapatos vermelhos da duquesa de Guermantes.

Proust alcançou seu objetivo. Suas descrições, delicadas e semelhantes à vida, são espantosamente completas. Seu fascínio pela natureza cambiável e inconstante da percepção produziu algumas das mais refinadas caracterizações existentes na página impressa. Mais de 2 mil personagens, em toda a sua ambiguidade real, povoam *À la recherche*. E elas são descritas em algumas das mais belas páginas de prosa já escritas: cada uma das 8 milhões de palavras da sequência de romances parece ter sido escolhida com precisão.

Proust ainda estava corrigindo manuscritos algumas horas antes de sua morte. Transcendental e sobrenatural em vida, na morte "ele estava totalmente ausente", comentou um amigo. Mas os cadernos nos quais Proust havia vertido sua memória, sua saúde e sua alma pareciam, para o escritor Jean Cocteau, "vivos, como um relógio de pulso ainda tiquetaqueando no braço de um soldado morto".

# SHACKLETON, SCOTT E AMUNDSEN

## 1874-1922, 1868-1912 e 1872-1928

> *Dificuldades são apenas coisas a serem superadas, afinal.*
> Shackleton, no diário de sua jornada ao
> Polo Sul (11 de dezembro de 1908)

Sir Ernest Shackleton, Robert Scott e Roald Amundsen foram os três mais inspiradores exploradores árticos do início do século xx.

Shackleton era filho de pais irlandeses, que se estabeleceram na Inglaterra, e, aos dezesseis anos, ingressou na marinha mercante. Suas viagens o levaram ao redor do mundo, até que em 1901 foi designado para sua primeira experiência nas regiões polares como terceiro oficial a bordo do *Discovery*, navio a vapor especialmente construído para romper gelo, e que levava o comandante Robert Falcon Scott em uma expedição à Antártida. Scott escolheu Shackleton para acompanhá-lo e a Edward Wilson em uma viagem de trenós puxados por cães e homens em direção ao Polo Sul.

Na jornada – durante a qual as temperaturas ficavam abaixo de 80°C negativos –, os três homens acabaram ficando doentes com escorbuto, mas Shackleton, tossindo sangue, parecia o mais afetado. Embora tivesse sido mandado de volta para casa por estar muito debilitado e, enquanto convalescia, ter se envolvido brevemente com a política, Shackleton jamais desistiu do sonho de mais uma tentativa de explorar o Polo Sul. Em 1907, ele retornou à Antártida, dessa vez como líder de sua própria expedição. Comprou um navio (o *Nimrod*), levantou fundos e contratou uma tripulação de marinheiros e cientistas. A expedição foi inovadora. Parte do grupo alcançou o Polo Magnético Sul, outra subiu pela primeira vez o monte Érebo, um vulcão ativo. No final de 1908, Shackleton liderou outra heroica jornada de trenó em direção ao Polo Sul geográfico. Apesar das condições adversas, em janeiro de 1909 a equipe chegou a cerca de 160 quilômetros de seu destino – o ponto mais meridional do planeta que qualquer homem jamais havia visitado antes, embora seu grupo não tenha conseguido chegar exatamente ao polo. Em seu retorno à Grã-Bretanha, Shackleton foi saudado como herói e condecorado pelo rei.

A galante tentativa de Ernest Shackleton de chegar ao Polo Sul em 1908-9 antecedeu por pouco a batalha entre seu ex-camarada Robert Falcon Scott e o norueguês Roald Amundsen, que se tornaria uma das mais famosas corridas de descobertas da história.

Scott ingressou na Marinha Real Britânica em 1880, quando tinha apenas doze anos. Em 1897, já havia se tornado primeiro-tenente. Liderou a missão de 1901-4 na Antártida e foi reconhecido como um dedicado investigador e navegador científico. Ao retornar à Inglaterra, foi promovido a capitão.

Em 1910, tendo visto Shackleton ultrapassá-lo na tentativa de viajar cada vez mais para o sul, Scott – ainda uma figura nacional – levantou a verba necessária para uma expedição privada de descoberta científica e geográfica, com o objetivo final de alcançar o Polo Sul.

Ao mesmo tempo, Amundsen estabelecera seu nome como comandante da primeira embarcação a navegar pela muito procurada Passagem do Noroeste – uma rota por água da Europa para a Ásia através do arquipélago ártico no norte do Canadá, no topo da América do Norte – e também pretendia alcançar o Polo Norte. Quando soube em 1909 que outros haviam reivindicado o Polo Norte, ele decidiu voltar-se para o sul.

Durante o tempo que passou no Ártico, Amundsen aprendeu muito com o povo nativo acerca da sobrevivência no frio rigoroso, e se tornou especialista em usar cães para puxar trenós. Isso, combinado com um planejamento cuidadoso, significava que, quando ele e sua equipe partissem para o Polo Sul, em outubro de 1911, nem mesmo as condições inclementes e a escolha de uma nova rota poderiam impedi-los de chegar a seu destino em 14 de dezembro. Amundsen deixou para trás uma barraca, com um bilhete endereçado a Scott para confirmar que tinha estado lá. O norueguês era um brilhante planejador e estudioso da vida no Ártico, mas também demonstrou resistência heroica – e deveria ser tão celebrado quanto Scott.

O grupo de Scott era menos habilidoso em viagens polares, e alcançou o polo mais de um mês depois que o norueguês. Apesar da coragem e da força física, a jornada de retorno de Scott foi prejudicada por alguns dos mais severos climas antárticos que se tem registro, ferimentos em membros do grupo e depósitos de alimentos mal posicionados.

Em meados de março de 1912 ficou claro que seu grupo estava condenado. Um dos homens já havia morrido de infecção. Então, em 17 de março, um segundo homem, o capitão Oates, deixou a barraca. "Vou apenas sair e talvez fique algum tempo fora", disse ele, um comentário da clássica subestimação inglesa, e se arrastou nevasca adentro, na esperança de que sua morte certa aumentasse as chances de sobrevivência de seus companheiros.

Mas o sacrifício de Oates não foi suficiente. Os membros do grupo ficaram presos dentro de suas tendas por causa das nevascas e congelaram até a morte a apenas dezessete quilômetros do depósito de comida mais próximo. Scott jamais deixou de registrar os eventos em seu diário. "Se eu tivesse sobrevivido, teria uma história para contar sobre a audácia, resistência e coragem dos meus companheiros, relato que comoveria o coração de todos os ingleses", escreveu ele em sua derradeira anotação. "Estas notas grosseiras e os nossos cadáveres terão de contar a história."

Em 1914, Shackleton assumiu o comando da Expedição Transantártica Imperial, cujo objetivo era atravessar a Antártida desde o mar de Weddell até o estreito de McMurdo, via Polo Sul. No entanto, a viagem do *Endurance* foi assolada pelo infortúnio. Os enormes bancos de gelo flutuante no mar de Weddell foram se aproximando do navio e, formando uma grossa camada de gelo, aprisionaram a embarcação; após dez meses à deriva, o quebrar do gelo e seus movimentos exerceram uma pressão tão forte no casco que acabaram esmagando o *Endurance*, levando-o a pique, sem nem sequer ter chegado ao ponto de partida da expedição na costa. Todos os homens a bordo foram forçados a abandonar a embarcação e se instalar sobre a massa de gelo circundante, onde acamparam por mais cinco meses e ficaram à mercê do gelo enquanto flutuavam para o norte. Em abril de 1916, rumaram para a extremidade norte do bloco de gelo e embarcaram em três pequenos botes salva-vidas; depois de seis dias, chegaram à ilha Elefante, no arquipélago Shetland do Sul.

De lá, Shackleton e um punhado de colegas decidiram ir para a ilha da Geórgia do Sul, a 1.290 quilômetros de distância. Completaram a perigosa jornada através do tempestuoso oceano Antártico em um dos pequenos botes salva-vidas, adaptado e reforçado, atingindo a costa sul da ilha depois de dezessete dias. Mesmo assim, o desembarque deu-se no lado oposto do local onde ficava a estação baleeira norueguesa, e restava ao grupo atravessar, ainda, gigantescas montanhas cobertas de neve em uma cordilheira desconhecida no meio da ilha. Em uma única investida de dois dias, Shackleton e dois companheiros conseguiram. De lá, Shackleton organizou o resgate do restante de seus homens, alcançando-os na quarta tentativa. Inacreditavelmente, nenhuma vida foi perdida.

Quando Shackleton retornou à Inglaterra, estava velho demais para ser recrutado para lutar na Primeira Guerra Mundial, mas se ofereceu de qualquer maneira. Uma missão diplomática para tentar atrair o Chile e a Argentina para o plano de guerra dos Aliados foi um fracasso, assim como uma missão secreta de estabelecer uma presença britânica em território norueguês. Shackleton retornou à Inglaterra em 1919 para dar palestras e escrever. Em 1921, partiu em uma viagem para circum-navegar a Antártida, mas morreu de ataque cardíaco a bordo de seu navio, o *Quest*, em 1922, na Geórgia do Sul.

O historiador polar Apsley Cherry-Garrard escreveu: "para uma organização científica e geográfica conjunta, dê-me Scott [...] para uma corrida rápida ao polo e nada mais, Amundsen; e se eu estiver dentro de um maldito buraco infernal e quiser escapar de lá, dê-me Shackleton todas as vezes".

# CHURCHILL

## 1874-1965

*Ele mobilizou a língua inglesa e a mandou para a batalha.*
Presidente John F. Kennedy, concedendo a cidadania norte-americana
honorária a Winston Churchill (9 de abril de 1963)

Sir Winston Churchill foi um dos homens mais excepcionais a conduzir o povo britânico. Esse extraordinário líder mobilizou a Grã-Bretanha em sua hora mais sombria, quando a Europa era dominada pela Alemanha hitlerista, e inspirou e organizou a conduta britânica na guerra, contra tudo e contra todos e contrariando todas as probabilidades, até alcançar a vitória. Depois de uma carreira meteórica abarcando a primeira metade do século xx como um jovem político aventureiro e arrogante, mestre na autopromoção, em seguida um ministro maduro e solitário profeta do perigo nazista, atuando em quase todos os cargos mais importantes do governo, ele saiu do isolamento e provou ser um líder magnífico além de um excelente escritor, historiador e orador. Talvez até mais que Nelson, Churchill é considerado o herói nacional da Inglaterra.

Em seu tempo de estudante, foi severamente repreendido pelo pai, lorde Randolph Churchill, por perder tempo à toa na escola Harrow e na academia militar de Sandhurst; o pai profetizou que o rapaz se tornaria "mais um vagabundo, um mero refugo social, mais um em meio às centenas de fracassados da escola privada, e vai se degenerar numa existência medíocre, fútil e infeliz". Ele não precisava ter se preocupado. Como jovem soldado no Sudão e como correspondente de guerra no sul da África durante a guerra anglo-bôer, Churchill dedicou-se a fanfarronices, impetuosas investidas e escapadas extravagantes, jornalismo e autopromoção, mas também devorou os grandes historiadores britânicos do passado, tais como Thomas Macaulay e Edward Gibbon, e incorporou o estilo elegante – às vezes portentoso – desses autores.

Quando jovem, em 1898 Churchill tomou parte da carga de cavalaria – a última desse tipo no exército britânico – na batalha de Omdurman, uma ação heroica da 21ª Divisão de Lanceiros que rendeu a três homens a Cruz Vitória e, ao regimento, um monograma real.

A batalha de Omdurman pôs fim a um longo conflito no Sudão. Em 1881, Muhammad Ahmed, que se autodenominou al-Mahdi, o profetizado salvador do islã, liderou uma rebelião contra o jugo britânico. O Mahdi e seu sucessor, o califa, e seu exército de dervixes fanáticos repetidamente derrotaram as forças britânicas. Londres enviou para lá o suprassumo do ascético comandante cristão-militar vitoriano, o general Charles Gordon, que se tornou um herói-mártir imperial, assassinado e empalado quando as forças do Mahdi capturaram Cartum em 1885. Isso quase derrubou o governo de William Ewart Gladstone. Em 1898, lorde Salisbury despachou um exército sob o comando do talentoso mas estranho general Herbert Kitchener para vingar a morte de Gordon. Kitchener – que idolatrava Gordon como herói – falava árabe e ganhou fama e ascendeu na carreira em missões de espionagem no deserto, vestido de beduíno; era um soldado inescrutavelmente severo e um soberbo planejador, apelidado de Máquina do Sudão; era também um conhecedor de decoração de interiores e um ávido colecionador de porcelana.

Churchill escreveu um relato detalhado e realista da batalha resultante e da famosa carga de cavalaria:

A trombeta emitiu uma nota abrupta e estridente, vagamente entreouvida acima do pisoteio dos cavalos e do tropel da marcha dos animais. No mesmo instante todas as dezesseis unidades de cavalarianos deram meia-volta e se posicionaram formando uma longa linha galopante, e a 21ª Divisão de Lanceiros empenhou-se em sua primeira investida na guerra.

O ritmo foi veloz e a distância curta. No entanto, antes que o percurso fosse percorrido pela metade, todo o aspecto do combate se alterou. Um profundo sulco no solo – um curso de água seco, um khor – apareceu onde tudo parecia um prado liso e plano; e daí brotou, com a brusquidão de um efeito de pantomima e um berro agudo e penetrante, uma densa massa branca de homens, quase tão longa quanto a nossa linha de frente e com cerca de quatro metros de espessura [...].

Os dervixes lutavam bravamente. Tentavam cortar as pernas dos cavalos. Disparavam seus rifles, pressionando os canos contra os próprios corpos de seus oponentes. Cortavam rédeas e couros de estribo. Arremessavam suas lanças com grande destreza. Tentavam todos os dispositivos de homens frios e determinados, tarimbados na guerra e familiarizados com a cavalaria; e, além disso, brandiam espadas afiadas e pesadas, que perfuravam fundo [...]. Então, os cavalos voltaram a trotar a passos largos, o ritmo aumentou e os lanceiros saíram de entre seus oponentes. Dois minutos depois da colisão, todos os homens ainda vivos estavam livres da massa dos dervixes.

A aventura seguinte de Churchill se deu na guerra dos bôeres, quando foi capturado. Sua fuga do cativeiro foi outro episódio de bravura, imortalizado pelo relato do próprio Churchill.

Depois de ingressar na política, Churchill foi eleito deputado conservador, mas em 1904 escandalizou seu partido ao debandar para o lado dos liberais. Nesse ano ele também se casou com sua esposa Clementine, que pelo resto de sua longa vida daria ao marido apoio inabalável – e críticas francas quando julgava necessário. Churchill tornou-se o ministro do Interior em 1910 e, no ano seguinte, primeiro lorde do Almirantado. Durante a Primeira Guerra Mundial, Churchill foi responsável por garantir a organização da frota britânica, mas levou a culpa pelo fracasso da campanha de Galípoli, que custou a vida de 46 mil soldados Aliados. Ele se demitiu para servir como tenente-coronel no front ocidental, retornando em 1917 para ocupar o cargo de ministro de Munições de Lloyd George.

Em 1919-21, Churchill ocupou o posto de ministro da Guerra e do Ar, desvirando a casaca e novamente juntando-se à fileira dos conservadores; foi ministro do Tesouro entre 1924 e 1929. Na década de 1930 ficou fora do poder, num período de ostracismo e quase em exílio político, mas anteviu os perigos de Hitler e do rearmamento alemão. Seus alertas foram ignorados pelo governo de apaziguamento de Neville Chamberlain e grande parte da imprensa. Somente com a eclosão da Segunda Guerra Mundial é que Churchill voltou a cair nas boas graças e foi levado de volta ao Gabinete de Guerra, retornando a sua antiga posição como primeiro lorde do Almirantado em 1939: "Winston está de volta!", o Almirantado sinalizou para a esquadra.

Quando, em maio de 1940, Chamberlain renunciou em face da investida nazista na Europa Ocidental, havia um sentimento político de que a Grã-Bretanha deveria fazer as pazes com Hitler. Em um dos casos mais claros de como um homem pode mudar a história e salvar não apenas uma nação, mas um modo de vida, Churchill insistiu na afronta e se tornou primeiro-ministro. Ele demonstrou que era capaz de lidar com o problema e fez o que era preciso fazer. Logo depois de ser nomeado, Churchill discursou no Parlamento:

Eu diria à Casa como disse àqueles que se juntaram a este governo: nada tenho a oferecer senão sangue, trabalho, lágrimas e suor [...]. Os senhores perguntam: qual é nosso plano de ação? Posso dizer: é travar guerra, por mar, terra e ar, com todo o nosso poderio e com toda a força que Deus possa nos dar; travar guerra contra uma monstruosa tirania jamais suplantada no sombrio e lamentável catálogo dos crimes humanos. Este é o nosso plano de ação. Os senhores perguntam: qual é nosso objetivo? Posso responder em uma palavra: é a vitória, a vitória a todo o custo, a vitória a despeito de todo o terror, a vitória por mais longa e árdua que seja a estrada; pois sem vitória não há sobrevivência.

Com as tropas britânicas evacuadas de Dunquerque e uma invasão alemã aparentemente inevitável, Churchill disse à Câmara dos Comuns: "Lutaremos nas praias, lutaremos nos terrenos de desembarque, lutaremos nos campos e nas ruas, lutaremos nas colinas; nunca nos renderemos". Duas semanas depois, quando anunciou a queda da França, ele voltou a dirigir-se à Câmara: "Vamos encarar nossos deveres e nos compenetrar que, se o Império Britânico e sua Comunidade de Nações durarem mil anos, os homens ainda dirão 'este foi seu momento mais belo'".

Churchill manteve a calma quando a RAF derrotou a *Luftwaffe* na batalha da Inglaterra, impossibilitando uma invasão nazista. Nas salas do Gabinete de Guerra, Churchill conduziu a luta com energia e imaginação, fosse viajando ao exterior a fim de visitar tropas e líderes estrangeiros, fosse realizando reuniões deitado em sua cama pela manhã e exortando seus exaustos funcionários até as três ou quatro da madrugada, bebendo grandes volumes de champanhe e conhaque enquanto dava expediente. Churchill trabalhou arduamente para desenvolver um bom relacionamento com o presidente Roosevelt e cultivou um diálogo positivo com Stálin, apesar de sua aversão inata ao comunismo. Em uma série de conferências de cúpula, ele combinou com o líder dos Estados Unidos e o ditador soviético não apenas a estratégia contra Hitler, mas pactuou também o formato do mundo pós-guerra.

Na eleição realizada em julho de 1945 após a derrota da Alemanha, Churchill e os conservadores perderam o poder. No ano seguinte, ele descreveu, de maneira pressagiosa, a "Cortina de Ferro" que então descia sobre a Europa da Guerra Fria. Churchill reassumiu a cadeira de primeiro-ministro de 1951 a 1955. Recusou a oferta de um ducado, porém o "mais extraordinário inglês vivo" continuou sendo um imperialista eduardiano romântico com um estilo e visão augustanos, embora nunca tenha perdido sua travessa sagacidade. Quando certa feita seu neto lhe perguntou se ele era o homem mais importante do mundo, Churchill respondeu: "Sim! Agora chispe da minha frente!". Quando acusado de beber demais, ele respondeu: "Eu já tirei mais do álcool do que o álcool tirou de mim". A escrita de Churchill era tão magistral quanto sua liderança; ele foi o único líder político da história a ganhar o Prêmio Nobel de Literatura. Por ocasião da sua morte, em janeiro de 1965, Churchill recebeu um funeral de Estado, honraria raramente concedida a quem não pertence à família real.

# IBN SAUD

## 1876-1953

*Sua ambição pessoal é ilimitada, mas mitigada por grande discrição e cautela. Ele é um inimigo implacável enquanto há oposição, mas na hora da vitória é um dos árabes mais benevolentes da história. Quanto ao seu sistema de governo [...] ele não revela a ninguém seus planos, suas intenções e suas ideias, nem mesmo para seus parentes e, essencialmente, seu governo é absolutista.*

Eldon Rutter

Abdul Aziz al Saud – conhecido pelos ocidentais como Ibn Saud – foi um rei que venceu na vida por conta própria, um astuto estadista, um magistral diplomata e político tribal, um religioso ascético e um atlético guerreiro do deserto. Com mais de 1,93 m de altura, Ibn Saud era famoso por sua destreza no campo de batalha, no lombo dos camelos, por suas façanhas na cama, e criou o novo reino da Arábia Saudita, ainda uma autocracia dinástica medieval em pleno século XXI. A Arábia Saudita continua sendo um ator fundamental no Oriente Médio, mas há uma contradição em seu cerne: essa aliada dos Estados Unidos é uma monocracia islâmica na qual a oposição é reprimida e as mulheres têm poucos direitos, um país governado por uma forma de islamismo rigorosamente puritana e antiocidental – o wahhabismo – que os sauditas exportam junto com suas riquezas do petróleo.

O feito de Ibn Saud não foi o primeiro florescimento de sua dinastia, mas o terceiro. No século XVIII, um pregador islâmico puritano chamado Muhammad al-Wahhab havia atacado as superstições e os santuários do islã tradicional na Arábia, exigindo um retorno ao ascetismo fundamentalista que ele dizia ser o caminho original do profeta. O próprio al-Wahhab aliou-se a um xeque local em Riad, no Négede, região central da península Arábica, chamado Muhammad ibn Saud. Eles formaram uma aliança política e religiosa cimentada por casamentos dinásticos interfamiliares. O wahhabismo provou ser uma força poderosa, e muitos árabes afluíram para juntar-se aos exércitos de Saud. Na teoria, o Império Otomano governava a Arábia, com o califa-sultão em Istambul servindo como guardião dos lugares santos, Meca e Medina. Mas o Império Otomano estava em crise, lutando para controlar suas regiões essenciais, sem falar nas províncias remotas da Arábia. Aproveitando-se disso, Saud e al-Wahhab fundaram por volta de 1744 um Estado saudita que aterrorizou muçulmanos mais moderados, destruiu seus santuários, conquistou grande parte da Arábia, invadiu as províncias otomanas do Iraque e por fim conquistou Meca e Medina, onde impôs seu novo puritanismo. O sultão otomano enviou repetidamente exércitos para destruir os sauditas, mas em vão, até que, no início do século XIX, Istambul pediu ao semi-independente paxá do Egito, Mehmed Ali, para restaurar a ordem. Em 1818, Mehmed Ali e seu filho, Ibrahim Paxá, completaram a derrota dos sauditas, o xeque saudita foi enviado para ser decapitado em Istambul e o sultão voltou ao comando. Alguns anos depois, os sauditas restabeleceram um pequeno estado no Négede, mas foi somente com Ibn Saud que a família reverteu totalmente sua sorte e recuperou a relevância. Nesse meio-tempo, a Arábia era dominada pela família al-Rashid, que expulsou os sauditas, enquanto os otomanos escolhiam como governadores de Meca membros da tradicional família hachemita.

Quando criança, Ibn Saud teve que escapar de Riad na calada da noite de modo a evitar a triunfante família Rashid, e teve que viver com seu pai no exílio no Kuwait. Mas o jovem Ibn Saud estava decidido a mudar o destino da família: apoiado por seu aliado mais velho, Muburak al-Sabah, e pelos Sabah, a família governante do Kuwait, ele conseguiu aplicar um extraordinário golpe com um pequeno exército de beduínos e membros de clãs tribais e tomar Riad em 1902.

Foi o começo de uma excepcional carreira de aventuras militares e intrigas diplomáticas. Ibn Saud conquistou vitórias contra os Rashid e outros rivais, mas as batalhas eram de pequena monta, com exércitos que mal chegavam a mil combatentes de cada vez. Contudo, o jovem príncipe conseguiu ressuscitar o vigoroso fanatismo dos wahhabistas e dele tirar proveito, mobilizando os salafistas em uma nova legião militar-religiosa – o *Ikhwan* ou Fraternidade –, que se tornou o núcleo vital de seu exército no deserto. Ele construiu um relacionamento com os britânicos e, quando os otomanos e os ingleses começaram a disputar seu apoio e fizeram esforços para obter sua simpatia durante a Primeira Guerra Mundial, Saud colocou uns contra os outros. Mas foi menos agressivo em suas promessas do que Hussain Ibn Ali, o emir hachemita que governava a região de Hejaz, onde ficam as duas principais cidades sagradas islâmicas, Medina e Meca, que ofereceu aos britânicos uma revolta árabe da Arábia à Síria contra o sultão otomano. Hussain era o inimigo declarado de Saud, e os dois competiam de forma cada vez mais feroz pelo controle de toda a Arábia. Declarando-se rei dos árabes, Hussain, respaldado por seus filhos Abdullah e Faisal, e financiado por polpudas concessões financeiras britânicas, lançou seu ataque contra os otomanos. Mas suas ações nunca propiciaram uma revolta árabe em massa e não chegaram perto de derrotar os otomanos, nem mesmo em torno de Meca.

Nesse ínterim, Ibn Saud esperou a guerra terminar, e quando o Império Otomano desmoronou, em 1918, os hachemitas mostraram não ser páreo para ele e seus soldados *Ikhwan*. Em uma série de confrontos, o ambicioso filho mais velho de Hussain, o príncipe Abdullah (o futuro rei da Jordânia), foi derrotado pelas forças sauditas. A Inglaterra ficou alarmada com o colapso de seu aliado. Saud tinha seus próprios problemas: os *Ikhwani* eram difíceis de controlar e começaram a atacar o Iraque (controlado pela Grã-Bretanha), onde execravam especialmente os xiitas, a quem consideravam hereges. Em resposta, o exército britânico e a RAF atacaram os *Ikhwani*. No fim das contas, Ibn Saud conseguiu reprimir os excessivamente poderosos líderes do *Ikhwan* e depois derrotou o filho do rei Hussain, o rei Ali de Hejaz, assumindo o controle de toda a Arábia, Meca e Medina em 1924, antes de finalmente vencer os *Ikhwani* em batalha, a última vez que comandou tropas pessoalmente. Ibn Saud declarou-se rei de Hejaz e em 1932 tornou-se rei da Arábia Saudita (os hachemitas amealharam tronos precários fora da Arábia: Faisal foi o primeiro rei da Síria, depois do Iraque, onde sua família governou até 1958. O bisneto de Abdullah, Abdullah II, tornou-se rei da Jordânia em 1999).

Ibn Saud sempre se orgulhou de sua bravura e destreza como combatente e como amante: geralmente tinha três esposas, divorciando-se das mais antigas quando se casava com as novas. Dizia-se que ele mantinha um harém de setenta odaliscas e deixou cerca de setenta filhos, dos quais quarenta do sexo masculino.

O reino que Ibn Saud criou foi uma monarquia absolutista e dinástica combinada com uma teocracia wahhabista na qual o rei saudita agiu como um avalista da pureza religiosa. A descoberta do petróleo fortaleceu o reino, dando-lhe vasta riqueza, processo que teve início em 1933. Após sua morte em 1953, Ibn Saud foi sucedido por seu filho Saud, incompetente, irresponsável, inepto e inconsistente, que foi deposto pelos príncipes em 1958. Ele manteve o título, mas entregou o poder a Faisal, que assumiu o trono quando Saud morreu. Faisal era experiente e perspicaz, mas foi assassinado em 1975. A sucessão passou então para os filhos de Ibn Saud, o rei Khalid e depois o rei Fahd. Em 1979, fanáticos tomaram o santuário de Meca, questionando a corrupção dos sauditas: cerca de mil pessoas foram mortas quando as forças sauditas invadiram o complexo e restauraram a ordem. A verdadeira contradição do governo saudita veio à tona com o ataque de 11 de setembro aos Estados Unidos: os terroristas da al-Qaeda eram esmagadoramente sauditas, o mais notável deles seu líder Osama bin Laden. Em pleno século XXI, a Arábia Saudita ainda era governada pelos filhos octogenários de Ibn Saud, mas o poder tem passado gradualmente para a geração mais nova.

# STÁLIN

## 1878-1953

*Ele buscava golpear não as ideias de seus oponentes, mas o crânio deles.*
Leon Trótski, 1936

Stálin foi o ditador soviético que derrotou a Alemanha hitlerista na Segunda Guerra Mundial, expandiu o império russo até sua maior extensão, industrializou a União Soviética e a transformou de país agrário em uma superpotência nuclear. Durante um reinado de terror que durou trinta anos, esse assassino em massa foi responsável pela aniquilação de mais de 25 milhões de cidadãos inocentes e confinou outros 18 milhões em campos de trabalhos forçados.

Josef Vissarionovitch Djugashvili nasceu em Gori, uma pequena cidade na Geórgia, no Cáucaso, filho de um sapateiro alcoólatra chamado Beso e sua inteligente e vigorosa esposa, Keke. Pobre, inseguro acerca de sua verdadeira paternidade, com o rosto e o pescoço marcados pela varíola, portador de deficiências físicas (seu pé esquerdo tinha dois dedos grudados e o braço esquerdo era mais curto que o direito), o jovem Soso (como era conhecido) tornou-se uma criança extremamente inteligente, hipersensível e emocionalmente imatura, possuidora de um complexo de inferioridade e excessiva arrogância. Sua mãe conseguiu arranjar para ele uma vaga no seminário da Igreja Ortodoxa Russa em Tíflis, onde Stálin estudou para o sacerdócio, aprendeu russo, conheceu os clássicos e publicou poemas românticos. Mas, depois de sua conversão ao marxismo, tornou-se um revolucionário fanático e impiedoso e se filiou ao Partido Bolchevique de Lênin. Stálin era um conspirador nato que dominava seus companheiros, solapava e traía seus rivais, assassinava espiões policiais suspeitos, sempre recorrendo a atos extremos. Foi preso inúmeras vezes, mas repetidamente escapou, retornando do exílio na Sibéria para a revolução de 1905. Passou a ser o principal financiador dos bolcheviques por meio de extorsões e assaltos a bancos.

Após o esmagamento da revolução de 1905, Stálin criou sua própria organização criminosa de facínoras e assassinos de aluguel, que matavam agentes da polícia e arrecadavam dinheiro para Lênin em uma série de escandalosos e sangrentos assaltos a banco, extorsivos esquemas de proteção, roubos a trens e piráticos confiscos à mão armada de mercadorias no mar Negro e no mar Cáspio. A carreira de Stálin como fora da lei culminou no assalto ao banco de Tíflis em junho de 1907, no qual seus capangas mataram cinquenta pessoas e fugiram levando 300 mil rublos. Depois disso, Stálin despachou sua gangue para a rica em petróleo Baku (no atual Azerbaijão), sempre em fuga, sempre espalhando violência e medo.

Nessa época, Stálin era casado com Kato Svanidze, com quem teve um filho, Iakov, mas Kato morreu em 1907. Desdenhando a ideia de uma existência estável, ele mantinha casos amorosos com muitas mulheres, ficou noivo de muitas delas, teve filhos ilegítimos – e abandonou todos eles de maneira desapiedada. Stálin casou-se novamente em 1918, mas não conseguiu fazer com que sua nova esposa, Nadia Alliluieva, fosse mais feliz que suas outras mulheres. Ela cometeu suicídio em 1932, deixando para Stálin dois filhos legítimos, Vassili e Svetlana.

Stálin viveu sob muitos pseudônimos, mas no final mudou seu nome definitivamente para Stálin – "homem feito de aço". Suas violentas proezas chamaram a atenção de Lênin, e Stálin foi eleito para o Comitê Central do Partido. Lênin percebeu que Stálin combinava dois talentos políticos fundamentais – ele era prático e capaz de organizar a violência, mas também era capaz de editar, escrever e trabalhar com teoria. "Ele é exatamente o tipo de pessoa de que eu preciso", declarou Lênin. Stálin foi preso pela última vez em 1912 e exilado no Círculo Polar Ártico, onde passou a maior parte da Primeira Guerra Mundial. Quando o czar foi inesperadamente derrubado em março de 1917, Stálin retornou a Petrogrado, onde mais tarde juntou-se a Lênin. Após a tomada do poder na Revolução de Outubro, Lênin reconheceu que o brilhante e pomposo Leon Trótski e o taciturno e implacável Stálin eram seus dois capangas mais competentes e os promoveu ao seu comitê executivo dominante, o Politburo. Com a eclosão da guerra civil, Lênin manteve o poder por meio do terror, acionando Stálin como um hábil mediador e um brutal especialista em solucionar problemas. Mas Stálin mostrou-se inexpressivo como líder militar em comparação a Trótski, que Stálin tentava constantemente minar.

Em 1922, Lênin, ávido para equilibrar o prestígio de Trótski, promoveu Stálin ao cargo de secretário-geral do partido. Em pouco tempo, no entanto, Lênin ficou indignado com a arrogância de seu protegido e tentou destituí-lo – mas já era tarde demais. Depois que Lênin sofreu um derrame fatal em 1924, Stálin aliou-se a Liev Kamenev e Grigori Zinoviev contra Trótski, que foi derrotado em 1925, exilado em 1929 e assassinado por um dos mercenários de Stálin em 1940. Depois do exílio de Trótski, Stálin guinou à direita, aliando-se a Nikolai Bukharin para derrotar Kamenev e Zinoviev.

Em 1929, Stálin foi saudado como o sucessor de Lênin, o *Vozhd* – Líder –, e daí por diante tornou-se objeto de um frenético culto de personalidade. Livrando-se de Bukharin, Stálin deu início a um implacável programa de coletivização do campesinato e industrialização da atrasada União Soviética. Diante da resistência dos campônios, lançou uma quase guerra contra os camponeses mais abastados, conhecidos como *kulaks*, fuzilando muitos, exilando outros tantos e continuando a vender grãos no exterior, mesmo quando 10 milhões de russos foram baleados ou perderam a vida em uma fome programada que ele próprio deliberadamente havia criado. Foi um dos maiores crimes de Stálin.

Em 1934, apesar de um triunfante congresso do partido, houve um complô para substituir Stálin por seu jovem capanga, Serguei Kirov, que mais tarde foi assassinado em Leningrado. Stálin pode ou não ter ordenado o assassinato, mas certamente o usou como pretexto para lançar o Grande Terror, visando recuperar o controle e esmagar qualquer dissidência. Com a ajuda da polícia secreta do NKVD, Stálin submeteu aqueles que considerava seus principais inimigos políticos a uma série de julgamentos, extraindo falsas confissões por meio de tortura, coerção e chantagem. Zinoviev, Kamenev e Bukharin foram, todos, condenados injustamente e morreram fuzilados, mesma pena que receberam dois líderes sucessivos do NKVD, Iagoda e Iezhov. Mas os julgamentos midiáticos de fachada foram apenas a ponta do iceberg: em 1937-8, Stálin elaborou ordens secretas para prender e fuzilar milhares de "inimigos do povo" de acordo com cotas regionais e municipais. O Politburo e o comitê central foram expurgados; 40 mil oficiais do exército, incluindo três dos cinco fiscais, foram executados. Nem mesmo os amigos mais íntimos de Stálin estavam imunes: ele assinou de próprio punho "listas de morte" com 40 mil nomes. A sociedade soviética foi aterrorizada e envenenada. Naqueles anos, aproximadamente 1 milhão de "inimigos" foi fuzilado, enquanto outros muitos milhões de pessoas foram presos, torturados e exilados nos campos de trabalho da Sibéria, onde muitos morreram. "Não se pode fazer uma omelete sem quebrar os ovos", disse Stálin.

Em 1939, diante do ressurgimento da Alemanha nazista e desconfiando das democracias ocidentais, Stálin deixou de lado seu antifascismo e assinou o Pacto de Não Agressão com Hitler. A Polônia foi dividida entre a Alemanha e a União Soviética, e 28 mil oficiais poloneses foram assassinados na floresta de Katyn sob ordens de Stálin. O líder soviético também ocupou e aterrorizou os Estados bálticos e lançou uma desastrosa guerra contra a Finlândia.

Stálin ignorou constantes alertas de que Hitler planejava atacar a União Soviética. A invasão ocorreu em junho de 1941, e em poucos dias os exércitos soviéticos estavam recuando. A inepta interferência de Stálin em assuntos militares resultou em um número colossal de baixas – cerca de 6 milhões de soldados – no primeiro ano de guerra. Mas, no final de 1942, ele finalmente aprendeu a aceitar conselhos, e seus generais obtiveram uma vitória decisiva sobre os alemães em Stalingrado. Este foi o ponto de virada na guerra e, quando Berlim sucumbiu para o Exército Vermelho, em maio de 1945, os soviéticos detiveram o controle de toda a Europa Oriental – área sobre a qual manteriam uma férrea influência ao longo dos 45 anos seguintes. Stálin era indiferente ao custo da vitória: cerca de 27 milhões de cidadãos soviéticos – soldados e civis – morreram na guerra, durante a qual ele ordenou a deportação para a Sibéria de povos inteiros, incluindo 1 milhão de tchetchenos, dos quais metade morreu no processo.

Durante a guerra, Stálin construiu relações pessoais com os líderes Aliados, Franklin Roosevelt e Winston Churchill, encantando e manipulando a ambos em uma série de reuniões de cúpula dos Três Grandes em Teerã, Ialta e Potsdam. Ele provou ser um diplomata hábil e experiente.

Justamente quando estava em seu apogeu em 1945, o presidente Harry Truman (sucessor de Roosevelt) revelou que os Estados Unidos tinham a bomba atômica, que os norte-americanos usaram contra o Japão. Diante do aumento do poderio dos Estados Unidos, Stálin colocou todos os seus recursos em um projeto secreto para criar uma bomba atômica soviética, o que foi alcançado em 1949.

Stálin passou seus últimos anos em um isolamento glorioso e paranoico. Logo após o fim da guerra, relançou seu reinado de terror. Em 1949, dois de seus herdeiros escolhidos foram mortos no caso Leningrado, junto com muitos outros. Em 1952, aparentemente convencido de que todos os judeus da União Soviética estavam em aliança com os norte-americanos, ele planejava executar seus camaradas veteranos, implicando-os na fabricada "Conspiração dos Médicos", alegando que os doutores judeus estavam em conluio para assassinar a liderança soviética. Stálin morreu após um derrame em março de 1953.

Mestre da repressão brutal, da conspiração sutil e da manipulação política, esse filho de sapateiro tornou-se o supremo pontífice do marxismo internacional e o mais bem-sucedido czar russo da história. Stálin e os bolcheviques, junto com seus grandes inimigos Hitler e os nazistas, causaram mais sofrimento e tragédia para mais pessoas do que qualquer outra criatura na história.

De estatura pequena, com feições inescrutáveis, olhos cor de mel que ficavam amarelados de raiva, Stálin foi talentoso, mas desprovido de alegria, paranoico a ponto da insanidade, completamente cínico e impiedoso, e um marxista fanático. Marido e pai terrível, que envenenou todos os relacionamentos amorosos que teve na vida, ele acreditava que a existência humana era sempre descartável e que a aniquilação física era a ferramenta essencial da política. "A morte de uma única pessoa é uma tragédia; 1 milhão de mortes é uma estatística", disse ele a Churchill com típico humor negro. Stálin não tinha ilusões em relação a sua brutalidade: "A vantagem do modelo soviético", disse ele, "é que resolve problemas rapidamente – derramando sangue". Entre 10 milhões e 20 milhões de pessoas morreram em suas mãos, e 18 milhões passaram por seus campos de concentração do sistema penal *Gulag*.

Um dos monstros mais impiedosos da história, Stálin continua a ser um herói para muitos: um livro didático prefaciado pelo próprio presidente Vladimir Putin, em 2008, aclamou-o como "o mais bem-sucedido líder russo do século xx".

# EINSTEIN

## 1879-1955

*Levantar novas questões, novas possibilidades, considerar velhos problemas de um novo ângulo requer imaginação criativa e marca o avanço real na ciência.*

Einstein sobre a essência da criatividade científica

Não é por acaso que o nome de Albert Einstein tenha se tornado praticamente sinônimo de gênio. Ele foi o físico mais importante do século xx – alguns diriam de qualquer século. Suas descobertas, ao mesmo tempo baseando-se na mecânica clássica de Newton e suplantando-a, marcaram uma mudança de paradigma que transformou radicalmente nossa compreensão do Universo.

A teoria da relatividade de Einstein talvez seja um dos mais famosos, perspicazes e frutíferos achados científicos de todos os tempos, mas o homem por trás dela era muito mais que apenas um cientista. Durante toda a sua vida, Einstein empenhou-se em questões sociais e se comprometeu com o pacifismo, falando abertamente contra a tirania e a perseguição e desesperando-se com a criação da bomba atômica. Mais de cinquenta anos após sua morte, ele permanece uma figura instantaneamente reconhecível, seu rosto gravado na memória com inteligência espirituosa e bom humor.

Nascido em uma família de judeus seculares de classe média, Albert Einstein foi criado na Alemanha. Quando criança, demorou a se desenvolver (era apelidado de *"der Depperte"* – "o lerdo"), mas uma bússola magnética que ganhou de presente aos cinco anos e um livro sobre geometria aos doze anos aguçaram sua curiosidade intelectual de uma forma que o rígido sistema escolar alemão não fora capaz. Enviado para um colégio interno em Munique, aos quinze anos o menino fugiu da escola e do iminente serviço militar e se juntou a seus pais, que, com dificuldades nos negócios, mudaram-se para a Itália em busca de trabalho.

Impassíveis com a chegada do seu filho dissoluto e que fazia de tudo para evitar ser convocado, os Einstein receberam de bom grado a notícia que Albert se matriculara na universidade (a Escola Politécnica Federal Suíça) em Zurique, onde ele passou alguns dos seus anos mais felizes. Lá Einstein conheceu sua primeira esposa, a sérvia Mileva Marić, uma colega física com quem se casou em 1903. No mesmo ano, encerrou uma longa busca por emprego obtendo um cargo no escritório de patentes em Berna.

A análise de patentes era um trabalho tão descomplicado e pouco exigente que propiciava a Einstein tempo para devotar sua mente a problemas matemáticos e científicos. Ele estava impressionado em particular pela aparente incompatibilidade entre as leis do movimento de Newton e as equações de James Clerk Maxwell que descreviam o comportamento da luz. Em 1905, Einstein publicou uma relevante série de artigos científicos tratando do movimento e do comportamento da luz, da água e de moléculas. A proposta mais importante foi a teoria especial da relatividade, descrita como a mais extraordinária realização intelectual do século XX, que mudou a maneira como as pessoas entendiam as leis que regem o Universo. De acordo com essa teoria, nada pode se mover mais rápido que a luz, cuja velocidade é constante em todo o Universo. A teoria mostrou também, por meio da famosa equação $E = mc^2$, que a energia (E) e a massa (m) são equivalentes e atreladas em sua relação pela velocidade da luz (c). A relatividade especial acaba com a ideia de tempo absoluto; propõe, em vez disso, que o tempo é relativo, sua medição dependendo do movimento do observador. Espaço e tempo são parte da mesma coisa, um único continuum conhecido como espaço-tempo.

O que a relatividade especial não explicava era o efeito da gravidade sobre o espaço-tempo. Em 1915, em uma série de palestras na Universidade de

Göttingen, ele finalmente resolveu esse problema delineando sua teoria geral da relatividade.

De acordo com essa teoria, a presença de objetos de grande massa dobra ou distorce o espaço-tempo. Como uma bola de boliche colocada no meio de uma cama elástica, um objeto grande como um planeta ou uma estrela faz com que outros objetos se movam pelo espaço-tempo em direção a ele. Então a Terra, por exemplo, não é "puxada" para o Sol; em vez disso, segue a curva no espaço-tempo causada pelo Sol e é impedida de cair dentro dele apenas por sua própria velocidade.

A previsão de Einstein de que a luz de uma estrela passando perto do campo gravitacional do Sol seria defletida, fazendo com que a posição aparente da estrela no céu mudasse, foi confirmada por observações durante um eclipse solar em 1919. Outro efeito peculiar previsto por Einstein e mais tarde confirmado pela observação é a dilatação do tempo: a ideia que o tempo não é absoluto, mas diminui a velocidades que se aproximam da velocidade da luz. Uma consequência da dilatação do tempo é o bizarro paradoxo dos gêmeos, segundo o qual, dados dois gêmeos idênticos A e B, se um deles permanecer na Terra e o outro fizer uma viagem perto da velocidade da luz de ida e volta a uma estrela distante, este último terá envelhecido menos que o irmão que ficou em casa.

Neste e em muitos outros aspectos, a teoria da relatividade continua a confundir nossas maneiras baseadas no senso comum de olhar e entender o mundo à nossa volta. No entanto, está hoje firmemente estabelecida como a plataforma conceitual fundamental sobre a qual as ciências físicas são construídas.

Poucas pessoas notaram as revolucionárias teorias de Einstein até que o cientista alemão Max Planck, pai da teoria quântica, ajudou a publicá-las. Em 1913, Einstein já havia ascendido no mundo acadêmico e era reconhecido como um importante cientista, a ponto de assumir o cargo de diretor do Instituto de Física da Universidade de Berlim.

Se, por um lado, a fama de Einstein cresceu vertiginosamente durante esse período, por outro, sua vida pessoal estava um tumulto. Após um demorado processo de separação, ele finalmente se divorciou de Mileva Marić em 1919 e casou-se imediatamente com sua prima Elsa Löwenthal. Einstein era agora o mais renomado cientista do mundo. Ele conheceu pessoalmente muitos dos principais artistas e homens de ciências do mundo – e com eles se correspondeu –, incluindo Sigmund Freud, o místico indiano Rabindranath Tagore e Charlie Chaplin. "As pessoas me aplaudem", disse Chaplin a Einstein, "porque todo mundo me entende; e o aplaudem porque ninguém entende você."

Embora estivesse longe de ser ortodoxo em termos religiosos, e ainda que suas teorias parecessem lançar dúvidas sobre as religiões, Einstein sempre acreditou em alguma forma de princípio ou espírito superior. "O cientista é possuído pelo senso de causalidade universal", escreveu ele. "O sentimento religioso do cientista assume a forma de um êxtase arrebatador diante da harmonia da lei natural, que revela uma inteligência de tal superioridade que, comparada a ela, todo pensamento sistemático e toda ação dos seres humanos é um reflexo totalmente insignificante." Einstein mantinha uma crença no que ele chamava de *der Alte* – o Velho.

Em 1931, o Partido Nazista em ascensão atacou Einstein e sua "física judaica". No ano seguinte, percebendo que sua vida estava em perigo, ele deixou a Alemanha para sempre, fixou residência nos Estados Unidos e se afiliou ao Instituto de Estudos Avançados da Universidade de Princeton, onde trabalharia até sua morte. Seu pacifismo – que motivou a sua aberta oposição à Primeira Guerra Mundial – enfraqueceu em face da tirania nazista. Ele apoiou o rearmamento contra Hitler e, em 1939, coescreveu uma carta ao presidente Franklin D. Roosevelt na qual salientava os perigos do desenvolvimento de armas nucleares pelos nazistas. Isso levou as potências Aliadas a colaborar no Projeto Manhattan para produzir a primeira bomba atômica.

Quando a Segunda Guerra Mundial terminou, em 1945, com a destruição de Hiroshima e Nagasaki, Einstein adotou uma radical e pública postura contra o desenvolvimento nuclear e defendeu restrições internacionais. Chegou a ser inclusive monitorado pelo FBI por causa de suas opiniões pacifistas. Em 1952, recebeu a oferta de assumir a presidência de Israel; embora fosse um sionista de longa data, ele respeitosamente recusou. Quando morreu, em 1955, Einstein não havia alcançado seu objetivo de longo prazo de encontrar uma teoria unificada que fornecesse uma explicação abrangente das forças fundamentais que regem o Universo e, assim, oferecer (como ele afirmava em linguagem figurada) um vislumbre da mente de Deus. Tal objetivo continuou a escapar a sucessivas gerações de cientistas, cujo trabalho foi, no entanto, revolucionado por Einstein – um colosso da ciência e o mais humano dos homens.

# ENVER, TALAT E DJEMAL: OS TRÊS PAXÁS

## 1881-1922, 1874-1921 e 1872-1922

> *O que você quer? A questão está resolvida. Os armênios não existem mais.*
> Talat Paxá, respondendo ao interrogatório
> do embaixador alemão sobre os armênios, 1918

Os Três Paxás foram os agressivos nacionalistas turcos que emergiram do movimento Jovens Turcos e tomaram o poder no Império Otomano em 1913, levaram-no a uma guerra desastrosa e ordenaram o massacre de 1 milhão de armênios durante a Primeira Guerra Mundial.

Os três vieram das províncias macedônias e, portanto, sentiam a necessidade de se mostrar verdadeiros turcos e compensar suas origens provincianas. Ismail Enver (conhecido pelos europeus como Enver Paxá) era o ministro da Guerra e o líder do regime, um oficial militar nacionalista que se considerava o Napoleão otomano: jovem e corajoso, era também um homem vaidoso, equivocado, temerário e inconsequente. Enver fez seu nome lutando contra a Itália na Líbia e contra a Bulgária nos Bálcãs, mas como general era incompetente e inexperiente. Não obstante, aos 31 anos já havia tomado o poder, casou-se com uma mulher da família real otomana, mudou-se para um palácio e recebeu o título de vice-generalíssimo. Seu colega Ahmet Djemal era o mais extravagante dos três: um minúsculo e vigoroso *showman*, *bon-vivant* e oficial do exército, capaz de fazer o trabalho sujo em Istambul, organizando assassinatos de oponentes. No entanto, era também inteligente, flexível e encantador, com uma fieira de belas amantes judias e amizades com estrangeiros. Djemal tornou-se ministro da marinha e vice-rei efetivo das províncias árabes do império. O terceiro paxá era Mehmed Talat, funcionário público nos correios até ser demitido por sua filiação aos Jovens Turcos – oficialmente do Comitê de União e Progresso (CUP) – e tornar-se o ministro do Interior do regime.

Os três homens juntaram-se ao movimento Jovens Turcos, defendendo suas iniciais e liberais ideias. Lutaram pela revolução dos Jovens Turcos de 1908 e pela restauração do Parlamento.

Após o assassinato do primeiro-ministro Mahmud Shevket Paxá em julho de 1913, e depois que o próprio Enver matou a tiros o ministro da Guerra, Talat, Enver e Djemal tornaram-se os "Três Paxás", a junta de triúnviros que conduziu o império na Primeira Guerra Mundial. As primeiras ideias liberais desses governantes *de facto* do Império Otomano logo mostraram-se ilusórias tão logo eles adotaram um nacionalismo turco militante e racista, cada vez mais inspirado pela convicção que somente a guerra e a violência poderiam restaurar o vigor dos otomanos. O exemplo mais notável disso foi o tratamento dado à minoria armênia do império.

No início do século XIX, os armênios majoritariamente cristãos ainda eram chamados de Millet-i Sadika – a comunidade leal. No entanto, a expansão russa pelo Cáucaso ajudou a estimular o nacionalismo armênio. O Império Otomano continha muito menos cristãos após o Congresso de Berlim de 1878; aos olhos dos muçulmanos ressentidos, os armênios passaram a ser vistos como forasteiros e traidores; turcos comuns invejavam a prosperidade mercantil armênia. Muitos turcos acabaram por considerar a ascensão do nacionalismo armênio como uma ameaça à própria existência do Estado otomano.

Já nos últimos anos do século XIX, o sultão Abdul Hamid II e outros haviam concordado com uma série de *pogroms* contra os armênios: possivelmente centenas de milhares de pessoas morreram em 1895-6, enquanto o massacre de Adana, em 1909, custou cerca de 30 mil vidas.

Em 1914-5, Enver assumiu o comando da ofensiva contra a Rússia no Cáucaso. O esforço acabou em fracasso total. Entretanto, a Rússia armou insurgentes armênios. Quando tropas russas armênias tomaram Van em meados de maio de 1915, estabelecendo um mini-Estado armênio, os Três Paxás imediatamente apontaram como culpados os armênios supostamente desleais. Talat preparou a vingança do Estado.

Em 24 de abril de 1915, as forças de segurança agruparam mais de 250 intelectuais e líderes comunitários armênios em Istambul, deportaram-nos para o leste e então os assassinaram. Após as primeiras deportações em abril, o programa foi logo estendido a toda a comunidade armênia. Homens, mulheres e crianças foram enviados em marchas forçadas – sem comida nem água – para as províncias da Síria e da Mesopotâmia. Em 27 de maio, os Três Paxás aprovaram a Lei de Deportação, confirmada por um ato do Parlamento. A Organização Especial, uma força de segurança paramilitar, foi constituída, supostamente sob o comando de Enver e Talat, para levar a cabo deportações e massacres.

Durante as deportações, era rotineiro que os homens fossem separados do restante da população e executados. Obrigadas a marchar, mulheres e crianças eram submetidas a espancamentos e massacres intermitentes. Os que sobreviviam à jornada eram levados para campos de concentração, onde predominavam condições terríveis. Muitos prisioneiros foram torturados, convertidos em cobaias de medonhos experimentos médicos ou trucidados. Muitos mais morreram de fome e sede. Alguns dos piores excessos nos campos foram registrados pelo embaixador norte-americano Henry Morgenthau, que relatou como os guardas "aplicavam ferros em brasa no peito [de um armênio], arrancavam a carne com uma torquês incandescente e, em seguida, despejavam manteiga fervida sobre as feridas. Em alguns casos, os gendarmes prendiam com pregos mãos e pés em pedaços de madeira – evidentemente em imitação da crucificação, e depois, enquanto o sofredor se contorcia em agonia, gritavam: 'Que agora o seu Cristo venha te ajudar!'".

Talat teria dito a um funcionário graduado da embaixada alemã em 1915 que o governo otomano estava "aproveitando a guerra para liquidar completamente seus inimigos internos, os cristãos nativos [...] sem ser perturbado por intervenção estrangeira". Entre 1 milhão e 1,5 milhão de armênios, de uma população de pouco menos de 2,5 milhões, pereceu nesse período, em um genocídio oficialmente arquitetado ou em uma série desordenada de massacres.

Nesse ínterim, no Oriente Médio, Djemal, que enfrentava uma revolta árabe patrocinada pelos britânicos, estava lançando contra os nacionalistas árabes um reinado de terror em Damasco, Beirute e Jerusalém. Os otomanos obtiveram alguns surpreendentes êxitos, destruindo um exército britânico em Kut, no Iraque, e derrotando as forças britânicas nos Dardanelos. No entanto, Djemal fracassou na tentativa de tomar o Egito, e logo a ofensiva britânica avançou sobre Jerusalém enquanto os russos atravessavam o Cáucaso.

Talat, então, concentrou suas atenções na debilitada situação militar, e em 1917 foi nomeado grão-vizir da Sublime Porta (designação do primeiro-ministro otomano). Mas não conseguiu conter a maré de derrotas militares e renunciou em outubro de 1918, fugindo da Turquia a bordo de um submarino alemão. Os outros dois dos Três Paxás fugiram. Em 1919, sob os auspícios dos Aliados, foram realizados os primeiros julgamentos de crimes de guerra do mundo. A liderança do CUP foi considerada culpada e Talat, como o mentor responsável pelos massacres, condenado à morte. Os turcos recorreram à Alemanha solicitando sua extradição, mas, antes que isso acontecesse, Talat foi assassinado em Berlim em março de 1921. O homem que o matou era um sobrevivente da carnificina em que suas irmãs haviam sido estupradas e mortas por tropas turcas. Djemal também foi assassinado, ao passo que Enver morreu em batalha atacando os bolcheviques na Ásia Central.

A perseguição aos armênios que Talat iniciou forneceu a inspiração que outros usariam como estímulo décadas depois no século XX. Assim, ao contemplar a matança dos judeus, Hitler observou: "Quem, afinal, agora se lembra da aniquilação dos armênios?". Até hoje, na Turquia, mencionar os massacres armênios é interpretado como crime de "insulto ao caráter nacional turco" e é passível de punição com pena de prisão.

# ATATÜRK

## 1881-1938

*Tentaremos elevar nossa cultura nacional acima do nível da civilização contemporânea. Portanto, pensamos e continuaremos a pensar não de acordo com a letárgica mentalidade dos séculos passados, mas conforme os conceitos de velocidade e ação de nosso século.*

Atatürk, falando no 10º aniversário da
República Turca (29 de outubro de 1933)

Atatürk – o nome adotado em 1934 por Mustafa Kemal – significa "Pai dos turcos". Foi um líder de visão imensa, que criou um novo secularismo islâmico, tirou a Turquia das ruínas do moribundo Império Otomano e transformou o país em uma república moderna e ocidentalizada. Atatürk tornou-se um herói militar na Primeira Guerra Mundial e, posteriormente, levou os turcos à vitória sobre um exército grego invasor, por vezes com crueldade. Foi o seu primeiro presidente, governando o país até morrer, em 1938, podendo ser considerado, de longe, o maior dos ditadores do período entreguerras. Hoje, mais do que nunca, a visão de Atatürk continua importante e relevante, porque em nossa própria época enfrenta-se o desafio representado pelo fanatismo islâmico, mas os métodos dele eram severos, e o massacre de Esmirna foi, ao menos em parte, sua responsabilidade.

Atatürk nasceu na atual cidade grega de Salônica (ou Tessalônica). Criança academicamente talentosa, frequentou escolas militares desde os doze anos. Depois de receber a patente de oficial do exército, juntou-se ao grupo conhecido como Jovens Turcos, que criticavam o regime otomano e estavam ansiosos por reformas e progresso. Atatürk era um desses líderes tão hábeis política quanto militarmente. Durante a Primeira Guerra Mundial, foi o vitorioso em Galípoli, derrotando o ataque dos Aliados. Serviu também no Cáucaso, no Sinai e na Palestina. Demonstrou talento para conquistar a lealdade absoluta de suas tropas. "Eu não ordeno que vocês ataquem", dizia ele, "ordeno que vocês morram."

No fim da guerra, Atatürk viu-se do lado perdedor. Enquanto muitas das terras árabes outrora dominadas pelos otomanos eram distribuídas entre os Aliados vitoriosos, ele se envolveu com um movimento nacionalista para criar uma nação moderna fora da área central turca do extinto império. O primeiro-ministro britânico David Lloyd George e os Aliados acreditavam em um império grego de inspiração clássica, e atribuíram aos gregos grande parte da Anatólia (a parte asiática da Turquia moderna) e incentivaram seu primeiro-ministro, Eleftherios Venizelos, a invadir, assim iniciando uma guerra imprudentemente desnecessária. Atatürk resistiu de forma implacável e com brilhantismo, culminando na vitória na batalha de Dumlupinar em 1922 – e na medonha atrocidade do Grande Incêndio de Esmirna, em que tropas turcas foram responsáveis pela ocupação, conflagração e destruição de uma das cidades mais cosmopolitas da Europa, em meio a pilhagem e assassinatos que culminaram na matança de 100 mil pessoas. O comandante-chefe Atatürk deve arcar com alguma responsabilidade. A independência turca foi assegurada, entretanto – confirmada em 1923 pelo tratado de Lausanne.

Terminada a luta militar, outro desafio veio à tona: assegurar a modernização de um novo Estado secular turco. Em outubro de 1923, a República da Turquia foi declarada, e Atatürk tornou-se presidente. Como nacionalista, um de seus primeiros objetivos foi expurgar o país da influência estrangeira. Como progressista, sua prioridade seguinte era separar a religião islâmica do Estado.

O último sultão otomano havia sido deposto em 1922, e em 1924 Atatürk aboliu o califado – a instituição pela qual sucessivos sultões haviam reivindicado o domínio sobre todos os muçulmanos. Em lugar de uma teocracia autocrática, Atatürk adotou, pelo menos em teoria, os princípios da democracia e um código legal baseado em modelos europeus. Embora a Turquia se mantivesse como um Estado unipartidário virtualmente sem trégua nos anos 1920 e 1930, Atatürk tentou operar como um "déspota autoritário esclarecido" – governando sem oposição, mas com programas de ação progressistas e reformistas.

Economicamente, a Turquia havia ficado para trás de grande parte do mundo ocidental na década de 1920. Atatürk estabeleceu fábricas e indústrias estatais, construiu um extenso e eficiente serviço ferroviário e criou bancos nacionais para financiar o desenvolvimento. Apesar da devastação causada pela Grande Depressão após 1929, a Turquia resistiu aos movimentos em direção ao totalitarismo fascista ou comunista que se instalaram em outros lugares.

Atatürk declarou que a Turquia "merece tornar-se e se tornará civilizada e progressista". Uma parte importante desse impulso estava nos campos cultural e social. As restrições impostas pelos costumes e leis islâmicos foram suspensas. As mulheres foram emancipadas – a filha adotiva de Mustafa Kemal tornou-se o primeiro piloto de combate do sexo feminino – e o uso de vestimentas ocidentais foi fortemente encorajado, às vezes por meio de regras oficiais. O chapéu-panamá e outros tipos de chapéus europeus substituíram o tradicional fez, que foi proibido por lei. A educação sofreu uma transformação em cidades e áreas rurais, e foi introduzido um novo alfabeto turco (uma variante do alfabeto romano). Os níveis de alfabetização aumentaram de 20% para 90%.

Atatürk estimulou o estudo de civilizações mais antigas relacionadas à herança da nação turca. Arte, escultura, música, arquitetura moderna, ópera e balé vicejaram. Em todas as áreas da vida turca, Atatürk levou adiante sua missão modernizante e nacionalista, e uma nova cultura começou a surgir. No processo, ele passou por cima dos grupos minoritários não turcos, reprimindo violentamente os curdos, entre outros.

Extremamente bonito, Atatürk era um líder excêntrico, um robusto mulherengo e um beberrão contumaz. Sua hercúlea carga de trabalho combinada com esses apetites prodigiosos provocou um colapso em sua saúde, e em 1938 ele morreu de cirrose. Tinha apenas 57 anos. Era amado por seu povo graças a seu carisma, sua energia e seu estilo pessoal, e o funeral do líder provocou uma enorme onda de pesar em todo o país. A memória de Atatürk ainda é reverenciada; hoje na Turquia há retratos e esculturas dele por toda parte, e continua sendo um crime insultar o visionário pai da nação, ainda que no início do século XXI sua ordem ferozmente secular tenha sido questionada e rejeitada pelo governo autocrático de Recep Tayyip Erdogan.

# PICASSO

## 1881-1973

*A pintura não foi feita para decorar apartamentos. Ela é uma arma de ataque e defesa.*

A arte hoje não seria a mesma sem o gênio do pintor espanhol Pablo Picasso. Em uma carreira que se estendeu por quase oitenta anos, Picasso – sempre vigoroso, sempre cheio de *joie de vivre* – mostrou ser o artista mais versátil e inventivo não apenas do século XX, mas talvez de todos os tempos, um mestre da pintura e do desenho bem como de outras mídias, como colagem, cenografia, cerâmica e escultura. Mas seu talento não era simplesmente estético. Sua pintura mais famosa, *Guernica*, traduziu o horror total da guerra, ao passo que em sua simples gravura da pomba da paz ele apontou o caminho para um futuro mais feliz.

Picasso nasceu em Málaga em uma família artística, mas convencional. Inspirado por seu pai, desde muito jovem ele mostrou um talento excepcional para pintar. Aos catorze anos, já tinha seu próprio estúdio, expunha suas obras e recebia elogios da crítica. Antes mesmo de sair da adolescência, Picasso viajou para Paris, misturando-se à vanguarda europeia.

Em 1901, Picasso iniciou uma fase conhecida como Fase Azul, na qual suas pinturas – ainda relativamente naturalistas – eram dominadas por tons de azul. As telas dessa época são predominantemente retratos solitários e melancólicos, muitas vezes reproduzindo a extrema pobreza. Muito do humor negro de Picasso foi influenciado pelo suicídio de um amigo próximo, Casagemas. Em um autorretrato brilhante, porém sombrio, desse período, Picasso parece abatido e intenso, muito mais velho que seus vinte anos. Logo, porém, o humor melhorou e Picasso passou para a sua Fase Rosa, mais alegre, na qual os temas – muitas vezes arlequins, acrobatas ou figuras circenses – eram representados principalmente em tons de rosa.

Em 1907, Picasso rumou em uma nova e ousada direção, influenciado por Cézanne e máscaras africanas, e produziu uma das primeiras obras-primas do modernismo, *Les Demoiselles d'Avignon*. É uma representação impressionante e descontroladamente angular e distorcida, em linhas irregulares e quebradas, de cinco mulheres nuas agressivamente sexuais em um bordel. Assim, ao lado de Georges Braque, que estava produzindo composições surpreendentemente originais, Picasso deu à luz o cubismo, um modo completamente novo de capturar na tela a essência de motivos e personagens. A perspectiva tradicional é abandonada em favor de múltiplos pontos de vista, como se o tema fosse visto de vários ângulos diferentes simultaneamente. Era uma maneira revolucionária de ver. "Eu pinto os objetos como eu os penso, não como eu os vejo", declarou Picasso.

Depois de sua fase cubista, Picasso seguiu adiante para um período neoclássico, no qual pintou figuras humanas monumentais em cenários mediterrâneos, influenciado em parte por Ingres e Renoir, e depois, nas décadas de 1920 e 1930, ele se tornou vagamente associado ao movimento surrealista, experimentando ainda mais com distorções do rosto e da silhueta humanos, explorando a representação da sexualidade e deixando sua imaginação evocar e inventar estranhos monstros.

Apesar de suas incursões na pintura surrealista, Picasso continuou bastante envolvido com o mundo ao seu redor. Apoiou os republicanos durante a Guerra Civil Espanhola (1936-9), sua pintura *Guernica* expressando a indignação do pintor diante da violência do fascismo. Obra mais conhecida de Picasso, *Guernica* foi criada na esteira do horrível bombardeio da cidade espanhola de mesmo nome em 1937 por tropas atuando em nome das forças nacionalistas de Franco. A vasta tela apresenta uma massa torcida de cores escuras, corpos contorcidos, cabeças gritando e animais aterrorizados – uma visão do apocalipse em tempos de guerra. A obra-prima é a um só tempo um memorial para as indefesas e impotentes vítimas que perderam a vida nessa ação durante a brutal Guerra Civil Espanhola e um alerta sobre os horrores mais amplos que a guerra traz, naquela época e agora.

Picasso estava tão enfurecido com o regime de Franco que se recusou a permitir que a pintura fosse levada para a Espanha enquanto o ditador ainda estivesse vivo. Em 1981, o enorme mural chegou finalmente a Madri, onde permanece, demasiado frágil para ser removido para o Museu Guggenheim Bilbao, apesar dos pedidos bascos.

Em 1944, Picasso filiou-se ao Partido Comunista Francês. Por volta dessa época, escreveu: "O que você acredita que é um artista? Um imbecil que só tem olhos se for um pintor, ouvidos se for um músico, ou uma lira em todos os andares do coração se for um poeta, ou mesmo, se for um boxeador, apenas músculos? Muito pelo contrário, ele é ao mesmo tempo um ser político". Em 1949, Picasso contribuiu, de maneira surpreendente, com seu famoso desenho da pomba branca da paz para o Congresso Mundial da Paz, patrocinado pelos comunistas e realizado na Polônia stalinista. Compadecido, sempre se solidarizou com o sofrimento dos oprimidos, mesmo que seus flertes com a tirania stalinista fossem equivocados.

Nas décadas que se seguiram, Picasso continuou a produzir enormes quantidades de trabalho em uma ampla variedade de mídias, muitas vezes explorando e reinventando grandes obras de arte do passado, como *As meninas*, de Diego Velázquez, ou *Mulheres de Argel*, de Eugène Delacroix. A essa altura, Picasso era o artista vivo mais famoso do mundo, suas telas compradas a peso de ouro por galerias e ricos colecionadores particulares. Às vezes, Picasso pagava uma refeição cara em um restaurante rabiscando algumas linhas em um guardanapo.

No decorrer de sua longa carreira, nutriu um apetite voraz pela vida e por todos os seus prazeres. Ao longo dos anos, colecionou uma sucessão de esposas e amantes, que às vezes se sobrepunham umas às outras, e, em seus trabalhos posteriores, ele frequentemente se descreveu como um tipo de sátiro, ou deus olímpico, desfrutando de vinho, mulheres e rosas junto a seu amado Mediterrâneo.

# ROOSEVELT

## 1882-1945

*A vida dele [...] deve ser considerada um dos eventos grandiosos no destino da humanidade.*

Winston Churchill, após a morte de Roosevelt

Franklin Delano Roosevelt, em seus inigualáveis quatro mandatos como presidente dos Estados Unidos, tirou o país das profundezas da Depressão, comandou o esforço militar do país na Segunda Guerra Mundial e ajudou a criar o "século norte-americano", com sua colossal e rica nação figurando como o arsenal da liberdade. Homem encantador, astuto e enig-mático, de convicções liberais tolerantes, imensa coragem pessoal e impla-cável destreza política, a determinação de Roosevelt no sentido de assegurar a democracia em âmbito doméstico e no exterior fez dele um dos mais ex-traordinários líderes da história.

Roosevelt foi eleito presidente pela primeira vez em 1932 em um país as-solado por uma terrível recessão econômica, com 30 milhões de desemprega-dos. Tão logo assumiu o cargo, começou a implementar o *New Deal* que ele prometera ao povo norte-americano, recolocando-o no caminho da prospe-ridade econômica. Níveis sem precedentes de intervenção governamental na agricultura, no comércio e na indústria permitiram ao capitalismo recuperar--se dos golpes sofridos pelo *crash* de Wall Street.

As administrações de Roosevelt assumiram inéditos níveis de responsabi-lidade pelo bem-estar do povo. Diante da amarga oposição dos defensores do livre mercado, ele introduziu a previdência social, protegeu os direitos dos tra-balhadores de organizar sindicatos e regulamentou os horários de trabalho e os salários. Ao mesmo tempo, nos anos 1930, Roosevelt supervisionou a restaura-ção do poderio econômico dos Estados Unidos, restabelecendo assim a fé dos norte-americanos em seu sistema político e seu modo de vida – e dando ao país a força para enfrentar as provações da guerra global que estava por vir.

Roosevelt queria que seu país fosse "o bom vizinho" do mundo e buscou alçar os Estados Unidos a um novo papel como fiador da liberdade por toda parte. Reconheceu cedo a barbárie e o mal da Alemanha nazista e sabia que, no longo prazo, a neutralidade na Segunda Guerra Mundial prejudicaria os interesses dos Estados Unidos, mas o sentimento isolacionista era tão forte que Roosevelt foi obrigado a disputar as eleições presidenciais de 1940 com a promessa de manter o país fora da guerra.

Ao mesmo tempo, fez tudo o que pôde para apoiar os Aliados, instituin-do o programa *Lend-Lease* (Lei de Empréstimo e Arrendamento) de apoio econômico e militar que ajudou a Grã-Bretanha a lutar sozinha contra os nazistas após a queda da França. Em janeiro de 1941, enunciou as Quatro Liberdades em nome das quais afirmou que os Estados Unidos estariam dis-postos a lutar: liberdade de expressão, liberdade religiosa, liberdade de viver sem penúria [direito a um nível de vida adequado] e liberdade de viver sem medo. Em agosto de 1941, Roosevelt conheceu Churchill, e, desse encontro, no contexto das difíceis relações que permeavam a Segunda Guerra Mundial, foi aprovada e emitida pelos estadistas a Carta do Atlântico, que asseverava o direito universal à autodeterminação nacional e à segurança e estabelecia os princípios do que viria a ser a Organização das Nações Unidas.

O ataque japonês a Pearl Harbor, em dezembro de 1941, acabou com o isolamento dos Estados Unidos. Para Roosevelt, não era suficiente derrotar a Alemanha e o Japão: "É inútil vencer batalhas se a causa pela qual travamos as batalhas se perder", declarou ele. "É inútil vencer uma guerra a menos que ela continue ganha." Roosevelt era um mestre do engodo, e ele mesmo definiu melhor que ninguém sua dissimulação e perspicácia na política, fosse na guerra ou na paz: "Vocês sabem, sou um malabarista trapaceiro, e nunca deixo minha mão direita saber o que minha mão esquerda faz [...]. Posso ter uma política para a Europa e outra diametralmente oposta para a América do Norte e do Sul. Posso ser inteiramente inconsistente e, ademais, estou totalmente disposto a enganar e dizer inverdades se isso ajudar a ganhar a guerra".

Durante o conflito, Roosevelt não apenas estabeleceu as bases das Nações Unidas, mas também, com Churchill e Stálin, tornou-se um arquiteto do mundo pós-guerra. Orgulhava-se de usar seu charme para encantar Stálin e construir um relacionamento pessoal com o líder soviético, muitas vezes atormentando seu grande aliado Churchill.

Roosevelt foi criticado por ceder uma porção muito grande da Europa Oriental a Stálin durante essas discussões, mas como as áreas do Leste Europeu já estavam ocupadas por forças soviéticas, o mais provável era que apenas outra guerra as libertasse.

A convicção de Roosevelt que os fracos deveriam ser defendidos contra ações predatórias dos ricos e poderosos havia sido incutida nele desde a infância. Embora tivesse recebido uma educação privilegiada na aristocrática sociedade da Costa Leste, um inspirador diretor de escola infundiu em Roosevelt um profundo senso de responsabilidade social. Mais tarde isso foi reforçado por seu casamento com sua prima distante, Eleanor. Mulher de fortes interesses acadêmicos e literários e ideais sociais progressistas, Eleanor foi uma militante incansável em nome dos desfavorecidos até sua morte em 1962.

A genialidade de Roosevelt estava em sua forma de lidar com as pessoas. Para os milhões de norte-americanos que o ouviam pelo rádio explicando suas políticas como se fosse "um tio papeando à beira da lareira", Roosevelt causava a impressão de uma conversa íntima e informal, e parecia que o presidente estava pessoalmente garantindo o bem-estar dos cidadãos. "Não temos nada a temer senão o próprio medo", assegurava ele. O relacionamento de Roosevelt com Churchill, seu aliado nos anos mais sombrios de guerra, era de genuína afinidade; certa feita, ele terminou uma longa e séria mensagem dizendo ao primeiro-ministro britânico: "É divertido estar na mesma década que você".

Depois que os Três Grandes Aliados se reuniram em Ialta em fevereiro de 1945, Roosevelt apareceu à imprensa em uma cadeira de rodas, desculpando-se por sua "postura incomum", mas dizendo que era "muito mais fácil" que carregar "4,5 quilos de aço ao redor da parte inferior das minhas pernas". Foi sua primeira admissão pública dos efeitos paralisantes da poliomielite que o presidente havia contraído aos 39 anos, e que ele havia combatido e ocultado recorrendo a aparelho ortopédico para as pernas e a outros meios. Isso era tanto uma defesa contra a percepção pública de fraqueza quanto uma recusa pessoal verdadeiramente heroica de deixar que uma doença debilitante destruísse sua determinação de cumprir suas tarefas presidenciais.

A morte repentina de Roosevelt em decorrência de uma hemorragia cerebral em abril de 1945, pouco antes da primeira assembleia da ONU, aturdiu o mundo.

# MUSSOLINI

## 1883-1945

*[...] a concepção fascista do Estado é abrangente; fora dela, nenhum valor humano ou espiritual pode existir, muito menos ter valor.*

Mussolini, *A doutrina do fascismo*, 1932

Benito Mussolini, o ditador da Itália de 1922 a 1943, foi o pai do fascismo – um autocrata tirânico e dominador cuja política totalitária pavimentou o caminho para o nazismo. Sufocando de modo implacável qualquer forma de dissidência em âmbito doméstico, ele também foi um cobiçoso colonialista com delírios imperiais romanos, diretamente responsável pela morte de mais de 30 mil etíopes em sua infame campanha abissínia, além de cúmplice, por meio de sua aliança com Adolf Hitler, nas atrocidades da Alemanha nazista.

Benito Amilcare Andrea Mussolini nasceu em 29 de julho de 1883 em Predappio, no norte da Itália. Seu pai era ferreiro e sua mãe, professora primária, profissão que ele seguiu, mas logo abandonou. Em 1902, emigrou para a Suíça para fugir ao serviço militar, mas, sem sucesso na tentativa de encontrar um emprego permanente, tendo sido até mesmo preso por vagabundagem, foi expulso e deportado para a Itália, onde foi forçado a cumprir o serviço militar.

Aos vinte anos, seguindo os passos de seu pai, Mussolini engajou-se ativamente no movimento socialista, editando um jornal chamado *La Lotta di Classe* [A luta de classes] antes de, em 1910, tornar-se secretário do partido socialista local em Forli, para o qual editou o jornal *Avanti!* [Avante!]. Ele escreveu também um fracassado romance intitulado *L'amante del Cardinale* [A amante do cardeal]. Cada vez mais conhecido pelas autoridades por incitar a desordem, Mussolini foi preso em 1911 por produzir propaganda pacifista depois que a Itália declarou guerra à Turquia. De forma previsível, Mussolini inicialmente se opôs à entrada da Itália na Primeira Guerra Mundial, mas – talvez acreditando que um conflito de grandes proporções precipitasse a derrubada do capitalismo – mudou de ideia, decisão que acarretou sua expulsão do partido socialista. Ele rapidamente foi cativado pelo militarismo, fundando um novo jornal, *Il Popolo d'Italia* [O povo da Itália], bem como o grupo pró-guerra Fasci d'Azione Rivoluzionaria, embora ele mesmo tenha largado o serviço militar em 1917 após ferimentos sofridos em decorrência da explosão de uma granada durante um treinamento.

Mussolini era então um inveterado antissocialista, convencido que somente um governo autoritário seria capaz de superar os problemas econômicos e sociais endêmicos da Itália do pós-guerra, enquanto violentas gangues de rua (incluindo a dele) lutavam pela supremacia. Para descrever suas diretrizes políticas firmes, centralizadas em torno de um governo autocrático e na figura de um ditador, Mussolini cunhou o termo *fascismo* – da palavra italiana *fascio*, que significa "união", e do latim *fasces*, o antigo símbolo romano de um machado cercado por hastes de madeira, exprimindo força e poder por meio da unidade na Roma Antiga. Em março de 1919, o primeiro movimento fascista na Europa se cristalizou sob a liderança de Mussolini para formar o *Fasci di Combattimento*. Seus partidários, os "Camisas Negras", em nítido contraste com os desarranjados e descontrolados governos liberais do período, dispersavam greves industriais e desbaratavam os socialistas das ruas. Embora tenha sido derrotado nas eleições de 1919, Mussolini foi eleito para o Parlamento em 1921, juntamente com 34 outros fascistas, formando o Partido Nacional Fascista no fim daquele ano. Em outubro de 1922, depois que as hostilidades entre grupos de esquerda e de direita intensificaram-se a ponto de descambar para a quase anarquia, Mussolini – com milhares de seus Camisas Negras – realizou a vasta manifestação fascista chamada de Marcha sobre Roma (na verdade, ele chegou de trem), se apresentando como o único homem capaz de restaurar a ordem. Desesperado, o rei Vítor Emanuel III, em uma decisão fatal, pediu-lhe para formar um governo.

O novo regime foi erigido sobre o medo. Em 10 de junho de 1924, Giacomo Matteotti, um destacado deputado do partido socialista, foi sequestrado e assassinado pelos partidários de Mussolini depois de criticar as eleições daquele ano, em que os fascistas receberam 64% dos votos. Em 1926, Mussolini (autointitulando-se *Il Duce* – o Líder – e inicialmente apoiado pelos liberais) já havia desmantelado a democracia parlamentar e carimbado sua autoridade pessoal em todos os aspectos do governo, introduzindo censura rígida e uma engenhosa e azeitada máquina de propaganda em que editores de jornais eram escolhidos a dedo. Dois anos depois, quando Mussolini colocou o poder executivo nas mãos do Grande Conselho do Fascismo, o país tornou-se efetivamente um Estado policial de partido único.

Em 1935, procurando realizar seus sonhos de dominação mediterrânea e de erigir um império norte-africano, ordenou a invasão da Etiópia. Em outubro daquele ano, Mussolini invadiu a Abissínia (que corresponde à atual Etiópia), usando poder aéreo e armas químicas (gás mostarda) em uma campanha de barbárie que durou sete meses e envolveu o assassinato sistemático de prisioneiros estrangulados em forcas públicas ou atirados de aeronaves em pleno voo. A campanha resultou na anexação da Etiópia à África Oriental Italiana, juntamente com a Eritreia e a Somalilândia.

Mussolini tinha sonhos imperiais, mas a campanha também serviu para vingar a humilhação sofrida pela Itália em março de 1896, quando a Etiópia derrotou um exército italiano em Adowa. A invasão de 1935 – para a qual os italianos usaram como pretexto ilusório uma disputa de fronteira – mobilizou tanques, artilharia e aviões italianos contra o mal equipado e precariamente treinado exército do imperador Haile Selassie.

Avançando em ritmo constante rumo à capital etíope, os italianos saquearam o obelisco de Axum, um monumento ancestral, e incendiaram a cidade de Harar, tomando a capital Adis Abeba em 5 de maio de 1936 e forçando

Selassie a fugir do país. O vitorioso comandante de Mussolini, o marechal Badoglio, recebeu o absurdo título de duque de Adis Abeba. Ao longo do caminho, em uma flagrante violação do Protocolo de Genebra de 1925, os italianos despejaram entre trezentas e quinhentas toneladas de gás mostarda, envenenando até mesmo as ambulâncias da Cruz Vermelha.

Enquanto isso, a salvo em Roma, Mussolini ordenou que "todos os prisioneiros rebeldes devem ser mortos", instruindo suas tropas a "conduzir sistematicamente uma política de terror e extermínio dos rebeldes e da população cúmplice". Em fevereiro de 1936, após uma fracassada tentativa de assassinato contra o governador colonial, as tropas italianas entraram em um frenesi de fúria e violência por três dias.

O *establishment* militar italiano alertara Mussolini que uma afronta à influência britânica e francesa na África e no Oriente Médio poderia provocar a Inglaterra e instigar os ingleses a entrar em uma guerra que "nos reduziria ao nível dos Bálcãs", mas a Inglaterra – sob o governo de Neville Chamberlain – e a França almejavam uma política de apaziguamento nesse período, e Mussolini calculou, acertadamente, que nem franceses nem ingleses agiriam de forma firme e decisiva, o que encorajou Hitler. No entanto, o império etíope da Itália teve vida curta, libertado pela contraofensiva inglesa em 1941. Haile Selassie reinou até 1974 – e foi Badoglio quem em 1943 substituiu Mussolini e fez as pazes com os Aliados. As atrocidades abissínias de Mussolini levaram a Liga das Nações a impor sanções à Itália. Cada vez mais isolado, ele deixou a Liga e se aliou a Hitler em 1937 – mesmo ano em que concedeu asilo e apoio ao brutal líder e fundador do movimento nacionalista e fascista croata Ante Pavelić –, emulando o *Führer* em uma série de leis antissemitas. Logo ficou claro, no entanto, que Mussolini era o parceiro menos importante no relacionamento – Hitler deixava de consultá-lo em quase todas as decisões militares.

Depois que Hitler invadiu a Tchecoslováquia em março de 1939, acabando com as esperanças de paz despertadas pelo Acordo de Munique do ano anterior, Mussolini ordenou a invasão da vizinha Albânia, suas tropas derrotando com facilidade o minúsculo exército do rei Zog. Em maio, Hitler e Mussolini declararam um Pacto de Aço, comprometendo-se a apoiar-se mutuamente em caso de guerra – manobra que causou arrepios de medo em toda a Europa.

A Itália não entrou na Segunda Guerra Mundial até a queda da França em junho de 1940, quando parecia que a Alemanha estava a caminho de uma vitória rápida, mas a guerra italiana – começando com um malogrado ataque à Grécia em outubro, e a seguir derrotas esmagadoras e humilhantes no Norte da África – foi um desastre absoluto. Apesar de todo o pretenso militarismo do seu regime, o exército de Mussolini estava desastrosamente despreparado para uma guerra nessa escala, despejando enxurradas de soldados nos Bálcãs e na África. Após a chegada anglo-americana às praias da Sicília em junho de 1943, Mussolini caiu em desgraça e seus seguidores fascistas o abandonaram; derrubado e preso, o *Duce* foi resgatado da prisão por destacamentos alemães e instalado como chefe de governo de um protetorado fantoche no norte da Itália. Em 27 de abril de 1945, enquanto o cerco dos Aliados se fechava, Mussolini – disfarçado de soldado alemão – foi capturado por *partisans* italianos no vilarejo de Dongo, perto do lago Como. Foi fuzilado no dia seguinte, junto com sua amante. Seus corpos foram levados para Milão e ficaram expostos à execração pública durante vários dias, pendurados pelos pés em ganchos de carne, na Piazza Loreto.

# TOJO: ASCENSÃO E QUEDA DO IMPÉRIO JAPONÊS

### 1884-1948

*A guerra da Grande Ásia Oriental foi justificada e justa.*

Hideki Tojo, depois da tentativa de assassinato
que sofreu em setembro de 1945

O general Hideki Tojo, apelidado de "Navalha", foi o primeiro-ministro do Japão durante grande parte da Segunda Guerra Mundial, o arquiteto das agressões imperiais nipônicas e a força por trás da apavorante política japonesa de engrandecimento e brutalidade que custou a vida de milhões e destruiu seu próprio país. No entanto, é fútil atribuir a um único homem a culpa pelas atrocidades e agressões do Japão: Tojo era meramente o representante de uma mentalidade e conduta predominantes entre a nobreza, a burocracia e as Forças Armadas japonesas, entusiasticamente respaldadas pelo povo. Uma recente pesquisa mostrou que o imperador Hirohito estava totalmente envolvido nas ordens que levaram diretamente ao assassinato de tantas pessoas.

Tojo, filho de um general, ingressou ainda jovem na carreira militar, frequentando a escola de cadetes do exército; tornou-se oficial de infantaria, adido militar e instrutor na academia militar japonesa. Em 1933 já era major-general. Antes disso, fazia parte de um grupo militarista de extrema direita que demonstrava ultranacionalismo fanático. No entanto, durante uma tentativa de golpe por ultranacionalistas em 26 de fevereiro de 1936, Tojo permaneceu leal ao imperador Hirohito e ajudou na repressão ao ardil.

A lealdade de Tojo foi recompensada em 1937, quando ele recebeu a nomeação a chefe do Estado-Maior do Exército Kwangtung na Manchúria. Na posição de chefe de gabinete, Tojo desempenhou um papel importante no lançamento da Segunda Guerra Sino-Japonesa – conflito de oito anos que deixaria milhões de mortos e em que os militares nipônicos, no encalço da conquista imperial da China, ignoraram tanto a decência humana quanto as leis da guerra. Os não combatentes – homens, mulheres e crianças – foram deliberadamente fuzilados, resultando em atrocidades como o chamado Estupro de Nanquim, no qual, entre dezembro de 1937 e março de 1938, as tropas japonesas massacraram entre 250 mil e 350 mil civis chineses.

À medida que a guerra na China avançava, o exército japonês reforçou seu controle sobre o governo civil e Tojo mergulhou mais profundamente na política. Em maio de 1938, ele foi nomeado vice-ministro da Guerra no governo do príncipe Fumimaro Konoe. Nessa função, foi um dos mais ferrenhos defensores de um pacto com a Alemanha nazista e a Itália fascista, e, sem papas na língua, também pressionou por um ataque preventivo contra a União Soviética.

Promovido a ministro da Guerra em julho de 1940, Tojo passou a supervisionar a entrada formal do Japão na aliança tripartite do Eixo juntamente com a Alemanha e a Itália. Em julho de 1941, Tojo havia convencido a França de Vichy a endossar a ocupação japonesa de várias bases importantes na Indochina – medida que preparou o caminho para as sanções dos Estados Unidos contra o Japão e aumentou as tensões entre os dois países. Quando Fumimaro Konoe, isolado politicamente, foi por fim forçado a se demitir em outubro de 1941, Tojo, ainda mantendo a função de ministro da Guerra, apresentou-se para substituí-lo como primeiro-ministro. Imediatamente declarou seu compromisso com a criação de uma Nova Ordem na Ásia. De início, apoiou os esforços de seus diplomatas para conseguir isso por meio de um acordo com os Estados Unidos. Mas quando ficou claro que não era possível nenhum ajuste formal com os norte-americanos nos termos desejados, Tojo deu aval para o ataque à base naval em Pearl Harbor, em 7 de dezembro de 1941, o que desencadeou a guerra no Pacífico.

O vitorioso Japão invadiu Cingapura, Malásia, grande parte da China, Filipinas, Indonésia e uma vasta faixa do Pacífico, avançando rumo à Índia através da Birmânia, mas a marinha dos Estados Unidos destruiu a frota japonesa na batalha de Midway em junho de 1942 e daí em diante, sob o comando do general Douglas MacArthur, gradualmente retomou o Pacífico. Tojo assumiu poderes quase ditatoriais, mas, como consequência da captura norte-americana das Marianas em julho de 1944, pediu demissão.

Tojo foi responsável pela conduta japonesa da guerra, quase tão bárbara quanto a dos nazistas na Europa. Os arquivos japoneses mostram que o imperador Hirohito não foi o fantoche dos militaristas, mas os apoiou entusiasticamente e os dirigiu. Hirohito deve compartilhar parte da responsabilidade assumida por Tojo com relação aos crimes de guerra do Japão. Durante o massacre de Sook Ching, de fevereiro a março de 1942, por exemplo, até 50 mil chineses foram sistematicamente executados por tropas japonesas em Cingapura. Ao mesmo tempo, os japoneses empreenderam a política dos Três Tudos na China – por meio da qual os soldados nipônicos receberam ordens para "matar tudo, queimar tudo e saquear tudo", a fim de pacificar o país, resultando na morte de 2,7 milhões de civis. Outro exemplo dos efeitos brutais do militarismo japonês foi a infame Marcha da Morte de Bataan. Depois de um combate de três meses pela península de Bataan nas Filipinas, cerca de 75 mil soldados Aliados (sendo cerca de 64 mil norte-americanos e 11 mil filipinos) renderam-se formalmente às forças japonesas em 9 de abril de 1942. Capturados, exaustos e famintos, foram então forçados a marchar por oitenta quilômetros até um campo de prisioneiros. Na jornada, muitos foram executados – parar sem permissão era interpretado como um sinal de insubordinação e recebia punição instantânea. Muitos mais morreram devido às condições que enfrentaram. Aqui está o testemunho de um prisioneiro de guerra, Lester Tenney, que foi submetido à Marcha da Morte e viveu para contar:

> Os soldados japoneses chegaram à nossa área às seis da manhã de 10 de abril de 1942, e depois de alguns minutos de gritaria e procura por cigarros, eles nos

agruparam e nos forçaram a caminhar até a estrada principal em Bataan, e nós levamos conosco apenas os pertences que carregávamos no corpo naquele momento. Muitos não tinham cantil nem proteção para a cabeça. Então marchamos pelos primeiros quatro dias sem comida ou água [...]. Caminhávamos do raiar ao pôr do sol. Sem pausa para o almoço, sem jantar, e dormíamos em um imenso galpão que poderia facilmente abrigar quinhentos homens mas estava lotado com 1.200 soldados que mal tinham o mínimo espaço para se deitar. E quando alguém precisava se livrar de seus resíduos corporais, era obrigado a fazê-lo no chão onde dormia [...]. Vi com meus próprios olhos um prisioneiro de guerra sendo morto com uma estocada de baioneta nas costas por ter parado em um poço artesiano para tomar um copo de água. Assassinado por causa de um gole de água. E quanto aos lamaçais e chafurdeiros que margeavam todas as estradas nas Filipinas, onde os animais se sentavam durante os dias quentes. A água naqueles lamaceiros era imunda e continha, entre outras coisas, fezes de animais. Mas quando você está com sede e sem água por dias a fio, um desejo de beber água toma conta da sua noção de certo e errado e você escapa com um salto da fila de marchadores e empurra a espuma por cima da água para assim dar um gole dessa suposta água. O resultado final era disenteria, seguida de perto pela morte.

Mesmo depois de Tojo ter renunciado ao poder, as cruéis regras que ele tinha ajudado a criar, em que a vida humana era considerada desprovida de valor, perduraram – resultando em atrocidades como o massacre de Manila em fevereiro 1945, no qual 100 mil civis filipinos foram exterminados.

Além dos assassinatos, os japoneses realizaram hediondos experimentos médicos em prisioneiros capturados e populações subjugadas. Armas biológicas e químicas foram testadas em vítimas selecionadas; outras cobaias foram operadas sem anestesia ou expostas à ação das intempéries para ver como seus corpos reagiram. As convenções internacionais sobre o tratamento de prisioneiros de guerra foram desprezadas, e os prisioneiros eram forçados a trabalhar em condições terríveis, privados de comida e medicamentos, e torturados e executados sem restrição.

O Japão resistiu à derrota com brutalidade e determinação suicida. Enquanto forças norte-americanas se aproximavam do próprio Japão e tropas soviéticas atacavam a Manchúria japonesa, os Estados Unidos despejaram bombas nucleares sobre Hiroshima e Nagasaki, acarretando a rendição.

Até hoje, o caráter e a escala do que aconteceu são de difícil compreensão. Na esteira da rendição japonesa incondicional em agosto de 1945, Tojo tentou cometer suicídio. Contudo, em abril de 1946, foi julgado por crimes de guerra. Considerado culpado, recebeu a sentença de morte e foi executado por enforcamento em 23 de dezembro de 1948. Os norte-americanos encamparam o imperador Hirohito como a figura nacional ideal e muito amada para tornar-se o monarca constitucional de um novo Japão democrático. Hirohito governou por um longo tempo – mas teve a sorte de não ser executado com o general Tojo.

# BEN-GURION

## 1886-1973

*Em Israel, para ser realista você deve acreditar em milagres.*
David Ben-Gurion, em uma entrevista (1956)

David Ben-Gurion foi o arquiteto e defensor do incipiente Estado de Israel e seu primeiro primeiro-ministro. Visionário irascível mas extremamente pragmático, transformou o mapa político do Oriente Médio, criando a primeira terra para o povo judeu em 2 mil anos. Ele não apenas conseguiu construir e proteger essa pátria precária contra ataques de poderio esmagadoramente superior de todos os lados, mas também criou a única democracia liberal em todo o Oriente Médio, uma conquista que perdura ainda hoje. A pura força da vitalidade de Ben-Gurion era evidente em todos os aspectos de sua vida. Além de se dedicar à construção de uma nação, ele tinha um desejo voraz de conhecimento, aprendendo sozinho grego antigo para ler Platão, e espanhol para ler Cervantes.

Já um engajado sionista e socialista quando emigrou da Polônia para a Palestina controlada pelos otomanos em 1906, o jovem empobrecido de vinte anos David Gruen logo adotou a versão hebraica: Ben-Gurion. Sob esse nome, o idealista ascético, ambicioso e secular ascendeu de uma posição de promissor ativista político desafiando o domínio turco a chefe do Executivo sionista na Palestina britânica. Por fim, com sua declaração da independência de Israel em 15 de maio de 1948, Ben-Gurion tornou-se primeiro-ministro do novo Estado judeu – cargo que ocuparia, exceto por um interlúdio de dois anos na década de 1950, pelos quinze anos seguintes. O ímpeto de Ben-Gurion não diminuiu com a idade, e ele permaneceu no Parlamento até três anos antes de sua morte, em 1973.

Ben-Gurion uniu em um Estado próprio um povo historicamente díspar e dividido. Quando a Segunda Guerra Mundial eclodiu na Europa, ele planejou o contrabando de milhares de refugiados judeus para a Palestina, enquanto as nações do mundo fechavam suas portas para eles. Sua diretiva para que os judeus palestinos se juntassem ao exército britânico de modo a ajudar a combater os nazistas, ao mesmo tempo que os britânicos tentavam barrar a imigração judaica para a Palestina, inspirou a simpatia internacional pela causa sionista.

Durante o período do jugo britânico, Ben-Gurion ajudou a criar instituições – sindicatos, associações agrícolas, forças militares – que propiciariam a estrutura de um país independente. Ele efetivamente criou um Estado judeu paralelo dentro da Palestina britânica, pronto para assumir o poder a qualquer momento. Sem essa estrutura, é difícil imaginar que Israel teria sido capaz de combater os ataques simultâneos de cinco nações árabes ocorridos horas depois da declaração de independência.

A liderança de Ben-Gurion durante os anos pós-independência mostra sua extraordinária habilidade como estadista. Mesmo nas crises mais intensas, Ben-Gurion – que por natureza era algo autocrata – recusou-se a implementar medidas de emergência que pudessem solapar o comprometimento de Israel com a democracia. O assentamento no Neguev, outrora um deserto, mas agora uma das regiões mais prósperas de Israel, foi instigado por sua iniciativa. Tendo começado sua vida na Palestina como agricultor, Ben-Gurion sempre acreditou que o sionismo envolvia a conquista de terras pelo trabalho judeu, e, quando ele se aposentou, foi morar no pioneiro *kibutz* que ajudara a criar quando jovem.

Era ousado, mercurial, mas inabalável na coragem de suas convicções sionistas e democráticas, e suas decisões – em especial a sua declaração da independência de Israel – muitas vezes pareciam impossíveis ou afrontavam a pressão internacional. Ele era um político moderado disposto a ser implacável de modo a garantir a sobrevivência do Estado. Seu acordo secreto em 1956, pelo qual Israel invadiria o Sinai de modo a dar à Inglaterra e à França um pretexto para apoderar-se do canal de Suez, recebeu condenação internacional. Mas Ben-Gurion defendeu a validade de suas ações e, na verdade, assegurou a Israel outros onze anos de paz.

Os planos de Ben-Gurion não o cegaram para a realidade política, tampouco sua mentalidade obstinada o impedia de ter empatia com os inimigos de Israel. Ele foi um dos primeiros a reconhecer a validade das objeções árabes ao sionismo, e de maneira consistente tentou atender às reivindicações deles, apesar das acusações de traição e oportunismo de ambos os lados do espectro político israelense. Após a Guerra dos Seis Dias, ele passou a ser uma voz solitária, argumentando sabiamente que Israel deveria renunciar a seus vastos ganhos territoriais, exceto por uma Jerusalém unida e as colinas de Golã.

Ben-Gurion procurou criar um Estado que fosse "Uma luz para as nações" e, apesar das dificuldades apresentadas pelas exigências da política e da segurança, nunca abandonou o desejo de agir de acordo com os mais elevados padrões morais. O papel que esse sionista teimoso, fervorosamente otimista e resoluto desempenhou para assegurar e defender uma pátria para o povo judeu não pode ser subestimado. A existência de Israel e a democracia são um tributo à tenacidade de David Ben-Gurion.

No entanto, ele também contribuiu para as falhas do Estado de Israel — sua representação proporcional, apoiada por Ben-Gurion, significa que o destino de Israel está à mercê de pequenos partidos ultrarreligiosos e nacionalistas, e os governos israelenses talvez nunca sejam fortes o suficiente para firmar os acordos de paz que o país desesperadamente precisa.

# HITLER
## 1889-1945

*Se um dia a nação alemã já não estiver suficientemente forte ou suficientemente pronta para o sacrifício de arriscar o próprio sangue em nome de sua existência, então que pereça e seja aniquilada por alguma outra potência mais forte [...].*

Adolf Hitler, 27 de novembro de 1941

Adolf Hitler é a personificação do monstro histórico, a encarnação do mal e o organizador dos maiores crimes de assassinato em massa já cometidos, o responsável por uma guerra mundial na qual morreram mais de 70 milhões de pessoas, quais 6 milhões no Holocausto. Nenhum outro nome fez por merecer tamanho opróbrio ou chegou a tipificar as profundezas às quais a humanidade é capaz de afundar. Em meio aos horrores da história, os crimes do *Führer* nazista continuam a ocupar um lugar singular.

Nascido na localidade austríaca de Braunau am Inn, Hitler deixou a escola aos dezesseis anos sem nenhuma qualificação. Em Viena, onde pretendia ser pintor, sofreu grande decepção ao ser rejeitado duas vezes pela academia de belas-artes, que o considerou inapto para a pintura. Ele decidiu permanecer em Viena, às voltas com grandes dificuldades econômicas, vendendo aquarelas. Nesse período, adquiriu as ideias nacionalistas e antissemitas que mais tarde o levariam ao poder.

Em 1913, Hitler mudou-se para Munique, e em agosto de 1914 alistou-se voluntariamente no exército alemão, mais tarde combateu no front ocidental e alcançou o posto de cabo. Quando, em novembro de 1918, o governo alemão concordou com um armistício, Hitler – e muitos outros nacionalistas alemães – julgou que o invicto exército alemão havia sido "esfaqueado pelas costas". Ele ficou chocado com o Tratado de Versalhes, sob cujos termos a Alemanha perdeu muito território e a maior parte de suas Forças Armadas.

Depois da guerra, Hitler se juntou ao Partido dos Trabalhadores Alemães (DAP), impressionado por sua fusão de nacionalismo, antissemitismo e antibolchevismo. Em pouco tempo, ganhou a reputação de excepcional orador e, em 1921, tornou-se líder do Partido Nacional Socialista dos Trabalhadores Alemães (NSDAP) – o Partido Nazista, desenvolvendo um culto à adoração do poder, a veneração pela violência purificadora e os assassinatos gratuitos e cruéis, a superioridade racial, eugenia e liderança brutal. Hitler criou uma milícia paramilitar, a SA (*Sturmabteilung* – Tropas de Assalto), encabeçada por Ernst Röhm.

Inspirado pelo exemplo de Mussolini na Itália, resolveu tomar o poder e, em novembro de 1923, em Munique, tentou dar um golpe contra a democrática República de Weimar. A tentativa fracassou e ele foi preso e condenado a cinco anos de prisão – mas cumpriu pena de apenas alguns meses, período no qual escreveu *Mein Kampf* [*Minha luta*], que exalava antissemitismo exaltado e desenfreado, anticomunismo e nacionalismo militantes. Hitler também mudou de tática, decidindo buscar poder por meio das urnas – e depois substituir a democracia por um Estado autocrático.

A oportunidade de Hitler veio com a chegada da Grande Depressão. Nas eleições seguintes, à medida que a economia se deteriorava, o Partido Nazista aumentou seu número de votos, tornando-se o maior partido do *Reichstag* (Parlamento alemão) em julho de 1932, posição confirmada pelas eleições de novembro. Em 30 de janeiro de 1933, Hitler foi empossado como chanceler.

Após o incêndio do edifício do *Reichstag* em fevereiro de 1933, Hitler suspendeu as liberdades civis e aprovou a Lei de Concessão de Plenos, que lhe permitiu governar como ditador. A oposição foi esmagada. Hitler promoveu até mesmo uma repressão interna: durante o expurgo da "Noite das facas longas", em junho de 1934, ordenou o fuzilamento de Röhm e de vários líderes da SA por tropas da SS (*Schutzstaffel*, o Esquadrão de Proteção). Dois meses depois, Hitler, apoiado por capangas como Hermann Goering e Joseph Goebbels, alcançou poder civil e militar absoluto ao tornar-se *Führer* (líder) e chefe de Estado.

Os nazistas iniciaram uma recuperação econômica, reduzindo o desemprego e introduzindo novos planos ambiciosos, como a construção da nova rede de *autobahn* (autoestrada). Muitos dos outrora adversários de Hitler estavam preparados para dar-lhe o benefício da dúvida. No entanto, o milagre econômico foi em grande medida alcançado por meio de um enorme impulso de rearmamento, em violação ao Tratado de Versalhes – a primeira fase na determinação mais ampla de Hitler de iniciar uma guerra racista e europeia deliberadamente calcada na barbárie.

Em março de 1936, Hitler reocupou a zona desmilitarizada na Renânia. Ele observou cuidadosamente a reação da comunidade internacional – nada. Isso o encorajou. Em março de 1938, anexou a Áustria; em setembro, assegurou o controle da área germanófona dos Sudetos na Tchecoslováquia; e em março de 1939, ocupou o restante da Tchecoslováquia. Em cada uma dessas ações, enfrentou pouca resistência de outras potências europeias. Ele havia cumprido sua promessa básica: o Tratado de Versalhes fora reduzido a nada além de um "pedaço de papel".

Hitler assinou com o ditador soviético Josef Stálin o Pacto Molotov-Ribbentrop, que dividiu a Europa Oriental entre esses dois tiranos brutais. Em setembro de 1939, Hitler conquistou a Polônia, manobra que desencadeou declarações de guerra por parte da Inglaterra e da França. Porém, na primavera de 1940 os exércitos alemães voltaram-se para o oeste, conquistando a Noruega, a Dinamarca, os Países Baixos e a França em uma campanha-relâmpago. Em 1941, a Iugoslávia e a Grécia caíram em mãos nazistas, e somente a Inglaterra permanecia intacta. Hitler agora dominava seu barbaresco império continental e parecia inexpugnável.

Em junho de 1941, Hitler desferiu um ataque-surpresa contra a Rússia stalinista na Operação Barbarossa, o maior e mais brutal conflito da história da humanidade, resultando em 26 milhões de soviéticos mortos. Ele se deslocou para o leste da Polônia de modo a comandar seu empreendimento bélico de maior monta a partir do quartel-general no Covil do Lobo [*Wolfsschanze*]. As tropas alemãs obtiveram uma série de impressionantes vitórias no início da campanha da Barbarossa, quase tomando Moscou, e capturaram cerca de 6 milhões de prisioneiros.

Enquanto isso, outro projeto ainda mais horrível estava ganhando fôlego e ímpeto na Europa ocupada pelos nazistas. *Mein Kampf* havia falado em termos sombrios acerca das intenções de Hitler em relação aos judeus, e as Leis de Nuremberg de 1935-6, que privaram os judeus de seus direitos civis na Alemanha, sugeriram que o pior ainda estava por vir. À medida que as nuvens de guerra se acumulavam no fim da década, havia sinais mais agourentos e sinistros: em novembro de 1938, a *Kristallnacht* [Noite dos Cristais] provocara uma onda de ataques contra casas e propriedades judaicas por toda a Alemanha.

Hitler estava inicialmente contente em escravizar e matar de fome os eslavos e expulsar os judeus das terras alemãs; eles foram internados em guetos e campos de concentração em toda a Polônia ocupada. Mas então ele ordenou uma política de extermínio, usando *Einsatzgruppen* (forças-tarefa) para fuzilar 1 milhão de judeus. A Operação Barbarossa serviu como gatilho e pretexto para a "Solução Final da Questão Judaica". Sob as ordens de Hitler para Heinrich Himmler, o *Reichsführer* (comandante militar) da ss, judeus foram enviados para campos de extermínio para serem eliminados em câmaras de gás em escala industrial. O Holocausto, como ficou conhecido, ceifou 6 milhões de vidas de judeus, assim como extirpou a vida de muitas outras minorias odiadas pelos nazistas, incluindo ciganos, eslavos e homossexuais. Continua sendo um crime de magnitude incomparável.

Mas os soviéticos derrotaram os alemães em Stalingrado em 1942-3. Depois de obterem a vitória em Kursk, no verão de 1943, os soviéticos – lentamente, mas de maneira inexorável – destruíram o império de Hitler, avançando até Berlim. Em junho de 1944, os Aliados invadiram o norte da França nos desembarques do "Dia D" e começaram a abrir caminho para encontrar os soviéticos na própria Alemanha. No entanto, Hitler, cada vez mais iludido, frustrado e brutal, recusou-se a aceitar a realidade, exigindo que seus soldados lutassem até o último homem. Uma vez que a Alemanha estava sendo lentamente esmagada entre o Exército Vermelho no leste e os britânicos e norte--americanos no oeste, Hitler fugiu para o *Führerbunker* em Berlim em 16 de janeiro de 1945, juntamente com seu *staff* de apoio e, mais tarde, Eva Braun e a família Goebbels. Em 16 de abril, o Exército Vermelho lançou a batalha de Berlim, atacando em um maciço movimento de pinça que rapidamente esmagou e tomou a cidade.

Hitler passava seu tempo dando ordens a exércitos inexistentes para que lançassem ofensivas inexistentes, acusando de traidores seus potenciais sucessores Hermann Goering e Himmler e tomando chá com suas devotadas secretárias. Em outra parte do *bunker*, guardas da ss e as funcionárias do *Führer* entregavam-se a desvairadas orgias regadas a bebedeira. Em 28 de abril, ao ouvir a tentativa de Himmler de intermediar a paz, o enfurecido Hitler mandou fuzilar o oficial da ss Hermann Fegelein (cunhado de Eva Braun e o menino de ouro de Himmler) no jardim da chancelaria.

Em 29 de abril, Hitler casou-se com Eva Braun em uma cerimônia civil no *Führerbunker*. No dia seguinte, Braun e Hitler engoliram cápsulas de cianeto – previamente testadas em sua cadela, Blondi –, e Hitler se matou com um tiro na têmpora direita. Tornando inócuos os rumores escandalosos de que Hitler escapou para a América do Sul, alegações de testemunhas oculares de que seu corpo foi queimado foram comprovadas quando oficiais da SMERSH (unidade de contrainteligência do Exército Vermelho) descobriram, nas imediações do *bunker*, restos humanos cuja identidade foi confirmada por registros dentários. A ossada do *Führer* foi enterrada sob a base aérea soviética de Magdeburgo, na Alemanha Oriental, depois exumada e incinerada em 1970, sob as ordens do chefe da KGB, Iuri Andropov. Em 2000, parte do crânio foi exposta pelo Serviço Federal de Arquivos em Moscou.

# NEHRU

## 1889-1964

*Chega um momento, que ocorre muito raramente na história, quando saímos do velho para o novo, quando termina uma era e quando a alma de uma nação, há muito sufocada, encontra por fim sua expressão.*

Jawaharlal Nehru, carinhosamente apelidado de Pandit-ji ["professor"], foi o primeiro primeiro-ministro da Índia, que ele governou por quase vinte anos, e o pai da maior democracia da Terra. No entanto, também foi um político imperfeito, cujos programas de planejamento socialista refrearam a economia indiana, cujas tendências centralizadoras exacerbaram a tragédia da Partição e cujas políticas externas entraram no jogo dos soviéticos. O legado de Nehru não é apenas o sucesso da Índia democrática, mas também a mais bem-sucedida dinastia política da democracia moderna: no leste da Ásia e no Oriente Médio, a dinastia é fundamental para o poder. A Índia foi dominada por Nehru e sua família, o que perdura em pleno século XXI.

Descendente de advogados da Companhia das Índias Orientais, Nehru era filho de Motilal Nehru, um abastado jurista, anglicizado e sofisticado, além de destacado dirigente do Partido do Congresso Indiano, por vezes seu presidente. Nehru recebeu a melhor educação britânica, tendo estudado na Harrow School – que havia sido frequentada pelo longevo inimigo da independência da Índia, o próprio Winston Churchill – e depois no Trinity College da Universidade de Cambridge. Mas desde cedo, Nehru – que nos tempos da Harrow era por vezes chamado de Joe Nehru – envolveu-se com seu pai e Gandhi no cenário político e no movimento de independência do país. Em mais de uma ocasião, Nehru e seu pai foram presos juntos, e, apesar dos conflitos com Gandhi durante a década de 1930, Nehru tornou-se um líder por seus próprios méritos no início da guerra. Ele passava a maior parte do tempo entrando e saindo de cadeias britânicas, enquanto o governo inglês pelejava com a dúvida de manter a Índia ou dar-lhe a independência. Circulavam rumores das divergências entre Nehru e Gandhi, mas este o reconheceu como seu protegido e herdeiro em 1941.

No fim da guerra, ficou claro que a Inglaterra de fato se renderia às exigências indianas de independência: em 1946, o primeiro-ministro britânico Clement Attlee despachou uma missão do Gabinete para decidir como proceder. Em consultas com os dois principais partidos, o de Nehru representando os hindus, e a liga muçulmana sob a liderança de Muhammad Ali Jinnah, os britânicos propuseram uma Índia descentralizada com alguma autonomia para as províncias muçulmanas e hindus. Líder do maior partido da recém-eleita Assembleia Constituinte, Nehru tornou-se primeiro-ministro de um governo provisório. Attlee enviou o lorde Louis Mountbatten para a Índia como o último vice-rei, com ordens de conceder a independência em 1948. Mas o próprio Mountbatten tomou a fatídica decisão de acelerar os eventos em 1947. Mountbatten viu-se diante da oposição da elite hindu à divisão da Índia e da oposição muçulmana a uma Índia centralizada sob a predominância dos hindus. Sob essa pressão crescente, Mountbatten finalmente concordou com uma divisão apressada e mal planejada do Raj em dois países, Índia e Paquistão, o que resultaria no massacre de 1 milhão de pessoas – e uma imensa migração. Mountbatten ficou frustrado com Jinnah e os muçulmanos, mas tornou-se amigo próximo de Nehru; é provável que Nehru tenha tido um caso, ou pelo menos um relacionamento romântico, com a formidável vice-rainha, lady Edwina Mountbatten.

Em 15 de agosto de 1947, Nehru declarou a independência da Índia com as famosas palavras:

Há muitos anos, marcamos um encontro com o destino, e agora chega o momento de resgatar o nosso compromisso, não no seu todo ou de modo pleno, mas em boa medida e muito substancialmente. Ao toque da meia-noite, enquanto o mundo dorme, a Índia despertará para a vida e para a liberdade. Chega um momento, que ocorre muito raramente na história, quando saímos do velho para o novo, quando termina uma era e quando a alma de uma nação, há muito sufocada, encontra por fim sua expressão. É, pois, este o momento adequado para que assumamos solenemente nosso compromisso de dedicação ao serviço da Índia e do seu povo e à causa, maior ainda, da humanidade inteira.

Vencendo as primeiras eleições completas e pleitos subsequentes, Nehru tornou-se primeiro-ministro de uma Índia independente e permaneceu no cargo pelos dezesseis anos seguintes. Ele estabeleceu a democracia e a estabilidade na Índia, uma realização colossal, mas muitas de suas outras medidas e diretrizes foram contraproducentes.

Socialista fabiano, Nehru praticou o planejamento estatal em uma escala que paralisou e enfraqueceu a economia por décadas. Na política externa, seu movimento de não alinhamento, alegando neutralidade entre os Estados Unidos e a União Soviética, comeu na mão dos soviéticos, aproximando demasiadamente a Índia dos russos, que continuaram sendo grandes financiadores da família Nehru/Congresso até os anos 1970: a agência da KGB em Déli era a maior do mundo.

Em 1962, a insolente e radical postura de Nehru com relação à fronteira chinesa levou a uma curta mas perigosa guerra sino-indiana. Nehru morreu no cargo, mas, além da democracia, seus principais legados foram sua família e a máquina política do Partido do Congresso.

Desde os primeiros dias da independência, a função de chefe de gabinete de Nehru era ocupada por sua ambiciosa e implacável filha Indira, que em 1941 havia se casado com Ferouz Gandhi (sem parentesco com Mahatma). No entanto, na década de 1960 surgiram tensões entre o antigo primeiro-ministro e sua filha, de quem ele suspeitava de descarado desejo de poder.

Após o curto mandato de Lal Bahadur Shastri como primeiro-ministro, Indira Gandhi, apesar de ser ridicularizada por seus rivais como "Boneca Burra", venceu a eleição para chefe de governo em 1966. Em 1971, quando o Paquistão Oriental tentou se separar do Paquistão, Indira Gandhi apoiou os rebeldes e lutou contra os paquistaneses em uma guerra curta, resultando em um Bangladesh independente. A vitória sobre o Paquistão deu a ela excessiva confiança. Indira ganhou a eleição de 1971 auxiliada por sua campanha "Erradicar a pobreza". Mas foi indiciada pelos tribunais por corrupção eleitoral e malversação de fundos; sob a ameaça de perder sua posição por causa de um processo jurídico,

Indira afrontou os protestos, recusou-se a renunciar e declarou estado de emergência, governando por decreto com o apoio de apaniguados como seu ambicioso filho mais novo e herdeiro escolhido, Sanjay. Ela impôs seus poderes de maneira implacável, prendendo milhares de partidários da oposição. Quando finalmente convocou as eleições em 1977, Indira e o filho perderam seus assentos e o novo governo os prendeu e os levou a julgamento.

No entanto, em 1980, Indira venceu a eleição com esmagadora vantagem e retornou ao poder até ser assassinada por seus próprios guarda-costas siques em 1984. Foi sucedida por seu filho mais velho, Rajiv, que era piloto (Sanjay morrera em um acidente de avião em 1980) e comandou o país até 1989, quando o seu governo manchado pela corrupção perdeu as eleições. Rajiv foi assassinado pelo grupo rebelde Tigres Tâmeis em 1991, mas sua viúva Sonia, italiana de nascimento, assumiu a liderança do Partido do Congresso, que venceu o pleito de 2004. Recusando-se a se tornar primeiro-ministro, ela nomeou Manoman Singh como primeiro-ministro, mas em 2014 a dinastia foi derrotada de forma decisiva nas eleições pelos nacionalistas hindus, o Partido do Povo Indiano – perdendo poder e sinalizando o fim de uma era.

# FRANCO

## 1892-1975

*Eu sou responsável apenas perante Deus e perante a história.*
General Franco

O general Francisco Franco, o generalíssimo da Espanha de 1939 a 1975, é, em alguns aspectos, o tirano esquecido, seus atos ofuscados por Adolf Hitler e Josef Stálin, mas ele foi realmente um dos monstros da história. Na década de 1930, esse militar de carreira, chefe de Estado e ditador fascista obteve o poder com brutalidade e terror em uma selvagem guerra civil, ajudado por seu aliado Hitler, e aterrorizou a população civil da Espanha ao longo de 25 anos. À medida que a democracia prosperou no resto da Europa Ocidental após a Segunda Guerra Mundial, sua cruel e desumana ditadura militar continuou a esmagar a divergência de opinião e a fuzilar e torturar seus supostos inimigos.

Franco nasceu no noroeste da Espanha em 1892, na cidade naval de Ferrol. Sua mãe era uma devota e conservadora católica de classe média alta; seu pai, oficial da marinha, era um homem difícil e excêntrico, que esperava que seu filho seguisse a carreira nas forças navais. Devido a cortes orçamentários na marinha de guerra, no entanto, com apenas catorze anos, Franco entrou para o exército. Profissional ferrenho, ele logo granjeou a reputação de soldado corajoso e determinado, obtendo a patente de capitão em 1916 e, em 1926, aos 34 anos, chegou a general – o mais jovem da Espanha.

Embora servisse à monarquia com lealdade férrea, Franco não se envolveu abertamente na política até 1931, quando o rei espanhol abdicou, deixando o governo nas mãos de republicanos de esquerda. Reconquistando o poder dois anos depois, os conservadores identificaram Franco como um poderoso aliado potencial e o promoveram a major-general, instruindo-o a sufocar uma insurreição dos mineiros asturianos (a Revolução das Astúrias) em outubro de 1934. A vitória eleitoral da Frente Popular esquerdista em 1936, entretanto, levou Franco a ser rebaixado e enviado para as ilhas Canárias, mas poucos meses depois o bloco nacionalista espanhol de direita convocou o exército para que se juntasse a eles em uma rebelião contra o governo, que não conseguira estabilizar o país. A Guerra Civil Espanhola havia começado.

Em uma transmissão de rádio desde as ilhas Canárias em julho de 1936, Franco declarou que se uniria de imediato aos rebeldes. Então, depois dos altos e baixos das forças nacionalistas no Marrocos e em Madri, Franco apoderou-se rapidamente da direção militar e política da guerra e foi declarado generalíssimo, efetivamente o líder da causa nacionalista durante os três anos de conflito que se seguiram.

Convertido em chefe de Estado, comandou uma campanha de guerra notória por seu tratamento indiscriminadamente brutal das populações civis, com o eventual auxílio dos governos fascistas alemão e italiano. Organizou um Terror Branco no qual 200 mil pessoas foram assassinadas. A atrocidade mais infame ocorreu em abril de 1937, quando os bombardeiros da Legião Condor alemã reduziram a cinzas a cidade basca de Guernica. Embora a cidade não fosse um alvo militar e não tivesse defesas aéreas, a *Luftwaffe* fustigou Guernica durante todo o dia, uma segunda-feira, e sobrevoou as estradas de saída para caçar os civis fugitivos enquanto a cidade era engolida por uma bola de fogo. Estima-se que o ataque aéreo tenha custado a vida de 1.654 pessoas.

O generalíssimo Francisco Franco assinava listas de morte sinalizando E para executar os condenados à morte, C para os que deveriam ser poupados, e a anotação mais macabra e reveladora de todas, *GARROTE Y PRENSA* (estrangulamento no garrote com cobertura da imprensa) ao lado dos nomes de certas pessoas famosas. Nada resume tão bem a sórdida perversidade dos vitoriosos da Guerra Civil Espanhola. Franco assemelhava-se ao general espanhol do século XIX que, em seu leito de morte, foi indagado se perdoava seus inimigos e respondeu: "Não tenho nenhum. Mandei fuzilar todos eles".

Para uma geração de intelectuais de esquerda, a luta da Espanha republicana para se defender contra os nacionalistas de Franco sintetizou o embate entre o progresso socialista e a reação fascista. Alguns idealistas como George Orwell, Ernest Hemingway e o romancista francês André Malraux rumaram para a Espanha de modo a lutar em nome da causa republicana. No total, cerca de 32 mil voluntários estrangeiros da Europa e da América combateram na campanha, enquanto a Alemanha nazista e a Itália fascista despejaram dinheiro e tropas para fomentar o exército de Franco – e lançaram bombas sobre as populações civis em áreas dominadas pelos republicanos.

Em apoio à República, a União Soviética de Stálin forneceu 331 tanques e seiscentos aviões, juntamente com um grande número de pilotos, em troca das reservas espanholas de ouro. O Terror Vermelho na Espanha, de acordo com uma pesquisa histórica recente, foi responsável pela morte de algo entre 40 mil e 100 mil pessoas. Os números exatos são desconhecidos.

Durante o sangrento verão de 1936, 8 mil pessoas suspeitas de serem nacionalistas foram massacradas em Madri, e outras 8 mil na Catalunha – ambas áreas controladas por republicanos. Agricultores e industriais ricos e qualquer um que tivesse associações com a Igreja Católica receberam tratamento particularmente brutal nas mãos das várias facções republicanas. Quase 7 mil clérigos, incluindo trezentas freiras, foram assassinados, apesar de não serem combatentes.

Alguns republicanos defenderam esses massacres com base no fato de que o outro lado era pior. Outros tentaram manter distância. Comentando as atrocidades cometidas por seu próprio lado, a intelectual anarquista Federica Montseny observou "um desejo por sangue inconcebível em homens honestos" antes da guerra.

Uma das ironias da história é que, ainda que o terror stalinista no âmbito dos republicanos fosse tão notório quanto o Terror Vermelho que massacrou supostos direitistas, Franco e os nacionalistas mataram muitos, muitos mais: cerca de 200 mil foram assassinados pelos franquistas em seu Terror Branco durante a guerra, enquanto outros 500 mil permaneceram em suas câmaras de tortura e campos de prisioneiros depois. Franco realmente cumpriu a promessa do seu colega, o general Queipo: "Para cada pessoa que você matar, nós mataremos dez".

A vitória, quando finalmente chegou, não foi suficiente para Franco. "A guerra acabou", declarou ele em 1939, "mas o inimigo não está morto." Durante o conflito, Franco havia elaborado listas de "vermelhos": supostos comunistas que deveriam ser presos. Agora no controle do Estado, ele começou a encarcerar e liquidar seus inimigos. Centenas de milhares de republicanos fugiram do país, enquanto, entre 1939 e 1943, algo entre 100 mil e 200 mil não combatentes ou soldados já rendidos foram sumária e sistematicamente executados.

A repressão caracterizou todos os aspectos do regime de Franco. Ele restabeleceu a monarquia – sem nomear um rei –, mas manteve em suas mãos todos os poderes executivos. A democracia foi abandonada; qualquer crítica era considerada uma traição, detenções e maus-tratos a opositores eram abundantes; o Parlamento tornou-se um mero fantoche para o Executivo; partidos políticos rivais foram banidos e as greves, proibidas; a Igreja Católica recebeu carta branca para cuidar das políticas sociais e da educação; a mídia foi amordaçada; o talento criativo foi estrangulado pela rígida censura, e qualquer dissidência era impiedosamente reprimida pela polícia secreta franquista, que praticou tortura e assassinatos generalizados até a morte de Franco em 1975. Desprezando críticas internacionais, o próprio Franco insistia em assinar pessoalmente todas as sentenças de morte. Membros de sua família se casaram com aristocratas e acumularam uma riqueza colossal.

Uma genuína marca do regime foi a vergonhosa decisão de Franco de conceder asilo a Ante Pavelić, o ditador fascista da Croácia durante a Segunda Guerra Mundial – um homem, acredita-se, que foi responsável por mais de 600 mil mortes. Nesse período, Franco também retribuiu o apoio de Hitler e Mussolini durante a Guerra Civil enviando tropas – ainda que em número limitado – para ajudar os nazistas na sua luta contra os soviéticos. Mas Franco sobreviveu resistindo ao pedido de Hitler para que se juntasse à guerra, e, depois de 1945, posando de anticomunista.

O fantasma de Franco ainda não foi completamente exorcizado da política espanhola; em 2004 criou-se uma comissão para compensar as vítimas do franquismo e supervisionar a exumação dos restos mortais de pessoas enterradas em valas coletivas.

# MAO TSE-TUNG

1893-1976

*Quando eu olho para Mao, vejo Stálin, uma cópia perfeita.*
Nikita Kruschev

O presidente Mao, revolucionário, poeta e comandante de guerrilha, foi o ditador comunista da China cuja brutalidade, egoísmo, radicalismo utópico, total desdém pela vida e sofrimento humanos e planos insanamente grandiosos levaram ao assassinato de 70 milhões de chineses. Manipulador nato, sempre em implacável perseguição ao poder, esse monstro sentia-se feliz em atormentar e eliminar seus próprios camaradas, executar milhões, permitir que outros milhões morressem de fome e até mesmo expor o mundo a uma guerra nuclear a fim de promover sua fantasia marxista-stalinista-maoista de uma superpotência chinesa sob os ditames de seu culto semidivino à personalidade.

Mao Tse-tung nasceu no vilarejo de Shaoshan, na província de Hunan, em 26 de dezembro de 1893. Filho de camponeses, foi forçado a trabalhar como lavrador na fazenda da família no início da adolescência; ele se rebelou contra o pai – um bem-sucedido negociante de grãos – e saiu de casa para buscar educação na capital provincial, Changsha, onde participou da revolta contra a dinastia Manchu em 1911. Flertou com várias carreiras, mas nunca se empenhou em nada até que em 1921 filiou-se ao recém-formado Partido Comunista Chinês. Em 1920, Mao casou-se com Yang Kaihui, com quem teve dois filhos (mais tarde, em 1928, ele se casou com He Zizhen e, em 1939, com a famosa atriz Lan Ping – cujo nome real era Jiang Qing). Aos 24 anos, Mao registrou sua filosofia amoral: "Pessoas como eu só têm obrigação consigo mesmas [...]". Ele idolatrava o "poder como um furacão surgindo de um profundo desfiladeiro, como um maníaco sexual [...]. Adoramos os tempos de guerra [...]. Amamos navegar no mar de convulsões [...]. O país deve ser destruído e depois reformado [...]. Pessoas como eu anseiam por sua destruição". Em 1923, os comunistas firmaram uma aliança com o Kuomintang (Partido Nacionalista Chinês). Enviado de volta a Hunan para promover o Kuomintang, Mao continuou a fomentar a atividade revolucionária, prevendo que os camponeses chineses "se erguerão como um tornado ou uma tempestade – uma força insurgente tão extraordinariamente veloz e violenta que nenhum poder, por maior que seja, será capaz de sufocá-lo".

Em 1926, o líder do Kuomintang, Chiang Kai-shek – o ditador desdentado cujo regime cruel, corrupto, totalmente inábil e respaldado por criminosos permitiria a Mao e os comunistas triunfarem e conquistarem a China –, ordenou a chamada Expedição do Norte a fim de consolidar o fragmentado poder governamental. Em abril de 1927, tendo derrotado mais de trinta líderes militares e senhores feudais, ele massacrou os comunistas em Xangai, sendo nomeado generalíssimo no ano seguinte, com toda a China sob seu comando. Mao, enquanto isso, retirou-se para uma base nas montanhas Jinggang, de onde, emergindo como líder comunista, iniciou uma campanha de guerrilha. "Todo poder político vem do cano de uma arma", declarou.

Em 1931, Mao foi eleito presidente da República Soviética da China, com base na província rural de Jiangxi. Feliz por assassinar, chantagear e envenenar seus rivais – matando 700 mil em um terror que se estendeu de 1931 a 1935 –, ele exibia os mesmos dotes políticos de Stálin: desejo de poder, crueldade, vício no caos e uma surpreendente capacidade de manipular. Também como Stálin, Mao destruiu suas esposas e amantes, ignorou seus filhos e envenenou a todos cujas vidas ele tocou: muitos enlouqueceram.

Em 1933, depois de várias derrotas, Chiang lançou uma nova guerra de atrito, resultando em uma dramática reviravolta que instigou os comunistas a marginalizarem Mao e, a conselho do agente soviético Otto Braun, desferir um desastroso contra-ataque, que em 1936 teve como consequência uma retirada em grande escala das tropas do Exército de Libertação Popular, para fugir à perseguição do exército do Kuomintang, conhecida como a "Longa Marcha". No final dos anos 1930, usando escritores ocidentais crédulos e ingênuos como Edgar Snow e Han Suyin, Mao criara seu mito como líder camponês, poeta e maestro de guerrilha, sua marcha retratada como uma jornada épica em que ele heroicamente salvou o Exército Vermelho do ataque nacionalista. De fato, muita coisa foi inventada para esconder a inépcia militar e seu deliberado desperdício de batalhões para difamar e jogar no descrédito os rivais comunistas.

Em 1937, o Japão realizou uma invasão em larga escala da China. Chiang foi forçado por Zhang Xueliang, o jovem marechal que sequestrou o generalíssimo, a combinar forças com Mao. Secretamente, Mao esforçou-se para solapar o esforço de guerra de Chiang, até mesmo cooperando com a inteligência japonesa. Em 1943, ele alcançou a supremacia no Partido Comunista, envenenando e expurgando rivais e críticos com eficiência brutal. Mao continuou cortejando o apoio soviético aos comunistas, cujo futuro foi assegurado quando Stálin ajudou a derrotar o Japão em 1945.

A incompetente cleptocracia de Chiang, contando com o forte apoio dos Estados Unidos, entrou em colapso quando Mao, respaldado pela enorme ajuda soviética e pelos conselhos de Stálin, gradualmente expulsou do continente o Kuomintang. Em 1949, Mao declarou a República Popular da China, iniciando um reinado imperial voluntarioso, repleto de obstinações arbitrárias e volúveis, radicalismo ideológico, egoísmo messiânico, gigantesca incompetência e assassinatos em massa: "Devemos matar. Dizemos que é bom matar", ordenou o "homem sem limites". Naquele ano, 3 milhões de pessoas foram assassinadas.

Em 1951-2, Mao sujeitou a China às suas chamadas campanhas reformistas dos Três-Anti e Cinco-Anti cujo intuito era eliminar a burguesia chinesa. Havia espiões infiltrados por toda parte informando sobre supostos transgressores, que recebiam pesadas multas, eram enviados para campos de trabalhos forçados ou executados. Mao governou como um imperador comunista, paranoico com relação à própria segurança, sempre em movimento, manipulando astutamente seus capangas e sacrificando impiedosamente velhos camaradas de modo a manter o poder a todo custo. Constantemente ele declarava: "Demasiado leniente, não está matando o suficiente". Enquanto vivia como um imperador variando entre cinquenta propriedades privadas, usando dançarinas como "concubinas imperiais", ele levou a China a se tornar uma superpotência, empregando tropas chinesas contra os Estados Unidos na Guerra da Coreia como uma maneira de persuadir Stálin a fornecer-lhe tecnologia militar, especialmente nuclear. Pouco importaria, refletiu ele, "se metade dos chineses morresse" em um holocausto nuclear.

Mao continuou a travar uma guerra contra o seu próprio povo durante os anos 1950. Na Campanha Antidireitista de 1958-9 – movimento que rotulou mais de meio milhão de pessoas como direitistas –, centenas de milhares de cidadãos acabaram condenados à execução ou a cumprir penas de anos de trabalhos forçados. O "Grande Salto para a Frente" de 1958-62, uma colossal política cujo intuito era impulsionar a produção de aço, estimulou os aldeões a criar pequenas e inúteis forjas, atrelado a uma iniciativa de coletivizar o campesinato chinês em comunas rurais. Emulando Stálin com a fome artificial de 1932-3, Mao vendia alimentos para comprar armas, embora a China padecesse da mais terrível fome da história: 38 milhões de pessoas morreram. Quando o ministro da Defesa marechal Peng Dehuai criticou suas medidas, Mao o expurgou, mas seu sucessor, o presidente Liu Shaoqi, conseguiu reaver algum poder de Mao em 1962.

Condenando abertamente Liu, que foi destruído e morreu na pobreza, Mao se vingou abocanhando o controle do exército e do Estado por intermédio de seu sucessor escolhido, o talentoso e neurótico marechal Lin Biao, e de um submisso factótum, o primeiro-ministro Zhou Enlai. Mao arquitetou outro terror, a Revolução Cultural, na qual asseverou sua total dominação da China atacando o partido e o Estado, ordenando que gangues de estudantes, agentes secretos infiltrados e capangas humilhassem, matassem e destruíssem vidas e culturas. Aproximadamente 3 milhões de chineses foram mortos entre 1966 e 1976; outros milhões foram deportados ou torturados.

A partir de 1966, Mao usou sua esposa Jiang Qing para promover seus expurgos. Filha única de uma concubina, Jiang tornara-se atriz depois de sair da universidade, adquirindo uma duradoura convicção acerca da importância das artes. Ela se casou com Mao em 1939. Sua exigência de formas radicais de expressão, infundidas com temas "ideologicamente corretos", transformou-se em um ataque total e incessante às elites artísticas e intelectuais existentes. Célebre por sua retórica inflamada, Jiang Qing manipulava técnicas de comunicação em massa a fim de incitar os jovens "guardas vermelhos" ao frenesi antes de enviá-los para atacar – verbal e fisicamente – qualquer coisa "burguesa" ou "reacionária". Em uma orgia de denúncias, terror e assassinato, o Partido Comunista, incluindo moderados como o presidente Liu Shaoqi e o secretário-geral Deng Xiaoping, foi expurgado. Mao dirigiu pessoalmente as perseguições individuais de seus camaradas mais próximos, usando Jiang Qing, a quem ele odiava, e a vasta e caótica violência visando restaurar sua tirania absoluta.

Já idoso, Mao desentendeu-se com Lin Biao, criador de *O pequeno livro vermelho*, que morreu em um acidente de avião quando tentava fugir do país, em 1971. Isso deixou Mao nas mãos da grotesca Jiang Qing e dos radicais maoistas conhecidos como Bando dos Quatro.

Rompendo com Moscou, Mao deu um último golpe: a visita do presidente norte-americano, Richard Nixon, à China em 1972. À beira da morte, Mao restaurou, e depois expurgou novamente, o tremendamente pragmático

Deng Xiaoping. Mao desprezou Jiang Qing, mas ela e o Bando dos Quatro continuaram poderosos. Mao morreu em 1976.

Deng prendeu madame Mao em um golpe palaciano. Em 1981, Jiang foi considerada culpada de crimes "contrarrevolucionários". Sua sentença de morte foi comutada para prisão perpétua, mas ela cometeu suicídio em 1991. Figura odiada, madame Mao foi descrita por um biógrafo como uma "mulher cruel que ajudou a eliminar muitas pessoas"; o "demônio de ossos brancos" que, nas palavras dela própria (quando estava sendo julgada), era o "cão do presidente Mao. A quem ele me pedia para morder, eu mordia".

No século XXI, a China de Mao foi moderada pelo capitalismo, mas ele continua a ser o "Grande Timoneiro" do país. Sua múmia ainda é adorada em seu túmulo, seu Partido Comunista ainda tem o controle absoluto do país, sua polícia secreta ainda reprime brutalmente a liberdade política, cultural e pessoal. Mao continua sendo o estadista chinês mais poderoso dos últimos séculos.

# ISAAC BÁBEL

## 1894-1940

*Eu sou inocente. Nunca fui um espião. Nunca permiti qualquer ação contra a União Soviética. Eu me acusei falsamente. Fui forçado a fazer falsas acusações contra mim mesmo e contra os outros [...]. Estou pedindo apenas uma coisa – deixem-me terminar meu trabalho.*

Isaac Bábel

O jornalista e escritor soviético Isaac Bábel figura ao lado do francês Maupassant (de fato, ele escreveu um conto chamado "Guy de Maupassant") como um dos mais talentosos contistas de todos os tempos – e seu destino foi ainda mais trágico. As histórias intensas, ternas, originais, sensuais, violentas e espirituosas de Bábel exemplificam a beleza e o poder do gênero. Seu dom como escritor é sintetizado no comentário de seu amigo, o poeta Osip Mandelstam: "Não é sempre que se vê uma curiosidade tão indisfarçada nos olhos de um adulto".

Bábel nasceu nas ruas judaicas da cosmopolita cidade portuária de Odessa, na Ucrânia. O submundo de criminosos, prostitutas e rabinos que ele observou é minuciosamente retratado em seus *Contos de Odessa*. Bábel passou a vida desafiando a perseguição. Quando criança, viu os judeus de Odessa assassinados em um *pogrom*. Ao mudar-se para São Petersburgo – cidade de onde os judeus foram banidos junto com "traidores, descontentes e chorões" – a fim de estudar literatura, teve que assumir um nome falso.

Bábel lutou brevemente na frente romena durante a Primeira Guerra Mundial, mas foi ferido e acabou dispensado. Foram suas experiências como correspondente entre os selvagens e primitivos cossacos vermelhos do Exército Vermelho, durante a guerra de Lênin em 1920 para disseminar a revolução na Polônia, que inspiraram sua mais formidável coletânea de contos, *O Exército de Cavalaria*. Esses relatos da brutalidade da guerra tornaram Bábel – nas palavras de sua filha – "famoso quase da noite para o dia". No entanto, vários comandantes soviéticos próximos a Stálin ficaram indignados com o retrato franco e indecente dos cossacos vermelhos e se tornaram perigosos inimigos do escritor.

Bábel prosperou na relativa liberalidade da década de 1920, mas, à medida que o Terror de Stálin se intensificava, ele deixou de escrever, como uma espécie de protesto: "Inventei um novo gênero", declarou à União dos Escritores Soviéticos em 1934, "o gênero do silêncio". Na década de 1920, a esposa e a filha de Bábel mudaram-se para a França, sua mãe e sua irmã para Bruxelas; mas, apesar da repressão e da censura cada vez maiores, Bábel manteve a fé na revolução da Rússia e optou por permanecer. Ele era um contador de histórias e *bon-vivant*. Também sentia um fatal fascínio pelo Terror e, de maneira imprudente mas característica, decidiu escrever um romance a respeito da polícia secreta. Bábel tivera um longo caso com a esposa de Nikolai Yezhov, chefe da polícia secreta de Stálin no auge do Terror. Quando Yezhov caiu do poder, sua esposa foi levada ao suicídio e todos os seus amantes, incluindo Bábel, foram implicados no caso e destruídos.

Em 1939, o serviço secreto soviético prendeu Bábel em seu chalé na colônia de escritores de Peredelkino, deixando para trás sua nova esposa e um filho recém-nascido. Interrogado e torturado, ele confessou uma associação de longa data com os trotskistas e a atividade antissoviética. Julgado na prisão, foi condenado por espionagem e fuzilado por ordens de Stálin em janeiro de 1940. Sua família foi informada que ele havia morrido em um campo de prisioneiros na Sibéria. Em 1954, Bábel foi postumamente inocentado de todas as acusações. Desde então, sua reputação como um grande escritor vem aumentando de forma constante.

# NIKOLAI YEZHOV: O GRANDE TERROR

### 1895-1940

*Se, durante esta operação, forem fuziladas mil pessoas a mais, isso não é grande coisa.*

Nikolai Yezhov, 1937

Nikolai Ivanovitch Yezhov era o pequenino policial secreto soviético que organizou e coordenou o Grande Terror de Stálin, durante o qual 1 milhão de vítimas inocentes morreram fuziladas e milhões mais foram exiladas em campos de concentração. Tamanho era o frenesi de detenções, torturas e assassinatos sob o controle de Yezhov – por vezes meticuloso, por vezes ébrio –, que essa homicida caça às bruxas ficou conhecida como "Moedor de carne".

Nascido em uma pequena cidade lituana, filho de um guarda-florestal (que também gerenciava um bordel) e uma empregada doméstica, Yezhov frequentou apenas por alguns anos a escola antes de ir trabalhar em uma fábrica. Alistou-se no Exército Vermelho após a Revolução e serviu durante a guerra civil. Era um perspicaz e competente administrador do partido, dotado de talento diplomático e ambição, além de ser especialista em quadros de pessoal. No início da década de 1930, Yezhov era próximo de Stálin, encarregado de todas as nomeações de funcionários do partido e secretário do comitê central. Um colega observou que "não conheço um trabalhador mais ideal. Se alguém incumbi-lo de realizar um trabalho, ele o fará. Mas ele não sabe quando parar". Porém, isso era adequado para Stálin, que chamava seu novo favorito de "minha amora" – uma brincadeira com a palavra russa *yezhevika*.

Em 1934, o assassinato do capanga mais próximo de Stálin, Serguei Kirov, permitiu que Yezhov desencadeasse o Grande Terror contra os "inimigos do povo", reais e imaginários. Em 1935, Stálin deu a Yezhov a responsabilidade especial de supervisionar o NKVD, a polícia secreta. O chefe da NKVD, Genrikh Yagoda, havia perdido prestígio; Yezhov pretendia destruí-lo e tomar o seu lugar. Mas a primeira tarefa de Yezhov foi assumir o caso contra os ex-aliados de Stálin, Zinoviev e Kamenev. Yezhov supervisionou os interrogatórios, ameaçando matar a família de ambos, aumentando o aquecimento em suas celas em pleno verão – mas também prometeu que lhes pouparia a vida se aceitassem confessar crimes absurdos no primeiro julgamento. Zinoviev e Kamenev por fim concordaram. O julgamento público de fachada, encenado em 1936, foi um sucesso, mas, apesar das promessas de Yezhov, os dois acusados foram fuzilados em sua presença. Yagoda mandou tirar as balas do cérebro dos dois mortos de modo a guardá-las em sua escrivaninha; mais tarde Yezhov encontrou as balas e as manteve em sua própria gaveta. Em setembro de 1936, Stálin demitiu Yagoda e promoveu Yezhov ao comissariado do povo para assuntos internos (NKVD).

Enquanto Yezhov supervisionava a disseminação do Terror, prendendo círculos cada vez maiores de suspeitos para serem torturados e confessar crimes imaginários, a imprensa soviética instigou a população a um frenesi de caça às bruxas contra espiões e terroristas trotskistas. Yezhov alegou que Yagoda tentara matá-lo borrifando cianeto em suas cortinas. A seguir, prendeu a maioria dos oficiais de Yagoda e mandou matá-los. Por fim, encarcerou o próprio Yagoda. "Melhor dez homens inocentes sofrerem do que um espião fugir", anunciou Yezhov. "Quando se corta madeira, voam lascas!"

Sob as ordens de Stálin, em maio de 1937 Yezhov prendeu o marechal Mikhail Tukhachevsky, o mais talentoso oficial do Exército Vermelho, junto com muitos outros generais importantes. A ideia era fragmentar o poder independente do exército, mas os generais tiveram que confessar de modo a convencer os outros líderes soviéticos de que eram culpados de crimes contra o Estado. Yezhov supervisionou pessoalmente a selvagem tortura a que foram submetidos: quando a confissão de Tukhachevsky foi encontrada nos arquivos na década de 1990, estava coberta por um borrifo marrom que, descobriu-se, era o respingo de sangue de um corpo humano em movimento. Os generais foram todos baleados na presença de Yezhov. Stálin, que nunca participou de sessões de tortura ou execuções, questionou-o sobre sua conduta no momento final. Ao todo, cerca de 40 mil oficiais foram mortos.

Yezhov então expandiu o Terror de uma maneira bizarra, claramente sob as ordens de Stálin, iniciando um sem-número de assassinatos aleatórios, estabelecendo para cada cidade e região uma cota de duas categorias: a categoria 1 correspondia a acusados que seriam fuzilados, e a categoria 2, opositores políticos que seriam mandados para o exílio. Essas cotas cresciam constantemente, até que cerca de 1 milhão de pessoas foram mortas a tiros e muitos milhões mais deportadas para infernais campos de trabalho na Sibéria. As esposas das vítimas de maior renome também eram presas e geralmente fuziladas. As crianças com idade entre um e três anos deveriam ficar confinadas a orfanatos, mas as mais velhas poderiam ser mortas. "Espanquem, destruam a esmo, sem escolher", ordenava Yezhov, acrescentando: "Melhor demais do que de menos."

Em 1938, a União Soviética estava mergulhada em um turbilhão de medo e morte, tudo supervisionado por Yezhov. Stálin mantinha a discrição e evitava chamar a atenção sobre si próprio, mas Yezhov estava agora em toda parte, aclamado como o herói vingador de uma sociedade em que os inimigos eram onipresentes. Ele então se tornara quase tão poderoso quanto Stálin, idolatrado em poemas e canções, seu nome batizava cidades. Yezhov concebeu câmaras de execução especiais na famosa prisão de Lubianka, em Moscou, e em outros lugares; as câmaras tinham um chão de concreto inclinado como um matadouro, paredes de madeira para absorver balas e mangueiras para lavar o sangue.

No entanto, a essa altura Yezhov estava à beira de um colapso mental. Constantemente percorria o país prendendo e matando; trabalhava a noite toda, torturando suspeitos e bebendo muito; cada vez mais e mais paranoico, temia que a qualquer momento Stálin se voltasse contra ele. Yezhov mandou matar muitos de seus amigos mais próximos, ex-namoradas e seu próprio padrinho. O estresse o consumia: embriagado e arrogante, ele se gabava de que era o homem que governava o país, de que poderia prender Stálin se assim o quisesse. Quando o terceiro julgamento público de fachada, contra Bukharin e Yagoda, foi iniciado em Moscou, até mesmo Stálin ficou alarmado com a natureza descontrolada do Terror que ele havia desencadeado. O expurgo havia cumprido seu propósito e agora precisava de um bode expiatório. Stálin tomou conhecimento dos excessos de Yezhov, suas bebedeiras, libertinagem, deboche e bazófia. Ordenou que Yezhov matasse seus principais tenentes, incluindo seu vice no comando, que foi anestesiado com clorofórmio no próprio escritório de Yezhov e depois recebeu uma injeção com veneno. Ao sentir a desaprovação de Stálin, Yezhov começou a matar qualquer um que pudesse incriminá-lo – mil pessoas foram assassinadas em cinco dias sem a permissão de Stálin.

"Eu posso ser pequeno em estatura", Yezhov disse certa vez, "mas minhas mãos são fortes – as mãos de Stálin!" Yezhov era tão minúsculo – apenas 1,51 m de altura – que quando jovem ele havia sido rejeitado pelo exército czarista. Também era instável, enfermiço, sexualmente confuso, frágil e magricela, mas ao mesmo tempo jovial, beberrão e dono de um senso de humor pueril (incluindo o gosto por competições de flatulência). Com seu rosto de belas feições, olhos azuis, cabelos escuros e espessos e predileção por dançar, cantar e tocar violão, Yezhov era uma figura popular, especialmente com as mulheres – ainda que, em uma exceção entre a liderança soviética, fosse promiscuamente bissexual.

A primeira esposa de Yezhov era uma camarada do partido chamada Antonina, de quem ele se divorciou para se casar com uma glamorosa e promíscua judia chamada Yevgenia, dona de um salão de arte onde se reuniam escritores e astros e estrelas de cinema. Por ocasião da derrocada de Yezhov, seu sucessor, Béria, começou a investigar as travessuras e aventuras sexuais de Yevgenia. Yezhov tentou se divorciar dela a tempo, provavelmente para salvá-la e a sua filha adotiva Natasha, mas possivelmente para ele próprio tentar escapar. Todos os amantes dela, inclusive o brilhante escritor Isaac Bábel, foram presos e fuzilados. Yevgenia cometeu suicídio.

No outono de 1938, Stálin promoveu outro de seus protegidos, Lavrenti Béria, a vice de Yezhov. Em outubro, o Politburo denunciou e acusou abertamente a administração da NKVD.

Em novembro, Yezhov participou pela última vez do desfile militar anual no mausoléu de Lênin. Foi demitido da NKVD em 23 de novembro, embora oficialmente permanecesse na função de comissário de transportes hidroviários. Mas então ele mal aparecia para o trabalho, em vez disso entregando-se a uma série de orgias homossexuais regadas a bebedeira, esperando pela batida na porta. Quando ela chegou, e com ela o inevitável julgamento e a sentença de morte, Yezhov desmoronou. A caminho da câmara de execução que ele mesmo havia projetado, teve um colapso, chorou, soluçou e caiu no chão. Teve que ser arrastado para a morte.

Yezhov foi um típico burocrata soviético, semiletrado mas diligentemente ambicioso, que pelas circunstâncias tornou-se o detentor de um poder quase absoluto sobre a vida e a morte dos outros, alçado ao poder pelo próprio Stálin, e que se deleitava com a caçada, deliciava-se com os detalhes da administração dos assassinatos e do massacre em si, e que passava pessoalmente

noites a fio torturando suas vítimas. O "Anão Sanguinário" de Stálin tornou-
-se o segundo homem mais poderoso da União Soviética, mas o estresse e a
pressão quase o enlouqueceram, e no fim ele se converteu em uma vítima
de seu próprio "moedor de carne". Um monstro degenerado, um burocrata
servil, um administrador astuto, um torturador sádico e também uma pessoa
fraca, Yezhov foi pioneiro em um novo tipo de massacre totalitário em massa
em meados do século XX. "Digam a Stálin", anunciou ele em seu julgamento:
"Vou morrer com o nome dele em meus lábios."

# GUEORGUI JUKOV

## 1896-1974

*Se chegarmos a um campo minado, nossa infantaria ataca exatamente
como se ele não estivesse lá.*

Gueorgui Jukov a Dwight Eisenhower

O general soviético Gueorgui Jukov é muito menos famoso no Ocidente que
generais como Eisenhower e Montgomery, mas foi, sem dúvida, o mais extraordinário comandante da Segunda Guerra Mundial, virando a maré contra
os invasores nazistas em Moscou, Leningrado e Stalingrado e depois liderando o Exército Vermelho em sua sangrenta contraofensiva até Berlim. Sem o
heroico esforço soviético, com o sacrifício de 26 milhões de vidas, a guerra
poderia ter terminado de maneira muito diferente. Jukov era um general comunista e um implacável stalinista, que colocava os resultados muito acima
de sua preocupação com indivíduos e baixas humanas, e lançava mão de execuções sumárias no campo de batalha para impor disciplina. No entanto, era
também um líder talentoso, que representa não a crueldade de seu mestre, o
ditador soviético Stálin, mas o heroísmo do povo russo.

O serviço militar dominou a vida de Jukov. Recrutado como soldado na
Primeira Guerra Mundial, esse filho de camponeses foi condecorado e pro-
movido. Depois lutou pelos bolcheviques na guerra civil russa de 1918-21.
Outras promoções se seguiram na década de 1920, e Jukov tornou-se conhe-

cido tanto como um estrito disciplinador quanto como um planejador diligente. Quando Stálin trucidou os oficiais do Exército Vermelho no Terror de 1937, Jukov sobreviveu e foi promovido.

Em 1939, Jukov comandou o exército soviético contra os japoneses no rio Khalkin-Gol. Seu ousado uso de tanques levou à derrota dos japoneses em apenas três dias. Os invasores perderam cerca de 61 mil de seus 80 mil homens, e o abalo os impediu de voltar a atacar a Rússia novamente. Jukov obteve o título de Herói da União Soviética, e em 1940 foi nomeado chefe de gabinete, mas o trabalho burocrático não lhe convinha: ele era um general combatente. Quando Hitler invadiu a União Soviética em junho de 1941, Jukov formou uma parceria tempestuosa, mas em última análise bem-sucedida, com Stálin. O ditador soviético reconheceu o brilhantismo e profissionalismo de Jukov, aceitando-o como seu mentor militar e nomeando-o comandante-chefe supremo adjunto.

Stálin usou Jukov como hábil mediador e solucionador de problemas, enquanto os alemães invadiam a Rússia, fazendo milhões de prisioneiros. Quando Minsk caiu e Stálin quase perdeu a coragem, Jukov – o general mais durão da Rússia – irrompeu em lágrimas. Em julho, após um desentendimento com Stálin, Jukov foi demitido como chefe de gabinete. Mas continuou a comandar e salvou Moscou e Leningrado. Nesta última, reforçou as defesas da cidade sitiada de modo que ela não sucumbisse. Em Moscou, Jukov assumiu as defesas enquanto os alemães avançavam. Com a perda de um quarto dos 400 mil homens à sua disposição, conseguiu deter a *blitzkrieg* alemã no congelante inverno de 1941, salvando a capital e obrigando os alemães a recuarem 320 quilômetros. Foi uma vitória decisiva.

A tarefa seguinte foi organizar o contra-ataque soviético na mais medonha das batalhas da guerra – Stalingrado. Jukov, em conjunto com o marechal Vasilevsky e o próprio Stálin, concebeu o plano para atrair as forças alemãs para o interior de Stalingrado. Com 1 milhão de homens, mais de 13 mil canhões, 1.400 tanques e 1.115 aviões, Jukov supervisionou o cerco do 6º Exército alemão. A expectativa de vida média de um soldado soviético levado para a longa batalha era de pouco mais de 24 horas, e cerca de 1 milhão de homens de ambos os lados morreram. Mas Stalingrado virou a maré da guerra.

Promovido a marechal, Jukov conduziu o Exército Vermelho à vitória na maior batalha de blindados de todos os tempos, em Kursk, em 1943. O Exército Vermelho avançou de forma inexorável para o oeste, atravessando a Polônia, e depois invadiu a própria Alemanha, onde a última grande contenda da guerra europeia foi travada nas ruas de Berlim. Stálin, como era típico, assumiu o comando geral da batalha de Berlim, forçando os dois comandantes, Jukov e o marechal Konev, a competir na corrida ao *Reichstag*. Nas primeiras horas de 1º de maio de 1945, Jukov telefonou para Stálin a fim de informá-lo que Hitler estava morto. No dia seguinte, a cidade se rendeu.

Quando a guerra acabou, Jukov era um herói nacional e internacional. Os soldados soviéticos o idolatravam e os generais ocidentais tinham a respeito dele a melhor das impressões. Ironicamente, tudo isso fez de Jukov uma ameaça política: Stálin o acusou de tendências bonapartistas e o rebaixou, mas tomou providências para que o comandante não fosse preso.

Após a morte de Stálin em 1953, Jukov foi levado de volta ao centro da política soviética como ministro da Defesa. Ajudou Nikita Kruschev a tornar-se herdeiro de Stálin ao prender Lavrenti Béria, o chefe da polícia secreta de Stálin, mas era independente e tinha um relacionamento instável com o novo líder. Em 1957, novamente apoiou Kruschev, ajudando-o a derrotar os antigos stalinistas, mas depois disso foi demitido, mais uma vez acusado de bonapartismo.

Jukov, que morreu em 1974, era duro e brutal, e às vezes cometia erros que custavam caro. Ele acreditava em métodos stalinistas e era arrogante em relação ao seu próprio potencial. Mas, como diria Eisenhower, "ninguém fez mais para alcançar a vitória na Europa do que o marechal Jukov" – ele foi, sem dúvida, o mais extraordinário general da Segunda Guerra Mundial. Como observou seu colega marechal Timotchenko, "Jukov era a única pessoa que não temia ninguém. Ele não temia nem mesmo Stálin". Em última análise, Jukov representa o gênio militar nativo da Rússia, e hoje sua estátua a cavalo fica defronte ao Krêmlin, ao lado da Praça Vermelha.

# CAPONE

## 1899-1947

*É possível ir muito mais longe com uma palavra gentil e uma arma do que apenas com uma palavra gentil.*

Al Capone

Al "Cicatriz" Capone personificou os criminosos assassinos da Máfia norte-americana que administraram impunemente seus esquemas ilegais durante a era da Lei Seca. Ironicamente, apesar de seu profundo envolvimento no crime organizado e em uma série de homicídios, a única acusação de que chegou a ser condenado foi de sonegação de impostos.

Nascido no Brooklyn, Nova York, Alphonse "Al" Capone era filho de Gabriele Capone, barbeiro italiano que chegou aos Estados Unidos com sua esposa Teresina em 1894. Al iniciou sua carreira no crime organizado quando deixou a escola com apenas catorze anos, e ficou sob a influência de um chefão, Johnny "a Raposa" Torrio. De lá foi promovido à gangue dos Cinco Pontos em Manhattan. Foi durante esse período que Capone recebeu uma navalhada no rosto em uma briga de bar, o que o deixou com a cicatriz pela qual ele seria mais tarde conhecido. Capone também tornou-se suspeito de envolvimento em dois assassinatos, embora testemunhas tenham se recusado a se apresentar e nada tenha sido provado.

Torrio, o mentor de Capone, havia se mudado de Nova York para Chicago em 1909 a fim de administrar uma rede ilegal de bordéis. Dez anos depois, mandou buscar seu protegido, e provavelmente foi Capone o responsável pelo assassinato em 1920 do chefe de Torrio, "Bog Jim" Colosimo, com quem Torrio havia caído. Depois disso, Torrio foi alçado ao posto de indiscutível chefão do crime em Chicago.

A promulgação da Lei Seca, em 1920, propiciou aos criminosos norte-americanos uma mina de ouro de oportunidades. O comércio de álcool contrabandeado tornou-se um grande negócio, e os bares clandestinos onde a bebida ilegal estava prontamente disponível tornaram-se a imagem definidora da época. Contudo, por trás da jovialidade relaxada dos estabelecimentos clandestinos para os ricos e do glamour dos mafiosos, havia violência, sadismo desenfreado e brutalidade psicopática.

Em 1923, William E. Dever, prefeito de mentalidade reformista, foi eleito em Chicago com base em uma plataforma de conter o crime. Como resultado, Torrio e Capone optaram por transferir grande parte de seus negócios para a cidade-satélite de Cicero. No ano seguinte, marcadas as eleições para a Câmara de Vereadores de Cicero, Capone estava determinado a garantir por qualquer meio a vitória de seus candidatos. Na maré de violência daí resultante, seu irmão Frank foi morto e uma autoridade eleitoral foi assassinada, em meio a uma onda de sequestros, roubo de urnas e intimidação geral. Ao fim e ao cabo, Capone venceu em Cicero, em uma das eleições mais desonestas já vistas.

Em poucas semanas, Capone, aparentemente acreditando ser invencível, matou a tiros um gângster insignificante chamado Joe Howard, que havia insultado um amigo dele em um bar. O crime fez de Capone um alvo para William McSwiggen – o "promotor inclinado a aplicar a pena de morte" –, que, embora não tenha conseguido incriminar Capone com nenhuma acusação formal, ao menos colocou o gângster firmemente sob os holofotes da opinião pública, o que levaria o mafioso a um caminho sem volta no sentido de tornar-se o inimigo público número um do país.

Em 1925, Torrio aposentou-se do mundo do crime após escapar de um atentado arquitetado por uma facção rival, a Gangue da Zona Norte, encabeçada por Dean O'Banion, George "Bugs" Moran e Earl "Hymie" Weiss. Capone então assumiu a posição de Torrio como a principal figura do submundo de Chicago. A partir daí, desenvolveu uma *persona* cada vez mais pública, ostensivamente frequentando grandes eventos esportivos, como jogos de beisebol e até mesmo a ópera, apresentando-se como um homem de negócios honesto e bem-sucedido, com um pendor para o carisma. Na verdade, todos sabiam a verdadeira fonte da riqueza de Capone.

Esquemas fraudulentos de extorsão e proteção, jogatina ilegal, contrabando de bebidas e prostituição – onde quer que houvesse um dinheirinho rápido a ganhar, Capone estava envolvido. Seu olho para o lucro combinava-se a uma postura implacável para lidar com possíveis rivais – e a maior ameaça à sua hegemonia, na opinião de Capone, era a Gangue da Zona Norte, os bandidos que antes haviam atacado Johnny Torrio.

O resultado foi o Massacre do Dia de São Valentim de 1929. Capone mandou seus homens se disfarçarem de policiais e os despachou para o armazém de Moran, na rua North Clark, 2122, onde eles perfilaram contra uma parede sete membros da Gangue da Zona Norte e os metralharam a sangue--frio. Várias das vítimas também levaram coronhadas no rosto. O líder da gangue, Moran, escapou da chacina, mas, uma vez que seus principais tenentes estavam mortos, sua operação entrou em declínio. Capone tornou-se o indiscutível chefão de Chicago.

Mas a indignação por causa dos assassinatos gerou pressão exigindo ação mais efetiva por parte das autoridades. Foi a deixa para que o FBI lançasse sua engenhosa tentativa de perseguir Capone por crime de sonegação de imposto de renda. Consciente de que era improvável que fosse indiciado por qualquer uma de suas atividades mais violentas (tanto por causa da distância que ele mantinha entre si e ações específicas quanto por causa do medo de represálias que impedia que testemunhas em potencial prestassem depoimento), o governo federal nomeou um agente do Tesouro, Eliot Ness, e uma equipe de policiais escolhidos a dedo – os "Intocáveis" – para irem atrás de Capone.

Como estratégia, mostrou-se um sucesso impressionante. Em junho de 1931, Capone foi formalmente acusado de evasão fiscal, e, em outubro, considerado culpado e sentenciado a onze anos de prisão. Inicialmente enviado para a penitenciária de Atlanta, em 1934 ele foi transferido para a instalação de segurança máxima em Alcatraz. Em 1939, devido a problemas de saúde, ganhou liberdade antes do cumprimento total da pena. Mas nunca foi capaz de recuperar o controle sobre seu império criminoso. Tornando-se uma sombra de sua antiga figura, Capone recolheu-se para a obscuridade – por fim morreu de sífilis em 1947, esquecido.

# BÉRIA

## 1899-1953

*Deixe-me passar uma noite com ele e vou fazê-lo confessar que é o rei da Inglaterra.*

Lavrenti Béria

Lavrenti Pavlovitch Béria foi um sinistro policial secreto soviético, um estuprador psicopata e entusiástico praticante de atos sádicos que ordenou a morte de muita gente e sentia um deleite pessoal na tortura de suas vítimas. Personificação da monstruosidade criminosa do Estado soviético, era um intriguista vulgar e cínico, um assassino cruel, desumano e vingativo, um hábil cortesão e um criminoso pervertido. No entanto, também era um administrador extremamente inteligente, competente e incansável, com o ideal futuro de, em última instância, rejeitar o marxismo e propor o tipo de programa liberal que Mikhail Gorbachev materializou e tornou realidade anos depois.

Béria nasceu na Geórgia em 1899, filho de uma mãe muito religiosa, mas de paternidade incerta – provavelmente era o filho ilegítimo de um nobre da Abecásia. Em Baku, durante a guerra civil russa, trabalhou como agente duplo, servindo tanto ao regime antibolchevique como aos próprios bolcheviques. Depois que Baku foi retomada pelos bolcheviques, Béria se mostrou um político astuto, e em 1921 ingressou na nova polícia secreta, a Cheka, rapidamente subindo na hierarquia até tornar-se chefe da filial georgiana. Conheceu o colega Stálin, um conterrâneo georgiano, em 1926, e sempre se comportou em relação a ele não como um camarada bolchevique (o que então era a moda), mas como um soberano medieval diante de seu rei. Stálin decidiu usá-lo contra os antigos georgianos que administravam o Cáucaso, promovendo-o, contra os protestos dos homens fortes da república da Geórgia, a primeiro-secretário da Geórgia e depois de todo o Cáucaso. Quando Stálin obrigou seus cortesãos a jardinar com ele, Béria empunhou um machado e disse a Stálin que o usaria para arrancar quaisquer ervas daninhas que ele o mandasse extirpar. Béria entendia a vaidade de Stálin e produziu um livro sobre a história dos comunistas no Cáucaso que inflou a importância de Stálin antes da Revolução.

O aliado local de Stálin no Cáucaso era o chefe abecasiano Nestor Lakoba, que ajudara a promover Béria. Mas logo Lakoba e Béria entraram em confronto, e, em 1936, Stálin permitiu que Béria destruísse seu velho amigo, o que ele fez envenenando Lakoba depois de uma noite na ópera em Tíflis. A seguir, no que viria a tornar-se um padrão, Béria começou a eliminar toda a família Lakoba, matando seus irmãos, filhos e amigos. Quando o Grande Terror realmente começou, Béria matou e torturou de uma ponta à outra do Cáucaso, assassinando muito mais vítimas do que sua cota exigia.

No final de 1938, Stálin levou Béria para Moscou e o promoveu a "assistente de Yezhov", chefe da NKVD, a polícia secreta. Béria tinha sido amigável com Yezhov, mas agora seu papel era destruí-lo. Em 25 de novembro, ele foi nomeado chefe da NKVD no lugar de Yezhov e começou a restaurar e refrear a frenética máquina de matar de Yezhov. O Terror chegou oficialmente ao fim – mas nunca acabou, simplesmente tornou-se secreto, à medida que Béria se pôs a expurgar mais líderes e generais soviéticos. Ele gostava de torturá-los pessoalmente, e espancou com tanta força uma das vítimas que lhe arrancou um dos olhos. Stálin e Béria gostavam de inventar maneiras imaginativas e sinistras de exterminar seus inimigos. Quando Béria descobriu que a esposa de Lakoba tinha medo de cobras mais do que de qualquer outra coisa, ele a levou à loucura colocando diversas serpentes em sua cela. Béria sequestrou e assassinou as mulheres de seus camaradas e matou outros camaradas em acidentes de carro forjados.

Depois que Stálin assinou o pacto de não agressão com Hitler em 1939, o que lhe permitiu anexar o leste da Polônia, os Estados bálticos e a Moldávia, Béria supervisionou o brutal massacre e deportação de centenas de milhares de inocentes suspeitos de tendências antissoviéticas. Em 1940, sob as ordens de Stálin, Béria comandou a execução de 28 mil oficiais poloneses na floresta de Katyn. Após a invasão da União Soviética por Hitler em 1941, Béria tornou-se cada vez mais poderoso. Promovido a comissário-geral de segurança e nomeado marechal da União Soviética, foi um dos principais administradores do novo comitê estatal de defesa, por meio do qual Stálin dirigiu a guerra. Administrando o vasto sistema *Gulag* de campos de trabalhos forçados para criminosos e presos políticos, bem como grande parte da produção industrial do país, Béria continuou a chefiar a polícia secreta e a aterrorizar os generais em nome de Stálin. Em 1941, Béria propôs a deportação dos alemães do Volga e, mais tarde, em 1944, a deportação dos tchetchenos, carachais, calmiques, bálcaros e tártaros da Crimeia. Centenas de milhares foram mortos ou morreram no caminho. Em 1945, Béria acompanhou Stálin a Ialta, onde o presidente Roosevelt, observando Béria durante um jantar, perguntou sua identidade: "Esse é Béria", respondeu Stálin. "O meu Himmler."

A esposa de Béria, Nina, era bonita e elegante, e seu filho Sergo era o orgulho e a alegria do pai. Béria amava sua família, mas passava quase todo o tempo no escritório, e o resto de sua energia era devotado ao vício em sexo. Ele sempre teve amantes – a última delas, uma beldade de catorze anos –, e era também viciado em estupros.

As histórias da degeneração de Béria espalhadas por seus inimigos após a sua derrocada são verdadeiras. Béria dava ordens a seus guarda-costas para que sequestrassem as moças que ele avistava em seus passeios de limusine, convidava-as para jantar, propondo um brinde a Stálin, e furtivamente despejava comprimidos pulverizados de sonífero na taça de vinho das jovens. E então as estuprava. Depois, o seu chofer as levava embora para casa e lhes presentava com um buquê de flores. Mesmo durante a Segunda Guerra Mundial, quando Béria estava praticamente governando o país, e depois, quando se incumbiu do comando do projeto nuclear, ele ainda encontrava tempo para essas sórdidas escapadas, e contraiu doenças venéreas várias vezes. Quando os crimes de Béria eram denunciados a Stálin, o ditador os tolerava – comentando que Béria era um homem ocupado e sob enorme estresse.

Durante a conferência de Potsdam, o presidente Truman informou Stálin sobre as novas armas nucleares dos Estados Unidos. Stálin imediatamente colocou Béria no comando de mais de 400 mil trabalhadores, incluindo muitos cientistas brilhantes, encarregados de desenvolver uma bomba atômica soviética. Em 1946, Béria tornou-se membro pleno do Politburo. Mas Stálin tinha começado a desconfiar dele, sentindo seu cinismo sobre o marxismo e sua crescente aversão em relação a seu líder e senhor. Em 1946, Stálin exonerou-o do Ministério dos Assuntos Internos, expurgou seus protegidos e promoveu Abakumov, outro implacável facínora, a ministro da Segurança do Estado, não ligado a Béria. No entanto, Béria ainda conseguia exercer considerável influência. Em 1949, para o deleite de Stálin, Béria entregou a bomba atômica soviética. No mesmo ano, conseguiu fazer com que Stálin se voltasse contra dois de seus herdeiros escolhidos, e ambos foram fuzilados no caso Leningrado.

No início da década de 1950, Stálin estava em declínio, com a memória fraca, cada vez mais paranoico, e perigoso como nunca. Ele então odiava Béria "Olhos de cobra", que, por sua vez, odiava Stálin e seu sistema, embora fosse ele próprio um dos monstros do stalinismo. Quando Stálin morreu, em março de 1953, Béria tornou-se o homem forte do novo regime. Embora seu título formal fosse primeiro vice-primeiro-ministro, ele dominou por completo o primeiro-ministro oficial, o fraco Malenkov, e assumiu o Ministério dos Assuntos Internos. Béria desdenhava do tosco, canhestro mas perspicaz Kruschev, a quem ele, de modo fatal, subestimou. Livre do odiado Stálin e excessivamente confiante, Béria propôs a libertação de milhões de prisioneiros, a liberalização da economia e o afrouxamento da hegemonia soviética sobre o Leste Europeu e as repúblicas étnicas. No entanto, ao mesmo tempo, ainda mandava prender seus inimigos pessoais e intimidava rivais. Ninguém confiava em Béria, e todos o temiam. Três meses depois da morte de Stálin, Kruschev orquestrou um golpe palaciano apoiado pelo marechal Jukov e o exército soviético. Béria foi preso e secretamente confinado em um *bunker* militar. De lá, implorou por sua vida, escrevendo cartas patéticas para seus ex-camaradas, mas em vão: foi julgado e condenado à morte. No dia marcado para sua execução, chorou e desmaiou até que seu carrasco, um general soviético, enfiou-lhe uma toalha na boca e atirou na testa dele.

Baixinho, atarracado, careca e cada vez mais gordo, Béria tinha um rosto achatado com lábios grandes e carnudos, pele cinza-esverdeada e, por trás de seu reluzente pincenê, olhos cinzentos e pálidos. Ao mesmo tempo, era um homem vigoroso, espirituoso, rápido, curioso e um ávido leitor de livros de história. "Ele era extremamente inteligente, com uma energia inumana", disse o vice de Stálin, Molotov. "Ele era capaz de trabalhar por uma semana inteira com uma única noite de sono." Segundo um de seus capangas, "Béria não hesitaria em matar seu melhor amigo". Vários de seus colegas observaram que, se tivesse nascido nos Estados Unidos, Béria teria sido diretor da General Motors. No entanto – com seu amor por intriga, tortura e assassinato –, também teria tido muito sucesso e renome na corte dos Bórgia.

# HEMINGWAY

## 1899-1961

*Mas o homem não foi feito para a derrota. Um homem pode ser destruído, mas não derrotado.*

A essência do espírito indomável do homem – e de Hemingway –, sintetizada em *O velho e o mar* (1952)

Ernest Hemingway foi provavelmente o mais importante escritor norte-americano do século XX. Seus romances e contos, rejeitando os enfadonhos e sufocantes valores do século XIX que ele via em sua própria família e no mundo ao seu redor, introduziram um novo e poderoso estilo de escrita: prosa esparsa, econômica, dura e masculina, que capta os horrores da guerra e as provações do amor e defende um potente código moral para conduzir a vida em meio a um complexo mundo de dor e traição. Hemingway podia ser imprevisível, violento, mal-humorado, vaidoso, ridículo e bêbado, mas esses eram aspectos de uma mente conturbada, ainda que brilhante. Hemingway foi agraciado com o Prêmio Nobel em reconhecimento a sua obra e à contribuição marcante, inconfundível e singular que fez para a literatura.

Hemingway cresceu em um subúrbio de Chicago. Seu pai, o médico Clarence Hemingway, insistia que ele praticasse viris atividades ao ar livre como caça, tiro e pesca. Sua mãe, Grace, incutiu nele a familiaridade com a literatura. Hemingway costumava afirmar que as primeiras palavras que ele disse quando bebê foram: "Medo de nada! Medo de nada!". É bem provável que isso seja mentira, mas típico de seu famoso machismo. Quando jovem, Hemingway rumou para a Itália a fim de servir na Primeira Guerra Mundial. Em 1918, foi atingido por um morteiro e, embora ferido pelos estilhaços e sob disparos de metralhadora, conseguiu salvar dois companheiros do fogo inimigo.

Embora mais tarde Hemingway tenha adornado e exagerado essa façanha, foi um notável ato de bravura, pelo qual o governo italiano lhe concedeu a medalha de honra. Enquanto se recuperava, Hemingway apaixonou-se por uma enfermeira da Cruz Vermelha, Agnes von Kurowsky, que se recusou a casar com ele. Hemingway nunca esqueceu a experiência.

Quando voltou para os Estados Unidos, a mãe de Hemingway repreendeu-o por sua "preguiçosa vadiagem e busca de prazer", acusando-o de "tirar vantagem de seu belo rosto" e "negligenciando seus deveres para com Deus". Hemingway sempre desprezara o estilo de escrita de sua mãe, seu discurso moralizador em tom de sermões e sua religião, que ele considerava ser o avesso da felicidade humana. Mas então Hemingway começou a desprezá-la por completo. A ruptura com sua família jamais foi apaziguada, e quando, em 1921, aceitou um emprego como correspondente estrangeiro no jornal *Toronto Star*, baseado em Paris, ele libertou-se definitivamente tornando-se senhor de si.

Em Paris, Hemingway conheceu figuras literárias de relevo como Gertrude Stein, Ezra Pound e seu futuro amigo e outro gênio literário norte-americano da época, F. Scott Fitzgerald, autor de *O grande Gatsby*. Em 1924-5, Hemingway publicou seu ciclo de contos *In Our Time* [No nosso tempo], e em 1926 o romance de sucesso *O sol também se levanta*, que tratava da vida de expatriados *socialites* e boêmios da "geração perdida" dos Estados Unidos pós-guerra, que vagavam, decadentes e sem propósito, pela Europa.

A primeira obra-prima de Hemingway foi *Adeus às armas*, publicado em 1929. Era um romance fortemente autobiográfico, contando uma história de amor ambientada na Primeira Guerra Mundial. Um jovem motorista de ambulância, Frederic Henry, se apaixona por Catherine Barkley, enfermeira inglesa que cuida da sua recuperação. Depois que Henry deserta de seu posto, o casal foge para a Suíça, mas Catherine e seu bebê morrem no parto, deixando Henry desolado.

A Espanha desempenhou um papel dominante na vida e na obra de Hemingway. Ele escreveu um sensível estudo acerca das touradas, *Morte na tarde*, em 1932, e, quando a Guerra Civil Espanhola eclodiu em 1936, envolveu-se profundamente na causa republicana, arrecadando dinheiro para ajudar na luta contra os nacionalistas, apoiados pelos nazistas, do general Franco. A experiência foi a base de sua segunda obra-prima, *Por quem os sinos dobram*, publicado em 1940. Ambientado durante a guerra, conta a história de um guerrilheiro voluntário norte-americano, Robert Jordan, que é enviado para explodir uma linha ferroviária em apoio a um ataque republicano. O amor de Jordan por uma garota espanhola, Maria, se desenvolve em uma narrativa que explora habilmente o caráter espanhol e a brutalidade da guerra.

Hemingway cobriu a Segunda Guerra Mundial como jornalista em várias missões a bordo de aeronaves da Real Força Aérea, e chegou a testemunhar a ação no Dia D e a libertação de Paris. Depois da guerra, passou a maior parte do tempo trabalhando em Finca Vigía, sua casa em Cuba. A joia desse período final foi *O velho e o mar* (1952), a história do velho pescador Santiago, que, após 84 dias sem conseguir uma presa, pesca um descomunal peixe marlim de quase setecentos quilos; depois de horas de luta, Santiago consegue atracar a pesca em seu barco e parte de volta para a terra. Essa narrativa curta rendeu a Hemingway o Prêmio Pulitzer em 1953 e o Nobel no ano seguinte.

Álcool, a idade e vários acidentes graves, incluindo duas quedas de avião, tiveram efeito debilitante em Hemingway. Durante a década de 1950, ele entrou em depressão, e os aspectos mais desagradáveis de sua natureza – períodos em que podia ser azedo, briguento, propenso à violência – vieram à tona. Forçado a ir embora de Cuba em 1960 por causa da revolução de Fidel Castro, Hemingway fixou residência em Ketchum, estado de Idaho. Consciente de que seus poderes criativos estavam em declínio terminal, e percebendo que a terapia de eletrochoque a que estava se submetendo para tratar a depressão era inútil, Hemingway se matou com um tiro de espingarda em 1961. Estava com 62 anos.

Hemingway pode ter sido um personagem turbulento, problemático, perturbado e perturbador, mas foi também uma figura de enorme energia e dinamismo, que deixou uma marca indelével não apenas na literatura moderna, mas também na linguagem.

## HIMMLER E HEYDRICH: O HOLOCAUSTO

### 1900-1945 e 1904-1942

> *Gostaria de mencionar aqui perante os senhores, de forma totalmente franca, também um tema bastante difícil e grave. Entre nós isto deve ser discutido, e, contudo, em público nunca falaremos a respeito. Eu me refiro agora à evacuação dos judeus: o extermínio do povo judaico.*
>
> Heinrich Himmler, 4 de outubro de 1943

Heinrich Himmler foi o principal autor intelectual, organizador e executor do maior crime da história da humanidade – o assassinato industrializado de 6 milhões de judeus por esquadrões de execução e em câmaras de gás, os mortos consumidos por fornos crematórios. Sob o comando de seu mestre Adolf Hitler, Himmler foi o segundo homem mais poderoso do Terceiro Reich, acumulando enormes poderes como *Reichsführer-ss*, chefe da polícia e ministro do Interior, e planejando não apenas o Holocausto mas também o massacre de ciganos e homossexuais e a brutal escravidão de eslavos e outros grupos considerados por ele *Untermenschen* – sub-humanos.

O oficial Reinhard Heydrich era o principal assistente de Himmler nesses projetos diabólicos; ambos vinham de famílias de classe média alta, com excelente nível de educação formal, filhos de intelectuais cultos – o oposto dos capangas das milícias nazistas.

Himmler nasceu em Munique; seu pai, Gebhard Himmler, era um respeitável diretor de escola e tutor da família real Wittelsbach da Baviera; sua mãe, Anna Maria, era uma católica devota. O padrinho de Himmler era um príncipe bávaro de Wittelsbach, o tio do rei da Baviera. De compleição mediana e preferindo xadrez e filatelismo ao campo de esportes, Himmler era a antítese do ideal ariano. Acabou casando-se com a divorciada Margarete Siegroth após um encontro casual em um saguão de hotel. O casal teve uma filha, Gudrun.

Himmler conheceu futuros nazistas no grupo paramilitar direitista *Freikorps* após a Primeira Guerra Mundial. Apoiando Hitler desde o início e ingressando no Partido Nazista em 1925, sua inabalável lealdade, aliada às suas habilidades administrativas e absoluta crueldade, levaram Himmler a ser nomeado, em 1928, *Reichsführer-ss*, chefe da *Schutzstaffel* (ss). Depois que Hitler se tornou chanceler da Alemanha em 1933, Himmler criou o serviço de inteligência não uniformizado, o sd (*Sicherheitsdienst*), e no ano seguinte organizou a "Noite das facas longas", na qual Ernst Röhm e a liderança da sa – *Sturmabteiling* (tropas de assalto) – foram assassinados. Em 1936, ele controlava a polícia política à paisana, a temida polícia secreta, a Gestapo, e toda a polícia uniformizada.

Com a eclosão da guerra em 1939, Himmler foi nomeado comissário do Reich para o fortalecimento da nação alemã, encarregado da extirpar os alemães incapacitados ou portadores de deficiência e eliminar o povo "inferior" do Reich, e começou a expandir os campos de concentração para prender opositores, eslavos e judeus. Em setembro, Reinhard Heydrich – seu talentoso protegido, chefe do serviço de inteligência sd e da Gestapo – ordenou a expulsão forçada de judeus de todo o Reich para guetos na Polônia, onde milhares foram executados, morreram de fome ou de doenças.

Alto, magro, atlético, loiro e de olhos azuis, embora com largos quadris femininos, Heydrich tornou-se o principal braço direito de Himmler na organização do massacre secreto, mas colossal, dos judeus da Europa. Especializado em intrigas clandestinas, administrando um bordel para grampear os clientes ricos e de renome e usando prisioneiros de campos de concentração, assassinados com injeções, para fornecer o pretexto da invasão hitlerista da Polônia.

Filho de músicos, Heydrich nasceu na cidade de Halle, perto de Leipzig, em 1904. Seu pai era um cantor de ópera wagneriana e o respeitado diretor do conservatório musical de Halle, enquanto a mãe, extremamente rigorosa e afeita a aplicar surras regulares no filho, era uma talentosa pianista. Quando criança, Heydrich nunca foi popular entre seus pares, que o apelidaram de Moisés por causa de boatos (falsos) de que ele tinha ascendência judaica.

Profundamente sensível e suscetível a esses rumores, na adolescência Heydrich passou a acreditar na suposta superioridade inerente do povo germânico, mas não tinha envolvimento algum na política, até que um escândalo social-profissional pôs fim à sua carreira naval. Depois da Primeira Guerra Mundial, Heydrich ingressou na marinha, onde o ambicioso mas sensível oficial, que tocava violino lindamente, era importunado por suas supostas origens judaicas. Ele acabara de ficar noivo de Lina von Osten quando foi dispensado por manter um relacionamento sexual simultâneo com outra mulher. Em 1931, aos 27 anos, ingressou nas fileiras da ss; durante uma entrevista, impressionou Heinrich Himmler ao demonstrar amplo conhecimento acerca das técnicas da polícia secreta, fruto de sua obsessiva leitura de romances norte-americanos de detetives e livros sobre procedimentos policiais. Em 1933, Heydrich foi promovido a general de brigada e assumiu a responsabilidade de criar o SD, o serviço oficial de informação e segurança da ss, onde identificou os talentos administrativos de Adolf Eichmann, que se tornou o especialista em judeus da ss.

Em 1939, Heydrich foi colocado no comando do Gabinete Central de Segurança do Reich, e, após a invasão da Polônia, formou cinco *Einsatzgruppen* (forças-tarefa e esquadrões da morte) para assassinar a sangue-frio – e enterrar em valas coletivas – inimigos políticos, dissidentes, aristocratas e judeus no território ocupado.

Himmler, juntamente com Heydrich, então propôs a Hitler planos para livrar a Europa de todos os judeus por meio de uma "evacuação forçada para o leste" – seu eufemismo para extermínio físico –, a "solução final para a questão judaica". Hitler aprovou. Em junho de 1941, após a invasão da União Soviética, Himmler – incumbido de empreender "tarefas especiais" – enviou suas SS *Einsatzgruppen*, que assassinaram 1,3 milhão de judeus, ciganos e comunistas. Himmler e Heydrich visitavam pessoalmente as áreas atrás do *front*, incentivando e organizando principalmente assassinatos de homens, mas também um número cada vez maior de mulheres e crianças. O próprio Himmler testemunhava em primeira mão as execuções, e quando, em agosto de 1941, pedaços de massa encefálica de uma das vítimas respingaram em seu uniforme da SS, ele exigiu que os campos de concentração fossem equipados com câmaras de gás como um modo mais eficiente de matar, mais humanitário para o carrasco.

Em 20 de janeiro de 1942, Heydrich convocou uma reunião dos quinze principais burocratas nazistas, muitos deles advogados, e oito deles com títulos acadêmicos de doutor, em uma grande casa em um abastado subúrbio de Berlim, perto de um idílico lago chamado Wannsee.

Mais de 1 milhão de judeus já haviam sido assassinados pelas *Einsatzgruppen* móveis, mas o trabalho foi considerado demasiado lento e desmoralizante. O objetivo em Wannsee era transmitir diretrizes do *Führer* a respeito da solução final da questão judaica e criar uma estrutura administrativa e legalista para os assassinatos em massa. "É preciso passar um pente-fino de leste a oeste na Europa para remover os judeus", e os presentes à reunião foram encarregados de capturar, transportar e exterminar em escala industrial entre os estimados 11 milhões de judeus europeus.

"No lugar da emigração passou-se a adotar como outra possibilidade de solução, de acordo com prévia aprovação do *Führer*, a evacuação dos judeus para o leste", disse Heydrich. As anotações, a cargo de Adolf Eichmann, cuidadosamente evitavam a referência direta ao extermínio, mas "evacuação" era o eufemismo aceito para massacre, como Heydrich deixou claro:

> Sob a orientação adequada, no curso da Solução Final, os judeus deverão ser destinados a trabalhos forçados no leste. Os que forem fisicamente aptos, separados por gênero, serão encaminhados, em grandes colunas, para as áreas de trabalho, a pé pela estrada, e no decorrer de tais ações uma grande parte deles certamente

perecerá de causas naturais, ao longo do caminho. Como os que restarem serão, indiscutivelmente, a parte mais resistente de todo o contingente, deverão ser tratados de forma condizente, porque este será o produto da seleção natural e atuarão, se libertados, como a semente de um novo renascimento judaico.

Vários desses campos – incluindo Bergen-Belsen, Auschwitz-Birkenau, Belzec e Treblinka – foram construídos às pressas. Bergen-Belsen abrigou mais de 60 mil judeus, dos quais cerca de 35 mil morreram de fome, excesso de trabalho, doenças e experimentos médicos. Dachau – construído em março de 1933 para aprisionar presos políticos – serviu como campo de trabalhos forçados e centro para horríveis experiências médicas – os judeus que estavam doentes demais para trabalhar eram sumariamente executados ou enviados para o centro de extermínio de Hartheim, nos arredores. Enquanto isso, 3 milhões de prisioneiros de guerra russos foram deliberadamente mortos de fome por ordens de Hitler e Himmler.

O mais conhecido dos campos de extermínio foi Auschwitz-Birkenau, estabelecido por determinação de Himmler em maio de 1940, e em 1942 equipado com sete câmaras de gás nas quais cerca de 2,5 milhões de pessoas foram assassinadas, entre judeus, poloneses, ciganos e prisioneiros de guerra soviéticos. Apenas 200 mil pessoas sobreviveram, as demais foram cremadas ou amontoadas em valas coletivas comuns.

Himmler e Heydrich tinham estilos bastante diferentes: Himmler considerava-se um soldado, mas seu verdadeiro dom era como um burocrata intriguista e cortesão hitlerista. Ele dedicava uma considerável quantidade de tempo elaborando regras pedantes e absurdas para sua nova ordem da ss. Himmler passava suas raras horas de lazer com uma assistente que se tornara sua amante. Heydrich era um talentoso esportista e músico. Nos intervalos entre suas muitas atribuições, ele treinava como piloto, participando de ousadas missões aéreas na Noruega e na Rússia, onde seu avião caiu e ele teve que ser resgatado. Heydrich teve muitos casos amorosos e aventuras sexuais. Era descontraído, mas nunca banal. Himmler era aterrorizante, mas sempre insipidamente pedante.

Além de suas já vastas responsabilidades, em setembro de 1941, Heydrich foi nomeado *Reichsprotektor* da Boêmia e da Morávia (parte da Tchecoslováquia incorporada ao Reich em 1939), onde instituiu medidas repressivas e ficou conhecido como *Der Henker* (o Carrasco). Em 27 de maio de 1942, enquanto se deslocava sem escolta em um mercedes verde conversível com a capota aberta, foi emboscado por dois combatentes tchecos treinados pelos ingleses em um atentado a bomba, morrendo em decorrência dos ferimentos. Em retaliação, os nazistas varreram do mapa toda a população da aldeia tcheca de Lídice.

Em junho de 1942, Himmler ordenou a deportação de 100 mil judeus da França e aprovou planos para transportar 30 milhões de eslavos da Europa Oriental para a Sibéria. No mês seguinte, ordenou a "limpeza total" dos judeus do Governo Geral Polonês – 6 mil por dia somente de Varsóvia foram transportados para os campos da morte.

Em 1943, Himmler foi nomeado ministro do Interior. No ano seguinte, Hitler dissolveu o serviço de inteligência militar (o *Abwehr*) e tornou o SD de Himmler o único serviço de inteligência da Alemanha nazista. Em 1944, à medida que os Aliados avançavam a partir do oeste, Himmler fracassou completamente como comandante militar do Grupo de Exércitos Vístula.

Reconhecendo que a derrota era inevitável, Himmler tentou desesperadamente destruir as evidências dos campos da morte, e em seguida procurou buscar a paz com a Inglaterra e os Estados Unidos. Hitler ordenou sua prisão. Himmler fugiu disfarçado, mas foi preso em Bremen, e depois engoliu uma cápsula de cianeto.

Ex-avicultor de queixo curto, que usava óculos e sofria de doenças nervosas, Himmler construiu uma segunda família com sua amante, a ex-secretária a quem ele chamava de "Coelhinha" – enquanto o sótão de sua casa continha móveis e livros feitos de ossos e peles de suas vítimas judias. Himmler foi um administrador meticuloso que organizou o extermínio sistemático de 6 milhões de judeus (dois terços da população judaica da Europa), 3 milhões de russos, 3 milhões de poloneses não judeus, 750 mil eslavos, 500 mil ciganos, 100 mil doentes mentais, 100 mil maçons, 15 mil homossexuais e 5 mil Testemunhas de Jeová – assassinatos em uma escala nunca antes imaginada.

# KHOMEINI

## 1902-1989

*Eu vou chutar os dentes deles. Eu indico o governo. Estou nomeando o governo com o apoio desta nação!*

O grande aiatolá Khomeini liderou a revolução de 1979, que derrubou o último xá do Irã, e assumiu o posto de líder supremo de uma teocracia, a República Islâmica do Irã, que se tornou uma potência problemática e desestabilizadora em todo o Oriente Próximo. Esse clérigo xiita idoso e de barba branca provou ser um líder revolucionário dinâmico, astuto e inclemente, que criou um sistema totalmente novo, com seu próprio poder protegido por uma Constituição que se mostrou surpreendentemente duradoura, graças à brutal repressão a qualquer oposição. O ressurgente e ousado Irã de hoje, no encalço de um arsenal nuclear e em busca da hegemonia regional, ameaçando iniciar a guerra contra o "Grande Satã" (os Estados Unidos) e a aniquilação do "Pequeno Satã" (Israel), apoiando milícias do Hamas e do Hezbollah em Gaza e no Líbano, assassinando e aterrorizando seu próprio povo, é o Irã de Khomeini.

Khomeini, cuja família passara muito tempo na Índia sob o domínio da Índia Britânica e que usara o pseudônimo Hindi para assinar alguns de seus próprios poemas, estudou o *Alcorão* e, em particular, o xiismo dos doze, em madraças em Arak e na cidade sagrada de Qom. O clero iraniano foi afrontado e quase derrotado pelo governo de Reza Xá, que se tornou rei do Irã durante a década de 1920, numa campanha para modernizar e secularizar o país como seu herói Atatürk fizera na Turquia.

Reza Xá foi forçado a abdicar do trono em favor de seu jovem filho Mohammad Reza Pahlavi, que a princípio mostrou-se hábil em gerir os poderosos aiatolás xiitas. Khomeini, que até aquele momento não era um clérigo do topo da hierarquia, ainda aceitava a ideia de uma monarquia constitucional limitada, mas aos poucos passou a repudiar os instintos seculares e modernizadores do novo xá.

Khomeini já estava com sessenta anos quando a morte dos principais aiatolás permitiu que ele se firmasse como líder clerical. Em 1963, Reza Xá Pahlavi anunciou sua Revolução Branca, uma grande transformação da propriedade da terra, libertação e educação das mulheres, e modernização imposta de cima para baixo pelo próprio monarca. Foi um anátema para Khomeini que, convocando uma reunião dos *ulemás* (clérigos), condenou o xá, a quem ele chamava de "homem desgraçado e desprezível", um tirano decadente como o filho de Moáuia, o califa Iázide da história.

O xá respondeu atacando o clero em Qom. À medida que a tensão aumentava, Khomeini foi preso. Quando o primeiro-ministro do xá exigiu que Khomeini pedisse desculpas, supostamente dando um tapa no rosto do religioso, Khomeini se recusou. Ele já estava em contato com uma crescente rede de escolas e instituições de caridade islâmicas com programas políticos e violentos: dias depois, o primeiro-ministro do xá foi assassinado. Enormes multidões protestaram contra o xá em apoio aos aiatolás.

Diante dessa progressiva tensão, o xá deu ao seu novo primeiro-ministro poderes para usar as Forças Armadas de modo a sufocar a rebelião. O exército baleou quatrocentos manifestantes e o xá recuperou o controle da situação. Forçado ao exílio, Khomeini passou um período na Turquia, mas principalmente em Najab, no Iraque, o único outro país com uma numerosa população xiita.

O xá atingira então a condição de potentado militar regional, um confiável aliado dos Estados Unidos, recebendo bilhões de dólares à medida que os preços do petróleo subiam. Mas sua Revolução Branca foi gradualmente destruindo a si mesma: milhares de iranianos adotaram as novas possibilidades de educação, juntando-se à classe média, enquanto milhões de iranianos pobres, entusiasmados por novas indústrias e atividades econômicas, educação moderna, moradia e outras formas de riqueza, deixaram suas aldeias rumo a Teerá apenas para encontrar a decepção e uma nova e desanimadora pobreza nas favelas. Lá, viram-se desnorteados e abandonados à deriva sob a corrupta e distante magnificência do xá, cada vez mais autocrático e cercado por sua corte de tecnocratas e camaradas, um governo imposto pelo esplendor cada vez mais bombástico e pela SAVAK, a brutal polícia secreta do regime. O presidente iraquiano Saddam Hussein sugeriu inúmeras vezes ao xá que liquidasse Khomeini, mas o xá sempre hesitava.

Enquanto isso, em Najab e depois no exílio francês nos arredores de Paris, Khomeini gravou fitas cassete com pregações, que foram contrabandeadas para o Irá, onde encontraram uma audiência cada vez maior. Ele havia encampado seu novo conceito de soberania divina – *veleyet* e *faqih* – a tutela dos altos dignitários na hierarquia religiosa e especialistas na teologia islâmica sobre o povo. Tradicionalmente, os xiitas acreditavam que a liderança do profeta descia em uma linha de sucessão reta através de seus descendentes diretos – os doze imames – até o último, o décimo segundo, que havia desaparecido mas um dia retornaria para guiá-los. Agora, mais do que apenas um aiatolá, Khomeini era cada vez mais reverenciado como "o Imame", um líder religioso nacional-místico por direito próprio.

Em 1978, o regime do xá ficou paralisado por uma série de greves e crescentes protestos, ao mesmo tempo que o desastrado presidente norte-americano Jimmy Carter enfraqueceu o regime iraniano ao criticar seus abusos dos direitos humanos. O xá mostrou-se curiosamente incapaz de reagir, voltando-se para os embaixadores dos Estados Unidos e da Grã-Bretanha, mas recusando-se a delegar poderes a um comandante militar para reprimir a crescente onda de protestos. Poucos sabiam que o xá, tendo concentrado todo o poder em suas próprias mãos, estava secretamente sofrendo de câncer.

Enquanto isso, Khomeini provou ser um hábil manipulador da opinião pública iraniana e ocidental, ocultando suas posturas teocráticas enquanto posava como um populista democrático, cercando-se de democratas e liberais ocidentalizados que convenciam os estrangeiros de que ele supervisionaria um novo e livre Irã. A bem da verdade, suas fitas cassete eram explícitas em sua linguagem fanática e violenta contra o xá, os Estados Unidos e os judeus. Quando o xá deixou o Irã "em viagem de férias", milhões comemoraram. Em 1º de fevereiro de 1979, Khomeini retornou ao seu país e derrubou o governo provisório – "Eu vou chutar os dentes deles; eu indico o governo", declarou o aiatolá –, nomeando seu novo governo sob a liderança de um democrata moderado, Mehdi Barzagan: "Ele será obedecido porque eu designei o governo de Deus". Na ausência do décimo segundo imame, Khomeini imediatamente assumiu poderes quase absolutos, arquitetando um terror que executou milhares de partidários do xá e, logo em seguida, qualquer um de seus próprios seguidores que questionassem seu estilo de governo. A nova Constituição para um governo islâmico foi aprovada por ampla maioria, e, embora ele tenha criado uma fachada semidemocrática – com um presidente e um parlamento eleitos –, o poder real estava nas mãos do próprio Khomeini, agora o líder supremo, escolhido por um comitê de clérigos doutos, que controlava todo o Estado. Rapidamente, o Estado tornou-se uma ditadura muito mais implacável e repressora do que jamais havia sido sob o infeliz xá.

Quando os Estados Unidos ofereceram tratamento médico ao xá agonizante, estudantes iranianos sequestraram diplomatas norte-americanos; a intervenção militar norte-americana fracassou desastrosamente na tentativa de libertar os reféns, e Khomeini deleitou-se com a humilhação infligida ao "Grande Satã". Nesse ínterim, em 1980, o iraquiano Saddam Hussein invadiu o Irã, mas Khomeini, usando a guerra para consolidar seu poder, contra-atacou e se recuperou das perdas iniciais. Quando o Iraque ofereceu uma trégua, Khomeini recusou, enviando milhares de recrutas em ondas humanas para as linhas iraquianas. A guerra durou seis anos e foi um desastre para o Irã e para o Iraque – morreram de 500 mil a 1 um milhão de pessoas. Em 1989, Khomeini reagiu à publicação do livro *Os versos satânicos*, do indo-britânico Salman Rushdie, emitindo uma *fatwa* (decreto religioso) que o condenava à morte.

Quando Khomeini morreu, em 1989, seu sucessor nomeado, o aiatolá Ali Khamenei, foi devidamente escolhido como líder supremo, embora não tivesse a singular autoridade de Khomeini. No entanto, a República Islâmica do Irã tem obtido grande sucesso na projeção do poder xiita e iraniano, desenvolvendo armas nucleares, financiando milícias como o Hezbollah e o Hamas e se envolvendo nas guerras do Iraque e da Síria. É uma teocracia agressiva e opressiva, mas sua semidemocracia híbrida, com presidentes e parlamentos eleitos, lhe dá a flexibilidade para sobreviver e construir uma potência sem precedentes desde os tempos do império persa.

# ORWELL

## 1903-1950

*Na Birmânia, em Paris e Londres, no caminho para Wigan Pier e na Espanha, sendo alvo de tiros e por fim ferido pelos fascistas, ele investiu sangue, dor e trabalho duro para fazer por merecer sua raiva.*

Thomas Pynchon, romancista

De todos os escritores do século xx, nenhum fez mais que George Orwell para moldar a maneira como as pessoas comuns pensam e falam. Seus romances *A revolução dos bichos* (1945) e *1984* (1949) não apenas propiciaram fortes alertas acerca dos perigos da tirania e do controle estatal; eles mudaram a percepção política e enriqueceram a própria língua inglesa. Orwell também foi o mais extraordinário ensaísta em língua inglesa de seu século, sempre original, penetrante e eloquente. De maneira consistente, a diretriz política de Orwell era de esquerda, mas ele atacou, sem rodeios e de modo mordaz e severo, as rígidas convenções da simpatia esquerdista pelos assassinatos em massa perpetrados pelo stalinismo. Sua crítica aos horrores do totalitarismo marcou-o como um ícone intelectual para pessoas de todos os matizes políticos. Até mesmo a palavra "orwelliano" tornou-se parte da língua inglesa.

George Orwell era o pseudônimo de Eric Arthur Blair. Ele nasceu em 1903, filho de uma família inglesa que residia em Bengala, então domínio da Índia Britânica, onde seu pai era um oficial do departamento de ópio do serviço civil indiano. Embora Orwell tenha voltado para a Inglaterra ainda criança, a experiência do imperialismo o marcou de forma profunda, o que fica visível em grande parte de sua obra.

Em 1922, Orwell ingressou na Polícia Imperial Indiana e foi enviado para a Birmânia. O período que passou lá foi a base para brilhantes ensaios calcados em suas observações, a exemplo de "Um enforcamento" e "O abate de um elefante", bem como o pungente e envolvente romance *Dias na Birmânia* (1934). O forte senso de consciência de Orwell levou-o a pedir demissão em 1927, e ele voltou para a Inglaterra extremamente desiludido com as realidades do poder imperial.

Foi nesse estado de espírito que ele começou a se transformar em escritor. No final da década de 1920 e início da de 1930, ele teve vários empregos obscuros e desqualificados em Paris, frequentemente como *plongeur* (lavador de louças) em cozinhas de hotéis, depois retornou a Londres e resolveu viver a experiência radical de "dar uma de nativo", submetendo-se à pobreza extrema, vivendo como vagabundo e trabalhador itinerante, perambulando de albergue em albergue, pensão em pensão. Os piolhos, a sujeira, os golpistas, o trabalho em restaurantes sórdidos esfregando panelas engorduradas, tudo isso foi condensado e descrito em *Na pior em Paris e em Londres* (1933). A narrativa revelava claramente a miséria dos muito pobres na Europa e marcou o início de uma longeva obsessão pelas condições de vida das classes trabalhadoras.

Seu livro posterior, *O caminho para Wigan Pier* (1937), trazia um minucioso, nítido e poderoso relato das experiências de Orwell em meio ao cotidiano e às condições de vida nas regiões carvoeiras do nordeste da Inglaterra nos anos 1930, com reveladoras constatações sobre as agruras do desemprego e das habitações precárias. O livro inclui também um relato pessoal da própria inclinação de Orwell em direção ao socialismo. Mesmo antes de o livro ser publicado, ele já havia decidido colocar as ações antes das palavras e partiu para a Espanha em 1936 de modo a se juntar aos republicanos na luta contra os nacionalistas de direita de Franco. A experiência do combate na Guerra Civil Espanhola forneceu a matéria-prima para um relato de seu envolvimento, escrito em primeira pessoa – *Homenagem à Catalunha* (1938).

Durante o tempo que passou na Espanha, Orwell foi baleado no pescoço, e depois disso retornou à Inglaterra. Durante a Segunda Guerra Mundial, conseguiu um emprego produzindo propaganda da BBC para o Extremo Oriente, mas logo desistiu e concentrou suas energias em escrever *A revolução dos bichos*, uma narrativa alegórica e anti-stalinista de uma fazenda na qual os porcos assumem o poder no lugar dos humanos, antes de gradualmente descambarem para posturas tirânicas e corruptas. O *slogan* dos porcos – "Todos os animais são iguais, mas alguns são mais iguais que os outros" – está entre as frases mais famosas da literatura do século XX.

As maiores contribuições de Orwell à língua inglesa encontram-se em seu poderoso romance político *1984*. Nessa assustadora advertência contra os perigos do controle estatal, que revela uma compreensão espantosamente verdadeira da crueldade e maldade do funcionamento real do comunismo, Orwell introduziu uma infinidade de conceitos sugestivos, incluindo: a Polícia das Ideias, Quarto 101, Grande Irmão, Novalíngua e Pensamento de grupo. O romance foi concluído pouco antes de Orwell morrer de tuberculose, aos 46 anos, tendo enfrentado problemas de saúde durante a maior parte de sua vida adulta.

Ao mesmo tempo que escrevia seus romances e outros livros, Orwell estava produzindo um fluxo ininterrupto de colunas, ensaios e resenhas. Ele tratou de todos os tipos de temas. Em um de seus ensaios mais primorosos, "A política e a língua inglesa", apresentou o extraordinário argumento em que vinculava o uso preguiçoso das palavras à opressão política. Mas essas ideias complexas sempre eram expressas nas frases mais elegantes e lacônicas. Todo ensaio que Orwell escrevia, mesmo quando em tom agressivo e furioso, era formulado com um fraseado delicado e acessível a todos os leitores.

Orwell deixou uma obra imensa. Desde sua morte, os livros que ele escreveu nunca deixaram de ser publicados, e edições com reuniões de seus ensaios ainda vêm a lume. Muitas das ideias expressas em seus romances permanecem atuais. As amargas críticas de Orwell à natureza repressiva do comunismo foram plenamente justificadas pelo colapso da União Soviética no final da década de 1980. A impressionante clareza de sua visão, combinada a uma infalível capacidade de transmitir ideias instigantes de forma direta, assegurou como incontestável a sua posição de extraordinário escritor do povo e para o povo.

# DENG XIAOPING

## 1904-1997

*Não importa se o gato é preto ou branco, desde que cace os ratos.*

Deng Xiaoping

Deng foi o líder supremo da China que transformou o Estado revolucionário comunista de Mao Tse-tung na superpotência de hoje, governada duramente pela oligarquia comunista, mas fortalecida por uma economia de livre mercado. A nova China de Deng logo tornou-se forte o bastante para afrontar os próprios Estados Unidos. Resoluto, prático e sarcástico, Deng foi tanto um brutal testa de ferro quanto um sobrevivente que resistiu a guerras, expurgos e golpes palacianos para emergir como o governante que estabeleceu o caminho do país mais populoso do mundo. Seus apelidos o descrevem perfeitamente: "Fábrica de Aço" e "Agulha dentro de uma bola de algodão".

Em muitos sentidos, a reputação de Deng é subestimada: enquanto o presidente soviético Mikhail Gorbachev supervisionou o fim pacífico do regime comunista soviético e o desmembramento do império soviético, ele queria manter a União Soviética no lugar e reformá-la. Em vez disso, ela desmoronou; o comunismo perdeu o poder – e a Rússia enfrentou uma década de instabilidade até que o prestígio e a ordem fossem restaurados pela soberania autoritária de Vladimir Putin. Talvez o mais influente gigante político do final do século XX, Deng teve êxito no que diz respeito a guiar a China em direção a seu ideal de futuro, acertando onde outros líderes comunistas falharam.

Nascido na província de Sichuan, em 1904, Deng converteu-se ao marxismo ainda jovem: saiu de casa aos dezesseis anos, estudou na França e, depois da Revolução Bolchevique na Rússia, em Moscou. Ao retornar à China no final da década de 1920, quando o direitista Kuomintang (KMT) de Chiang Kai-shek voltou-se contra seus aliados comunistas em 1927, Deng associou-se aos comunistas – e a Mao Tse-tung pessoalmente, uma lealdade da qual nunca titubeou. Quando o KMT iniciou suas campanhas para destruir os comunistas, Deng encarou a "Longa Marcha" sob o presidente Mao Tse-tung.

Durante décadas, Mao e seus colegas comunistas levaram uma vida de guerra constante contra inimigos externos, expurgos e rixas internas – era uma escola difícil. Deng, que serviu como comissário e muitas vezes efetivamente como comandante de muitas unidades do Exército Vermelho, foi um dos veteranos líderes comunistas, ao lado de seu amigo e protetor Zhou Enlai, que gradualmente vieram a aceitar o poder total que Mao, um mestre da manipulação, impiedosa e astuciosamente impôs com o terror da polícia secreta e constantes expurgos assassinos. O próprio Mao não gostava de muitas pessoas e confiava em pouquíssimas, atormentava até mesmo seus aliados mais próximos, mas ao que parece respeitava as evidentes firmeza e competência de Deng.

Após a Segunda Guerra Mundial e a guerra civil entre o KMT e os comunistas, durante a qual destacou-se como comandante e comissário, Deng foi um dos líderes dos comunistas que viram Mao declarar a nova República Popular em 1949. Ele governou sua província natal de Sichuan durante vários anos, supervisionando os assassinatos e espancamentos de dezenas de milhares dos chamados "proprietários de terras" – geralmente pequenos agricultores. Quando 10 milhões de pessoas na província morreram durante o impiedoso Grande Salto para a Frente de Mao, ele elogiou sua administração.

Mao levou Deng para a capital como vice-primeiro-ministro, promovendo-o a secretário-geral do Partido Comunista em 1957: ele despachou meio milhão de intelectuais para os campos de trabalhos forçados.

Mas quando Mao foi atacado por seus programas políticos perigosamente radicais no final dos anos 1950, Deng aliou-se ao presidente Liu Shaoqi, que parecia desafiar a supremacia maoista. Deng foi sobretudo um marxista e um potentado comunista extremamente implacável, mas era também um administrador pragmático. Em um discurso de 1961, ele disse uma frase que ficou famosa: "Não importa se o gato é preto ou branco, desde que cace os ratos".

Em 1965, Mao lançou seu cruel, vingativo e destrutivo expurgo da China, a Revolução Cultural, projetada para restaurar sua própria ditadura pessoal e o radicalismo comunista e liquidar a nova elite do partido que ousou desafiar seu poder absoluto. O presidente Liu e muitos outros foram destruídos nessa aterrorizante limpeza que jogou a China no caos, sob a supervisão do próprio Mao. O primeiro-ministro Zhou Enlai conseguiu sobreviver concordando covardemente com todas as medidas brutais de Mao. Deng teve sorte: embora tenha sido demitido e enviado para trabalhar em uma fábrica como um operário comum – seu filho foi jogado pela janela pelos guardas vermelhos e ficou paraplégico –, ele não foi torturado e tampouco humilhado, decisão que teve que vir do próprio Mao.

O sucessor escolhido por Mao foi seu principal aliado na Revolução Cultural, o talentoso mas neurótico e vaidoso marechal Lin Biao, o vice-presidente que, em uma tentativa de golpe, morreu em um acidente de avião quando tentava fugir do país a caminho da Rússia. Quando o velho presidente, agora envelhecido, adoentado e senil, mas ainda onipotente, interrompeu a Revolução Cultural, reconheceu que o país precisava de uma administração estável. Lin Biao estava morto; Zhou estava morrendo de câncer, por isso Mao olhou para Deng.

Em 1974, Deng foi trazido de volta como primeiro vice-primeiro-ministro e governante efetivo do país. Mas, com a deterioração da saúde de Mao, sua esposa Jiang Qing, juntamente com o resto da facção radical que ela liderou – mais conhecida como o Bando dos Quatro –, percebeu que Deng representava um perigo real para seus planos de tomar o poder após a morte do presidente.

Mais uma vez, Deng foi expurgado. Seu antigo aliado, o primeiro-ministro Zhou Enlai, sucumbiu ao câncer e o próprio Mao morreu, sendo sucedido, para a surpresa geral, por um chefe provincial pouco conhecido, Hua Guofeng. Deng, o líder dos veteranos políticos e militares de confiança do partido e do Exército Vermelho, liderou um golpe eficaz contra o Bando dos Quatro, cujos membros foram detidos, julgados e aprisionados.

Daí em diante ele rapidamente firmou-se como o líder da China, e sem esforço ofuscou Hua, que foi deixado de lado. Embora nunca tenha sentido a necessidade de um culto maoista de personalidade, tampouco ostentasse a lista completa de títulos como presidente, chefe de governo ou primeiro-ministro, logo ficou claro que Deng estava no comando, redirecionando a revolução para preservar o absolutista controle comunista de partido único, mas liberando a economia: "Enriquecer é glorioso!", ele supostamente declarou. Apoiado por seus protegidos, figuras como o secretário-geral Zhao Ziyang e outros, Deng, semiaposentado, guiava a China desde os bastidores, desfrutando de sua posição apenas para chefiar a federação de xadrez do país – e a presidência da comissão militar do partido, que comandava o exército. Sob sua orientação, a China negociou a devolução de Hong Kong e Macau e emergiu como uma nova superpotência militar, quase imperial, à medida que sua economia passava por um vertiginoso crescimento. Contudo, em 1989 a União Soviética cambaleou, a Europa Oriental recuperou sua liberdade e a Cortina de Ferro foi levantada. Quando o governo comunista foi confrontado por milhares de estudantes na praça Tiananmen, Deng viu-se diante do fim do monopólio do poder do partido, e, em última análise, foi decisão do líder supremo esmagar os protestos com crueldade irrestrita. A China de hoje – um rigoroso Estado policial sob o monopólio do Partido Comunista com um alcance imperialista e econômico cada vez mais internacional – é a China de Deng.

# SCHINDLER

## 1908-1974

*Eu odiava a brutalidade, o sadismo e a insanidade do nazismo. Eu simplesmente não podia ficar de braços cruzados vendo as pessoas serem destruídas. Fiz o que pude, o que eu tinha de fazer, o que minha consciência me dizia para fazer. Apenas isso. De fato, nada mais.*

Oskar Schindler

Um aproveitador e explorador, mulherengo e beberrão, Oskar Schindler foi responsável por um dos mais extraordinários atos de heroísmo altruísta da história. Sua decisão de salvar mais de mil trabalhadores judeus da morte nas mãos dos nazistas foi imortalizada na literatura e no cinema – um ato de nobreza individual que sintetiza o triunfo da humanidade sobre o mal. Como Sydney Carton, o pecador-herói de Dickens em *Um conto de duas cidades*, Schindler demonstra que os verdadeiros heróis muitas vezes não são piedosos e convencionais, mas patifes, excêntricos e forasteiros mundanos.

Oskar Schindler era um empresário extravagante e genial nascido na Morávia, no que hoje corresponde à República Tcheca. Sua família era abastada, mas seus vários empreendimentos foram destruídos pela Grande Depressão que se alastrou pela Europa na década de 1930. Negociante astuto, excelente em suborno e manipulação, Schindler tornou-se um dos primeiros a lucrar com a arianização da Polônia ocupada pela Alemanha. Em 1939, na Cracóvia, comprou de um industrial judeu destituído uma fábrica de utensílios esmaltados e usou mão de obra escrava judaica.

No final da década de 1930, sentindo de que lado sopravam os ventos políticos, Schindler trabalhou para o serviço de informação da Alemanha nazista – atividade que o levou a ser preso por espionagem durante um breve período em seu país natal. Quando os alemães invadiram a Tchecoslováquia em 1938, Schindler, agora libertado, filiou-se ao Partido Nazista. Sua bonomia alcoólica rendeu-lhe uma rápida ascensão. Contudo, depois de testemunhar mais de uma incursão nazista no gueto de Cracóvia, adjacente a sua fábrica, decidiu usar sua considerável influência para contrapor-se à política antissemita de seu partido e salvar o maior número possível de judeus.

As mesmas qualidades que fizeram de Schindler um bem-sucedido homem de negócios permitiram-lhe salvar mais de mil judeus que eram operários de sua fábrica. Rematado ator, usava o charme para evitar que seus colegas nazistas enviassem seus funcionários para os campos de extermínio. Oficiais da Gestapo que chegavam à fábrica de Schindler exigindo que ele entregasse os trabalhadores que usavam papéis falsificados saíam bêbados do escritório três horas depois, sem trabalhadores ou papéis. Schindler foi preso duas vezes por obter suprimentos do mercado negro para seus judeus, mas os subornos que ele pagava, sua maneira afável e sua diplomacia pessoal asseguraram sua libertação. "O que fosse preciso fazer para salvar uma vida, ele fazia", disse o advogado de Schindler mais tarde. "Ele manipulava extraordinariamente bem o sistema."

Quando trezentas de suas operárias foram enviadas por um erro administrativo a Auschwitz, Schindler, por meio de uma polpuda propina, assegurou a libertação delas. Ele proibia que qualquer pessoa, incluindo funcionários, entrasse na fábrica sem sua permissão expressa. Passava todas as noites em seu escritório, pronto para intervir no caso de a Gestapo chegar. Quando os nazistas recuaram e os 25 mil judeus do campo de trabalho de Plaszów foram enviados para Auschwitz, Schindler mexeu todos os pauzinhos e usou toda a sua influência na tentativa de que a fábrica e os trabalhadores fossem transferidos para a Morávia. Mesmo correndo então risco pessoal, Schindler permaneceu com seus judeus até a chegada dos russos em maio de 1945, de modo a certificar-se de que eles estavam em segurança.

Schindler raramente falava sobre sua motivação. Quando criança, seus melhores amigos tinham sido os filhos de um rabino que morava nas proximidades. "Para mim, o fato de que eles eram judeus não significava nada", declarou ele mais tarde, quando indagado por que agia contra a política nazista, "para mim eles eram apenas seres humanos." Quando pressionado a explicar sua aparente reviravolta radical e total de opinião, seu raciocínio foi de uma simplicidade espantosa: "Eu acreditava que os alemães estavam errados [...] quando eles começaram a matar pessoas inocentes [...] decidi que ia trabalhar contra eles e salvar o máximo que eu pudesse". "Eu conhecia as pessoas que trabalhavam para mim", disse ele ainda. "Quando você conhece as pessoas, tem que se comportar em relação a elas como seres humanos."

Muita gente ainda se sente perplexa acerca das razões que levaram esse improvável herói a sacrificar tudo para salvar aquelas vidas. Mas para Schindler, que começou a ajudar os judeus muito antes que a maré da guerra virasse, era simplesmente uma questão de consciência. Nas palavras de outro homem que ele salvou: "Eu não sei quais eram seus motivos, embora eu o conhecesse muito bem. Perguntei a ele e nunca recebi uma resposta clara [...] mas eu não dou a mínima. O importante é que ele salvou nossas vidas".

O oportunista Schindler terminou a guerra sem nenhum centavo. Ele gastou sua vasta fortuna para proteger vidas, até mesmo vendendo as joias de sua esposa. Seu casamento com a resignada Emilie por fim acabou em 1957. "Ele deu tudo de si aos judeus", disse ela mais tarde. "E para mim, nada." Schindler foi rechaçado na Alemanha após a guerra, as ações dele uma constante afronta ao autoengano coletivo de que nada poderia ter sido feito. Seus empreendimentos do pós-guerra fracassaram. Os judeus que Schindler salvou vieram em apoio a seu antigo benfeitor. Uma organização judaica financiou sua curta e malsucedida carreira como fazendeiro na Argentina, bem como sua fugaz fábrica de cimento na Alemanha. Os judeus de Schindler lhe mandaram dinheiro de todas as partes do mundo. Ele morreu de insuficiência hepática em 1974. Está enterrado, de acordo com seus desejos, em Jerusalém, "porque meus filhos estão aqui".

# KIM IL-SUNG, KIM JONG-IL E KIM JONG-UN

## 1912-1994, 1941-2011 e 1984-

*Os povos oprimidos só podem se libertar através da luta. Essa é uma verdade simples e clara confirmada pela história.*

Kim Il-sung

Brutal, assassino, repressivo e iludido por sua própria propaganda, Kim Il-sung foi o autoproclamado "Grande Líder" e longevo ditador da Coreia do Norte. Ele liderou seu país em um caminho para a guerra, o isolamento internacional e o colapso econômico, e, durante o meio século em que deteve o poder, a Coreia do Norte tornou-se provavelmente o regime mais totalitário e surreal do mundo. De fato, muito depois de sua morte, Kim Il-sung permanece eternamente o presidente – e a terceira geração dessa dinastia hereditária continua a governar o bizarro e infernal Estado norte-coreano ainda no século XXI.

Kim Il-sung nasceu Kim Sung Ju, o mais velho dos três filhos de um pai cristão. O Japão invadira a Coreia em 1910 e Kim cresceu sob o jugo japonês até que, na década de 1920, sua família mudou-se para a Manchúria, no nordeste da China, onde ele aprendeu chinês e se interessou pelo comunismo. Depois de os japoneses invadirem primeiro a Manchúria e depois o resto da China, Kim se juntou ao movimento de resistência antijaponesa. Durante a Segunda Guerra Mundial, ele rumou para a União Soviética, onde passou por treinamento militar e doutrinação política.

Após a derrota do Japão em 1945, a Coreia foi dividida em duas zonas de ocupação, com os soviéticos ao norte e os norte-americanos ao sul. Em 1946, os soviéticos estabeleceram um Estado comunista satélite ao norte, com Kim como chefe de governo. Enquanto o Sul do país prosseguia com eleições livres, Kim imediatamente impôs um repressivo sistema totalitário stalinista; isso incluiu a criação de uma poderosa polícia secreta e de campos de concentração, a redistribuição da propriedade privada, a supressão da religião e o assassinato dos "inimigos de classe".

Em junho de 1950 – apesar das advertências de Stálin pedindo paciência –, Kim ordenou que suas tropas invadissem a Coreia do Sul a fim de unificar o país, o que desencadeou a Guerra da Coreia. A Coreia do Norte recebeu apoio logístico, financeiro e militar da China e da União Soviética, enquanto o Sul recebeu respaldo da ONU, que enviou uma força internacional composta principalmente por tropas dos Estados Unidos. Apesar das vitórias iniciais, as tropas norte-coreanas foram logo derrotadas. Kim só foi resgatado graças a uma maciça intervenção chinesa. Após três anos, o conflito – que custou entre 2 milhões e 3 milhões de vidas – terminou em um impasse.

Em âmbito doméstico, Kim apertou ainda mais o cerco, banindo a influência externa e liquidando inimigos internos. Em 1953, uma tentativa de golpe orquestrada por onze membros do partido – a primeira dessas investidas com o intuito de tomar pela força o poder governamental – terminou em um julgamento stalinista dos participantes, que foram rapidamente executados. Seguiu-se um expurgo do partido, e dezenas de milhares de coreanos foram enviados para campos de trabalho forçado – ainda hoje uma característica na Coreia do Norte.

Kim promoveu um generalizado culto de personalidade centrado em torno do *Juche* (ou kimilsungismo), uma filosofia política de massa baseada em suas próprias qualidades supostamente divinas. De acordo com a mídia estatal, Kim era o perfeito e impecável "Líder Eterno" ou "Líder Supremo".

Enquanto isso, com os gastos militares representando quase um quarto do orçamento do país, a pobreza tornou-se abundante. Na década de 1990, a escassez de alimentos levou a população à fome e à penúria, provocando a morte de aproximadamente 2 milhões de pessoas. O país manteve seu isolamento total. A Coreia passou a ser vista como um Estado pária e um patrocinador do terrorismo, particularmente contra seu vizinho do Sul: a Coreia do Norte foi responsável pelo assassinato, em 1983, de dezessete autoridades sul-coreanas que haviam viajado para uma visita oficial à Birmânia, e pela derrubada, em 1987, de um avião comercial sul-coreano, o que resultou na morte de 115 pessoas. A Coreia do Norte passou a desenvolver seu próprio arsenal nuclear.

O adoentado Kim Il-sung já estava treinando um de seus filhos, Kim Jong-il, para sucedê-lo em uma versão marxista de uma monarquia hereditária. No fim dos anos 1960, o Kim mais jovem começou a exercer autoridade no departamento de *agitprop* [agitação e propaganda] do comitê central.

Em 1980, ele finalmente se destacou como um membro do Politburo e seu pai o nomeou como seu herdeiro. A essa altura, ele já se tornara uma considerável influência, liquidando qualquer indício de oposição, organizando ataques terroristas no exterior. Foi ele quem arquitetou o ataque à aeronave sul-coreana e os assassinatos de ministros da Coreia do Sul na Birmânia, e sob suas ordens cidadãos japoneses foram sequestrados.

A própria vida de Kim Jong-il foi reformulada como uma narrativa heroica, na qual ele seria o filho de Deus. Seu nascimento, em uma choupana de madeira em um acampamento revolucionário na montanha sagrada Paektu, foi retratado como um evento sagrado previsto por uma andorinha, um arco-íris duplo e uma nova estrela. Na verdade, ele nasceu em 1942 na União Soviética. Em 1991, já era o verdadeiro governante da Coreia do Norte, tendo sido promovido a comandante supremo das Forças Armadas. Em 1994, seu pai, o "Grande Líder", finalmente morreu, aos 82 anos, e Kim, saudado como "Querido Pai" e "Querido Líder", o sucedeu como secretário-geral do partido (não na presidência, pois Kim Il-sung permaneceu como eterno e imortal presidente).

Kim tornou-se o objeto de um culto absurdo – dizia-se que ele era capaz de alterar o clima, derreter a neve e trazer a luz do sol. Alega-se que escreveu nada menos que 1.500 livros e seis óperas; ele era o "Glorioso General do Céu" e a "Estrela Guia" do século xx.

Na realidade, Kim tinha apenas 1,57 m de altura e uma barriga protuberante acentuada por sua onipresente túnica verde no estilo de Mao. Ele usava óculos escuros e sapatos de plataforma, e ostentava um bufante topete. Kim jantava com extravagância: comia sopa de barbatana de tubarão e sashimi de peixe vivo, bebia uísque escocês e sempre viajava no trem blindado que seu pai ganhara de presente de Stálin. Adorava filmes, especialmente *Godzilla*, e escreveu o livro *Sobre a arte do cinema*. Kim chegou ao ponto de sequestrar um diretor e alguns atores da Coreia do Sul para estrelar seus próprios filmes.

Suas políticas de *Juche* – autossuficiência (na verdade, isolamento) – juntamente com a *Songun* – o exército primeiro (que significava manter 1 milhão de soldados, um programa nuclear, malabarismos políticos à beira do abismo e atitudes temerárias por meio de escaramuças homicidas com a Coreia do Sul) – resultaram na fome de seu povo na década de 1990: 1 milhão de norte-coreanos, ou 5% da população, morreu. Kim governou recorrendo à repressão brutal e ao terror. Um em cada vinte norte-coreanos foi encarcerado em campos de concentração, enquanto 200 mil trabalharam dentro deles em algum momento de suas vidas.

No entanto, Kim Jong-il não era um bufão, e sim um habilidoso e implacável manipulador. Sua aquisição de um dispositivo nuclear em 2006 permitiu-lhe forçar os norte-americanos a negociarem ajuda alimentar de modo a salvar seu governo. Tão logo ele extraiu de seu inimigo o máximo de concessões e suprimentos, encerrou as negociações, apenas para recomeçá-las mais tarde, quando sua autoridade parecia estar sob ameaça.

Em 2004, o ditador começou a sofrer ataques cardíacos e, em 2010, escolheu seu filho mais novo, Kim Jong-un, como seu herdeiro. Em dezembro de 2011, o Querido Líder morreu de ataque cardíaco a bordo de seu trem. Foi saudado como o "Grande Santo Nascido do Céu", e seu filho, com apenas 27 anos e sem experiência política, foi escolhido como o Grande Sucessor e nomeado comandante supremo e presidente do partido – é muitas vezes referido como o "Marechal".

Na época de sua sucessão, Kim Jong-un tornou-se o mais jovem chefe de Estado do mundo. Uma ameaça para o planeta, ele conduziu impiedosos expurgos contra seu governo e sua família – matou um tio e ministros lançando contra eles canhões antiaéreos, e envenenou seu próprio meio-irmão no aeroporto de Kuala Lumpur. Kim Jong-un também adquiriu armas nucleares e mísseis intercontinentais. Gordo e desajeitado, o menino rei da Coreia do Norte, eternizado em estátuas equestres com seu pai e seu avô, é um tirano sádico, um Nero moderno, mas também um político esperto, determinado a preservar seu Estado, seu clã e seu próprio poder – seja qual for o custo.

# JFK

## 1917-1963

*A democracia é um tipo difícil de governo. Requer as mais altas qualidades de autodisciplina, moderação, disposição para assumir compromissos e sacrifícios em nome do interesse geral [...].*

John F. Kennedy, discurso em Dublin (28 de junho de 1963)

O 35º presidente dos Estados Unidos era um homem talentoso e carismático, o mais jovem – depois de Teddy Roosevelt – a chegar à Casa Branca e o único católico a fazê-lo. Nos três curtos anos de sua presidência, Kennedy deu aos Estados Unidos e ao mundo uma visão ideal de um futuro pacífico e próspero. Seu assassinato em 1963 foi recebido com pesar em todo o mundo.

John Fitzgerald Kennedy era o filho de Joe Kennedy, um implacável homem de negócios e magnata que venceu na vida por esforço próprio e ganhou fortunas vendendo uísque durante a Lei Seca e depois investindo em filmes e imóveis. No papel de embaixador do presidente Roosevelt em Londres, Joe caiu no descrédito por se tornar um desavergonhado apaziguador da Alemanha nazista. Mas seus filhos superaram essa mancha na reputação da família a ponto de transformar o nome Kennedy quase que na realeza norte-americana. Seu filho John (Jack) Kennedy ingressou na marinha dos Estados Unidos em setembro de 1941, pouco antes de o país entrar na guerra, e foi servir no Pacífico. Comandante de um barco torpedeiro de patrulha, salvou sua tripulação depois que a embarcação foi abalroada por um destróier japonês próximo da costa das ilhas Salomão, ação que lhe rendeu a Medalha da Marinha e dos Fuzileiros Navais.

Pouco tempo depois de deixar a marinha, Kennedy entrou para a política, e foi congressista do Partido Democrata entre 1946 e 1952, quando foi eleito para o Senado. Em 1960, derrotou o senador texano Lyndon B. Johnson na disputa para ser o candidato Democrata à Presidência. Ao lado de Johnson como seu candidato a vice-presidente, Kennedy venceu o republicano Richard Nixon, em parte como resultado de seu talento para falar em público, sua bela aparência e capacidade de demonstrar tranquilidade na televisão. No discurso inaugural que proferiu na cerimônia de posse em 1961, disse a seus compatriotas as célebres e inspiradoras palavras: "Não pergunte o que seu país pode fazer por você, pergunte o que você pode fazer por seu país!".

A presidência de Kennedy era glamorosa, repleta de idealismo juvenil, um período em que a Casa Branca recebeu muitos artistas e intelectuais. Kennedy era um sedutor e libertino obsessivo, na verdade priápico. Teve um caso com a estrela de cinema Marilyn Monroe, e com mulheres da sociedade e namoradas de mafiosos. Ele disse ao primeiro-ministro britânico Harold Macmillan que, se não tivesse uma mulher todos os dias, sofria de tremendas dores de cabeça. À época nada disso era conhecido ou revelado; ele e sua elegante primeira-dama, Jackie, criaram uma "corte" norte-americana que veio a ser conhecida como Camelot. Politicamente, a presidência de Kennedy foi dominada pela Guerra Fria, a luta global por supremacia entre o mundo livre democrático, capitaneado pelos Estados Unidos, e as ditaduras comunistas da União Soviética e seus aliados. Em 1961, Kennedy autorizou a invasão de Cuba, liderada pela CIA, na Baía dos Porcos, um fiasco em que exilados cubanos tentaram, sem sucesso, derrubar Fidel Castro.

As coisas se agravaram em 1962 com a Crise dos Mísseis de Cuba. Na ocasião, Kennedy se envolveu em um impasse nuclear com o líder político soviético, Nikita Kruschev, o que representou um grave perigo não apenas para os Estados Unidos, mas para o mundo inteiro.

Desde a revolução de 1959, Cuba era governada por Fidel Castro, um aliado dos soviéticos. Nikita Kruschev julgava que a Rússia estava perdendo a corrida armamentista. E então, imprudentemente, apostou as fichas de sua política externa na mudança do equilíbrio de poder. O comunista decidiu instalar ogivas nucleares em Cuba, que os Estados Unidos tradicionalmente consideravam seu quintal.

Em 14 de outubro de 1962, um avião espião norte-americano U-2 fotografou Cuba. A coragem de um espião da CIA no exército russo, coronel Oleg Penkovsky, que mais tarde foi desmascarado e morto a tiros em 1963, permitiu que analistas norte-americanos identificassem silos para mísseis balísticos de médio alcance soviéticos perto de San Cristóbal, a apenas 145 quilômetros da costa da Flórida.

O presidente Kennedy foi informado em 16 de outubro. No dia seguinte, unidades militares norte-americanas começaram a se deslocar para o sudeste. Enquanto isso, uma segunda missão U-2 identificou outros locais de construção e cerca de 16 a 32 mísseis já posicionados em Cuba. Em 18 de outubro, sem revelar que sabia sobre o arsenal, Kennedy advertiu o ministro das Relações Exteriores soviético Andrei Gromyko sobre as "consequências mais graves" caso a União Soviética introduzisse na ilha armas de ataque de grande porte.

Quatro dias depois, tendo descartado um ataque aéreo contra as instalações de mísseis, Kennedy foi à televisão em rede nacional para revelar a descoberta dos mísseis soviéticos e anunciar uma "quarentena" (bloqueio) naval de Cuba, medida restritiva que só seria suspensa quando as armas fossem removidas. Em 24 de outubro, navios norte-americanos se posicionaram para um possível ataque. Embora Kruschev tivesse declarado que o bloqueio era ilegal, os cargueiros soviéticos que rumavam para Cuba pararam em alto-mar.

Em uma troca de telegramas entre Kennedy e Kruschev naquela noite, nenhum dos lados cedeu. Mas as defesas militares norte-americanas foram elevadas, pela primeira e única vez na história, para DEFCON 2, condição de prontidão diante de um ataque iminente.

Em 25 de outubro, as Nações Unidas pediram um período de trégua e calma entre os Estados Unidos e a União Soviética. Kennedy recusou, com firmeza. No dia seguinte, Kruschev se ofereceu para remover os mísseis em troca de garantias norte-americanas de não invadir Cuba.

Em 27 de outubro, Kruschev fez outra oferta: a retirada dos mísseis soviéticos de Cuba em troca da remoção dos mísseis norte-americanos da Turquia, que fazia fronteira com a União Soviética. Então, por volta do meio-dia, um avião espião U-2 foi abatido por um míssil soviético no espaço aéreo cubano e o piloto morreu. Em uma reunião com seus conselheiros militares, Kennedy concordou em refrear uma resposta militar imediata e oferecer termos em conformidade com a sugestão inicial de Kruschev. Mas não havia expectativa alguma de que agora Kruschev aceitaria. Kennedy advertiu os aliados dos Estados Unidos na OTAN para que esperassem a deflagração de uma guerra no dia seguinte.

No entanto, quando o dia seguinte raiou, Kruschev anunciou que a União Soviética removeria suas armas de Cuba. Kennedy havia negociado um acordo que garantia a retirada dos mísseis norte-americanos na Turquia em segredo. Embora poucos em Moscou, Washington, Cuba ou Turquia tenham ficado inteiramente satisfeitos com o resultado, a crise chegou ao fim.

Kennedy saiu do episódio com imenso crédito. Ele tinha sido duro nas negociações, mas não inconsequente, e desafiou o blefe de Kruschev. O líder soviético, em contraste, recebeu críticas por sua imprudência e perdeu prestígio e credibilidade: em 1964, foi derrubado em um golpe do Krêmlin por Leonid Brejnev. O resto do mundo ficou simplesmente aliviado de que a maior crise nuclear da história tivesse sido evitada de alguma forma.

Kruschev recuou em relação a Cuba, mas em 1963 ainda havia grandes tensões na Alemanha, onde forças ocidentais e soviéticas encaravam-se de lados opostos do país dividido. Kennedy proferiu um dos mais extraordinários discursos dos tempos modernos em Berlim, onde os soviéticos haviam recentemente construído o infame muro para impedir que os alemães orientais escapassem para o Ocidente. "A liberdade tem muitas dificuldades e a democracia não é perfeita, mas nunca tivemos de erguer um muro para conter nosso povo e impedi-lo de ir embora", disse ele. No mesmo discurso, Kennedy usou a famosa frase *"Ich bin ein Berliner"* ["Eu sou um berlinense"], pedindo solidariedade em todo o mundo ocidental.

Além de estarem envolvidos em um impasse militar, os Estados Unidos e a União Soviética competiam na corrida espacial. Em 1961, Kennedy persuadiu o Congresso a votar a aprovação de 22 bilhões de dólares a fim de colocar um norte-americano na Lua antes do final da década de 1960. Quando Neil Armstrong e Buzz Aldrin pousaram no solo lunar em 1969, o evento foi o testemunho do perspicaz e previdente comprometimento de Kennedy com a exploração espacial. Menos inteligente foi seu envolvimento com o aumento do apoio militar ao Vietnã do Sul, em sua batalha contra o norte comunista, uma diretriz política que afundaria os Estados Unidos em um conflito de uma década de duração e que, no fim das contas, o país teve que abandonar. No entanto, há algumas evidências de que Kennedy, se tivesse vivido, planejava retirar-se do Vietnã após a eleição de 1964.

No âmbito doméstico, Kennedy foi inicialmente lento para dar seu apoio completo ao movimento dos direitos civis. Entretanto, em 1962, ele enviou 3 mil soldados para a Universidade do Mississippi de modo a permitir que um estudante negro, James Meredith, pudesse assistir às aulas. Em 1963, Kennedy investiu todo o seu cacife nos direitos civis e fez um emocionante discurso em rede nacional de televisão. Após sua morte, a Lei dos Direitos Civis de 1964, que ele havia proposto, tornou-se lei.

O assassinato de Kennedy em Dallas, Texas, em 1963, foi um acontecimento que paralisou o mundo. Ele foi baleado enquanto desfilava pela cidade em um carro aberto; provavelmente o autor dos disparos foi Lee Harvey

Oswald, assassinado dias depois por Jack Ruby, um dono de boate cujas motivações para o crime eram incertas. A profusão de teorias conspiratórias suscitadas pelo assassinato de Kennedy é um testemunho do efeito glamoroso e otimista que esse jovem e carismático presidente teve sobre o mundo que ele ajudou a salvar da aniquilação.

# NASSER

## 1918-1970

*Fui por tanto tempo um conspirador que desconfio de todos ao meu redor.*
Gamal Abdul Nasser

Gamal Abdul Nasser foi o mais influente líder do Oriente Médio em meados do século xx, o ditador do Egito, o país mais poderoso da região, e talvez o mais popular potentado árabe desde Saladino. No entanto, sua carreira terminou em derrota e decepção, e o fracasso de seu pan-arabismo secular abriu as portas para um novo fundamentalismo islâmico. No entanto, durante quase vinte anos, Nasser foi para muitos árabes *El Rais* – o chefe.

Nascido em um vilarejo nos arredores do Cairo, Nasser era filho de um funcionário dos correios. Foi educado em Alexandria, onde viveu com sua avó, e se alistou no exército em 1937. À época, o Egito era governado pela dinastia albanesa de reis descendentes do líder guerreiro otomano e paxá Mehmed Ali que tomou o controle do país após a invasão de Napoleão Bonaparte, tornando-se primeiro quedivas, depois sultões e, finalmente, reis do Egito. O país era na verdade dirigido por uma elite híbrida de otomanos e albaneses, bem como egípcios – mas até mesmo esse arranjo estava sob o jugo da Inglaterra, que controlava o Egito desde 1882. Leitor ávido de todo tipo de livro, do *Alcorão* a Dickens, desde a mais tenra idade Nasser demonstrou um temperamento político e horror ao controle britânico sobre a vida egípcia.

Na academia militar, Nasser conheceu seu aliado político, Abdul Hakim Amer, um colega oficial cordial, vaidoso, bombástico e ambicioso, com quem serviu no Sudão. Na esperança de que uma vitória nazista derrubasse o jugo britânico no Egito, ele e Amer trabalharam para formar um grupo de oficiais alinhado com essa ideia. Diante do plano da ONU de dividir a Palestina entre Estados árabes e judeus, Nasser foi tentado a lutar no lado árabe e por fim teve sua oportunidade quando o rei Farouk do Egito, obeso, incompetente e devasso, juntou-se aos outros países da Liga Árabe em um ataque ao incipiente Estado de Israel. Os egípcios, incluindo Nasser, avançaram rapidamente pelo interior do Neguev, mas o jovem oficial testemunhou a inépcia do rei e de seus oficiais, bem como a inexistência de equipamentos e a falta de preparação adequada.

Em agosto de 1948, Nasser exerceu a função de vice-comandante das unidades egípcias cercadas pelos israelenses no chamado bolsão de Faluja. Foi uma experiência formativa: Nasser foi humilhado pelo desastroso esforço de guerra e, ao retornar, criou com seu amigo Amer e outros o Movimento dos Oficiais Livres. Nasser consultou a Irmandade Muçulmana, mas logo concluiu que o programa da organização islâmica radical entrava em conflito com seu próprio ideal de nacionalismo árabe. Os Oficiais Livres selecionaram o general Muhammad Naguib como testa de ferro.

Quando Nasser soube, em maio de 1952, que Farouk estava planejando prender os Oficiais Livres, tramou um golpe de Estado quase sem derramamento de sangue, permitindo que o rei partisse de Alexandria em seu iate com todas as honrarias. Os revolucionários não tinham certeza se deveriam criar uma democracia ou um regime militar. Como Nasser era apenas um tenente-coronel, Naguib tornou-se presidente da nova república egípcia, mas o poder real estava nas mãos do Conselho do Comando Revolucionário, efetivamente controlado por Nasser em seu cargo de vice-presidente.

Em 1954, quando impulsionou as reformas agrárias e exigiu que os alarmados britânicos deixassem o canal de Suez, Nasser entrou em choque com Naguib, este mais moderado. Mas Nasser asseverou sua confiança tomando o poder de fato como primeiro-ministro. A inflamada e elegante oratória de Nasser já estava cativando as plateias egípcias. Em outubro, enquanto Nasser discursava para uma enorme multidão em Alexandria, um jovem da Irmandade Muçulmana tentou assassiná-lo, mas o primeiro-ministro, em uma atitude desafiadora e corajosa, continuou seu discurso:

Meus compatriotas, meu sangue verte por vocês e pelo Egito. Eu viverei por vocês e morrerei em nome de sua liberdade e honra. Que eles me matem; isso não me preocupa, contanto que eu tenha incutido em vocês orgulho, honra e liber-

dade. Se Gamal Abdel Nasser morrer, cada um de vocês deve ser Gamal Abdel
Nasser [...]. Gamal Abdel Nasser é de vocês e está disposto a sacrificar a própria
vida em prol da nação.

De volta ao Cairo, Naguib foi deposto; Nasser tornou-se presidente, posição que ele manteve nos quinze turbulentos anos seguintes. Ele nomeou seu
compadre Amer comandante-chefe do exército antes de lançar uma gigantesca repressão em massa aos comunistas e, acima de tudo, à Irmandade Muçulmana. Prendeu 20 mil membros da organização e mandou executar seu líder
e ideólogo, Sayyid Qutb.

Daí em diante, Nasser, alto, bonito e dono de excelente oratória, tornou-
-se imensamente popular, mas foi sua associação com o nacionalismo pan-a-
rabista que empolgou não apenas os egípcios, mas todo o mundo árabe, que
agora se livrava de um século de dominação estrangeira. No entanto, Nasser
governou um eficaz Estado de partido único com a ajuda de uma polícia
secreta brutal e cada vez mais numerosa, respaldada por uma junta militar
cada vez mais corrupta e oligárquica que rapidamente enriqueceu (embora o
próprio Nasser não tivesse interesse em bens materiais).

Nasser envolveu-se com o movimento de não alinhamento, destacando-se
como seu líder ao lado do marechal Tito, da Iugoslávia, e Nehru, da Índia. Em
1956, Nasser anunciou a nacionalização do canal de Suez, indignando o primeiro-ministro britânico Anthony Eden, que, diante do declínio do poder imperial britânico, agora via Nasser como um novo Hitler. Os britânicos responderam forjando um acordo secreto com os franceses e os israelenses para atacar e
destruir Nasser. Os israelenses invadiriam o Sinai; na sequência, os anglo-fran-
ceses "interviriam". Os israelenses levaram a cabo uma deslumbrante campanha
para tomar o Sinai, mas a intervenção britânica foi um desastre, e o presidente
norte-americano Eisenhower a condenou. Os israelenses foram forçados a se
retirar, e isso marcou o fim da influência imperial britânica no Oriente Médio.

O prestígio de Nasser estava no auge: seus discursos via rádio alardeavam
propaganda anti-imperialista e antissionista, prometendo finalmente o orgulho
e a grandeza dos árabes. Suas ideias pan-arabistas entusiasmaram o povo da
região e inspiraram oficiais nacionalistas na maioria dos países árabes. Na Jordânia, no Iraque, na Síria, no Iêmen e até na Arábia Saudita, os regimes foram
abalados pela infiltração nasserista. Em 1958, no Iraque, oficiais simpatizantes
de Nasser massacraram o rei Faisal II e sua família e criaram uma república

iraquiana com base no modelo do Egito. Na Jordânia, o rei Hussein mal conseguiu manter-se aferrado ao poder quando oficiais nasseristas dominaram o exército. O rei Saud da Arábia ordenou o assassinato de Nasser, mas o complô foi desmascarado e ele foi deposto, substituído por seu irmão Faisal.

Síria e Egito formaram uma República Árabe Unida, tendo Nasser como presidente – embora logo tenha desmoronado. Nasser voou para Moscou para se encontrar com o líder soviético Nikita Kruschev, alarmando os norte-americanos: ele era anticomunista e perseguiu os marxistas egípcios, mas, apesar de sua liderança não alinhada, Nasser inclinou-se claramente aos soviéticos. No Iêmen do Norte, um golpe arquitetado por oficiais nasseristas o levou a enviar tropas egípcias para combater as forças realistas apoiadas pelos sauditas.

No Egito, Nasser – onipotente, isolado e doente – entendeu que seu regime havia se tornado uma ditadura corrupta, com sua rica elite militar e sua polícia secreta. Acima de tudo, ele constatou que o marechal de campo Amer – influente, hedonista e viciado em drogas – não havia conseguido criar um exército forte. Em 1967, confrontos entre a Síria e Israel lançaram dúvidas se Nasser, o mais poderoso líder árabe do maior país árabe, faria jus a seus anos de pompa e grandiloquência. Líderes soviéticos alertaram que Israel planejava um ataque à Síria – mas isso era uma mentira completamente infundada.

Nasser provavelmente esperava aumentar a tensão e demonstrar o poder do Egito sem de fato lutar contra Israel. Ele expulsou do Sinai as forças de paz da ONU e fechou o estreito de Tiran, prometendo uma guerra vitoriosa e o massacre dos judeus de Israel. Ao mesmo tempo, permitiu que Amer transferisse as tropas egípcias para o Sinai e preparasse um ataque, enquanto seus oficiais assumiam o controle dos exércitos sírio e jordaniano. Na última hora, Nasser entrou em pânico e ordenou que Amer desistisse, mas o estrago já estava feito: os israelenses estavam em um estado de terror existencial, convencidos de que um segundo Holocausto pairava sobre eles. O primeiro-ministro Levi Eshkol estava hesitante; o chefe do Estado-maior, o general Yitzhak Rabin, teve um colapso nervoso. Por fim, Eshkol convocou como ministro da Defesa Moshe Dayan, ex-general e agora um político famoso por sua inteligência impassível e um tapa-olho preto que era sua marca registrada. Diante de um ataque egípcio aparentemente iminente coordenado com a Síria e a Jordânia, Dayan desferiu uma investida preventiva, exterminando a força aérea egípcia em minutos e derrotando as tropas deles de solo. Batalhões sírios e jordanianos atacaram Israel, que derrotou ambos os inimigos, um de cada vez – enquanto o Egito de Nasser e Amer ainda cantava vitória. A bem da verdade, o desajeitado malabarismo político de Nasser, forçando situações inerentemente perigosas até a iminência de um desastre, e a agressiva e violenta dominação de outros países árabes, combinados à incompetência de Amer, provocaram uma derrota ainda maior do que a do rei Farouk.

Nasser ofereceu sua renúncia, mas imensas multidões no Cairo insistiram para que ele permanecesse na Presidência. No entanto, a essa altura Nasser era um homem alquebrado, e morreu fulminado por um ataque cardíaco em 1970; foi sucedido por seu vice-presidente, Anwar Sadat, que vingou a derrota de Nasser em sua Guerra do Yom Kippur contra Israel em 1973. Isso permitiu a Sadat fazer as pazes com Israel – um ato corajoso pelo qual ele pagou com a vida, sendo assassinado em 1981. Seu sucessor, o general da força aérea Hosni Mubarak, foi derrubado na Primavera Árabe de 2011, que levou à eleição de um presidente da Irmandade Muçulmana. Contudo, na tradição de Nasser, o comandante do exército Abdel Fattah al-Sisi tomou o poder. Na maior das nações árabes, Nasser continua sendo o protótipo do governante ideal.

# MANDELA

## 1918-2013

*Lutei contra a dominação branca e lutei contra a dominação negra. Porque eu promovi o ideal de uma sociedade democrática e livre na qual todas as pessoas possam viver em harmonia e com oportunidades iguais. É um ideal em nome do qual espero viver e que espero alcançar, mas, se necessário for, é um ideal pelo qual estou preparado para morrer.*

Nelson Mandela, discurso de defesa
durante o julgamento de Rivonia (1964)

Em sua luta pela liberdade contra o sistema de *apartheid* da África do Sul, Nelson Mandela inspirou milhões de pessoas em todo o mundo com sua coragem, resiliência e nobreza de espírito. A transferência direta do *apartheid* para o governo negro poderia ter levado a massacres vingativos, semelhantes à carnificina de quando a Índia tornou-se independente, mas, graças a um homem, essa revolução foi essencialmente tolerante, pacífica, ordeira e sem derramamento de sangue. Essa é a extraordinária realização de um homem que personifica a jornada da África do Sul em direção à democracia e à igualdade racial.

Em 11 de fevereiro de 1990, Nelson Mandela saiu pelos portões da prisão Victor Verster no vale Dwars, arredores da Cidade do Cabo. Pela primeira vez em 27 anos, ele era um homem livre, um triunfo da esperança que significava o início de uma nova era para um país dividido pelo *apartheid* desde 1948. Foi Mandela que, em 1994, tornou-se o primeiro presidente democraticamente eleito da África do Sul.

Filho privilegiado de um chefe do povo Tembu de ascendência real, Mandela cresceu na zona rural de Transkei e estudou em um internato, o que lhe permitiu ser pouco exposto à discriminação que a maior parte da população negra da África do Sul enfrentava. Antes de Mandela fugir de casa para evitar um casamento arranjado, sua mais significativa experiência de opressão havia sido na escola primária, quando recebeu o nome "Nelson", dado por sua professora, que achava seu nome africano muito difícil de se pronunciar.

No entanto, ao chegar a Joanesburgo, o jovem advogado começou a viver de acordo com seu nome de nascimento: Rolihlahla, ou "encrenqueiro", "agitador". Mandela tornou-se um dos primeiros defensores da liberdade para o Congresso Nacional Africano (CNA). Ele foi detido e encarcerado repetidas vezes por causa de seus protestos não violentos ao longo da década de 1950. Quando o CNA foi banido, Mandela partiu para a clandestinidade no exterior, chamando a atenção de outros países para sua causa e angariando apoio internacional e treinamento militar para a organização. Em 1961, Mandela tornou-se o comandante-chefe da ala terrorista e braço armado do CNA, a *Umkhonto we Sizwe* [Lança de uma Nação], planejando atos violentos contra alvos militares e governamentais. Mandela considerava o terror como um último recurso a ser usado quando os métodos pacíficos parecessem impotentes, mas confessou mais tarde que as campanhas cada vez mais violentas de terrorismo e guerrilha do CNA também eram um abuso dos direitos humanos. Depois de ser detido e encarcerado em 1962 por deixar o país, no julgamento de Rivonia, em 1964, foi condenado à prisão perpétua.

O discurso de Mandela no banco dos réus ecoou por todos os municípios do país, do Cabo até Paarl. Ajudou a politizar um povo que teve todas as oportunidades de educação, progresso e independência arrancadas de si pelas políticas do *apartheid* do governo nacionalista africânder, que haviam esmagado seus direitos e sua dignidade. As palavras de Mandela deram esperança ao povo.

Mandela era um homem de extraordinária obstinação. Condenado a uma pena de trabalhos forçados em uma pedreira na ilha Robben, ele transformou seu campo de prisioneiros na "Universidade da Ilha", designando instrutores para educar as equipes de detentos que sofriam em extenuante trabalho braçal. Mandela montava peças e distribuía livros para preencher as horas. Depois de 27 anos de espera, adiou em mais um dia sua saída definitiva da prisão: "Eles vão me libertar da maneira como eu quiser ser libertado", explicou, "não da forma que querem me libertar".

À medida que a importância de Mandela crescia mundo afora, o governo do *apartheid*, sob o comando de políticos linha-dura como P. W. Botha, tentava fazer acordos com o prisioneiro que se tornara seu calcanhar de aquiles. As autoridades sul-africanas se ofereceram para libertar Mandela caso ele aceitasse condenar o CNA; Mandela recusou: "Enquanto meu povo não estiver livre, eu nunca poderei ser livre". A paz exige homens de visão e destemor de ambos os lados, e em 1989 o novo presidente sul-africano, F. W. de Klerk, teve a coragem de assumir os riscos necessários. Em 1990, ele suspendeu o banimento do CNA poucos dias antes de libertar Mandela. E, uma vez livre, Mandela quase imediatamente renunciou à ação violenta, cumprindo assim o voto que se recusara a assumir enquanto estava encarcerado.

Mandela nunca se entregou ao racismo. Em seu julgamento, pediu liberdade independentemente da cor, e, ao ser libertado, recusou-se a incitar as tensões raciais. Como presidente (1994-9), incluiu representantes de todos os grupos étnicos em seu governo multipartidário. Estabeleceu a Comissão da Verdade e Reconciliação para investigar os abusos dos direitos humanos. O "Madiba" – o nome tribal honorífico pelo qual os sul-africanos o conhecem – dividiu com De Klerk o Prêmio Nobel da Paz de 1993. Seu único constrangimento foram as violentas práticas mafiosas de sua esposa Winnie, de quem se divorciou. Mais tarde ele se casou com a viúva do presidente Machel de Moçambique e se recolheu para a sua aldeia natal, reverenciado por todos.

"Minha vida é a luta", disse Mandela – mas, em um continente amaldiçoado por ditadores assassinos, ele foi tristemente único, e, na própria África do Sul, os sucessores ineptos e corruptos de Mandela corroeram o legado de suas conquistas.

# O XÁ DO IRÃ

## 1919-1980

*Meus conselheiros construíram um muro entre mim e meu povo. Eu não*
*percebi o que estava acontecendo. Quando acordei, tinha perdido meu povo.*

Mohammad Reza Pahlavi

Conhecido simplesmente como o xá, ou rei, Muhammad Reza Pahlavi foi durante quase quarenta anos o governante do Irã, a nação que, ao lado do Egito, é de forma geral o país mais importante do Oriente Próximo. Um aliado do Ocidente, um nacionalista iraniano, um rei absolutista, um modernizador revolucionário, Pahlavi gradualmente emergiu como o principal potentado da região ao tornar-se o ditador efetivo de um país enriquecido pelas receitas do petróleo. Ele desfrutou de grandes êxitos em suas reformas e modernização, com intenções admiráveis – mas ele era um autoritário imperfeito, limitado por sua personalidade e pela corrupção e repressão de seu regime. Suas realizações foram ofuscadas por sua derrocada.

Sua família havia ascendido literalmente do nada para o trono imperial. Muhammad era o filho mais velho de Reza Xá, um oficial do exército persa de origem humilde que subiu ao posto de general em um regimento cossaco treinado por oficiais russos para os xás Qajar do Irã. O pai era um severo disciplinador, alto e altivo, duro e ambicioso, mas tinha pouquíssima instrução formal. No entanto, os últimos xás da dinastia Qajar haviam perdido o controle de seu país, dominado por intrigas da corte, rebeliões tribais, caos econômico, violentas e desenfreadas disputas entre líderes militares, conflitos étnicos, revoluções democráticas, comunismo, separatismo e interferência estrangeira – especialmente da Inglaterra e da Rússia, as duas potências imperiais dominantes. Finalmente, em 1921, o general mandou seus cossacos marcharem para Teerã e tomou o poder, a princípio como ministro da Guerra. Em 1923, ele já governava o Irã, e, em 1925, quando o último xá Qajar partiu para o exílio, o general cossaco elevou-se a xá do Estado Imperial do Irã, fundando a dinastia Pahlavi.

Admirador de Atatürk, Reza Xá governou com rigor e vigor, modernizando o país, perseguindo qualquer tipo de oposição, reunindo as províncias separatistas e diminuindo o poder do clero xiita sempre que possível. O príncipe herdeiro foi educado no instituto Le Rosey, um internato na Suíça, onde abraçou a cultura ocidental e o esqui. Porém, em 1941, quando tentou traçar uma rota que lhe permitisse transitar entre a Alemanha nazista e os Aliados, a Inglaterra e a Rússia soviética, Reza Xá calculou desastrosamente a segurança de sua própria posição. Os Aliados não podiam correr o risco de perder o Irã e seu petróleo para a Alemanha nazista, então invadiram o país, dividiram-no e enviaram Reza Xá para o exílio na África do Sul, onde ele morreu. No entanto, sem saber que regime instalar, permitiram que Reza abdicasse em favor de seu jovem filho Muhammad, cujo reinado duraria 37 anos.

Durante a guerra, o jovem xá teve pouca opção a não ser curvar-se aos interesses russos e britânicos, mas desde o começo Muhammad Reza já tentava impor sua própria vontade ao governo. Quando os Aliados finalmente se retiraram do Irã após a guerra, ele passou a se afirmar politicamente. Ao longo de sua duradoura carreira, Muhammad Reza enfrentou intervenções ocidentais baseadas em interesses petrolíferos, intrigas soviéticas russas, subversão comunista e ameaças do clero xiita. Cada vez mais paranoico e confiando em pouquíssimas pessoas, de forma geral o xá temia mais a intriga anglo-americana e a ameaça comunista que os aiatolás xiitas. Muhammad Reza encarou repetidas tentativas de golpe de todos os lados; seus ministros e primeiros-ministros foram assassinados e ele próprio sobreviveu com grande coragem a diversos atentados contra sua vida.

No geral, apesar do catastrófico fim de sua carreira, a capacidade de Muhammad Reza de sobreviver e aumentar constantemente seu poder e influência eram sinais não apenas de persistência, mas também de astúcia política. Entretanto, sua personalidade era uma estranha mistura de timidez e acanhamento, de excessiva arrogância e delirante ilusão, *realpolitik* implacável, intensa ambição e hedonismo sensual. O juízo que ele fazia acerca da personalidade das pessoas parecia não raro tenebroso, era notória a proteção que dava a assessores e parentes corruptos, e seus métodos de espionagem clandestina e repressão da polícia secreta mostravam-se, em última análise, contraproducentes. Muhammad Reza nutria uma forte sofreguidão de poder, mas, em momentos de crise, demonstrava muitas vezes acanhamento, indecisão e falta de confiança.

Diante de primeiros-ministros poderosos e invariavelmente impostos por potências estrangeiras, o xá pacientemente esperava o momento propício para destruir esses possantes rivais. Muhammad Reza gerenciava com cuidado seus poderes de modo a demitir ministros e comandar o exército. No final da década de 1940, enfrentou um novo desafio na figura de seu primeiro-ministro, o doutor Muhammad Mossadegh, um abastado e idoso latifundiário feudal, famoso por usar pijamas durante o dia, hábito que deixava perplexos os líderes ocidentais, e por seu nacionalismo demagógico que exigiu a nacionalização dos interesses ocidentais no petróleo. O xá odiava Mossadegh, que também estava alarmando a Inglaterra e os Estados Unidos. Em 1952, o xá planejava demitir Mossadegh e nomear um novo primeiro-ministro, o general Fazlollah Zahedi, mas o golpe, respaldado pelos serviços secretos britânico e norte-americano, em especial o agente da CIA Kermit Roosevelt, inicialmente interrompeu o plano. O xá fugiu para o Iraque e depois para a Itália, retornando assim que o general Zahedi derrubou Mossadegh.

Depois disso, o xá trabalhou para se livrar de Zahedi também. No final da década de 1950, Muhammad Reza reinava absoluto no Irã, um domínio que se tornou uma ditadura esclarecida. O presidente norte-americano John Kennedy era cético em relação ao xá, considerando-o um déspota, mas gradualmente os líderes dos Estados Unidos passaram a vê-lo como um aliado. O xá nunca perdeu sua paranoia no que dizia respeito aos problemas que os norte-americanos e britânicos criavam, e sempre manteve boas relações com os soviéticos à guisa de ameaça e apólice de seguro.

Muhammad Reza promoveu então sua Revolução Branca, um programa modernizador de alta tecnologia, reforma agrária, direitos das mulheres e sufrágio feminino, diminuição do controle clerical xiita, educação e industrialização. Quando os aiatolás xiitas opuseram-se ao programa em uma série de tumultos e levantes entre 1961 e 1962, o xá nomeou como primeiro-ministro seu aliado mais próximo, Asodollah Alam, e permitiu que ele usasse o exército para sufocar a rebelião. Esse êxito sobre o clero deu ao xá e a seus principais assessores a ilusão de que haviam triunfado sobre os aiatolás.

Nesse ínterim, Muhammad Reza construiu uma colossal máquina militar, financiada pelos Estados Unidos, para tornar-se o autoproclamado guardião do Golfo e uma grande potência militar do Oriente Médio. Em âmbito interno, ele usou sua polícia secreta, a SAVAK, para manter sob controle os comunistas, os nacionalistas e o clero, mas o abuso dos direitos humanos e a rotina de torturas tornaram o regime impopular. Pior, o aumento do preço do petróleo propiciou ao xá receitas infinitas para levar adiante planos grandiosos e comprar mais armas norte-americanas, chegando a iniciar um programa nuclear. As riquezas do petróleo trouxeram consigo a corrupção desenfreada e a decadência ostensiva. O próprio xá tomava pessoalmente todas as decisões da vida iraniana, mas a família imperial era notória por sua corrupção.

Quando jovem, Muhammad Reza casara-se com a princesa Fawzia Fuad, irmã de Farouk, último rei do Egito, mas a união terminou em divórcio. A seguir ele se casou com uma jovem iraniana chamada Soraya Esfandiary-Bakhtiar, que talvez fosse o verdadeiro amor de sua vida, mas foi incapaz de gerar filhos. O terceiro (e feliz) casamento do xá foi com Farah Diba, uma bela estudante iraniana com quem ele teve um filho e herdeiro, além de várias filhas. Mas a vida amorosa secreta do xá tornou-se célebre. Como revelam os diários de Alam, seu ministro da corte (e em dado momento primeiro-ministro), Muhammad Reza considerava suas aventuras sexuais essenciais para seu bem-estar sob grande estresse: ele nunca se privou de uma série de amantes e das belas cortesãs da agência parisiense de madame Claude, que regularmente eram enviadas ao Irã para o prazer do xá.

Os diários de Alam revelam também os crescentes delírios megalomaníacos do mimado Muhammad Reza, que acabou arruinado pelo sucesso internacional, pela bajulação em seu país e pela riqueza petrolífera. Em 1971, em um loucura de arrogância imperial e culinária francesa ao custo de 100 milhões de libras, o xá escolheu celebrar não a relação dos persas com o islã, mas o aniversário de 2.500 anos do império iraniano fundado por Ciro, o Grande: essas festas de Persépolis prejudicaram ainda mais sua reputação. No entanto, o xá – agora em seu momento de maior poder e sucesso – estava secretamente sofrendo de câncer. Ademais, o próprio êxito de suas reformas –educação, economia, reforma agrária – plantou as sementes de sua destruição: uma classe média com pretensões educacionais, mas atingida pela pobreza e ressentida com relação aos comparsas imperiais e sua corrupção; estudantes e liberais torturados pela SAVAK; milhares de ex-camponeses que tinham se mudado para Teerã a fim de aproveitar o novo *boom* econômico apenas para serem esquecidos em imensos cortiços e favelas, onde foram cooptados e acolhidos por pregadores e organizações islâmicas; e um movimento determinado e organizado do fundamentalismo islâmico xiita sob o controle do exilado aiatolá Khomeini. Os comentários do inepto Jimmy Carter sobre os direitos humanos no Irã minaram ainda mais o xá. Quando os distúrbios e protestos se intensificaram no final de 1978, Muhammad Reza agiu de modo estranhamente indiferente e desatento, sem a vigorosa vontade de ordenar uma repressão completa: ele simplesmente não queria derramar mais sangue. No início de 1979, quando perdeu o controle das ruas, o xá embarcou em um avião e saiu de "férias", para nunca mais voltar. Perseguido pelo novo regime iraniano, traído pelos norte-americanos e forçado a pular de país em país enquanto morria de câncer, o fim de Muhammad Reza foi uma tragédia shakespeariana.

# POL POT: OS CAMPOS DA MORTE NO CAMBOJA

## 1925-1998

> *Pol Pot não acredita em Deus, mas acha que o céu, o destino, quer que ele guie o Camboja da maneira como julgar melhor para o Camboja [...]. Pol Pot é louco [...] como Hitler.*
>
> Príncipe Norodom Sihanouk, antigo governante do Camboja

Pol Pot, o líder comunista do Khmer Vermelho que criou o inferno genocida conhecido como Kampuchea Democrático, governou o Camboja por apenas quatro anos, mas nesse curto período assassinou milhões de pessoas inocentes – metade da população –, empobreceu o país, matou todos os intelectuais, até mesmo as pessoas que usavam óculos, e tentou reiniciar o tempo em um diabólico Ano Zero.

Nascido como Saloth Sar, Pol Pot (nome revolucionário que ele adotou em 1963) era filho de um rico fazendeiro. Alguns de seus parentes eram cortesãos da família real cambojana, e, em 1931, como sexto filho, ele se mudou para a capital Phnom Penh para morar com o irmão, funcionário graduado do palácio real, e foi educado em escolas católicas e francesas. Em 1949, Saloth conseguiu uma bolsa de estudos para cursar engenharia eletrônica em Paris e se envolveu com o Partido Comunista Francês e com outros estudantes cambojanos de esquerda que moravam na capital francesa. Pol Pot nunca teve inclinações acadêmicas, e foi forçado a voltar para casa depois de ser reprovado nos exames de seu curso.

Após um período como professor, em 1963 Pol Pot passou a dedicar toda a sua energia a atividades revolucionárias. No mesmo ano, foi nomeado chefe do Partido dos Trabalhadores do Kampuchea – efetivamente o partido comunista do país, também chamado de Khmer Vermelho, que se opunha fortemente ao governo vigente do príncipe Norodom Sihanouk. O príncipe – e em algum momento rei – comandava o país com autoindulgência irresponsável desde a independência do domínio francês em 1953. Pol Pot forjou ligações com o Vietná do Norte e a China, que ele visitou em 1966. Ficou impressionado com a Revolução Cultural do presidente Mao. De fato, Mao seria seu principal benfeitor e herói. No ano seguinte, ele passou algum tempo com uma tribo no noroeste do Camboja e se comoveu com a simplicidade da vida camponesa, não corrompida pela cidade. Em 1968, o Khmer Vermelho iniciou uma insurreição, capturando a região montanhosa na fronteira com o Vietná. Os Estados Unidos, envolvidos na Guerra do Vietná e temendo que as tropas norte-vietnamitas estivessem usando o Camboja como refúgio, lançaram uma campanha de bombardeios que radicalizou o Camboja a favor de Pol Pot e mobilizou um grande número de pessoas em sua causa. Em 1970, o príncipe Sihanouk foi derrubado em um golpe de direita orquestrado pelo ex-ministro da Defesa Lon Nol. O sombrio exército de guerrilheiros do Khmer Vermelho, envergando uniformes pretos, logo assumiu o controle da área rural.

Em 17 de abril de 1975, a capital finalmente sucumbiu ao Khmer Vermelho. Pol Pot – governando com uma pequena facção de camaradas a exemplo de Ieng Sary e Khieu Samphan sob a proteção do anonimato da Organização – declarou que 1975 era o "Ano Zero" e começou a expurgar o Camboja de todas as influências não comunistas. Todos os estrangeiros foram expulsos, os jornais foram banidos e um grande número de pessoas com a mais leve mácula de associação com o antigo regime ou o menor indício de vínculo com ocidentais e vietnamitas – isso incluía todos os líderes religiosos, budistas, cristãos ou muçulmanos – foi executado. Houve até relatos de pessoas sendo assassinadas por usarem óculos – sinal de que eram "intelectuais burgueses".

Pol Pot – agora conhecido como Irmão Número 1 – deu início a uma insana e malfadada tentativa de transformar o Camboja em uma utopia agrária. As cidades foram esvaziadas de seus habitantes, com a migração forçada da população para fazendas ou comunas coletivas na zona rural onde todos eram obrigados a trabalhar. Em condições terríveis, com escassez de alimentos e trabalho braçal duro e incapacitante, essas comunas logo se tornaram conhecidas como os Campos da Morte, nos quais vários milhões de cambojanos inocentes foram executados. Apesar de um colossal déficit na colheita de 1977 e do resultante aumento da fome, o regime arrogantemente rejeitou a oferta de ajuda externa.

A capital, Phnom Penh, outrora uma vibrante concentração urbana de 2 milhões de habitantes, tornou-se uma cidade fantasma. Seguindo o princípio do presidente Mao de que o camponês era o verdadeiro proletário, Pol Pot acreditava que a cidade era uma entidade corrupta, um paraíso para a burguesia, os capitalistas e as influências estrangeiras.

Os moradores das cidades eram conduzidos em marchas forçadas para o campo sob a mira de armas, como parte dos planos do novo regime de abolir os pagamentos em dinheiro e transformar o Camboja em uma sociedade comunista autossuficiente, onde todos trabalhariam a terra. O regime fez uma distinção entre aqueles com "direitos totais" (que originalmente viviam da terra) e os "depositários", que eram tirados da cidade, muitos dos quais foram massacrados de imediato. Os depositários – capitalistas, intelectuais e pessoas que mantinham contato regular com o mundo exterior –, que não podiam ser "reeducados" nos moldes da revolução, eram torturados e acabavam morrendo em algum dos vários campos de concentração, como o campo de prisioneiros S-21 (também conhecido como Colina Estricnina), ou levados diretamente para os Campos da Morte, onde suas rações eram tão exíguas que eles não conseguiam sobreviver. Milhares foram forçados a cavar suas próprias covas antes de os soldados do Khmer Vermelho fustigarem seus corpos extenuados com barras de ferro, machados e martelos até matá-los. Os soldados eram instruídos a não desperdiçar balas.

Os que eram poupados da execução imediata tornavam-se escravos no programa de coletivização agrária. Centenas de milhares de civis – muitas vezes desenraizados e separados de suas famílias – trabalhavam até a morte ou morriam de fome. Muitos outros foram executados nos campos por causa de pequenas indiscrições – por exemplo, ter relações sexuais, reclamar das condições, roubar comida ou adotar crenças religiosas.

Alguns desses campos contendo valas coletivas comuns foram preservados e hoje são um testemunho do genocídio cometido por Pol Pot e seus seguidores. O mais infame deles é Choeung Ek, onde 8.895 cadáveres foram descobertos após a queda do regime.

O país estava então apinhado de espiões e informantes, e até as crianças eram estimuladas a dar informações a seus pais. Pol Pot passou a conduzir expurgos dentro do próprio Khmer Vermelho, o que resultou na execução de mais de 200 mil membros.

No entanto, ficou evidente que os inimigos externos eram mais difíceis de reprimir. Apenas a China manteve o apoio ao regime. O Camboja enredou-se em um conflito com o Vietnã, cujos exércitos invadiram e tomaram Phnom Penh em 7 de janeiro de 1979, forçando Pol Pot e o Khmer Vermelho a fugir para as regiões ocidentais e cruzar a fronteira tailandesa. O novo regime controlado pelos vietnamitas julgou Pol Pot *in absentia* por genocídio e o condenou à morte. Implacável, mesmo destituído do poder, Pol Pot dirigiu uma agressiva guerra de guerrilha contra os novos governantes e, com mão de ferro, manteve comando firme sobre o Khmer Vermelho. Em 1997, ordenou a execução de seu colega Song Sen e o extermínio da família dele, sob suspeita de colaborar com as forças do governo cambojano. Logo depois, foi preso por outro veterano do Khmer e sentenciado à prisão perpétua, morrendo em abril de 1998 de insuficiência cardíaca.

Em seus planos assassinos e suas maquinações quase psicóticas em nome da criação de uma utopia comunista, Pol Pot, o Irmão Número 1, superou qualquer coisa saída da imaginação de George Orwell. Durante um reinado de pouco menos de quatro anos, ele supervisionou a morte de 2 milhões a 5 milhões de homens, mulheres e crianças – mais de um terço de toda a população do Camboja.

# THATCHER

1925-2013

*Eu sou extraordinariamente paciente, contanto que no fim as coisas sejam feitas do meu jeito.*

Margaret Thatcher

Margaret Thatcher entrou pela primeira vez no Parlamento em 1959, e proferiu seu discurso de abertura apenas um ano depois. Entrevistada em 1970, à época secretária da Educação, ela disse: "Levará anos até que uma mulher chefie o Partido Conservador ou se torne primeira-ministra. Não creio que isso venha a acontecer enquanto eu viver". Nove anos depois, ela sucedeu o trabalhista James Callaghan como primeira-ministra e passou 11 anos e 209 dias na Downing Street, nº 10, período em que transformou o panorama político, econômico e social britânico. Foi a primeira-ministra mais longeva em 150 anos e a primeira mulher a ocupar o cargo no Reino Unido.

Nascida Margaret Hilda Roberts em 1925, filha de um dono de mercearia de Grantham, Lincolnshire, que também era um pregador metodista leigo e vereador da cidade, Thatcher era de uma família de classe média e frequentou uma escola secundária preparatória para meninas. Após receber uma bolsa de estudos para Oxford e uma breve carreira como pesquisadora em química (durante a qual fez parte de uma equipe que ajudou a desenvolver emulsificantes para sorvetes), formou-se em direito. Nas eleições de 1959, Thatcher venceu como deputada pelo Partido Conservador pelo distrito de Finchley, incentivada por seu marido Denis, um astuto e rico homem de negócios que apoiou firmemente a carreira política da esposa. As mesmas características de Thatcher criticadas pela empresa química Imperial Chemical Industries (ICI) em uma entrevista de emprego pós-universidade, relatando que "essa mulher é teimosa, obstinada e perigosamente presunçosa", certamente ajudaram a rápida ascensão dela em Westminster.

Em 1975, Thatcher, concorrendo como azarão, derrotou Edward Heath na eleição pela liderança do Partido Conservador, tornando-se a líder da oposição; a princípio ela teve uma postura conciliatória, mas aos poucos inclinou-se a radicais políticas de livre mercado, à medida que o país sob o governo Trabalhista sucumbia a ondas de greves industriais, culminando no chamado "inverno do descontentamento". Isso foi o suficiente para assegurar aos conservadores a vitória na eleição geral de 1979, e Margaret Thatcher foi empossada como primeira-ministra. A Inglaterra estava podre e enfraquecida, o doente da Europa, mas ela rejuvenesceu o país.

Uma vez que o Partido Trabalhista estava desorganizado e assolado pelo extremismo, o característico conservadorismo não paternalista de Thatcher seduziu as aspirações dos eleitores mais ambiciosos das classes operárias, e ela venceria mais duas eleições.

"A dama não recua", declarou ela em uma frase famosa durante a conferência do partido em outubro de 1980, defendendo sua política econômica ante os críticos, quando todos ao seu redor recomendavam insistentemente a transigência e o meio-termo. Sem hesitar, ela rompeu com o que via como o derrotismo político predominante desde 1945, e injetou com sucesso na vida nacional um novo orgulho e vigor churchillianos. Thatcher privatizou as indústrias estatais mal administradas, para reverter o envolvimento do Estado na economia e na vida das pessoas. Sua declaração "Não existe essa coisa de sociedade" é muitas vezes retirada do contexto. No entanto, ainda assim, ela acreditava firmemente que o próprio indivíduo deveria arcar com o ônus da responsabilidade por seu bem-estar.

Quando a junta militar argentina invadiu as ilhas Malvinas, em 1982, parecia impossível que a Inglaterra pudesse travar uma guerra a 13 mil quilômetros de distância, mas Thatcher ordenou a criação de uma força-tarefa, inspirou a nação a derrotar a agressão tirânica e reconquistou as Falklands.

O parceiro político de Thatcher no exterior foi Ronald Reagan, presidente dos Estados Unidos de 1981 a 1989, um ex-ator afável e nem um pouco intelectual, muito ridicularizado na Europa, embora fosse um excelente orador. Ironicamente, com seus ideais claros e grandiosos e seu charme gentil, e apesar da loucura do escândalo do caso Irã-Contras, Reagan tornou-se um dos mais extraordinários presidentes da era moderna. Seu ódio ao totalitarismo soviético – o "Império do Mal" – conduziu à corrida armamentista que por fim deu aos Estados Unidos a vitória da Guerra Fria e, por sua vez, gerou a dissolução da União Soviética. Reagan morreu em 2004, mas seus diários atestam sua estreita parceria com Thatcher. Ela comungava do anticomunismo de Reagan, e ganhou da imprensa russa o apelido de "Dama de Ferro", que ela adorava (certa vez o presidente francês François Mitterrand a descreveu como tendo os "olhos de Calígula e a boca de Marilyn Monroe", uma singular mistura de agressividade e feminilidade que os satiristas transformaram em caricaturas). Reagan e Thatcher tinham boas relações com o novo líder soviético, Mikhail Gorbachev, a quem ela definiu como "alguém com quem podemos negociar", incentivando as reformas políticas e econômicas do estadista russo e seu afastamento da opressão e do império.

Em 1984-5, Thatcher enfrentou a greve dos mineiros, iniciada em resposta aos planos governamentais de fechar minas estatais e cortar milhares de empregos. Thatcher considerou essa greve uma tentativa de derrubar seu governo, e a debelou por meio de uma inflexível postura de desgaste dos trabalhadores, quebrando o domínio do sindicalismo e mobilizando a polícia e o exército para controlar os protestos dos grevistas. Foi um teste para a liderança da primeira-ministra, mas também a derradeira tentativa de sindicatos antidemocráticos de dominar o governo britânico recorrendo a greves como chantagem.

Contudo, mais tarde, o novo imposto comunitário (chamado de *Poll Tax*) de Thatcher causou motins. A oposição da primeira-ministra a uma cooperação mais estreita no âmbito da Comunidade Europeia minou sua credibilidade no momento em que seu chanceler já havia renunciado. Em 1990, Geoffrey Howe, o último membro restante do gabinete original de Thatcher de 1979, renunciou a seu cargo de vice-primeiro-ministro. Esse fato acelerou o fim do mandato de Thatcher, e o discurso dele desencadeou eleições para a liderança do Partido Conservador. Thatcher foi derrubada por um golpe palaciano, abandonada por quase todo o seu gabinete, e deixou Downing Street em lágrimas. A baronesa Thatcher assumiu sua cadeira na Câmara dos Lordes dois anos depois, e seu marido recebeu um título de nobreza.

Com o presidente Reagan, Thatcher foi fundamental para engendrar o triunfo das democracias capitalistas sobre o comunismo na Guerra Fria. Ela ajudou a desmantelar a Cortina de Ferro e deu liberdade a milhões de pessoas. Venceu uma guerra aparentemente impossível, transformou a esclerótica Inglaterra em um país saudável e revigorado, converteu Londres no centro financeiro da Europa, despedaçou o poder dos sindicatos e se tornou uma estrela política global. Nunca mais houve alguém como ela. O primeiro-ministro do Partido Trabalhista Tony Blair admitiu que era, em muitos aspectos, herdeiro de Thatcher. Nenhum primeiro-ministro britânico dos tempos modernos provoca opiniões tão fortes: ela ainda é odiada pela esquerda. Mas para qualquer pessoa que mora no Reino Unido hoje, a sociedade ao seu redor é, em grande parte, uma criação de Margaret Thatcher, a mais extraordinária líder britânica desde Churchill.

# ANNE FRANK

## 1929-1945

*Eu ouço cada vez mais próximo o trovão, que também vai nos destruir, posso sentir o sofrimento de milhões e, no entanto, se levanto os olhos aos céus, sei que tudo acabará bem, que toda essa crueldade desaparecerá, e que voltarão a paz e a tranquilidade.*

Anne Frank (15 de julho de 1944)

O diário de uma menina judia escondida durante a Segunda Guerra Mundial tornou-se um símbolo totêmico do Holocausto, um monumento aos 6 milhões de judeus mortos e um talismã para vítimas de perseguição em todo o mundo. Mas Anne Frank foi muito mais que um símbolo. A adolescente cuja recusa a ser destruída pelo medo ou pelo desespero diante da mais tenebrosa perseguição é um triunfo da humanidade, a marca de uma alma verdadeiramente heroica. Anne também tornou-se, apesar de tão jovem, uma formidável escritora: observou e anotou os terríveis acontecimentos do tempo sombrio em que viveu e da luta de sua família pela sobrevivência. O seu diário não foi o único a vir à tona, mas foi o melhor e mais bem escrito – um clássico imortal.

Na manhã de 6 de julho de 1942, Anne Frank, seus pais Otto e Edith e sua irmã mais velha, Margot, deixaram sua casa na Merwedplein, em Amsterdã. Vestindo muitas camadas de roupas e sem levar malas para não despertar suspeitas, encaminharam-se a pé até o prédio de escritórios de Otto Frank, na rua Prinsengracht. No topo das escadas havia uma porta, mais tarde escondida atrás de uma falsa estante de livros. Ela levava ao que Anne chamou de anexo secreto – quatro cômodos onde os Frank, com outra família, os Van

Pels, além de um dentista de nome Fritz Pfeffer, se esconderiam ao longo dos dois anos seguintes.

Os Frank eram judeus alemães que haviam emigrado para a Holanda uma década antes, após a ascensão de Hitler ao poder. Uma menina alegre e animada, ao completar treze anos, Anne ganhou de presente de aniversário um caderno encapado por um tecido de estampa xadrez vermelha e branca. Ela endereçou a sua primeira anotação "para Kitty", e registrou: "Espero poder confiar inteiramente em você, como jamais confiei em alguém até hoje, e espero que você venha a ser um grande apoio e um grande conforto para mim".

A ocupação alemã dos Países Baixos já durava dois anos quando Anne começou seu diário. Em 1942, os judeus foram submetidos a um toque de recolher e obrigados a usar estrelas amarelas costuradas visivelmente em suas roupas. Foram proibidos de pegar o bonde, andar de bicicleta ou tirar fotos. Em 5 de julho de 1942, Margot, de dezesseis anos, recebeu uma carta pedindo para que se apresentasse ao transporte que a levaria para um campo de trabalho. Às sete e meia da manhã seguinte, os Frank deixaram sua casa e rumaram para o esconderijo.

Os ocupantes do anexo prepararam-se para uma longa estadia. Os pais de Anne vinham fazendo viagens secretas ao esconderijo havia meses. Mas nada poderia tê-los preparado para a realidade opressiva de se apartar do mundo. A sobrevivência de todos eles dependia de seus "ajudantes", quatro leais empregados de Otto Frank que arriscaram a vida para lhes trazer comida, roupas, livros e notícias. Durante o dia era preciso manter silêncio absoluto de modo a evitar que os funcionários da loja no andar de baixo desconfiassem de algo. "Temos de nos manter absolutamente quietos, feito estátuas. Quem haveria de pensar, três meses atrás, que a espoleta Anne teria que ficar sentada, sem falar, durante horas a fio – e, mais difícil ainda, que ela conseguiria?", escreveu Anne em outubro de 1942.

Anne era uma escritora talentosa, engraçada e ágil, e tinha um olhar um tanto cáustico. Mas seu diário é também a obra de uma adolescente normal – inteligente, brilhante, impetuosa, temperamental, mal-humorada e impaciente. Lutava entre a "boa Anne" que ela gostaria de ser e a "Anne má" que ela sentia ser com mais frequência. Anne era perspicaz, incrivelmente honesta e, cada vez mais, sábia.

"Não há como matar o tempo", Anne escreveu em 1943. Mas ela se recusou a abrir mão da esperança. "Realmente, é de se admirar que eu não tenha desistido de todos os meus ideais, porque parecem tão absurdos e impossíveis de serem realizados", ela escreveu em 15 de julho de 1944. "No entanto, eu os mantenho, porque apesar de tudo ainda acredito que as pessoas, no fundo, são realmente boas."

Três semanas depois, o anexo secreto foi invadido por um grupo da polícia alemã. Ainda é desconhecida a identidade do informante que os denunciou. Os habitantes do anexo foram transportados para o campo de concentração de Westerbork, e depois para Auschwitz. Em outubro, Anne e Margot foram transferidas para Bergen-Belsen. Morreram de tifo com poucos dias de diferença uma da outra em março de 1945, apenas algumas semanas antes de os britânicos libertarem o campo de concentração.

Otto Frank foi o único dos ocupantes do anexo que sobreviveu. Quando retornou a Amsterdã após a guerra, Miep Gies, uma de suas leais ajudantes, deu-lhe o diário e algumas anotações soltas que ela havia encontrado no esconderijo. Indagado mais tarde sobre sua reação à primeira leitura do diário de sua filha, Otto respondeu: "Eu nunca soube que minha pequena Anne era tão profunda".

Enquanto estava escondida, Anne se convenceu de que queria ser escritora. Ela não foi a única criança judia a escrever um diário do Holocausto. Provavelmente houve muitas. Um talentoso garoto tcheco, Peter Ginz, manteve um espirituoso diário em Praga entre 1941 e 1942: "Quando fui para a escola, contei nove xerifes", ele escreveu, referindo-se aos judeus que eram obrigados a usar a estrela amarela. Ginz morreu na câmara de gás em Auschwitz em 1944. Esses excepcionais autores de diários não foram os únicos a transformar o inferno em literatura: *Noite*, de Elie Wiesel (1928-2016), e *É isto um homem?*, de Primo Levi (1919-87) são as duas obras-primas dessa idade das trevas europeia.

Um ano antes de morrer, Anne Frank escreveu sobre seu desejo de "ser útil ou dar prazer às pessoas ao meu redor que ainda não me conhecem. Quero continuar a viver, mesmo depois de minha morte!".

# GORBACHEV E IÉLTSIN:
# A CRIAÇÃO DA RÚSSIA MODERNA

1931- e 1931-2007

> *Nós não estamos abandonando nossas convicções, nossa filosofia ou tradições, nem pedimos a ninguém para renunciar às suas.*
>
> Mikhail Gorbachev

A queda do comunismo, o colapso e a dissolução do império soviético, a libertação do Leste Europeu da opressão soviética e o surgimento de uma nova Rússia foram as realizações de dois líderes russos rivais, ambos com intenções decentes que foram arruinadas pelas pressões da política real. Nem um nem outro pretendiam que as coisas acabassem como acabaram. A carreira dos dois terminou em fracasso – e ambos realmente produziram efeitos que eram o oposto de suas intenções originais. A bem da verdade, as realizações tanto de um quanto de outro foram contraproducentes – e, no entanto, mudaram o mundo.

Comunista convicto durante toda a sua ativa carreira, e de fato um adepto do governo de partido único, Mikhail Gorbachev, filho de um operador de colheitadeira de Stávropol, no sul da Rússia, rapidamente passou a fazer parte do topo da liderança soviética: graduou-se em direito e em seguida começou a progredir na carreira política e galgar as fileiras do Partido Comunista; em 1970 foi nomeado primeiro-secretário de Stávropol e, no ano seguinte, membro do comitê central. Ainda muito jovem ele se casou com Raissa Titarenko, que seria sua companheira e conselheira no poder: as famílias de ambos haviam sentido na pele o Terror de Stálin – ainda assim, eles não perderam a fé no partido.

Na década de 1970, o reinado de Leonid Brejnev produziu estagnação econômica, esclerose política e queda de prestígio do regime comunista. Em um partido governado por burocratas stalinistas octogenários, o dinâmico, animado e muito inteligente Gorbachev chamou a atenção: em 1979, ele foi promovido ao Politburo, o órgão executivo do Partido Comunista, e nomeado ministro da Agricultura, sob as asas protetoras do chefe da KGB, Iuri Andropov, provavelmente o político mais qualificado e competente na liderança do país durante as últimas décadas do domínio soviético.

Após a morte de Brejnev, Andropov chegou ao posto mais alto do comando, mas era velho demais para reformar a União Soviética. Após a sua morte em 1984, Gorbachev não fez pressão para receber a liderança: o senil e exausto Konstantin Chernenko assumiu o poder e sobreviveu apenas alguns meses. A morte dele deixou claro que era necessário um novo e jovem líder: Gorbachev tornou-se secretário-geral do Partido Comunista e assegurou o controle da União Soviética.

Rapidamente Gorbachev mudou o tom e os fatos do governo: declarou a *perestroika* – reestruturação – e a *glasnost* – abertura; no entanto, na condição de comunista convicto comprometido com a ditadura do proletariado e do partido do qual dependia seu poder, Gorbachev não era um democrata liberal ocidental. Ele simplesmente pretendia reformar, consolidar e fortalecer a ditadura soviética, mas em vez disso libertou forças que não foi capaz de controlar. Sua má gestão econômica minou suas próprias conquistas: a proibição do álcool privou de receitas essenciais um orçamento desesperado. Os improvisos de Gorbachev na economia produziram escassez instantânea e descontentamento – ele não entendia como o capitalismo funcionava.

Mas ele gradualmente permitiu uma imprensa semilivre e eleições livres limitadas – embora não se arriscasse a submeter a qualquer tipo de pleito a escolha para exercer seu próprio papel, fiando-se no partido para garantir sua legitimidade. Para os russos, Gorbachev passou a representar uma experiência perigosa; seu tom – tão encantador para os ocidentais – soava aos ouvidos do seu próprio povo um tanto pomposo e professoral, como uma palestra ou uma reprimenda.

No exterior, as realizações de Gorbachev foram verdadeiramente revolucionárias e titânicas: ele derrubou a Doutrina Brejnev de intervenção nos satélites do Leste Europeu; em parceria com seu ministro das Relações Exteriores, o georgiano Eduard Shevardnadze, negociou com o presidente Ronald Reagan acordos de controle de armas; de modo mais surpreendente, ofereceu a liberdade a países como a Polônia após décadas de tirania. Em 1989, Gorbachev retirou as tropas soviéticas de sua catastrófica guerra no Afeganistão e permitiu que os europeus do leste compreendessem a liberdade: os regimes dos clientes soviéticos ruíram em todos os países. Na Alemanha, Gorbachev incentivou a derrubada do Muro de Berlim – e a reunificação da Alemanha.

Reagan havia confrontado a União Soviética com uma poderosa retórica democrática e um vertiginoso aumento dos gastos com a defesa militar dos Estados Unidos – dois fatores que certamente desempenharam um papel importante para a queda do império soviético –, mas o fator que contribuiu de maneira esmagadora para essa conquista foi a convicção de Gorbachev de que tudo poderia ser feito pacificamente. Em âmbito doméstico, ele estava determinado a promover o domínio comunista e a coerência da União Soviética, mas suas próprias ações haviam minado fatalmente as duas coisas: as eleições em separado de chefes de governo nas diversas repúblicas produziram lideranças mais legítimas do que a do partido.

Quando assumiu o poder em 1985, Gorbachev havia promovido a chefe do partido em Moscou e membro do Politburo um novo líder, alto, enérgico, mas afoito e inconsequente, chamado Boris Iéltsin. Quase da mesma idade de Gorbachev, Iéltsin era filho de um operário da construção civil que Stálin havia enviado para os *Gulags* por causa de suas agitações antissoviéticas. Criado em Sverdlovsk, em 1976 Iéltsin foi escolhido para a chefia do comitê local do partido. Ele era o oposto de Gorbachev: enquanto este era contemplativo, legalista, às vezes verborrágico, muitas vezes espirituoso e corajoso, Iéltsin era bombástico, emotivo, corajoso – e alcoólatra. Os dois logo entraram em conflito, e Gorbachev demitiu Iéltsin em 1987, passando-lhe uma descompostura pública. Contudo, ao mesmo tempo oportunista e idealista, Iéltsin estava à frente de Gorbachev quanto a perceber que a União Soviética e o próprio comunismo desmoronariam em breve. Iéltsin encampou a democracia liberal – o que também lhe convinha. Ele foi eleito presidente da República russa em 1989, o que lhe deu a legitimidade potencial indisponível para Gorbachev. Em julho de 1990, em um discurso dramático, Iéltsin se retirou do Partido Comunista.

Nos meses seguintes, veio à tona um nível extraordinário de pressão, à medida que tumultos étnicos e derramamento de sangue se intensificaram no Cáucaso e as forças de segurança soviéticas pareciam estar fora de controle, matando manifestantes na Lituânia. O Politburo e o serviço de segurança, a KGB, se uniram para tramar a derrubada de Gorbachev: em agosto de 1991, um comitê de líderes comunistas e membros da Cheka (a polícia política secreta) bêbados e incompetentes prenderam Gorbachev, que passava férias próximo ao mar Negro, e enviaram tanques para Moscou. No entanto, as multidões defenderam os escritórios da Casa Branca Russa [Casa do Governo da Federação Russa] de Iéltsin. Corajosamente, Iéltsin subiu em um tanque na rua para, em tom de rebeldia, dirigir-se às multidões. O golpe minguou, mas sua verdadeira vítima foi Gorbachev, que perdeu o prestígio.

Quando Gorbachev tentou recuperar o ímpeto, Iéltsin acabou com o monopólio do Partido Comunista e depois conspirou com os presidentes eleitos das outras repúblicas soviéticas para acabar com a União Soviética. Gorbachev renunciou no dia de Natal de 1991, dando fim à União Soviética, que se desintegrou em repúblicas independentes. Gorbachev percebeu que a oligarquia comunista estava errada, e depois de sua queda ele abraçou sinceramente a democracia liberal, mas já era tarde demais.

Iéltsin dominou a Rússia nos anos 1990 e, inicialmente, seu entusiasmo e abertura eram auspiciosos e revigorantes. Quase que pela primeira vez em sua história, a Rússia desfrutou de eleições totalmente livres, uma imprensa também livre, livre mercado, e uma investigação independente da história e dos crimes de Estado – tudo isso graças a Iéltsin. Mas os defeitos dele foram fatais: alcoólatra, inconsistente e volúvel, ele governou como um czar por intermédio de amigos e capangas, a exemplo de seu sinistro guarda-costas, o general Korzhakov, e seu consultor financeiro, o bilionário Boris Berezóvski. A privatização da economia russa conduzida por Iéltsin foi um caso de irremediável desgoverno, e sua malversação tornou bilionários os assim chamados oligarcas, empresários superpoderosos a exemplo do próprio Berezóvski.

Em 1993, comunistas linha-dura no Parlamento ameaçaram todo o projeto democrático com uma revolta armada que Iéltsin esmagou ao ordenar a repressão pelas forças especiais da Casa Branca Russa em Moscou. No ano seguinte, diante da rebelião e da declaração da independência da Tchetchênia, Iéltsin invadiu a pequena república. Cometendo atrocidades em grande escala, matando milhares de civis inocentes e destruindo cidades como Grózni, as forças russas foram humilhadas pelos dinâmicos combatentes tchetchenos. Iéltsin foi forçado a recuar, retirar as tropas da Tchetchênia e, de modo infame, reconhecer a independência do país – um vexame russo sem precedentes. A putrefata corrupção financeira, as intrigas do Krêmlin, o caos econômico, a desordem mafiosa e a ressurgente repressão desencadeada pela guerra tchetchena jogaram no descrédito as reais conquistas de Iéltsin.

Em 1996, doente e isolado, Iéltsin enfrentou uma nova eleição, e tudo indicava que o mais provável era que perdesse: seus comparsas bilionários, os oligarcas, mobilizaram suas fortunas para ajudá-lo a conquistar a reeleição, mas agora até mesmo a democracia estava maculada. Os três anos seguintes testemunharam o colapso econômico e o declínio pessoal de Iéltsin, que com excentricidade imperial demitia primeiros-ministros quando lhe dava na cabeça, e envergonhava o país com atitudes dignas de um bufão bêbado.

Em 1999, Iéltsin escolheu um jovem, ambicioso e severo ex-oficial da KGB e ministro de gabinete chamado Vladimir Putin como seu sucessor. Em um dramático anúncio surpresa, Iéltsin renunciou ao cargo de presidente da Rússia. Putin se mostrou mais do que apto para a tarefa: restaurou o poder do Estado e o prestígio da Rússia como uma grande potência, esmagou a corrupção e quebrou a influência dos oligarcas. Ao mesmo tempo, demonstrou sua disciplina e vigor atacando novamente a Tchetchênia com competência brutal e sangrenta, trucidando a rebelião ao custo de centenas de milhares de vidas civis. Putin promoveu seus colegas dos serviços de segurança, que dominaram o governo e os negócios da Rússia, reduzindo a democracia e a liberdade de imprensa. Ele também acabou com a eleição de governadores locais e personificou uma nova forma russa de governo autoritário que ele chamou de democracia soberana. Putin dominou totalmente a Rússia de uma forma que Gorbachev e Iéltsin nunca haviam feito, provavelmente o líder russo que mais se distingue neste início de século XXI.

# ELVIS

### 1935-1977

> *Os caras de cor têm cantado e tocado igualzinho ao que eu estou fazendo agora, cara, por mais anos do que eu sei [...]. Eles tocavam assim nos barracos deles e nos bares e inferninhos deles, e ninguém deu a mínima até eu dar uma incrementada na coisa toda.*
>
> Elvis Presley, em uma de suas primeiras entrevistas

Elvis, o Rei. Assim, os Estados Unidos, a mais republicana das nações, apelidaram seu filho musical favorito, garantindo que sua primazia permanecesse inviolada. Elvis não inventou o rock and roll, não escreveu muitas músicas, nunca fez turnês internacionais e tem sido eclipsado em quase todas as estatísticas triviais acerca do sucesso na música popular. Mas tudo isso é irrelevante. A sublimidade de sua voz – de alcance espantoso e surpreendente, indo do desleixo e rebeldia à ternura angelical –, sua beleza devastadora e o pulsante carisma artístico atraíam milhões. Elvis era uma estrela global e, ao levar a música negra do blues e do gospel para um público branco de uma forma até então impensável, ele permitiu a síntese musical que ainda hoje continua sendo a base da música popular.

Elvis Aaron Presley teve uma infância pobre e uma educação sulista, e sempre foi muito mais próximo de sua mãe alegre e envolvente do que de seu pai, um malandro e esquivo infrator. Adolescente tímido, Elvis muitas vezes era intimidado e acossado na escola por ser um "filhinho da mamãe". Quando terminou os estudos, começou a dirigir caminhões, assim como seu pai fazia. Mas não demorou muito para que sua voz extraordinária chamasse a atenção do produtor musical Sam Phillips, que estava à procura de um homem branco para cantar músicas "negras"; quando ouviu os compactos custeados pelo próprio Presley e gravados em 1953 como um presente de aniversário para sua mãe, Phillips sentiu que havia encontrado seu homem.

Em 1954, Presley gravou "That's All Right", um blues. As estações de rádio no Tennessee imediatamente começaram a tocá-la, e Presley fez uma excursão pelos estados do sul do país. Teve que lidar com o arraigado preconceito de muitos norte-americanos brancos que se opunham a ver negros e brancos misturando-se ou compartilhando cultura. Mas nem mesmo esse centenário legado de separação foi capaz de competir com a adoração dos fãs mais jovens – e cada vez mais indiferentes à cor da pele – que Presley começou a atrair. Em 1956, a pressão de adolescentes brancos obrigou estações de rádio de todo o país a tocar compactos de Elvis – sucessos instantâneos a exemplo de "Heartbreak Hotel" (1956), "Love me tender" (1956) e a música-título do filme *Jailhouse Rock* (1957) –, e ele continuou sendo franco com relação a suas influências musicais. Em alguns círculos, críticos negros acusaram Elvis de roubar a música deles; por outro lado, Little Richard chamou Elvis de "uma bênção", que "abriu a porta" para a música negra. O fato inegável era que o ímpeto do Rei era irrefreável.

Elvis assinou um contrato com o "Coronel" Tom Parker, a quem ele entregou todos os seus negócios. Parker era um personagem sombrio, mas um mestre do *merchandising*, e transformou Elvis na maior marca musical que o mundo já viu. Sob a orientação do "Coronel", Elvis descobriu que poderia atrair multidões e plateias em uma escala fenomenal. Ele quebrou todos os recordes de vendas de compactos e álbuns, e em suas aparições na televisão era capaz de arrebanhar 80% da audiência nos Estados Unidos. Os rapazes queriam ser Elvis, as moças o desejavam, e as gerações mais velhas mostravam-se assustadas e perplexas. Na cidade de Liverpool, John Lennon recrutou Paul McCartney para a banda que tinha o Rei como estrela guia e que almejava ser "maior que Elvis".

No cenário norte-americano, enquanto a música de Elvis e suas apresentações de alta voltagem em cima do palco tornavam-se cada vez mais populares, a porção conservadora dos Estados Unidos ficou enojada e preocupada com o fato de a juventude do país estar sendo irrevogavelmente corrompida. Os hábitos de Elvis de sacudir as pernas, revirar os quadris vestindo calças de couro justas, impelindo o corpo de forma insinuante e se jogando para a frente com o microfone, eram considerados o auge da obscenidade e da degradação da sociedade. Como resultado, muita gente sentiu alívio quando, em 1958, Elvis foi convocado para o exército e posteriormente transferido para a Alemanha. De volta aos Estados Unidos, em 1960, Elvis era um personagem mais moderado e inibido. Durante a década de 1960, era do florescimento dos grupos pop, ele optou por se concentrar em uma carreira cinematográfica de pouco brilho em vez de retomar a música. Mas Elvis se reinventou para um retorno em 1968, gravando um especial de TV em que adotou algumas das influências dos Beatles e dos Rolling Stones, os mesmos astros que reinterpretaram seu tipo de música e a venderam de volta aos norte-americanos.

A popularidade de Elvis permaneceu enorme ao longo da década de 1970, e ele lotava imensas casas de show de uma ponta à outra do país, particularmente em Las Vegas, embora em uma nova *persona*, agora envergando trajes exagerados e espalhafatosos da cena do cabaré. Elvis ainda entrava nas paradas de sucessos, por exemplo, com "Always on My Mind" (1973). Mas a sua saúde e seu estado mental se deterioraram de forma alarmante. Ele engordou, empanturrando-se de *fast-food*. Também se viciou em medicamentos prescritos. Passava a maior parte do dia dormindo, e em cima do palco era uma figura inchada – embora sua voz continuasse hipnotizante.

Elvis morreu em 16 de agosto de 1977. Sofreu uma parada cardíaca em Graceland, sua mansão em Memphis, Tennessee. Seu funeral foi um evento colossal, assistido por milhões de pessoas. Ele figura ombro a ombro com os cantores norte-americanos Frank Sinatra, Bob Dylan e Michael Jackson, as bandas inglesas Beatles e Rolling Stones, e a cantora francesa Edith Piaf como os gigantes musicais que transcenderam o reino da música para se entranhar na identidade consciente das nações.

# SADDAM HUSSEIN

## 1937-2006

*O que nos aconteceu de derrota, vergonha e humilhação, Saddam, é o resultado de suas loucuras, seus erros de cálculo e suas ações irresponsáveis.*

Comandante xiita do exército iraquiano em 1991,
iniciando o levante contra o governo de Saddam,
posteriormente esmagado pelas forças do ditador

Saddam Hussein, o ditador do Iraque, aspirava a ser um herói e conquistador árabe, mas seu longo reinado de opressão implacável, crueldade sádica, corrupção criminosa, guerras desnecessárias, assassinatos em massa e um ridículo culto à personalidade o levaram a uma série de erros de cálculo político que ensejaram a destruição de seu regime e sua própria morte no cadafalso. Esse tosco déspota aparece aqui porque a campanha para derrubá-lo foi a maior catástrofe da política externa ocidental dos tempos modernos, diminuindo e jogando no descrédito o poder moral e militar norte-americano e britânico por toda uma geração, desencadeando o terrorismo, o caos e a guerra apocalíptica ao eliminar a vontade de refreá-lo.

Saddam nasceu na pequena aldeia sunita de Al-Awja, pertencente à cidade de Tikrit. O pai morreu antes de Saddam nascer, por isso ele foi criado na casa do padrasto – era repetidamente espancado e passou grande parte de sua juventude como menino de rua. Em 1947, Saddam foi morar com o irmão de sua mãe, e aos dez anos recebeu desse tio materno as primeiras letras.

No início dos anos 1950, mudou-se com o tio para Bagdá e tentou entrar na academia militar, mas foi reprovado nos exames. Enquanto isso, absorveu de seu tio o ódio à influência britânica no reino do Iraque, tornou-se participante regular de manifestações contrárias ao governo e formou sua própria gangue de rua para atacar oponentes políticos. Com o tempo, Saddam se sentiu atraído pelo Partido Ba'ath, que combinava socialismo com nacionalismo antiocidental e pan-arabismo, e em 1958 participou do golpe do exército, liderado pelo brigadeiro Abdul Karim Kassem, que derrubou e assassinou o rei Faisal II. Muitos, especialmente os ba'athistas, ficaram desapontados por Kassem não ter conduzido o Iraque a uma união com os países árabes vizinhos e, em 1959, Saddam se envolveu em uma malograda tentativa de assassinar o brigadeiro; preso, foi exilado na Síria e depois no Egito.

Um golpe orquestrado por alguns oficiais do exército ligados ao Partido Ba'ath derrubaram Kassem em 1963, o que induziu Saddam a retornar, mas o novo governante do Iraque, Abdul Salam Arif, logo se desentendeu com seus aliados, e Saddam ficou preso por vários anos antes de escapar em 1967. Ele tornou-se o braço direito do líder do Partido Ba'ath, Ahmad Hassan al-Bakr, e depois que o partido tomou o poder, em 1968, despontou como o homem forte do regime, tornando-se vice-presidente do conselho do comando supremo da revolução, bem como chefe do aparato de segurança do Iraque e secretário-geral do Partido Ba'ath. Deliberadamente, Saddam moldou seu regime inspirando-se no governo de Stálin, a quem ele estudou.

Em sua nova posição, Saddam supervisionou a nacionalização da Companhia Iraquiana de Petróleo, de propriedade ocidental, usando os rendimentos acumulados para desenvolver o Estado de bem-estar social do país (especialmente seu sistema de saúde). Também iniciou uma grande campanha contra o analfabetismo, fez melhorias na infraestrutura do país e de forma geral buscou incentivar a modernização e a industrialização. Ao mesmo tempo, no entanto, também trabalhou assiduamente de modo a acumular para si mesmo o poder, nomeando tenentes leais em posições-chave, formando uma brutal polícia secreta e fortalecendo seu controle sobre os mecanismos de funcionamento do Estado.

Em meados de 1979, Saddam pressionou o doente e idoso al-Bakr para que renunciasse, e assumiu formalmente a Presidência. De imediato, convocou o conselho revolucionário, que abrangia a mais alta liderança do Partido Ba'ath, e anunciou que "o sionismo e as forças das trevas" estavam envolvidos em uma conspiração contra o Iraque. Então, para o horror da plateia ali reunida, anunciou que os implicados estavam presentes na sala. Enquanto Saddam, sentado, fumava um imenso charuto, uma lista de nomes foi lida em voz alta e, um a um, 66 pessoas foram levadas embora. Posteriormente,

22 desses homens foram considerados culpados, e Saddam supervisionou pessoalmente o assassinato deles, exigindo que os principais membros da liderança iraquiana cumprissem as sentenças de morte.

Saddam começou a transformar o Iraque no que um dissidente chamou de "república do medo". Seu notório serviço de inteligência, a Mukhabarat, juntamente com o departamento de segurança interna do Estado, o Amn, estabeleceram um controle feroz em todo o país. Eram realizados massacres regulares de judeus, maçons, comunistas, sabotadores econômicos ou pessoas que simplesmente cruzaram o caminho de Saddam ou de seus gananciosos e impiedosos familiares, todos eles funcionários do governo. Expurgos seguiram-se a expurgos, com julgamentos midiáticos de fachada e confissões televisionadas. No decorrer das duas décadas seguintes, o regime de Saddam Hussein matou pelo menos 400 mil iraquianos – muitos dos quais submetidos a todo tipo de tortura. Seus filhos psicopatas, particularmente o sádico e demente herdeiro Uday, travaram suas próprias lutas na disputa pelo poder e brutais reinados de terror, torturando pessoalmente seus inimigos. A certa altura, os dois genros de Saddam, temendo ser assassinados a mando de Uday, fugiram para a Jordânia, mas foram ludibriados e induzidos a retornar, e então massacrados pelo cunhado.

Não contente em dominar o Iraque, Saddam também estava determinado a afirmar sua hegemonia regional. Invadiu o Irã em 1980, usando como pretexto a revolução islâmica do Irã de 1979 para tomar os campos petrolíferos do país vizinho, e assim desencadeou uma desastrosa guerra de oito anos que terminou em impasse e custou mais de 1 milhão de vidas. Perito em jogar as grandes potências umas contra as outras, Saddam contou com significativo auxílio do Ocidente, que considerava o Irã como o maior entre dois males.

Durante a guerra, o Irã encorajou os curdos iraquianos a organizar uma insurreição contra o governo ba'ahtista. Saddam reagiu de maneira impiedosa, empregando gás mostarda e gás asfixiante contra a população civil – principalmente na cidade de Halabja, onde cerca de 5 mil curdos morreram em um único ataque em março de 1988. Quatro mil aldeias foram destruídas e 100 mil curdos massacrados.

O fim da guerra com o Irã deixou o Iraque exaurido, apesar das enormes receitas provenientes do petróleo. Em agosto de 1990, Saddam invadiu e anexou o vizinho emirado do Kuwait. A manobra provou ser um catastrófico erro de cálculo. A ONU autorizou uma enorme coalizão militar liderada pelos Estados Unidos para expulsar os iraquianos do Kuwait, o que eles conseguiram rapidamente em 1991. Curdos e xiitas iraquianos – encorajados pela coalizão – rebelaram-se contra Saddam, mas, sem o apoio militar ocidental, foram brutalmente esmagados.

Pelos termos do acordo de cessar-fogo, o Iraque concordara em abandonar armas nucleares, químicas e biológicas. No entanto, Saddam não cooperou com os inspetores de armas da ONU, barrou-os a partir de 1998 e se envolveu em constantes velhacarias diplomáticas e estratégias militares temerárias e extremadas, sempre à beira do desastre.

A situação de Saddam foi transformada pelos ataques terroristas da al-Qaeda aos Estados Unidos em 11 de setembro de 2001. O presidente George W. Bush – confiante depois de derrubar os apoiadores da Al-Qaeda, o Talebã, no Afeganistão – defendeu a "mudança de regime" no Iraque e a criação da democracia iraquiana de modo a estimular a liberdade no mundo árabe, citando como justificativas a ditadura de Saddam, a contínua busca por armas de destruição em massa e a manutenção de vínculos com grupos terroristas internacionais. Ironicamente, não havia armas de destruição em massa. Contudo, temendo que a verdade pudesse revelar ao Irã a fraqueza de seu regime, Saddam deixou o mundo acreditar que estava reconstruindo seu arsenal nuclear. Um erro de cálculo (pela segunda vez), por julgar que os Estados Unidos não ousariam invadir o Iraque. Em março de 2003, forças de coalizão lideradas pelos norte-americanos invadiram e derrubaram Saddam, que foi por fim capturado, julgado e condenado à morte. Sua execução foi uma trapalhada em que não houve o formal cumprimento de sentença judicial, uma vez que os xiitas presentes o atacaram com humilhações e insultos. No entanto, a sentença foi mais do que merecida.

# MUHAMMAD ALI

## 1942-2016

*Eu sou a melhor coisa que já existiu. Eu sou tão bom que não tenho uma marca no meu rosto. Eu sacudi o mundo.*

Cassius Clay, prestes a se tornar Muhammad Ali,
depois de derrotar Sonny Liston em 1964

Muhammad Ali não foi apenas o maior boxeador de sua geração, foi um dos mais extraordinários esportistas de todos os tempos. Como lutador, ele exibia um talento prodigioso e sublime, mas também transcendeu o mundo do esporte. Convicção profunda, postura política sincera e sem rodeios, coragem, inteligência mordaz, estilo, pura ousadia petulante, tudo isso combinado para criar uma lenda. Mesmo aposentado, Ali triunfou como uma figura icônica que acendeu a tocha nas Olimpíadas de Atlanta em 1996 e falou de modo comovente sobre o islã não violento no mundo pós-11 de setembro.

Muhammad Ali, nascido Cassius Marcellus Clay, começou a praticar boxe aos doze anos. Teve uma excepcional carreira amadora, vencendo 134 lutas e perdendo apenas sete. Conquistou a medalha de ouro na categoria dos meios-pesados nas Olimpíadas de Roma em 1960, impressionando com sua velocidade e reflexos rápidos como relâmpagos. O treinador de boxe de Miami, Angelo Dundee, passou a instruir o novato profissional Clay e pouco tinha a fazer para melhorar seu estilo abusado. Clay mantinha a guarda baixa, confiando em sua velocidade e em seu jogo de pernas para dançar em volta dos oponentes. Ainda muito jovem, Clay se proclamaria "o maior e melhor". Quando destruiu o grande peso-pesado Sonny Liston em duas lutas – a segunda, um massacre em maio de 1965 –, Clay parecia fadado a cumprir sua própria profecia.

Fora do ringue, Clay estava passando por uma transformação que moldaria o resto de sua vida. Ele se envolveu com Malcolm X e a Nação do Islã – um movimento negro islâmico radical que atraiu Clay por causa do racismo que ele sentiu na pele durante sua infância nos estados do sul dos Estados Unidos. Logo, o jovem sem papas na língua mudou seu nome para Muhammad Ali. Por ocasião da revanche contra Liston e uma subsequente vitória esmagadora destruindo brutalmente outro grande peso-pesado, Floyd Patterson, Ali era tão polêmico fora do ringue quanto era brilhante dentro dele.

A combinação entre o extravagante estilo de luta de Ali, sua verborragia franca e sua recusa em se juntar ao exército norte-americano em 1966 ("Nenhum vietcongue me chamou de crioulo, não tenho rixa com nenhum deles", explicou ele na época) rapidamente fez do pugilista uma figura odiada pela "América branca". Ele se declarou opositor de consciência, e em 1967 foi destituído de seu título mundial e proibido de lutar nos Estados Unidos. Inabalável, Ali fez mais de duzentos discursos antiguerra condenando as ações bélicas norte-americanas no Leste Asiático.

Quando retornou aos ringues, Ali participou de três das mais famosas lutas de todos os tempos: a "Luta do Século" (1971), que perdeu para Joe Frazier; a "Briga na Selva" (1974), na qual recuperou o cinturão dos pesos-pesados derrotando George Foreman; e o "Suspense em Manila" (1975), que representou a redenção contra Frazier. Na luta contra Foreman, realizada no Zaire (atual República Democrática do Congo), Ali passou sete assaltos encurralado nas cordas, defendendo-se dos golpes de Foreman por meio da tática que ficou conhecida como "rope-a-dope", algo como "dopado nas cordas", que consistia em usar a flexibilidade dos elásticos do ringue para absorver os impactos de Foreman e aguardar que as forças do jovem oponente se esvaíssem. Então, no oitavo assalto, Ali partiu para o ataque enquanto o exausto Foreman tentava revidar, mas seus golpes atingiam o ar. No final da luta, Ali iniciou uma sucessão de socos e nocauteou Foreman.

O "Suspense em Manila" é provavelmente a mais célebre de todas as lutas de Ali. Na preparação, ele provocou Frazier com vários insultos e poemas. Os dois homens fustigaram-se um ao outro por catorze assaltos, até que finalmente o *corner* de Frazier jogou a toalha. Mais tarde, Ali disse sobre seus próprios feitos heroicos: "Deve ser a sensação de morrer". Ele havia jogado tudo em uma inacreditável vitória, e – a história tendo justificado sua posição sobre o Vietnã – fizera por merecer a redenção aos olhos do mundo.

Ali lutou até o início dos anos 1980, quando seus poderes decaíram visivelmente. No entanto, apesar do triste fim de sua carreira, ele é lembrado como um dos maiores esportistas da história. Além de Ali e do jogador de futebol Pelé pode-se dizer que pouquíssimos outros dominaram seus esportes da mesma maneira. Campeão do mundo três vezes, Ali foi a quintessência do glamour e da glória em seu esporte, graças a sua habilidade e astúcia no ringue e seu domínio psicológico sobre os adversários.

Mas Ali foi mais do que um extraordinário esportista. Foi um homem de princípios que seguia suas convicções mesmo quando ameaçado. Embora seus pronunciamentos sobre a questão racial nem sempre fossem ponderados e ele pudesse ser cruel com seus oponentes, ele transcendeu tais indiscrições e, com bravura e carisma, conquistou quase todos os seus críticos.

Desde o seu diagnóstico em 1984, Ali foi progressivamente afetado pelos sintomas do Mal de Parkinson. A visão de sua mão trêmula acendendo a tocha olímpica em Atlanta em 1996 comoveu o mundo; a transição de jovem furioso para símbolo da unidade mundial estava completa. Em 1999, Ali foi eleito Personalidade Esportiva do Século. Apesar de sua fragilidade, até quando teve condições físicas ele viajou ao redor do mundo apoiando uma série de causas humanitárias. Morreu em 2016.

# PABLO ESCOBAR

## 1949-1993

*A genialidade do meu irmão era extraordinária.*
Roberto Escobar

O criminoso mais poderoso, rico e assassino do século XX, Pablo Escobar foi o principal narcotraficante colombiano, o grande "senhor das drogas", que se tornou o mentor e chefão do ilegal comércio internacional de cocaína. Acumulou bilhões de dólares e, no processo, foi responsável por centenas de sequestros e homicídios. Figura mafiosa de uma magnitude inigualável e uma lei em si mesmo, Escobar ameaçou a própria integridade do Estado colombiano.

Pablo Emilio Escobar Gaviria era filho de um camponês e uma professora de escola primária, e cresceu em um subúrbio de Medellín. Desde tenra idade envolveu-se em atividades criminosas, roubando carros e até mesmo, dizem, lápides, que ele limpava com jato de areia antes de revendê-las como novas. Graduou-se em fraudes de pouca monta, vendendo cigarros contrabandeados e falsificando bilhetes de loteria. Depois, no final da década de 1960, quando a demanda por maconha e cocaína se multiplicou, ele viu uma oportunidade no tráfico de drogas.

Durante a primeira metade dos anos 1970, Escobar tornou-se uma figura cada vez mais destacada no Cartel de Medellín, no qual várias facções criminosas cooperavam entre si para controlar grande parte da indústria de tráfico de drogas da Colômbia. Em 1975, um importante chefão do crime de Medellín, Fabio Restrepo, foi assassinado e Escobar assumiu as operações dele.

Em maio de 1976, Escobar e vários de seus homens foram presos, acusados de organizar a entrada de um carregamento de cocaína no Equador. Inicialmente Pablo tentou, sem sucesso, subornar os juízes de Medellín que estavam começando o processo contra ele. Por fim, mandou matar os dois policiais que os prenderam e as principais testemunhas, conseguindo assim o arquivamento do caso. Isso tornou-se parte de um padrão estabelecido, uma estratégia incontornável conhecida como *plata o plomo* ("dinheiro ou chumbo") – isto é, ou o sujeito aceitava seu dinheiro ou seria assassinado. Escobar matou muitos milhares, sob suas ordens ou pessoalmente, quase sempre com espantosa selvageria.

Ele era um astuto operador político, ciente da necessidade de subornar políticos locais. Em Medellín, era também um populista à la Robin Hood, contribuindo com pequenas, mas significativas, parcelas de sua fortuna pessoal para projetos de construções locais ou clubes de futebol em dificuldades, e com isso ganhando alguma popularidade entre os moradores da cidade. Por um breve período dirigiu seu próprio jornal e, em 1982, tornou-se deputado pelo Partido Liberal no Congresso colombiano.

No início da década de 1980, o cartel de Escobar monopolizou o tráfico de drogas na América do Sul e foi responsável por cerca de 80% da cocaína e da maconha enviadas para os Estados Unidos, México, Porto Rico e República Dominicana. A operação criminosa de Escobar envolvia a compra de pasta de coca na Bolívia e no Peru, refinando-a e processando-a em fábricas de remédios espalhadas pela Colômbia e depois contrabandeando milhares de toneladas semanalmente para fora do país, por mar, ar e terra.

Em 1989, a revista *Forbes* listou Escobar como o sétimo homem mais rico do mundo, com uma fortuna estimada em 24 bilhões de dólares. Ele era dono de muitas mansões suntuosas, um zoológico privativo, vários iates e helicópteros, uma frota de aviões particulares e até dois submarinos; o barão do tráfico também mantinha na folha de pagamento um exército particular de guarda-costas e assassinos. Ele era completamente rancoroso e implacável com aqueles que ameaçavam sua posição, mesmo que fosse da maneira mais ínfima possível: depois de flagrar um empregado roubando prataria de uma de suas luxuosas casas, Escobar mandou amarrar o infeliz e jogá-lo na piscina para que morresse afogado.

Não demorou muito para que Escobar entrasse na mira das autoridades norte-americanas. Em 1979, os Estados Unidos e a Colômbia assinaram um tratado de extradição, como parte de uma postura mais rígida no combate ao tráfico de drogas. Escobar odiou esse acordo e começou uma campanha de assassinatos contra qualquer um que o apoiasse ou que exigisse políticas mais fortes contra os cartéis de drogas. Muitos analistas acreditam que Escobar estava por trás do ataque à Suprema Corte colombiana em 1985 por guerrilheiros de esquerda, episódio que resultou no assassinato de onze juízes do tribunal. Quatro anos depois, Escobar ordenou o assassinato de três candidatos à Presidência, bem como a derrubada de um avião de passageiros no qual morreram 107 pessoas, e além do ataque à bomba ao prédio de segurança nacional em Bogotá, com 52 vítimas fatais. No mesmo ano, dois de seus capangas foram presos em Miami, tentando comprar mísseis.

Em 1991, quando o cerco parecia cada vez mais próximo e a prisão era iminente, Escobar ofereceu um acordo às autoridades colombianas: de modo a evitar sua extradição para os Estados Unidos ou seu assassinato pelo cartel rival, ele aceitaria cinco anos de prisão. Como parte do acordo, Escobar foi autorizado a construir seu próprio "presídio", que naturalmente acabou sendo outro palácio de luxo, de onde ele poderia comandar por telefone seu império de drogas. Era menos uma cadeia e mais um clube particular ultrasseguro, do qual ele tinha permissão para sair quando queria para participar de festas ou ocasionais partidas de futebol, e também tinha autorização para receber visitas, incluindo prostitutas (quanto mais jovens, melhor) e parceiros de negócios, dois dos quais foram assassinados em suas instalações – ele gostava de torturar pessoalmente suas vítimas.

Em 22 de julho de 1992, quando estava sendo transferido para uma prisão mais rigorosa, Escobar conseguiu escapar. As autoridades colombianas empreenderam uma gigantesca caçada, com a ajuda dos Estados Unidos, e também dos inimigos dele, incluindo Los Pepes (Povo Perseguido por Pablo Escobar), um grupo paramilitar composto por suas vítimas e membros do rival Cartel de Cáli. Durante dezesseis meses de busca, centenas de pessoas – policiais e capangas de Escobar – foram mortas. Escobar foi por fim localizado em um esconderijo em Medellín e baleado na perna, tronco e cabeça, enquanto tentava uma ousada fuga pelos telhados das casas. Teve morte instantânea. Era 2 de dezembro de 1993, um dia após o seu aniversário de 44 anos.

Os defensores de Escobar o consideravam um herói e um paladino dos pobres, mas na realidade ele era um monstro e um fora da lei de ganância e sadismo incomparáveis. Seus insignificantes gestos de filantropia não disfarçavam a pouca consideração que ele tinha pela vida humana, e, no auge de sua influência, o cartel de Escobar foi responsável por uma média de vinte assassinatos por mês.

# OSAMA BIN LADEN E ABU BAKR AL-BAGHDADI: OS JIHADISTAS

## 1957-2011 e 1971-?

*Os pedaços dos corpos dos infiéis voavam como partículas de poeira. Se vocês tivessem visto com seus próprios olhos, teriam ficado muito satisfeitos, e seu coração teria ficado cheio de alegria.*

Osama bin Laden, no casamento de seu filho após o assassinato de dezessete soldados norte-americanos no atentado suicida do USS *Cole*, 12 de outubro de 2000

A ascensão do terrorismo islâmico radical – jihadismo – no século XXI foi o resultado da decadência das antigas ditaduras árabes, o fracasso dos Estados árabes criados pelos ministros britânicos e franceses após a Primeira Guerra Mundial, a eclosão de guerras civis, e a simultânea sensação de impotência árabe diante da onipotência norte-americana – no exato momento em que a potência ocidental perdeu sua confiança e controle sobre o Oriente Médio. O jihadismo foi personificado por dois homens.

Osama bin Laden foi o mentor fanático dos atentados terroristas do 11 de setembro contra as Torres Gêmeas e o Pentágono, em que as colisões intencionais de aviões de passageiros sequestrados contra edifícios mataram milhares de inocentes em nome de uma intolerante e dogmática distorção da fé islâmica. Promovendo uma ideologia jihadista que glorifica a matança e endossa um culto niilista do suicídio, Bin Laden pretendia eliminar o poder norte-americano e ocidental, varrer Israel do mapa e restaurar um califado sobre qualquer parte do mundo um dia já governada pelo islã. Mas sua única política prática verdadeira era aterrorizar pessoas inocentes e agredir sociedades democráticas tolerantes, usando jovens impressionáveis como bombas vivas contra vítimas escolhidas unicamente por serem cidadãos do Ocidente livre e democrático.

Osama bin Laden nasceu em Riad em 1957, filho de Muhammad Awad bin Laden – que adquiriu enorme riqueza depois que sua construtora garantiu direitos exclusivos da família real saudita para executar projetos de construção de prédios religiosos dentro do país – e sua décima esposa, Hamida al-Attas, de quem posteriormente se divorciou. Único filho desse casamento, embora com numerosos irmãos por parte de pai, Osama – cuja mãe se casou então com Muhammad al-Attas – foi criado como muçulmano sunita, exibindo desde cedo uma inflexível devoção. Estudou em uma escola de elite e depois na Universidade Rei Abdulaziz, e casou-se pela primeira vez com Najwa Ghanem, em 1974. Osama teria outras quatro esposas. Divorciou-se de duas delas, e foi pai de entre 12 e 24 filhos.

Em 1979, Bin Laden e milhares de outros jihadistas devotos – conhecidos coletivamente como os *mujahedin* – viajaram ao Afeganistão para repelir a invasão do país pela União Soviética. Ele se juntou ao colega militante Abdullah Azzam e fundou a Maktab al-Khidamat, organização paramilitar dedicada a combater em nome do que ele via como a jihad, a guerra santa muçulmana e luta armada contra os infiéis e inimigos do islã. A guerra também foi apoiada e financiada pelos Estados Unidos, eternamente temerosos da expansão soviética, e quando Bin Laden retornou à Arábia Saudita, em 1990, foi amplamente festejado por ter resistido às forças do comunismo. No entanto, Osama já estava planejando uma nova organização para fomentar ainda mais a sua meta de expulsar do mundo muçulmano os Estados Unidos ("o Grande Satã"). Ela se tornaria conhecida como Al-Qaeda (a Base).

Após a Guerra do Golfo de 1991, Bin Laden atacou abertamente a família real saudita, acusando-a de permitir que as tropas norte-americanas fincassem posição no país, razão pela qual, em 1992, os sauditas o expulsaram do país. Osama mudou-se para o Sudão, de onde, trabalhando com a Jihad Islâmica

Egípcia, orquestrou o ataque à bomba em Áden, no Iêmen, em 29 de dezembro de 1992, no qual duas pessoas foram mortas. No entanto, em 1995, após uma malsucedida tentativa de assassinar o então presidente do Egito, Hosni Mubarak, o governo do Sudão, sob pressão dos países árabes, expulsou a organização do país, o que levou Bin Laden a retornar ao Afeganistão, onde aliou-se ao Talebã, financiando campos de treinamento para milhares de jihadistas.

Em 17 de novembro de 1997, Bin Laden patrocinou o infame massacre de Luxor, que matou 62 civis, e no ano seguinte a Al-Qaeda bombardeou embaixadas dos Estados Unidos no Quênia e na Tanzânia, matando cerca de trezentas pessoas. Uma tendência mais sinistra veio à tona em outubro de 2000, quando, mais uma vez em Áden, um homem-bomba atacou o navio da marinha norte-americana USS *Cole*, fazendo dezessete vítimas. Esse tipo de ataque suicida transformou-se rapidamente na arma predileta da Al-Qaeda, que passou a doutrinar jovens muçulmanos militantes para o martírio. Mais tarde, no mesmo ano, Bin Laden, com seu tenente, o doutor Ayman al-Zawahiri – que ele havia conhecido durante a guerra no Afeganistão –, coassinou uma *fatwa* declarando que os muçulmanos tinham o dever de matar norte-americanos e seus aliados.

Bin Laden e Al-Zawahiri posteriormente engendraram o mais ambicioso de seus planos. Na manhã de 11 de setembro de 2001, duas equipes de jihadistas embarcaram em quatro aviões de passageiros nos aeroportos de Washington, D.C., Boston e Newark. Logo depois, autoridades descobriram que os aviões haviam sido sequestrados por dezenove homens provenientes do Oriente Médio. Às 8h46, horário local, o avião correspondente ao voo 11 da American Airlines colidiu contra a Torre Norte do World Trade Center, em Nova York. Em seguida, às 9h02, quando as câmeras de televisão focalizavam o desastre em pleno andamento, o avião do voo 175 da United Airlines bateu na Torre Sul – eram os maiores edifícios de Manhattan. Trinta e cinco minutos depois, noticiou-se que o voo 77 da American chocou-se contra Pentágono, na Virgínia, e que às 10h03 o voo 93 da United, cujo alvo era a Casa Branca, foi derrubado na Pensilvânia graças a heroicos passageiros que souberam do destino das outras aeronaves enquanto ligavam freneticamente para seus parentes em telefones a bordo.

Cenas apocalípticas seguiram-se em Nova York. As Torres Gêmeas, ambas fatalmente debilitadas pelo impacto dos jatos e consequentes incêndios, desabaram – a Sul às 9h59, e a Norte às 10h28 –, matando milhares de vítimas ainda presas lá dentro, e levantando uma nuvem de poeira que engolfou a porção sul de Manhattan. Excluindo os sequestradores, quase 3 mil pessoas morreram naquele dia – 246 nos aviões, 125 no Pentágono e 2.603 nas Torres Gêmeas (incluindo 341 heroicos bombeiros e 2 paramédicos).

Comprometendo-se a uma guerra contra o terror, os Estados Unidos prometeram caçar Bin Laden, que já encabeçava a lista dos mais procurados do FBI. As forças aliadas rapidamente derrubaram o regime Talebã no Afeganistão, onde durante anos a Al-Qaeda tivera permissão para operar, mas Bin Laden fugiu para as montanhas na fronteira entre o Afeganistão e o Paquistão. Perdeu-se a chance de capturá-lo no final de 2001, quando as tropas que avançavam não vasculharam as cavernas de Tora Bora, onde quase certamente ele estava escondido. Quando o local posteriormente foi encontrado em agosto de 2007, Bin Laden já havia desaparecido.

Desde o 11 de setembro, muçulmanos radicalizados, liderados pela mensagem distorcida de ódio e violência de Bin Laden, continuaram incansavelmente a pôr em prática a campanha assassina da Al-Qaeda. No Iraque, por meio de uma implacável série de bombardeios, a Al-Qaeda concentrou-se em fomentar o massacre sectário entre muçulmanos sunitas e xiitas de modo a frustrar os planos norte-americanos para a democracia iraquiana. Em 2 de maio de 2011, após a maior caçada da história, um comando dos SEALS, a Força de Operações Especiais da Marinha dos Estados Unidos, assistidos em tempo real pelo presidente Barack Obama desde a sala de gerenciamento de crises da Casa Branca, invadiu uma residência em Abbottabad, cidade paquistanesa que abriga a academia militar do Paquistão, e matou Bin Laden. O corpo dele foi jogado ao mar.

Mas a Al-Qaeda já havia sido eclipsada por uma nova manifestação do jihadismo: o Estado Islâmico. Com a morte de Bin Laden, o braço iraquiano da Al-Qaeda, liderado por certo Abu Bakr al-Baghdadi, ameaçou vingar-se, mantendo uma campanha de atentados no Iraque. Mas Al-Baghdadi era diferente: ele planejava explorar o descontentamento sunita com o governo corrupto e dominado pelos xiitas no Iraque para criar algo novo – um exército e Estado jihadistas.

Ninguém tem certeza sobre a identidade de Bakr, mas provavelmente é o nome de guerra de Ibrahim al-Badri, iraquiano de nascimento que por muitos anos estudou sem alarde o islã até a invasão norte-americana de 2003, que o inspirou a fundar um pequeno grupo militante que mais tarde se fundiu com o Estado Islâmico do Iraque em 2006. Usando seu novo pseudônimo, Al-Baghdadi já era um terrorista poderoso quando foi detido pelo exército dos Estados Unidos e encarcerado em 2004. A prisão foi sua universidade: ele fez amizade com vários detidos, tanto jihadistas como ex-capangas e soldados seculares de Saddam Hussein. Quando os norte-americanos o libertaram, ele colocou seus planos em ação, primeiro infiltrando-se na Síria, onde uma brutal guerra civil entre as forças do presidente Bashir al-Assad e vários grupos de oposição havia criado uma oportunidade. Al-Baghdadi assumiu o controle de algumas dessas facções, aperfeiçoou o treinamento delas, inspirou-as com uma nova e absolutamente devastadora visão da guerra e estabeleceu um novo Estado Islâmico em Raqqa, financiado por doações e pelo comércio de petróleo. Ao entrar no Iraque, seus combatentes derrotaram o exército local para tomar a importante cidade de Mosul, subitamente criando um novo e imenso Estado entre o Iraque e a Síria.

Rico graças ao dinheiro do petróleo, recrutando milhares de jihadistas ocidentais de países como França e Bélgica atraídos pelo sucesso de seus exércitos com bandeiras pretas, Al-Baghdadi declarou um califado, ele mesmo proclamando-se califa Ibrahim. Decapitando publicamente na televisão e na internet reféns ocidentais e árabes, massacrando seitas inocentes de muçulmanos não sunitas e outros grupos étnicos a exemplo dos yazidis, o califado oferecia a seus combatentes um Estado pleno inspirado por uma visão apocalíptico-messiânica, os benefícios de meninas escravas sequestradas como espólios de guerra e uma bem-sucedida entidade militar com uma política de deliberada selvageria espetacular. O mundo ficou horrorizado, e em 2014 o exército iraquiano, auxiliado por uma coalizão ocidental, finalmente começou a destruir a liderança, a economia e as tropas do Estado Islâmico. Porém, enquanto as cidades e terras de Al-Baghdadi sucumbiram, suas células terroristas e simpatizantes independentes no Ocidente desferiram violentos ataques terroristas contra civis usando bombas e canhões, mas muitas vezes apenas caminhões e facas.

A derrota militar do Estado Islâmico foi inevitável – e de fato a morte de Al-Baghdadi foi noticiada muitas vezes: possivelmente ele foi vítima de um ataque aéreo russo em maio de 2017 –, mas é provável que nunca se saiba qual foi o fim dessa figura misteriosa. Talvez varrido pela apocalíptica poeira do deserto de seu destroçado e efêmero reino. No entanto, a ameaça do terror ainda vai durar muito mais tempo, à medida que o espírito do jihadismo, que cultua a morte, continuar se metamorfoseando para tirar vantagem das oportunidades dos nossos tempos.

# O GIGANTE DESCONHECIDO

Em 5 de junho de 1989, quando o Partido Comunista Chinês esmagou brutalmente a revolta estudantil da praça Tiananmen, uma coluna de tanques, enquanto tentava sair da praça, foi detida por um jovem solitário. Repetidamente, ele impediu que os blindados continuassem, até que os tanques por fim desligaram seus motores. A seguir ele pulou no primeiro tanque da fila e repreendeu o comandante por derramar tanto sangue inocente.

Apelidado de "Homem do Tanque" ou "Rebelde Desconhecido", o rapaz nunca teve a identidade nem destino conhecidos. Alguns disseram que ele foi executado, outros que ainda está vivo na China. Filmadas e transmitidas para o mundo inteiro, as cenas da coragem surpreendente do homem resumiu a tragédia da praça Tiananmen – a brutal repressão dos manifestantes, sobretudo estudantes universitários pró-democracia, e a matança irresponsável de milhares de inocentes.

O protesto do "Homem do Tanque" e as manifestações como um todo não conseguiram mudar o destino da China. No entanto, a revista *Time* o apontou como uma das cem pessoas mais influentes do século XX. Essa figura anônima passou a simbolizar o heroísmo dos atos simples e impulsivos das pessoas comuns.

Os protestos da praça Tiananmen foram uma revolta popular cujo intuito era mudar o curso da China comunista. Logo após a morte do ditador chinês Mao Tse-tung em 1976, o severo e pragmático Deng Xiaoping – ele próprio uma vítima da orquestrada turbulência da Revolução Cultural de Mao (1966-75) – despontou como o "Líder Supremo". Deng adotou uma política de liberalização econômica combinada com o controle político absoluto do Partido Comunista. O secretário-geral do partido, Hu Yaobang, fez pressão por mais reformas, mas foi demitido por Deng na esteira de protestos estudantis em 1987.

Em 15 de abril de 1989, a morte de Hu provocou novos protestos estudantis, manifestações a princípio de pequena escala, mas logo generalizadas. Era a época da *glasnost* e da liberalização de Mikhail Gorbachev na Rússia, por isso Deng e a liderança chinesa já estavam nervosos. Não demorou para que estudantes e professores ganhassem a adesão de trabalhadores. Os protestos concentraram-se na praça Tiananmen, em Pequim, que em pouco tempo foi ocupada por um grande número de manifestantes.

Em 19 de maio, em um espírito conciliador (mas também com um tom de advertência), o secretário geral Zhao Ziyang dirigiu-se às agitadas multidões estudantis que fervilhavam na praça dizendo-lhes: "Estudantes! Vocês falam sobre nós, nos criticam, é tudo necessário. Vocês ainda são jovens [...] vocês devem viver de forma saudável [...]. Nós já estamos velhos, não importa mais [...]". Em 30 de maio, uma estátua da deusa da democracia foi erguida. A essa altura, os anciãos do Partido Comunista, liderados por Deng, ainda presidente da comissão militar central, e o presidente do país, o marechal Yang Shangkun, se convenceram de que a estabilidade e o controle do Partido estavam ameaçados e ordenaram o sufocamento dos protestos. O primeiro-ministro linha-dura Li Peng declarou a lei marcial. O 27º e o 28º Exércitos entraram na cidade, e o ataque começou às dez e meia da manhã do dia 3 de junho.

As tropas abriram fogo indiscriminadamente; acredita-se que cerca de 2.600 manifestantes tenham sido mortos e 30 mil saíram feridos. A jornalista Jan Wong, que no dia 5 de junho assistiu do hotel Beijing o momento em que o "Rebelde Desconhecido" parou os tanques, relembrou: "Então o tanque começou a virar, aí o jovem saltou na frente do tanque, e então o tanque guinou para o outro lado e o jovem pulou para esse mesmo lado. Eles fizeram isso um par de vezes. Depois o tanque desligou o motor. O jovem pulou em cima do tanque e parecia estar conversando com a pessoa lá dentro. Depois de algum tempo, o jovem desceu com um salto, o blindado ligou o motor e o jovem o bloqueou novamente [...]". Segundo dizem, o jovem admoestou o comandante do tanque: "Por que você está aqui? Você não causou nada além de sofrimento". Nesse momento, duas pessoas à margem puxaram o homem para dentro da multidão – talvez para uma vida clandestina, talvez para enfrentar um pelotão de fuzilamento.

No ano seguinte, o presidente Jiang Zemin afirmou que "o jovem nunca, nunca foi assassinado". O "Homem do Tanque" continua sendo uma inspiração: o herói desconhecido que representa todos os outros heróis desconhecidos.

# SOBRE OS AUTORES

**Simon Sebag Montefiore** é um premiado historiador cujos livros, campeões de vendas, foram publicados em mais de 45 idiomas. *Catarina, a Grande & Potemkin - Uma história de amor na corte Románov* foi finalista do Prêmio Samuel Johnson; *Stálin: a corte do czar vermelho* ganhou o prêmio de Livro de História do Ano no British Book Awards; *O jovem Stálin* venceu o prêmio Costa de Biografia, o prêmio do *Los Angeles Times* de Biografia e Le Grand Prix de Biographie; *Jerusalém: a biografia* foi o livro mais vendido do ano e ganhou o prêmio de Livro do Ano do Conselho Judaico de Livros; *Os Románov: 1613-1918* foi um *best-seller* internacional e venceu o Prêmio Literário Lupicaia del Terriccio. Montefiore é também o autor da aclamada Trilogia de Moscou dos romances *Sashenka, Red Sky at Noon* e *One Night in Winter*. Ele leciona história na Universidade de Cambridge, onde obteve seu doutorado, e atualmente vive em Londres com sua esposa, a romancista Santa Montefiore, e seus dois filhos.

(ⓐ) www.simonsebagmontefiore.com
(ⓔ) @simonmontefiore

**John Bew** é Professor de História e Relações Exteriores no Departamento de Estudos da Guerra do King's College em Londres. É autor de cinco livros, incluindo *Citizen Clem: A Life of Attlee* (2016).

**Martyn Frampton** é professor-titular de História Moderna na Queen Mary, Universidade de Londres. Entre suas publicações incluem-se *The Long March* (2009) e *Legion of the Rearguard* (2010).

**Dan Jones** é jornalista, apresentador de tv e historiador. Suas publicações incluem *The Plantagenets* (2012), *The Hollow Crown* (2015) e *The Templars* (2017)

**Claudia Renton**, que já teve uma carreira como atriz na televisão e no teatro, é uma atuante advogada e autora de *Those Wild Wyndhams* (2014).

Este livro foi composto em Adobe Garamond Pro e impresso pela
RR Donnelley para a Editora Planeta do Brasil em outubro de 2018